MARY NORTON

OS PEQUENINOS
BORROWERS

OS BORROWERS

OS BORROWERS NA ÁGUA

OS BORROWERS

OS BORROWERS NA TERRA

OS BORROWERS NO AR

EM APUROS

POBRE INOCENTE

Tradução
Luciana Garcia

martins fontes
selo martins

© 2011 Martins Editora Livraria Ltda., São Paulo, para a presente edição.
The Borrowers – Copyright © Mary Norton, 1952
The Borrowers Afield – Copyright © Mary Norton, 1955
The Borrowers Afloat – Copyright © Mary Norton, 1959
The Borrowers Aloft – Copyright © Mary Norton, 1961
The Borrowers Avenged – Copyright © Mary Norton, 1982
Poor Stainless – Copyright © Mary Norton, 1971
Esta obra foi originalmente publicada em inglês sob o título
The Complete Borrowers

Publisher	*Evandro Mendonça Martins Fontes*
Coordenação editorial	*Vanessa Faleck*
Produção editorial	*Danielle Benfica*
Capa	*Sian Bailey*
Preparação	*Cecília Madarás*
Revisão	*André Albert*
	Denis Cesar da Silva
	Paula Passarelli

Dados Internacionais de Catalogação na Publicação (CIP)
(Câmara Brasileira do Livro, SP, Brasil)

Norton, Mary, 1903-1992.
Os pequeninos Borrowers / Mary Norton ; tradução Luciana Garcia. -- São Paulo : Martins Fontes - selo Martins, 2011.

Título original: The complete Borrowers
ISBN 978-85-8063-006-0

1. Ficção - Literatura infantojuvenil I. Título.

11-13613   CDD-028.5

Índices para catálogo sistemático:
1. Ficção : Literatura infantil 028.5
2. Ficção : Literatura infantojuvenil 028.5

Todos os direitos desta edição reservados à
Martins Editora Livraria Ltda.
Av. Dr. Arnaldo, 2076
01255-000 São Paulo SP Brasil
Tel. (11) 3116 0000
info@martinseditora.com.br
www.martinsmartinsfontes.com.br

•• ÍNDICE ••

Introdução	7
Os Borrowers	13
Os Borrowers na Terra	133
Os Borrowers na Água	295
Os Borrowers no Ar	439
Os Borrowers em Apuros	573
Pobre Inocente	797

•• INTRODUÇÃO ••

Ao Ilmo. sr. John Cromwell.

Caro John,
 Ainda é de manhã, bem cedo, neste pequeno quarto caiado, e estou sentada na cama tentando responder a essa sua pergunta sobre que tipo de acontecimentos ou circunstâncias me levaram primeiramente a pensar nos Borrowers.
 Olhando para trás, a ideia parece fazer parte de uma antiga fantasia na vida de uma criança míope, antes que descobrissem que ela precisava de óculos. O panorama detalhado do lago e da montanha, o barco vislumbrado em um vago horizonte, as constelações dispersas de um céu invernal, a coruja diurna – esculpida e imóvel no respectivo tronco de árvore –, a vista de lebres travessas em um campo distante, o súbito reconhecimento do voo de um pássaro raro não eram para ela (embora os dedos apontados e os "veja-veja" gritados de forma alguma passassem despercebidos por ela: na ponta dos pés e com olhos confusos, mas atentos, ela se juntava a uma animação que mantinha o elemento extra do mistério).
 Por outro lado, os passeios dela pelo campo com os irmãos eram uma espécie de provação: habitualmente lenta, ela era uma observadora das ribanceiras e das sebes, uma extasiada investigadora dos charcos rasos, uma apreciadora de sonecas ao lado de abundantes fossos que pareciam córregos. Tais caminhadas eram pontuadas por altos e resignados lamentos: "Ah, *vamos*... pelo amor de Deus... nós não vamos chegar nunca... para que tipo de tolice você está olhando *agora*?".
 Poderia ser apenas um pequeno sapo, com olhos listrados, tentando se levantar – com seus bracinhos salientes de lavadeira – das profundezas desagradáveis do fosso para um pedaço de casca de árvore flutuante; ou violetas-bravas[1] estremecendo em suas raízes

---

1. Flor nativa da Europa. (N. T.)

emaranhadas por causa da passagem de alguma criatura furtiva e desesperada que abria sua passagem à procura de segurança. Como seria, essa criança pensava, debruçada no líquen, viver entre aquelas criaturas – alguém humano em todas as suas intenções e propósitos, mas tão pequeno e vulnerável quanto elas? De que a pessoa viveria? Onde faria seu lar? Quem seriam seus inimigos e amigos? Ela pensava nessas coisas ao arrastar os sapatos ao longo da estrada de areia para se juntar aos irmãos. Os três subiam no portão, pulando sem cair no buraco de lama nem na sujeira das vacas, e seguiam a trilha entre a grama espessa e os cardos[2]. Nessa caminhada em particular, eles levavam trajes de banho enrolados em toalhas, porque, além da floresta à frente, havia uma enseada rochosa com um trecho deserto de praia.

"Veja, um búteo[3]! Ali! Naquela estaca!". Mas não era um búteo para ela: havia uma estaca (ou algo parecido com isso) levemente embaçada no topo. "Lá vai ele! Que beleza!". O topo turvo da estaca havia se partido e ela viu, por um segundo, uma sombra veloz e indefinida voando, e a estaca pareceu muito menor.

Búteos, sim, eram os inimigos do seu pequeno povo. Falcões também – e corujas. Ela pensou novamente no portão que tão facilmente as três crianças humanas haviam pulado. Como o pequeno povo dela lidaria com isso? Eles iriam por baixo, é claro – havia espaço de sobra –, mas, de repente, como se estivesse olhando pelos olhos deles, ela enxergou o esterco do gado como grandes lagos parecidos com lava (às vezes quase fumegantes), as crateras de bolhas na lama – abismos para eles, não importando se molhados ou secos. Eles levariam, ela pensou, quase meia hora de esforço nos sulcos, ajudando uns aos outros, gritando avisos de perigo, segurando as mãos uns dos outros antes de, exaustos, alcançarem a grama seca mais adiante. E então, ela pensou, quão perigosamente afiados, vertiginosamente altos e ruidosos os cardos pareceriam! E, supondo que uma dessas criaturas (seriam uma pequena família? ela pensou que talvez fossem) gritasse bem na hora que seu irmão tivesse dito "Veja, um búteo!": que diferença na entonação da voz e que diferente consequência do fato.

---

2. Tipo de planta espinhenta. (N. T.)
3. Espécie de ave de rapina. (N. T.)

INTRODUÇÃO

Como ainda eles dormiriam? Talvez sob uma folha de labaça[4]! Que quietude mortal, a não ser pelo coração deles batendo!

Então, para essa criança, assim como para todas as crianças, havia os dias de doença – caxumba, catapora, sarampo, gripe, amigdalite. Entediada com passatempos de quebra-cabeça, figuras para pintar, livros de histórias conhecidos (e com horas faltando antes da agitação atenciosa do jantar na bandeja), ela trazia seu pequeno povo para dentro – e o deixava escalar as montanhas entre as mobílias de seu quarto. Inventava para eles comandos de incentivo para as investidas: do parapeito da janela até o criado-mudo sem tocar o chão; do suporte da cortina até a moldura do quadro; da quina do armário, pelo mantel, até o balde para carvão. Para ajudá-los a realizar tais façanhas, ela lhes fornecia toda a ajuda material que eles pudessem segurar nas mãos: cesto de costura para a trajetória – cordões e lãs como cordas de escalada, agulhas e alfinetes como cajados de alpinista. Ela permitia que se movimentassem por qualquer gaveta semiaberta ou armário de brinquedos escancarado; então, depois de passar por todas as escaladas horizontais, decidia levá--los do solo até o teto. Essa, ela descobriu, seria a mais difícil de todas as tarefas: pernas de mesas e cadeiras eram polidas e escorregadias, e as paredes (com exceção do grande quadro chamado "Bolhas" e outro chamado "Cereja Madura"), terrivelmente duras. A essa altura, ela os encorajava a fazer construções irregulares usando pastilhas de cheiro forte para a garganta sobre frascos de remédios milimetrados virados para baixo, que serviriam como escadarias para alturas maiores. Cortinas compridas ajudariam nisso também, é claro, assim como a barra das roupas de cama tocando o carpete. Cestos de lixo de vime também teriam utilidade. Depois de um tempo, ela começou a perceber que não havia espaço no quarto que eles não pudessem alcançar afinal – no devido tempo, em segredo e com paciência.

Do que eles viveriam?, ela começou a se perguntar. A resposta era fácil: eles viveriam de restos deixados pelos humanos do mesmo modo que os camundongos – e os pássaros, no inverno. Eles seriam tão tímidos quanto os camundongos ou os pássaros, e medrosos em relação aos perigos ao seu redor, mas mais perspicazes em seus gostos e com mais ambição de aventura.

---

4. Planta nativa da Europa. (N. T.)

INTRODUÇÃO

Na entediante e segura rotina desses anos no quarto de crianças, era divertido imaginar que havia outros na casa, despercebidos pelos humanos adultos, que viviam tão perto, mas tão perigosamente. Foram as exigências maduras do internato que os varreram para sempre ao final. Os Poderes Existentes descobriram que ela não conseguia enxergar a lousa. Havia testes de visão; e, no devido tempo, a caixa retangular coberta de muitos selos chegou pelo correio de manhã, exageradamente enrolada com fita adesiva; e (depois de algumas unhas quebradas e cutucadas com um canivete), finalmente, envolvido em algodão, estava um par de óculos de aros redondos. Mágica. As meninas do outro lado da comprida sala de aula de repente tinham rostos; as árvores do lado de fora da janela possuíam folhas distintas; havia uma rachadura no teto que parecia a costa da Bretanha; o calcanhar da meia da srta. Hollingworth, conforme ela se virou em direção à lousa, tinha um remendo de lã mais clara; e não era apenas isso: ela estava perdendo um grampo de cabelo.

Diferentes tipos de espetáculos surgiam aqui e ali, facilmente esquecidos em seguida, porque, enquanto mais objetos distantes se destacavam com uma clareza encantadora para os olhos, os objetos mais próximos se tornavam menos nítidos. Tinha que ser "sem óculos" para ler um livro, escrever uma carta, examinar uma colônia de formigas, procurar morangos selvagens ou trevos de quatro folhas – ou até mesmo pegar um alfinete; "com óculos" para seguir a bola de hóquei, observar o mapa desenrolado na parede, assistir à leitura semanal da peça de latim da quarta série ("Onde você os deixou por último? Tente se lembrar! Que chato! Lembre-se da sequência!").

No meio de tais diversões, havia pouco tempo para os Borrowers, que, tendo a mais humilde atenção rejeitada, voltaram silenciosamente para o passado.

De qualquer maneira, os fantasmas se tornaram a novidade daí em diante – fantasmas e histórias de fantasmas (já que pequenas meninas, de olhos bem abertos, amontoavam-se em grupos em volta do barulhento aquecedor do ginásio); objetos pesados ouvidos após o escurecer, algo se arrastando no piso do vestiário; sombras de esqueletos nos corredores fracamente iluminados que ligavam as salas; uma figura silenciosa, iluminada pela lua branca, teria sido vista cruzando um dormitório. Nós sabíamos, no fundo, que os objetos pesados arrastados no piso dos banheiros eram os sacos de botas de hóquei enlameadas recolhidas pelo menino das botas; que as sombras de esqueletos eram uma ilusão das luzes do corredor, cujos contornos já existentes se uniam e se fundiam a todo momento; também sabíamos que nossos minúsculos dormitórios eram *repletos* de figuras de robes brancos – a maioria das quais roncando com suavidade e seguramente coberta na cama; e que uma ou duas delas, nas horas silenciosas, faziam expedições de chinelo ao banheiro.

Mas nós adorávamos nos assustar. Talvez a vida nessa época parecesse segura demais – apesar da guerra entre 1914-1918 e da lama e do sangue no canal que comprometia nossos irmãos mais velhos, mas que para nós, em nossa escola religiosa, parecia cansadamente familiar, ainda que, de certa forma, não muito real. Enquanto contávamos nossas histórias, agrupadas em torno do aquecedor, nós tricotávamos gorros e longos, longos cachecóis cáqui.

Foi somente antes da guerra de 1940, quando uma mudança assombrava o mundo, como a havíamos conhecido, que se pensou novamente sobre os Borrowers. Havia homens e mulheres humanos que estavam sendo forçados a viver (por rigorosa e trágica necessidade) o tipo de vida que uma criança certa vez imaginara para uma raça de criaturas míticas. Não se podia evitar, mas perceber (sem nenhum pensamento de simbolismo consciente) que o mundo a qualquer momento poderia produzir suas sras. Drivers, que, por sua vez, convocariam seus Rich Williams. E ali estaríamos. À parte este pensamento, estes livros devem ser muito práticos. O balão de Pod funciona. Fico imaginando se alguém já o experimentou...

Com amor, querido John. Espero que isto responda à sua pergunta.

Sua,

Mary

Positano, junho de 1966.

OS BORROWERS

COM ILUSTRAÇÕES DE
Diana Stanley

Para
SHARON RHODES

•• CAPÍTULO UM ••

Foi a sra. May quem primeiro me falou sobre eles. Não, não para mim. Como poderia ter sido eu – uma menininha rude, desleixada e teimosa que ficava olhando com olhos irritados e de quem se dizia que rangia os dentes? Kate, ela deveria ter sido chamada. Não que o nome importe muito, de qualquer maneira: ela apenas aparece na história.

 A sra. May vivia em dois aposentos na casa dos pais de Kate em Londres; ela era, eu acho, um tipo de parente. O quarto dela ficava no primeiro andar, e a sala era um cômodo que, como parte da casa, era chamado de "sala do café". Agora as salas do café são boas pela manhã, quando o sol transborda na torrada e na geleia, mas à tarde elas parecem desaparecer um pouco e se encher com uma luz prateada, seu próprio crepúsculo; há uma espécie de tristeza nelas então, mas, quando criança, essa era uma tristeza de que Kate gostava. Ela ia lentamente até a sra. May pouco antes da hora do chá, e a sra. May a ensinava a fazer crochê.

A sra. May era idosa, suas juntas já estavam duras, e ela era não exatamente austera, mas possuía um tipo de segurança interior. Kate nunca era "arredia" com a sra. May, nem desleixada ou teimosa; e a sra. May lhe ensinou muitas outras coisas além do crochê: a enrolar a lã em uma bola com forma de ovo; a cerzir; a arrumar uma gaveta e colocar, como uma glorificação, sobre o conteúdo, um pedaço grande de seda contra o pó.

– Por que está tão quieta, criança? – a sra. May perguntou um dia, quando Kate estava sentada encurvada e à toa sobre a almofada. – Qual o problema com você? Perdeu a língua?

– Não – respondeu Kate, puxando a fivela do sapato. – Eu perdi a agulha de crochê... – (Elas estavam fazendo uma colcha de cama, em quadrados de lã: ainda faltava fazer trinta deles.) – Sei onde a coloquei – ela continuou apressadamente. – Eu a deixei na prateleira de baixo da estante ao lado da minha cama.

– Na prateleira de baixo? – repetiu a sra. May; a agulha dela se movendo firme à luz da lareira. – Perto do chão?

– Sim – disse Kate –, mas eu procurei no chão. Debaixo do tapete. Em todo lugar. A lã ainda estava lá, no entanto. Bem onde a deixei.

– Puxa vida! – exclamou alegremente a sra. May. – Não me diga que eles estão nesta casa também!

– Eles quem? – perguntou Kate.

– Os pequeninos Borrowers[1] – disse a sra. May; à meia-luz, ela parecia sorrir.

Kate ficou olhando um tanto assustada.

– Essas coisas existem? – ela perguntou, após um momento.

– Que tipo de coisas?

Kate piscou os olhos.

– Como pessoas, outras pessoas, vivendo em uma casa na qual... pegam coisas emprestadas.

A sra. May parou o que estava fazendo.

– O que você acha? – ela perguntou.

---

1. *Borrower*, em inglês: que toma emprestado. (N. T.)

— Não sei — respondeu Kate, olhando e puxando forte a fivela do sapato. — Não pode ser. Mas, ainda assim... — Ela levantou a cabeça. —... Ainda assim às vezes acho que pode ser.
— Por que você acha que pode ser? — perguntou a sra. May.
— Por causa de todas as coisas que desaparecem. Alfinetes de segurança, por exemplo. As fábricas vivem produzindo alfinetes de segurança, e todos os dias as pessoas compram novos e, de alguma maneira, nunca há um alfinete de segurança quando se precisa dele. Para onde eles todos vão? Agora, neste minuto? Para onde vão? Veja as agulhas — ela continuou. — Todas as agulhas que minha mãe já comprou... devem ter sido centenas... não podem estar apenas jogadas pela casa.
— Não, jogadas pela casa, não — concordou a sra. May.
— E todas as outras coisas que vivemos comprando. De novo e de novo e de novo. Como lápis e caixas de fósforos e cera e grampos para os cabelos e tachinhas e dedais...
— E alfinetes de chapéu — completou a sra. May. — E mata-borrões.
— Sim, mata-borrões! — concordou Kate. — Mas não alfinetes de chapéu.
— É aí que você se engana — disse a sra. May, e ela recomeçou seu trabalho. — Há um motivo para os alfinetes de chapéu.
Kate ficou olhando.
— Um motivo? — ela repetiu. — Quero dizer... que tipo de motivo?
— Bem, na verdade há dois motivos. Um alfinete de chapéu é uma arma muito útil e... — A sra. May sorriu de repente. — Mas isso tudo parece bobagem e... — ela hesitou. —... aconteceu há tanto tempo...
— Mas conte-me — pediu Kate. — Conte-me como você *sabe* sobre o alfinete de chapéu. Você já viu um?
A sra. May lançou-lhe um olhar surpreso.
— Bem, sim... — ela começou.
— Não um alfinete de chapéu — Kate exclamou, impaciente. — Um... como-quer-que-você-tenha-chamado... um Borrower.
A sra. May respirou fundo.
— Não — ela disse rapidamente. — Eu nunca vi um.
— Mas alguém mais viu — gritou Kate —, e você sabe disso. Eu consigo perceber que você sabe!
— *Shhh* — fez a sra. May. — Não precisa gritar! — Ela olhou fixamente para baixo, para o rosto virado para cima, e então sorriu e os olhos dela se perderam no infinito. — Eu tinha um irmão... — ela começou, vagamente.

Kate ajoelhou na almofada.

– E ele os viu!

– Eu não sei – disse a sra. May, balançando a cabeça. – Eu não sei! – Ela acomodou seu trabalho sobre os joelhos. – Ele era tão brincalhão. Ele nos disse muitas coisas, para mim e para minha irmã... coisas impossíveis. Ele foi morto – ela acrescentou suavemente – muitos anos atrás na Fronteira Noroeste. Ele se tornou coronel de seu regimento. E, quando morreu, disseram ter sido "uma morte de herói"...

– Ele era o seu único irmão?

– Sim, e ele era o nosso irmão caçula. Acho que é por isso... – Ela pensou por um momento, ainda sorrindo para si mesma. – Sim, por isso ele nos contou essas histórias impossíveis, invenções tão estranhas. Ele tinha ciúme, eu acho, porque nós éramos mais velhas, e porque podíamos ler melhor. Ele queria nos impressionar; queria, talvez, chocar a gente. E ainda – ela olhou para a lareira – havia algo nele, talvez porque fomos criados na Índia, entre mistérios e magias e lendas, alguma coisa que nos fazia achar que ele podia ver coisas que outras pessoas não podiam; às vezes, nós sabíamos que ele estava brincando, mas em outras vezes... bem, não tínhamos certeza. – Ela se inclinou para a frente e, com seu jeito aprumado, escovou o abano cheio de cinzas sob a grade, e então, escova na mão, ficou novamente olhando o fogo. – Ele não era um rapazinho muito forte: na primeira vez em que veio da Índia, teve febre reumática. Perdeu um semestre inteiro na escola e foi enviado ao campo para se restabelecer. Para a casa da tia-avó. Mais tarde eu também fui para lá. Era uma casa velha e estranha... – Ela pendurou a escova no gancho de metal e, limpando as mãos no lenço, pegou de volta seu trabalho. – Melhor acender o lampião – ela disse.

– Ainda não – pediu Kate, inclinando-se para a frente. – Por favor, continue. Por favor, conte...

– Mas eu contei.

– Não, você não contou. Esta velha casa... não foi aqui que ele viu... o que viu?

A sra. May riu.

– Onde ele viu os Borrowers? Sim, foi o que ele nos disse... que nos fez acreditar. E, mais ainda, parece que ele não apenas os viu, mas os conheceu muito bem; ele se tornou parte da vida deles, de certo modo; na verdade, quase se poderia dizer que ele próprio se tornou um Borrower...

– Ah, *conte* para mim. Por favor. Tente se lembrar. Desde o comecinho!

– Mas eu me lembro – disse a sra. May. – Estranhamente, eu me lembro melhor do que de muitas coisas reais que aconteceram. Talvez isso tenha sido real. Eu simplesmente não sei. Sabe, no caminho de volta à Índia, o meu irmão e eu dividimos uma cabine, já que a minha irmã costumava dormir com nossa governanta. E, nessas noites muito quentes, frequentemente não conseguíamos dormir. E o meu irmão ficava falando durante horas e horas, repetindo conversas, contando detalhes para mim de novo e de novo, imaginando como eles estavam e o que eles estavam fazendo e...

– Eles? Quem eles eram, exatamente?

– Homily, Pod e a pequenina Arrietty.

– Pod?

– Sim, mesmo os nomes deles nunca eram muito genuínos. Eles imaginavam que tinham seus próprios nomes, muito diferentes dos nomes dos humanos, mas facilmente você perceberia que eles também tinham sido emprestados. Até mesmo o de Tio Hendreary e o de Eggletina. Tudo o que eles tinham era emprestado; eles não possuíam nada. Nada. Apesar disso, o meu irmão dizia, eles eram ressentidos e convencidos, e achavam que eram os donos do mundo.

– Como assim?

– Eles achavam que os seres humanos tinham sido inventados apenas para fazer o trabalho sujo: grandes escravos à disposição deles. Pelo menos era o que eles diziam uns aos outros. Mas o meu irmão disse que, por trás desse comportamento, eles eram muito medrosos. E ele achava que, justamente porque eram medrosos, tinham crescido tão pequenos. Cada geração foi ficando menor e menor, e mais e mais escondida. Nos tempos antigos, parece, e em algumas partes da Inglaterra, nossos ancestrais conversavam abertamente sobre os "pequeninos".

– Sim – disse Kate. – Eu sei.

– Hoje em dia, acho que – a sra. May continuou devagar – se eles existem mesmo, só são encontrados em casas velhas e quietas e bem no meio do mato, e onde os seres humanos vivem uma rotina. A rotina é a proteção deles: é importante para eles saberem quais cômodos podem ser usados e quando. Eles não ficam por muito tempo onde há pessoas descuidadas, crianças desobedientes ou alguns tipos de animais de estimação domésticos.

"Essa casa velha em particular, é claro, era ideal, apesar de, pelo que se sabe, um pouquinho fria e vazia. A nossa tia-avó Sofia vivia de cama, por causa de um acidente de caça ocorrido vinte anos antes, e os outros seres humanos eram apenas a sra. Driver, a cozinheira, Crampfurl, o jardineiro, e, em intervalos raros, uma estranha empregada doméstica. O meu irmão também, quando teve a febre reumática, teve que passar muitas horas de cama, e naquelas primeiras semanas os Borrowers parecem nem ter notado a existência dele.

"Ele dormia no velho quarto de crianças, depois da sala de aula. A sala de aula, naqueles tempos, era coberta com lençóis, e encoberta e cheia de tranqueiras – tranqueiras esquisitas, uma máquina de costura quebrada, uma escrivaninha, um manequim, uma mesa, algumas cadeiras e uma pianola fora de uso, já que as crianças que a usavam, os filhos da tia-avó Sofia, tinham crescido há muito tempo, casado, morrido ou ido embora. O quarto de crianças dava na sala de aula, e, da cama dele, o meu irmão podia ver a pintura a óleo da batalha de Waterloo que ficava pendurada sobre a lareira da sala de aula e, na parede, um armário de canto com portas de vidro no qual ficava, em ganchos e prateleiras, um conjunto de chá de bonecas, muito delicado e antigo. À noite, se a porta da sala de aula ficasse aberta, ele tinha uma vista do corredor de baixo iluminado que levava à escadaria, e confortava-o ver, a cada noite ao crepúsculo, a sra. Driver aparecer no começo da escada e cruzar a passagem carregando uma bandeja para a tia Sofia com biscoitos Bath Oliver e a garrafa alta de vidro lapidado de vinho Madeira envelhecido. No caminho de volta, a sra. Driver parava e diminuía o bico de gás na passagem para uma chama azul e baixa, e então ele a observava pisar duro descendo a escada e afundando devagar entre os balaústres até sumir de vista.

"Sob essa passagem, no saguão abaixo, havia um relógio, e, durante a noite, ele o ouvia badalar de hora em hora. Era o relógio do avô, muito antigo. O sr. Frith de Leighton Buzzard vinha uma vez por mês ajustá-lo, e o pai dele tinha vindo antes dele, e o avô dele antes disso. Eles diziam (para o incontestável conhecimento do sr. Frith) que durante oitenta anos ele não tinha parado e, pelo que se podia dizer, por muitos anos antes disso. O mais importante era que ele nunca fosse mudado de lugar. Ficava ali, contra o lambril, e as pedras de pavimentação ao redor dele tinham sido lavadas com tanta frequência que uma pequena plataforma, dizia o meu irmão, tinha se formado dentro.

"E, sob esse relógio, abaixo do lambril, havia um buraco..."

•• CAPÍTULO DOIS ••

Era o buraco de Pod – a torre central de sua fortaleza; a entrada para o seu lar. Não que o lar dele fosse em algum lugar perto do relógio: longe disso – como você diria. Há metros de corredores escuros e empoeirados, com portas de madeira entre as traves e portões de metal contra camundongos. Pod usava todo tipo de coisas nesses portões – uma folha achatada de um ralador de queijo dobrável, a dobradiça da tampa de um pequeno cofre, quadrados de zinco perfurados de um velho guarda-comida, um mata-moscas de arame... "Não que eu tenha medo de camundongos", Homily dizia, "mas não consigo suportar o cheiro." Em vão Arrietty tinha implorado por um pequeno camundongo para ela, um bichinho cego para ser levado pela mão – "como a Eggletina tinha tido". Mas Homily tinha batido a tampa da panela e exclamado: "E veja o que aconteceu com a Eggletina!". "O quê", perguntava Arrietty, "o que aconteceu com a Eggletina?!". Mas ninguém nunca dizia.

Apenas Pod sabia o caminho pelas passagens cruzadas até o buraco sob o relógio. E apenas Pod podia abrir os portões. Havia fechos complicados feitos de grampos de cabelos e alfinetes de segurança dos quais somente Pod sabia o segredo. A esposa e a filha dele tinham uma vida mais protegida nos apartamentos sob a cozinha, bem distantes dos riscos e dos perigos da assustadora casa acima. Mas havia uma grade na parede de tijolo da casa, bem abaixo do nível da cozinha ali em cima, através da qual Arrietty podia ver o jardim – um pedaço de caminho de cascalhos e um banco onde o açafrão brotava na primavera; onde as flores eram levadas de uma árvore fora de vista; e onde mais tarde um arbusto de azaleia floresceria; e aonde os pássaros vinham – e bicavam e meneavam e algumas vezes lutavam. "Você perde tantas horas com os pássaros", Homily dizia, "e quando há uma pequena tarefa para fazer, você nunca tem tempo. Eu fui criada em uma casa", Homily continuava, "onde não havia grade nenhuma, e todos nós éramos muito felizes por isso. Agora vá lá e traga-me as batatas."

Esse foi o dia em que Arrietty, rolando a batata à sua frente, do depósito até a vereda empoeirada sob as tábuas do assoalho, chutou-a

tão mal-humorada que ela rolou ainda mais rapidamente até a cozinha, onde Homily estava debruçada sobre o fogão.

– Lá vai você novamente – exclamou Homily, ficando brava. – Quase me empurrou para dentro da sopa. E quando eu digo "batata" não me refiro à batata inteira. Pegue a tesoura, sim, e corte uma fatia.

– Eu não sabia quanto você queria – Arrietty resmungou, enquanto Homily, bufando e fungando, soltou a metade de uma tesoura de unha, com apenas a lâmina e o cabo, que estava presa em um prego na parede, e começou a cortar a casca da batata.

– Você estragou esta batata – ela rosnou. – Não pode rolá-la de volta nessa poeira agora, uma vez que já está cortada.

– Ah, que diferença faz? – disse Arrietty. – Há várias outras.

– Belo jeito de falar. Várias outras. Você percebe – Homily continuou com a expressão muito séria, abaixando a metade da tesoura – que seu pobre pai arrisca a vida dele toda vez que pega emprestada uma batata?

– Quero dizer – disse Arrietty – que há várias outras na despensa.

– Bem, saia do meu caminho agora, com o que quer que queira dizer, e deixe-me preparar o jantar – disse Homily, novamente alvoroçada.

Arrietty tinha espiado, pelo vão da porta aberta, a sala – a lareira havia sido acesa, e o cômodo parecia iluminado e aconchegante. Homily tinha orgulho de sua sala: as paredes eram revestidas com papéis de parede que continham fragmentos de antigas cartas jogadas no cesto de lixo, e Homily tinha arrumado os lados escritos à mão em faixas verticais que iam do chão ao teto. Nas paredes, repetidos em várias cores, ela pendurara retratos da rainha Vitória quando criança; eram selos, pegados emprestados por Pod alguns anos antes da caixa de correspondência sobre a escrivaninha. Havia uma caixa de bugigangas envernizada, acolchoada por dentro e com a tampa aberta, que eles usavam como assento; e aquele apetrecho útil e sempre usado: um gaveteiro feito de caixas de fósforos. Havia uma mesa redonda com uma toalha de veludo vermelha, que Pod fizera com a base de madeira de uma caixa de pílulas apoiada em um pedestal entalhado feito com um cavaleiro do jogo de xadrez. (Isso tinha causado um grande problema no andar de cima, quando o filho mais velho de tia Sofia, em uma visita rápida no meio da semana, tinha convidado o vigário para uma "partida após o jantar". Rosa Pickhatchet, que era a empregada na época, entregou sua carta de demissão. Não muito tempo depois da saída dela, deram pela falta de outras coisas e, desse momento em diante, a sra. Driver passou a controlar tudo.) O cavaleiro em si – o busto dele, por assim dizer – estava disposto em uma coluna em um canto, onde ficou muito bem, e deu aquele clima à sala que apenas as esculturas podem dar.

Ao lado da lareira, em uma estante de livros inclinada, ficava a biblioteca de Arrietty. Era um conjunto daqueles volumes em miniatura que os vitorianos adoravam imprimir, mas que, para Arrietty, pareciam ter o tamanho daquelas edições enormes de Bíblias de igreja. Havia o *Minidicionário geográfico do mundo*, de Bryce, incluindo o último recenseamento; o *Minidicionário*, também de Bryce, com explicações resumidas de termos científicos, filosóficos, literários e técnicos; a *Miniedição das comédias de Shakespeare*, incluindo prefácio do autor; um outro livro, cujas páginas estavam todas em branco, chamado *Memorando*; e por último, mas não menos importante, o preferido de Arrietty: o *Minidiário de provérbios*, de Bryce, com uma frase para cada dia do ano, e, como prefácio, a história de um jovem pequenino chamado O Pequeno Polegar. Havia uma gravura da carruagem dele, com pequenos cavalos – do tamanho de camundongos. Arrietty não era uma menina boba. Ela sabia que cavalos não podiam ter o tamanho de camundongos, mas ela não percebeu que até o Pequeno Polegar seria um gigante para um Borrower.

Arrietty tinha aprendido a ler com esses livros e a escrever inclinando-se para ambos os lados e copiando os escritos nas paredes. Apesar disso, nem sempre utilizava seu diário, embora na maior parte dos dias levasse o livro para ler as frases que às vezes a confortavam. A de hoje dizia: "Você pode ir mais longe e não se dar bem" e, abaixo: "Ordem da Jarreteira, 1348"[2]. Ela levou o livro até a lareira e se sentou com os pés na lateral, para aquecê-los.

– O que você está fazendo, Arrietty? – Homily gritou da cozinha.

– Escrevendo meu diário.

– Ah! – exclamou Homily.

– O que você quer? – perguntou Arrietty. Ela se sentiu bem segura; Homily gostava que ela escrevesse; a mãe estimulava todo tipo de cultura. Homily, ela mesma uma pobre criatura ignorante, não sabia sequer o alfabeto.

– Nada, nada – respondeu Homily meio rabugenta, concentrada nas tampas de panela. – Pode ser feito mais tarde.

Arrietty pegou seu lápis. Era um pequeno lápis branco, com um pedaço de fita de seda preso que tinha vindo de um evento de dança, mas, mesmo assim, na mão de Arrietty, parecia um rolo de macarrão.

– Arrietty! – Homily chamou novamente da cozinha.

---

2. Ordem militar criada por Eduardo III da Inglaterra. (N. T.)

– Sim?
– Atice um pouco o fogo da lareira, sim?
Arrietty firmou os músculos e ergueu o livro dos joelhos, deixando-o apoiado no chão. Eles mantinham o fogo com pó de carvão e vela derretida em uma vasilha de mostarda feita de estanho e utilizavam uma colher como pá. Arrietty jogou apenas um pouquinho, inclinando a colher de mostarda, para não apagar a chama. Então ela ficou por ali se aquecendo no calor. Era uma fogueira charmosa, feita pelo avô de Arrietty, com roda de engrenagem dos estábulos, parte de uma prensa para fazer cidra. As travas da engrenagem destacavam-se em raios iluminados, e o fogo mesmo se aninhava no centro. Acima dela havia uma cornija[3] feita de um funil de metal invertido. Ele já pertencera a uma lamparina, na qual se encaixava, e que ficava, nos velhos tempos, na mesa do saguão do andar de cima. Um ajuste de encanamentos, do bico do funil, levava a fumaça para a fornalha da cozinha lá em cima. O fogo era preparado com palitos de fósforo e alimentado com pó de carvão e, conforme ele queimava, o ferro se tornava quente e Homily cozinhava a sopa nas travas, em um dedal de prata, enquanto Arrietty grelhava nozes. Quão aconchegantes essas noites de inverno podiam ser! Arrietty, com o grande livro sobre os joelhos, às vezes lia em voz alta; Pod, com sua forma de sapateiro (ele era um sapateiro, e fazia botas arredondadas a partir de luvas de pelica – agora, infelizmente, apenas para sua família); e Homily, finalmente quieta, com seu tricô.

Homily tricotava os suéteres e as meias deles com alfinetes de bolinhas, e, algumas vezes, com agulhas para cerzir. Um grande carretel de seda ou algodão ficava no alto da mesa, ao lado da cadeira dela, e, de vez em quando, se ela puxava com muita força, o carretel se levantava e rolava através da porta aberta para o corredor empoeirado. Então, Arrietty tinha de buscá-lo e enrolar a linha de volta com cuidado conforme o rolava de volta.

O piso da sala era atapetado com um grosso papel vermelho mata-borrão, quente e aconchegante, que absorvia eventuais derramamentos. Homily o substituía de tempos em tempos, quando havia algum disponível no andar de cima, mas desde que tia Sofia tinha sido levada

---

3. Espécie de moldura que envolve a lareira. (N. T.)

para a cama, a sra. Driver raramente pensava em papéis mata-borrão, a não ser que de repente recebesse visitas. Homily gostava de coisas que evitavam umidade porque era muito difícil secar alguma coisa sob o piso; água eles tinham em abundância, quente e fria, graças ao pai de Pod, que havia furado alguns encanamentos da caldeira da cozinha. Eles tomavam banho em uma pequena vasilha que um dia havia contido um patê de *foie gras*. Quando tivesse terminado o banho, a pessoa tinha que colocar de volta a tampa para impedir os outros de colocar coisas dentro. O sabão também: um grande pedaço ficava pendurado em um prego na área de serviço, e eles partiam dali pedaços pequenos quando necessitavam. Homily gostava de alcatrão, mas Pod e Arrietty preferiam sândalo.

– O que você está fazendo agora, Arrietty? – chamou Homily da cozinha.

– Ainda escrevendo meu diário.

Mais uma vez Arrietty pegou o livro e o ergueu de volta sobre os joelhos. Ela lambeu a ponta do grande lápis e parou por um momento, imersa em profundos pensamentos. Ela se permitiu (quando se lembrou de escrever) uma pequena linha em cada página porque nunca – disso ela tinha certeza – teria outro diário, e, se pudesse conseguir manter vinte linhas em cada página, o diário duraria vinte anos. Ela já o possuía havia dois anos, e hoje, 22 de março, ela lia o registro do ano anterior: "mãe zangada". Pensou um pouco mais e então, finalmente, colocou aspas abaixo da palavra "mãe" e escreveu "preocupada" sob "zangada".

– O que você disse que estava fazendo? – Homily perguntou da cozinha.

Arrietty fechou o livro.

– Nada – ela disse.

– Então venha picar esta cebola, minha filha. Seu pai está atrasado esta noite...

•• CAPÍTULO TRÊS ••

Suspirando, Arrietty colocou o diário de lado e foi para a cozinha. Ela pegou o anel da cebola com Homily e jogou-o levemente sobre os ombros, enquanto procurava uma lâmina de barbear.
– Pelos céus, Arrietty! – exclamou Homily. – Não no seu suéter limpo! Você quer ficar cheirando como uma lixeira? Aqui, pegue a tesoura...
Arrietty entrou no anel da cebola como se fosse um bambolê de criança e começou a picá-lo em pedaços pequenos.
– Seu pai está atrasado – murmurou Homily novamente. – E é culpa minha, como você diria. Nossa, eu queria que não tivesse...
– Não tivesse feito o quê? – perguntou Arrietty, os olhos lacrimejantes. Ela fungou alto e esfregou demoradamente o nariz na manga.
Homily empurrou para trás uma fina mecha de cabelos com uma mão inquieta. Ela olhou distraidamente para Arrietty.
– É aquela xícara de chá que você quebrou – ela disse.
– Mas isso aconteceu dias atrás – reclamou Arrietty, piscando os olhos e fungando novamente.
– Eu sei. Eu sei. Não é você. Sou eu. Não é o fato de ter quebrado, e sim o que eu disse ao seu pai.
– O que você disse para ele?
– Bem, eu só disse que o resto da louça ficava lá em cima, onde sempre tinha estado, no canto do armário na sala de aula.
– Não vejo nada de mal nisso – disse Arrietty, enquanto, um por um, ela colocava os pedaços de cebola na sopa.
– Mas é um armário alto! – exclamou Homily. – É preciso subir pela cortina. E seu pai já tem certa idade... – Ela se sentou de repente em uma rolha de champanhe com topo de metal. – Ai, Arrietty, eu gostaria de nunca ter falado nisso!
– Não se preocupe – disse Arrietty. – O papai sabe o que pode fazer. – Ela puxou uma rolha de borracha de perfume para fora do buraco no cano de água quente e deixou algumas gotas escaldantes caírem na tampa de um frasco de remédio. Adicionou um pouco de água fria e começou a lavar as mãos.

— Talvez — disse Homily. — Mas eu falei muito sobre isso. O que é uma xícara de chá? Seu tio Hendreary nunca bebeu nada que não viesse em um copo comum feito de uma bolota, e ele viveu até uma idade madura e teve força para emigrar. A família da minha mãe nunca teve nada a não ser um pequeno dedal de osso que eles partilhavam. Mas quando se *tem* uma xícara de chá, se é que você me entende...

— Sim — disse Arrietty, secando as mãos em uma toalha de rolo feita de atadura.

— É aquela cortina — choramingou Homily. — Ele não pode escalar uma cortina na idade dele; não pelos pompons!

— Com o alfinete ele consegue — disse Arrietty.

— O alfinete dele! Eu o levei a isso também! Pegue um alfinete de chapéu, eu disse a ele, amarre um pedaço de fita na cabeça dele e erga-se para o andar de cima. Era para pegar emprestado o relógio de esmeralda do quarto Dela para marcar o tempo do cozido... — A voz de Homily começou a tremer. — Sua mãe é uma mulher ruim, Arrietty. Ruim e egoísta. É isso o que ela é!

— Sabe de uma coisa? — Arrietty comentou de repente.

Homily enxugou uma lágrima.

— Não — ela disse languidamente. — O quê?

— Eu poderia escalar uma cortina.

Homily se levantou.

— Arrietty, experimente ficar aí parada e dizer uma coisa dessas!

— Mas eu poderia! Eu poderia! Eu poderia pegar coisas emprestadas! Eu sei que poderia!

— Oh! — sobressaltou-se Homily. — Menina má e rude! Como você pode falar desse jeito? — E encurvou-se novamente no banquinho de cortiça. — Então chegamos a isso! — ela disse.

— Ah, mãe, por favor! — implorou Arrietty. — Não seja assim tão dura!

— Mas você não entende, Arrietty... — suspirou Homily. Ela ficou olhando para a mesa enquanto lhe faltavam palavras e então, por fim, ergueu um rosto cansado. — Minha pobre criança — ela disse —, não fale dessa maneira a respeito de pegar coisas emprestadas. Você não sabe e, graças a Deus, nunca saberá... — A voz dela diminuiu até um sussurro amedrontado. — ... como é lá em cima.

Arrietty estava em silêncio.

— Como é lá em cima? — ela perguntou depois de um momento.

Homily esfregou o rosto no avental e colocou os cabelos para trás.
– Seu tio Hendreary – ela começou –, o pai de Eggletina... – E então ela se interrompeu. – Ouça! – ela disse. – O que foi isso?
Uma débil vibração ecoou na madeira: o som de um clique distante.
– Seu pai! – exclamou Homily. – Ah, olhe como estou! Onde está o pente?
Eles tinham um pente. Um pequeno pente para sobrancelhas prateado do século XVIII, retirado do gabinete da sala de visitas lá de cima. Homily o passou nos cabelos e lavou seus pobres olhos vermelhos e, quando Pod entrou, ela estava sorrindo e alisando o avental.

•• CAPÍTULO QUATRO ••

Pod entrou devagar, a sacola nas costas. Ele apoiou contra a parede seu alfinete de chapéu, com a fita pendurada, e, no meio da mesa da cozinha, colocou uma xícara de chá de boneca; parecia ter o tamanho de uma tigela de bolo.
– Por quê, Pod...? – começou Homily.
– Consegui o pires também – ele disse. Ele balançou a sacola para baixo e a desamarrou do colo. – Aqui está – ele disse, tirando de dentro o pires. – Combinam.
A cara dele estava redonda e vermelha; nessa noite, parecia um tanto cansada.
– Oh, Pod – disse Homily. – Você está abatido. Está tudo bem? Pod se sentou.
– Estou bem o suficiente – ele disse.
– Você subiu pela cortina – disse Homily. – Ah, Pod, você não deveria ter feito isso... Ela chacoalhou você...
Pod fez uma cara estranha, os olhos girando na direção de Arrietty. Homily ficou olhando para ele, a boca aberta, e então se virou.
– Venha, Arrietty – ela disse, vivamente. – Vá já para a cama, como uma boa menina, e eu levarei um pouco de sopa para você.
– Ah... – disse Arrietty. – Não posso ver o resto das coisas emprestadas?
– Seu pai não trouxe nada desta vez. Apenas comida. Vá já para a cama. Você já viu a xícara e o pires.
Arrietty foi para a sala para guardar seu diário e demorou-se por algum tempo arrumando sua vela no percevejo de cabeça para baixo que servia de suporte.
– O que você está fazendo? – rosnou Homily. – Dê aqui para mim. Isso mesmo. Agora vá para a cama e lembre-se de dobrar suas roupas.
– Boa noite, papai – disse Arrietty, beijando sua bochecha lisa e branca.
– Cuidado com a luz – ele disse mecanicamente, e a observou com seus olhos redondos até que ela fechasse a porta.
– Agora, Pod – disse Homily, quando estavam a sós –, diga-me. Qual é o problema?

Pod olhou para ela sem expressão.

– Fui "visto" – ele disse.

Homily esticou uma mão, tateando o canto da mesa; ela a apertou e abaixou-se lentamente até o banquinho.

– Ai, Pod... – ela disse.

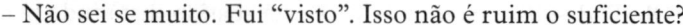

Um silêncio se fez. Pod ficou olhando para Homily e Homily ficou olhando para a mesa. Depois de um tempo ela ergueu o rosto pálido.

– Muito? – perguntou.

Pod se moveu inquieto.

– Não sei se muito. Fui "visto". Isso não é ruim o suficiente?

– Ninguém nunca foi "visto" desde o tio Hendreary, e ele foi o primeiro a ser visto em quarenta e cinco anos. – disse Homily. Um pensamento lhe ocorreu e ela agarrou a mesa. – Não adianta, Pod, eu não vou emigrar.

– Ninguém lhe pediu isso – disse Pod.

– Sair e viver como Hendreary e Lupy em uma toca de texugos! Do outro lado do mundo, era lá que eles diziam... "no meio das minhocas".

– Ficava a dois campos daqui, sobre a mata fechada – disse Pod.

– Nozes: era o que comiam. E frutos silvestres. Eu não me surpreenderia se comessem camundongos...

– Você mesma já comeu camundongo – Pod a lembrou.

– Toda aquela corrente de vento e ar fresco e as crianças crescendo de modo selvagem. Pense em Arrietty! – disse Homily. – Pense no modo como ela tem sido criada. Uma única criança. Ela não sobreviveria. Foi diferente com Hendreary.

– Por quê? – perguntou Pod. – Ele tinha cinco.

– Por isso – explicou Homily. – Quando se tem cinco, eles crescem mais soltos. Mas deixe isso pra lá... Quem viu você?

– Um menino – disse Pod.

– Um o quê? – surpreendeu-se Homily, olhando fixamente o marido.

– Um menino. – Pod desenhou uma forma no ar com as mãos. – Você sabe, um menino.
– Mas não há... Quero dizer, que tipo de menino?
– Não sei o que você quer dizer com "que tipo de menino". Um menino de pijama. Um menino. Você sabe o que é um menino, não?
– Sim – disse Homily. – Eu sei o que é um menino. Mas não tem havido nenhum menino, não nesta casa, nos últimos vinte anos.
– Bem – disse Pod –, agora há.

Homily ficou olhando para ele em silêncio, e Pod encontrou seus olhos.

– Onde ele viu você? – Homily perguntou por fim.
– Na sala de aula.
– Ah, não! – disse Homily. – Quando você estava pegando a xícara?
– Sim – disse Pod.
– Você não tem olhos? – perguntou Homily. – Não podia ter dado uma olhada antes?
– Nunca há ninguém na sala de aula. E mais ainda – ele continuou –: não havia ninguém lá hoje também.
– Então onde ele estava?
– Na cama. No quarto de crianças, ou como quer que eles o chamem. Era onde ele estava. Sentado na cama. Com as portas abertas.
– Bem, você deveria ter olhado no quarto de crianças.
– Como eu poderia? Da metade da cortina!
– Era lá que você estava?
– Sim.
– Com a xícara?
– Sim. Eu não podia subir nem descer.

– Ah, Pod – lamentou Homily. – Eu nunca deveria ter deixado você ir! Não nessa sua idade.

– Olhe aqui – disse Pod. – Não confunda as coisas. Eu subi bem. Subi como um pássaro, como você diria, com ou sem pompom. Mas – ele se inclinou na direção dela –, depois, com a xícara na minha mão, se você visse o que eu quero dizer... – Ele a pegou de cima da mesa. – Veja, é pesada. Dá para segurar pela alça, assim... mas ela vai escorregando. Uma xícara dessas tem que ser carregada com as duas mãos. Um pouco de queijo da prateleira ou uma maçã é só jogar lá de cima... dou um empurrão e acaba caindo, e então eu desço no meu ritmo e levo embora. Mas, com uma xícara... entende o que quero dizer? E para descer é preciso olhar os pés. Como eu digo, alguns pompons estão faltando. Não dá para saber no que se pode segurar com segurança...

– Ah, Pod – disse Homily, os olhos dela cheios de lágrimas. – O que você fez?

– Bem – disse Pod, sentando-se de novo. – Ele pegou a xícara.

– Como assim? – Homily perguntou, horrorizada.

Pod evitou os olhos dela.

– Bem, ele estava sentado na cama olhando para mim. Eu já estava na cortina fazia uns bons dez minutos, porque o relógio do saguão tinha acabado de tocar os quinze minutos.

– Mas o que você quer dizer com "ele pegou a xícara"?

– Bem, ele saiu da cama e ficou lá parado, olhando. "Vou pegar a xícara", ele disse.

– Oh! – ofegou Homily, os olhos dela espantados. – E você a entregou a ele?

– Ele a pegou – disse Pod. – delicadamente. E então, quando eu estava lá embaixo, ele a entregou para mim.

Homily colocou o rosto entre as mãos.

– Não comece – Pod disse, constrangido.

– Ele poderia ter pegado você! – estremeceu Homily em uma voz sufocada.

– Sim – disse Pod. – Mas ele apenas me deu a xícara. "Aqui está", ele disse.

Homily levantou o rosto.

– O que você vai fazer? – ela perguntou.

Pod suspirou.

– Bem, não há nada que possamos fazer. Exceto...
– Ah, não! – exclamou Homily. – Isso não. Emigrar não. Isso não, Pod. Agora que consegui uma casa tão boa e o relógio e tudo o mais.
– Nós poderíamos levar o relógio – disse Pod.
– E Arrietty? O que seria dela? Ela não é como aqueles primos. Ela sabe *ler*, Pod. E costurar um...
– Ele não sabe onde moramos – disse Pod.
– Mas eles olham! – exclamou Homily. – Lembra-se do Hendreary? Eles pegaram o gato e...
– Ei, ei – disse Pod. – Não precisa desenterrar o passado.
– Mas você tem que pensar nisso! Eles pegaram o gato e...
– Sim – disse Pod. – Mas Eggletina era diferente.
– Diferente como? Ela tinha a idade da Arrietty.
– Bem, eles não contaram para ela, você sabe. Foi aí que erraram. Tentaram fazê-la acreditar que não havia nada lá que não existisse sob o chão. Eles nunca lhe contaram sobre a sra. Driver ou sobre Crampfurl. Muito menos sobre gatos.
– Não havia nenhum gato – Homily apontou. – Não até Hendreary ser "visto".
– Bem, depois disso havia – disse Pod. – Você tem que falar para eles, é o que eu digo, ou eles tentam descobrir por si mesmos.
– Pod – disse Homily solenemente. – Nós não falamos para Arrietty.
– Ah, ela sabe – Pod disse. Ele se mexeu desconfortavelmente. – Ela tem sua rebeldia.
– Ela não sabe sobre Eggletina. Ela não sabe sobre ser "vista".
– Bem – disse Pod –, vamos contar a ela. Sempre dissemos que falaríamos. Não há pressa.
Homily ficou em pé.
– Pod – ela disse –, vamos contar para ela esta noite.

•• CAPÍTULO CINCO ••

Arrietty não tinha ido dormir. Ela havia ficado deitada sob a colcha cheia de nós olhando para o teto. Era um teto interessante. Pod tinha construído o quarto de Arrietty com duas caixas de charuto e, no teto, adoráveis pinturas de moças vestidas em espirais de *chiffon* sopravam longas trombetas contra um fundo de céu azul; logo abaixo havia palmeiras emplumadas e casinhas brancas que começavam em uma praça. Era uma cena glamourosa, sobretudo sob a luz de velas, mas nessa noite Arrietty tinha estado olhando sem ver. A madeira da caixa de charuto é fina, e Arrietty, deitada reta e ainda debaixo do acolchoado, tinha ouvido o tom de vozes preocupadas aumentando e abaixando. Ela tinha ouvido seu nome; tinha ouvido Homily exclamar: "Nozes e frutos silvestres: era o que comiam!", e tinha ouvido, depois de um tempo, o lamento profundo de "O que vamos fazer?".

Então, quando Homily apareceu ao lado da cama dela, ela se embrulhou obedientemente na colcha e, com os pés descalços sobre o corredor empoeirado, juntou-se aos pais no calor da cozinha. Agachada em seu banquinho, ela se sentou com os joelhos unidos, tremendo um pouco e olhando de um rosto para o outro.

Homily veio até o lado dela e, ajoelhando-se no chão, colocou um braço ao redor dos magros ombros de Arrietty.

– Arrietty – ela disse gravemente –, você sabe sobre o andar de cima?

– O que que tem? – perguntou Arrietty.

– Você sabe sobre os dois gigantes?

– Sim – disse Arrietty. – A tia-avó Sofia e a sra. Driver.

– Certo – disse Homily. – E Crampfurl no jardim. – Ela colocou uma mão áspera sobre as mãos enganchadas de Arrietty. – Você sabe sobre o tio Hendreary?

Arrietty pensou por algum tempo.

– Ele foi para o exterior? – ela perguntou.

– Emigrou – corrigiu Homily. – Para o outro lado do mundo. Com a tia Lupy e todas as crianças. Para uma toca de texugos: um buraco em um declive sob a sebe de um espinheiro. Agora, por que você acha que ele fez isso?

– Ah! – disse Arrietty, o rosto dela iluminado. – Para ficar ao ar livre... para deitar sob o sol... correr na grama... balançar nos galhos como os pássaros... chupar mel...

– Bobagem, Arrietty! – exclamou Homily rispidamente. – Esse é um hábito horrível! E seu tio Hendreary era um homem reumático. Ele emigrou – ela continuou, enfatizando a palavra – porque foi "visto".

– Oh – disse Arrietty.

– Nunca ouvi e ninguém nunca foi capaz de dizer por que ele foi para cima da cornija da sala de visitas, para começo de conversa. Não há nada lá, seu pai me garantiu, que não possa ser visto do chão ou ficando em pé, de lado, na alça da escrivaninha e firmando-se sobre a chave. É isso o que seu pai faz se ele vai para a sala de visitas...

– Dizem que era remédio para o fígado – interveio Pod.

– O que você está dizendo? – perguntou Homily, surpresa.

– Um remédio para o fígado para Lupy – Pod falou, cansado. – Alguém espalhou o rumor – ele continuou – de que havia comprimidos sobre a cornija da sala de visitas...

– Oh – disse Homily, e pareceu pensativa. – Nunca ouvi falar disso. Dá no mesmo! – ela exclamou. – É estúpido e imprudente. Não há nenhum caminho para descer a não ser a cordinha do sino para chamar os criados. Ela o deixou coberto de poeira, eles dizem, com um espanador, e ele ficou tão parado, ao lado de um cupido, que ela nunca o teria notado se ele não tivesse espirrado. Ela era nova, sabem, e não conhecia os enfeites. Nós a escutamos berrar bem daqui, sob a cozinha. E, pouco tempo depois disso, eles não conseguiram fazê-la limpar mais nada que não fossem cadeiras ou mesas; menos ainda o tapete de pele de tigre.

– Eu quase nunca me preocupo com a sala de visitas – disse Pod. – Tudo fica no lugar, e eles ficam de olho. Pode haver alguma coisinha deixada sobre a mesa ou ao lado da cadeira, mas não se não tiver havido visita, e nunca há; não pelos últimos dez ou doze anos. Sentado aqui nesta cadeira, eu posso dizer de cor cada santa coisa que há naquela sala de visitas, do gabinete perto da janela até...

– Há um monte de coisas naquele gabinete – interrompeu Homily. – Algumas delas de prata maciça. Um violino de prata maciça, eles têm, com cordas e tudo, bem ali para nossa Arrietty.

– Qual a utilidade de coisas atrás de vidros? – perguntou Pod.

– Você não poderia quebrá-lo? – sugeriu Arrietty. – Só em um canto, só uma pancadinha, só... – A voz dela vacilou quando ela viu a expressão de surpresa no rosto do pai.

– Ouça aqui, Arrietty – começou Homily, irritada, e então ela se controlou e deu umas batidinhas leves nas mãos trançadas de Arrietty. – Ela não sabe muito sobre pegar coisas emprestadas – ela explicou para Pod. – Não pode culpá-la. – Ela se virou novamente para Arrietty. – Pegar emprestado exige habilidades, é uma arte. De todas as famílias que viveram nesta casa, apenas nós sobramos, e você sabe por quê? Porque seu pai, Arrietty, é o melhor para fazer esse trabalho que já apareceu por aqui desde... bem, antes do tempo de seu avô. Até sua tia Lupy admitiu isso. Quando seu pai era mais jovem, eu o vi andar por toda a extensão de uma mesa de jantar posta, depois de a campainha tocar, pegando uma noz ou um doce de cada prato, e descendo por uma dobra na toalha, enquanto as primeiras pessoas chegavam à porta. Ele fazia isso apenas por diversão, não é, Pod?

Pod sorriu languidamente.

– Não havia nenhum sentido nisso – ele disse.

– Talvez – disse Homily. – Mas você fez! Quem mais ousaria?

– Eu era jovem – disse Pod. Ele suspirou e se virou para Arrietty. – Não se quebram coisas, moça. Não é assim que se faz. Isso não é pegar emprestado...

– Nós éramos ricos na época – contou Homily. – Nossa, nós tínhamos coisas adoráveis! Você era só uma criancinha, Arrietty, e não lembraria. Nós tínhamos um jogo de mobília de nogueira inteiro tirado da casa de bonecas, e um conjunto de taças de vinho de vidro verde, e uma caixinha de música, e os primos vinham e nós fazíamos festas. Você se lembra disso, Pod? Não eram só os primos. Os Espinetas[4] vinham. Todos vinham... Exceto aqueles Ornatos, da sala do café. E nós dançávamos e dançávamos e os jovens se sentavam do lado de fora, perto da grade. Aquela caixinha de música tocava três melodias: "Clementina", o hino nacional e "Carruagem a galope"... Todos nos invejavam, até os Ornatos...

– Quem eram os Ornatos? – perguntou Arrietty.

– Ah, você deve ter me ouvido falar dos Ornatos! – exclamou Homily. – Aquele bando de metidos que viviam na parede lá em cima, entre as ripas e o gesso atrás da cornija na sala do café. E eles eram muito esquisitos. Os homens fumavam o tempo todo porque os potes de tabaco eram mantidos lá; e eles escalavam os ornamentos sobre a cornija e desciam por eles, escorregando nos pilares para aparecer. As mulheres também eram muito convencidas, sempre se admirando naqueles pedaços de espelho acima da prateleira. Eles nunca chamaram ninguém para subir até lá e eu, de minha parte, nunca quis ir. Não sou chegada a alturas, e seu pai nunca gostou daqueles homens. Ele sempre andou na linha, o seu pai, e não eram apenas os potes de tabaco; as garrafas de uísque também eram mantidas na sala do café, e dizem que os homens Ornatos sugavam os resíduos nos copos por meio daqueles limpadores de cachimbos que eram mantidos sobre a cornija. Não sei se é verdade, mas dizem que os Ornatos costumavam fazer uma festa toda terça-feira depois que o oficial discutia negócios na sala do café. Caídos de bêbados, ao menos é o que diz a lenda, na toalha verde de veludo, todos no meio das caixas de latão e dos livros de balanço...

– Veja bem, Homily – Pod, que não gostava de fofocas, protestou –, eu nunca os vi.

---

4. Instrumento musical de teclado e corda antigo parecido com o cravo. (N. T.)

— Você não deveria se indignar por eles, Pod. Você mesmo disse, quando me casei com você, para não chamar os Ornatos.

— Eles viviam muito no alto — disse Pod. — Era só isso.

— Bem, mas eles eram muito preguiçosos, isso você não pode negar. Eles nunca tiveram uma vida no lar. Eles se mantinham quentes no inverno com o calor da lareira da sala do café e não comiam nada além da comida do café da manhã; o café da manhã, é claro, era a única refeição servida na sala do café.

— O que aconteceu com eles? — perguntou Arrietty.

— Bem, quando o Senhor morreu e Ela foi levada para a cama, a sala do café não tinha mais utilidade. Então os Ornatos tiveram que partir. O que mais eles poderiam fazer? Sem comida, sem lareira. É uma sala bem fria no inverno.

— E os Espinetas? — perguntou Arrietty.

Homily ficou pensativa.

— Bem, eles eram diferentes. Não estou dizendo que não fossem arrogantes também, porque eles eram. Sua tia Lupy, que se casou com seu tio Hendreary, era uma Espineta por casamento, e todos nós sabemos a importância que ela se dava.

— Homily... — começou Pod.

— Bem, ela não tinha esse direito. Ela era apenas uma Calheira[5] dos estábulos antes de se casar com um Espineta.

— Ela não se casou com o tio Hendreary? — perguntou Arrietty.

— Sim, mais tarde. Ela era uma viúva com duas crianças e ele era um viúvo com três. Não adianta ficar olhando para mim com essa cara, Pod. Você não pode negar que ela conseguiu isso do pobre Hendreary: ela achou que fosse uma regressão se casar com um Relógio.

— Por quê? — perguntou Arrietty.

— Porque os Relógios viviam sob a cozinha, é por isso. Porque nós não usamos palavras difíceis e não comemos torradas de anchovas.

---

5. Um tipo de calha para escoar água de chuva. (N. T.)

Mas viver sob a cozinha não quer dizer que não tenhamos educação. Os Relógios são apenas uma família tão antiga quanto os Espinetas. Lembre-se disso, Arrietty, e não deixe ninguém convencê-la de algo diferente. Seu avô sabia contar e escrever os números até... qual era mesmo, Pod?

– Cinquenta e sete – disse Pod.

– Isso – disse Homily. – Cinquenta e sete! E seu pai sabe contar, como você sabe, Arrietty; ele sabe contar e escrever os números, sem parar, até o fim. Até quanto vai, Pod?

– Até quase mil – disse Pod.

– Isso! – exclamou Homily. – E ele sabe o alfabeto, porque o ensinou a você, Arrietty, não foi? E ele teria aprendido a ler, não teria, Pod?, se não tivesse tido que começar a pegar coisas emprestadas tão cedo. Seu tio Hendreary e seu pai tiveram que sair para pegar emprestado aos treze anos... A sua idade, Arrietty! Pense nisso!

– Mas eu gostaria... – começou Arrietty.

– Então ele não teve suas vantagens – Homily continuou sem parar – e só porque os Espinetas viviam na sala de visitas; eles se mudaram para lá em 1837, para um buraco no rodapé bem atrás de onde a espineta costumava ficar, se é que havia uma, o que eu duvido, e eram na verdade uma família chamada Aparador ou algo assim, e mudaram para Espinetas...

– Do que eles viviam na sala de visitas – perguntou Arrietty?
– Do chá da tarde – disse Homily. – Nada além do chá da tarde. Não me admiro que as crianças tenham crescido tão doentias. É claro que antigamente era melhor: bolinhos e tortas e tal, e bolos deliciosos e geleias e gelatinas. E havia um velho Espineta que se lembrava de sua bebida preferida, com vinho e leite, todas as noites. Mas eles tinham que pegar coisas emprestadas na maior correria, pobrezinhos. Nos dias de chuva, quando os seres mundanos se sentavam durante a tarde toda na sala de visitas, o chá era servido e retirado sem que houvesse a menor chance de os Espinetas se aproximarem dele, enquanto, em dias de sol, podia ser servido no jardim. A Lupy me contou que, às vezes, eles viviam de migalhas de pão e água dos vasos de plantas por dias e dias. Então não se pode ser muito duro com eles; o único conforto que tinham, pobrezinhos, era se mostrar um pouco e conversar como damas e cavalheiros da sociedade. Você já ouviu sua tia Lupy falar?

– Sim. Não. Eu não lembro.

– Ah, você tinha que ter ouvido ela dizer "parquete"; era a coisa da qual o piso da sala de visitas era feito. "Parrrquete... Parrrquete", ela dizia, como se fosse em francês. Ah, era encantador. Pensando bem, sua tia Lupy era a mais convencida de todos eles...

– A Arrietty está tremendo – observou Pod. – Não fizemos nossa mocinha se levantar para falar sobre tia Lupy.

– Nem fizemos isso – lamentou-se Homily, subitamente arrependida. – Você deveria ter me impedido, Pod. Aqui, minha querida, enrole-se nesse acolchoado e eu vou pegar para você um bocadinho de sopa bem quente!

– Ainda assim – Pod disse a Homily, mexendo inquietamente no fogão, colocando com a concha um pouco de sopa na xícara de chá –, de certa forma nós fizemos.

– Fizemos o quê? – perguntou Homily.

– Nós a fizemos se levantar para falar sobre a tia Lupy. A tia Lupy, o tio Hendreary e... – ele fez uma pausa – ... Eggletina.

– Deixe-a tomar a sopa primeiro – disse Homily.

– Não há motivo para ela parar de tomar – disse Pod.

•• CAPÍTULO SEIS ••

— A sua mãe e eu fizemos você se levantar — disse Pod — para falar sobre lá em cima.

Arrietty, segurando a grande xícara em ambas as mãos, olhou para ele por sobre a beirada.

Pod tossiu.

— Você disse um tempo atrás que o céu era marrom-escuro com fendas. Bem, não é. — Ele olhou para ela quase de maneira acusadora. — É azul.

— Eu sei — disse Arrietty.

— Você sabe! — exclamou Pod.

— Sim, é claro que eu sei. Eu tenho a grade.

— Você consegue ver o céu através da grade?

— Ande logo — interrompeu Homily. — Fale para ela sobre os portões.

— Bem — disse Pod pesadamente —, se você sair desta sala, o que verá?

— Um corredor escuro — respondeu Arrietty.

— E o que mais?

— Outros cômodos.

— E se você for mais longe?

— Mais passagens.

— E se você continuar andando e andando, em todas as passagens sob o chão, não importa como se curvem e virem, o que encontrará?

— Portões — disse Arrietty.

— Portões resistentes — disse Pod. — Portões que você não pode abrir. Para que eles estão lá?

— Contra os camundongos? — supôs Arrietty.

— Sim — concordou Pod meio em dúvida, embora tivesse dado meio ponto para ela. — Mas camundongos nunca fizeram mal a ninguém. Para que mais?

— Ratos? — sugeriu Arrietty.

— Não temos ratos aqui — disse Pod. — Que tal gatos?

— Gatos? — ecoou Arrietty, surpresa.

– Ou para manter você em casa? – sugeriu Pod.

– Para me manter em casa? – repetiu Arrietty, desanimada.

– Lá em cima é um lugar perigoso – disse Pod. – E você, Arrietty, você é tudo o que temos, entende? Não é como Hendreary... ele ainda tem dois dele mesmo e três dela. Tempos atrás – disse Pod – Hendreary teve três; três dele.

– Seu pai está pensando em Eggletina – disse Homily.

– Sim – disse Pod. – Eggletina. Eles nunca contaram a ela sobre lá em cima. E eles não tinham nenhuma grade. Disseram para ela que o céu era fechado com pregos, tipo, com fendas nele...

– Um jeito bobo de criar uma criança – murmurou Homily. Ela fungou levemente e tocou o cabelo de Arrietty.

– Mas Eggletina não era boba – disse Pod. – Ela não acreditava neles. Então um dia – ele prosseguiu – ela foi lá para cima para ver por si mesma.

– Como ela saiu? – perguntou Arrietty, interessada.

– Bem, nós não tínhamos tantos portões na época. Apenas um sob o relógio. Hendreary deve tê-lo deixado destravado ou algo do tipo. De qualquer maneira, Eggletina saiu...

– Com um vestido azul – disse Homily – e um par de botas de luvas que seu pai fez para ela, pelica amarela com contas negras servindo de botões. Eram lindas.

– Bem – disse Pod –, em qualquer outro momento tudo teria corrido bem. Ela teria saído, dado uma olhada ao redor, ficado com um pouco de medo, talvez, e voltado; sem nenhum dano e não mais informada do que antes...

– Mas coisas estavam acontecendo... – disse Homily.

– Sim – disse Pod. – Ela não sabia, já que eles nunca lhe disseram, mas o pai dela tinha sido "visto" e, lá em cima, eles tinham arrumado um gato e...

– Eles esperaram durante uma semana – disse Homily –, e esperaram durante um mês, e tiveram esperança durante um ano, mas ninguém nunca mais viu Eggletina.

– E isso – disse Pod, depois de uma pausa e uma olhada para Arrietty – é o que aconteceu com Eggletina.

Houve um silêncio, quebrado apenas pela respiração de Pod e o leve borbulhar da sopa.

– Isso desconcertou seu tio Hendreary – disse Homily, por fim. – Ele nunca foi lá para cima de novo; no caso, ele disse, de encontrar as botas de luvas. O único futuro deles era emigrar.

Arrietty ficou em silêncio por um momento; então, levantou a cabeça.

– Por que vocês me contaram? – ela perguntou. – Agora? Esta noite?

Homily se levantou. Ela se movimentou impaciente até o fogão.

– Nós nunca falamos sobre isso – ela disse. – Pelo menos, não muito, mas, esta noite, nós sentimos... – Ela se virou de repente. – Bem, vamos dizer de uma vez: seu pai foi "visto", Arrietty.

– Nossa! – exclamou Arrietty. – Por quem?

– Bem, por um... algo de que você nunca ouviu falar. Mas esse não é o ponto. O ponto é...

– Vocês acham que eles têm um gato?

– Podem ter – disse Homily.

Arrietty parou de comer por um momento. Ficou olhando para a xícara, que ficava ao lado dela quase da altura do chão ao joelho. Havia um ar sonhador e secreto em seu rosto.

– Nós não poderíamos emigrar? – ela arriscou afinal, muito delicadamente.

Homily suspirou e apertou as mãos dela e começou a andar em direção à parede.

– Você não sabe do que está falando – ela gritou, dirigindo-se a uma frigideira que estava pendurada ali. – Minhocas e doninhas e frio e umidade e...

– Mas suponha – disse Arrietty – que *eu* tenha saído, como Eggletina fez, e que o gato tivesse *me* visto. Então você e o papai emigrariam, não? Não emigrariam? – ela perguntou, e sua voz hesitou. – Não?

Homily continuou andando para lá e para cá, dessa vez na direção de Arrietty; o rosto dela parecia muito bravo.

– Eu posso bater em você, Arrietty Relógio, se você não se comportar neste minuto!

Os olhos de Arrietty se encheram de lágrimas.

– Eu só estava pensando – ela disse – que eu gostaria de ir para lá, de emigrar também. Sem ser comida – ela acrescentou suavemente e as lágrimas caíram.

– Já chega! – disse Pod. – Você volta para a cama, Arrietty, sem ser comida e sem ser batida também, e nós conversaremos sobre isso pela manhã.

– Não é que eu tenha medo – Arrietty gritou com raiva. – Eu gosto de gatos. Aposto que o gato não comeu Eggletina. Eu aposto que ela apenas saiu correndo porque odiava ficar presa... dia após dia... semana após semana... ano após ano... como acontece comigo! – ela acrescentou com um soluço.

– Presa! – repetiu Homily, perplexa.

Arrietty colocou o rosto entre as mãos.

– Portões... – Ela ofegou. – Portões, portões, portões...

Pod e Homily ficaram se entreolhando por cima dos ombros curvados de Arrietty.

– Você não tinha que trazer esse assunto à tona – ele disse, infeliz. – Não tão tarde da noite...

Arrietty levantou o rosto riscado de lágrimas.

– Tarde ou cedo, qual a diferença? – ela gritou. – Ah, eu sei que o papai sabe pegar coisas emprestadas perfeitamente. Sei que ele conseguiu ficar enquanto todos os outros se foram. Mas o que isso nos trouxe, afinal? Eu não acho tão inteligente vivermos sozinhos, para sempre, em uma grande casa metade vazia; debaixo do chão, sem ninguém para conversar, ninguém para brincar, nada para ver além de poeira e corredores, nenhuma luz além da luz de velas e da fogueira e do que entra pelas frestas. A Eggletina tinha irmãos, e a Eggletina tinha meios-irmãos, e tinha um rato domesticado; a Eggletina tinha botas amarelas com botões escuros, e ela conseguiu sair, pelo menos uma vez!

– *Shhh* – pediu Pod carinhosamente. – Não tão alto.

Sobre a cabeça deles o solo rangeu, e pesados passos seguiram deliberadamente para a frente e para trás. Eles ouviram a voz da sra. Driver murmurando e o ruído dos utensílios de ferro da lareira.

– Porcaria de fornalha! – Eles a ouviram dizer. – O vento está a leste de novo. – Então eles a ouviram aumentar o tom de voz e chamar: – Crampfurl!

Pod ficou sentado olhando de modo taciturno para o chão; Arrietty tremeu um pouco e se abraçou mais fortemente na colcha de tricô, e Homily inspirou longa e suavemente. De repente, ela levantou a cabeça.

– A menina está certa – ela anunciou firmemente.

Os olhos de Arrietty se arregalaram.

– Ah, não! – ela se surpreendeu. Arrietty ficou chocada em estar certa. Os pais estavam certos, não os filhos. Os filhos podiam dizer qualquer coisa, ela sabia, e gostar de dizê-las, sabendo que sempre estariam seguros e errados.

– Veja, Pod – continuou Homily –, foi diferente com você e comigo. Havia outras famílias, outras crianças... Os Tanques na área de serviço, lembra? E aquelas pessoas que moravam atrás da máquina de lâminas... eu me esqueci do nome delas agora. E os meninos Portavassouras. E havia aquela passagem subterrânea até os estábulos... sabe, que os Calheiras usavam. Nós tínhamos mais, como você diria, liberdade.

– Ah, sim – disse Pod. – De certa forma. Mas aonde a liberdade leva? – Ele olhou para cima incerto. – Onde estão todos eles agora?

– Alguns deles devem ter melhorado de situação; não me surpreenderia – Homily disse categoricamente. – Os tempos mudaram na casa toda. As sobras não estão mais onde estavam. Havia aqueles que foram, você lembra, quando cavaram um buraco na tubulação de gás. Pelos campos, pela floresta e tudo o mais. Eles conseguiram um tipo de túnel até chegarem a Leighton Buzzard.

– E o que encontraram lá? – comentou Pod insensível. – Uma montanha de coque![6]

Homily virou de costas.

– Arrietty – ela disse, no mesmo tom firme de voz –, supondo que um dia, um dia em particular que nós escolhêssemos e no qual não houvesse ninguém por perto, e nos prevenindo de que eles não tenham um gato, o que tenho minhas razões para pensar que não acontecerá... supondo que, um dia, seu pai a leve para fora para pegar coisas emprestadas... você seria uma boa menina, não seria? Você faria direitinho o que ele dissesse, rapidamente, com cuidado e sem discutir?

Arrietty ficou bastante rosada; ela apertou forte as mãos.

– Ah! – ela se surpreendeu com uma voz em êxtase, mas Pod cortou rapidamente:

– Olhe aqui, Homily, nós temos que pensar. Você não pode ficar dizendo essas coisas sem pensar direito nelas. Eu fui "visto", lembra? Não é hora de levar uma criança lá para cima.

– Não haverá nenhum gato – disse Homily. – Não houve nenhum grito. Não foi como naquela vez com Rosa Pickhatchet.

– Mesmo assim – disse Pod, incerto. – O risco está lá. Eu nunca ouvi falar de nenhuma *menina* indo pegar coisas emprestadas antes.

– O que me parece – disse Homily –, e só percebo isso agora... Se você tivesse um filho, você o levaria para pegar coisas emprestadas, não? Bem, você não tem nenhum filho; apenas Arrietty. Suponha que alguma coisa aconteça comigo ou com você: onde Arrietty estaria se ela não tivesse aprendido a pegar coisas emprestadas?

Pod ficou olhando para os joelhos.

– Sim – ele disse após um momento. – Entendo o que quer dizer.

– E isso vai trazer interesse para ela e diminuir essa ansiedade toda.

---

6. Combustível à base de carbono, produzido a partir do carvão ou do petróleo. (N. T.)

– Ansiedade pelo quê?
– Pelo céu azul e grama e coisas do gênero.
Arrietty prendeu a respiração. Homily virou-se para ela rapidamente.
– Não adianta, Arrietty, eu não vou emigrar. Nem por você nem por ninguém.
– Ah – disse Pod, e começou a rir. – Então é isso!
– *Shhh* – fez Homily, irritada, e olhou impaciente para o teto. – Não tão alto. Agora beije seu pai, Arrietty – ela continuou animada. – E volte já para a cama.

Enquanto Arrietty se acomodava sob os lençóis, arrastando-se com os pés, ela sentiu um brilho de felicidade que a aquecia por dentro. Ela ouviu a voz deles aumentando e diminuindo no cômodo ao lado. Homily continuou e continuou, consistente e confiante. Havia, Arrietty sentiu, um tipo de convicção por trás disso; era a voz vitoriosa. Uma hora ela ouviu Pod se levantar e uma cadeira se arrastando. "Não gosto disso", ela o escutou dizer. E ela ouviu Homily sussurrar: "Fique quieto!". E houve passos vacilantes no chão lá em cima e o estrondo súbito de panelas batendo.

Arrietty, meio sonolenta, ficou olhando para o seu teto pintado. "FLOR DE HAVANA", declaravam os estandartes orgulhosamente. "Garantizados... Superiores... Non Plus Ultra... Exquisitos...", e as lindas e diáfanas moças sopravam seus trompetes, em silêncio, triunfantemente, em notas silenciosas de alegria...

•• CAPÍTULO SETE ••

Nas três semanas seguintes, Arrietty ficou especialmente "boazinha": ela ajudava a mãe a arrumar as provisões, varria e lavava os corredores e descia por eles: selecionava e classificava as contas (que eles usavam como botões), colocando-as dentro de frascos rosqueados de remédios; cortava velhas luvas de pelica em pequenos quadrados para o trabalho de sapateiro de Pod; polia agulhas de espinha de peixe até ficarem afiadas como ferrões; pendurava as roupas molhadas na grade para que secassem com o suave ar que saía dela; e, finalmente, chegou o dia – aquele dia formidável, maravilhoso, para nunca ser esquecido – em que Homily, esfregando a mesa da cozinha, endireitou as costas e gritou:

– Pod!

Ele veio de sua oficina, a forma de sapateiro na mão.

– Olhe para esta escova! – gritou Homily. Era uma escova com as fibras todas dobradas para trás.

– Sim – disse Pod. – Está gasta.

– Força as minhas articulações toda vez que eu esfrego agora – disse Homily.

Pod pareceu preocupado. Desde que tinha sido "visto", eles haviam pegado coisas emprestadas apenas da cozinha, e só o necessário, como comida e elementos para avivar o fogo da lareira. Havia um velho buraco feito por camundongos embaixo do fogão da cozinha lá de cima que, à noite, quando o fogo estava apagado ou baixo, Pod podia usar como um atalho para facilitar o transporte das coisas. Desde o incidente na cortina, eles tinham empurrado um gaveteiro de caixas de fósforos embaixo do buraco de camundongo e colocado um banquinho de madeira sobre o gaveteiro; e Pod, com bastante ajuda e empurrões de Homily, tinha aprendido a se espremer pelo atalho em vez de descer pelo outro caminho. Nesse caminho ele não precisava se aventurar pelo grande saguão e os corredores; podia apenas dar uma corrida até embaixo do imenso fogão preto na cozinha para pegar um dente de alho ou uma cenoura ou um saboroso pedaço de presunto. Mas esse não era um esquema satisfatório: mesmo quando o fogo estava apagado, frequentemente havia cinzas quentes e brasas sob o fogão, e uma vez, quando ele apareceu, um grande galho de lenha que estava sendo manuseado pela sra. Driver caiu na direção dele; e ele escorregou para trás, por cima de Homily, chiando, tremendo e tossindo pó. Em outra ocasião, por alguma razão, a chama do fogo tinha ficado alta e Pod chegou de repente embaixo de um inferno incandescente do qual caíam pedaços brancos e quentes de carvão. Mas, geralmente, à noite, o fogo estava apagado, e Pod podia seguir seu caminho através dos pedaços queimados de carvão até a cozinha propriamente dita.

– A sra. Driver saiu – Homily continuou. – É o dia de folga dela. E Ela – eles sempre se referiam à tia Sofia como "Ela" – não dará trabalho na cama.

– Não são elas que me preocupam – disse Pod.

– Por quê? – perguntou Homily ríspida.

– O menino já não saiu daqui?

– Eu não sei – disse Pod. – Sempre há um risco – ele acrescentou.

– E sempre haverá – replicou Homily. – Igual quando você estava no carvoeiro e o carrinho de carvão apareceu.

– Mas as outras duas... – disse Pod. – A sra. Driver e Ela... Eu sempre sei onde estão...

– Quanto a isso, um menino é ainda melhor! – exclamou Homily – Você consegue ouvir um menino a quilômetros de distância. Bem – ela continuou após um momento –, faça como preferir. Mas não é do seu feitio falar sobre riscos...

Pod suspirou.

– Tudo bem – ele disse, e se virou para ir buscar sua sacola de empréstimos.

– Leve a menina – gritou Homily atrás dele.

Pod se virou.
– Ouça, Homily – ele começou, com uma voz alarmada.
– Por que não? – perguntou Homily rispidamente. – É o dia perfeito. Você não vai mais longe do que a porta da frente. Se está nervoso, pode deixá-la perto do relógio, pronta para correr para baixo do buraco e descer. De qualquer maneira, deixe-a pelo menos *ver*. Arrietty!

Enquanto Arrietty veio correndo, Pod tentou de novo:
– Espere um pouco, Homily... – ele protestou.

Homily o ignorou.
– Arrietty – ela disse, animada –, você gostaria de ir com o seu pai pegar emprestado para mim um pouco de fibras do capacho na porta de entrada?

Arrietty deu um pulinho.
– Nossa! – ela gritou. – Eu posso?
– Bem, tire o seu avental – disse Homily – e troque suas botas. Você vai preferir sapatos leves para pegar coisas emprestadas; melhor usar o de pelica vermelho.

E então, enquanto Arrietty saiu correndo, Homily se virou para Pod.
– Ela vai ficar bem – ela disse. – Você vai ver.

Enquanto Arrietty seguia o pai pelo corredor, o coração dela começou a bater mais rapidamente. Aquele momento tinha finalmente chegado, e ela achou que era quase demais para aguentar. Sentiu-se radiante, trêmula e com um frio na barriga.

Os dois carregavam três sacolas ("Para o caso", Pod disse, "de pegarmos alguma coisa; não se pode perder uma oportunidade por falta de uma sacola extra."), e Pod as colocou no chão para abrir o primeiro portão, que estava trancado com um alfinete de segurança. Era um alfinete grande, muito apertado para ser aberto por mãos pequenas, e Arrietty observou o pai dar um impulso com todo o seu peso na tranca e os pés dele se erguerem do chão. Pendurado pelas mãos, ele jogou seu peso ao longo do alfinete na direção da ponta curva e, conforme ele se moveu, o alfinete se abriu e, no mesmo instante, ele pulou com segurança para o chão.

– Você não pode fazer isso – ele comentou, limpando as mãos. – É muito leve. Sua mãe também não conseguiria. Venha comigo agora. Em silêncio...

Havia outros portões: todos iam sendo deixados abertos por Pod ("Nunca feche um portão quando estiver do lado de fora", ele explicou num sussurro. "Você pode precisar voltar correndo."), e, depois de um tempo, Arrietty viu uma luz fraca no final do corredor. Ela puxou a manga do pai.

– É aquilo? – ela sussurrou.

Pod ficou parado.

– Fique em silêncio agora – ele a alertou. – Sim, é aquilo: o buraco embaixo do relógio!

Conforme ele disse tais palavras, Arrietty ficou sem fôlego, mas não deu sinal evidente disso.

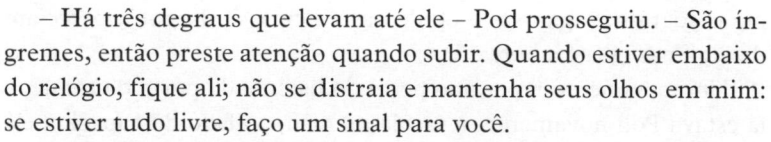

– Há três degraus que levam até ele – Pod prosseguiu. – São íngremes, então preste atenção quando subir. Quando estiver embaixo do relógio, fique ali; não se distraia e mantenha seus olhos em mim: se estiver tudo livre, faço um sinal para você.

Os degraus eram altos e um pouco irregulares, mas Arrietty subiu com mais facilidade que Pod. Tão logo ela escalou as beiradas recortadas do buraco, sua vista foi subitamente ofuscada por ouro derretido: era a luz da primavera nas pedras claras do piso do saguão. Em pé, ela não podia mais vê-la; só conseguia enxergar as sombras cavernosas na grande base do relógio sobre ela e o contorno ofuscado dos pesos suspensos. A escuridão profunda ao redor vibrava com som; era um som seguro – sólido e regular; e, longe e acima de sua cabeça, viu o movimento do pêndulo; ele brilhava um pouco à meia-luz, distante e cauteloso em seu balanço ritmado. Arrietty sentiu lágrimas quentes atrás das pálpebras e uma súbita e grande satisfação: então esse, afinal, era O Relógio! O relógio deles... aquele que deu o nome à sua família! Durante duzentos anos ele tinha estado ali, sonoro e paciente, protegendo a soleira deles e marcando o tempo para eles.

Mas Pod, ela viu, ficou agachado ao pé da arcada esculpida contra a luz: "Mantenha seus olhos em mim", ele dissera, então Arrietty se agachou também. Ela viu o brilho dourado do piso de pedra no saguão estendendo-se a distância; viu as beiradas dos tapetes, como ilhas ricamente coloridas misturadas ao mar, e viu, no esplendor da luz do sol, como um portão para um reino encantado... a porta da frente. Mais além, ela viu grama e, contra o céu limpo e azul, a fronde verde ondulante. Os olhos de Pod giraram ao redor.

– Espere – ele tomou fôlego – e observe.

E então, em um *flash*, ele sumiu. Arrietty o viu correr atravessando o piso ensolarado. Rapidamente ele correu – como um camundongo corre, ou como uma folha seca levada pelo vento forte – e, de repente, ela o viu como um "pequeno". Mas disse a si mesma: "Ele não é pequeno. Ele é quase uma cabeça mais alto que minha mãe". Ela observou enquanto ele corria ao redor da ilha castanha do capacho até as sombras atrás da porta. Lá, ele parecia ficar invisível.

Arrietty olhou e esperou. Tudo estava quieto, a não ser por um chiado repentino dentro do relógio. Um chiado desagradável, lá no alto, na escuridão profunda sobre a sua cabeça, e então o metal deslizante da frente do relógio rangeu, tocando alto suas badaladas. Três notas soaram, vagarosas e opulentas: "Pegue ou largue", pareciam dizer, "mas essa é a hora...".

Um movimento repentino perto do batente da porta da frente, e lá estava Pod novamente, a sacola na mão, ao lado do capacho; ele avançou com os joelhos cobertos pelas fibras do capacho como se estivesse em uma plantação de castanhas. Arrietty o viu olhar na direção do relógio e depois levantar a mão.

Ah, o calor das lajes enquanto ela corria por elas... a alegre luz do sol em seu rosto e nas mãos... o assustador espaço acima e ao redor dela! Pod a alcançou e a segurou por fim, abraçando-lhe os ombros.

– Isso, isso... – ele disse. – Respire fundo. Boa menina!

Ofegando um pouco, Arrietty olhou ao seu redor. Ela viu grandes pernas de cadeiras erguendo-se para a luz do sol; viu os lados sombreados de baixo dos assentos espalhados sobre ela como se fossem dosséis; viu os pregos e as correias e as pontas soltas de seda e corda; viu as plataformas íngremes dos degraus aumentando a distância, cada vez mais altas... viu as pernas de mesas esculpidas e uma caverna embaixo do baú. E por todo o tempo, naquela tranquilidade, o relógio falou – medindo os segundos, espalhando suas camadas de calma.

E então, virando-se, Arrietty olhou para o jardim. Ela viu um caminho de cascalhos cheio de pedras coloridas – eram do tamanho de nozes, e, aqui e ali, uma folha de grama entre elas, o verde transparente contra a luz do sol. Além do caminho, ela viu uma ribanceira coberta de grama elevando-se íngreme até uma sebe entrelaçada; e, além da sebe, viu árvores frutíferas, radiantes e cobertas de flores.

– Aqui está uma sacola – disse Pod em um sussurro rouco. – Melhor descermos para trabalhar.

Obedientemente, Arrietty começou a puxar as fibras; estavam duras e cobertas de poeira. Pod trabalhou rápida e metodicamente, formando pequenos feixes, cada qual sendo imediatamente guardado na sacola.

– Se tivermos que correr de repente – ele explicou –, não vamos querer deixar nada para trás.

– Isso machuca suas mãos, não? – perguntou Arrietty, e, de repente, ela espirrou.

– Não, as minhas mãos, não – disse Pod. – Elas são calejadas.

E Arrietty espirrou novamente.

– Está cheio de poeira, não? – ela comentou.

Pod endireitou as costas.

– Não é bom puxar onde está preso com nós – ele disse, observando-a. – Não é à toa que suas mãos estão se machucando. Olhe aqui! – ele exclamou depois de um momento. – Deixe isso! É a sua primeira vez. Sente-se ali no degrau e dê uma espiada do lado de fora das portas.

– Ah, não – Arrietty começou ("Se eu não ajudar", ela pensou, "ele não vai querer me trazer novamente"), mas Pod insistiu.

– Trabalho melhor sozinho – ele disse. – Posso escolher melhor os pedaços, se é que me entende, até porque sou eu quem vai fazer a escova.

•• CAPÍTULO OITO ••

O degrau estava morno, porém era muito íngreme. "Se eu descesse até o caminho", Arrietty pensou, "talvez não conseguisse subir de novo." Então, por alguns momentos, ela ficou sentada quieta. Depois de algum tempo, ela notou o limpador de sapato.

– Arrietty – Pod chamou, brandamente –, onde você se meteu?

– Eu só desci pelo raspador de sapato – ela gritou de volta.

Ele se aproximou e olhou para ela do alto do degrau.

– Tudo bem – ele disse depois de ficar olhando por algum tempo –, mas nunca desça por nada que não esteja fixado em algum lugar. Se um deles viesse e movesse o limpador de sapato... onde você estaria então? Como você subiria de novo?

– É pesado para tirar do lugar – disse Arrietty.

– Talvez – disse Pod –, mas é móvel. Entende o que eu digo? Há regras, minha querida, e você precisa aprender.

– Este caminho contorna a casa – Arrietty disse. E a ribanceira também contorna.

– Bem – disse Pod –, e o que tem isso?

Arrietty esfregou um dos sapatos vermelhos de pelica em uma pedra redonda.

– É a minha grade – ela explicou. – Eu estava pensando que a minha grade deve ficar bem na curva. A minha grade dá naquela ribanceira.

– Sua grade! – exclamou Pod. – Desde quando ela é a sua grade?

– Eu estava pensando... – Arrietty continuou – ... suponha que eu tivesse contornado a curva e chamado a mamãe através da grade...

– Não – disse Pod. – Não vamos ter nada disso. Nada de contornar a curva.

– ... então – prosseguiu Arrietty –, ela veria que eu estou bem.
– Bem – disse Pod, e então meio que sorriu –, vá rápido então e chame. Fico observando você daqui. Não chame alto!

Arrietty correu. As pedras no caminho estavam firmemente assentadas e os sapatos leves e macios dela mal pareciam tocá-las. Que incrível era correr – nunca se podia correr embaixo do chão; podia-se andar, inclinar-se e rastejar, mas nunca correr. Arrietty quase passou da grade. Ela a viu no exato momento em que cruzou a curva. Sim, era muito perto do solo, incrustada bem fundo na velha parede da casa; havia musgo abaixo dela em uma larga mancha esverdeada.

Arrietty correu até lá.

– Mãe! – ela chamou, o nariz contra a grade de ferro. – Mãe! – Ela esperou em silêncio e, depois de um momento, chamou novamente.

No terceiro chamado, Homily apareceu. O cabelo dela estava caído e ela carregava, apesar de pesada, uma tampa rosqueada de um pote de picles cheia de água ensaboada.

– Ah – ela disse com uma voz irritada –, você não me dá um tempo! O que pensa que está fazendo? Onde está o seu pai?

Arrietty balançou a cabeça para ambos os lados.

– Bem ali, na porta da frente!

Ela estava tão feliz que, fora da vista de Homily, os dedos do pé dela dançavam no musgo verde. Ali estava ela, do lado de fora da grade; finalmente estava lá, do lado de fora, olhando para dentro!

– Sim – disse Homily –, eles abrem aquela porta assim; é o primeiro dia da primavera. Bem – ela prosseguiu, animada –, corra de volta até o seu pai. E diga a ele que, se a porta da sala do café está aberta, eu não direi não a um pouco de mata-borrão vermelho. Saia da minha frente agora, enquanto eu jogo fora a água!

"É isso o que faz o musgo crescer", pensou Arrietty enquanto se apressava em voltar até seu pai. "Toda a água que esvaziamos pela grade..."

Pod pareceu aliviado quando a viu, mas fez cara feia ao receber o recado.

– Como ela espera que eu escale aquela escrivaninha sem meu alfinete? Mata-borrão é um trabalho que exige cortina e cadeira, e ela devia saber disso. Vamos, agora! Para cima!

– Deixe-me ficar aqui embaixo – pediu Arrietty. – Só mais um pouquinho. Só até você terminar. Todos eles saíram. Exceto Ela. Foi a mamãe quem disse.

— Ela diz qualquer coisa — reclamou Pod — quando quer que alguma coisa seja feita logo. Como ela sabe que Ela não vai pôr na cabeça que quer sair da cama e descer com uma bengala? Como ela sabe se a sra. Driver não ficou em casa hoje, com dor de cabeça? Como ela sabe se o menino ainda não está aqui?

— Que menino? — perguntou Arrietty.

Pod ficou constrangido.

— Que menino? — ele repetiu vagamente, e então continuou: — Ou talvez Crampfurl...

— Crampfurl não é um menino — disse Arrietty.

— Não, ele não é — disse Pod —, não de certa forma. Não — ele prosseguiu enquanto pensava melhor no assunto —, não se poderia dizer que Crampfurl é um menino. Não, como você diria, um menino, exato. Bem — ele disse, começando a andar —, fique aí um pouco se você quiser. Mas fique por perto!

Arrietty ficou observando enquanto ele se afastava do degrau e então olhou à sua volta. Ah, que incrível! Ah, que alegria! Ah, que liberdade! A luz do sol, a grama, o ar se movendo suave e, a meio caminho da ribanceira, onde ela se curvava, uma cerejeira em flor! Abaixo dela, no caminho, ficava uma mancha de pétalas rosadas e, na base da árvore, claras como manteiga, um grupo de prímulas.

Arrietty deu uma olhada cuidadosa na direção da soleira da porta da frente e então, radiante e dançando, com seus leves sapatos vermelhos, ela correu na direção das pétalas. Eram curvadas como conchas e balançaram quando ela as tocou. Ela colheu várias delas e as colocou uma sobre a outra... para cima, para cima... como um castelo de cartas. E então as espalhou. Pod voltou ao topo do degrau e olhou ao longo do caminho.

— Não vá para longe — ele disse depois de um momento. Vendo os lábios dele se moverem, ela sorriu de volta: ela já estava longe demais para ouvir as palavras.

Um besouro esverdeado, brilhando à luz do sol, veio na direção dela por entre as pedras. Ela tocou levemente o casco com os dedos e ele ficou parado, esperando e atento, e quando ela moveu a mão, o besouro continuou veloz. Uma formiga se aproximou apressada em um atarefado zigue-zague. Arrietty dançou na frente do inseto para provocá-lo e puxou o pé dele. A formiga ficou olhando para ela, confusa e agitando suas anteninhas; então, rabugenta, embora mancando, desviou-se e foi embora. Dois pássaros vieram, brigando de modo estridente, para o gramado sob a árvore. Um voou para longe, mas Arrietty pôde ver o outro por entre os talos de grama que se mexiam sobre ela na ladeira. Cuidadosamente, ela se moveu na direção da ribanceira e escalou, ligeiramente nervosa, as folhas de grama. Conforme ela as partiu gentilmente com as mãos sem luvas, gotas de água espirraram na sua saia, e ela sentiu que os sapatos vermelhos ficaram úmidos. Entretanto, seguiu em frente, erguendo-se ocasionalmente sobre talos enraizados para dentro dessa selva de musgo e violetas-bravas e folhas rasteiras de trevos. As folhas de grama de aparência pontuda na altura da cintura eram macias ao toque e voltavam para trás levemente conforme ela passava. Quando finalmente encontrou a base da árvore, o pássaro se assustou e voou, e Arrietty se sentou de repente em uma folha retorcida de prímula. O ar estava repleto de perfume. "Mas ninguém vai brincar com você", ela pensou, e viu que as rachaduras e os sulcos da folha de prímula continham gotas cristalinas de orvalho. Se pressionava a folha, elas rolavam parecendo bolinhas de gude. A ribanceira era quente, quase quente demais dentro do abrigo de mato alto, e a terra arenosa tinha cheiro de seca. Em pé, ela pegou uma prímula. O talo rosado era macio e vivo nas suas mãos e estava coberto por fios prateados. Quando segurou a flor como uma sombrinha, viu a luz opaca do sol através das pétalas cheias de nervuras. Em um pedaço de casca de árvore, ela viu um tatuzinho, e cutucou-o levemente com sua flor. Ele se enrolou imediatamente e se tornou uma bola, colidindo suavemente com as raízes da grama conforme rolava pelo declive. Mas ela conhecia os tatuzinhos. Havia muitos deles na sua casa sob o chão. Homily sempre a repreendia se brincasse com eles porque, segundo dizia, tinham cheiro de facas velhas. Ela se deitou de costas entre os talos das prímulas e eles formavam uma proteção fresquinha entre ela e o sol. Então, suspirando, virou a cabeça e olhou para os dois lados sobre a ribanceira entre os talos de grama. Alarmada, prendeu a respiração. Alguma coisa tinha se movido sobre ela na ribanceira. Alguma coisa tinha brilhado. Arrietty ficou olhando, paralisada.

•• CAPÍTULO NOVE ••

Era um olho. Ou parecia um olho. Claro e brilhante como o azul do céu. Um olho como o dela, só que enorme. Um olho que olhava fixamente. Sem fôlego por causa do medo, ela se sentou. E o olho piscou. Uma grande franja de cílios veio se curvando para baixo e subiu novamente, ficando fora de vista. Cautelosamente, Arrietty mexeu as pernas: ela deslizaria sem fazer barulho por entre os talos na grama e escorregaria pela ribanceira.

– Não se mexa – disse uma voz, e a voz, como o olho, era enorme, mas, de alguma forma, apressada, além de rouca como o vento se movendo pela grade em uma noite tempestuosa de março.

Arrietty congelou. "Então é isso", ela pensou, "a pior e mais terrível coisa de todas: fui 'vista'! O que quer que tenha acontecido com Eggletina, agora, quase com certeza, acontecerá comigo!"

Houve uma pausa e Arrietty, o coração martelando em seus ouvidos, ouviu a respiração rápida novamente sendo puxada para os imensos pulmões.

– Ou – disse a voz, ainda sussurrando – vou bater em você com meu graveto.

De repente Arrietty ficou calma.

– Por quê? – ela perguntou. Como a voz dela tinha soado estranha! Fina, cristalina e clara, tilintou no ar.

– No caso – veio o sussurro surpreso por fim – de você correr em minha direção, rapidamente, pela grama... no caso – ele continuou, um pouco trêmulo – de você me arranhar com suas mãozinhas horríveis.

Arrietty ficou olhando para o olho; ela se manteve imóvel.

– Por quê? – ela perguntou novamente, e novamente a palavra tilintou; soou gelada desta vez e aguda como uma agulha.

– As coisas fazem isso – disse a voz. – Eu os vi. Na Índia.

Arrietty pensou em seu *Minidicionário geográfico do mundo*.

– Você não está na Índia agora – ela apontou.

– Você saiu da casa?

– Sim – respondeu Arrietty.

– De onde na casa?

Arrietty ficou encarando o olho.
- Não vou contar para você - ela disse por fim, corajosamente.
- Então vou bater em você com meu graveto.
- Tudo bem - disse Arrietty. - Bata em mim!
- Vou pegar você e quebrá-la ao meio!
Arrietty ficou em pé.
- Tudo bem - ela disse e deu dois passos à frente.

Uma respiração forte e um terremoto foram percebidos da grama: ele se virou e se sentou, uma grande montanha de suéter de lã verde. Ele tinha cabelos louros e lisos e cílios dourados.

- Fique onde está! - ele gritou.

Arrietty ficou olhando para ele. Então esse era "o menino"! Ela notou, sem respirar de tanto medo.

- Eu achei que você tivesse uns nove anos - ela disse, ofegante, depois de um momento.

Ele ruborizou.

- Bem, você errou; tenho dez. - Ele olhou para ela, respirando profundamente. - Quantos anos você tem?

- Catorze - disse Arrietty. - Faço agora em junho - ela acrescentou, observando-o.

Houve silêncio enquanto Arrietty esperou, tremendo um pouco.

- Você sabe ler? - o menino perguntou, afinal.

- Claro - disse Arrietty. - Você não sabe?

- Não - ele gaguejou. - Quero dizer, sei. Quero dizer, eu acabei de chegar da Índia.

- E o que isso tem a ver? - perguntou Arrietty.

- Bem, se você nasce na Índia, é bilíngue. E, se é bilíngue, não sabe ler. Não tão bem.

Arrietty ficou olhando para ele: que monstro, ela pensou, escuro contra o céu.

- Você ficou velho demais para isso? - ela perguntou.

Ele se mexeu um pouco e ela sentiu o vento frio da sombra dele.

- Ah, sim - ele disse -, aos poucos a gente vai esquecendo. Minhas irmãs eram bilíngues; agora elas não são nada. Elas sabiam ler todos aqueles livros no andar de cima, na sala de aula.

- Eu também saberia - disse Arrietty rapidamente - se alguém pudesse segurá-los e virar as páginas. Eu não sou nada bilíngue. Eu sei ler qualquer coisa.

— Você sabe ler em voz alta?
— Claro – disse Arrietty.
— Você poderia esperar aqui enquanto eu corro lá em cima e pego um livro agora?
— Bem... – disse Arrietty; ela estava louca para se mostrar; então, um olhar de espanto surgiu nos olhos dela. – Oh! – ela titubeou.
— Qual o problema? – O menino estava em pé agora. Ele se ergueu sobre ela.
— Quantas portas há nesta casa? – Ela olhou de esguelha para ele contra a luz brilhante do sol. Ele se abaixou em um joelho.
— Portas? – ele perguntou. – Portas para a rua?
— Sim.
— Bem, há a porta da frente, a porta dos fundos, a porta da sala de armas, a porta da cozinha, a porta da área de serviço... e as portas de vidro na sala de visitas.
— Bem, sabe – disse Arrietty –, meu pai está no saguão, perto da porta da frente, trabalhando. Ele... ele não deve ser incomodado.
— Trabalhando? – perguntou o menino. – Em quê?
— Pegando material – disse Arrietty – para uma escova de limpeza.
— Então eu vou entrar pela porta lateral – ele começou a andar, mas se virou de repente e voltou até ela. Ficou parado por um momento, embora sem-graça, e então perguntou:
— Você pode voar?
— Não – disse Arrietty, surpresa. – Você pode?
O rosto dele ficou ainda mais vermelho.
— É claro que não – ele respondeu, zangado. – Eu não sou uma fada!
— Bem, eu também não – disse Arrietty. – Ninguém é. Eu não acredito nelas.
Ele olhou para ela com estranhamento.
— Você não acredita nelas?
— Não – disse Arrietty. – Você acredita?
— É claro que não!
Ele era mesmo, ela concluiu, um tipo zangado de menino.
— Minha mãe acredita nelas – ela disse, tentando abrandá-lo. – Ela acha que viu uma delas uma vez. Foi quando ela era uma criança e vivia com os pais dela atrás do monte de areia no galpão do jardim.
Ele se agachou, e ela sentiu o hálito dele no rosto.
— Como ela era?

— Do tamanho de um vaga-lume e com asas, como uma borboleta. Tinha um rosto pequenininho, ela disse, todo iluminado, e se movia como faísca, e tinha mãozinhas pequeninas que também se agitavam bastante. O rosto dela mudava todo o tempo, ela disse, sorrindo e meio que piscando sua luz. Ela parecia falar, ela disse, muito rapidamente, mas não dava para ouvir nenhuma palavra.

— Nossa — disse o menino, muito interessado. Depois de um momento, ele perguntou: — Para onde ela foi?

— Ela simplesmente se foi — disse Arrietty. — Quando minha mãe a viu, ela parecia ter sido pega por uma teia. Estava escuro naquela hora. Mais ou menos umas cinco da tarde em um dia de inverno. Depois do chá.

— Nossa... — ele disse de novo, e pegou duas pétalas de flor de cerejeira, que dobrou como se fossem um sanduíche e comeu lentamente. — E se — ele disse, olhando por cima dela para a parede da casa — você visse um pequeno homem, do tamanho de um lápis, com um remendo azul na calça, no meio da cortina da janela, carregando uma xícara de chá de boneca; você diria que era uma fada?

— Não — disse Arrietty. — Eu diria que era o meu pai.

— Ah — disse o menino, refletindo sobre isso. — Seu pai tem um remendo azul na calça?

— Não nas melhores calças dele. Ele só tem nas calças de pegar emprestado.

— Ah — disse o menino novamente. Ele parecia achar que esse som expressava confiança, como fazem os advogados. — Há muitas pessoas como você?

— Não — disse Arrietty. — Ninguém. Nós somos todos diferentes.

— Quero dizer pequenos como você.

Arrietty riu.

— Ah, não seja bobo! — ela disse. — É claro que você não acha que existem muitas pessoas no mundo do seu tamanho?

— Há mais do meu tamanho do que do seu — ele rebateu.

— Fala sério... — provocou Arrietty, sem ação, e riu de novo. — Você realmente acha... quero dizer, que tipo de mundo seria? Aquelas cadeiras enormes... Eu as vi. Imagine se tivessem que fazer cadeiras daquele tamanho para todo mundo? E tecidos para as roupas... quilômetros e quilômetros deles... tendas deles... e a costura! E as casas imensas, tão altas que mal daria para ver o teto... as grandes camas...

a *comida* que eles comem... enormes montanhas fumegantes, enormes pântanos de guisados e sopas e coisas do gênero...
– Vocês não tomam sopa? – perguntou o menino.
– É claro que tomamos – riu Arrietty. – Meu pai tinha um tio que era dono de um pequeno barco, e ele remava em círculos naquele imenso caldeirão de sopa, pegando ingredientes. Ele também pescava no fundo, procurando pedaços de tutano, até que a cozinheira suspeitou quando encontrou grampos tortos na sopa. Uma vez ele quase afundou por causa de um pedaço grosso de osso submerso. Ele perdeu os remos e um furo provocou um vazamento no barco, mas ele lançou uma linha que se prendeu na alça do caldeirão e se puxou por ela em direção à margem. Mas todo aquele conteúdo... era muito profundo! E o tamanho do caldeirão! Quero dizer, não haveria material suficiente no mundo para conseguir construir outros depois de um tempo! É por isso que o meu pai diz que é uma coisa boa que a sopa esteja acabando... só um pouco, meu pai diz, é tudo de que precisamos para nos manter. Do contrário, ele diz, a coisa toda fica... – Arrietty hesitou, tentando se lembrar da palavra – exagerada, ele diz...
– O que você quer dizer – perguntou o menino – com "nos manter"?

•• CAPÍTULO DEZ ••

Então Arrietty falou para ele sobre pegar coisas emprestadas: que difícil era e quão perigoso. Ela falou sobre os depósitos debaixo do chão, sobre as façanhas de Pod em sua juventude, da habilidade e da coragem que ele mostrava possuir; ela descreveu aqueles dias remotos, antes de seu próprio nascimento, quando Pod e Homily eram ricos; descreveu a caixa de músicas, com sua filigrana de ouro, e o passarinho que aparecia nela, feito com penas de martim[7], batendo suas asas e cantando uma canção; ela descreveu o guarda-roupas de bonecas e os minúsculos copos verdes; a pequena chaleira prateada tirada do armário da sala de visitas; as colchas de cetim e os lençóis bordados...

— Esses nós ainda temos — ela disse a ele. — São os lenços Dela.

"Ela", o menino foi aos poucos percebendo, era sua tia-avó Sofia, no andar de cima; ele ouviu como Pod pegava emprestado do quarto dela, determinando estrategicamente seu caminho, sob a luz da lareira, entre as bugigangas da penteadeira, até mesmo escalando as cortinas do dossel e andando sobre o acolchoado. E de como ela o observava e às vezes falava com ele porque, Arrietty explicou, todos os dias às seis horas eles traziam para ela uma garrafa de vinho Madeira envelhecido, e de como antes da meia-noite ela bebia uma grande quantidade. Ninguém a culpava, nem mesmo Homily, porque, como Homily diria, "Ela" tinha tão poucas satisfações, pobre alma, mas, Arrietty explicou, depois das primeiras três taças a tia-avó Sofia nunca acreditava em nada do que via.

— Ela acha que meu pai sai da garrafa — disse Arrietty — e, um dia, quando eu for mais velha, ele vai me levar lá e ela vai achar que eu também saio da garrafa. Isso vai alegrá-la, meu pai acha, já que ela está acostumada com ele agora. Uma vez ele levou minha mãe, e a tia Sofia ficou animada como nunca; e ficou perguntando por que minha mãe não tinha vindo mais e dizendo que eles tinham diluído

---

7. Ave aquática que se alimenta de peixes. (N. T.)

o Madeira com água porque uma vez ela viu um homenzinho *e* uma mulherzinha, e agora ela só vê o homenzinho...

— Eu gostaria que ela pensasse que eu saio da garrafa — disse o menino. — Ela me passa ditados e me ensina a escrever. Eu só a vejo pela manhã, quando ela está mal-humorada. Ela manda me buscar e olha atrás das minhas orelhas e pergunta para a sra. D. se eu aprendi minhas palavras.

— Como é a sra. D.? — perguntou Arrietty. (Como era delicioso dizer "sra. D." assim... de maneira tão despreocupada e ousada!)

— Ela é gorda e tem um bigode, e me dá banho e aperta o meu cotovelo machucado, e diz que um dia desses vai me acertar com o chinelo... — O menino puxou um tufo de grama e ficou olhando para ele com raiva, e Arrietty reparou que os lábios dele tremiam. — A minha mãe é muito legal — ele disse. — Ela mora na Índia. Por que vocês perderam todas as suas riquezas materiais?

— Bem — disse Arrietty —, a caldeira da cozinha estourou e a água quente entrou pelas frestas, inundando embaixo do piso, na nossa casa, e tudo foi levado pela correnteza e ficou preso na grade. Meu pai trabalhou dia e noite. Primeiro no calor, depois no frio. Tentando recuperar as coisas. E há uma terrível corrente de ar encanado através daquela grade em março. Ele ficou doente, sabe, e não podia mais pegar coisas emprestadas. Então meu tio Hendreary teve que fazer isso, e um ou dois outros homens, e minha mãe foi dando as coisas para eles aos poucos, por causa de todo o transtorno por que passaram. Mas o pássaro foi destruído pela água; todas as suas penas caíram e uma grande mola pulou para fora dele. Meu pai usou a mola para manter a porta fechada contra correntes de ar da grade e minha mãe colocou as penas em um pequeno chapéu de pele de toupeira. Depois de um tempo, eu nasci e meu pai voltou a pegar coisas emprestadas. Mas ele fica cansado agora e não gosta de cortinas, não quando faltam pompons...

– Eu o ajudei um pouco – disse o menino – com a xícara de chá. Ele estava tremendo todo. Acho que ele estava com medo.

– Meu pai com medo! – exclamou Arrietty irritada. – Medo de você! – ela acrescentou.

– Talvez ele não goste de alturas – disse o menino.

– Ele adora alturas – disse Arrietty. – Ele não gosta é de cortinas. Eu disse a você. As cortinas o deixam cansado.

O menino se sentou e ficou pensativo, mastigando as folhas de grama.

– Pegar emprestado – ele disse, depois de um tempo. – É assim que vocês chamam?

– De que outra forma você chamaria? – Arrietty perguntou.

– Eu chamaria de roubar.

Arrietty riu. Riu com vontade.

– Mas nós *somos* os Borrowers: o nosso nome significa pegar emprestado – ela explicou. – Do mesmo modo como você é um... um Ser Mundano, ou como quer que vocês chamem. Nós somos parte da casa. Você também pode dizer que a grelha rouba o carvão da fornalha.

– Então o que é roubar?

Arrietty ficou séria.

– Supondo que meu tio Hendreary pegasse emprestado o relógio de esmeralda da penteadeira Dela e meu pai o tomasse e o pendurasse na nossa parede. Isso seria um roubo.

– Um relógio de esmeralda! – exclamou o menino.

– Bem, eu só disse isso porque nós temos um na parede de casa, mas foi o meu pai mesmo quem o pegou emprestado. Não precisaria ser um relógio. Poderia ser qualquer coisa. Até um pouco de açúcar. Mas os Borrowers não roubam.

– A não ser dos seres mundanos – disse o menino.

Arrietty se matou de rir. Ela riu tanto que teve que esconder o rosto atrás da prímula.

– Puxa vida! – ela disse ofegante com lágrimas nos olhos. – Você é engraçado! – Ela ficou olhando para o rosto confuso dele no alto. – Os seres mundanos são *para* os Borrowers; como o pão é para a manteiga!

O menino ficou em silêncio durante algum tempo. Um sopro de vento farfalhou a folhagem da cerejeira e fez as flores tremerem.

– Bem, eu não acredito nisso – ele disse, por fim, olhando as pétalas que caíam. – Não acredito nem um pouco que a gente esteja aqui para isso nem que restem poucos de nós.

– Ai, meu santo! – exclamou Arrietty impaciente, olhando para o queixo dele. – Use o seu bom senso: você é o único ser mundano real que já vi (embora eu saiba da existência de mais três: Crampfurl, Ela e a sra. Driver). Mas eu conheço muitos e muitos pequeninos: os Ornatos, os Espinetas, e os Barris, os Aparadores, os Sapateiras e os Mel. Os John Studdingtons e...

Ele olhou para baixo, na direção dela.

– John Studdington? Mas esse era o nosso tio-avô...

– Bem, essa família vivia atrás de um retrato – prosseguiu Arrietty, mal escutando – e havia os Chaminés e os Sinos e...

– Sim – ele interrompeu. – Mas você os viu?

– Eu vi os Espinetas. E minha mãe era uma Sino. Os outros se foram antes de eu nascer...

Ele se inclinou mais para perto.

– Então onde estão eles agora? Responda isso.

– Meu tio Hendreary tem uma casa no campo – disse Arrietty friamente, afastando-se devagar daquele grande rosto ameaçador; ele estava encoberto, ela notou, pelo cabelo dourado opaco. – E cinco crianças, Espinetas e Relógios.

– Mas onde estão os outros?

– Ah – disse Arrietty –, estão em algum lugar. – "Mas onde?", ela pensou. E tremeu levemente na sombra fria do menino que se esparramava sobre ela, obliquamente, sobre a grama.

Ele se retraiu novamente, a cabeça loura bloqueando boa parte do céu.

– Bem – ele disse ponderadamente depois de um momento, e os olhos dele eram frios –, eu só vi dois Borrowers, mas vi centenas e centenas e centenas e centenas e centenas...

– Ah, não – suspirou Arrietty.

– ... de seres mundanos. – E ele se sentou.

Arrietty ficou bem parada. Ela não olhava para ele. Depois de um minuto ela disse:

– Eu não acredito em você.

– Tudo bem – ele disse. – Então eu vou contar para você...

– Mesmo assim eu não acreditaria em você – murmurou Arrietty.

– Escute! – ele disse. E contou a ela sobre estações de trem e partidas de futebol e corridas de cavalos e paradas reais e os concertos na sala de espetáculos Albert Hall, em Londres. Ele contou a ela sobre a Índia e a China e os Estados Unidos e a Comunidade Britânica de Nações. Ele contou sobre as liquidações. – Não são centenas – ele disse –, mas milhares e milhões e bilhões e trilhões de pessoas grandes, enormes. Agora você acredita em mim?

Arrietty ficou encarando-o com olhos amedrontados: isso provocou uma cãibra no pescoço dela.

– Eu não sei – ela sussurrou.

– Quanto a vocês – ele prosseguiu, debruçando-se sobre ela novamente –, eu não acredito que existam mais Borrowers em nenhum outro lugar do mundo. Acho que vocês são os últimos três.

Arrietty enfiou o rosto dentro da prímula.

– Nós não somos! Há a tia Lupy e o tio Hendreary e todos os primos.

– Aposto que eles estão mortos – disse o menino. – E tem mais: ninguém nunca vai acreditar que eu vi *você*. E você será a última de todos porque é a mais nova. Um dia – ele disse a ela, sorrindo triunfante – você será a única Borrower que vai sobrar no mundo!

Ele ficou sentado, esperando, mas ela não olhou.

– Agora você está chorando – ele reparou depois de um momento.

– Eles não estão mortos – disse Arrietty com uma voz abafada. Ela estava tateando o pequeno bolso à procura de um lenço. – Eles vivem em uma toca de texugos a dois campos daqui, além da mata fechada. Nós não os vemos porque é muito longe. Há doninhas e coisas e vacas e raposas... e corvos...

– Que mata fechada? – ele perguntou.

– Eu não sei! – Arrietty quase gritou. – Fica ao longo da tubulação de gás, um campo chamado Riacho de Parkin. – Ela assoou o nariz. – Eu vou para casa.

– Não vá – ele disse. – Ainda não.

– Sim, eu estou indo.

O rosto dele ficou corado.

– Deixe só eu pegar o livro – pediu.

– Eu não vou lê-lo para você agora – disse Arrietty.

– Por que não?

Ela olhou para ele zangada.

– Porque...

– Escute – ele disse –, eu vou até esse campo. Eu vou e encontrarei o tio Hendreary. E os primos. E a tia sei-lá-o-quê. E, se eles estiverem vivos, eu avisarei você. Que tal? Você poderia escrever uma carta para eles e eu a colocaria pelo buraco...

Arrietty ficou olhando para ele, admirada.

– Você faria isso? – ela inspirou.

– Sim, faria. Faria mesmo. Agora eu posso ir buscar o livro? Vou pela porta lateral.

– Tudo bem – disse Arrietty distraidamente. Os olhos dela brilhavam. – Quando posso entregar a carta para você?

– A qualquer hora – ele disse, em pé. – Onde na casa você vive?

– Bem... – Arrietty começou e parou. Por que ela estava sentindo aquele arrepio de novo? Seria só por causa da sombra dele, enorme sobre ela, bloqueando o sol? – Eu vou colocá-la em algum lugar – ela disse apressadamente. – Vou colocá-la embaixo do capacho no saguão.

– Qual deles? O da porta da frente?

– Sim, esse mesmo.

Ele se foi. E ela ficou ali sozinha sob a luz do sol, o ombro coberto pela grama. O que tinha acontecido parecia incrível demais para pensar; ela se sentiu incapaz de acreditar que realmente tinha acontecido: não apenas tinha sido "vista", mas também tinha conversado; não apenas tinha conversado, mas tinha...

– Arrietty! – chamou uma voz.

Ela se levantou, assustada, e se virou: lá estava Pod, o rosto redondo como a lua, no caminho, olhando para ela de lá de baixo.

– Desça aqui! – ele sussurrou.

Ela olhou para ele por um momento como se não o tivesse reconhecido. Como o rosto dele era redondo, quão gentil, quão familiar!

– Vamos! – ele disse novamente, com mais urgência; e ela, obedientemente, porque ele parecia preocupado, deslizou rapidamente pela ribanceira na direção dele, equilibrando sua prímula.

– Deixe isso aí – ele ordenou com firmeza quando ela finalmente ficou ao seu lado no caminho. – Você não pode arrastar grandes flores para todo canto; você tem é que carregar uma sacola. Para que você quis subir lá? – ele murmurou conforme eles partiam por entre as pedras. – Eu poderia nunca ter visto você. Apresse-se agora. Sua mãe deve estar esperando para o chá.

•• CAPÍTULO ONZE ••

Homily estava lá, no último portão, para encontrá-los. Tinha ajeitado seu chapéu e cheirava a alcatrão da hulha[8]. Ela parecia mais jovem e, de algum modo, entusiasmada.
– Bom! – Ela ficou dizendo. – Bom! – pegou a sacola de Arrietty e ajudou Pod a fixar o portão. – Bom, foi legal? Você foi uma boa menina? A cerejeira estava lá fora? O relógio badalou? – Sob a luz fraca, ela parecia estar tentando ler a expressão no rosto de Arrietty.
– Vamos. O chá está pronto. Dê-me a sua mão...
O chá estava realmente pronto sobre a mesa redonda da sala de estar, com um fogo luminoso queimando na roda de engrenagem. Quão familiar a sala parecia, e simples, mas, de repente, de alguma forma, estranha; a luz do fogo bruxuleante no papel de parede – a carta onde se lia: "... seria muito encantador se...". Se o quê? Arrietty sempre ficava pensando. Se a nossa casa fosse menos escura, pensou, isso seria encantador. Ela olhou para as velas feitas manualmente e fixadas de cabeça para baixo nos percevejos que Homily havia colocado como suportes entre os aparelhos de chá: o velho bule, uma bolota de carvalho vazia, com seu bico de eixo oco e a alça de arame – agora polido e já gasto pelo tempo; havia duas castanhas assadas fatiadas que eles comeriam como torradas com manteiga e uma castanha cozida fria que Pod cortaria como pão; havia um prato de groselhas secas quentes, bem carnudas antes de terem ido ao fogo; havia migalhas de canela, douradas e crocantes, levemente polvilhadas com açúcar, e, na frente de cada lugar, ah, a delícia das delícias: um único camarão em conserva. Homily tinha posto os pratos de prata – os de florim[9] para si e Arrietty e o de meia-coroa[10] para Pod.

---

8. Mistura utilizada para a obtenção de aromas. (N. T.)
9. Moeda inglesa de prata no valor de dois xelins (xelim era uma moeda que representava a vigésima parte da libra esterlina até 1971 – equivale a centavos). (N. T. E.)
10. Moeda inglesa de prata no valor de dois xelins e seis pence (plural de penny, moeda de um centavo). (N. T. E.)

– Venha, Arrietty, se você já tiver lavado suas mãos – exclamou Homily pegando o bule de chá. – Não fique sonhando.

Arrietty pegou um carretel e se sentou lentamente. Ela ficou olhando a mãe servir o conteúdo do bule; esse era sempre um momento interessante. Como a parte mais grossa do eixo oco ficava do lado de dentro do bule, uma leve chacoalhada antes de derramar o líquido o levaria diretamente para o buraco e, portanto, impediria um vazamento. Se, como algumas vezes acontecia, um pouco do líquido escorresse, bastaria um tranco um pouco mais forte e um súbito giro cuidadoso para resolver o problema.

– Bem – disse Homily, cautelosamente servindo o chá –, conte o que vocês viram.

– Ela não viu muita coisa – disse Pod, cortando uma fatia de castanha cozida para comer com sua parte do camarão.

– Ela não viu os ornatos da cornija?

– Não – disse Pod. – Nós não entramos na sala do café.

– E o meu mata-borrão?

– Não consegui – disse Pod.

– Ah, que ótimo... – provocou Homily.

– Talvez – disse Pod, mastigando calma e ruidosamente –, mas eu senti meu sinal. Um sinal ruim.

— O que é isso? — perguntou Arrietty. — O sinal dele?

— Atrás da cabeça e nos dedos — disse Homily. — É uma sensação que seu pai tem quando... — ela diminuiu a voz — ... há alguém por perto.

— Ah — disse Arrietty, parecendo se encolher.

— Foi por isso que eu a trouxe de volta para casa — disse Pod.

— E havia alguém lá? — perguntou Homily, ansiosa.

Pod estava com a boca cheia de camarão.

— Devia ter — ele disse —, mas eu não vi nada.

Homily se debruçou sobre a mesa.

— Você sentiu algum sinal, Arrietty?

Arrietty se sobressaltou.

— Ah — ela disse —, todos nós temos isso?

— Bem, não no mesmo lugar — disse Homily. — O meu começa atrás dos tornozelos e depois passa para os joelhos. Na minha mãe costumava começar bem abaixo do queixo e se espalhava em volta do pescoço...

— E formava um laço nas costas — disse Pod, mastigando.

— Não, Pod — protestou Homily. — É um fato. Não precisa ser sarcástico. Todos os Sinos eram assim. Era como uma gola, ela dizia que...

— Pena que não a asfixiou — disse Pod.

— Ei, Pod, seja justo; ela tinha suas razões.

— Razões! — disse Pod. — Ela era toda razão!

Arrietty umedeceu os lábios. Ela olhou nervosa de Pod para Homily.

— Eu não sinto nada — ela disse.

— Bem — disse Homily —, talvez tenha sido um alarme falso.

— Ah, não — Arrietty rebateu. — Não foi... — E, quando Homily olhou para ela repentinamente, ela hesitou. — Quero dizer, se o papai sentiu alguma coisa... quero dizer... Talvez — continuou — eu não sinta.

— Bem — disse Homily —, você é jovem. Vai sentir na hora certa. Vá e fique em nossa cozinha, bem embaixo do tubo, quando a sra. Driver estiver apagando o fogo lá em cima. Fique em pé sobre um banquinho ou algo do tipo, para ficar razoavelmente perto do teto. Você vai sentir... com a prática.

Depois do chá, quando Pod foi até a forma para sapatos e Homily estava lavando a louça, Arrietty correu para o seu diário: "Basta abri-lo", pensou, tremendo de ansiedade, "em qualquer lugar". Ele se abriu no dia 9 de julho, onde estava escrito: "Fale sobre o acampamento, porém fique em casa. Antigas Insígnias do Regimento de

Cameron na Catedral de Glasgow[11], 1885". E, na página do dia 10, estava escrito: "Faça dinheiro enquanto o sol brilha. Pico Snowdon vendido por 5.750 libras, 1889". Arrietty puxou essa última página. Virando-a, ela leu do outro lado: "11 de julho: Não faça do seu divertimento um trabalho pesado. O Niágara ultrapassado por C. D. Graham em um barril, 1886". "Não", ela pensou, "vou escolher o dia 10: 'faça dinheiro enquanto o sol brilha'", e, riscando seu registro anterior ("Mãe aborrecida"), escreveu logo abaixo[12]:

> **10 de Julho.**
> Faça dinheiro enquanto o sol brilha.
> Pico Snowdon vendido por 5.750 libras, 1889
>
> ~~Mãe aborrecida~~
>
> *Querido tio Hendreary,*
> *Espero que você esteja muito bem e que as primas estejam bem e a tia Lupy. Nós estamos todas bem e eu estou aprendendo a pegar coisas emprestadas.*
> *Sua carinhosa sobrinha,*
> *Arrietty Relógio.*
> *Escreva uma carta na parte de trás, por favor.* X X O X O X X

– O que você está fazendo, Arrietty? – perguntou Homily da cozinha.
– Escrevendo em meu diário.
– Ah – disse Homily.
– Quer alguma coisa?
– Pode ficar para mais tarde.

Arrietty dobrou a carta e a colocou cuidadosamente entre as páginas do *Minidicionário geográfico do mundo* e, no diário, escreveu: "Fui pegar coisas emprestadas. Escrevi para H. Falei com M.". Depois disso, Arrietty ficou por um longo tempo olhando para o fogo e pensando e pensando e pensando...

---

11. Regimento escocês que entregou suas insígnias ao ser incorporado a outro. (N. E.)
12. O "x" na carta representa beijo e o "o", abraço. (N. T.)

•• CAPÍTULO DOZE ••

Mas uma coisa era escrever uma carta, e outra, encontrar um meio de deixá-la sob o capacho. Pod, por vários dias, não pôde ser convencido de ir pegar coisas emprestadas: ele estava bem longe em sua reorganização anual nos depósitos, remendando peças e colocando novas prateleiras. Arrietty geralmente gostava dessa arrumação de primavera, quando tesouros meio esquecidos eram resgatados e novas utilidades eram descobertas para velhas coisas pegadas emprestadas. Ela costumava adorar os fragmentos de seda ou renda; as luvas de pelica desemparelhadas; os tocos de lápis; as enferrujadas lâminas de barbear; os grampos de cabelo e as agulhas; os figos secos, as avelãs, os pedaços empoeirados de chocolate e os tocos vermelhos de cera para lacrar cartas. Pod, em determinado ano, tinha feito para ela uma escova de cabelos a partir de uma escova de dentes, e Homily tinha lhe confeccionado pequenas bombachas turcas a partir de dois dedos de luvas para "perambular pela manhã". Havia carretéis e carretéis de seda e algodão coloridos e bolinhas multicores de sobras de lã, bicos de pena que Homily usava como medidores de farinha e tampas de garrafa em abundância.

Mas este ano Arrietty andava batendo os pés, impaciente, e saía às escondidas sempre que tinha coragem, para espiar através da grade, esperando ver o menino. Agora ela carregava a carta consigo sempre, por dentro do suéter, por isso as bordas ficaram amassadas. Uma vez ele passou correndo pela grade e ela viu as meias de lã dele; ele estava fazendo um barulho explosivo na garganta, como se fosse algum tipo de motor, e quando virou na curva, deixou escapar um agudo *Ooooooo* (era o apito de um trem – ele contou para ela depois), então ele não a ouviu chamar. Uma noite, após escurecer, ela saiu engatinhando e tentou abrir o primeiro portão, mas, mesmo balançando e fazendo força, não conseguiu destravar o alfinete.

Homily, toda vez que varria a sala de estar, reclamava do tapete.

– Pode ser um trabalho que envolve cortina e cadeira – ela dizia para Pod –, mas você não levaria mais do que quinze minutos, com seu alfinete e a fita, para buscar um pouco de mata-borrão da escrivaninha na sala do café... Qualquer um pensaria, olhando para este chão, que vivemos em uma toca de sapo. Ninguém poderia dizer que tenho orgulho de minha casa – disse Homily. – Você não poderia ter, não com meu tipo de família, mas eu realmente gosto – ela reforçou – de deixar as coisas em ordem.

E, finalmente, no quarto dia, Pod desistiu. Ele baixou o martelo (um pequeno badalo de campainha elétrica) e disse para Arrietty:

– Vamos.

Arrietty ficou feliz em ver a sala do café; por sorte a porta tinha sido deixada entreaberta, e era fascinante finalmente estar em pé no grosso felpo do carpete observando, lá no alto, as prateleiras, os pilares e os ornatos elevados da famosa cornija. Então era lá que eles tinham morado, ela pensou, aquelas criaturas amantes da diversão, distantes e alegres e independentes. Ela imaginou as mulheres Ornatos – com suas roupas em *tweed*[13], Homily as tinha descrito, suas cinturas de vespa e cabelo eduardiano[14] – balançando-se despreocupadas para fora das pilastras, ágeis e risonhas; admirando-se nos espelhos incrustados na moldura, que refletiam também os potes de tabaco, as garrafas de bebida, as prateleiras de livros e a mesa revestida de veludo. Ela imaginou os homens Ornatos – bonitos, dizia-se deles, com longos bigodes e mãos delgadas e agitadas – fumando e bebendo e contando suas

---

13. Tecido de lã trabalhada, geralmente associado a refinamento. (N. T.)
14. Refere-se ao estilo da época do rei Eduardo VII (1901-1910). A principal característica dos cabelos no estilo eduardiano era o volume. Grandes e volumosos coques eram usados à noite ou em ocasiões especiais. Cabelos ondulados ou encaracolados também marcavam esse estilo, além do uso de chapéus pequenos e floridos ou enormes e emplumados. (N. T. E.)

histórias espirituosas. Então eles nunca tinham convidado Homily para subir até lá! Pobre Homily, com seu nariz ossudo e o cabelo sempre desajeitado... Eles deviam olhar para ela de modo esquisito, Arrietty pensou, com longos olhares jocosos, sorrir um pouco e, sussurrando, virar de costas. E tinham vivido apenas à custa do café da manhã – torrada e ovo e pedacinhos de cogumelos; linguiça eles deviam ter, e *bacon* e pequenos goles de chá e café. Onde estariam agora? Arrietty ficou pensando. Para onde tais criaturas poderiam ir?

Pod tinha fincado seu alfinete, de modo a deixá-lo preso no assento da cadeira, e montava nela em um instante, pendurando-se e dando um impulso para o lado de fora com sua fita; então, tirando o alfinete, ele o arremessava como uma lança, sobre sua cabeça, para uma dobra de cortina. Este é o momento, Arrietty pensou, e procurou sua preciosa carta. Ela correu para o saguão. Estava mais escuro dessa vez, com a porta da frente fechada, e ela correu para atravessá-lo com o coração batendo rapidamente. O capacho era pesado, mas ela levantou uma ponta dele e deslizou a carta para baixo, empurrando-a com o pé.

– Pronto! – disse a si mesma, e olhou ao redor... sombras, sombras, e o tique-taque do relógio. Ela olhou pela extensão da grande planície do piso para onde, a distância, os degraus subiam. "Outro mundo lá em cima", pensou, "mundo sobre mundo..." E sentiu um leve arrepio.

– Arrietty – chamou Pod brandamente da sala do café, e ela correu a tempo de vê-lo se balançar no espaço entre o assento da cadeira e a escrivaninha e subir com um impulso pela fita, no mesmo nível de altura da escrivaninha. Levemente, Pod desceu com os pés afastados e ela o viu, por segurança, enrolar de leve a fita no pulso. – Queria que você visse isto – ele disse, um pouco sem ar. O mata-borrão, quando empurrado por ele, foi flutuando para baixo com suavidade, viajando levemente pelo ar e, por fim, aterrissou a alguns centímetros da escrivaninha, rosado e novo, no felpo desbotado do tapete.

– Comece a enrolá-lo – sussurrou Pod. – Vou descer.

Arrietty se ajoelhou e começou a enrolar o mata-borrão até que ele ficasse grosso demais para ela segurar. Pod logo terminou a tarefa e amarrou o papel com a fita, espetando através dela o alfinete, e juntos carregaram o comprido cilindro, como dois pintores de casas carregariam uma escada, para baixo do relógio e para dentro do buraco.

Homily mal os tinha agradecido quando, um pouco ofegantes, derrubaram o rolo no corredor do lado de fora da porta da sala de estar. Ela parecia assustada.

– Ah, aí estão vocês! – ela disse. – Graças a Deus! Aquele menino está por perto de novo. Eu acabei de ouvir a sra. Driver falando com Crampfurl.

– Nossa! – gritou Arrietty. – O que ela disse?

E Homily olhou repentinamente para ela e viu que ela parecia pálida. Arrietty percebeu que deveria ter dito: "Que menino?", mas era tarde demais agora.

– Nada muito ruim – Homily prosseguiu, como que para tranquilizá-la. – É apenas um menino que eles têm lá em cima. Não é nada, mas eu ouvi a sra. Driver dizer que ia dar uma chinelada nele, para ele ver se ela não ia, se ele levantasse o capacho no saguão mais uma vez.

– O capacho no saguão! – ecoou Arrietty.

– Sim. Três dias seguidos, ela disse para Crampfurl, ele tinha levantado o capacho no saguão. Ela sabia disso, ela disse, pela poeira e pelo jeito como ele o colocava de volta. Foi a parte do saguão que me preocupou, já que você e seu pai... Qual é o problema, Arrietty? Não há motivo para você fazer essa cara! Vamos, ajude-me a afastar os móveis e a colocar o tapete.

"Ai, meu Deus... Ai, meu Deus...", pensou Arrietty, infeliz, enquanto ajudava a mãe a esvaziar as gavetas de caixas de fósforos. "Por três dias seguidos ele procurou e não havia nada lá. Ele vai desistir agora... nunca mais vai olhar."

Nessa noite ela ficou em um banco sob o cano da cozinha durante horas, fingindo estar praticando sentir um "sinal" quando, na verdade, estava escutando as conversas da sra. Driver com Crampfurl. Tudo o que conseguiu ficar sabendo foi que os pés da sra. Driver a estavam matando e que era uma pena ela não ter pedido as contas em maio passado, e se Crampfurl não queria tomar mais um gole, considerando que havia mais na adega do que qualquer um poderia beber durante a vida inteira Dela, e que se eles estavam pensando que ela ia limpar as janelas do primeiro andar sozinha, poderiam esquecer. Mas, na terceira noite, assim que Arrietty desceu do banquinho antes que perdesse o equilíbrio de tanto cansaço, ela ouviu Crampfurl dizer:

– Se você quer saber minha opinião, eu diria que ele arranjou um furão.

E, rapidamente, Arrietty subiu de volta, prendendo a respiração.

– Um furão! – ela ouviu a sra. Driver exclamar estridentemente. – O que viria depois? Onde ele o manteria?

– Isso eu não gostaria de dizer – disse Crampfurl com sua voz estrondosa e objetiva. – Tudo o que eu sei é que ele estava zanzando para lá do Riacho de Parkin, circulando por todos os declives e parecendo estar chamando alguém em todas as tocas de coelhos.

– Bem, jamais imaginei – disse a sra. Driver. – Onde está o seu copo?

– Só um gole – disse Crampfurl. – Está bom. Vai para o fígado, essa coisa doce. Não é como cerveja. Sim – continuou –, quando ele me viu chegando com uma arma, fingiu estar cortando um graveto como os da sebe. Mas eu o tinha visto e ouvido muito bem. Chamando, o nariz enfiado em uma toca de coelho. Acredito que ele tenha um furão. – Ouviu-se um gole; Crampfurl estava bebendo. – Sim – ele disse por fim, e Arrietty o ouviu depositar o copo em algum lugar –, um furão chamado Tio alguma coisa.

Arrietty fez um movimento brusco, desequilibrou-se por um momento com os braços abanando e caiu do banquinho. Houve muito barulho quando o banquinho escorregou de lado, bateu em um gaveteiro e rolou no chão.

– O que foi isso? – Crampfurl perguntou.

Fez-se silêncio no andar de cima, e Arrietty ouviu sua própria respiração.

– Eu não ouvi nada – disse a sra. Driver.

– Sim – disse Crampfurl –, foi embaixo do chão, perto do fogão.

– Não é nada – disse a sra. Driver. – São os pedaços de carvão caindo. Frequentemente fazem esse barulho. Às vezes assusta quando se está sentado aqui sozinho... Aqui, passe-me seu copo, só sobrou mais um gole. Melhor terminar a garrafa...

Eles estão bebendo o Madeira, pensou Arrietty, e, muito cuidadosamente, colocou o banquinho em pé e ficou quieta ao lado dele, olhando para cima. Ela podia ver luz por uma fenda, rapidamente encoberta por uma sombra de vez em quando, cada vez que uma ou outra pessoa mexia uma mão ou um braço.

– Sim – continuou Crampfurl, retornando à sua história –, e quando cheguei com minha arma, ele disse, todo inocente, para me confundir, eu não duvido: "Há alguma antiga toca de texugos aqui?".

– Que levado! – disse a sra. Driver. – As coisas em que eles pensam... toca de texugos... – e deu sua risada estridente.

– Na verdade – disse Crampfurl –, de fato havia uma, mas quando lhe mostrei onde ficava, ele não deu importância. Só ficou parado, esperando que eu fosse embora. – Crampfurl riu. – Duas pessoas podem participar desse jogo, pensei, então fiquei ali sentado. E ficamos os dois parados.

– E o que aconteceu?

– Bem, ele teve que ir embora no fim. Deixando o furão. Eu esperei um pouco, mas o bicho nunca apareceu. Procurei ali por perto e assobiei. Pena que eu não entendi direito como ele o chamava. Parecia que era Tio alguma coisa...

Arrietty ouviu o arrastar súbito de uma cadeira.

– Bem – disse Crampfurl –, melhor eu ir agora e prender as galinhas.

A porta da área de serviço bateu e uma barulheira começou de repente lá em cima quando a sra. Driver passou a limpar o fogão. Arrietty recolocou o banquinho no lugar e andou na ponta dos pés até a sala de estar, onde encontrou sua mãe sozinha.

•• CAPÍTULO TREZE ••

Homily estava passando a roupa, curvando-se e batendo o ferro e afastando os cabelos dos olhos. Por todo o cômodo as peças íntimas estavam penduradas em alfinetes de segurança para secar, que Homily usava como cabides.

– O que aconteceu? – perguntou Homily. – Você caiu?

– Sim – disse Arrietty, indo silenciosamente para o seu lugar ao lado da lareira.

– Como está indo o sinal?

– Ah, eu não sei – disse Arrietty. Ela abraçou os joelhos e apoiou o queixo neles.

– Onde está o seu tricô? – perguntou Homily. – Não sei o que está acontecendo com você ultimamente. Sempre à toa. Você não está desanimada, está?

– Ah – disse Arrietty –, deixe-me sossegada.

E Homily por um momento ficou em silêncio.

– É a adolescência – Homily disse a si mesma. – Eu costumava ficar assim às vezes quando tinha a sua idade.

"Eu preciso ver aquele menino", Arrietty estava pensando, fitando o fogo com um olhar perdido. "Preciso ouvir o que aconteceu. Preciso saber se eles estão bem. Não quero que a gente se extinga. Não quero ser a última Borrower. Não quero", e nessa hora Arrietty deixou o rosto cair entre os joelhos, "viver para sempre e sempre assim... no escuro... embaixo do chão...".

– Não adianta servir o jantar – disse Homily, quebrando o silêncio. – Seu pai foi pegar coisas emprestadas. No quarto Dela. E você sabe o que isso significa!

Arrietty levantou a cabeça.

– Não – ela disse, mal escutando –, o que isso significa?

– Que ele não vai voltar – disse Homily rispidamente – por pelo menos uma hora e meia. Ele gosta de ficar lá, conversando com Ela e mexendo na penteadeira. E é seguro, já que aquele menino está na cama. Não que queiramos alguma coisa em especial – ela prosseguiu.

– São só essas novas prateleiras que ele fez. Elas estão meio vazias, ele disse, e ele poderia apenas pegar alguma coisinha...

Arrietty de repente se sentou bem reta. Uma ideia tinha surgido, deixando-a sem fôlego e com um leve tremor nos joelhos. "Por pelo menos uma hora e meia", a mãe dela tinha dito, e os portões estariam abertos!

– Aonde você está indo? – perguntou Homily enquanto Arrietty andava em direção à porta.

– Só vou dar uma olhada nos depósitos – disse Arrietty, protegendo com uma mão sua vela da corrente de ar. – Não vou demorar.

– Não vá desarrumar nada! – Homily gritou em seguida. – E tome cuidado com essa luz!

Conforme Arrietty desceu o corredor, pensou: "É verdade. Eu vou aos depósitos para encontrar outro alfinete de chapéu. E se eu encontrar um alfinete de chapéu (e um pedaço de barbante, pois não haverá nenhuma fita), ainda assim 'não vou demorar', porque tenho que retornar antes do papai. E estou fazendo isso pelo bem deles", disse a si mesma obstinadamente, "e um dia eles me agradecerão". Ao mesmo tempo, sentiu-se um pouco culpada. "Que levada!": é isso o que a sra. Driver diria que ela era.

Havia um alfinete de chapéu, um com uma trava na ponta, e ela amarrou nele um pedaço de barbante, bem firmemente, virando-o para a frente e para trás, como um oito, e, no auge da inspiração, fixou-o com a cera para lacrar cartas.

Os portões estavam abertos, e Arrietty deixou a vela no meio do corredor, onde não poderia causar nenhum problema, bem abaixo do buraco do relógio.

O grande saguão, quando ela subiu até ele, estava escurecido pelas sombras. Um único bico de gás, deixado baixo, irradiava um pouco de luz ao lado da porta da frente trancada, e uma outra luz fraca bruxuleava na plataforma no meio da escada. O teto se elevava em uma grande altura e na escuridão, e tudo ao redor era distante. O quarto de crianças, ela sabia, ficava no final do corredor do andar de cima e o menino estaria na cama – era o que sua mãe havia dito.

Arrietty tinha observado como seu pai usava o alfinete na cadeira e, em comparação, simples degraus eram mais fáceis. Ela começou a manter um ritmo depois de um tempo: jogar, puxar, escalar e impulsionar-se para cima. As varetas de metal que prendiam o tapete nos degraus da escada refletiam a luz friamente, mas o felpo do carpete parecia macio, quente e delicioso de cair em cima. No meio do caminho, fez uma pausa para recuperar o fôlego. Ela não tinha medo da semiescuridão; afinal, vivia na escuridão; estava familiarizada com isso e, em uma hora como essas, tal ambiente a fazia se sentir segura.

No topo da escada ela viu uma porta aberta e um grande quadrado de luz dourada que, como um obstáculo, dividia o corredor. "Tenho que passar por ali", Arrietty disse a si mesma, tentando ser corajosa. Dentro do quarto iluminado, uma voz falava, monótona:

– ... E esta égua – a voz dizia – tinha cinco anos e realmente pertencia ao meu irmão na Irlanda, não meu irmão mais velho, mas o meu irmão mais novo, o dono de Stale Mate e Oh My Darling. Ele havia participado de várias corridas com ela... Mas quando eu digo "várias" quero dizer três ou pelo menos duas... Você já viu uma corrida irlandesa?

– Não – disse uma outra voz, um pouco distraída.

"É o meu pai", Arrietty percebeu surpresa. "Ele está falando com a tia-avó Sofia, ou melhor, a tia-avó Sofia está falando com meu pai." Ela segurou seu alfinete com seus laços de barbante e correu até a luz, atravessando-a para o corredor além dela. Conforme passava pela porta aberta, viu de relance a luz de uma lareira e a de um lampião, móveis brilhantes e uma seda vinho decorada com brocado.

Além do quadrado de luz, o corredor estava novamente escuro, e ela podia ver, lá no final, uma porta entreaberta. "Esse é o quarto de brincar", ela pensou, "e, depois dele, fica o quarto de crianças."

– Há certas diferenças – a voz da tia Sofia prosseguiu – que impressionariam você imediatamente. Por exemplo...

Arrietty gostou da voz. Era confortadora e estável, como o som do relógio no saguão, e, à medida que passou do tapete para a faixa de piso polido ao lado do rodapé, ela ficou interessada em ouvir que havia muros na Irlanda em vez de sebes. Ali, próximo ao quadro, ela podia correr, e adorou fazer isso. Os tapetes eram difíceis de atravessar: grossos e emaranhados, prendiam a pessoa. As bordas eram macias e cheiravam a cera de abelhas. Ela gostou do cheiro.

A sala de aula, quando ela a alcançou, estava encoberta com lençóis empoeirados e cheia de tralhas. Ali também havia um bico de gás mantido baixo com uma pequena chama azulada. O piso era encerado com lanolina, bastante gasto, e os tapetes estavam surrados.

Embaixo da mesa era uma grande caverna escura. Ela foi andando até lá, tateando ao redor, e colidiu com uma almofada mais alta do que sua cabeça. Saindo novamente, à meia-luz, ela olhou para cima e viu o armário de canto com o aparelho de chá de boneca, a pintura sobre a lareira e a cortina de veludo na qual seu pai havia sido "visto". Pernas de cadeiras espalhavam-se por toda parte, e os assentos obscureciam sua vista. Ela encontrou seu caminho entre elas em direção à porta do quarto de crianças, e lá viu, de repente, em um platô sombreado no canto distante, o menino na cama. Ela viu seu grande rosto virado em sua direção na beira do travesseiro; viu a luz do bico de gás refletida nos olhos abertos; viu a sua grande mão agarrando as cobertas, apertando-as com força na frente da boca.

Ela parou e permaneceu imóvel. Depois de um tempo, quando viu que os dedos dele tinham relaxado, disse suavemente:

– Não tenha medo... Sou eu, Arrietty.

Ele tirou as cobertas da frente da boca e disse:

– Arri-o-quê? – Ele parecia aborrecido.

– Etty – ela repetiu gentilmente. – Você pegou a carta?

Ele ficou olhando para ela por um momento sem falar e, então, perguntou:

– Por que você veio engatinhando, engatinhando até o meu quarto?

– Eu não vim engatinhando, engatinhando – disse Arrietty. – Eu até corri. Você não viu?

Ele ficou em silêncio, olhando para ela com os grandes olhos abertos.

– Quando eu trouxe o livro – ele disse por fim –, você tinha ido embora.

– Eu tive que ir. O chá estava pronto. Meu pai foi me buscar. Ele a compreendeu.

– Ah – ele disse de modo complacente, e não a censurou.

– Você pegou a carta? – ela perguntou mais uma vez.

– Sim. Tive que voltar duas vezes. Eu a coloquei na toca de texugos...

De repente ele empurrou as cobertas e ficou em pé na cama, enorme em seu pijama de flanela branco. Foi a vez de Arrietty ficar com medo. Ela deu meia-volta, os olhos no rosto dele, e começou a se afastar lentamente na direção da porta. Mas o menino não olhou para ela; ele estava tateando a parte de trás de um quadro na parede.

– Aqui está – ele disse, sentando-se novamente, e a cama rangeu alto.

– Mas eu não a quero de volta! – exclamou Arrietty, voltando para a frente. – Você deveria tê-la deixado lá! Por que a trouxe de volta?

Ele virou-a em seus dedos.

– Ele escreveu nela – ele explicou.

– Uau! Por favor – gritou Arrietty, ansiosa –, mostre para mim!

Ela correu até a cama e subiu pelo lençol que se arrastava no chão.

– Então eles estão vivos! Você o viu?

– Não. – A carta estava lá, bem no buraco onde eu a havia colocado. – Ele se inclinou na direção dela. – Mas está escrito nela. Veja!

Ela fez um movimento rápido e quase arrancou a carta dos grandes dedos do menino, mas foi cuidadosa para mantê-la afastada do alcance da respiração dele. Arrietty correu com o papel até a porta da sala de aula, onde a luz, embora fraca, iluminava um pouco mais.

– Está muito claro – disse, segurando-a perto dos olhos. – Com o que ele escreveu? Eu gostaria de saber. Está tudo em letras maiúsculas. – Ela se virou de repente. – Tem certeza de que não foi você quem a escreveu? – perguntou.

– É claro que não – ele retrucou. – Eu escrevo com letras pequenas...

Mas ela tinha visto pela expressão dele que era verdade e começou a soletrar:

– F - A - L - H - E – ela disse. – Falhe p - r - a... ç - u - a... – Ela olhou para cima. – Falhe pra çua? – ela estranhou.

> FALHE PRA CUA
> TINHA LUPPY
> VOLTAR PRA
> CAZA
>
> 11 de Julho.
> Não faça do seu divertimento um trabalho pesado.
> O Niágara ultrapassado por C. D. Graham
> em um barril, 1886

– Sim – disse o menino. – Fale pra sua.

– Fale pra sua t - i - n - h - a, tinha? – disse Arrietty. – Tinha? Minha tinha?

O menino permanecia em silêncio, esperando.

– Tinha L - u - p... Ah! Tia Lupy! – ela exclamou. – Ele diz, escute, é isso o que ele diz: "Fale para a sua tia Lupy voltar para casa"!

Houve um silêncio.

– Então fale para ela – disse o menino depois de um tempo.

– Mas ela não está aqui! – exclamou Arrietty. – Ela nunca esteve aqui! Eu nem me lembro de como ela é!

– Olhe – disse o menino, olhando através da porta. – Alguém está vindo!

Arrietty virou-se rapidamente. Não havia tempo para se esconder. Era Pod, a sacola em uma mão e o alfinete na outra. Ele ficou parado na porta da sala de aula. Imóvel, a silhueta contra a luz no corredor, sua pequena sombra projetando-se, escura, na frente dele. Ele a tinha visto.

– Eu ouvi sua voz – ele disse, e houve uma terrível lentidão no jeito como ele falou – bem na hora em que estava saindo do quarto Dela.

Arrietty olhou de volta para ele, escondendo a carta dentro do suéter. Será que ele conseguia enxergar além dela no quarto sombreado? Será que ele conseguia ver a bagunça da cama?

– Vamos para casa – disse Pod, e virou-se de costas.

•• CAPÍTULO CATORZE ••

Pod não falou até eles chegarem à sala de estar, nem sequer olhou para ela. Arrietty teve que se arrastar atrás dele da melhor forma possível. Ele ignorava o seu esforço em ajudá-lo a fechar os portões, mas, quando ela tropeçou, esperou até que se levantasse novamente, olhando-a quase sem interesse enquanto ela limpava o pó dos joelhos.
O jantar estava posto e a roupa passada tinha sido guardada. Homily veio correndo da cozinha, surpresa por vê-los juntos.
Pod jogou sua sacola e olhou para a esposa.
– Qual o problema? – balbuciou Homily, olhando de um para outro.
– Ela estava no quarto de crianças – disse Pod, calmo – falando com aquele menino!
Homily deu um passo para a frente, suas mãos se fecharam tremendo na frente do avental, os olhos assustados movendo-se rapidamente para um lado e para o outro.
– Ah, não – ela murmurou.
Pod se sentou. Ele colocou a mão cansada sobre os olhos e a testa, de cara fechada.
– E agora? – ele falou.
Homily ficou parada; ela se inclinou sobre as mãos trançadas e olhou para Arrietty.
– Ah, você nunca... – ela murmurou.
"Eles estão assustados", Arrietty percebeu. "Não estão nem um pouco zangados; estão muito, muito assustados." Ela se adiantou.
– Está tudo bem – ela começou.
Homily sentou-se de súbito no carretel de algodão; ela começou a tremer.
– Ai! O que vamos fazer? – e começou a se balançar, devagar, para a frente e para trás.
– Ah, mãe, não faça isso! – suplicou Arrietty. – Não é tão ruim assim. Não é mesmo. – Ela tateou a frente do suéter, mas não conseguiu encontrar a carta: ela tinha deslizado para as costas, até que finalmente a alcançou, muito amassada. – Veja – ela disse. – Esta é

uma carta do tio Hendreary. Eu escrevi para ele e o menino trouxe a resposta...

– Você escreveu para ele? – gritou Homily com uma espécie de guincho abafado. – Oh! – gemeu fechando os olhos. – O que vem a seguir? O que vamos fazer? – e ela se abanou fracamente com sua mão ossuda.

– Pegue um copo de água para sua mãe, Arrietty – disse Pod, seco.

Arrietty trouxe a água em uma casca pequena de avelã: tinha sido encurtada na base pontuda e trabalhada com o formato de um copo de conhaque.

– Mas o que a fez fazer tal coisa, Arrietty? – perguntou Homily mais calma, colocando o copo vazio sobre a mesa. – O que deu em você?

Então Arrietty contou-lhes sobre ter sido "vista" naquela manhã sob a cerejeira. E como ela tinha mantido isso em segredo para não

preocupá-los. E o que o menino tinha dito sobre "se extinguir". E – o mais importante – quão fundamental tinha parecido ter a certeza de que os Hendrearys estavam vivos.

— Entendam — pediu Arrietty. — Por favor, entendam! Estou tentando salvar a nossa espécie!

— As expressões que ela usa! — disse Homily a Pod sussurrando, não sem orgulho.

Mas Pod não estava escutando.

— Salvar a nossa espécie! — ele repetiu com raiva. — São pessoas como você, minha menina, que fazem coisas repentinas sem respeito pela tradição e que acabarão com os Borrowers de uma vez por todas. Você não percebe o que fez?

Arrietty encontrou os olhos acusadores do pai.

— S-sim — ela disse gaguejando. — Eu... eu... entrei em contato com os únicos que ainda estão vivos. Assim — ela continuou, bravamente —, de agora em diante, nós podemos ficar todos juntos...

— Ficar todos juntos! — Pod repetiu, nervoso. — Você acha que o pessoal do Hendreary algum dia voltaria a viver aqui? Você consegue imaginar sua mãe emigrando para uma toca de texugos, a dois campos daqui, ao ar livre e sem água quente?

— Nunca! — gritou Homily com uma voz cheia e vigorosa, fazendo que ambos se virassem e olhassem para ela.

— Ou você imagina sua mãe atravessando dois campos e um jardim — continuou Pod —, dois campos cheios de corvos e vacas e cavalos e outros do gênero, para tomar uma xícara de chá com sua tia Lupy, de quem ela nunca gostou muito mesmo? Mas espere! — ele disse quando Arrietty tentou falar. — Esse não é o ponto: até aí, estamos do jeito que estávamos; o ponto — ele prosseguiu, inclinando-se para a frente e falando com grande solenidade — é este: o menino sabe onde vivemos agora!

— Ah, não — disse Arrietty. — Eu nunca contei a ele. Eu...

— Você contou a ele — interrompeu Pod — sobre o cano da cozinha explodindo; você contou como nossas coisas foram levadas pela correnteza até a grade. — Ele se sentou novamente, encarando-a. — Ele só tem que pensar — Arrietty ficou em silêncio e Pod continuou — Isso é uma coisa que nunca aconteceu antes; nunca, em toda a longa história dos Borrowers. Borrowers terem sido "vistos"? Sim. Borrowers terem sido pegos? Talvez. Mas jamais nenhum ser mundano soube onde um Borrower morava. Nós estamos correndo um sério perigo, Arrietty, e você nos colocou nisso. Esse é o fato.

— Ah, Pod — choramingou Homily. — Não amedronte a menina.

— Pelo contrário, Homily — disse Pod com um tom mais gentil —, minha pobre menina! Eu não quero amedrontar ninguém, mas isto é sério. Suponha que eu dissesse para você empacotar as coisas esta noite, tudo o que temos; para onde você iria?

— Não até os Hendrearys! — gritou Homily. — Não para lá, Pod! Eu nunca conseguiria dividir uma cozinha com Lupy...

— Não — concordou Pod. — Não até os Hendrearys. E você não percebe por quê? O menino sabe deles também!

— Nossa! — gritou Homily, verdadeiramente apavorada.

— Sim — disse Pod. — Alguns cães *terrier* espertos ou um furão bem treinado, e é o fim deles.

— Oh, Pod — disse Homily, e começou a tremer de novo. A ideia de viver em uma toca de texugos já era ruim o suficiente, mas a ideia de não ter nem mesmo esse lugar para ir era ainda pior. — E ouso dizer que eu poderia ter aceitado isso no final das contas — ela disse —, desde que vivêssemos bem separados...

— Bem, não adianta pensar nisso agora — disse Pod. Ele se virou para Arrietty. — O que o seu tio Hendreary disse na carta?

— Sim! — exclamou Homily. — Onde está a carta?

— Ele não diz muita coisa — disse Arrietty, entregando o papel. — Só diz: "Fale para a sua tia Lupy voltar para casa".

— O quê? — exclamou Homily na mesma hora, olhando a carta de cabeça para baixo. — Voltar para casa? O que será que ele quer dizer com isso?

— Ele quer dizer — disse Pod — que Lupy deve ter vindo para cá e nunca ter chegado.

— Vindo para cá? — repetiu Homily. — Mas quando?

— Como eu vou saber? — perguntou Pod.

— Não diz quando — disse Arrietty.

— Mas pode ter sido semanas atrás! — exclamou Homily.

— Pode — disse Pod. — Tempo suficiente para ele querê-la de volta.

— Oh! — gritou Homily. — Todas aquelas pobres crianças!

— Elas estão crescidas agora — disse Pod.

— Mas alguma coisa deve ter acontecido com ela! — exclamou Homily.

— Sim — disse Pod. Ele se virou para Arrietty. — Vê o que eu digo, Arrietty, sobre esses campos?

— Ai, Pod — disse Homily, os olhos dela cheios de lágrimas. — Acho que nenhum de nós voltará a ver Lupy!

– Bem, nós não a teríamos visto de qualquer forma – disse Pod.
– Pod – disse Homily, sóbria. – Estou assustada. Tudo parece estar acontecendo de uma vez. O que nós vamos fazer?
– Bem – disse Pod –, não há nada que possamos fazer esta noite. Isso é certo. A não ser jantar e ter uma boa noite de sono. – Ele se levantou.
– Oh, Arrietty – queixou-se Homily de repente –, sua menina travessa e malvada! Como você pode ter saído e causado tudo isso? Como pode ter saído e falado com um ser mundano? Se...
– Eu fui "vista" – gritou Arrietty. – Não pude evitar ser "vista". O papai foi "visto". Eu não acho que tudo é tão ruim quanto vocês estão tentando fazer parecer. Eu não acho que os seres mundanos são assim tão maus...
– Eles são maus e são bons – disse Pod. – São honestos e são malandros. Depende do que sentem no momento. E os animais, se pudessem falar, diriam o mesmo. Fique longe deles; foi isso o que sempre disseram para mim. Não importa o que eles prometam a você. Nada de bom jamais aconteceu a alguém por causa de um ser mundano.

•• CAPÍTULO QUINZE ••

Naquela noite, enquanto Arrietty estava deitada quietinha sob seu teto de caixa de charuto, Homily e Pod falaram durante horas. Eles conversaram na sala de estar, conversaram na cozinha, e, mais tarde, bem mais tarde, ela os ouviu conversando no quarto deles. Ela ouviu gavetas abrindo e fechando, portas rangendo e caixas sendo puxadas de debaixo da cama deles. "O que eles estão fazendo?", ela ficou pensando. "O que vai acontecer agora?" Muito quieta, ela ficou deitada em sua caminha fofa com seus pertences familiares ao redor: o selo com a imagem do porto do Rio; um lingote de metal prateado solto que ela usava como um charmoso bracelete; o anel turquesa que, às vezes, para se divertir, ela usava como coroa; e, o mais querido de todos, as moças flutuantes com trombetas douradas, tocando acima de uma pacífica cidade. Deitada e ainda quieta na cama, Arrietty percebeu de repente que não queria perder aquilo, mas sim ter todas as outras coisas também: aventura e segurança juntas – era isso o que ela queria. E isso (os ruídos agitados e os sussurros lhe diziam) era exatamente o que ela não poderia ter.

Enquanto isso acontecia, Homily estava apenas inquieta: abrindo gavetas e fechando-as, incapaz de ficar parada. E quando Pod já estava na cama, ela decidiu, por último, cachear os cabelos.

– Homily – Pod protestou, cansado, deitado com seu camisolão –, não há nenhuma necessidade de fazer isso. Quem vai ver você?

– Sim, mas em horas como essa nunca se sabe! – exclamou Homily, procurando na gaveta os trapos de tecido para enrolar no cabelo. – Não quero ser pega de surpresa com meu cabelo deste jeito – disse irritada virando a gaveta de cabeça para baixo e recolhendo o conteúdo espalhado.

Ela foi para a cama por fim, cheia de rolinhos na cabeça, como uma daquelas bonequinhas neguinha-maluca, só que desbotada, e Pod, dando um suspiro, finalmente se virou e fechou os olhos.

Homily ficou deitada por um bom tempo olhando para a lamparina; era a tampa prateada da garrafa de perfume com um minúsculo pavio flutuante. Ela relutou, por alguma razão, em apagá-la. Havia uma movimentação na cozinha do andar de cima, e era tarde para isso: a casa deveria estar adormecida – e os rolinhos de cabelo estavam pressionando seu pescoço de maneira incômoda. Ela ficou com o olhar fixo – exatamente como Arrietty havia feito – no quarto familiar (atulhado demais, ela notou, com pequenas sacolas e caixas e armários provisórios) e pensou: "E agora? Talvez nada aconteça, afinal; talvez a menina esteja certa, e estamos fazendo um grande estardalhaço por causa de pouca coisa; esse menino, depois de tudo o que foi dito e feito, deve ser apenas um hóspede temporário", pensou Homily. "Talvez ele vá embora logo, e então...", disse a si mesma sonolenta, "... estará tudo certo".

Mais tarde (como se deu conta depois) ela devia ter cochilado, porque parecia que tinha cruzado todo o Riacho de Parkin; era noite, o vento soprava e o campo parecia muito íngreme; ela escalava ao longo da saliência causada pelo encanamento de gás, escorregando e caindo na grama úmida. As árvores, pareceu a Homily, estavam balançando e estrepitando, os galhos acenando e indo para a frente e para trás contra o céu. Então (como ela contou a eles semanas depois) houve um som de madeira se lascando...

E Homily acordou. Olhou para o quarto novamente e para a lamparina bruxuleante, mas alguma coisa – ela soube de imediato – estava diferente: havia uma enorme corrente de ar, e sentiu sua boca seca e cheia de areia grossa. Então olhou para o teto.

– Pod! – ela deu um gritinho agudo, agarrando o ombro dele.

Pod rolou na cama na direção de Homily e se sentou. Ambos ficaram olhando para o teto: a superfície inteira estava inclinada e um lado dele tinha se soltado da parede – o que causara a corrente de ar – e descido pelo quarto, até poucos centímetros da cama, projetando um curioso objeto: uma grande barra cinza de aço com uma extremidade achatada e brilhante.

– É uma chave de fenda – disse Pod.

Eles ficaram olhando, hipnotizados, incapazes de se mexerem, e por um momento tudo ficou quieto. Então, o enorme objeto oscilou lentamente para cima, até que a extremidade pontuda se posicionou contra o teto e Homily ouviu um som de arranhão no assoalho de cima e uma repentina respiração humana.

– Ai, meus joelhos! – choramingou Homily. – Ai, meu sinal...

Então, com um puxão violento das tábuas de madeira, o teto inteiro se soltou e desabou com estrépito, em algum lugar fora de vista.

Homily gritou. Mas desta vez era um grito de verdade, alto, penetrante e autêntico; ela quase parecia sossegar com seu grito, enquanto seus olhos ficavam voltados para cima, meio interessados no espaço vazio iluminado. Havia outro teto, ela percebeu, mais para cima – mais alto, parecia, do que o céu; um presunto estava pendurado nele e duas fatias de cebola. Arrietty apareceu no vão da porta, assustada e tremendo, agarrando sua camisola. E Pod deu um tapinha nas costas de Homily.

– Já foi – ele disse. – Agora chega. – E Homily, de repente, ficou quieta.

Um grande rosto apareceu então, entre eles e aquela altura distante. Ele hesitou, sorrindo e terrível. Houve silêncio e Homily se sentou sobressaltada, examinando o que viu no alto, a boca aberta.

– Essa é a sua mãe? – perguntou uma voz surpresa depois de um momento, e Arrietty, do vão da porta, sussurrou:

– Sim.

Era o menino.

Pod saiu da cama e ficou parado ao lado dela, tremendo em seu camisolão.

– Vamos – ele disse a Homily. – Você não pode ficar aí!

Mas Homily podia. Ela estava usando a camisola que tinha um remendo nas costas e nada a faria sair dali. Lentamente uma raiva foi se apoderando dela: tinha sido pega com os cachinhos enrolados; Pod tinha levantado a mão para ela; e ela se lembrou de que, no meio do tumulto e pela primeira vez em sua vida, havia deixado a louça do jantar para ser lavada pela manhã, e lá estaria, na mesa da cozinha, para o mundo inteiro ver!

Ela olhou para o menino – ele era apenas uma criança, afinal.

– Ponha isso no lugar! – ela disse. – Ponha já! – Os olhos dela brilharam, e os cachinhos pareceram tremer.

Ele ajoelhou, mas Homily não recuou quando o grande rosto se aproximou lentamente. Ela viu os lábios inferiores dele, rosados e cheios – como uma versão enormemente exagerada dos de Arrietty –, e notou que tremeram levemente.

– Mas eu trouxe uma coisa para vocês – ele disse.

A expressão de Homily não mudou, e Arrietty gritou de seu lugar no vão da porta:

– O que você trouxe?

O menino pegou algo atrás de si e, muito cautelosamente, para mantê-lo reto, segurou o objeto de madeira sobre a cabeça deles.

– É isto – ele disse, e, com cuidado, a língua para fora e respirando pesadamente, ele abaixou o objeto no buraco onde se encontravam: era uma penteadeira de boneca completa com gravuras. Tinha duas gavetas e um armário na parte de baixo; ele a posicionou aos pés da cama de Homily. Arrietty correu para ver melhor.

– Nossa! – ela gritou extasiada. – Veja, mãe!

Homily olhou de relance para a penteadeira – era de carvalho escuro e as gravuras, pintadas à mão – e então olhou rapidamente para o outro lado de novo.

– Sim – ela disse friamente. – É muito bonita.

Houve um rápido silêncio que ninguém sabia como quebrar.

– O armário abre de verdade – disse o menino por fim, e a grande mão dele desceu entre eles, cheirando a sabonete.

Arrietty abaixou-se ao lado da parede, e Pod exclamou, nervoso:

– Já está bem!

– Sim – concordou Homily. – Já vi que abre.

Pod inspirou profundamente – um suspiro de alívio conforme a mão recuava.

– Aí está, Homily – Pod disse, apaziguando as coisas. – Você sempre quis uma dessas!

– Sim – disse Homily. Ela ainda estava sentada bem ereta, as mãos cruzadas no colo. – Muito obrigada. E agora – ela prosseguiu, friamente – você poderia colocar o telhado de volta?

– Espere um minuto – solicitou o menino. Novamente ele pegou algo atrás de si e mais uma vez a mão dele desceu; lá, ao lado da penteadeira, onde mal havia espaço para o móvel, ele colocou uma pequena cadeira de boneca; era uma cadeira vitoriana, estofada em veludo vermelho.

– Nossa! – Arrietty exclamou novamente.

Pod disse timidamente:

– É bem do meu tamanho...

– Experimente – pediu o menino, e Pod lançou-lhe um olhar nervoso.

– Vamos! – encorajou Arrietty, e Pod se sentou, de camisolão e com os pés descalços aparecendo.

– É gostosa – ele disse depois de um momento.

— Ela poderia ficar ao lado da lareira na sala de estar — sugeriu Arrietty. — Ficaria linda sobre o mata-borrão vermelho.

— Vamos tentar — disse o menino, e a mão desceu mais uma vez. Pod levantou-se de um salto e se estabilizou segurando-se na penteadeira bem na hora em que a cadeira de veludo vermelho foi rapidamente levada por sobre a cabeça dele e recolocada, por dedução, no cômodo seguinte. Arrietty correu para fora da porta e ao longo do corredor para ver.

— Puxa — ela gritou para seus pais —, ficou linda!

Mas Pod e Homily não se moveram. O menino estava debruçado sobre eles, com a respiração forte, e eles conseguiam ver os botões do meio da blusa do pijama dele. Ele parecia estar examinando o resto da casa.

— O que vocês guardam nesse pote de mostarda? — ele perguntou.

— Pó de carvão — respondeu a voz de Arrietty. — E eu ajudei a pegar emprestado este novo tapete. Este é o relógio sobre o qual eu comentei com você, e as pinturas...

— Eu poderia conseguir para vocês selos mais bonitos do que esses — o menino disse. — Tenho alguns comemorativos com o Taj Mahal.

— Veja — gritou a voz de Arrietty novamente, e Pod segurou a mão de Homily —, estes são os meus livros.

Homily apertou Pod quando a grande mão desceu mais uma vez na direção de Arrietty.

— Quieta — ele sussurrou. — Fique sentada.

Aparentemente, o menino estava tocando os livros.

– Como se chamam? – ele perguntou, e Arrietty repetiu os títulos.
– Pod – sussurrou Homily. – Vou dar um berro...
– Não – sussurrou Pod. – Não deve. Não de novo.
– Estou sentindo aquilo – disse Homily.
Pod pareceu preocupado.
– Prenda a respiração – ele disse – e conte até dez.
O menino dizia para Arrietty:
– Por que você não pode ler um desses livros para mim?
– Bem, eu poderia – disse Arrietty –, mas preferiria ler alguma coisa nova.
– Mas você nunca veio – reclamou o menino.
– Eu sei – disse Arrietty. – Mas eu vou.
– Pod – sussurrou Homily –, você ouviu isso? Você ouviu o que ela disse?
– Sim, sim – Pod disse. – Fique quieta...
– Você gostaria de ver os depósitos? – Arrietty sugeriu em seguida, e Homily colocou rapidamente uma mão na boca como se fosse sufocar um grito.
Pod olhou para o menino lá em cima.
– Ei! – ele gritou, tentando chamar a atenção dele. O menino olhou para baixo. – Ponha o telhado de volta agora – Pod pediu, tentando soar desinteressado e justo. – Estamos ficando com frio.
– Tudo bem – concordou o menino, mas pareceu hesitar. Ele tateou entre eles para pegar o pedaço de tábua que formava o teto. – Vocês querem que eu pregue aí embaixo? – ele perguntou, e eles o viram segurar um martelo; ele o balançou no alto, parecendo muito perigoso.
– É claro que queremos – disse Pod irritado.
– Quero dizer... – disse o menino. – Eu tenho mais umas coisas aqui em cima...
Pod olhou em dúvida e Homily o cutucou.
– Pergunte a ele que tipo de coisas – ela sussurrou.
– Que tipo de coisas? – perguntou Pod.
– Coisas de uma velha casa de bonecas que fica no alto da prateleira de cima do armário perto da lareira na sala de aula.
– Eu nunca vi nenhuma casa de bonecas – disse Pod.
– Bem, está no armário – disse o menino. – Bem no alto, perto do teto. Não dá para você enxergar. Você tem que escalar as prateleiras mais baixas para chegar até ela.

— Que tipo de coisas *há* na velha casa de bonecas? — Arrietty perguntou da sala de estar.

— Ah, tudo — o menino contou a ela. — Tapetes, capachos e camas com colchões; há um pássaro em uma gaiola, não de verdade, é claro, e panelas e mesas e cinco cadeiras douradas, e um vaso com uma palmeira, uma travessa com tortas feitas de gesso, uma imitação de pernil de cordeiro...

Homily virou-se para Pod.

— Diga a ele para pregar o teto suavemente — ela sussurrou.

Pod ficou olhando para ela, que acenou vigorosamente com a cabeça e apertou as mãos.

Pod virou-se para o garoto.

— Tudo bem — ele disse. — Pode pregar o teto. Mas devagar, se é que me entende. Só uma batidinha ou duas aqui e ali...

•• CAPÍTULO DEZESSEIS ••

Então teve início uma fase curiosa na vida deles: coisas emprestadas além dos seus sonhos – uma Era de Ouro. Toda noite o teto era aberto e tesouros apareciam: um tapete de verdade para a sala, um pequenino balde para carvão, um sofazinho firme com almofadas de seda em relevo, uma cama de casal com travesseiros compridos, a mesma cama para solteiro, com colchão listrado, pinturas emolduradas em vez de selos, um fogão que não funcionava, mas ficava "lindo" na cozinha; havia mesas ovais e quadradas e uma pequena escrivaninha com uma gaveta; havia dois guarda-roupas de madeira de bordo[15] (um deles com espelho) e um aparador com pernas curvas. Homily não só se acostumou com o telhado saindo, mas até mesmo chegou a sugerir a Pod que colocasse dobradiças nele.

– É por causa do martelo – ela disse. – Eu não ligo – explicou –, mas traz poeira para cá.

Quando o menino lhes trouxe um piano de cauda, Homily implorou a Pod para construir uma sala de visitas.

– Perto da sala de estar – ela disse –, e poderíamos deslocar os depósitos mais para baixo. Então poderíamos ter aquelas cadeiras douradas de que ele fala tanto e o vaso com a palmeira...

Pod, entretanto, estava um pouco cansado de levar móveis para lá e para cá; ele não via a hora de ter noites

---

15. Bordo é a denominação comum às árvores do gênero *Acer*. Sua madeira é muito usada na fabricação de móveis e de instrumentos musicais. (N. E.)

tranquilas, quando poderia finalmente cochilar ao lado da lareira em sua nova cadeira de veludo. Assim que ele colocava uma cômoda em um determinado lugar, Homily, indo e vindo da porta, "para sentir a combinação perfeita", o fazia "experimentar" em algum outro lugar. E toda noite, mais ou menos na hora regular de ele dormir, o telhado voava e mais coisas chegavam. Mas Homily não se cansava; com os olhos brilhando e o rosto corado, depois de um longo dia puxando e empurrando, ela ainda não desistiria de nada até a manhã.

– Vamos apenas *tentar* assim – ela pedia, levantando um dos lados de uma grande cristaleira de boneca, de modo que Pod tivesse que levantar o outro.

– Não vai levar nem um minuto!

Mas, como Pod bem sabia, na verdade levava horas, com os cabelos desgrenhados e dores pelo corpo, para eles finalmente caírem na cama. Mesmo assim, Homily às vezes se levantava para "dar uma última olhada".

Nesse meio-tempo, em pagamento por essas riquezas, Arrietty lia para o menino – toda tarde na grama vasta além da cerejeira. Ele se deitava de costas, e ela ficava ao lado do ombro dele e avisava quando era a hora de virar a página. Foram dias felizes para recordar no final das contas, com o céu azul além dos ramos, o gramado se mexendo suavemente, e a grande orelha do menino ao lado dela. Ela passou a conhecer aquela orelha muito bem, com suas curvas e sombras e os tons de rosa e dourado iluminados pelo sol. Às vezes, conforme foi ficando mais corajosa, ela se apoiava no ombro dele. Ele ficava muito quieto enquanto ela lia, e sempre agradecido. Que mundos eles exploravam juntos! – mundos estranhos para Arrietty. Ela aprendeu muito, e muito das coisas que aprendeu foi difícil de aceitar. Ela foi levada a constatar, de uma vez por todas, que a terra na qual eles viviam e que orbitava no espaço não girava, como ela tinha acreditado, por causa dos pequeninos.

– Nem por causa dos grandes também – ela lembrou ao menino quando viu o sorriso escondido dele.

No frescor da noite, Pod vinha chamá-la – um Pod muito

cansado, desgrenhado e empoeirado – para tomar chá. E, em casa, havia uma Homily ansiosa e novas delícias para descobrir.

– Feche os olhos! – Homily gritava. – Agora abra!

E Arrietty, em um sonho alegre, via sua casa transformada. Todos os tipos de surpresas estavam lá: até mesmo, um dia, cortinas de rendas na grade, amarradas com laços de fita rosa.

A única tristeza deles era que não havia ninguém para ver: nenhuma visita, nenhuma passada rápida, nenhum grito de admiração ou olhares invejosos! O que Homily não daria por um Ornato ou um Espineta! Até mesmo um Barril seria melhor do que ninguém.

– Escreva ao seu tio Hendreary – Homily sugeriu – e *convide-o*. Uma longa carta simpática, atenciosa, e não deixe nada de fora!

Arrietty começou a carta no verso de um dos mata-borrões descartados, mas, conforme a escrevia, ela foi ficando uma lista chata, muito longa, como um catálogo de vendas ou o inventário de uma casa; Arrietty tinha que parar para contar colheres ou procurar palavras no dicionário, e, depois de um tempo, deixava isso de lado: havia muito mais para fazer, tantas coisas novas para ler, e, agora, tanto para conversar com o menino...

– Ele tem estado doente – ela disse aos pais. – Está aqui por causa do ar tranquilo do campo. Mas logo voltará para a Índia. Vocês sabiam – ela perguntava a uma Homily maravilhada – que a noite no Ártico dura seis meses, e que a distância entre os dois polos é menor do que a distância entre as duas extremidades de um diâmetro traçado ao longo da linha do Equador?

Sim, esses eram dias felizes, e tudo teria continuado bem, como Pod disse depois, se eles tivessem se limitado a pegar coisas emprestadas da casa de bonecas. Ninguém na casa parecia se lembrar de que ela estava lá e, consequentemente, nada dali fazia falta. Não era possível, entretanto, evitar a tentação da sala de visitas: era usada tão raramente hoje em dia... Havia muitas mesas com bugigangas que ficavam fora do alcance de Pod, e o menino, é claro, podia trazer a chave das portas de vidro do gabinete.

Primeiro, ele trouxe o violino de prata, e depois a harpa de prata; ela não passava do ombro de Pod, e ele recolocou as cordas com crina de cavalo do sofá na sala de café.

– Nós podemos fazer uma reunião musical! – gritou Homily exultante, enquanto Arrietty tocou uma pequena nota dissonante em uma corda de crina de cavalo.

– Se pelo menos – Homily continuou fervorosamente, batendo palmas – seu pai começasse a sala de visitas! (Ela enrolava os cabelos quase todas as noites agora, e, desde que a casa estava mais ou menos em ordem, de vez em quando se vestia para o jantar com um vestido de cetim; ficava pendurado como um saco de batatas, mas Homily o chamava de "grego".) – Nós podemos usar o seu teto pintado – ela explicou para Arrietty –, e há bastante daqueles blocos de construção de brinquedo para fazer um chão de parquete. ("Parrrquete...", ela dizia, "Parrrquete", exatamente como uma Espineta.)

Mesmo a tia-avó Sofia, no piso imediatamente acima, na majestosa desordem de seu quarto, parecia distantemente afetada por um espírito de empenho que parecia fluir, em alegres espirais e redemoinhos, na sossegada casa. Por várias vezes Pod, quando ia ao quarto dela, a encontrara fora da cama. Agora ele ia até lá não para pegar emprestado, mas para descansar: o quarto, podia-se dizer, tinha se tornado o clube dele; um lugar para onde ir para "se afastar das coisas". Pod estava um pouco aborrecido com suas riquezas; ele nunca tinha imaginado, nem em seus mais extravagantes sonhos, pegar tanta coisa emprestada. Homily, ele sentia, deveria dar um basta. Certamente, agora, o lar deles estava grandioso o suficiente; as caixas de tabaco adornadas com joias e as miniaturas com diamantes incrustados, as *nécessaires* com filigranas e as estatuetas alemãs – tudo isso, como ele sabia, do gabinete da sala de visitas – não eram realmente necessárias: qual era a utilidade de uma pastora quase tão alta quanto Arrietty ou um apagador de vela de tamanho desproporcional? Sentado dentro do guarda-fogo[16] da lareira, onde podia esquentar as mãos próximo ao fogo, ele observou tia Sofia mancar vagarosamente ao redor do quarto com suas duas bengalas. "Logo, logo, ela vai estar no andar de baixo; eu não me surpreenderia", ele pensou abatido, mal ouvindo a narrativa sempre repetida a respeito de um almoço real a bordo de um iate russo. "Então ela vai sentir falta das coisas..."

Não foi a tia Sofia, entretanto, quem sentiu falta delas primeiro. Foi a sra. Driver. A sra. Driver nunca havia esquecido o problema com Rosa Pickhatchet. Não tinha sido fácil, à época, identificar com

---

16. Tela que separa a lareira do restante do cômodo, cuja função é reduzir o calor excessivo e evitar que porções da queima se espalhem pelo ambiente. (N. E.)

precisão de quem era a culpa. Até Crampfurl se sentiu sob suspeita. "De agora em diante", a sra. Driver tinha dito, "eu mesma vou tomar conta de tudo. Nenhuma empregada estranha entra mais *nesta* casa!" Um gole de Madeira aqui, um par de meias velhas ali, um lenço ou algo do tipo, uma peça de roupa casual ou um par de luvas de vez em quando – isso, a sra. Driver sentiu, era diferente; era normal. Mas bugigangas do gabinete na sala de visitas... isso, disse a si mesma de maneira severa, olhando as prateleiras vazias, era uma história completamente diferente!

Ali, em pé, naquele dia fatídico, sob o sol da primavera, o espanador na mão, seus pequenos olhos negros tinham se tornado fendas de raiva e astúcia. Ela se sentiu enganada. Era como se alguém, suspeitando de sua desonestidade, estivesse tentando apanhá-la no flagra. Mas quem poderia ser? Crampfurl? O menino? O homem que vinha acertar os relógios? Aquelas coisas foram desaparecendo gradualmente, uma por uma: era alguém, disso ela tinha certeza, que conhecia a casa – e que queria prejudicá-la. Poderia, ela pensou de repente, ser a própria patroa? A velha menina tinha estado fora da cama e andando pelo quarto ultimamente. Ela não teria descido à noite, remexido as coisas com sua bengala, bisbilhotado e espionado (a sra. Driver se lembrou de repente da garrafa de Madeira vazia e dos dois copos que, com frequência, eram deixados na mesa da cozinha)? Ah, pensou a sra. Driver, não era exatamente esse o tipo de coisa que ela faria – o tipo de coisa que a faria rachar de rir, lá no andar de cima, entre seus travesseiros, olhando e esperando pela sra. Driver para informar das perdas? "Está tudo bem lá embaixo, Driver?", era o que ela sempre dizia, e olhava para a sra. Driver meio de lado com aqueles velhos olhos zombeteiros.

– Eu não seria passada para trás por ela! – a sra. Driver exclamou em voz alta, apertando o espanador como se ele fosse um cacetete. – E ela pareceria uma boba se eu a pegasse se esgueirando pelos cômodos do andar de baixo no meio da noite. Tudo bem, minha senhora – murmurou a sra. Driver, inflexível –, se espreitar e perambular é o que você quer, nós duas podemos jogar esse jogo!

•• CAPÍTULO DEZESSETE ••

A sra. Driver foi breve com Crampfurl naquela noite; ela não se sentou nem bebeu com ele como de costume, mas ficou pisando duro pela cozinha, olhando para ele de vez em quando pelo canto do olho. Ele parecia inquieto – como de fato estava: havia algum tipo de ameaça no silêncio dela, algo dissimulado que ninguém poderia ignorar. Até mesmo tia Sofia percebeu quando a sra. Driver levou o vinho; ela ouviu pelo tilintar da garrafa na taça, conforme a sra. Driver acomodou a bandeja, e no estrépido dos anéis de madeira quando a sra. Driver puxou as cortinas; estava presente nas tábuas do chão quando a sra. Driver cruzou o quarto e no clique do trinco quando a sra. Driver fechou a porta. "Qual o problema dela agora?", tia Sofia pensou distraída quando, delicada e calmamente, bebeu a primeira taça.

O menino também tinha percebido. Pelo modo como a sra. Driver o havia encarado quando ele se curvou no banho; pelo modo como ela tinha ensaboado a esponja e o modo como disse: "Ora!". Ela tinha esfregado lentamente, com uma uniformidade cuidadosa e nervosa, e durante todo o tempo do banho não disse uma única palavra. Quando ele foi se deitar, ela havia vasculhado todas as coisas, examinado os armários e aberto as gavetas. Ela puxou a mala dele de debaixo do guarda-roupa e encontrou sua querida toupeira morta, sua reserva escondida de cubos de açúcar e o melhor cortador de batatas dela. Mas mesmo assim não falou. Jogou a toupeira na lata de lixo e fez barulhos agudos com a língua; guardou no bolso o cortador de batatas e todos os cubos de açúcar. Ela ficou olhando fixamente para ele um momento antes de diminuir o bico de gás – tinha sido um olhar esquisito, mais confuso do que acusatório.

A sra. Driver dormia sobre a área de serviço. Ela tinha sua própria escadaria dos fundos. Naquela noite ela não trocou de roupa. Colocou o alarme do relógio para a meia-noite e o colocou onde o tique-taque não a incomodaria, do lado de fora da porta. Desabotoou os sapatos apertados e rastejou, resmungando um pouco, para baixo do edredom. "Mal havia fechado os olhos" (conforme relatou a Crampfurl mais tarde) quando o relógio tocou, trepidando e estrondeando com suas quatro pernas finas nas tábuas vazias do corredor. A sra. Driver saltou da cama e correu atrapalhada pelo corredor.

– *Shhh!* – ela disse para o relógio quando tentou apanhá-lo. – *Shhh!* – e o abraçou no peito.

Ela ficou ali, de meias, no topo da escadaria da área de serviço; alguma coisa – parecia – reluziu lá embaixo: um leve sinal de luz. A sra. Driver observou atentamente a curva escura da estreita escadaria lá embaixo. Sim, lá estava novamente: uma vibração como se fosse uma mariposa esvoaçante. Luz de velas – era isso! Uma vela em movimento – além da escada, além da área de serviço, em algum lugar na cozinha.

Com o relógio na mão, a sra. Driver fez ranger os degraus escada abaixo, ofegando um pouco por causa de sua avidez. Parecia ter ouvido um suspiro na escuridão, um eco de movimento. E pareceu à sra. Driver, em pé no pavimento frio de pedras da área de serviço, que esse som, que mal parecia um som, só poderia significar uma coisa: o vaivém da porta revestida em veludo verde – a porta que leva da cozinha ao saguão principal. Apressadamente, a sra. Driver seguiu para a cozinha e, desajeitada, procurou fósforos na prateleira sobre o fogão; ela derrubou o pimenteiro e um pacote de dentes de alho e, lançando rapidamente os olhos lá embaixo, viu um filete de luz; ela o viu um segundo antes de dar de cara com um palito de fósforo: parecia um rastro de vaga-lume no chão ao lado de seu pé; ele seguia em uma forma alongada, contornando um retângulo irregular. A sra. Driver ofegou e acendeu o gás, então a sala lhe saltou aos olhos: ela olhou rapidamente para a porta verde, que, para seus olhos assustados, parecia ter tremido, embora só tivesse balançado. Ela correu e empurrou a porta para o lado de fora, mas o corredor em frente estava escuro e quieto – sem luz trêmula nem som distante de passos. Soltou a porta novamente e observou enquanto ela voltava, vagarosamente, com pesar, presa pela mola pesada. Sim, esse era o som que ela tinha ouvido da área de serviço: aquele sussurro que parecia um suspiro, como uma respiração aspirada.

Cautelosamente, agarrando as saias, a sra. Driver andou na direção do fogão. Um objeto estava ali – alguma coisa rosada –, no chão, ao lado da tábua saliente. Ah, ela percebeu, aquela tábua: era dali que a luz tinha vindo! A sra. Driver hesitou e olhou ao redor da cozinha: tudo o mais parecia normal e exatamente como ela havia deixado – os pratos no aparador, as caçarolas na parede e a fileira de panos de prato pendurados simetricamente no barbante sobre o fogão. O objeto rosado, ela via agora, era uma caixa de pastilhas em formato de coração – uma que conhecia bem: da mesa-bandeja de vidro ao lado da lareira na sala de visitas. Ela a pegou; era esmaltada e dourada e adornada por minúsculos brilhantes.

– Bem, eu... – ela começou e, encurvando-se prontamente, com um movimento brusco e zangado, arrancou o piso do chão.

E então deu um grito, alto e longo. Ela viu movimento: algo correndo, movimento, confusão! Ouviu um guincho, um falatório, e alguém ofegando. Pequenas pessoas, parecia, com mãos e pés... e bocas abertas. Era isso o que pareciam... mas não poderiam *ser* isso, é claro! Correndo aqui, ali e por todo lugar.

– Oh! Oh! Oh! – ela gritou e procurou atrás de si uma cadeira. Encontrou-a, escalou-a com mãos e pés, destrambelhada, e o móvel balançou sob ela; então ela subiu da cadeira para a mesa, ainda gritando.

E lá ficou, isolada, gritando e arfando, e pedindo ajuda, até que, depois de horas, foi o que pareceu, houve um ruído na porta da área de serviço. Era Crampfurl, finalmente desperto pela luz e pelo barulho.

– O que foi? – ele perguntou. – Deixe-me entrar!

Mas a sra. Driver não saía de cima da mesa.

– Uma toca! Uma toca! – ela gritava. – Viva e gritando!

Crampfurl jogou o peso contra a porta e estourou a tranca. Ele cambaleou, ligeiramente tonto, até a cozinha, as calças de veludo cotelê puxadas por cima do camisolão.

– Onde? – ele gritou, os olhos arregalados por baixo do cabelo despenteado. – Que tipo de toca?

A sra. Driver, soluçando paralisada de pavor, apontou para o chão. Crampfurl caminhou lentamente e com cautela e olhou para baixo. Viu um buraco no chão, forrado e com vários objetos pequenos aglomerados – brinquedos de criança, pareciam, um punhado de coisas sem valor –, e isso era tudo.

– Não é nada – ele disse depois de um momento. – É aquele menino... é só isso. – Ele remexeu os objetos com o pé e todas as paredes caíram. – Não tem nada vivo aí.

– Mas eu os vi, estou dizendo – ofegou a sra. Driver. – Pessoas pequenas... com mãos... ou camundongos com roupas...

Crampfurl ficou olhando para o buraco.

– Camundongos com roupas? – ele repetiu duvidoso.

– Centenas deles – continuou a sra. Driver. – Correndo e guinchando. Eu os vi, estou dizendo a você!

– Bem, não há nada aí agora – disse Crampfurl, e deu uma última mexida ao redor com a bota.

– Então eles correram para longe – ela gritou. – Embaixo do chão... lá em cima, dentro das paredes... o lugar está cheio deles.

– Bem – disse Crampfurl, sem discernimento –, talvez. Mas, se você me perguntasse, eu diria que é aquele menino; é onde ele esconde as coisas. – O olho dele brilhou, e ele se debruçou em um dos joelhos. – Foi onde ele conseguiu o furão, eu não duvidaria.

– Escute – gritou a sra. Driver, e havia um tom desesperado na voz dela. – Você tem que escutar. Isso não era nenhum menino e nenhum furão. – Ela alcançou as costas da cadeira e abaixou-se desajeitada até o chão, e então se pôs ao lado dele na beira do buraco. – Eles tinham mãos e rostos, estou dizendo. Olhe – ela disse, apontando. – Vê aquilo? É uma cama. E agora acabo de me lembrar que um deles estava deitado nela.

– Você acaba de se lembrar... – disse Crampfurl.

– Sim – prosseguiu a sra. Driver com firmeza –, e há uma outra coisa na qual estou começando a pensar. Você se lembra daquela garota, Rosa Pickhatchet?

— Aquela meio simplória?
— Bem, simplória ou não, ela viu um deles; na cornija da sala de visitas, com uma barba.
— Um o quê? — perguntou Crampfurl.
A sra. Driver ficou olhando para ele.
— O que eu fiquei falando para você até agora? Um desses... desses...
— Camundongos com roupas? — completou Crampfurl.
— Não camundongos! — a sra. Driver quase gritou. — Camundongos não têm barbas.
— Mas você disse... — começou Crampfurl.
— Sim, eu sei que disse. Não que estes tivessem barbas. Mas como você os chamaria? O que eles seriam se não fossem camundongos?
— Não fale tão alto! — sussurrou Crampfurl. — Vai acordar a casa inteira.
— Eles não podem ouvir — disse a sra. Driver. — Não através da porta forrada. — Ela foi até o fogão e pegou as pinças para carvão. — E se eles ouvirem? Não estamos fazendo nada. Nada de mais — ela continuou. — E deixe-me chegar até o buraco.

Um por um, a sra. Driver foi recolhendo os objetos — sempre ofegando, chocada, com muitos gritos de surpresa e vários você-já--imaginou. Ela formou duas pilhas no chão: uma de coisas valiosas e outra que chamou de "porcaria". Objetos curiosos estavam pendurados na pinça.

— Você acredita nisso? O melhor lenço de renda dela! Olhe, aqui há outro... e outro! E a minha grande agulha de costura! Eu sabia que tinha uma! Meu dedal de prata, por favor... e um que pertence a ela! E olhe, minha nossa, as lãs... os carretéis de algodão! Não me surpreende que nunca se encontre um carretel de algodão branco quando se precisa. Batatas... nozes... Olhe para isso: um pote de caviar... CAVIAR! Não, isso é demais... é mesmo! Cadeiras de bonecas... mesas... E veja todos esses mata-borrões! Então é para lá que iam! Oh, minha nossa senhora! — ela gritou de repente, os olhos fixos. — O que é isto? — A sra. Driver colocou a pinça no chão e se inclinou sobre o buraco: uma iniciativa medrosa, como se pudesse levar uma ferroada. — É um relógio, um relógio de esmeralda... o relógio dela! E ela nunca sentiu falta dele! — Ela elevou o tom de voz. — E está funcionando! Veja, dá para ver pelo relógio da cozinha: meia-noite e vinte e cinco! – A sra. Driver se sentou de repente em uma cadeira dura; os olhos dela estavam espantados e seu rosto parecia pálido e lânguido, embora murcho. – Você sabe o que isso significa? – ela perguntou a Crampfurl.

– Não? – ele respondeu.

– A polícia – disse a sra. Driver. – É isso o que significa: um caso para a polícia.

•• CAPÍTULO DEZOITO ••

O menino ficou deitado, tremendo um pouco, embaixo das cobertas. A chave de fenda estava debaixo do colchão. Ele tinha ouvido o alarme do relógio; tinha ouvido a sra. Driver exclamar na escada e correra. A vela na mesa ao lado de sua cama cheirava um pouco e a cera ainda devia estar quente. Ele ficou deitado esperando, mas eles não subiram. Depois de horas, pareceu, ele ouviu o relógio do saguão badalar uma vez. Tudo parecia quieto lá embaixo; finalmente ele deslizou da cama e engatinhou ao longo do corredor até o topo da escadaria. Ali, ficou sentado por um momento, estremecendo um pouco e olhando para baixo, para o saguão escuro. Não havia nenhum som além do tique-taque regular do relógio e, de vez em quando, um som de pés arrastando ou murmúrio, que poderia ser o vento, mas que, como ele sabia, era o som da casa em si – o suspiro do assoalho cansado e a dor da madeira nodosa. Estava tão quieto que ele acabou encontrando coragem para se mexer e descer a escada na ponta dos pés, seguindo ao longo do corredor da cozinha. Ele ficou escutando por algum tempo do lado de fora da porta forrada e, com alguma demora, abriu-a, empurrando-a. A cozinha estava em silêncio e repleta de escuridão cinzenta. Ele procurou, do mesmo modo como a sra. Driver havia feito, fósforos na prateleira, e acendeu uma luz. Viu o buraco escancarado no chão e os objetos empilhados ao lado dele, e, no mesmo instante, viu uma vela na prateleira. Ele a acendeu meio desajeitado, com as mãos tremendo. Sim, lá estava: o conteúdo do pequeno lar todo bagunçado nas tábuas e as pinças ao lado. A sra. Driver tinha levado tudo o que considerava valioso e tinha deixado as "porcarias". E parecia mesmo porcaria jogado daquela maneira: bolas de lã, velhas batatas, peças avulsas de móveis de boneca, caixas de fósforos, carretéis de algodão, mata-borrões amarrotados...

Ele se ajoelhou. A "casa" em si estava bamboleando: paredes caindo, terra exposta no chão (onde Pod havia cavado para dar mais altura aos cômodos), palitos de fósforo, uma velha roda dentada, peles de cebola, tampas de garrafa espalhadas... O menino ficou olhando, piscando as pálpebras e encobrindo a vela de modo que esquentasse sua mão. Então ele se levantou e, cruzando a cozinha na ponta dos pés, fechou a porta da área de serviço. Voltou para o buraco e, inclinando-se, chamou suavemente:

– Arrietty... Arrietty!

Após um momento, ele chamou de novo. Outra coisa caiu quente na mão dele: era uma lágrima de seu olho. Zangado, ele a secou e, inclinando-se mais para dentro do buraco, chamou mais uma vez:

– Pod! – sussurrou. – Homily!

Eles apareceram tão silenciosos no início, na luz oscilante da vela, que ele não os viu. Ficaram em silêncio, olhando para ele com rostos amedrontados, do que tinha sido antes o corredor para fora dos depósitos.

– Onde vocês estavam? – perguntou o menino.

Pod limpou a garganta.

– Lá em cima, no final do corredor. Embaixo do relógio.

– Vou levar vocês daqui – disse o menino.

– Para onde? – perguntou Pod.

– Não sei. Que tal o sótão?

– Não seria bom – disse Pod. – Eu os ouvi conversando. Eles vão chamar a polícia e um gato e um inspetor sanitário e o exterminador de ratos da prefeitura em Leighton Buzzard.

Todos ficaram em silêncio. Os olhos pequenos encarando os olhos grandes.

– Nenhum lugar desta casa será seguro – disse Pod por fim. E ninguém se mexeu.

– Que tal a casa de bonecas no alto da prateleira da sala de aula? – sugeriu o menino. – Nem mesmo um gato conseguiria alcançá-la.

Homily deu um pequeno gemido de consentimento.

– Sim – ela disse. – A casa de bonecas...

– Não – disse Pod com a mesma voz sem expressão. – Não dá para viver em uma prateleira. Talvez o gato não suba lá, mas também não conseguiríamos descer. Ficaríamos presos lá. Precisamos de água.

– Eu levo água para vocês – disse o menino. Ele tocou a pilha de "porcarias". – E há camas e coisas aqui.

— Não — disse Pod. — Uma prateleira não é bom. Além disso, logo você vai embora. Ao menos é o que dizem.

— Ah, Pod... — apelou Homily com um sussurro áspero. — Há escadas na casa de bonecas, e dois quartos, e uma sala de jantar, e uma cozinha. E um banheiro! — ela argumentou.

— Mas fica lá perto do teto! — Pod explicou com ar cansado. — Precisamos comer, não? — ele perguntou. — E beber...

— Sim, Pod, eu sei. Mas...

— Sem mas — Pod disse. Ele inspirou profundamente. — Nós temos que emigrar.

— Oh — lamentou Homily suavemente, e Arrietty começou a chorar.

— Ah, não comecem a fazer drama... — Pod pediu com uma voz cansada.

Arrietty tinha coberto o rosto com as mãos e as lágrimas corriam entre seus dedos; o menino, viu-as brilhar sob a luz da vela.

— Eu não estou fazendo drama — ela soluçou. — Eu estou tão feliz... feliz.

— Você quer dizer — disse o menino para Pod, mas com um olho em Arrietty — que vão para a toca de texugos? — Ele também sentiu uma agitação crescente.

— Para onde mais? — Pod perguntou.

— Ai, meu santo! — gemeu Homily, e se sentou no gaveteiro de caixas de fósforos quebrado.

— Mas vocês devem ir para algum lugar ainda esta noite — disse o menino. — Antes do amanhecer.

— Ele tem razão nisso — disse Pod. — Não podemos cruzar os campos no escuro. Já é perigoso cruzá-los durante o dia.

— Eu sei! — disse Arrietty. Seu rosto molhado brilhava sob a luz da vela; estava iluminado e trêmulo. Ela levantou um pouco os braços, como se fosse voar, e agitou-os conforme se balançou na ponta dos pés. — Vamos para a casa de bonecas apenas por hoje e amanhã — ela fechou os olhos para se proteger da claridade. — Amanhã o menino nos leva... leva... — e ela não podia dizer para onde.

— Leva? — gritou Homily com uma voz estranha e vazia. — Como?

— Nos bolsos — cantarolou Arrietty. — Você não levaria? — Ela balançou novamente, com o rosto iluminado voltado para cima.

— Sim — ele disse. — E traria a bagagem depois, em uma cesta de pescaria.

— Minha nossa! — gemeu Homily.

– Vou pegar toda a mobília desta pilha aqui. Ou a maior parte. Eles nem vão perceber. E o que mais vocês quiserem.
– Chá – murmurou Homily. – O suficiente para nossa vida inteira.
– Tudo bem – disse o menino. – Vou pegar meio quilo de chá. E café também, se vocês gostarem. E panelas para cozinhar. E palitos de fósforo. Vocês vão ficar bem – ele disse.
– Mas o que eles comem? – queixou-se Homily. – Lagartas?
– Ora, Homily – disse Pod –, não seja boba. Lupy sempre foi uma boa administradora.
– Mas Lupy não está aqui – disse Homily. – Frutas. Eles comem frutas silvestres? Como cozinham? Ao ar livre?
– Homily – disse Pod –, nós veremos quando chegarmos lá.
– Eu não conseguiria acender uma fogueira com gravetos – disse Homily. – Não sob o vento. E se chover? – ela perguntou. – Como eles cozinham na chuva?
– Homily, por favor... – Pod reclamou. Ele estava começando a perder a paciência. Mas Homily continuou sem parar.
– Você poderia conseguir para nós umas duas latas de sardinha para levar? – ela perguntou ao menino. – E um pouco de sal? E algumas velas? E palitos de fósforo? E poderia levar os tapetes da casa de bonecas?
– Sim – disse o menino. – Eu poderia. É claro que sim. Tudo o que vocês quiserem.
– Tudo bem – disse Homily. Ela ainda tinha um ar meio selvagem, em parte porque um pouco do cabelo havia se desprendido dos rolinhos, mas parecia ter se acalmado. – Como você vai nos levar até lá em cima, para a sala de aula?
O menino olhou para baixo, reparando na falta de bolsos de seu pijama.
– Vou carregar vocês – ele disse.
– Como? – perguntou Homily. – Em suas mãos?
– Sim – disse o menino.
– Eu preferiria morrer – disse Homily. – Prefiro ficar aqui e ser comida pelo caçador de ratos da Prefeitura de Leighton Buzzard.
O menino olhou ao redor da cozinha; ele parecia desnorteado.
– Posso levá-los no cesto de pregadores? – ele perguntou por fim, vendo-o pendurado em seu lugar costumeiro: na alça da porta da área de serviço.
– Tudo bem – disse Homily. – Mas tire os pregadores de dentro antes.

Ela entrou ali bravamente quando ele foi inclinado no chão pelo menino. Era flexível e mole e feito de ráfia trançada. Quando ele o ergueu, Homily gritou e agarrou Pod e Arrietty.

– Oh! – ela ofegou quando o cesto balançou um pouco. – Oh, eu não consigo! Pare! Deixe-me sair! Oh! Oh! – E, apertando e escorregando, eles caíram na base trançada.

– Fique quieta, Homily, sim? – exclamou Pod, nervoso, e segurou-a com força pelo tornozelo.

Não era fácil controlá-la, uma vez que ele estava deitado de costas com o rosto comprimido em direção ao peito e uma perna agarrada a uma das bordas do cesto, em algum lugar acima de sua cabeça. Arrietty escalou o cesto, longe deles, segurando-se nos nós da ráfia, e olhava pela beirada.

– Oh, eu não consigo! Eu não consigo! – gritava Homily. – Pare-o, Pod. Estou morrendo. Diga a ele para nos colocar no chão.

– Coloque-nos no chão – pediu Pod, resignado – só por um minuto. Está bem. No chão. – E, assim que o cesto foi colocado novamente ao lado do buraco, eles correram para fora.

– Olhe aqui – disse o menino, preocupado, para Homily. – Você precisa tentar.

– Ela vai tentar direito – disse Pod. – Dê um descanso para ela e vá com calma, se é que entende o que quero dizer.

– Tudo bem – concordou o menino –, mas não temos muito tempo. Vamos – ele disse, nervoso. – Pulem para dentro.

– Escutem! – gritou Pod, repentinamente, e congelou.

O menino, olhando para baixo, viu os três rostos iluminados virados em sua direção – pareciam cristais, duros e imóveis, contra a escuridão dentro do buraco. E, em um instante, eles se foram: as tábuas estavam vazias e o buraco estava vazio. Ele se inclinou.

– Pod! – chamou com um sussurro desesperado. – Homily! Voltem!

E então ele também congelou, encurvado e rígido sobre o buraco. A porta da área de serviço rangeu e se abriu atrás dele.

Era a sra. Driver. Ela ficou ali parada em silêncio, dessa vez de camisola. Virando-se, o menino olhou para cima na direção dela.

– Olá – ele disse, incerto, após um momento.

Ela não sorriu, mas alguma coisa iluminou os olhos dela: um lampejo malicioso, um olhar de triunfo. Ela levava uma vela que iluminava seu rosto, riscando-a estranhamente com luz e sombra.

– O que você está fazendo aqui embaixo? – ela perguntou.
Ele ficou olhando para ela, mas não falou.
– Responda – ela disse. – E o que está fazendo com o cesto de pregadores?
Ele continuou olhando para ela, de modo quase tolo.
– O cesto de pregadores? – ele repetiu e olhou para baixo, como se estivesse surpreso em vê-lo em suas mãos. – Nada – ele disse.
– Foi você quem colocou o relógio no buraco?
– Não – ele disse, encarando-a novamente. – Ele já estava lá.
– Ah – ela disse e sorriu. – Então você sabia que estava lá?
– Não... Quero dizer, sim.
– Sabe o que você é? – ela perguntou, olhando para ele de perto.
– É um ladrãozinho covarde, nocivo e sem valor!
O rosto dele tremeu.
– Por quê?
– Você sabe por quê. É um malvado, sem coração e insignificante batedor de carteiras. É isso o que você é. E eles também. São horríveis, maliciosos, malandros, miseráveis pequenos...
– Não, eles não são – ele cortou logo.
– E você fez um pacto com eles! – ela veio na direção dele e, segurando-o pelo braço, empurrou-o na direção dos pés. – Você sabe o que fazem com ladrões? – ela perguntou.
– Não – ele disse.
– Eles os aprisionam. É isso o que fazem. E é o que vai acontecer com você!
– Eu não sou um ladrão! – gritou o menino, seus lábios tremendo. – Sou um Borrower.
– Um o quê? – ela o chacoalhou, apertando o braço dele.
– Um Borrower – ele repetiu. Havia lágrimas em seus olhos; ele torceu para que não caíssem.
– Então é assim que você os chama! – ela exclamou (do mesmo modo como ele havia feito – tanto tempo atrás, parecia agora – naquele dia com Arrietty).
– Esse é o nome deles – ele disse. – O tipo de pessoas que são. Eles são Borrowers.
– Borrowers, hã? – repetiu a sra. Driver admirada. Ela riu. – Bem, eles nunca mais vão pegar alguma coisa emprestada nesta casa! – E começou a arrastá-lo na direção da porta.

As lágrimas rolaram dos olhos até as bochechas dele.
– Não os machuque – ele implorou. – Eu os levarei daqui. Prometo. Sei como fazer isso.

A sra. Driver riu novamente e o empurrou com grosseria através da porta verde.

– Eles serão levados direitinho – ela disse. – Não se preocupe. O exterminador de ratos saberá como. O velho gato de Crampfurl saberá como. E também o inspetor sanitário. E a brigada de incêndio, se for necessário. A polícia saberá como, não tenho dúvida disso. Não precisa se preocupar em levá-los. Uma vez encontrada a toca – ela continuou, reduzindo a voz para um sussurro cruel conforme passavam pela porta do quarto de tia Sofia –, o resto é fácil!

A sra. Driver o empurrou para a sala de aula e trancou a porta, e ele ouviu as tábuas do corredor rangendo sob os passos dela enquanto, satisfeita, ia se afastando. Ele engatinhou até a cama, porque estava com frio, e chorou muito embaixo das cobertas.

•• CAPÍTULO DEZENOVE ••

– E esse – disse a sra. May, abaixando o gancho do crochê – é mesmo o fim.

Kate ficou olhando para ela.

– Ah, não pode ser – ela murmurou. – Ah, por favor... *por favor*...

– O último quadrado – disse a sra. May, alisando-o sobre os joelhos –, o centésimo quinquagésimo. Agora podemos costurá-los...

– Ah – disse Kate, respirando novamente –, a colcha! Achei que você estivesse se referindo à história.

– É o fim da história também – disse a sra. May, distraída. – De certo modo. – E começou a escolher os quadrados.

– M-mas... – gaguejou Kate – você não pode... quero dizer... – E ela pareceu, de repente, tudo aquilo que eles tinham dito que ela era: rude, teimosa e todo o resto. – Não é justo – ela gritou. – Isso é trapaça. É... – Lágrimas brotavam dos seus olhos; ela jogou o crochê na mesa e depois a agulha com o remendo, e chutou a sacola de novelos que estava ao lado no tapete.

– Por quê, Kate? Por quê? – a sra. May parecia genuinamente surpresa.

– Alguma coisa mais deve ter acontecido – gritou Kate, irritada. – E o exterminador de ratos? E o policial? E...

– Mas aconteceu algo mais – disse a sra. May. – Muito mais aconteceu. Vou contar a você.

– Então por que você disse que era o fim?

– Porque – disse a sra. May (que continuava surpresa) – ele nunca mais os viu.

– Então como pode haver mais?

– Porque – disse a sra. May – há mais.

Kate ficou olhando para ela.

– Tudo bem – ela disse. – Prossiga.

A sra. May olhou para trás na direção dela.

– Kate – disse após um momento –, histórias nunca terminam de verdade. Elas podem continuar e continuar e continuar. É só que, às vezes, em um certo ponto, alguém para de contá-las.

– Mas não nesse tipo de ponto – disse Kate.
– Bem, coloque a linha na agulha – disse a sra. May. – Com lã cinza, desta vez. E vamos costurar juntas esses quadrados. Eu começo do topo e você, da base. Primeiro um quadrado cinza, depois um esmeralda, depois um rosa, e assim por diante...

– Então não era isso o que você queria dizer na verdade – Kate comentou irritada – quando contou que ele não os viu mais?

– Mas eu quis dizer isso – disse a sra. May. – Estou dizendo a você apenas o que aconteceu. Ele teve que partir de repente, no final da semana, porque havia um navio para a Índia e uma família que podia levá-lo. E nos três dias anteriores ele ficou trancado lá em cima, naquelas duas salas.

– Durante três dias! – exclamou Kate.

– Sim. A sra. Driver, parece, disse à tia Sofia que ele estava resfriado. Ela não o tratava mal, mas estava determinada, sabe, a mantê-lo fora do caminho até se livrar dos Borrowers.

– E ela se livrou? – perguntou Kate. – Quero dizer, todos eles vieram? O policial? E o exterminador de ratos? E...

– O inspetor sanitário não veio. Pelo menos não enquanto o meu irmão estava lá. E eles não tinham um exterminador de ratos na prefeitura, mas tinham os homens locais. O policial veio... – a sra. May riu. – Durante aqueles três dias a sra. Driver costumava fazer um comentário rápido para o meu irmão sobre o que estava acontecendo lá embaixo. Ela adorava ficar murmurando, e o meu irmão, que se tornou inofensivo trancado lá em cima, passou a ser alguém neutro. Ela costumava levar as refeições dele para lá, e, naquela primeira manhã, trouxe toda a mobília da casa de bonecas para cima na bandeja do café da manhã e fez o meu irmão subir nas prateleiras e recolocá-las na casa de bonecas. Foi então que ela comentou sobre o policial. Ele disse que ela estava furiosa. Quase sentiu pena dela.

– Por quê? – perguntou Kate.

– Porque o policial era Ernie, filho de Nellie Runacre, um menino que a sra. Driver havia perseguido mais de uma vez por roubar maçãs vermelhas da árvore perto do portão: "Um ladrãozinho malvado, nocivo e sem valor", ela contou ao meu irmão. "Está sentado aqui agora, na cozinha, veja só, com seu bloco de anotações, rindo até estourar... Vinte e um, diz ter agora, e tão insolente quanto..."

– E ele era?

— É claro que não. Não mais do que o meu irmão. Ernie Runacre era um jovem bom e honrado, e de confiança da polícia. E na verdade ele não riu da sra. Driver quando ela contou a história, mas deu a ela o que Crampfurl chamou mais tarde de "um olhar torto" quando ela descreveu Homily na cama. "Misture mais água nele", ele parecia dizer.

— Como assim? — perguntou Kate.

— No Madeira, eu acho — disse a sra. May. — E a tia-avó Sofia tinha a mesma suspeita: ela ficou furiosa quando ouviu que a sra. Driver tinha visto várias pessoas pequenas quando ela mesma, com uma garrafa inteira, tinha conseguido ver apenas uma ou duas no máximo. Crampfurl teve que trazer todo o Madeira da adega para cima e empilhar os frascos encostados na parede em um canto do quarto da tia Sofia, onde, como ela mesma disse, podia ficar de olho.

— Eles conseguiram um gato? — perguntou Kate.

— Sim, conseguiram. Mas também não deu muito certo. Era o gato de Crampfurl, um macho grande e amarelo com listras brancas. Segundo a sra. Driver, ele só tinha duas coisas na cabeça: sair da casa ou ir para a despensa. "Por falar em Borrowers", a sra. Driver dizia enquanto atirava a torta de peixe de almoço para o meu irmão, "esse gato é um Borrower, se é que já existiu algum; ele pegou emprestado o peixe, foi isso o que fez, e também uma boa porção do ovo batido!" Mas o gato não ficou lá por muito tempo. A primeira coisa que os *terriers* do exterminador de ratos fizeram foi persegui-lo por toda a casa. Foi uma briga terrível, o meu irmão contou. Eles o perseguiram por todos os lugares: no andar de cima e no de baixo, dentro e fora dos cômodos, latindo até não poder mais. O último vislumbre que o meu irmão teve do gato foi ele correndo pelo matagal e cruzando os campos com os *terriers* atrás.

— Eles o alcançaram?

— Não — a sra. May riu. — Ele ainda estava lá quando eu cheguei, um ano depois. Estava um pouco mal-humorado, mas em boa forma.

— Conte sobre quando *você* chegou.

— Ah, não fiquei por muito tempo — a sra. May foi logo dizendo. — E, depois disso, a casa foi vendida. O meu irmão nunca voltou para lá.

Kate ficou olhando para ela desconfiada, apertando a agulha contra o centro do lábio inferior.

— Então eles nunca pegaram o povo pequeno? — ela perguntou por fim.

Os olhos da sra. May se movimentaram rapidamente.

– Não, eles nunca conseguiram realmente pegá-los, mas... – ela hesitou – ... até onde meu pobre irmão soube, o que eles fizeram foi ainda pior.

– O que eles fizeram?

A sra. May abaixou o crochê e ficou olhando durante um momento, pensativa, para as mãos inativas.

– Eu odiei o exterminador de ratos – ela disse de repente.

– Por quê? Você o conheceu?

– Todos o conheciam. Ele era estrábico, e o nome dele era Ricky William. Ele também era matador de porcos e, bem... ele fazia outras coisas também. Ele tinha uma arma, um machadinho, uma pá, uma picareta e uma geringonça com foles para fumegar. Eu não sei do que exatamente era a fumaça... Devia ser formada por algum tipo de gás venenoso que ele mesmo preparava com ervas e produtos químicos. Eu só me lembro do cheiro; ficava impregnado nos celeiros ou onde quer que ele tivesse passado. Imagine o que o meu irmão sentiu no terceiro dia, o dia em que estava partindo, quando de repente sentiu aquele cheiro...

"Ele estava todo vestido e pronto para ir. A bagagem estava pronta e esperando no saguão. A sra. Driver chegou e destrancou a porta e o levou pelo corredor até a tia Sofia. Ele ficou ali, tenso e pálido, com luvas e o sobretudo ao lado da cama cortinada.

"'Já está mareado?', a tia Sofia brincou com ele, olhando-o atentamente do alto e na beirada do grande colchão.

"'Não', ele disse. 'É esse cheiro.'

"A tia Sofia levantou o nariz e fungou.

"'Que cheiro é esse, Driver?'

"'É o exterminador de ratos, senhora', explicou a sra. Driver, enrubescendo. 'Lá embaixo, na cozinha.'

"'O quê?', perguntou a tia Sofia. 'Você está querendo enchê-los de fumaça?', e começou a rir. 'Nossa... puxa vida!', ela disse ofegante. 'Mas, se você não gosta deles, Driver, o remédio é simples.'

"'E qual é, minha senhora?', perguntou desconfortável a sra. Driver, e até mesmo o queixo dela estava corado.

"Sem conseguir falar por causa da risada, a tia Sofia acenou com uma mão anelada: 'Mantenha a rolha na garrafa!', ela conseguiu dizer ao final, e fez um sinal fraco com a mão para que saíssem. Eles continuaram ouvindo-a rir até descerem as escadas.

"'Ela não acredita neles', resmungou a sra. Driver e segurou com força o braço do meu irmão. 'Tola, é isso o que é! Mudará o tom quando eu os capturar no final das contas, liquidados, em um inocente pedaço de jornal...', e o arrastou grosseiramente pelo saguão.

"O relógio tinha sido mudado de lugar, deixando o lambril[17] exposto, e, segundo o meu irmão, o buraco tinha sido bloqueado e vedado. A porta da frente estava aberta como sempre e a luz do sol transbordava para dentro. A bagagem estava ali ao lado do capacho de fibras, cozinhando um pouco no calor dourado. As árvores frutíferas além da ribanceira tinham derrubado suas pétalas e estavam iluminadas por uma luz solar de um verde delicado e transparente.

"'Há tempo de sobra', disse a sra. Driver, lançando os olhos para o relógio no alto. 'O táxi não chegará antes das três e meia.'

"'O relógio parou', disse o meu irmão.

"A sra. Driver se virou. Ela estava usando seu chapéu e o seu melhor casaco, pronta para levá-lo à estação. Parecia estranha e firme, como se fosse à missa; não parecia nem um pouco 'Driver'[18].

"'Parou mesmo', ela disse; o queixo dela caiu e as bochechas ficaram pesadas e pendentes. 'Foi a mudança', ela concluiu após um momento. 'Vai ficar bom', continuou, 'quando o colocarmos de volta. O sr. Frith vem na segunda-feira', e o arrastou novamente pela parte superior do braço.

"'Aonde vamos?', ele perguntou, detendo-se.

"'Na cozinha. Temos uns bons dez minutos. Você não quer vê-los serem apanhados?'

"'Não', ele disse; 'não!', e tentou se esquivar dela.

"A sra. Driver ficou olhando para ele, meio sorrindo.

"'Eu vou', ela disse. 'Eu gostaria de vê-los de perto. Ele borrifa esse negócio lá dentro e eles saem correndo. Pelo menos é assim que funciona com os ratos. Mas, primeiro, ele diz que precisa bloquear todas as saídas...', e os olhos dela seguiram os do meu irmão do buraco sob o lambril.

---

17. Revestimento interno de parede, usado como decoração ou para proteger contra frio, umidade e barulho. Pode ser feito de vários materiais, como madeira e mármore. (N. E.)

18. Palavra de origem inglesa que significa "motorista", "pessoa que conduz, que leva". (N. E.)

"'Como eles encontraram isso?', ele perguntou então (parecia coberto por massa de vidraceiro, com um quadrado de papel marrom colado torto).

"'Ricky William o encontrou. É o trabalho dele.'

"'Eles poderiam desgrudar isso', o menino disse após um momento.

"A sra. Driver riu, cordial ao menos uma vez.

"'Ah, não, eles não poderiam. Não agora; não poderiam! Está cimentado, firme... Uma grande barreira disso, bem do lado de dentro, com uma chapa de ferro atravessando na frente daquela fornalha velha no alpendre. Ele e Crampfurl tiveram que levantar o piso da sala do café para chegar até lá. Ficaram trabalhando na terça-feira o dia todo, até a hora do chá. Não vamos mais ter nenhuma brincadeira desse tipo. Não embaixo do relógio. Uma vez colocado de volta, o relógio não pode ser movido de novo logo em seguida. Não se quiserem que continue marcando as horas. Veja onde ele estava, onde o piso parece ter sido levado pela água.' Foi então que o meu irmão viu, pela primeira e última vez, aquela plataforma elevada de pedra lavada. 'Venha agora', a sra. Driver disse e levou-o pelo braço. 'Ouviremos o táxi da cozinha.'

"Mas a cozinha, conforme ela o arrastou pela porta forrada, pareceu uma confusão de sons. Nenhum táxi que se aproximasse poderia ser ouvido dali. 'Quietos, quietos, quietos, quietos, quietos...', Crampfurl ficava dizendo, em um tom alto, enquanto detinha os *terriers* do exterminador de ratos, que emitiam sons agudos e arquejavam na correia. O policial estava lá, o filho de Nellie Runacre, Ernie. Ele tinha vindo desinteressado e estava atrás dos outros, observando o motivo do chamado, com uma xícara de chá na mão e o capacete solto na testa. Mas seu rosto estava rosado por um entusiasmo de menino e ele ficava rodando e rodando a colher de chá. 'Só acredito vendo!', disse animado para a sra. Driver quando a viu chegando à porta. Um menino do povoado estava lá com um furão. O bicho ficava saindo do bolso dele, meu irmão disse, e o menino o empurrava de volta. Ricky William estava agachado no chão perto do buraco. Tinha iluminado alguma coisa embaixo de um pedaço de tecido rústico e o mau cheiro daquilo se espalhou em redemoinhos pelo aposento. Ele estava trabalhando com os foles agora, com infinito cuidado, curvando-se sobre eles, absorto e tenso.

"O meu irmão ficou ali como se estivesse sonhando ('Talvez tenha sido um sonho', ele me disse mais tarde, muito mais tarde, depois que todos já tínhamos crescido). Ele deu uma olhada na cozinha. Viu as árvores frutíferas ensolaradas através da janela e um galho da cerejeira que ficava sobre a ribanceira; viu as xícaras de chá vazias na mesa, com colheres jogadas nelas, e uma sem um pires; viu também, apoiado na parede, perto da lateral da porta forrada, os pertences do exterminador de ratos: um casaco desgastado e remendado com um pedaço de couro; um punhado de armadilhas para coelhos; duas sacolas, uma pá, uma arma e uma picareta...

"'Fiquem de lado agora', Ricky William dizia; havia um tom de entusiasmo elevando-se na voz dele, mas ele não virou a cabeça. 'Fiquem de lado. Estou pronto para soltar os cachorros.'

"A sra. Driver soltou o braço do meu irmão e se moveu em direção ao buraco.

'Fique para trás', disse o exterminador de ratos, sem se virar. 'Dê--nos espaço...', e a sra. Driver recuou nervosa na direção da mesa. Ela colocou uma cadeira ao lado e deixou um joelho meio levantado, mas o abaixou em seguida quando captou o olhar de zombaria de Ernie Runacre. 'Tudo bem, madame', ele disse, erguendo uma sobrancelha. 'Vamos deixá-la subir na hora certa', e a sra. Driver lançou-lhe um olhar furioso; ela agarrou as três xícaras que estavam na mesa e saiu pisando alto, nervosa, na direção da área de serviço. '... nada disso parece estar funcionando...', o meu irmão ouviu-a resmungar enquanto passou esbarrando nele. E, com essas palavras, de repente, o meu irmão ganhou vida...

"Ele lançou um rápido olhar pela cozinha: os homens estavam absortos; todos os olhos se concentravam no exterminador de ratos, exceto os do menino do povoado, que estava levando o seu furão para fora. Discretamente, o meu irmão tirou as luvas e começou a se mover para trás... lentamente... lentamente... na direção da porta forrada; conforme se mexia, acomodando as luvas com suavidade em seu bolso, ele mantinha os olhos no grupo ao redor do buraco. Fez uma pausa por um momento, ao lado das ferramentas do exterminador de ratos, e esticou uma mão cautelosa que tateava; seus dedos se fecharam ao final em um cabo de madeira, liso e gasto pelo uso; ele olhou rapidamente para baixo para se certificar: sim, era, como ele esperava, a picareta. Ele se inclinou um pouco e empurrou, quase imperceptivelmente, a porta com os ombros. Ela se abriu com facilidade e em silêncio. Nenhum dos homens olhou.

"'Quietos agora', o exterminador de ratos dizia, curvando-se de perto sobre os foles. 'Leva só um momento para entrar ali... não há muita ventilação; não embaixo do chão...'

"O meu irmão deslizou pela porta entreaberta e ela suspirou atrás dele, pondo fim ao barulho. Ele deu alguns passos na ponta dos pés, descendo pelo corredor escuro da cozinha, e, então, correu.

"Lá estava o saguão de novo, embebido pela luz do sol, com a bagagem ao lado da porta. Ele bateu no relógio e ele fez um som; um som trêmulo: urgente e profundo. Levantou a picareta na altura dos ombros e mirou um golpe de lado no buraco do lambril. O papel se rasgou e uns farelos de gesso caíram do lado de fora, e a picareta ricocheteou com força, fazendo vibrar as suas mãos. Realmente havia ferro atrás do cimento, algo impossível de mover. Ele bateu de novo. E de novo e de novo. O lambril sobre o buraco ficou partido e arranhado, e o papel ficou pendurado em tiras, mas a picareta ainda bateu com força. Não adiantava: as mãos dele, molhadas de suor, estavam escorregando e deslizando na madeira. Ele parou para respirar e, olhando para fora, viu o táxi. Viu-o na estrada, além da sebe, no lado distante do pomar; ele logo chegaria à macieira ao lado do portão; logo chegaria à entrada de carros. Ele olhou para o relógio no alto. Estava funcionando regularmente; resultado, talvez, das batidas provocadas por ele. O som o reconfortou e acalmou seu coração acelerado. Tempo: era disso que precisava; de um pouco mais de tempo. 'Leva só um momento para entrar ali...', o exterminador de ratos havia dito. 'Não há muita ventilação; não embaixo do chão...'

"'Ventilação': essa era a palavra; a palavra mágica. Com a picareta na mão, o meu irmão correu para o lado de fora da porta. Ele tropeçou uma vez no caminho de cascalhos e quase caiu; o cabo da picareta veio para cima e o atingiu na têmpora com força. Assim que chegou ali, um fino filete de fumaça saía da grade, e ele pensou, enquanto correu na direção dela, ter visto um relance de movimento na escuridão entre as barras. E era ali que eles estariam, é claro, para conseguir ar. Mas não parou para se certificar. Ele já ouvia atrás de si o barulho das rodas sobre o cascalho e o som de cascos de cavalo. Ele não era, como eu disse a você, um menino muito forte, e tinha apenas nove anos (e não dez, como tinha se gabado para Arrietty), mas, com duas grandes pancadas na parede de tijolos, conseguiu desprender um dos lados da grade. Ela caiu de lado, levemente inclinada. Ficou pendurada, pareceu, por um único prego. Então ele escalou a ribanceira e atirou a picareta com toda a força na grama alta além da cerejeira. Ele se lembrou de pensar, quando cambaleou de volta, suado e sem ar, na direção do táxi, como aquilo também, a perda da picareta, causaria novos problemas mais tarde."

•• CAPÍTULO VINTE ••

– Mas – começou Kate – ele não os viu sair?
– Não. A sra. Driver chegou então, agitada e contrariada, porque estavam atrasados para o trem. Ela o apressou para dentro do táxi porque queria voltar, ela disse, o mais rápido possível para "estar lá na hora da morte". A sra. Driver era assim.

Kate ficou em silêncio por um momento, olhando para baixo.
– Então esse *é* o fim – ela disse, afinal.
– Sim – disse a sra. May. – De certa forma. Ou o começo...
– Mas... – Kate levantou um rosto preocupado – ... e se eles não escaparam pela grade? E se foram pegos no final?
– Ah, eles escaparam e ficaram bem – a sra. May disse alegremente.
– E como você sabe disso?
– Eu simplesmente sei – disse a sra. May.
– Mas como eles atravessaram aqueles campos? Com as vacas e as outras coisas? E os corvos?
– Eles caminharam, é claro. Os Hendrearys tinham feito isso. As pessoas conseguem fazer qualquer coisa quando estão determinadas.
– Mas... pobre Homily! Ela deve ter ficado tão triste...
– Sim, ela ficou triste – disse a sra. May.
– E como eles sabiam o caminho?
– Pelo encanamento de gás – disse a sra. May. – Há uma espécie de saliência por toda a extensão dele, pelo matagal e através dos campos. Sabe, quando os homens escavam uma valeta e colocam um encanamento ali, toda a terra que escavaram não cabe direito quando eles a põem de volta. O chão fica diferente.
– Mas... pobre Homily... Ela ficou sem o chá e a mobília e os tapetes e tudo o mais... Você acha que eles levaram alguma coisa?
– Ah, as pessoas sempre ficam com alguma coisa – a sra. May disse, lacônica. – As coisas mais estranhas, às vezes, se você já tiver lido a respeito de naufrágios. – Ela falou com pressa, como se estivesse cansada do assunto. – Tenha cuidado, criança: o cinza não fica perto do rosa. Você terá de descosturar essa parte.

– Mas – continuou Kate com uma voz desesperada enquanto pegava a tesoura – a Homily detestaria chegar lá pobre e sem nada na frente de Lupy.

– Sem nada – disse a sra. May pacientemente –, e Lupy não estava lá, lembre-se disso. Lupy nunca voltou. E Homily estava em seu ambiente. Você não consegue imaginá-la? "Oh, esses homens bobos...", ela gritaria enquanto amarraria o avental.

– Eles eram mesmo todos meninos?

– Sim, os Espinetas e os Relógios. E eles mimavam demais a Arrietty.

– O que eles comiam? Você acha que comiam lagartas?

– Minha nossa, criança! É claro que não. Eles tinham uma vida maravilhosa. As tocas de texugos são quase como povoados: cheias de passagens e câmaras e depósitos. Eles podiam juntar avelãs e sementes de faias e castanhas; podiam conseguir milho, que seria armazenado e moído para formar farinha, do mesmo modo que os humanos fazem; estava tudo lá para eles: nem precisavam plantar. Tinham mel. Podiam fazer chá de flor de sabugueiro e de limão-galego. Eles tinham frutos de roseira-brava e de espinheiros e amoras-pretas e ameixas e morangos silvestres. Os meninos podiam pescar no córrego, e um vairão[19] para eles seria tão grande quanto um cavala[20] é para você. Eles tinham ovos de pássaros, uma grande quantidade deles, para fazer pudins, bolos e omeletes. Percebe? Eles sabiam onde encontrar as coisas. E tinham verduras e folhas verdes, evidentemente. Pense em uma salada feita com aqueles brotos macios de um espinheiro jovem; nós costumávamos chamar de pão e queijo. Com azedinha e dente-de-leão e um pouquinho de tomilho e alho-silvestre. Lembre-se de que a Homily era uma grande cozinheira. Não foi por acaso que os Relógios tinham vivido sob a cozinha.

– Mas e os perigos? – gritou Kate. – As doninhas e os corvos e os arminhos e todas aquelas coisas?

– Sim – concordou a sra. May –, é claro que havia perigo. Há perigo em todo lugar, mas não mais para eles do que para muitos de nós. Pelo menos eles não tinham *guerras*. E os primeiros colonizadores da América? E aquelas pessoas que cultivam a terra no meio da savana

---

19. Peixe fluvial. (N. T.)

20. Peixe de cerca de 85 centímetros de comprimento. (N. T.)

na África ou nas extremidades das selvas da Índia? Eles precisam conhecer os hábitos dos animais. Até mesmo os coelhos sabem quando uma raposa não está caçando; eles correm bem perto quando ela está bem alimentada e deitada ao sol. Havia meninos, lembra? Eles aprendiam a caçar para as refeições e também a se proteger. Não acho muito provável que Arrietty e Homily se afastassem demais do lar.

– Arrietty, sim – disse Kate.

– Tem razão – concordou a sra. May, rindo. – Acho que Arrietty, sim.

– Então eles tinham carne? – perguntou Kate.

– Sim, às vezes. Mas Borrowers são Borrowers; não matadores. Eu acho que – disse a sra. May – se um arminho matasse um perdiz, por exemplo, eles pegariam emprestada uma coxa!

– E se uma raposa apanhasse um coelho, eles usariam a pele?

– Sim, para tapetes e outras coisas.

– Suponha que – Kate gritou entusiasmada –, quando tivessem um pequeno assado, eles tirassem a pele de frutos de espinheiros e os cozinhassem; eles teriam o mesmo gosto de batatas coradas?

– Talvez – disse a sra. May.

– Mas eles não poderiam cozinhar na toca de texugos. Imagino que cozinhassem ao ar livre. Como se manteriam quentes no inverno?

– Sabe o que eu acho? – comentou a sra. May. Ela baixou as peças de crochê e se debruçou um pouco. – Acho que eles nunca viveram na toca de texugos. Acho que eles a usavam, com todas as passagens e depósitos, como um grande favo de mel em um saguão de entrada. Ninguém além deles saberia o caminho secreto ao longo dos túneis que levavam, finalmente, ao lar deles. Os Borrowers adoram passagens e portões; e adoram viver bem longe da porta da frente.

– Onde eles *viveriam* então?

– Eu estava pensando – disse a sra. May – no encanamento de gás...

– Ah, sim! – gritou Kate. – Entendi o que quer dizer.

– O solo é todo macio e arenoso lá em cima. Acho que eles passaram pela toca de texugos e cavaram uma câmara circular, no mesmo nível do encanamento de gás. E, fora dessa câmara, em todo o redor, haveria pequenos cômodos, como quartinhos. E eu acho – disse a sra. May – que eles fizeram três pequenos furos com alfinetes no encanamento. Um seria tão pequenininho que quase não seria possível vê-lo, e estaria sempre aceso. Os outros dois teriam dobras, as quais poderiam ser empurradas quando quisessem acender o gás. Eles acenderiam os maiores pelo pequeno bico de gás. Seria ali que cozinhariam e onde conseguiriam luz.

– Será que eles seriam assim tão espertos?

– Mas eles são espertos – a sra. May lhe assegurou. – Muito espertos. Espertos o bastante para morar perto de um encanamento de gás e usá-lo. Lembre-se de que se trata dos Borrowers.

– Mas eles não desejariam ter um buraco para a passagem de ar?

– Ah – disse a sra. May rapidamente –, eles tinham uma.

– Como você sabe? – perguntou Kate.

– Porque uma vez, quando eu estava lá, senti cheiro de cozido.

– Nossa! – gritou Kate animada. Ela se revirou e se levantou da almofada. – Então você foi até lá? Então é por isso que você sabe! Você também os viu!

– Não, não – disse a sra. May, afastando-se um pouco para trás na cadeira. – Eu nunca os vi. Nunca.

– Mas você foi até lá? Você viu alguma coisa! Sei que sabe de algo!

– Sim, eu fui até lá – a sra. May encarou de volta o rosto ávido de Kate. Ela pareceu hesitante, quase um pouco culpada. – Bem – ela reconheceu por fim –, vou contar a você... com reservas. Quando fui para aquela casa, foi logo antes de a tia Sofia ir para a casa de repouso. Eu sabia que o local seria vendido, então eu... – novamente a sra. May hesitou, quase timidamente. – Bem, eu peguei toda a mobília da casa de bonecas e a coloquei em uma fronha e a levei para lá. Também comprei algumas coisas com minha mesada: chá e grãos de café e sal e pimenta e dentes de alho e um grande pacote de açúcar em cubos.

E peguei um monte de retalhos de seda que tinham sobrado de uma colcha de *patchwork*[21]. E levei para eles algumas espinhas de peixe para servir como agulhas. Peguei o pequeno dedal que eu achei no pudim de Natal[22] e uma coleção completa de sobras e biscoitos que eu tinha em uma caixa de chocolate...

– Mas você nunca os viu!

– Não. Eu nunca os vi. Fiquei sentada durante horas na ribanceira sob a sebe do espinheiro. Era uma ribanceira adorável, entrelaçada com raízes de espinheiros enroladas e permeada por buracos arenosos, e havia violetas-bravas e prímulas e jovens ervas-traqueiras. Do alto da ribanceira era possível enxergar por quilômetros ao longo dos campos: dava para ver a floresta e os vales e as veredas retorcidas. Dava para ver as chaminés da casa.

– Talvez fosse o lugar errado.

– Não acho. Sentada na grama, meio sonhando e observando besouros e formigas, encontrei uma bolota. Era lisa, polida e seca, e havia um buraco escavado em um dos lados e uma fatia retirada do topo...

– O bule! – exclamou Kate.

– Acho que sim. Eu olhei-o inteiro, mas não consegui me certificar. Então chamei em todos os buracos, do mesmo modo como o meu irmão tinha feito. Mas ninguém respondeu. No dia seguinte, quando fui até lá novamente, a fronha havia sumido.

– Com tudo dentro?

– Sim, tudo. Eu procurei pelo chão por vários metros ao redor, para o caso de haver um fragmento de seda ou um grão de café. Mas não havia nada. É claro que alguém que passasse por ali poderia ter pegado tudo e levado embora. Esse foi o dia – disse a sra. May, sorrindo – em que eu senti o cheiro do cozido.

– E qual foi o dia – perguntou Kate – em que você encontrou o diário de Arrietty?

A sra. May baixou o trabalho de crochê mais uma vez.

---

21. Trabalho de costura em que se reúnem pedaços de tecidos variados (N. E.)

22. Era tradição na Europa colocar um dedal na massa do pudim para dar sorte àquele que o encontrasse. (N. E.)

– Kate – ela começou com uma voz surpresa, e então, duvidosa, sorriu –, o que a faz perguntar isso? – As bochechas dela ficaram bastante rosadas.

– Adivinhei – disse Kate. – Eu sabia que havia alguma coisa, alguma coisa que você não ia me dizer. Como... ler o diário de outra pessoa.

– Não foi o diário – a sra. May foi logo dizendo, mas suas bochechas ficaram ainda mais rosadas. – Foi o livro chamado *Memorando*, o livro com páginas em branco. Foi ali que ela escreveu. E não foi naquele dia que o encontrei, mas três semanas depois; um dia antes de eu ir embora.

Kate ficou sentada em silêncio, olhando para a sra. May. Depois de algum tempo, ela deu um longo suspiro.

– Então isso prova tudo – Kate disse finalmente. – A câmara subterrânea e tudo o mais.

– Não tudo – disse a sra. May.

– Por que não? – perguntou Kate.

– Arrietty costumava fazer os "E" como meias-luas, com um traço no meio.

– E o que tem isso? – perguntou Kate.

A sra. May riu e pegou de volta seu crochê.

– O meu irmão também escrevia assim – ela disse.

OS BORROWERS NA TERRA

COM ILUSTRAÇÕES DE
Diana Stanley

Para
CHARLOTTE E VICTORIA

·· CAPÍTULO UM ··

"O QUE JÁ FOI PODE VIR A SER."
Primeiro eclipse da lua registrado, 721 a.C.
[*Extraído do* Minidiário de provérbios *de Arrietty, 19 de março*]

Foi Kate quem, muito tempo depois de ter crescido, completou a história dos Borrowers. Ela escreveu tim-tim por tim-tim, vários anos depois, para seus quatro filhos e compilou tudo como se compila um dossiê ou um romance biográfico, com base em todos os tipos de evidências: coisas de que se lembrava, coisas que tinham sido contadas a ela e uma ou duas coisas – é melhor que confessemos – que ela simplesmente concluiu. A prova mais singular foi a miniatura de um caderno vitoriano com páginas de bordas douradas descoberta por Kate em uma cabana de caseiro na propriedade rural dos Studdingtons, próximo a Leighton Buzzard, em Bedfordshire.

O velho Tom Boaventura, o caseiro, nunca quis que a história fosse colocada no papel, mas como já estava morto havia muitos anos e os filhos de Kate eram muito vivos, ela achou que talvez, onde quer que ele estivesse (e, com um nome como Boaventura, era provável que no céu), teria superado esse tipo de preconceito e, a essa altura, a teria perdoado e compreendido a situação. Seja como for, Kate, depois de pensar um pouco, decidiu assumir o risco.

Quando a própria Kate era criança e vivia com os pais em Londres, uma senhora dividia com eles o lar (era, eu acho, algum tipo de parente): o nome dela era sra. May. E foi a sra. May, naquelas longas noites de inverno ao lado da lareira, enquanto ensinava a arte do crochê a Kate, quem primeiro lhe falou a respeito dos Borrowers.

À época, Kate nunca duvidou da existência deles: uma raça de criaturas pequeninas, parecidas com os humanos, que viviam sua vida secreta sob o solo e atrás dos rodapés de determinadas casas antigas e quietas. Apenas mais tarde ela começou a questionar isso (e quão errada estava será contado a você logo mais: estranhos acontecimentos ocorreriam – revelações mais imprevisíveis e extraordinárias do que qualquer sra. May já sonhara).

A história original tinha leves indícios de boato: a sra. May havia admitido – na verdade, tinha se esforçado para convencer Kate de – que ela própria nunca tinha de fato visto um Borrower; qualquer conhecimento de tais seres ela havia recebido de segunda mão por intermédio de seu irmão mais velho, que, ela admitia, era um menininho não apenas com uma vívida imaginação, mas também conhecido por ser brincalhão. Então era essa a situação, concluiu Kate, reconsiderando tudo mais tarde; poderia pegar ou largar.

E, verdade seja dita, em um ano ou mais que se seguiu, Kate tendeu a largar: a história dos Borrowers foi mandada para o fundo de sua mente, assim como outras memórias fantasiosas de criança. Nesse ano, ela mudou de escola, fez novos amigos, ganhou um cachorro, começou a estudar patinação e aprendeu a andar de bicicleta. E não havia nenhum pensamento sobre os Borrowers na cabeça de Kate (tampouco ela percebeu a exaltação na voz geralmente calma da sra. May) quando, certa manhã, durante o café, no início da primavera, a sra. May deslizou uma carta pela mesa e disse:

– Acho que isso interessará a você, Kate.

Não interessou nem um pouco a Kate (que tinha cerca de onze anos à época): ela a leu direto por duas vezes, de maneira meio confusa, mas não compreendeu nada ao final. Era a carta de um advogado de uma empresa chamada Jobson, Thring, Patiff & Patiff; não apenas estava repleta de palavras longas como "beneficiário" e "alienação", mas também as palavras de tamanho médio estavam organizadas de tal maneira que, para Kate, não faziam nenhum sentido (por exemplo, o que poderia significar "posse imediata"? Por mais que se pensasse sobre o significado, no fundo apenas trataria de negócios formais bastante complicados). Nomes havia aos montes: Studdington, Boaventura, Amberforce, Pocklinton – e uma família e tanto de pessoas cujo sobrenome "falecido" estava escrito com "f" minúsculo.

– Muito obrigada – Kate disse educadamente, devolvendo-a.

– Eu achei que talvez você quisesse descer comigo – disse a sra. May (e Kate notou que as bochechas dela pareciam ligeiramente ruborizadas, como se ela estivesse com vergonha).

– Descer para onde? – perguntou Kate, com seu jeito mais distraído.

– Minha querida Kate – disse a sra. May –, qual era o objetivo de mostrar a você a carta? Para Leighton Buzzard, é claro.

Leighton Buzzard? Anos mais tarde, quando Kate descreveu essa cena a seus filhos, ela lhes disse como, ao som dessas palavras, seu coração começou a bater muito tempo antes de a mente compreender o significado daquilo: Leighton Buzzard... Ela conhecia o nome, é claro: o nome de uma cidade inglesa do interior... em algum lugar de Bedfordshire, não?

– Onde ficava a casa da tia-avó Sofia – disse a sra. May, lembrando-lhe. – Onde meu irmão dizia que tinha visto os Borrowers. – E, antes que Kate pudesse recuperar o fôlego, ela continuou, com uma voz conclusiva: – Deixaram para mim uma pequena cabana, parte do espólio de Studdington, e... – A cor dela ficou mais intensa, como se o que fosse dizer agora soasse ligeiramente inacreditável. – ... um total de 355 libras. O suficiente – ela acrescentou, com uma feliz surpresa – para mantê-la.

Kate ficou em silêncio. Ela encarou a sra. May, as mãos enganchadas pressionando o peito como se fossem segurar as batidas de seu coração.

– Nós podemos ver a casa? – a jovem disse por fim, a voz soando bastante aguda.

– É claro! É por isso que vamos para lá.

– Quero dizer... a casa grande, de tia Sofia...

– Ah, aquela casa? Solar dos Abetos: é assim que é chamada. – A sra. May parecia um pouco surpresa. – Não sei. Podemos perguntar, talvez. Dependerá, é claro, de quem estiver morando lá agora.

– Quero dizer – Kate continuou, controlando a ansiedade –, mesmo que a gente não consiga entrar lá, você poderia me mostrar a grade e o barranco da Arrietty... e, até mesmo, se eles abrissem a porta da frente só um pouquinho, você poderia me mostrar onde o relógio ficava. Podia meio que apontar com seu dedo, rapidamente...

– E, conforme a sra. May ainda pareceu hesitar, Kate acrescentou de repente, com um tom angustiado: – Você acreditava neles, não acreditava? Ou era... – a voz dela sumiu – ... apenas uma história?

– Qual é o problema se for só uma história – a sra. May argumentou rapidamente –, desde que seja uma boa história? Mantenha a sua capacidade de se surpreender, criança, e não seja tão literal. E tudo o que não vivenciamos soa como uma história para nós. A única coisa que podemos fazer nessa situação é... – ela hesitou, sorrindo diante da expressão de Kate – ... manter a mente aberta e tentar examinar as evidências.

Examinar as evidências? Havia, a menina percebeu, acalmando-se um pouco, uma quantidade considerável delas: mesmo antes de a sra.

May falar de tais criaturas, Kate tinha suspeitado da sua existência. De que outra forma explicaria o constante, mas inexplicável, desaparecimento de certos objetos pequenos pela casa?

Não apenas alfinetes de segurança, agulhas, lápis, mata-borrões, caixas de fósforos e esse tipo de coisa, mas, mesmo na curta vida de Kate, ela percebera que, ainda que nenhuma gaveta fosse aberta por qualquer período de tempo, ela nunca era encontrada como havia sido deixada; sempre alguma coisa estava faltando: seu melhor lenço, seu único estilete, seu coração de cornalina[1], sua moedinha da sorte... "Eu *sei* que coloquei nesta gaveta" – quantas vezes já havia dito a si mesma estas palavras e quantas outras as ouviu serem ditas? E quanto ao sótão: "Tenho certeza absoluta", a mãe de Kate havia lamentado apenas uma semana antes, de joelhos, em frente a um baú aberto, procurando em vão um par de fivelas para sapatos, "de que as coloquei nesta caixa com o leque de plumas de avestruz. Estavam embrulhadas em um pedaço de forro preto e as coloquei aqui, logo abaixo da alça...". E o mesmo ocorria com escrivaninhas, cestos de costura, caixas de botões: nunca havia tanto chá no dia seguinte quanto havia sido visto na caixinha na noite anterior. Nem arroz, no que diz respeito a isso; nem açúcar. Sim, Kate concluiu, evidências havia aos montes, se alguém soubesse como examiná-las com cuidado.

– Eu acho – ela observou pensativa, conforme começou a dobrar o guardanapo – que algumas casas são mais aptas a recebê-los do que outras.

– Algumas casas – disse a sra. May – não os recebem de jeito nenhum. E, de acordo com o meu irmão – ela prosseguiu –, são as casas mais arrumadas, estranhamente, as que mais os atraem. Os Borrowers, ele costumava dizer, são pessoas agitadas; precisam saber onde as coisas ficam guardadas e o que é provável que cada ser humano esteja fazendo em cada hora do dia. Nas casas desarrumadas, barulhentas, mal administradas, por incrível que pareça, é possível deixar os pertences espalhados sem que haja consequências; no que se diz respeito aos Borrowers, quero dizer... – E deu uma risadinha.

– Os Borrowers poderiam viver ao ar livre? – Kate perguntou de repente.

---

1. Pedra ornamental, espécie de ágata avermelhada. (N. T.)

– Não facilmente – disse a sra. May. – Eles precisam dos seres humanos; vivem das mesmas coisas das quais os seres humanos vivem.

– Eu estava pensando – continuou Kate – sobre o Pod e a Homily, e a pequena Arrietty. Quero dizer... quando eles foram dedetizados para fora do subsolo, como você acha que se viraram?

– Eu penso nisso com frequência – disse a sra. May.

– Você acha – perguntou Kate – que a Arrietty se tornou mesmo a última Borrower viva? Como o seu irmão disse que aconteceria?

– É verdade, ele disse isso... A última da raça dela, não? Eu espero sinceramente que não. Não foi gentil da parte dele – a sra. May acrescentou, reflexiva.

– Eu fico imaginando, no entanto, como eles cruzaram aqueles campos... Você acha que eles conseguiram encontrar a toca de texugos?

– Não temos como saber. Eu contei a você sobre o caso da fronha, quando levei todos os móveis da casa de bonecas dentro da fronha até lá?

– E que você sentiu o cheiro de algo cozinhando? Mas isso não quer dizer que a nossa família, formada por Pod, Homily e Arrietty, algum dia tenha chegado ali. Os primos também viviam na toca de texugos, não? Os Hendrearies? Poderia ter sido o cozido deles...

– Poderia, é claro – disse a sra. May.

Kate ficou em silêncio durante algum tempo, perdida em seus pensamentos; de repente, o rosto dela se iluminou e ela girou na cadeira.

– Se nós realmente formos – ela gritou (e havia uma expressão de surpresa nos olhos, como se tivesse sido concedida por alguma visão gloriosa) –, onde vamos ficar? Em uma *estalagem*?

•• CAPÍTULO DOIS ••

"SEM RISCOS, SEM GANHOS."
Residência Britânica em Manipur atacada, em 1891
[*Extraído do* Minidiário de provérbios *de Arrietty, 24 de março*]

Mas nada acontece na realidade como se imagina: a "estalagem" era um exemplo típico disso – e o mesmo ocorreu, infelizmente, com a casa da tia-avó Sofia. Nenhum desses lugares era, para Kate, como deveria ser.

Uma estalagem, é claro, era um lugar para se chegar à noite, e não às três da tarde, e preferivelmente em uma noite chuvosa – com vento também, se possível; e deveria, evidentemente, estar situada em um pântano ("desolado", Kate sabia, era o adjetivo aqui). E deveria haver lavadores de pratos; o estalajadeiro teria que estar todo sujo de caldo de carne e ser cadeirudo, vestindo um avental desgrenhado esticado sobre a cintura; e deveria haver um estranho alto e sombrio – do tipo que não fala com ninguém – esquentando as mãos magras na frente da lareira. E a lareira teria que ser *a* lareira: estalando e flamejante, alimentada por uma tora de tamanho incrível, crepitando seu grande núcleo pela chaminé. E deveria haver algum tipo de caldeirão ali em algum lugar, Kate considerou, e um par de cães de guarda, talvez, jogados lá dentro por medida de segurança.

Mas aqui não havia nada disso: havia uma jovem de voz calma vestida com uma blusa branca que registrou a entrada delas à escrivaninha; havia uma garçonete chamada Maureen (loira) e uma chamada Margaret (quieta, com óculos tipo fundo de garrafa), e um garçom de idade avançada, cuja parte de trás do cabelo não combinava totalmente com a da frente; a lareira não era alimentada por toras, mas por carvão de aparência sem graça, incansavelmente lambido por uma desprezível centelha elétrica; e – o pior de tudo – em pé na frente dela, em vez de um estranho alto e sombrio, estava o sr. Patiff, o advogado: rechonchudo, rosa, mas com uma curiosa aparência tranquila, com seu cabelo prateado e olhos cinza como o aço.

Do lado de fora, porém, Kate viu a luz do sol brilhante da primavera e gostou do quarto, com vista para a praça do mercado, de seu guarda-roupa alto de mogno e da água quente e fria. E ela sabia que no dia seguinte veriam a casa – o imóvel lendário e misterioso que agora, de maneira tão surpreendente, se tornava real, construído não mais de uma fantasia etérea, mas, ela deduziu, de tijolos sólidos e argamassa, firme no chão, a menos de três quilômetros pela estrada. Perto o bastante, Kate notou, para que pudessem ter caminhado até lá após o chá se a sra. May não ficasse falando tanto com o sr. Patiff.

Mas quando, na manhã seguinte, de fato andaram até lá (a sra. May com seu longo casaco de aparência de caçador de veado e sua bengala de cerejeira com ponta emborrachada), Kate ficou desapontada; a casa não se parecia em nada com o que havia imaginado: um barracão de tijolos vermelhos tinha se mostrado para ela, com fileiras de janelas brilhantes olhando inexpressivamente em sua direção, como se fossem cegas.

– Eles retiraram a trepadeira – a sra. May disse (ela também soou um pouco surpresa), mas, depois de um momento, enquanto ficaram ali ao pé da entrada de carros, falou levemente, de forma brincalhona, e acrescentou uma observação animada: – E fizeram bem: não há nada como uma trepadeira para danificar a fachada... – E, quando começaram a andar pela entrada de carros, ela prosseguiu, explicando a Kate que a casa tinha sido considerada particularmente um exemplo puro da arquitetura georgiana[2].

---

2. Relativo ao período em que viveram os quatro primeiros reis George na Inglaterra (1714-1820). (N. T.)

– É *aqui* mesmo? – Kate ficava perguntando com uma voz incrédula, como se a sra. May pudesse ter se esquecido.

– É claro, minha querida, não seja boba. Era aqui que ficava a macieira, perto do portão... E a terceira janela à esquerda, aquela com as barras cruzadas, costumava ser o meu quarto nas últimas vezes em que dormi aqui. O quarto de crianças, é claro, fica nos fundos, voltado para fora. E há a horta. Nós costumávamos pular de cima daquele muro, meu irmão e eu, sobre o monte de adubo. Dizem que tem três metros de altura. Eu me lembro de Crampfurl repreendendo-nos e medindo-o com uma vassoura.

(Crampfurl? Então essa pessoa tinha mesmo existido...)

A porta da frente estava aberta (como deve ter ficado anos antes, Kate percebeu de repente, naquele dia que nunca deveria ser esquecido por Arrietty, quando ela viu pela primeira vez o imenso "lado de fora"), e a luz do sol da manhã de primavera precipitou-se pelo degrau recém-alvejado e para o saguão alto e escuro mais além, formando uma cortina de luz através da qual era difícil ver. Ao lado do degrau, Kate notou, havia um limpador de sapato de ferro. Seria ele que Arrietty teria escalado? Seu coração começou a bater um pouco mais rapidamente.

– Onde está a grade? – ela perguntou num sussurro, enquanto a sra. May tocava a campainha (elas a ouviram tocar ao longe e ir sumindo a uma distância indefinida; a quilômetros dali, parecia).

– A grade? – comentou a sra. May, dando alguns passos para trás no caminho de cascalhos e olhando ao longo da fachada da casa. – Ali – ela disse, com um insignificante aceno de cabeça e mantendo a voz baixa. – Foi consertada – ela sussurrou –, mas é a mesma de antes.

Kate caminhou em direção a ela. Sim, lá estava: a grade verdadeira através da qual haviam escapado Pod, Homily e a pequena Arrietty. Havia uma mancha esverdeada e alguns tijolos que pareciam mais novos do que os demais. Ficava mais alto do que ela imaginava; eles devem ter tido que saltar para descer. Subindo ali, ela se inclinou, tentando espiar por dentro; era tudo uma escuridão úmida. Então esse tinha sido o lar deles...

– Kate! – a sra. May chamou com suavidade, ao lado do degrau da porta (de onde Pod deve ter chamado Arrietty naquele dia, quando ela correu pelo caminho), e Kate, virando-se, deparou de repente com uma vista que reconheceu; algo que, finalmente, era como ela havia imaginado: a ribanceira das prímulas. Delicadas, com folhas azul-esverdeadas entre a grama desbotada do inverno; espalhadas, respingadas, quase ensopadas, pareciam, com um toque de dourado mais pálido. E o arbusto de azaleia, Kate viu, tinha se tornado uma árvore.

Depois de um momento, a sra. May chamou novamente, e Kate retornou à porta da frente.

– É melhor tocarmos de novo – ela disse, e mais uma vez ouviram o soar fantasmagórico. – Ela toca perto da cozinha – explicou a sra. May, em um sussurro. – Logo depois da porta verde forrada.

("A Porta Verde Forrada"... Ela parecia, Kate pensou, dizer essas palavras com letras maiúsculas.)

Por fim, elas viram uma figura através dos raios de sol; era uma menina desleixada com um avental molhado de tecido rústico, os pés revelados em sandálias gastas.

– Sim? – ela disse, olhando para as duas e franzindo os olhos por causa da luz do sol.

A sra. May se aprumou.

– Eu gostaria de saber – ela disse – se poderia falar com o dono da casa...

– Você quer dizer o sr. Dawsett-Poole? – perguntou a menina. – Ou o diretor? – Ela ergueu o antebraço, protegendo os olhos, e um pano de chão molhado, pingando levemente, estava pendurado em sua mão suja.

– Ah! – exclamou a sra. May. – É uma escola?

Kate prendeu a respiração; isso, então, explicava a aparência simplória.

– Bem, sempre foi uma, não? – comentou a garota.

– Não – respondeu a sra. May –, nem sempre. Quando eu era criança, sempre passava uns dias aqui. Talvez, então, eu possa falar com o responsável?

– Só a minha mãe está. Ela é a caseira. Todos foram viajar por causa da Páscoa: os donos e os outros.

– Bem, nesse caso – começou a sra. May, incerta –, não vou incomodar você.

Ela já se preparava para voltar quando Kate, pondo-se à sua frente, dirigiu-se à garota:

– Não poderíamos apenas dar uma olhada pelo corredor da entrada?

— Fiquem à vontade — a garota disse, parecendo ligeiramente surpresa, e retirou-se nas sombras, abrindo caminho. — Sem problemas para mim.

Elas passaram da claridade dos raios do sol a um frescor sombreado. Kate olhou ao redor: era amplo, alto e retangular, e havia as escadas subindo "cada vez mais, mundo sobre mundo", como Arrietty as havia descrito — tudo igualzinho; nada tinha vindo de sua imaginação.

O chão era coberto de piso de linóleo verde-escuro polido; havia o cheiro azedo de detergente e o aroma limpo de cera.

— Há um piso de pedras bonito sob isto — disse a sra. May, dando umas pancadinhas no piso com sua bengala de ponta de borracha.

A garota ficou olhando para elas curiosa por um momento e, depois, parecendo entediada, virou-se e desapareceu na passagem sombria abaixo da escadaria, arrastando um pouco seus sapatos gastos.

Kate, prestes a fazer um comentário, sentiu um toque em seu braço.

— Escute... — sussurrou a sra. May, de repente; e Kate, segurando a respiração para completar o silêncio, ouviu um som curioso: uma mistura de suspiro e gemido. A sra. May balançou a cabeça. – É isso mesmo – ela cochichou –: o som da porta verde forrada.

– E onde estava o relógio? – Kate perguntou.

A sra. May indicou uma parte da parede, agora recoberta com uma fileira de ganchos para pendurar casacos.

– Lá; o buraco de Pod deve ter sido bem ali, embaixo de onde está o aquecedor agora. Um aquecedor... eles teriam gostado disso... – Ela apontou para uma porta do outro lado do corredor, agora rotulada em alinhadas letras brancas: "Sala do Diretor". – E aquela era a sala do café – disse.

– Onde os Ornatos moravam? E onde Pod conseguiu o mata-borrão? – Kate ficou olhando por um momento e, então, antes que a sra. May pudesse impedi-la, atravessou o corredor e puxou a maçaneta.

– Não, Kate, você não pode. Volte aqui!

– Está trancada – disse Kate, voltando. – Podemos só dar uma olhadinha no andar superior? – ela continuou. – Eu adoraria ver o quarto de crianças. Eu conseguiria ir lá sem fazer nenhum barulhinho...

– Não, Kate. Venha aqui. Nós temos que ir embora agora. Não há nada que justifique estarmos aqui. – E a sra. May dirigiu-se para a porta com firmeza.

– Eu não poderia dar uma olhadinha na janela da cozinha? – Kate implorou, finalmente, quando chegaram novamente à luz do sol.

– Não, Kate – a sra. May respondeu.

– Só para ver onde eles moravam? Onde ficava o buraco embaixo do fogão que Pod usava como atalho para transportar coisas? *Por favor.*

– Rapidamente, então – a sra. May disse. E ficou olhando para todas as direções nervosamente enquanto Kate descia correndo o caminho.

Essa foi outra decepção. Kate sabia onde a cozinha ficava por causa da grade e, protegendo-se dos reflexos do sol com as mãos em concha, encostou seu rosto no vidro. A visão do cômodo estava opaca, mas não se parecia nada com uma cozinha: prateleiras de garrafas, frascos de laboratório luzidios, bancadas de mesas pesadas, fileiras de bicos de combustão: a cozinha era agora um laboratório.

E isso foi tudo. No caminho de volta, Kate apanhou um pequeno buquê de violetas-bravas. Havia vitela e torta de presunto com salada para o almoço, com ameixas selecionadas e queijo cremoso ou rocambole de geleia. Depois da refeição, o sr. Patiff chegou com carro e motorista para levá-las para ver a cabana.

A princípio, Kate não queria ir; ela tinha um plano secreto de subir até o campo do Riacho de Parkin e andar sozinha por lá, procurando pela toca de texugos. Mas, quando a sra. May lhe explicou que aquele campo ficava exatamente atrás da cabana, e na hora em que o sr. Patiff ficou olhando para fora da janela com aquela cara seca e desanimada de "se essa fosse a minha filha", Kate decidiu entrar no carro, justamente para provocá-lo. E foi uma coisa boa (como ela costumava frequentemente contar para seus filhos, anos depois); caso contrário, ela poderia nunca ter conversado – o que foi mais importante – ou ter feito amizade com Thomas Boaventura.

•• CAPÍTULO TRÊS ••

"FECHE OS OLHOS PARA PEQUENOS ERROS."
Anna Seward faleceu em 1809.
[*Extraído do* Minidiário de provérbios *de Arrietty, 25 de março*]

– E, com relação à posse imediata – a sra. May perguntou no carro –, ele vai mesmo sair, esse senhor idoso? Esqueci o nome dele...

– O velho Tom Boaventura? Sim, tudo certo; conseguimos um asilo para ele. Não que ele mereça... – o sr. Patiff acrescentou, com um riso rápido.

– Por que não? – perguntou Kate, com seu jeito direto.

O sr. Patiff deu uma olhada para ela. Parecia um pouco desconcertado, como se um cachorro tivesse falado.

– Porque – disse, ignorando Kate e dirigindo-se à sra. May – ele é um malandro desagradável. Irritante. – Soltou novamente seu riso satisfeito. – E o maior mentiroso dos cinco continentes, como o chamam na vila.

A cabana de pedra ficava em um campo, numa parte alta, de costas para o bosque; tinha uma terrível aparência abandonada, Kate achou, quando subiram com esforço a ladeira na sua direção, mas o telhado de sapê parecia bom. Ao lado da porta da frente havia uma infiltração de água vazando um pouco nas fendas e o verde do musgo; havia limo no caminho de tijolos e um leve gotejamento que se perdia entre os cardos[3] e os trevos. Bem no final havia um barracão de madeira em cujas paredes Kate viu as peles de vários pequenos mamíferos penduradas para secar ao sol.

— Eu não imaginava que fosse tão longe – disse a sra. May, ofegante, enquanto o sr. Patiff batia firmemente na pintura gasta da porta da frente. Ela agitava a bengala de ponta de borracha em direção à trilha de terra abaixo da elevação coberta pela vegetação selvagem. – Teremos que construir algum tipo de caminho até aqui.

Kate ouviu o barulho de algo se arrastando do lado de dentro, e o sr. Patiff, batendo novamente, chamou, impaciente:

---

3. Espécie de planta espinhenta. (N. T.)

— Vamos logo, velho Tom! Abra a porta!

Houve passos e, quando a porta se abriu, rangendo, Kate viu um senhor idoso: alto, magro, mas curiosamente encorpado nos ombros. A cabeça afundava um pouco no peito e se inclinava de lado, e, quando ele sorriu (o que fez imediatamente), parecia malicioso; tinha olhos escuros, brilhantes e estranhamente luminosos, que se fixaram de imediato em Kate.

— Bem, Tom, como tem passado? — o sr. Patiff disse vivamente. — Melhor, espero. Esta é a sra. May, a dona da sua cabana. Podemos entrar?

— Não tem nada pra esconder — disse o velho homem, afastando-se um pouco para deixá-los passar, mas sorrindo apenas para Kate; era, ela achou, como se ele nem visse o sr. Patiff.

Passaram por ele em direção à sala principal; havia poucos móveis, mas estava ajeitada, exceto por um amontoado de raspas de madeira sobre o chão de pedra e outro de alguma coisa que Kate julgou serem gravetos ao lado da cantoneira da janela. Uma pequena chama ardia numa grelha enegrecida que parecia pertencer à metade de um forno.

— Vejo que você arrumou um pouco as coisas — disse o sr. Patiff, olhando ao redor. — Não que faça muita diferença. Mas — ele acrescentou, falando de lado para a sra. May e abaixando um pouco a voz —, antes de os construtores chegarem, se eu fosse você, lavaria o lugar todo e o dedetizaria.

— Eu acho que está bonito — Kate disse carinhosamente, chocada por essa falta de sensibilidade, e a sra. May rapidamente concordou com ela, dirigindo um olhar amigável para o idoso.

Mas o velho Tom não mostrou nenhum sinal de ter percebido: ele ficou calmamente em pé, olhando para Kate, sorrindo seu sorriso secreto.

— A escada é por aqui — disse o sr. Patiff, mostrando o caminho para uma porta mais distante —, e aqui — ouviram-no dizer — é a área de serviço.

A sra. May, prestes a segui-lo, hesitou no limiar da porta.

— Você quer vir, Kate, e conhecer a cabana?

Kate ficou impassível onde estava; olhou rapidamente para o ancião e virou-se novamente para a sra. May:

— Não, obrigada — disse bruscamente. E, como a sra. May, um pouco surpresa, seguiu o sr. Patiff para a área de serviço, Kate se dirigiu para a pilha de gravetos. Houve um curto silêncio.

– O que você está fazendo? – Kate perguntou, afinal, um pouco tímida.

O idoso retornou de seu sonho.

– Isso? – ele perguntou com voz suave. – Colmos... para o telhado. – Apanhou um canivete, testou a lâmina com seu polegar caloso e, puxando um banco baixo, sentou-se: – Vem aqui perrrto de eu e eu mostro pra cê – ele disse, exagerando no "r".

Kate puxou sua cadeira para perto dele e, em silêncio, observou-o cortar em diversos comprimentos pequenos a madeira marrom-escura que, no início, julgou serem gravetos. Depois de um instante, ele falou suavemente, sem levantar a vista:

– Cê não quer saber dele, não.

– Do sr. Patiff? – perguntou Kate. – Eu, não! Ele tem um nome bobo. Comparado com o seu, quero dizer – a menina acrescentou, gentilmente. – Nem importa muito o que quer que você tenha feito, com um nome como Boaventura.

O ancião virou-se com um gesto de atenção voltado para a área de serviço: escutou por um momento e depois disse:

– Eles vão subir. – E Kate, escutando também, ouviu passos barulhentos nos degraus de madeira. – Sabe quanto tempo faz que eu tô nesta cabana? – o idoso perguntou, sua cabeça ainda erguida como para escutar os passos indo e vindo do que seria o seu quarto. – Quase oitenta anos – ele completou, depois de um momento. Pegou um colmo aparado e segurou-o firmemente em cada extremidade.

– E agora você tem que ir embora? – perguntou Kate, observando as mãos do idoso enquanto ele segurava o colmo com mais força.

O velho homem riu como se ela tivesse feito uma piada; ele riu bem silenciosamente, Kate observou, negando com a cabeça.

– Então, eles conseguiram – ele disse, com uma voz satisfeita e, virando seus dois punhos, torceu o forte colmo como se torce uma roupa molhada para depois, com o mesmo movimento, dobrá-lo de volta sobre si mesmo. – Mas eu vou não – ele completou e atirou o colmo dobrado sobre a pilha.

– Mas eles não iam querer mandá-lo embora – disse Kate. – Não se você não quisesse ir. Pelo menos – acrescentou, cuidadosa –, acho que a sra. May não faria isso.

– Ela? – Ele olhou para o teto. – Ela é unha e carrrne com ele – comentou.

— Ela costumava vir e se hospedar aqui — Kate contou-lhe — quando era criança, você sabia? Lá embaixo, na casa grande. No Solar dos Abetos, não é?

— É — ele confirmou.

— Você a conheceu? — perguntou Kate, curiosa. — Na época, ela se chamava srta. Ada.

— Eu conheci a srta. Ada bem — disse o idoso. — E a tia dela. *E* o irrrmão dela. — Ele riu novamente. — Conheci todo mundo deles, pode acreditar.

Enquanto ele falava, Kate teve uma sensação estranha; era como se ela já tivesse escutado essas palavras antes, faladas exatamente por um senhor de idade como esse, e, parecia lembrar, tinha sido em algum lugar parecido com aquele: a janela ensolarada de uma cabana escura em um dia claro, mas frio, de primavera. Olhou ao redor, admirada com as paredes caiadas — um pouco descamadas, em um padrão que ela parecia reconhecer; mesmo as cavidades e as fendas do chão de tijolos surrado também pareciam curiosamente familiares. Estranho, porque (ela estava certa disso) nunca tinha estado lá antes. Olhou novamente para o idoso, tomando coragem para dar mais um passo:

– Você conheceu Crampfurl? – perguntou, depois de um momento, e antes que ele respondesse ela já sabia qual seria a resposta.

– Conheci Crampfurl bem – respondeu ele, e riu novamente, balançando a cabeça e regozijando-se com alguma piada secreta.

– E a sra. Driver, a cozinheira?

Dessa vez a piada foi quase demais para o velho Tom.

– Ave! – ele exclamou, rindo silenciosamente com uma respiração ruidosa. – A sra. Driver! – e enxugou o canto do olho com a manga.

– Você conheceu Rosa Pickhatchet? – continuou Kate. – Aquela empregada que saiu gritando?

– Nada – o velho Tom disse, acenando a cabeça e rindo. – Mas ouvi falar dela: gritando de quase derrubar a casa, eles diziam.

– Mas você sabe por quê? – perguntou Kate agitada.

Ele balançou a cabeça:

– Sem motivo, eu acho.

– Mas não contaram a você que ela viu um homenzinho no suporte da cornija da sala de visitas, do tamanho de um cupido de porcelana, que ela pensou ser um enfeite, e que, quando tentou tirar o pó dele com um espanador, ele de repente espirrou? Qualquer um gritaria! – Kate concluiu exaltada.

– Por causa de quê? – o velho Tom perguntou, soltando primorosamente a casca da madeira. – Eles não machucam cê; os *Borrows*, não. E também não faz nenhuma bagunça. Não como os ratos-do--campo. Nunca entendi a confusão que as pessoas faz por causa dos *Borrows*, gritando de medo, chorando e toda essa bobagem. – Ele passou o dedo para verificar a superfície descascada. – Dedetizar pra acabar com eles e esse tipo de coisa. Não precisa nada disso; não com os *Borrows*. Eles vão embora quieto; é só esperar um tempo, se eles sabem que foram visto. Agora, vê os rato-do-campo... – o velho senhor interrompeu um instante a torção da vara, tomando fôlego por causa do esforço.

– Não pare, por favor – intercedeu Kate. – Quero dizer, conte um pouco mais sobre os Borrowers.

– Tem nada pra contar – retrucou o ancião, atirando o colmo na pilha e pegando outro novo. – Os *Borrows* não têm diferença pros humanos, e o que posso falar sobre os humanos? Agora, se cê pega um rato-do-campo... se uma dessas criaturas acha um jeito de entrar na casa, cê tá perdido, como dizem: não pode sair nem por umas horas;

mas não dá pra pegar tudo como um bando de estorninho[4]. Uma bagunça! E não é mandar eles pra fora: eles vêm e vão embora, se é que cê entende o que quero dizer... Não é uma praga de gafanhoto. Sim – ele continuava –, craro, numa casa como esta, é provável ter muito mais problema com os ratos-do-campo do que já teve com algum *Borrow* numa casa como esta – repetia. – Morando em colinas na floresta, os *Borrows* podem ser companhia como ninguém. – Ele olhou para o alto, para o teto que rangia levemente quando os passos seguiam para lá e para cá no quarto acima. – O que cê acha que eles tão fazendo? – perguntou.

– Medindo – Kate respondeu. – A sra. May trouxe uma trena. Eles logo descerão – ela continuou, preocupada. – E eu quero perguntar a você uma coisa... uma coisa importante: se eles me mandarem dar um passeio amanhã, sozinha... quero dizer, enquanto eles conversam sobre negócios... eu poderia ficar aqui com você?

– Não sei por que não – o velho senhor respondeu, iniciando o trabalho em outra vara. – Se cê traz uma faca afiada, eu ensino a fazer colmos...

– Sabe de uma coisa? – perguntou Kate comovida, baixando a voz ao olhar para o teto. – O irmão dela... o irmão da sra. May, ou da srta. Ada, como você a chama, viu aqueles Borrowers lá embaixo, na casa grande – ela parou para testar o efeito das palavras, observando o rosto dele.

– E daí? – perguntou, impassível, o velho homem. – Cê só tem que ficar alerta. Eu vi coisas mais estranhas na minha vida do que essa espécie de criatura. Vê os texugos, por exemplo... Agora que cê vem aqui amanhã, eu vou contar algumas coisas sobre os texugos que você não ia acreditar, mas que eu vi com meus próprios olhos.

– Mas alguma vez você viu um Borrower? – gritou Kate, impaciente. – Você já viu algum deles na casa grande lá de baixo?

– Aqueles que vivia no estábulo?

– Não; aqueles que viviam sob a cozinha.

– Ah, aqueles – ele disse. – Dedetizados. Mas não é verdade... – ele começou, levantando o rosto de repente, e Kate reparou que era um rosto triste quando não estava sorrindo.

---

4. Ave de penas escuras e bico fino que voa em grupos muito unidos. (N. T.)

– O que não é verdade?
– O que eles dizem: que eu soltei o furão pra caçar eles. Eu não faria isso. Não sabendo que eram *Borrows*.
– Oh! – exclamou Kate, levantando-se da cadeira, agitada. – Você era o menino com o furão!
O velho Tom dirigiu a ela seu olhar de canto de olho.
– Eu era um menino e eu tinha, sim, um furão.
– Mas eles fugiram mesmo, não fugiram? – Kate insistia ansiosa.
– A sra. May disse que eles escaparam pela grade.
– Verdade – disse o velho Tom. – Eles fizeram um caminho pelo cascalho até a ribanceira.
– Mas você não tem certeza – disse Kate. – Não os viu fugir. Ou conseguia vê-los pela janela?
– Eu sei com certeza que sim – disse o velho Tom. – Tão certo como eu vi eles da janela, mas não sei como... – ele hesitou, olhando para Kate, parecendo se divertir, mas ainda um pouco cauteloso.
– Por favor, conte para mim! Por favor! – implorou Kate.
O ancião olhou para o teto.
– Cê sabe o que ele é? – perguntou, sinalizando com a cabeça.
– O sr. Patiff? Um advogado.
O velho homem confirmou com a cabeça.
– Tá certo. E cê não quer que nada seja feito por escrito.
– Eu não estou entendendo – disse Kate.
O velho homem suspirou e apanhou sua faca aparadora.
– O que eu conto pra *cê*, cê conta pra *ela*, e *ele* coloca tudo por escrito.
– A sra. May não contaria – disse Kate. – Ela é...
– Ela é unha e carrrne com ele, isso é o que eu insisto. E não adianta me dizer pra mim o contrário. Parece, agora, que não se pode mais morrer onde se imagina morrer. E cê sabe por quê? – ele perguntou com um olhar penetrante para Kate. – Pelo que foi colocado por escrito. – E, com uma torção curiosamente viciada, dobrou mais uma vez o colmo. Kate ficou olhando para ele confusa.
– E se eu lhe prometer não contar? – disse finalmente, com voz tímida.
– Promessas! – exclamou o velho homem e, olhando para Kate, apontou o polegar para o teto. – O tio-avô dela, o velho sir Montague, que já se foi, *prometeu* esta cabana pra mim. "É para toda sua vida,

Tom", ele disse. Promessas! – ele repetiu zangado, quase cuspindo.
– Promessas são palavras ao vento.

Os olhos de Kate encheram-se de lágrimas.

– Tudo bem – ela vociferou. – Eu não me importo. Então, não me conte!

As expressões de Tom modificaram-se também, quase instantaneamente.

– Cê não chora, pequena dama – ele implorou, surpreso e aflito.

Mas Kate, para sua vergonha, não conseguia parar: as lágrimas corriam por sua face, e ela sentiu a familiar sensação quente na ponta do nariz, como se ele estivesse inchando.

– Eu só estava querendo saber... – Ela fungou, procurando por um lenço. – ... se eles estavam bem... e como conseguiram escapar... e se encontraram a toca de texugos...

– Encontraram a toca dos texugos, sim – disse o velho Tom. – Agora, não chora mais, não, minha dama.

– Vou parar em um minuto – assegurou-lhe Kate com voz firme, assoando o nariz.

– Agora, olha aqui – o velho senhor continuou, soando bastante constrangido. – Cê enxuga seus olhos e para de chorar e o velho Tom mostra uma coisa pro cê. – Meio desajeitado, ele se levantou do banquinho, aproximou-se dela e curvou os ombros, como um grande pássaro protetor. – Uma coisa que cê vai gostar. O que cê acha?

– Está certo – disse Kate, assoando o nariz uma última vez. Ela guardou o lenço e sorriu para ele. – Já parei!

O velho Tom pôs a mão no bolso e, então, dando uma olhada cuidadosa para o teto, pareceu ter mudado de ideia: por um momento, pareceu que os passos estavam vindo para as escadas.

– Está tudo bem – sussurrou Kate depois de prestar atenção no barulho.

Ele recomeçou a procurar e pegou uma caixa surrada de latão, daquelas onde se guarda tabaco para cachimbo, e, com os dedos calejados, tentou tirar a tampa desajeitadamente; por fim, conseguiu abri-la e, enquanto respirava com dificuldade, virou-a para baixo e um objeto se soltou.

– Aqui – ele disse, e, sobre a palma da mão calejada, Kate viu o livro minúsculo.

– Oh!... – Ela prendeu o fôlego, incrédula.

– Pega – disse o velho Tom. – Não vai morder cê. – E, quando Kate abriu cuidadosamente a mão, ele completou, sorrindo: – É o diário da Arrietty.

Mas Kate sabia disso, mesmo antes de ver o título dourado desbotado, *Minidiário de provérbios*; e apesar de estar manchado pela umidade e gasto pelo tempo; e de, quando ela o abriu, o miolo ter se desprendido da capa; e de a tinta ou lápis ou seiva – ou o que quer que Arrietty tivesse usado para escrever – ter mudado para vários tons de marrom e sépia e um curioso amarelo pálido. Foi aberto em 31 de agosto, e o provérbio que Kate viu foi: "O solo é o melhor abrigo"; abaixo dele, havia uma frase simples: "Terremoto desastroso em Charleston, EUA, 1866", e no meio da página, na caligrafia de garranchos de Arrietty, havia três anotações, de três anos sucessivos:

"Aranhas no armazém."

"Sra. D. derrubou a panela. Pingou sopa do teto."

"Conversei com Spiller."

Quem seria Spiller? Kate ficou imaginando. Trinta e um de agosto? Isso tinha sido depois que eles partiram da casa grande. Spiller, ela calculou, devia fazer parte de sua nova vida: a vida ao ar livre. Aleatoriamente, a menina abria algumas páginas:

"Mamãe irritável."

"Filetes de contas verdes."

"Subi na sebe. Ovos ruins."

Subiu na sebe? Arrietty devia ter ido procurar ninhos de passarinhos... E os ovos deviam ter estado ruins em... (Kate deu uma olhada na data) ... sim, ainda era agosto, e o lema para esse dia era: "Quem tudo quer nada tem".

– Onde você conseguiu este livro? – Kate falou alto, numa voz oscilante.

– Eu achei.

– Mas onde?

– Aqui – disse o velho Tom, e Kate viu quando os olhos dele se desviaram na direção da lareira.

– Nesta casa! – ela exclamou com voz surpresa, e, ao olhar para o rosto misterioso dele, as desagradáveis palavras do sr. Patiff voltaram de repente ao pensamento dela: "O maior mentiroso dos cinco continentes". Mas ali, em sua mão, estava o verdadeiro livro; ela baixou os olhos, como tentando clarear os próprios pensamentos.

– Se quiser, posso mostrar pro cê mais uma coisa? – ele perguntou, de repente e meio patético, como se conhecesse as dúvidas secretas da menina. – Vem aqui. – E, levantando-se lentamente da cadeira, Kate o seguiu como uma sonâmbula até a lareira.

O velho homem inclinou-se e, ofegando por causa do esforço, foi arrastando e puxando um pesado baú de madeira. Ao conseguir mudá-lo de lugar, uma tábua caiu à frente com um leve estalo, e o velho Tom, preocupado, olhou para o teto; mas Kate, inclinando-se para a frente, viu que a tábua cobria um considerável buraco de rato delineado no rodapé em formato gótico, como a porta aberta de uma igreja.

– Tá vendo? – perguntou Tom, depois de ficar escutando por um momento, ainda um pouco sem fôlego. – Vai direto para a área de serviço: eles conseguem fogo deste lado e água do outro. Eles moraram aqui muitos anos.

Kate ajoelhou-se, observando dentro do buraco.

– Aqui? Na sua casa? – A voz dela se tornava mais espantada e incrédula. – Você quer dizer... O Pod? E a Homily?... E a pequena Arrietty?

– Eles também – disse o velho Tom. – No fim, aconteceu assim.

– Mas eles não moravam ao ar livre? Era isso o que Arrietty estava querendo fazer...

– Eles moraram mesmo ao ar livre – ele deu uma risadinha. – Se cê chama isso de morar. Ou, aliás, se é que se pode chamar de ar livre. Mas dá uma olhada nisso – ele continuou gentilmente, com um tom de orgulho ligeiramente disfarçado na voz. – Vai subindo por dentro da parede, tem escada, e tudo entre o estuque e o gesso. Uma casa adequada eles tinham aqui; seis andares e água em cada andar. Tá vendo isso? – perguntou, descansando a mão sobre um cano enferrujado. – Vem das cisternas do telhado, desce e passa pela área de serviço. Instalaram torneiras em seis lugares diferentes e nunca teve vazamento nem desperdício.

Ele ficou em silêncio por um momento, perdido em seus pensamentos, antes de recolocar cuidadosamente a tábua e empurrar o baú de volta ao seu lugar.

– Eles moraram aqui por muitos anos. – E suspirava um pouco enquanto arrumava tudo de volta e limpava as mãos.

– Mas *quem* morou aqui? – Kate sussurrou apressada (os passos em cima haviam atravessado o cômodo e era possível ouvir os dois se aproximando do pé da escada). – Você não quis dizer os meus... Você não disse que eles tinham achado a toca de texugos?

– Eles encontraram mesmo a toca dos texugos – disse o velho Tom e riu alto disso.

– Mas como você sabe? Quem lhe contou? – Tagarelando ansiosa, ela o seguia enquanto ele andava com dificuldade até o banquinho.

O velho Tom sentou-se, escolheu uma vara e pôs-se a experimentar agitadamente a ponta de sua faca.

– Ela me contou – ele disse, finalmente, e cortou a vara em três partes.

– Você está me dizendo que conversou com Arrietty?

Ele fez um gesto de aviso para o tom de voz elevado dela, levantando as sobrancelhas e indicando com a cabeça: os passos, Kate ouviu, aumentavam, agora descendo os degraus de madeira da escada.

– Não diz nada pra essa aí – ele cochichou. – Não enquanto ela não controlar aquela língua.

Kate continuava em estado de choque: se ele tivesse atingido sua cabeça com uma tora ela não teria ficado mais atordoada.

– Então ela deve ter lhe contado tudo! – ela exclamou.

– *Shhh* – fez o velho homem, os olhos voltados para a porta.

A sra. May e o sr. Patiff deviam ter chegado ao fim da escada, e o som da voz deles foi em direção à área de serviço, para uma última olhada ao redor.

– Duas pias embutidas, pelo menos – escutou-se a sra. May dizer, em um tom prático.

– Cê pensou tudo certo, tenho que reconhecer – cochichou o velho Tom. – Ela costumava aparecer quase toda noite, bastante regular. – Ele sorria enquanto falava, olhando para o piso da lareira. E Kate, observando o rosto dele, de repente visualizou a cena: a cabana iluminada, o garoto solitário talhando a madeira e, quase invisível nas sombras, essa minúscula criatura, sentada talvez em uma caixa de fósforos; a voz fininha e monótona falando, falando e falando... Depois de algum tempo, Kate pensou, ele nem prestaria atenção; isso se integraria e se tornaria parte da quieta sala, como o vapor da chaleira e o tique-taque do relógio. Noite após noite, semana após semana, mês após mês, talvez até ano após ano... sim, na verdade, Kate percebeu (olhando para Tom do mesmo modo, embevecida, embora, nesse minuto, a sra. May e o sr. Patiff voltassem para a sala falando alto sobre lavatórios) que Arrietty devia ter contado tudo para o Tom!

•• CAPÍTULO QUATRO ••

"NENHUMA HISTÓRIA SE PERDE AO SER CONTADA."
Longfellow, poeta americano, faleceu em 1882;
e Walt Whitman, em 1891.
[*Extraído do* Minidiário de provérbios *de Arrietty, 26 de março*]

E tudo o que era necessário agora, ela pensava (deitada aquela noite na cama, escutando o gorgolejo da água pelos canos de "quente" e "fria"), é que o velho Tom *lhe* contasse tudo nos mínimos detalhes – da mesma forma como Arrietty devia ter contado para ele. E, tendo ido tão longe, ele poderia fazer isso, ela sentiu – apesar do medo de que as coisas fossem colocadas por escrito. E ela também não contaria, decidida a apoiá-lo – custasse o que custasse, não enquanto ele vivesse (embora ela não conseguisse entender por que ele se importava tanto, uma vez que já era conhecido como "o maior mentiroso dos cinco continentes"). Mas o que parecia ainda mais promissor era que, tendo-lhe mostrado o pequeno livro, ele não o pedira de volta: ela o tinha agora protegido sob o travesseiro e, afinal de contas, estava cheio de "coisas por escrito". Não que ela as pudesse entender muito bem: as anotações eram muito breves, quase como títulos curtos escritos às pressas por Arrietty para ela se lembrar das datas. Mas algumas daquelas anotações pareciam extraordinariamente estranhas e misteriosas... Sim, ela decidiu, repentinamente inspirada, que este seria o jeito de resolver aquilo: pediria a Tom que explicasse os títulos. "O que Arrietty queria dizer", ela perguntaria, "com 'Homens negros. Mamãe salva'"?

E isso, mais ou menos, foi o que aconteceu. Enquanto a sra. May ficava conversando sobre os negócios todos os dias com os Jobson, Tring, Patiff & Patiff ou discutia com construtores e encanadores e ajudantes de encanadores, Kate saía sozinha para passear no campo e arranjava um jeito de ir até a cabana procurar por Tom.

Em alguns dias (como Kate, anos mais tarde, explicaria a seus filhos), ele parecia um pouco "cauteloso" e desinteressado, mas, em outros, algum título em especial do minidiário parecia inspirá-lo, e a sua imaginação criava asas e navegava em redemoinhos e turbilhões de memórias tão miraculosas que Kate, fascinada, quase não podia acreditar que ele mesmo não tivesse sido (em alguma outra vida, talvez) um Borrower. E a sra. May, Kate lembrava, havia dito uma vez exatamente o mesmo de seu irmão mais novo: esse irmão que, embora três anos mais novo, tinha conhecido o velho Tom (o próprio velho Tom havia lhe admitido isso). Teriam sido amigos? Grandes amigos, talvez? Com certeza pareciam ter afinidade: um, famoso por contar histórias exageradas e "por ser tão brincalhão"; o outro, mais simplesmente descrito como "o maior mentiroso dos cinco continentes". E foi esse pensamento que, depois de ter crescido muito, a fez querer contar ao mundo o que diziam ter acontecido a Pod, a Homily e à pequena Arrietty, depois do terrível dia em que, expulsos de sua casa pela dedetização, buscaram refúgio na selvagem vida ao ar livre.

Aqui está a história dela: toda passada "por escrito". Nós mesmos poderemos analisar as evidências.

•• CAPÍTULO CINCO ••

"PASSO A PASSO, SOBE-SE A COLINA."
Ponte tubular de Vitória, Montreal, inaugurada em 1866.
[*Extraído do* Minidiário de provérbios *de Arrietty, 25 de agosto*]

Bem, no início, eles pareciam apenas correr, mas corriam na direção certa: subindo a ribanceira de azaleias onde (passados muitos meses agora) Arrietty encontrou o garoto pela primeira vez, e depois através da grama comprida no alto. Homily costumava dizer, mais tarde, que nunca soube como eles atravessaram: não havia nada além de talos aglomerados. E insetos. Homily nunca tinha imaginado que pudessem existir tantos tipos diferentes de insetos – lentos, pendurados nas coisas, rápidos e rastejantes, e outros (estes eram os piores) que encaravam e ficavam imediatamente imóveis, retirando-se lentamente em seguida, ainda encarando. Era como se, Homily dizia, eles tivessem se decidido a dar o bote e, de repente, (ainda mal-intencionados) mudassem de ideia sem aviso. "Malvados", ela dizia. "Isso é o que eles eram. Oh, malvados, malvados, malvados..."

Enquanto abriam caminho através da grama alta, sufocavam com o pólen que se soltava em nuvens do alto. Folhas pontiagudas ilusoriamente vigorosas balançavam, cortando suas mãos e deslizando sobre a pele como o suave movimento de uma vara de violino, porém deixando sangue para trás. Havia palha seca, talos intrincados que os apanhavam pelas canelas e os calcanhares, fazendo-os tropeçar e escorregar; frequentemente eles aterrissavam naquelas plantas almofadadas com espinhos prateados que pareciam pelos – e que picavam e machucavam. Grama alta... Grama alta... desde então, esse passou a ser o pesadelo de Homily.

Então, para chegar ao pomar, era necessário uma escalada pela sebe: folhas mortas, sob ramos enegrecidos de alfena... folhas mortas e apodrecidas, frutos secos que se elevavam enquanto a família deslizava por entre eles e, por baixo das folhas, uma umidade rumorejante. E novamente os insetos: coisas que se viravam às costas deles ou saltavam repentinamente, ou, às escondidas, rastejavam, indo embora.

Através do pomar era mais fácil, porque as galinhas se alimentavam ali, propiciando o típico efeito de "terra devastada": uma superfície plana de terra cor de lava. E a visibilidade era excelente.

Mas, se eles podiam ver, também poderiam ser vistos: as árvores frutíferas se distanciavam umas das outras, oferecendo pouca cobertura. Qualquer um que espiasse de uma janela do primeiro andar da casa poderia perguntar curiosamente: "O que você acha que é aquilo se movendo pelo pomar? Ali, na segunda árvore à direita, como folhas sendo sopradas. Mas não está ventando. Parece mais alguma coisa em fila; são muito estáveis para serem pássaros..."

Esse era o pensamento de Pod enquanto apressava Homily para seguir em frente:

– Oh, eu não consigo... – ela choramingava. – É melhor eu me sentar! Só por um instante, Pod... por favor!

Mas ele era inflexível:

– Você pode se sentar quando chegarmos à floresta – dizia, segurando-a pelo cotovelo e guiando-a pelos pedregulhos. – Pegue o outro braço dela, Arrietty, mas faça-a andar!

Uma vez dentro da floresta, desceram por uma trilha aberta, exaustos demais para procurar uma cobertura melhor.

– Oh, céus... Oh, céus... Oh, céus... – Homily ficava dizendo (mecanicamente, porque sempre fazia isso), mas atrás de seus brilhantes olhos escuros no rosto sujo podiam ver que seu cérebro estava ocupado; e ela não estava histérica: eles reconheciam isso também. Podiam ver, em outras palavras, que Homily estava "tentando".

– Não é preciso toda essa correria – ela declarou após um momento, quando conseguiu tomar fôlego. – Ninguém nos viu partir; até onde sabem, nós ainda estamos lá, aprisionados embaixo do chão.

— Eu não teria tanta certeza – disse Arrietty. – Havia um rosto na janela da cozinha. Vi enquanto subíamos a ribanceira. Parecia um menino, com um gato ou algo assim.

— Se alguém nos tivesse visto – frisou Homily –, eles teriam partido atrás de nós. É o que penso.

— Isso é fato – acrescentou Pod.

— Bem, para onde iremos daqui? – perguntou Homily, olhando atentamente por entre os troncos de árvores. Havia um grande arranhão na bochecha dela e cachos de seu cabelo se desprendiam.

— Bem, seria melhor organizar nossos pertences primeiro – disse Pod. – Vamos ver o que trouxemos... O que você trouxe na sacola de empréstimos, Arrietty?

Arrietty abriu a sacola que havia feito tão apressadamente dois dias antes apenas para essa emergência. Ela tirou o conteúdo na lama endurecida do caminho; parecia uma estranha coleção. Havia três tampinhas de frascos de remédios com tamanhos diferentes que cabiam precisamente uma dentro da outra; um pedaço de vela considerável e sete palitos de fósforo de cera; uma muda de roupa de baixo e um suéter extra de tricô, confeccionado por Homily com agulhas para cerzir a partir de uma meia muito lavada e desfiada; e, por fim, porém o mais precioso: seu lápis comemorativo do evento de dança e o *Minidiário de provérbios*.

— Ora, por que você quis carregar isso? – resmungou Pod, analisando de ambos os lados o pesado livro grosso enquanto desensacava seus próprios pertences. Pelo mesmo motivo, Arrietty pensou ao olhar para a bagagem de Pod, que você trouxe a sua agulha de sapateiro, o seu martelo feito de badalo de campainha elétrica e o robusto rolo de barbante: tudo para seu *hobby* e as ferramentas do ofício que ama (enquanto o dela, ela sabia, era a literatura).

Além de seu equipamento de sapateiro, Pod tinha trazido a metade da tesoura de unha, um fino pedaço de lâmina de barbear, uma cópia de arco de serra infantil, um vidro de aspirina com tampa rosqueada cheio de água, um pequeno arame de fusível retorcido e dois alfinetes de chapéu feitos de aço; o mais curto ele deu a Homily.

— Isso ajudará a subir a colina – disse a ela. – Teremos uma boa subida pela frente.

Homily tinha trazido suas agulhas de tricô, o restante da meia desfiada, três torrões de açúcar, o dedo de uma luva infantil de menina cheio de sal e pimenta misturados, vedado na ponta com algodão, alguns pedaços quebrados de um biscoito digestivo, uma pequena caixa de metal para agulhas de vitrolas – que agora continha folhas secas para chá –, uma lasca de sabão e os trapos de tecido para enrolar o cabelo.

Pod olhou carrancudo para a curiosa coleção.

– Parece que trouxemos coisas inúteis – ele disse –, mas agora não adianta. Melhor guardá-las de volta nas sacolas – prosseguiu, combinando a fala com a ação – e irmos em frente. Boa ideia a sua, Arrietty; a forma como você encaixou as tampinhas de garrafa. Só acho que poderíamos ter feito isso com mais algumas.

– Nós só temos que chegar à toca de texugos – Arrietty desviou o assunto. – Quero dizer, a tia Lupy terá mais coisas, como utensílios de cozinha, não?

– Nunca conheci ninguém que não conseguisse se contentar com coisas extras – frisou Homily, guardando o que sobrava da meia e amarrando a borda da sacola com um pedaço de seda azul bordada. – Especialmente quando vivem em uma toca de texugos. E quem garante que sua tia Lupy esteja lá, afinal? – ela prosseguiu. – Achei que ela tivesse se perdido ou algo assim, ao cruzar o campo caminhando.

– Bem, agora ela deve ser novamente encontrada – disse Pod. – Não foi há aproximadamente um ano que ela saiu em caminhada?

– E, de qualquer forma, ela não sairia em caminhada com as panelas – Arrietty observou.

– Nunca entendi – disse Homily, ficando em pé e experimentando o peso de sua sacola – nem conseguirei entender, não importa o que digam, o que seu tio Hendreary viu para se casar com uma criatura orgulhosa como a Lupy.

– Chega! – disse Pod. – Não queremos saber disso agora.

Ele se levantou e lançou a sacola de empréstimos em seu alfinete de chapéu de aço, balançando-a sobre o ombro.

– Agora – ele perguntou, olhando-as de cima a baixo –, têm certeza de que vocês duas estão bem?

– Não é que, agora que você comentou – continuou Homily –, ela não tenha bom coração. É o jeito como ela age...

– E quanto às suas botas? São confortáveis? – perguntou Pod.

– Sim – disse Homily. – Para o momento – acrescentou.

– E quanto a você, Arrietty?

– Estou bem – respondeu ela.
– Porque será um longo trajeto – explicou Pod. – Devemos ser firmes. Não temos pressa. Mas não queremos paradas. Nem reclamações. Entendido?
– Sim – disse Arrietty.
– E mantenham os olhos bem abertos – Pod continuou, enquanto todos partiam pelo caminho. – Se virem qualquer coisa, façam como eu; e mente atenta. Não quero cada um correndo para um lado. Não é bom gritar.
– Eu sei – disse Arrietty irritada, arrumando sua sacola. Ela adiantou o passo, tentando ficar fora do alcance da voz dele.
– Você *pensa* que sabe. – Pod a chamou por trás. – Mas, na verdade, não sabe nada. Não sabe de proteção; nem sua mãe. Proteção é um trabalho de treino, uma arte...
– Eu sei – repetiu Arrietty. – Você já me disse. – Ela olhava para os lados nas sombras profundas dos arbustos espinhosos ao longo do caminho. Viu uma grande aranha, pendurada no ar: a teia era invisível. Parecia encará-la. Ela viu os olhos do bicho. Desafiadoramente, Arrietty a encarou de volta.
– Não se pode ensinar em cinco minutos – insistiu Pod – coisas que só se aprendem com experiência. O que eu disse a você, minha menina, naquele dia em que a levei para pegar emprestado, não é nem o beabá. Eu fiz o melhor que pude porque sua mãe me pediu. E veja no que deu!
– Ora, Pod – Homily disse, ofegando (eles estavam andando rápido demais para ela) –, não precisa remexer no passado.
– Foi o que eu quis dizer – Pod disse. – O passado *é* experiência: é dali que se aprende tudo. Você vê, quando se trata de pegar emprestado...
– Mas você teve uma vida inteira fazendo isso, Pod. Você teve treinamento. Arrietty esteve fora apenas aquela vez...
– Foi isso o que eu *quis dizer*! – gritou Pod, e, em sua inflexível irritação, parou para permitir que Homily o alcançasse. – Sobre proteção: se ela soubesse ao menos o beabá...
– Cuidado! – gritou Arrietty estridente, agora um pouco à frente.
Houve um ruído repentino, uma sombra baixando e um grito rouco e desagradável. E, de repente, lá estava Pod: sozinho na trilha, cara a cara com um grande corvo negro.

A ave ficou olhando, malvada, embora um pouco desconfiada, as garras rígidas retraindo-se levemente, o grande bico aberto. Congelado e imóvel, Pod a encarou de volta – alguma coisa crescendo na trilha: era isso o que parecia; um tipo muito peculiar de cogumelo corpulento. A grande ave, muito curiosa, virou a cabeça para os dois lados e examinou Pod com o outro olho. Pod, inerte, olhou de volta. O corvo fez um barulho com a garganta – um pequeno berro – e, confuso, seguiu em frente. Pod deixou que ele se aproximasse com alguns passos e, então, sem a expressão rígida, disse:

– Volte de onde você veio.

Ele falou calmamente, quase socialvelmente, e a ave pareceu hesitar.

– Não queremos nada de você – Pod prosseguiu com firmeza. – Dedo-torto! Isso é o que você é! Corvos são dedos-tortos, só agora reparei. Encarando assim, com um olho, e a cabeça virando para os lados... Se achando lindo, não tenho dúvida... – Pod disse quase com prazer – ... mas não é; não com *esse* tipo de bico...

A ave ficou parada; sua expressão não era mais curiosa: cada linha de seu corpo rígido revelava uma completa surpresa e, em seu olho, havia um tipo de descrença assustada.

– Vá embora! Saia daqui! – gritou Pod de repente, movendo-se em direção a ele. – Xô! – E, com um olhar perturbado e uma grasnada que demonstrava pânico, a grande ave voou para longe. Pod esfregou a testa com a manga enquanto Homily, pálida e ainda tremendo, saiu, engatinhando, de baixo de uma folha de dedaleira[5].

– Oh, Pod – ela disse ofegante –, você foi muito corajoso! Foi maravilhoso!

– Não foi nada – disse Pod. – É questão de manter a calma.

– Mas o tamanho dele! – comentou Homily. – Não dá para imaginar que são daquele tamanho quando os vemos voando.

– Tamanho não é nada – disse Pod. – É a conversa que resolve.

Ele observou Arrietty saindo do buraco de uma tora e se limpando. Quando ela o viu, ele virou para o lado.

– Bem, é melhor irmos andando – Pod disse logo em seguida.

Arrietty sorriu. Ela hesitou por um momento, e depois correu em sua direção.

---

5. Planta nativa da Europa cujas flores têm o formato de campainhas. (N. T.)

– Por que isso? – perguntou Pod fracamente, enquanto ela arremessava os braços em volta de seu pescoço.

– Ah – gritou Arrietty, abraçando-o –, você merece uma medalha pela maneira corajosa como o enfrentou!

– Não, moça – Pod disse –, você não quer dizer isso; pela maneira como fui descoberto, é o que quer dizer. Totalmente descoberto, por falar em proteção. – Ele deu uns tapinhas na mão dela. – E, tem mais: você está certa; vamos enfrentar isso também. Você e sua mãe foram rápidas e espertas, estou orgulhoso.

Ele soltou a mão dela e balançou a bagagem sobre os ombros.

– Mas, da próxima vez, lembre-se – ele acrescentou, virando-se de repente –, toras, não. Os buracos servem, mas nem sempre estão vazios; entende o que digo? E você pode piorar a situação...

Eles continuaram andando, seguindo a trilha que os trabalhadores haviam feito quando cavaram uma vala para o encanamento de gás. Isso os levou ao longo de dois campos de pastagem, em uma ribanceira que ia subindo gradativamente. Podiam andar facilmente sob as barras de madeira mais baixas da cancela, pegando um caminho cuidadoso por entre as inúmeras pegadas do rebanho ressecadas pelo sol. Eram como crateras, porém despedaçadas, e Homily, cambaleando um pouco por causa do peso da carga, escorregou uma vez e esfolou o joelho.

No terceiro campo, o encanamento de gás ramificava obliquamente para a esquerda, e Pod, olhando à frente contra o horizonte, pôde distinguir alguns degraus, concluindo que poderiam deixar o encanamento de gás com segurança e passar para a trilha ao lado da cerca.

– Não está tão longe agora – explicou, confortando Homily quando ela implorou por descanso. – Mas temos que prosseguir. Está vendo aqueles degraus? É o que estamos procurando, e temos que alcançá-los antes de anoitecer.

Eles continuaram a penosa caminhada e, para Homily, essa última etapa parecia a pior: suas pernas cansadas se moviam mecanicamente, como uma tesoura. Curvando-se sob sua carga, ela ficava surpresa cada vez que via um pé se mover adiante: não parecia mais ser seu pé; ela ficava imaginando como ele tinha chegado lá.

Arrietty desejava que eles não pudessem ver a cerca: seus pequenos passos não pareciam levá-los para mais perto dela. Funcionava melhor, ela percebeu, se mantivesse os olhos no chão e, de vez em quando, olhasse novamente para cima, pois assim podia ver que haviam feito progresso.

Finalmente, eles alcançaram o topo da colina; à direita, no lado distante do milharal além da cerca castanha, estava a floresta, e, à frente deles, depois de um insignificante declive, crescia um vasto campo inclinado, cruzado pela sombra de onde o sol se punha por trás das árvores.

Na beira desse campo, eles pararam e ficaram olhando, intimidados por sua imensidão, o ângulo inclinado contra o céu rosado. Nesse interminável mar de sombras alongadas e do lindo gramado, flutuava uma ilha de árvores já escurecidas pelos vestígios lançados pelo crepúsculo.

– Aí está – disse Pod, após um momento. – O Riacho de Parkin.

Eles ficaram parados, os três, debaixo da cerca, relutantes em perder seu abrigo.

– O que do Parkin? – perguntou Homily inquieta.

– O Riacho de Parkin. Você sabe... é o nome do campo. É onde eles moram, os Hendrearies.

– Você quer dizer... – perguntou Homily após uma pausa – ... a toca de texugos?

– Isso mesmo – respondeu Pod, olhando para a frente.

O rosto cansado de Homily pareceu amarelo na luz dourada. O queixo dela pendia frouxo.

– Mas onde? – ela perguntou.

Pod abanou o braço:

– Em algum lugar... É nesse campo, de qualquer forma.

– Nesse campo... – repetiu Homily estupidamente, fixando os olhos nas fronteiras escuras, o distante grupo de árvores sombreadas.

– Bem, nós temos que procurar – Pod explicou inquieto. – Você não achou que fôssemos direto até eles, achou?

– Pensei que você soubesse onde era – disse Homily. A voz dela soava áspera. Arrietty, entre eles, permanecia estranhamente em silêncio.

– Bem, eu trouxe vocês até aqui, não? – comentou Pod. – Na pior das hipóteses, podemos acampar agora à noite e procurar pela manhã.

– Onde está o riacho? – perguntou Arrietty. – Deveria haver um riacho.

– Bem, ali está – mostrou Pod. – Surge ali embaixo, ao longo da cerca distante, e vem vindo... Está vendo? Cruzando aquela curva ao longe. Aquela parte verde mais densa ali... Consegue ver? É ali que ele corre.

Arrietty apertou os olhos.

– Sim – ela disse sem certeza. E acrescentou: – Estou com sede.

– Eu também – disse Homily. Ela se sentou de repente como se estivesse se esvaziando. – Durante o caminho todo subindo aquela colina, passo a passo, horas após horas, tenho dito a mim mesma: "Não se preocupe: a primeira coisa que faremos ao chegar à toca de texugos será sentar e tomar uma bela xícara de chá"; isso me fazia continuar.

– Bem, nós tomaremos uma – disse Pod. – Arrietty tem uma vela.

– E vou lhe dizer outra coisa – prosseguiu Homily, olhando à frente –: eu não conseguiria atravessar aquele campo; não nessas condições. Nós teremos que procurar pelas margens.

– Bem, é exatamente o que faremos – disse Pod. – Não se encontra nenhuma toca de texugos no meio do campo. Nós andaremos ao redor, sistematicamente, pedaço por pedaço, começando pela manhã. Mas temos que dormir bem esta noite; isso é certo. Não é bom ficar procurando à noite: logo estará escuro; o sol já está quase encoberto pela colina.

– E há nuvens chegando – Arrietty disse, atenta ao pôr do sol. – E elas se movem rápido.

– Chuva? – choramingou Homily, em uma voz afetada.

– Bem, vamos andar rápido – disse Pod, lançando a carga para cima. – Aqui... dê-me as suas coisas, Homily. Você ficará mais leve...

– Por qual caminho iremos? – perguntou Arrietty.

– Continuaremos próximo a esta cerca mais baixa – Pod disse, partindo – e iremos em direção à água. Se não conseguirmos fazer isso antes de a chuva cair, alcançaremos algum abrigo.

– Que tipo de abrigo? – perguntou Homily, tropeçando depois dele no tufo de grama alta. – Cuidado, Pod, são urtigas!

– Estou vendo – disse Pod (eles estavam andando em uma vala rasa). – Pode ser um buraco ou algo assim – ele continuou. – Tem um buraco ali, por exemplo. Vê? Debaixo daquela raiz.

Homily espiou conforme chegava ao mesmo nível deles.

– Ah, não posso entrar ali – ela disse. – Deve ter algo lá dentro.

– Ou poderemos ir direto para dentro da sebe – Pod gritou em resposta.

– A sebe não protege muito – opinou Arrietty. Ela andava sozinha, no chão mais alto, onde a grama era mais curta. – Posso ver daqui: só há troncos e ramos... – Ela se arrepiou ligeiramente com o vento leve que fazia com que as folhas das plantas da sebe tremulassem repentinamente, colidindo com os cardos secos enquanto eles balançavam e se juntavam, formando tufos.

– Está ficando nublado aqui em cima! – ela gritou.

– Sim, logo estará escuro – disse Pod. – É melhor descer aqui conosco. Você não vai querer se perder.

– Eu não vou me perder. Posso ver melhor daqui. Veja! – ela gritou de repente. – Há uma bota velha. Não serviria?

– Uma velha o quê? – Homily perguntou, incrédula.

– Deve servir – disse Pod, olhando em torno de si. – Onde está?

– À sua esquerda. Lá. Na grama alta...

– Uma bota velha! – lamentou Homily, enquanto ela o viu descer com as sacolas de empréstimos. – Qual é o seu problema, Pod? Perdeu o juízo? – Assim que ela terminou de falar, começou a chover; grandes gotas de verão irrompiam pela grama.

– Vocês duas: peguem as sacolas de empréstimos e vão para debaixo daquela folha de trevo enquanto eu olho.

– Uma bota velha... – Homily repetiu incrédula, enquanto ela e Arrietty se abaixavam sob a folha de trevo. Ela precisara aumentar o volume da voz; a chuva, na agitação da folha, parecia falar mais alto.

– Preste bem atenção – reclamou Homily –, aproxime-se, Arrietty, ou você vai ficar doente! Oh, céus! Está molhando as minhas costas!

– Veja: ele está nos chamando – disse Arrietty. – Vamos!

Homily curvou o pescoço e, de debaixo da folha que balançava, espiou para fora. Lá estava Pod, a alguns metros de distância, quase invisível no meio da grama enevoada, embaçada pela cortina de chuva. "Uma cena tropical!", pensou Arrietty, lembrando-se de seu *Minidicionário geográfico do mundo*. Ela imaginou o homem diante do meio ambiente, em selvas pantanosas ou florestas enevoadas, e o sr. Livingstone...

– O que ele quer? – ela ouviu a mãe reclamando. – Não podemos sair daqui assim; olhe para isso!

– Está alagando agora – Arrietty disse. – Não está vendo? Isto aqui é uma vala. Vamos, temos que sair logo daqui. Ele está nos chamando.

Elas correram, meio curvadas, atordoadas pela pancada d'água. Pod as puxou até a grama mais alta, apanhando suas sacolas de empréstimos e as instruindo, ofegante, enquanto elas deslizavam e escorregavam atrás dele, pelo que Arrietty pensou ser "o arbusto".

– Aqui está – disse Pod. – Entrem aqui.

A bota estava deitada de lado; eles tinham que se agachar para entrar.

– Oh, céus! – Homily continuava dizendo. – Oh, céus! – E olhava medrosa para a escuridão lá dentro. – Fico imaginando quem pode ter usado isso...

– Entre – disse Pod. – Ande mais, está tudo bem.

– Não, não – disse Homily. Não vou mais longe. Pode haver algo na biqueira.

– Está tudo bem – disse Pod. – Eu já olhei. Não há nada além de um buraco na ponta, onde fica o dedão. – Ele empilhou as sacolas de empréstimos contra a parede. – Algo para apoiar – disse.

– Eu gostaria de saber quem usou essa bota – Homily continuou, olhando desconfortavelmente ao redor e enxugando o rosto molhado com seu avental úmido.

– Que diferença isso faria para você? – Pod questionou, desamarrando os cordões da sacola maior.
– Se era alguém limpo, sujo, ou sei lá... – disse Homily. – E do que ele morreu. E se foi de alguma infecção?
– E por que essa pessoa teria que ter morrido? – Pod questionou novamente. – Por que não poderia estar sã e salva, tendo tomado um belo banho, e estar sentada apreciando um bom chá neste exato momento?
– Chá? – lembrou Homily, o rosto iluminado. – Onde está a vela, Pod?
– Está aqui. – disse ele. – Passe-me um fósforo, Arrietty, e uma tampa média de remédio. Devemos ter cuidado com o chá, vocês sabem. Devemos ter cuidado com tudo.
Homily tocou o couro gasto com o dedo.
– Farei uma boa faxina nesta bota pela manhã – ela disse.
– Não seria mau – respondeu Pod, tirando da sacola a meia tesoura de unha. – Se quer saber, tivemos sorte de encontrar uma bota dessas. Não há nada com que se preocupar. Está desinfetada pelo sol, pelo vento e pela chuva ano após ano. – Ele prendeu a lâmina da tesoura em um ilhós e amarrou-a firmemente com o velho cadarço da bota.
– O que você está fazendo, papai? – perguntou Arrietty.
– É para apoiar a tampa, claro – disse Pod. – Um tipo de suporte para a vela. Nós não temos um tripé. Agora seja uma boa garota e vá enchê-lo com água; há bastante lá fora...

Havia bastante lá fora: caía torrencialmente. Mas a entrada da bota estava protegida do vento, então havia um pequeno pedaço seco à frente. Arrietty facilmente encheu a pequena tampa metálica até a boca, inclinando uma folha larga e pontuda de dedaleira em direção a ela, de modo que a chuva escorresse da ponta. Em toda parte ao redor dela, o contínuo barulho da chuva e a vela iluminada dentro da bota faziam a noite parecer mais escura. Havia um cheiro de coisa selvagem, de espaço, folhas e grama, e, conforme ela se virou com a tampinha cheia, outro cheiro: avinhado, aromático, picante. Arrietty prestou atenção para se lembrar disso pela manhã: era o cheiro de morangos silvestres.

Após beberem o chá quente e comerem um bom pedaço do biscoito digestivo doce, que se esfarelava na boca, eles tiraram as roupas molhadas e as penduraram na alça da tesoura de unha sobre a vela.

Com a velha meia de lã sobre os ombros dos três, conversaram um pouco.

– É engraçado estar enrolada em uma meia dentro de uma bota – observou Arrietty.

Porém, Pod, observando a vela, estava preocupado com o desperdício, e, quando as roupas se secaram um pouco, apagou a chama. Cansados, deitaram-se entre as sacolas de empréstimos, abraçados juntos para se aquecerem. O último som que Arrietty ouviu quando adormeceu foi o contínuo barulho da chuva no couro oco da bota.

•• CAPÍTULO SEIS ••

"TAL ÁRVORE, TAL FRUTO."
Fim do grande golpe na estrada de ferro em Peoria, Illinois, 1891.
[*Extraído do* Minidiário de Provérbios *de Arrietty, 26 de agosto*]

Arrietty foi a primeira a acordar.
– Onde estou! – ela se surpreendeu. Sentia bastante calor, deitada ali entre seus pais, e, quando virou a cabeça suavemente, viu três pequenos raios de sol, flutuando na escuridão. Foi um segundo ou dois antes de se dar conta de onde estavam, e, com esse reconhecimento, a memória voltou. Tudo o que havia acontecido no dia anterior: a fuga, a escalada agitada pelo pomar, a exaustiva subida, a chuva – os pequenos raios de sol, percebeu, entravam pelos buracos do cadarço da bota!

Discretamente, Arrietty se sentou. Um frescor perfumado a envolveu, e ela viu o dia radiante emoldurado pelo cano da bota: a grama, macia e inspiradora, ternamente iluminada pelo sol; algumas folhas estavam partidas, entre as quais, um dia antes, eles haviam aberto caminho e arrastado as sacolas de empréstimos. Havia um ranúnculo[6] amarelo, pegajoso e cintilante, que parecia tinta molhada; em um talo amarelo-queimado de trevo, ela viu um pulgão, de um verde tão delicado que, contra a luz do dia, parecia transparente. "As formigas os ordenham", Arrietty lembrou. "Talvez nós também consigamos."

Ela saiu de entre os pais, que ainda dormiam, e, simplesmente do jeito que estava – com os pés descalços, de camisola e penhoar –, aventurou-se para fora.

Estava um dia lindo, iluminado pelo sol e lavado pela chuva – a terra exalando seu aroma. "Isto", Arrietty pensou, "é o que eu sempre quis. O que sempre imaginei. O que sempre soube que existia. O que eu sabia que teríamos!"

Ela abria caminho pela grama e gotas suaves caíam sobre ela favoravelmente, aquecidas pelo sol. Desceu um pouco a ribanceira, em direção à sebe, fora da selva de grama mais alta, até a vala rasa onde, na noite anterior, a chuva e a escuridão haviam se unido para assustá-la.

---

6. Planta que se costuma usar como forragem, às vezes, venenosa. (N. T.)

Havia lama morna ali, entre as folhas de grama mais curtas, que agora secavam rapidamente sob o sol. Uma ribanceira se elevava entre ela e a sebe: uma gloriosa barreira, bem arraigada, com grama, modestas samambaias, pequenos buracos arenosos, folhas de violetas e um pálido morrião[7] escarlate, e, aqui e ali, esferas de um vermelho mais profundo: morangos silvestres!

Ela subiu a ribanceira, vagarosamente e feliz, sentindo o sol quente através de sua camisola, os pés descalços escolhendo o caminho mais delicadamente que os rudes pés humanos. Ela colheu três morangos, pesados e suculentos, e os comeu com vontade, deitada toda esticada em uma plataforma arenosa diante de uma toca de rato. Dessa ribanceira ela podia ver a extensão do campo, mas hoje ele parecia diferente: maior do que nunca, estranhamente inclinado, porém aceso e vivo com a luz do sol da manhã. Agora todas as sombras se estendiam de uma maneira diferente: pareciam refrescantes na cintilante grama dourada. Ela viu, a distância, o grupo solitário de árvores: ainda pareciam flutuar em um oceano de grama. Ela se lembrou do medo que sua mãe tinha de espaços abertos. "Mas eu poderia atravessar esse terreno", pensou. "Eu poderia ir para qualquer lugar..." Teria sido isso, talvez, o que Eggletina havia pensado? Eggletina: a filha do tio Hendreary que, diziam, havia sido devorada pelo gato. Será que aventura sempre termina em desastre?, Arrietty questionou. Seria melhor mesmo, como seus pais lhe haviam ensinado, viver na escuridão secreta do subsolo?

---

7. Erva de flores vermelhas. (N. T.)

As formigas tinham saído, ela via, e estavam ocupadas com suas tarefas: agitadas, impacientes, serpenteando em suas rotas ansiosas entre os talos de grama. De vez em quando, Arrietty percebeu, uma delas movia as antenas e corria para cima de um talo da grama para olhar ao redor. Arrietty encheu-se de satisfação. Sim: bem ou mal, ali estavam eles, e não havia volta!

Revigorada pelos morangos, ela prosseguiu sobre a ribanceira até a sombra da sebe. Ali havia o verdor salpicado pela luz do sol e o espaço vazio acima. Até o alto, o mais longe que podia ver, havia camadas e pavimentos de câmaras verdes, cruzados e recruzados por ramos recurvados. De dentro, a sebe parecia uma catedral.

Arrietty pôs o pé em um ramo mais baixo e se impulsionou para as sombras verdes. Era fácil, com ramos para se pendurar de todos os lados – mais fácil do que subir uma escada. Uma escada daquela altura significaria uma proeza de persistência, e uma escada, na melhor das hipóteses, era algo chato, considerando que ali havia variedade, uma mudança de direção, exploração de cumes desconhecidos. Alguns galhos finos estavam secos e rígidos, deixando cair espirais de cascas empoeiradas. Outros eram flexíveis e vivos com seiva: nestes, ela poderia se balançar um pouco (exatamente como, com frequência, sonhava em sua vida passada no subsolo!). "Virei aqui quando estiver ventando", pensou consigo mesma, "quando a sebe toda estiver viva e balançando com o vento..."

Ela subia cada vez mais. Encontrou um velho ninho de passarinhos, e o musgo ali dentro estava seco como palha. Ela subiu nele e se deitou um pouco; depois, inclinando-se na beirada, espalhou pedaços esmigalhados de musgo seco nos ramos entrelaçados abaixo. Assisti-los caindo entre as plantas deu-lhe uma maior noção da altura – uma deliciosa vertigem que, estando segura no ninho, apreciava. Mas sentir essa segurança fez a escalada parecer muito mais perigosa. "E se eu caísse", pensou Arrietty, "como esses pedaços de musgo caíram, deslizando pelo buraco sombrio e batendo e quicando conforme foram descendo?"

Quando, porém, suas mãos se fechavam nos amistosos ramos, e os dedos dos pés se estendiam um pouco para agarrar as cascas, ela de repente se deu conta de sua absoluta segurança: a habilidade (que por tanto tempo tinha estado muito bem escondida dentro dela) de escalar. "É hereditário", pensou. "É por isso que as mãos e os pés dos Borrowers são proporcionalmente maiores que as mãos e os pés dos seres mundanos. Por isso meu pai consegue descer pelas dobras da toalha de mesa. Por isso ele escala uma cortina pelos pompons. Por isso ele consegue se pendurar pela fita e ir da escrivaninha para a cadeira e da cadeira para o chão. Só porque eu era uma garotinha e não me era permitido pegar emprestado, isso não queria dizer que eu não tinha o dom..."

De repente, ao levantar a cabeça, viu o céu azul sobre si, através da escultura de folhas – que tremiam e sussurravam enquanto, em sua pressa, ela agitava os galhos. Colocando o pé em uma forquilha e balançando para cima, Arrietty enganchou seu penhoar no espinho de uma rosa selvagem e o ouviu rasgar. Retirou o espinho dali e o segurou em sua mão (era, para ela, proporcional ao tamanho de um chifre de rinoceronte em relação a um humano): era leve se comparado ao tamanho, mas parecia ser muito afiado e perigoso. "Nós poderíamos usar isto para alguma coisa", concluiu. "Preciso pensar... algum tipo de arma..." Mais um movimento e a cabeça e seus ombros estavam fora da sebe. O sol ardia em seu cabelo, e, ofuscada pelo brilho, apertou os olhos enquanto observava em volta.

Colinas e várzeas, vales, campos e florestas: sonhando à luz do sol. Ela viu que havia vacas no outro campo depois do seguinte. Aproximando-se da floresta, de um terreno mais baixo, viu um homem com uma arma: muito longe, parecia, e bastante inofensivo. Viu o telhado da casa de tia Sofia e a fumaça da chaminé da cozinha. Na curva de uma estrada distante, conforme o vento soprava entre as sebes, ela avistou uma carroça de leiteiro: a luz do sol refletiu no latão de leite e ela ouviu um leve tilintar, como o de uma fada, dos arreios de metal. Que mundo – quilômetros após quilômetros, coisa após coisa, camada após camada de inimagináveis riquezas –, e ela poderia nunca ter visto isso! Poderia ter vivido e morrido do mesmo modo como tinham feito muitos de seus parentes: no crepúsculo entediante, escondida atrás de um rodapé.

Ao descer, ela sentiu um ritmo: um balanço desafiador, relaxado, e uma leve descida para dentro do denso grupo de folhas aglomeradas, que seu instinto lhe disse que funcionaria como uma rede de segurança – uma gaiola de galhos flexíveis que serviram como mola para mão e pé: em parte prendiam e em parte deixavam passar. Tais folhas se aglomeravam mais densamente na direção do lado de fora da sebe, e não nos buracos expostos de dentro, e sua passagem entre elas era quase como surfar: uma escorregada controlada e cheia de impulsos. O último ramo a fez descer suavemente pelo declive do gramado, e voltou com um impulso para o lugar acima dela assim que, suavemente, o soltou, com um movimento flexível e gracioso.

Arrietty examinou as mãos: uma delas estava um pouco esfolada. "Mas elas vão calejar", disse a si mesma. Seu cabelo estava em pé e cheio de sujeira de casca de árvore e, no penhoar branco bordado, notou um grande rasgo.

Rapidamente, Arrietty pegou mais três morangos, como uma proposta de paz, e, embrulhando-os em uma folha de violeta, para não manchar a camisola, desceu com dificuldade a ribanceira, atravessando a vala, e adentrou na grama alta.

Homily, na entrada da bota, parecia preocupada, como sempre.

– Oh, Arrietty! Onde é que você esteve? O café já está pronto há vinte minutos. Seu pai está enlouquecido!

– Por quê? – perguntou Arrietty, surpresa.

– Preocupado com você. Procurando você.

– Eu estava aqui perto – disse Arrietty. – Só estava ali na cerca. Vocês poderiam ter me chamado.

Homily levou o dedo à boca e olhou de maneira amedrontada de um lado para o outro.

– Você não pode *chamar* – ela disse, baixando a voz para um sussurro zangado. – Não devemos fazer nenhum barulho, seu pai diz. Sem chamar nem gritar. Perigo: é isso o que ele diz que há; perigo por toda parte...

– Eu não disse que você tem que sussurrar – disse Pod, aparecendo repentinamente de detrás da bota, carregando sua meia tesoura de unha (ele estava abrindo uma pequena trilha pela grama mais grossa). – Mas não suma, Arrietty, nunca mais, sem dizer exatamente aonde está indo, e para que, e por quanto tempo. Entendeu?

– Não – Arrietty respondeu indecisa. – Não totalmente. Quero dizer, nem sempre sei *para que* estou indo. – (Para que, por exemplo, ela tinha escalado o topo da cerca?) – Onde está todo esse perigo? Não vi nenhum. Exceto três vacas dois campos adiante.

Pod olhou pensativamente para onde um gavião pairava sem se mexer no céu claro.

– Está em todo lugar – disse após algum tempo. – Na Frente e Atrás, Acima e Abaixo.

•• CAPÍTULO SETE ••

"SOPRE CONTRA O VENTO."
Corrida de barco de Oxford e Harvard, 1869.
[*Extraído do* Minidiário de provérbios *de Arrietty, 27 de agosto*]

Enquanto Homily e Arrietty terminavam o café da manhã, Pod se mantinha ocupado: ele andava pensativo em volta da bota, inspecionando-a em diferentes ângulos; examinava o couro com a prática de sua mão, observava-o bem de perto e depois se afastava, estreitando os olhos; retirava as sacolas de empréstimos uma por uma, empilhando-as cuidadosamente na grama lá fora, e então se arrastava de volta para dentro: elas podiam ouvi-lo falando sozinho e ofegando um pouco quando se ajoelhava e parava e media – estava, elas deduziram, fazendo um exame cuidadosamente calculado das suturas, das junções, do espaço no chão e da qualidade dos pontos de costura.

Depois de algum tempo, ele se juntou a elas na grama:

– Será um dia quente – disse, pensativo, ao sentar. – Um verdadeiro forno... – Ele tirou a gravata e suspirou aliviado.

– O que você estava olhando, Pod? – Homily perguntou depois de um tempo.

– Você viu essa bota? – questionou Pod. Ficou quieto por uns instantes, e então: – Essa não era uma bota de andarilho – ele disse. – Nem foi feita para um trabalhador – Pod continuou, olhando firme para Homily. – Essa é a bota de um cavalheiro.

– Ah... – suspirou Homily com uma voz de alívio, quase fechando os olhos e abanando o rosto com a mão. – Ainda bem!

– Por quê, mãe? – Arrietty perguntou irritada. – O que há de errado com a bota de um trabalhador? O papai é um trabalhador, não é?

Homily sorriu e abanou a cabeça de um modo compassivo.

– É uma questão – ela disse – de qualidade.

– Sua mãe está certa neste ponto – concordou Pod. – Esta bota é costurada à mão, e seu couro é tão fino que jamais toquei em um desses antes. – Ele se inclinou na direção de Arrietty. – E, como você vê, moça, a bota de um cavalheiro é bem cuidada, bem engraxada e encerada durante anos e anos. Se esta bota não fosse assim, nunca teria resistido, como resistiu, ao vento, à chuva, ao sol e à geada. Eles pagam muito caro por estas botas, os cavalheiros, mas entendem que elas têm muito valor.

– Isso mesmo – concordou Homily, balançando a cabeça e olhando para Arrietty.

– Agora, aquele buraco no dedo... – Pod continuou – ... posso remendá-lo com um pedaço do couro da língua. Consigo remendá-lo bem e da forma correta.

– Não vale o tempo nem a linha! – exclamou Homily. – Quero dizer, é só por algumas noites ou um dia ou dois; não é como se fôssemos *morar* em uma bota – ela observou, com uma risada debochada.

Pod ficou silencioso por um minuto e depois disse, bem vagarosamente:

– Estive pensando...

– Quero dizer – Homily continuou –, nós realmente sabemos que temos parentes neste campo; embora eu não pudesse chamar uma toca de texugos de um lar adequado, entenda, pelo menos é algum lugar...

Pod lançou um olhar solene:

– Talvez – ele disse, com a mesma voz grave –, mas mesmo assim estou pensando. Estou pensando... – ele continuou – ... parentes ou não parentes, eles ainda são Borrowers, não são? E, entre os seres mundanos, por exemplo, quem alguma vez viu um Borrower? – Ele olhou ao redor de maneira desafiadora.

– Bem, aquele garoto viu – começou Arrietty – e...

– Ah... – disse Pod. – Por sua causa, Arrietty, que não era nenhuma Borrower, que nem mesmo tinha aprendido a pegar emprestado... Que foi lá e falou com ele... Foi atrás dele, sem nenhuma preocupação... Não dá para acreditar! Isso porque eu lhe disse exatamente o que aconteceria: caçados, eu disse que seríamos, por gatos ou caçadores de ratos... por policiais e tudo! Agora, eu estava certo ou não estava?

– Você estava certo – disse Arrietty –, mas...

– Chega de "mas" – disse Pod. – Eu estava certo. E, se eu estava certo naquele momento, também estou certo agora. Entendeu? Estou pensando e o que estou pensando está certo; e, desta vez, não vai haver nenhuma tolice sua. Nem da sua mãe.

– Não haverá nenhuma tolice de minha parte, Pod – disse Homily com uma voz de devoção.

– Agora – disse Pod –, isto é o que me incomoda: os seres mundanos são muito altos e se movem rapidamente; quando se é mais alto, pode-se enxergar mais longe... vocês estão me entendendo? O que eu quero dizer é: se, com as vantagens que tem, um ser mundano nunca pode encontrar um Borrower... até vou mais longe para dizer que eles não acreditam que os Borrowers *existam*; por que nós, os Borrowers, que somos mais baixos e nos movemos mais lentamente, se comparados a eles, temos esperança de fazer muito melhor? Morar em uma casa, vamos dizer, com várias famílias... Bem, é claro, nós nos conhecemos; faz sentido: fomos criados juntos. Mas, em um campo, em um lugar estranho como este, e isto é o que me parece, Borrowers se escondem de Borrowers.

– Minha nossa! – Homily exclamou, chateada.

– Nós não nos movemos "lentamente", na verdade – disse Arrietty.

– Comparados a eles, eu disse. Nossas pernas se movem *rápido o bastante*, mas as deles são mais longas. Veja o pedaço de chão que eles conseguem cobrir. – Ele se dirigiu a Homily. – Mas não fique chateada. Não estou dizendo que não encontraremos os Hendrearies; talvez nós consigamos... muito em breve. Ou, de qualquer modo, antes do inverno...

– O inverno... – suspirou Homily com uma voz aflita.

– Mas nós temos que planejar – prosseguiu Pod – e agir como se não existisse uma toca de texugos. Vocês entendem o que quero dizer?

– Sim, Pod – disse Homily com a voz rouca.

– Eu estive pensando nisso... – ele repetiu. – Aqui estamos nós três, com o que temos nas sacolas, dois grampos de chapéu e uma velha bota: temos que encarar isso. E o mais importante – acrescentou solenemente –, temos que viver de maneira diferente.

– Quão diferente? – Homily perguntou.

– Comida fria, por exemplo. Nada mais de chá. Nada de café. Nós temos que guardar a vela e os fósforos para o inverno. Temos que olhar à nossa volta e ver o que encontramos.

– Nada de lagartas, Pod – suplicou Homily. – Você prometeu! Eu nunca conseguiria comer uma lagarta.

– Nem comerá – disse Pod. – Não se eu puder fazer alguma coisa. Há outras coisas nesta época do ano; muitas. Agora, quero que vocês duas se levantem e vejam como conseguem arrastar esta bota.

– O que você quer fazer? – perguntou Homily, confusa, mas as duas se levantaram, obedientes.

– Veem estes cordões? – perguntou Pod. – São bons e fortes, porque foram lubrificados... impermeabilizados. Agora, cada uma coloque um cordão sobre o ombro e puxe. Virem-se de costas para a bota... assim está bom... e apenas caminhem em frente.

Homily e Arrietty se inclinaram para a frente puxando os cordões, e a bota se moveu com um impacto e deslizou tão rapidamente sobre a grama escorregadia que elas se desequilibraram e caíram; não imaginavam que fosse tão leve.

– Firme! – gritou Pod, correndo na direção delas. – Segurem firme! Vocês conseguem? Para cima... é assim mesmo... firme, firme... está ótimo. Veem como ela vai? – ele comentou quando elas pararam para respirar, tendo arrastado a bota para a margem da grama alta.

– Parece um pássaro! – Homily e Arrietty massagearam os ombros e não disseram nada; elas até deram um leve sorriso, um pálido reflexo do orgulho e do contentamento de Pod. – Agora, sentem-se as duas. Vocês foram ótimas. Vocês vão ver, vai dar certo.

Ele ficou em pé sorrindo para elas enquanto, humildemente, elas se sentaram na grama.

– É assim – ele explicou –, agora há pouco eu falei sobre perigo para você, Arrietty, e é porque, embora devamos ser corajosos (e não há ninguém mais corajoso do que sua mãe quando ela decide), não podemos nunca ser desprecavidos: temos que planejar e manter a cabeça no lugar. Não podemos nos dar ao luxo de desperdiçar qualquer energia, como ao escalar sebes só por divertimento ou coisas do tipo, e não podemos nos dar ao luxo de correr nenhum risco. Temos que fazer nossos planos e segui-los à risca. Entendido?

– Sim – disse Arrietty, e Homily concordou com a cabeça.

– Seu pai está certo – ela disse.

– É preciso ter um objetivo principal – continuou Pod –, e o nosso está aí, já traçado: temos que encontrar a toca de texugos. Agora, como vamos conseguir isso? É um campo grande: levaremos a maior parte do dia para explorar apenas um lado dele, isso sem contar o tempo para verificar os buracos; e nós ficaremos exaustos, isso, sim. Digamos que eu saia sozinho para olhar... Bem, sua mãe não terá um minuto de descanso o dia inteiro até eu estar seguro de volta: nada será tão ruim quanto o que ela puder imaginar. E essa preocupação se estenderia até você, Arrietty. Tudo isso seria desgaste e lágrimas, e não poderíamos permitir que durasse muito tempo. As pessoas ficam bobas quando estão preocupadas demais, se entendem o que eu quero dizer, e é aí que os acidentes acontecem.

"Agora, a minha ideia", Pod prosseguiu, "é a seguinte: nós faremos o nosso caminho, como eu disse na noite passada, a cerca do campo..."

– *Na cerca* – corrigiu Arrietty, falando de uma vez, sem pensar.

– Ouvi o que você disse, Arrietty – observou Pod em voz baixa (ele raramente se magoava com a educação superior dela); há a palavra cerca, com o sentido de "nas imediações", e a cerca "objeto", e eu quero dizer nas imediações mesmo.

– Desculpe-me – murmurou Arrietty, corando.

– Como eu estava dizendo – Pod prosseguiu –, nós faremos o nosso caminho nas imediações – olhou para Arrietty incisivamente – de modo sistemático, explorando as ribanceiras e as sebes, e acamparemos conforme formos seguindo: um dia aqui, um dia ou dois ali, do modo como acharmos conveniente; ou dependendo dos buracos e das tocas. Haverá grandes partes elevadas onde não poderiam existir tocas de texugos; poderemos pular essas, como você diria. Agora, entenda, Homily: não poderíamos fazer isso se estivéssemos em uma casa fixa.

– Você quer dizer – perguntou Homily rispidamente – que nós teremos que arrastar a bota?

– Bom... – disse Pod. – Estava pesada?

– Com todas as nossas coisas nela, ficaria.

– Não sobre a grama – disse Pod.

– E subindo os aclives! – exclamou Homily.

– *Nivele* aqui na parte mais baixa do campo – corrigiu Pod pacientemente – enquanto estiver aumentando; depois, subindo em direção ao topo do campo, ao longo do riacho; ao atravessar, *nivele* novamente; então vem a última de todas as voltas, que nos traz de volta à cerca, e aí é só descida por todo o caminho.

– Humm... – Homily disse sem se convencer.

– Bem – disse Pod –, vamos lá: diga o que você pensa. Estou aberto a sugestões.

– Ai, mãe! – começou Arrietty em uma voz suplicante, e então ficou em silêncio.

– Arrietty e eu vamos ter que arrastar o tempo todo? – perguntou Homily.

– Ora, não seja boba! – disse Pod. – Cada um terá a sua vez, é claro.

– Oh, bem... – suspirou Homily. – O que não tem remédio remediado está.

– Essa é a minha velha garota valente! – disse Pod. – Agora, sobre os mantimentos: *comida!* – ele explicou enquanto Homily olhava confusa. – É melhor nós nos tornarmos vegetarianos, pura e simplesmente, de uma vez por todas, sem fazer corpo mole para isso.

– Não sobrará corpo para fazer isso – observou Homily, inflexível. – Não se nos tornarmos vegetarianos.

– As castanhas estão aparecendo – disse Pod. – Haverá algumas quase maduras naquele canto protegido ali embaixo, e suculentas. Diversas frutas: amoras, morangos silvestres... Muita salada, muitos dentes-de-leão, digamos, e muitos trevos. Há ainda restos da colheita naquele campo de trigo do outro lado da cerca. Nós conseguiremos; o negócio é que vocês têm que se acostumar com isso. Não adianta morrer de desejo por presunto cozido, rissoles de frango e esse tipo de alimentos. Agora, Arrietty – ele continuou –, já que você está tão interessada em escalar a sebe, seria melhor você e sua mãe saírem e colherem algumas castanhas para nós. O que você acha, hein? E eu voltarei um pouco aos remendos. – Ele olhou para a bota.

– Onde encontramos as castanhas? – perguntou Arrietty.

– Lá, a cerca de meio caminho daqui. – Pod apontou para um espessamento verde-claro na sebe. – Antes de chegar à água. Você sabe lá, Arrietty, e as arremessa para baixo para sua mãe recolhê-las. Eu vou descer e me encontrar com vocês mais tarde, porque teremos que cavar um buraco.

– Um buraco? Para quê? – perguntou Arrietty.

– Não vamos conseguir carregar essas castanhas pesadas por aí – explicou Pod. – Não em uma bota deste tamanho. Onde quer que encontremos provisões, teremos que arranjar um esconderijo e marcá-lo para o inverno.

– O inverno... – gemeu Homily baixinho.

Entretanto, enquanto Arrietty ajudava a mãe pelos difíceis lugares na vala do terreno (que, como era rasa, bem drenada e razoavelmente protegida, poderia ser usada como uma estrada), sentiu-se mais próxima de Homily do que já tinha se sentido havia anos: mais como uma irmã, como concluiu.

– Oh, veja! – gritou Homily quando avistaram uma flor escarlate de morrião; ela se abaixou e colheu-a pela haste fina como alfinete de cabelo. – Não é adorável? – perguntou com uma voz meiga; tocando as pétalas frágeis com o dedo marcado pelo trabalho, prendeu-a na abertura da blusa. Arrietty, por sua vez, encontrou uma delicada prímula azul-clara e a colocou em seu cabelo; e, de repente, o dia começou a parecer um feriado. "Flores feitas para Borrowers", ela pensou.

Finalmente, elas chegaram à parte das castanhas na sebe.

– Ah, Arrietty! – exclamou Homily, atônita com os ramos que se espalhavam, em uma mistura de orgulho e medo. – Você nunca conseguirá subir lá...

Mas Arrietty conseguiu: ela se sentiu maravilhada por exibir sua habilidade de escalar. Como um operário, ela tirou a blusa de lã, pendurou-a em um cacho de cardos verde-acinzentados, esfregou as palmas das mãos (na frente de Homily não gostava de cuspir nelas) e escalou a sebe.

Homily observava, lá de baixo – as mãos cruzadas apertadas contra o coração –, como as folhas distantes tremiam e balançavam quando Arrietty, invisível, subia por dentro delas.

– Você está bem? – ficava perguntando.
– Oh, Arrietty, veja se toma mesmo cuidado.

Imagine se você caísse e quebrasse uma perna? – E, depois de alguns instantes, as castanhas começaram a descer, e a pobre Homily, bombardeada, corria para lá e para cá em seus esforços ofegantes para apanhá-las.

Não que elas fossem tão velozes para serem realmente perigosas. É que colher as avelãs não era tão fácil como Arrietty tinha imaginado, por um simples motivo: ainda era um pouco cedo na estação, e elas não estavam maduras o suficiente; cada uma estava envolta no que, para Arrietty, parecia uma dedaleira verde e sólida presa firmemente à árvore. Era bastante esforço, até ela aprender o truque de dar um rápido tranco para soltar os cachos. E o pior: até para alcançá-los não era fácil; precisava escalar, balançar-se ou ficar na ponta de uma perigosa parte flexível do galho (mais tarde, Pod lhe fez, com um pedaço de chumbo, um barbante e uma raiz de trevo flexível, uma espécie de cassetete pendente, com o qual ela podia acertá-las para baixo); mas ela perseverou e logo surgiu uma quantidade considerável delas na vala, organizadamente alinhadas pela perspicaz Homily.

– Isso será suficiente para agora! – Homily gritou quase sem ar depois de um tempo. – Não apanhe mais ou seu pobre pai nunca conseguirá cavar todo o buraco. – E Arrietty, suada e desgrenhada, com o rosto arranhado e as mãos doendo, desceu agradecida. Jogou-se inteira sobre a sombra salpicada de uma moita de umbelífera[8] e reclamou estar com sede.

– Bem, há água mais adiante; pelo menos é o que seu pai diz. Você acha que consegue andar até lá?

É claro que Arrietty conseguiria andar até lá. Poderia estar cansada, mas estava determinada a conservar esse espírito de aventura recém-encontrado em sua mãe. Ela apanhou a blusa e seguiram ao longo da vala.

O sol estava mais alto agora e a terra, mais quente. Elas chegaram a um lugar onde alguns besouros estavam comendo uma toupeira morta havia tempos.

– Não olhe – disse Homily, apressando o passo e evitando olhar, como se fosse um acidente na rua.

Mas Arrietty, de forma mais prática, disse:

---

8. Arbusto com folhas aromáticas. (N. T.)

– Mas, quando eles terminarem, talvez possamos pegar a pele. Ela pode ser útil... – apontou – ... para o inverno.

– O inverno... – suspirou Homily. – Você diz isso para me atormentar! – acrescentou, em uma repentina explosão de raiva.

O riacho, quando o alcançaram, parecia menos um riacho do que uma pequena lagoa límpida, perturbada, quando elas se aproximaram, por várias esguichadas de água e círculos prateados dos sapos que, assustados, mergulhavam. Ele corria sinuoso, saindo de uma espessa floresta além da sebe, e atravessando o canto do campo havia se espalhado em pequenos pântanos de agrião, lama e trilhas com profundas pegadas de gado. No lado mais distante do riacho, o campo era demarcado não por um entroncamento de sebes, mas por várias estacas manchadas por míldios, fungos parasitas, com arames enferrujados lançados sobre as águas; além dessa frágil barreira, os troncos sombreados das árvores da floresta pareciam se amontoar e olhar furiosos, como se quisessem atravessar correndo a faixa de água para o lado ensolarado. Arrietty viu um empoeirado nevoeiro de malmequeres e, aqui e ali, um junco solitário; as beiradas secas das pegadas de gado eram preenchidas com charcos de água cruzados por canais, e havia uma deliciosa fragrância de limo levemente temperada com hortelã. Correntes sinuosas e ligeiras de límpidas ondulações quebravam a quietude da superfície – que refletia o céu – da miniatura de lago. Arrietty achava muito bonito e estranhamente emocionante; ela nunca tinha visto tanta água antes.

– Agrião – anunciou Homily em uma voz desanimada. – Vamos apanhar um pouco para chá...

Elas seguiram ao longo dos sulcos provocados pelas crateras deixadas pelas vacas cujas fossas escuras de água estagnada refletiam o céu sem nuvens. Arrietty, inclinando-se sobre elas, viu sua própria imagem clara e nitidamente focada contra o belo azul, mas estranhamente inclinada e, de alguma forma, de cabeça para baixo.

– Cuidado para não cair aí dentro, Arrietty – alertou Homily. – Você só tem uma troca de roupa, lembra? Sabe – ela continuou em uma voz interessada, apontando para o junco –, eu poderia ter usado um desses em nossa antiga casa, sob a cozinha. Teria sido ótimo para limpar o cano da chaminé. Imagine que seu pai nunca pensou nisso... E não beba ainda – aconselhou Homily –, espere até chegarmos à água corrente. O mesmo em relação ao agrião: você não deve pegar onde a água está estagnada. Nunca se sabe o que se poderia encontrar.

Finalmente, elas acharam um lugar onde seria possível beber: um sólido pedaço de tronco, preso firmemente na lama e estendendo-se na direção do riacho, formava uma espécie de plataforma ou píer rudimentar. Era cinza, nodoso e parecia um crocodilo aquecendo-se ao sol. Arrietty esticou-se sobre a superfície, que parecia de cortiça, e, colocando as mãos em concha, tomou longos goles de água fresca. Homily, depois de alguma hesitação e de ajeitar a saia, fez o mesmo.

– Pena – ela observou – que não temos nem uma jarra nem um balde ou algum tipo de garrafa, porque poderíamos estocar um pouco de água na bota...

Arrietty não respondeu; ela observava alegremente desde a corrente da água da superfície até as profundezas.

– Vegetarianos podem comer peixe? – ela perguntou após alguns instantes.

– Não sei ao certo – disse Homily. – Teremos que perguntar ao seu pai. – Então a cozinheira em Homily reapareceu: – Há algum? – perguntou, um tanto faminta.

– Muitos... – Arrietty murmurou, sonhadora, contemplando as alterações na profundidade. "O riacho", pensou, "parece estar suavemente vivo." – Mais ou menos do tamanho do meu antebraço. E algumas coisas invisíveis – ela acrescentou –, como camarões.

– O que você quer dizer com *invisíveis*? – Homily perguntou.

– Bem – explicou Arrietty com a mesma voz fascinada –, quero dizer que se pode ver através delas. E algumas coisas pretas – ela continuou – como bolhas de veludo em crescimento.

– Sanguessugas... não é de se admirar – observou Homily com um pequeno arrepio, e acrescentou duvidosa, depois de pensar por um momento. – Talvez ficasse bom cozido.

– Você acha que o papai poderia fazer uma rede de pesca? – perguntou Arrietty.

– Seu pai pode fazer qualquer coisa – Homily assegurou lealmente. – Não importa o quê; você só tem que dizer o nome.

Arrietty deitou-se quieta por alguns instantes, parecendo cochilar sobre o ensolarado pedaço de tronco, e, quando finalmente falou, Homily deu um pulo assustada: ela também, sonolenta por um momento naquela tranquilidade, tinha começado a relaxar. "Nunca faça isso", pensou: "cair no sono em uma tora como esta: você pode cair na água!" E despertou a si própria estirando-se e piscando os olhos rapidamente.

– O que você disse, Arrietty? – perguntou.

– Eu disse – Arrietty continuou depois de um momento, com uma voz preguiçosa de sonolência (ela falou como se também tivesse estado sonhando) – não poderíamos trazer a bota aqui para baixo? Bem ao lado da água?

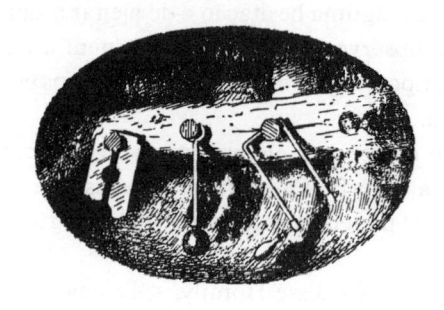

•• CAPÍTULO OITO ••

"A CASA DE CADA HOMEM É SEU CASTELO."
O grande incêndio de Londres começou em 1666.
[*Extraído do* Minidiário de provérbios *de Arrietty, 19 de março*]

E foi justamente o que fizeram. Pod, depois de consultado, vistoriou o terreno, pesou prós e contras e, bastante convencido, como se a ideia tivesse sido sua, decidiu que deveriam mover o acampamento. Escolheriam uma região mais adiante ao longo da sebe e tão próxima do córrego quanto fosse seguro.

– Homily pode lavar as coisas. Vai precisar de água... – ele anunciou, embora bastante defensivamente, como se tivesse acabado de pensar naquilo. – E eu *posso* providenciar uma rede de pesca.

A bota, embora completamente cheia, deslocou-se com bastante facilidade pela vala rasa quando os três a puxaram como uma carroça. O local que Pod tinha escolhido era uma plataforma ou abrigo no meio da subida da íngreme ribanceira abaixo da sebe.

– Precisamos mantê-la um pouco alta – ele explicou (enquanto, para deixá-la mais leve para o reboque, eles esvaziavam a bota na vala) –, diante de uma chuva como a que tivemos na noite passada e com o riacho tão perto. Vocês têm que se lembrar – continuou, escolhendo uma ferramenta afiada – daquela inundação que tivemos em casa quando a caldeira de vapor se rompeu.

– O que você quer dizer – desdenhou Homily – com "têm que se lembrar"? Além de tudo, a água estava escaldante. – Ela endireitou as costas e contemplou o declive da região.

Foi bem escolhido: uma espécie de castelo, como Arrietty chamara, no qual viveriam na masmorra – mas, no caso deles, a masmorra mais parecia uma alcova, aberta à luz do sol e ao ar. Um grande carvalho, antes pertencente à sebe, havia sido cerrado na base; sólido e circular, situava-se acima da ribanceira, onde a sebe afinava: como o apoio de uma fortaleza, as raízes espalhavam-se abaixo, parecendo pilares flutuantes. Algumas delas não estavam mortas o bastante e esparramavam, aqui e ali, uma sucessão de brotos como miniaturas de carvalhos. Um desses rebentos se projetou sobre o refúgio deles, formando uma sombra sarapintada de luz do sol na entrada. A parte de baixo de uma raiz grande formava o teto da alcova, e outras raízes menores apoiavam as paredes e o chão. Vieram a calhar, Pod observou, como suportes e prateleiras.

Agora ele estava ocupado (enquanto a bota ainda permanecia na vala) extraindo alguns pregos do calcanhar.

– É uma pena... – comentou Homily enquanto ela e Arrietty separavam os pertences para o transporte antecipado. – Você vai perder todo o salto...

– De que adianta o salto para nós? – perguntou Pod, transpirando com o esforço. – Não vamos calçar a bota, e eu preciso dos pregos – acrescentou com firmeza.

O topo achatado do tronco da árvore seria útil como local de vigia, para alvejar as roupas e secar ervas e frutas, concluíram. Ou para triturar trigo. Pediram para Pod fazer buracos de apoio para o pé no tronco a fim de facilitar a escalada. (Isso ele fez mais tarde e, anos depois, esses buracos foram considerados, pelos naturalistas, trabalho do grande pica-pau-malhado.)

– Temos que cavar um esconderijo para estas avelãs – observou Pod, endireitando as costas doloridas –, mas é melhor deixar primeiro tudo ajeitado aqui e arrumado para dormir, como vocês costumam dizer. Então, depois de cavar, poderemos vir para casa direto para a cama.

Sete pregos, Pod deduziu, seriam suficientes para o momento (foi um trabalho duro extraí-los). A ideia havia surgido para ele quando remendava o furo do dedo na bota. Até então, ele só tinha trabalhado com os tipos de couro mais macios para luvas, e sua pequena agulha de sapateiro era frágil demais para perfurar a pele dura da bota. Usando o badalo de campainha elétrica como martelo, ele fez (com a ajuda de um prego) uma fileira de furos emparelhados – na própria bota e na língua dela, que serviria para vedá-la; depois, tudo o que teve que fazer foi costurá-los com um pouco de barbante.

Pelo mesmo processo, perfurou alguns orifícios na altura do tornozelo da bota, de modo que pudessem, se necessário, amarrá-la à noite, da mesma forma como os campistas fecham a borda de uma barraca.

Não demoraram muito para arrastar a bota vazia pela ribanceira, mas encaixá-la firmemente na posição correta embaixo da raiz principal do abrigo foi complicado e custou-lhes um bom tempo em manobras. Finalmente, estava pronto – e saíram ofegantes, mas aliviados.

A bota ficou posicionada de lado, a sola contra a parede dos fundos e o tornozelo para fora, de maneira que, se fossem perturbados durante a noite, poderiam localizar o intruso que se aproximasse e, ao acordar pela manhã, receberiam o sol do alvorecer.

Pod cravou uma série de pregos ao longo de uma raiz que servia de prateleira na parede direita do abrigo (a parede esquerda estava quase totalmente tomada pela bota), na qual pendurou suas ferramentas: a meia tesoura, o arco de serra infantil, o badalo de campainha e o pedaço de lâmina de barbear.

Acima dessa prateleira havia uma cavidade arenosa que Homily poderia usar como despensa: ela adentrava profundamente a parede.

Quando Pod colocou o alfinete de chapéu maior em um lugar de importância estratégica perto da abertura do abrigo (o menor deveria ficar na bota, Pod disse, para o caso de alarmes durante a noite), eles acharam que tinham resolvido as necessidades mais importantes do momento e, embora cansados, sentiram uma agradável sensação de realização e de esforço bem gasto.

– Ai, minhas costas! – exclamou Homily com as mãos na região lombar. – Vamos simplesmente ficar sentados por um momento, Pod, e apreciar a vista.

E valeu a pena ficar olhando o entardecer: eles podiam enxergar bem todo o campo. Um faisão saiu voando do distante grupo de árvores e bateu as asas para longe à esquerda.

– Não podemos ficar sentados por muito tempo – disse Pod, depois de uns instantes. – Temos que cavar aquele esconderijo.

Exaustos, pegaram a meia tesoura e uma sacola de empréstimo, para alguma coisa que pudessem ver no caminho, e desceram a ribanceira.

– Não se preocupe – Pod confortou Homily durante a caminhada ao longo da vala –, poderemos ir direto para a cama depois. E você não terá que cozinhar – lembrou-lhe.

Homily não ficou confortada. Tanto quanto cansada, ela percebeu de repente que estava sentindo muita fome; "mas não de avelãs", refletiu de mau humor.

Quando alcançaram o local e Pod removeu os primeiros gramados para atingir o solo (eram, para ele, grandes moitas, como arrancar arbustos dos pampas), Homily se reanimou um pouco, determinada a cumprir sua parte: estava sendo uma ajudante corajosa nesse dia. Ela nunca havia cavado antes, mas a possibilidade a entusiasmou ligeiramente. Coisas estranhas são possíveis nesse estranho mundo, e ela poderia (nunca se sabe) descobrir um novo talento.

Tiveram que realizar isso em turnos com a metade da tesoura. ("Não se preocupem", Pod disse-lhes. "Amanhã começarei a montar para nós algumas pás.")

Homily gritou quando encontrou a primeira minhoca: era do tamanho dela – talvez maior, ela notou, quando a última parte apareceu se retorcendo.

– Pegue-a! – gritou Pod. – Ela não vai machucar você. Você tem que aprender. – E, antes que Arrietty (que também não era muito chegada a minhocas) pudesse se oferecer para ajudar, viu sua mãe, com a expressão decidida e os músculos tensos, agarrar a criatura que se contraía e atirá-la alguns metros longe do buraco, onde agradecidamente escapou, contorcendo-se pela grama.

– Era pesada – Homily observou (seu único comentário) enquanto voltava ao seu trabalho de escavar; mas Arrietty achou que ela parecia um pouco pálida. Depois da terceira minhoca, Homily ficou um pouco truculenta: lidou com o animal com a frieza profissional de um experiente encantador de serpentes, parecendo quase entediada. Arrietty ficou muito impressionada. Mas foi uma história diferente, entretanto, quando sua mãe cavou uma lacraia: dessa vez Homily não apenas gritou, como também saiu correndo, segurando a saia, ladeira acima, onde ficou parada em uma pedra achatada falando sozinha. Só concordou em voltar quando Pod, cutucando a sinuosa criatura com a ponta da tesoura, mandou-a correndo, irritada, em direção aos "arbustos".

Eles levaram algumas avelãs para casa para a ceia, além de vários morangos silvestres e uma ou duas folhas de agrião, lavadas na água fria, o que possibilitou uma refeição adequada, embora desanimadora. Parecia que faltava alguma coisa; um pedaço de um biscoito digestivo teria sido agradável ou uma boa xícara de chá quente. Mas o último pedaço de biscoito, Homily decidiu, deveria ser guardado para o café da manhã e o chá (Pod havia ordenado), apenas para celebrações e emergências.

Mas eles dormiram bem mesmo assim; e sentiram-se seguros sob a raiz protetora, com a bota amarrada em frente. Era meio sufocante, talvez, mas estavam muito menos incomodados pela falta de espaço, uma vez que vários de seus pertences poderiam ser guardados fora, agora, no anexo arenoso e cheio de raízes.

•• CAPÍTULO NOVE ••

"O QUE SEMEARMOS COLHEREMOS."
Oliver Cromwell, protetor da Inglaterra, falecido em 1658.
[*Extraído do* Minidiário de provérbios *de Arrietty, 3 de setembro*]

— Bem, hoje — disse Pod no café da manhã seguinte — é melhor sairmos para apanhar trigo. Existe uma colheita em um campo de cereais mais adiante. É bom ter avelãs e frutas — ele prosseguiu —, mas, para o inverno, precisaremos de pão.

— O inverno? — afligiu-se Homily. — Nós não ficamos de procurar a toca de texugos? E — ela prosseguiu — quem vai triturar os grãos?

— Você e Arrietty não poderiam? — perguntou Pod. — Entre duas pedras.

— Daqui a pouco você vai nos pedir para acender uma fogueira esfregando dois pauzinhos — resmungou Homily. — E como você acha que eu faço pão sem um fogão? E o fermento? Agora, se você me perguntar — ela continuou —, nós não queremos apanhar trigo e tentar fazer pão e toda essa maluquice; o que queremos é colocar algumas castanhas nos bolsos, colher as frutas que encontrarmos no caminho e dar uma boa procurada nos Hendrearies.

— Como você quiser — concordou Pod após um momento, dando um profundo suspiro.

Eles arrumaram as coisas do café, colocaram os pertences mais preciosos dentro da bota e a amarraram cuidadosamente, tomando em seguida o rumo da colina além da água, ao longo da sebe que se estendia em ângulos retos até a ribanceira onde tinham passado a noite.

Foi uma caminhada cansativa e sem rumo. A única aventura deles foi ao meio-dia, quando descansavam depois de um almoço frugal de amoras passadas encharcadas de chuva. Homily, deitada de costas à ribanceira, com os olhos pesados de sono fixos no espaço entre uma pedra e um tronco, viu o chão começar a se mexer: ele se movimentava próximo ao espaço, em um limitado, mas constante, fluxo.

— Oh, minha nossa, Pod! — ela suspirou depois de observar por um momento para ter certeza de que não se tratava de uma ilusão de ótica. — Você está vendo o que eu estou vendo? Lá, perto do tronco!

Pod, seguindo a direção dos olhos dela, não disse nada imediatamente, e, quando o fez, mal saiu um sussurro.

— Sim... – ele disse, parecendo hesitar. – É uma cobra.
– Oh, minha nossa... – suspirou Homily novamente em uma voz tremida, e o coração de Arrietty começou a bater forte.
– Não se mexam – sussurrou Pod, os olhos atentos à ondulação contínua; parecia não haver fim: a cobra ia se arrastando e se arrastando e se arrastando (a menos que isso acontecesse, como Arrietty pensou depois, porque o próprio Tempo seguia mais devagar em um momento de perigo, como se dizia), mas, bem no momento em que eles acharam que não aguentariam mais a visão, a cauda passou chicoteando.
Eles respiraram aliviados.
– O que era aquilo, Pod? – perguntou Homily com a voz fraca. – Uma víbora?
– Uma cobra-de-capim, eu acho – Pod disse.
– Ah! – exclamou Arrietty, com uma pequena risada de alívio. – Elas são inofensivas.
Pod fitou-a seriamente; sua cara cor de groselha ficou mais molenga do que o normal.
– Para os humanos – ele disse lentamente. – E, além disso – acrescentou –, não se pode conversar com cobras.
– Pena que não tenhamos trazido nenhum alfinete de chapéu – observou Homily.
– De que adiantaria isso? – perguntou Pod.
Por volta da hora do chá (brotos de roseira dessa vez; já estavam enjoados de amoras encharcadas), eles descobriram, para a própria surpresa, que estavam a mais da metade do caminho do terceiro lado do campo. Tinham caminhado muito mais do que procurado:

nenhuma parte do território percorrido até esse ponto poderia ter abrigado os Hendrearies, muito menos uma colônia de texugos; à medida que subiam ao lado da sebe, a ribanceira ia se tornando mais baixa, até que, ali, onde se sentaram desanimados, mascando brotos de roseira, havia desaparecido completamente.

– Agora está quase tão longe voltar pelo mesmo caminho em que viemos quanto terminar de dar a volta no campo – disse Pod. O que você acha, Homily?

– É melhor terminarmos de dar a volta, então – Homily disse rouca, com uma semente peluda de broto de roseira entalada na garganta. Ela começou a tossir. – Pensei que você tivesse dito que as tinha limpado – reclamou para Arrietty, quando conseguiu recuperar o fôlego.

– Devo ter esquecido de uma – disse Arrietty. – Desculpe-me. – E passou à mãe a outra metade do fruto, recém-lavada na água corrente; ela tinha gostado bastante de abrir as esferas escarlate foscas e cavar o ninho dourado lotado com sementes; também gostou do sabor dos frutos em si: tinham gosto, concluiu, de cascas de maçã cobertas de mel com uma pitada de pétalas de rosa.

– Bem – disse Pod, pondo-se de pé –, é melhor irmos andando.

O sol estava se pondo quando alcançaram o quarto e último lado do campo, onde a sebe projetava um tapete irregular de sombra. Por entre um vão nos ramos escuros, eles podiam ver um reflexo de luz dourada em um mar de restolho[9] da colheita.

– Já que estamos aqui – sugeriu Pod em pé, olhando para o vão –, e que boa parte do caminho de volta agora é descida, que mal há em uma ou duas espigas de trigo?

– Nenhum – disse Homily, exausta –, desde que elas saiam sozinhas do lugar e nos sigam.

– O trigo não é pesado – argumentou Pod. – Não demoraria nada se colhêssemos algumas espigas...

Homily suspirou. Ela é que havia sugerido essa excursão, afinal. Se tinha começado, iria até o fim, decidiu languidamente.

– Como quiser... – disse, resignada.

Assim, eles escalaram a sebe, atravessando-a na direção da plantação de trigo.

---

9. Palha que resta no campo depois da colheita. (N. T.)

E de um mundo estranho (como pareceu a Arrietty), nem um pouco semelhante à Terra: o restolho dourado, iluminado pelo sol do entardecer, formava fileiras que mais pareciam uma floresta arruinada e sem cor; cada talo lançava, separadamente, uma longa sombra, e todas as sombras juntas, penteadas pelo sol na mesma direção, permaneciam paralelas – um cruzamento bizarro de negro e dourado que chicoteava a cada passo dado. Entre os talos, na terra seca polvilhada de palha, morriões escarlate cresciam aos montes, e aqui e ali havia espigas de trigo maduras.

– Peguem algumas com uma parte do talo também – Pod advertiu. – Fica mais fácil de carregar.

A luz era tão estranha nessa floresta destruída e de projeções fantasmagóricas que, de vez em quando, Arrietty parecia perder os pais de vista, mas, quando se via em pânico, encontrava-os novamente bem próximos, listrados como zebras pelo sol e pelas sombras.

Por fim, não conseguiam carregar mais, e Pod teve compaixão; eles se reuniram em seu lado da sebe, cada qual com duas espigas de trigo, carregadas de cabeça para baixo por pequenos pedaços dos talos. Arrietty se lembrou de Crampfurl, na grande casa antiga, passando pelas grades com cebolas para a cozinha; elas eram amarradas em cordões e se pareciam muito com esses grãos de trigo, mais ou menos na mesma proporção.

– Você consegue dar conta disso tudo? – Pod perguntou ansioso a Homily, enquanto ela ia descendo à frente.

– Será mais fácil eu carregar isso novamente do que moer – retrucou Homily asperamente, sem olhar para trás.

– Não deve haver nenhuma toca de texugos deste lado – arquejou Pod (ele levava a carga mais pesada), vindo ao lado de Arrietty. – Não com toda essa lavra, a semeadura, cachorros, homens, cavalos, ancinhos e o que quer que tenha havido mais...

– Onde poderia haver uma, então? – Arrietty perguntou, baixando seu trigo por um momento para descansar as mãos. – Já estivemos por toda parte.

– Há apenas um local para olhar agora – disse Pod –, as árvores no meio. – Em pé sob a sombra profunda, ele fitou a extensão da pastagem. Sob essa luz, o campo ficava muito parecido com o que haviam visto naquele primeiro dia (poderia ser apenas o dia anterior a este?). Mas, desse ângulo, eles não podiam ver a trilha de sombra obscura lançada pela ilha de árvores.

– O campo aberto... – disse Pod, admirado. – Sua mãe nunca o percorreria.

– Eu poderia ir – disse Arrietty. – Eu gostaria de ir...

Pod ficou em silêncio.

– Preciso pensar – disse, depois de um tempo. – Vamos, moça. Pegue suas espigas; do contrário, não chegaremos antes de escurecer.

Eles não chegaram. Ou melhor, a escuridão era grande ao longo da extensão do fosso onde estavam morando e estava quase completamente escuro quando chegaram em frente à toca. Mas, mesmo à meia-luz, de repente parecia haver alguma coisa aconchegante e com clima de lar ao avistarem a bota enlaçada.

Homily se atirou à base do aclive, entre seus ramos de trigo.

– Só uma pausa – ela explicou fracamente – antes da próxima subida.

– Não se apresse – disse Pod. – Eu vou na frente e desfaço o laço.

Meio sem fôlego, arrastando suas espigas de trigo, ele começou a subir a ribanceira. Arrietty o seguiu.

– Pod – chamou Homily da escuridão abaixo, sem se virar –, sabe de uma coisa?

– O quê? – ele perguntou.

– Foi um longo dia – ela disse. – Que tal se esta noite tomássemos uma bela xícara de chá?

– Você é quem sabe – disse Pod, desenlaçando o topo da bota e analisando cuidadosamente o seu interior. Ele gritou para ela lá embaixo: – O que consumirmos agora não poderemos consumir mais tarde. Arrietty, você pode trazer a meia tesoura? Está em um prego no depósito. – Depois de um momento, acrescentou, impaciente: – Ande logo. Não é para levar o dia todo; está bem à mão.

– Não está – veio a voz de Arrietty, um pouco depois.

– O que você quer dizer com "não está"?

– Não está aqui. Mas todo o resto está.
– Não está!... – exclamou Pod incredulamente. – Espere um minuto; deixe que *eu* vou olhar.

As vozes deles soavam abafadas para Homily, que escutava lá de baixo; ela ficou pensando sobre o que era a confusão.

– Alguém ou alguma coisa andou perambulando por aqui – ela ouviu Pod dizer, depois do que pareceu uma pausa aflita; e, carregando as espigas de trigo, Homily escalou a ribanceira aos tropeções: uma subida difícil à meia-luz.

– Pegue um fósforo, sim? – Pod pediu com uma voz preocupada. – E acenda a vela. – E então Arrietty andou pela bota à procura dos palitos de cera.

Conforme o pavio acendeu sem força, bruxuleou e, depois, intensificou e firmou a chama, o pequeno espaço, meio caminho acima da ribanceira, iluminou-se como uma cena em um palco; sombras estranhas se projetaram nas paredes arenosas do anexo. Pod, Homily e a pequena Arrietty davam a impressão de ser curiosamente irreais quando passavam para lá e para cá, como personagens em uma peça. Lá estavam as sacolas de empréstimos, empilhadas de maneira organizada como Pod as havia deixado, as bocas amarradas com barbantes; as ferramentas continuavam penduradas na raiz-prateleira e, recostando-se ao lado deles – exatamente do jeito que Pod havia deixado naquela manhã –, a cabeça de cardo púrpura com a qual havia varrido o chão. Ele ficou ali parado, o rosto pálido sob a luz da vela, a mão sobre um prego vazio.

– Estava aqui – Pod foi dizendo, dando tapinhas no prego –, foi onde eu a deixei.

– Oh, minha nossa! – exclamou Homily, depositando no chão suas espigas de trigo. – Vamos tentar olhar novamente. – Ela puxou as sacolas de empréstimos para o lado e examinou o espaço atrás delas. – E você, Arrietty – ordenou –, pode procurar na parte de trás da bota?

Mas não estava lá, do mesmo modo como, segundo descobriram de repente, faltava o alfinete de chapéu maior.

– Nada, a não ser duas coisas – Pod ficava dizendo com voz preocupada, enquanto Homily, pela terceira ou quarta vez, conferiu o conteúdo da bota.

– Com o alfinete de chapéu menor está tudo certo – ela repetia –, ainda o temos. Veja, nenhum animal poderia desfazer o laço da bota...

— Mas que tipo de animal — Pod perguntou exaustivamente — pegaria a metade de uma tesoura?

— Uma pega?[10] — sugeriu Arrietty. — Se a tesoura estivesse meio que refletindo...

— Talvez — disse Pod. — Mas e o alfinete de chapéu? Não consigo imaginar a ave carregando os dois objetos. Não — ele prosseguiu, pensativo —, não parece, para mim, ser o caso de nenhuma pega, assim como de nenhum outro tipo de ave. E também de nenhum animal, se considerarmos essa possibilidade. Eu também não diria que se trata de nenhum ser humano. Um ser humano, normalmente, ao encontrar um buraco como este, destrói o lugar todo. Meio que chutam com os pés; vão andando antes de pegar alguma coisa nas mãos. A mim me parece mais — concluiu — algo no estilo de um Borrower.

— Oh! — gritou Arrietty. — Então nós os encontramos!

— Encontramos o quê? — perguntou Pod.

— Os primos... Os Hendrearies...

Pod ficou em silêncio durante algum tempo.

— Talvez — ele disse, preocupado mais uma vez.

— Talvez! — arremedou Homily, irritada. — Quem mais poderia ser? Eles moram neste campo, não moram? Arrietty, ponha um pouco de água para ferver... boa menina... não vamos desperdiçar a vela.

— Agora, vejam bem... — começou Pod.

— Mas não podemos segurar a tampa de metal — interrompeu Arrietty — sem o cabo da tesoura.

— Ai, meu santo! — reclamou Homily. — Use a cabeça e pense em alguma coisa! E se nós nunca tivéssemos tido uma tesoura? Amarre um pedaço de barbante em volta da tampa e pendure-a sobre a chama com a ajuda de um prego ou de um pedaço de raiz ou de outra coisa... O que estava dizendo, Pod?

— Eu disse que temos de ter cuidado com o chá; é isso. Nós só pretendíamos usar chá para celebrar ou para o que você chamaria de um caso de séria emergência.

— Bem, nós estamos, não?

— Estamos o quê? — perguntou Pod.

---

10. Ave da família dos corvos conhecida por apanhar e armazenar objetos brilhantes. (N. T.)

– Celebrando. Parece que encontramos o que viemos procurar.

Pod deu uma olhada inquieta para Arrietty, que, no canto mais distante do anexo, estava ocupada amarrando um barbante em volta da borda saliente da tampinha rosqueada.

– Não é bom tirar conclusões precipitadas, Homily – ele a alertou, baixando o tom de voz. – Dizer que se trata de um dos Hendrearies... Tudo bem, então por que eles não deixaram um aviso ou um sinal ou ficaram um pouco aqui esperando por nós? O Hendreary conhece nossas posses muito bem: aquele livro de provérbios da Arrietty, por exemplo; na maioria das vezes, ele o viu em nossa casa sob a cozinha...

– Não sei aonde você quer chegar – Homily declarou com uma voz confusa, observando Arrietty com ansiedade enquanto ela suspendia cautelosamente a tampinha de remédio, a partir de uma raiz sobre a vela. – Cuidado! – gritou. – Não vá queimar o barbante.

– Quero chegar no seguinte – explicou Pod –: digamos que você olhe para a tesoura como uma lâmina, ou uma espada, como você diria, e para o alfinete de chapéu como uma lança, ou uma adaga. Bem, quem quer que as tenha pegado o fez com a intenção de se armar; entende o que quero dizer? E nos deixou desarmados.

– Nós ainda temos o outro alfinete de chapéu – Homily disse em um tom preocupado.

– Talvez – disse Pod –, mas ele não sabe disso. Entende o que quero dizer?

– Sim – sussurrou Homily, quase calada.

– Faça o chá, se você quer – Pod continuou –, mas eu não chamaria de celebração. Não ainda, de qualquer forma.

Triste, Homily lançou os olhos na direção da vela; acima da tampa de remédio (ela notou, desejosa) já subia um pouco de vapor.

– Bem – ela começou, e hesitou, para de repente parecer ter se iluminado –, dá no mesmo.

– O que você quer dizer com isso? – perguntou Pod.

– Sobre o chá – explicou Homily, empertigando-se. – De acordo com o que você disse, sobre roubar nossas armas e tal, parece algo que você chamaria de sério. Depende de como você encarar isso. Quero dizer – ela continuou, apressada –, é algo que sei que poderia ser chamado de um estado de séria emergência.

– Há alguma emergência nisso – Pod concordou languidamente. Então, de repente, ele pulou para o lado batendo no ar com as mãos.

Arrietty gritou, e Homily, por um segundo, achou que ambos tinham ficado loucos. Então ela viu.

Uma grande mariposa havia entrado no abrigo, atraída pela vela; era castanha, meio amarelada, e (para Homily) parecia medonha, bêbada e cega pela luz.

– Proteja o chá! – ela gritou, tomada pelo pânico, e, apanhando a cabeça de cardo púrpura, bateu de maneira selvagem no ar. Sombras dançavam por toda parte, e entre gritos e xingamentos eles mal notaram a repentina e silenciosa intensificação do escurecer na virada da noite; mas sentiram o vento de sua passagem, viram o tremular da chama e notaram que a mariposa se fora.

– O que foi aquilo? – perguntou Arrietty por fim, depois de um período atemorizado de silêncio.

– Era uma coruja – disse Pod, pensativo.

– Ela comeu a mariposa?

– Do mesmo modo como comeria você – disse Pod –, se ficasse perambulando por aí depois do entardecer. Vivendo e aprendendo – comentou. – Não vamos mais usar velas depois que estiver escuro. Em pé com o sol e indo embora com ele: esses seremos nós daqui em diante.

– A água está fervendo, Pod – disse Homily.

– Ponha o chá nela – ele disse – e apague a luz. Podemos muito bem beber no escuro. – Virando-se, apoiou a vassoura de cardo de volta contra a parede e, enquanto Homily fazia o chá, arrumou o anexo, empilhando as espigas de trigo ao longo da bota, arrumando as sacolas de empréstimos e olhando de modo geral se tudo estava ajeitado para a noite. Quando terminou, passou pela despensa na cavidade e passou uma mão afetuosa por sua impecável fileira de ferramentas suspensas. Imediatamente antes de apagarem a luz, ele ficou ali por um bom tempo, mergulhado em seu pensamento, uma mão discreta sobre o prego horrivelmente vazio.

•• CAPÍTULO DEZ ••

"O SEMELHANTE PROCURA O SEMELHANTE."
República declarada na França, 1870.
[*Extraído do* Minidiário de provérbios *de Arrietty, 4 de setembro*]

Eles dormiram bem e acordaram mais cedo e animados na manhã seguinte. O sol brotava obliquamente no refúgio e emanou pela abertura da bota quando Pod a desenlaçou. Para o café da manhã, Arrietty colheu cinco morangos silvestres e Homily despedaçou alguns grãos de trigo com o pequeno badalo de campainha de Pod, e, polvilhando-o na água, eles os comeram como cereal.

– Se você ainda estiver com fome, Arrietty – observou Homily –, pode comer uma castanha.

Arrietty estava e fez isso mesmo.

A programação do dia foi determinada da seguinte maneira: Pod, diante dos acontecimentos da noite anterior, faria uma expedição solitária pelo campo até a ilha de árvores no centro, como uma última tentativa para encontrar a toca de texugos. Homily, por causa de seu medo de espaços abertos, teria de ficar para trás e Arrietty, Pod havia dito, devia ficar para fazer companhia a ela.

– Há muito a fazer na casa – ele disse. – Para começar, você pode impermeabilizar uma das sacolas de empréstimos: esfregue-a inteira com força com um pedaço de vela, e ela poderá ser usada para armazenar água. Então você pode pegar o arco de serra e serrar algumas avelãs para transformá-las em copos, e, quando for fazer isso, pode colher mais algumas castanhas e armazená-las no anexo, já que não temos uma pá. Há uma boa porção de crina de cavalo que eu vi na sebe, seguindo na direção da cerca, presa em um arbusto espinhoso; você pode ir buscar um pouco pelo caminho se quiser, e eu tratarei de fazer uma rede de pesca. E esmagar mais um pouco de trigo não seria mau...

– Ora, vamos, Pod... – protestou Homily. – Você pode até querer, mas não somos suas escravas...

– Bem – disse Pod, olhando pensativo para o oceano de grama –, vou levar quase o dia todo para ir até lá, procurar e voltar; não quero que vocês fiquem preocupadas pensando...

– Eu sabia que acabaria nisso – disse Homily mais tarde, em uma voz deprimida, enquanto ela e Arrietty enceravam a sacola de empréstimos. – O que eu sempre disse a você, em nossa antiga casa, quando você queria emigrar? Eu não disse exatamente como seria? Carregar coisas, mariposas, minhocas, cobras e não sei o que mais... E você viu como foi quando choveu? Como vai ser quando o inverno chegar? Diga para mim. Ninguém pode dizer que não estou me esforçando... – ela continuou. – E ninguém vai ouvir uma palavra de lamentação dos meus lábios, mas preste atenção nas minhas palavras, Arrietty: nenhum de nós vai ver outra primavera. – E uma lágrima redonda caiu no tecido encerado e rolou como uma bolinha de gude.

– Mas e o exterminador de ratos? – Arrietty lembrou. – Isso também aconteceria se tivéssemos ficado lá.

– E eu não ficaria surpresa – Homily insistiu – se aquele menino estivesse certo. Lembra o que ele disse sobre o fim da nossa espécie? Nosso tempo chegou, eu não duvidaria. Se me perguntasse, diria que estamos nos extinguindo.

Mas ela se animou um pouco quando levaram a sacola para baixo, para enchê-la de água, e um pedaço de sabão para se lavar: o calor que dava sonolência e o barulho suave das ondulações passando pela plataforma no tronco sempre pareciam acalmá-la, e ela até mesmo encorajou Arrietty a tomar um banho, deixando-a brincar um pouco na parte rasa. Ela era tão leve que a água facilmente a permitia flutuar, e Arrietty sentiu que não demoraria muito para que aprendesse a nadar. Na parte onde usou o sabão, a água ficou manchada e levemente translúcida, a cor mutante das pedras da lua[11].

Depois do banho, Arrietty se sentiu revigorada e deixou Homily no anexo para "preparar alguma coisa para o lanche da tarde" e subiu na sebe para apanhar as crinas de cavalo (não que houvesse alguma coisa para "preparar", Homily pensou irritada, arrumando alguns frutos e um pouco de agrião, e, com o badalo de campainha, quebrou algumas castanhas).

As crinas de cavalo, presas em um arbusto espinhoso, estavam na metade da altura da sebe, mas Arrietty, renovada pelo mergulho, ficou animada por ter uma chance de escalar. Durante a descida, ao procurar um ponto de apoio para o pé, deixou escapar um gritinho; os dedos tinham tocado não a árvore fria, mas alguma coisa quente

---

11. Pedra perolada e cristalina. (N. T.)

e macia. Ela ficou pendurada ali, apertando as crinas de cavalo e olhando através das folhas: tudo estava imóvel – nada além de ramos entrelaçados, salpicados pela luz solar. Depois de um ou dois segundos, nos quais ela não ousou se mexer, um leve movimento foi captado por seus olhos, como se a ponta de um ramo tivesse se mexido. Ao olhar, ela viu algo como um feixe de galhos brotando na forma de uma mão meio parda. Não poderia ser uma mão, é claro, ela disse a si mesma, mas era isso o que parecia – com dedos minúsculos e calejados tão grandes quanto os seus próprios. Munindo-se de coragem, ela o tocou com o pé, e a mão agarrou seus dedos. Gritando e se debatendo, ela perdeu o equilíbrio e caiu rolando pelos poucos galhos remanescentes até as folhas mortas abaixo. Junto havia caído também uma pequena criatura não mais alta do que ela, que ria.

– Aquilo assustou você – disse.

Arrietty ficou olhando, respirando rapidamente. Ele tinha o rosto moreno, olhos pretos, cabelos escuros desgrenhados, e estava vestido no que ela concluiu ser uma pele de toupeira surrada, usada com a parte lisa para fora. Ele parecia tão sujo e escuro por causa da terra que combinava não apenas com as folhas mortas nas quais haviam caído, como também com os galhos enegrecidos.

– Quem é você? – ela perguntou.

– Spiller – ele disse alegremente, apoiado no chão sobre os cotovelos.

– Você está imundo... – comentou com nojo Arrietty depois de um instante; ela ainda estava sem fôlego e muito brava.

– Talvez – ele disse.

– Onde você mora?

Os olhos escuros dele se tornaram dissimulados e pareciam se divertir.

– Aqui e ali – ele disse, olhando-a de perto.

– Quantos anos você tem?

– Não sei – ele disse.

– Você é um menino ou um adulto?

– Não sei – ele disse.

– Você nunca toma banho?

– Não – ele disse.

– Bem – disse Arrietty, após um silêncio constrangedor, torcendo os fios grossos da crina de cavalo cinzenta em torno do pulso –, é melhor eu ir andando...

– Para aquele buraco na margem? – ele perguntou, um leve sinal de zombaria em sua voz.

Arrietty ficou olhando surpresa.

– Você o conhece? – Quando ele sorriu, ela percebeu, os lábios se viraram abruptamente para cima nos cantos, formando um "V" na boca: era o tipo mais provocador de sorriso que ela já tinha visto.

– Você nunca tinha visto uma mariposa antes? – ele perguntou.

– Você estava espionando na noite passada? – surpreendeu-se Arrietty.

– Era confidencial? – ele perguntou.

– De certa forma; é a nossa casa.

Mas ele pareceu aborrecido de repente, desviando o olhar radiante como se estivesse procurando o gramado mais distante. Arrietty abriu a boca para falar, mas ele a silenciou com um gesto determinado, os olhos voltados ao campo abaixo. Muito curiosa, ela observou enquanto ele se levantava cuidadosamente e então, em um único movimento, saltou para um galho sobre a cabeça, tentando alcançar algo fora da vista, e pulou de volta para o chão. O objeto, ela viu, era um arco rígido e escuro com uma corda de tripa amarrada e quase do mesmo tamanho dele; na outra mão ele segurava uma flecha.

Olhando para a grama alta, ele posicionou a flecha no arco, a corda vibrou, e a flecha se foi. Houve um guincho abafado.
— Você matou aquilo! — Arrietty gritou, aflita.
— Esse era o objetivo — ele respondeu, e saltou da ribanceira em direção ao campo. Ele prosseguiu até a moita na grama e retornou depois de um tempo com um rato-do-campo morto balançando na mão. Todo mundo precisa comer — explicou.
Arrietty se sentiu profundamente chocada, e não sabia muito bem por quê; em casa, embaixo da cozinha, eles sempre comeram carne, mas carne que pegavam emprestada da cozinha no andar de cima; ela já tinha visto carne crua, mas não sendo morta.
— Nós somos vegetarianos! — ela disse de maneira afetada. Ele não reparou: essa era apenas uma palavra para Spiller; um dos barulhos que as pessoas faziam com a boca.
— Quer um pouco de carne? — ele perguntou casualmente. — Pode ficar com uma perna.
— Eu nunca encostaria um dedo nisso! — gritou Arrietty, indignada. Ela se pôs em pé, alisando a saia. — Pobrezinho... — disse, referindo-se ao rato-do-campo. — E eu acho você horrendo! — exclamou, referindo-se a ele.
— Quem não é? — comentou Spiller, e pôs a mão por sobre a cabeça para alcançar a aljava[12].
— Posso ver? — pediu Arrietty, virando-se de volta, repentinamente curiosa.
Ele a passou para ela. Ela notou que era feita de um dedo de luva — um couro bem grosso de luva para o campo; as flechas eram agulhas secas de pinheiro, com peso e espinho na ponta.
— Como você gruda os espinhos na flecha? — ela perguntou.
— Resina-de-ameixa-silvestre — entoou Spiller, como se fosse uma só palavra.
— Resina de ameixa silvestre? — repetiu Arrietty. — Elas estão envenenadas? — perguntou.
— Não — disse Spiller. — É uma briga justa. Acertar ou perder. Eles precisam comer e eu preciso comer. E eu os mato mais rapidamente do que uma coruja. E não como tanto assim. — Era um longo discurso

---

12. Estojo para guardar flechas. (N. E.)

para Spiller. Ele lançou a aljava sobre os ombros e se virou. – Já vou indo – disse.

Arrietty desceu rapidamente a ribanceira.

– Eu também – disse a ele.

Eles andaram juntos ao longo do fosso seco. Ela reparou, enquanto o observava atentamente durante a caminhada, que os olhos negros e vivos de Spiller nunca ficavam parados. Às vezes, diante de um leve farfalhar na grama ou na sebe, ele permanecia imóvel: não havia nenhuma tensão nos músculos; simplesmente parava de se mover. Em tais ocasiões, Arrietty percebeu, ele combinava perfeitamente com a imagem de fundo. Houve um momento em que ele mergulhou em uma moita de samambaias mortas e saiu de lá com um inseto relutante.

– Aqui está – ele disse, e Arrietty, observando parada, viu um tipo de besouro zangado.

– O que é isso? – ela perguntou.

– Um grilo. Eles são legais. Pegue.

– Para comer? – Arrietty perguntou, chocada.

– Comer? Não. Você leva para casa e fica com ele. Ele faz um som divertido.

Arrietty ficou em dúvida.

– Você leva – ela disse, sem se comprometer.

Quando chegaram em frente ao abrigo, Arrietty olhou para cima e viu que Homily, cansada de esperar, estava cochilando: ela estava sentada na areia iluminada pelo sol e tinha caído sobre a bota.

— Mãe! – ela chamou suavemente de lá de baixo, e Homily acordou na hora. – Este é o Spiller... – Arrietty começou, um tanto insegura.

— Este é o quê? – Homily perguntou sem interesse. – Você conseguiu pegar a crina de cavalo?

Arrietty, olhando de lado para Spiller, viu que ele estava em uma daquelas pausas e tinha se tornado invisível.

— É a minha mãe – sussurrou. – Fale com ela. Vamos.

Homily, ao ouvir um sussurro, espiou para baixo, apertando as pálpebras contra o sol poente.

— O que eu devo dizer? – Spiller perguntou. Então, limpando a garganta, fez um esforço: – Eu consegui um grilo – disse.

Homily gritou. Levou um tempo para ela juntar os pedaços pardos na forma de rosto, olhos e mãos; para Homily, era como se a grama tivesse falado.

— Que raios é isso? – ela perguntou ofegante. – Oh, céus, o que é que você trouxe aqui?

— É um grilo – Spiller disse outra vez, mas não era ao inseto que Homily se referia.

— Este é o Spiller – Arrietty repetiu um pouco mais alto e, de lado, sussurrou para Spiller: – Deixe esta coisa morta aí e suba comigo.

Spiller não apenas largou ali o rato-do-campo, como também o eco fugaz de algum código indistinto meio esquecido que devia ter sacudido sua memória, e também deixou de lado o arco. Desarmado, ele subiu a ribanceira.

Homily ficou olhando Spiller de forma um tanto rude quando ele pisou na plataforma arenosa diante da bota. Ela deu um passo adiante, mantendo-o sob controle.

— Boa tarde – ela disse friamente. Era como se ela estivesse falando da soleira da porta.

Spiller deixou cair o grilo e o impeliu na direção de Homily, cutucando-o com o dedão.

— Aí está – ele disse.

Homily gritou novamente, muito alto e bastante irritada,

enquanto o grilo passou correndo pelas saias dela na altura do joelho, na direção da sombra mais escura atrás da bota.

– É um presente, mãe – Arrietty explicou indignada. – É um grilo. Ele faz um som...

Mas Homily não estava escutando.

– Como você se atreve?! Como se atreve?! Como?! Seu malcriado, sujo, menino que não toma banho! – Ela estava quase em lágrimas. – Como pôde fazer isso? Saia imediatamente da minha casa! Sorte – ela continuou – que meu marido não está em casa, nem meu irmão Hendreary, nem...

– O tio Hendreary... – começou Arrietty, surpresa, e, se o olhar de Homily pudesse matar, ela teria morrido.

– Pegue o seu besouro – Homily continuou, dirigindo-se a Spiller – e vá embora! E nunca mais me deixe vê-lo aqui novamente! – Como Spiller hesitou, ela acrescentou, furiosa. – Está escutando o que estou dizendo?

Spiller lançou um olhar veloz na direção da parte traseira da bota e outro meio patético na direção de Arrietty.

– É melhor você ficar com ele – Spiller resmungou asperamente e afundou na descida da ribanceira.

– Ah, mãe! – exclamou Arrietty de modo repreensivo. Ela ficou olhando para o lanche que sua mãe tinha preparado, e nem o fato de Homily ter enchido as metades dos frutos com néctar de trevo extraído das flores a confortou. – Pobre Spiller! Você foi rude...

– Bem, quem é ele? O que quer aqui? Onde você o encontrou? Infiltrando-se entre pessoas respeitáveis e atirando besouros por aí! Não me surpreenderia se um dia todos nós acordássemos com a garganta cortada! Você viu aquela sujeira? Já está enraizada! Eu não ficaria surpresa se ele tivesse deixado uma pulga... – E ela pegou a vassoura de cardo e varreu, agitada, o ponto onde o miserável Spiller tinha posicionado seus indesejáveis pés. – Nunca tive uma experiência como essa na minha vida... Nunca! Desde o dia em que nasci. Aliás, esse é o tipo – ela concluiu, furiosa – que roubaria um alfinete de chapéu!

Secretamente, Arrietty tinha pensado o mesmo, mas não comentou nada; em vez disso, usou a língua para lamber um pouco do néctar que saía do fruto. Ela também pensou, enquanto saboreava o caldo aquecido pelo sol, que Spiller, o caçador, faria melhor uso do alfinete de chapéu do que sua mãe ou seu pai. Ela ficou imaginando por que ele desejaria a metade da tesoura.

– Já tomou o seu lanche? – ela perguntou a Homily depois de um momento.

– Comi alguns grãos de trigo – admitiu Homily com uma voz martirizada. – Agora preciso arejar a roupa de cama.

Arrietty sorriu, observando o campo iluminado pelo sol: a roupa de cama era um pé de meia – a pobre Homily, sem praticamente nenhum trabalho de casa, tinha muito pouco em que gastar energia no momento. Bem, agora ela tinha Spiller, e isso havia lhe feito bem: seus olhos pareciam mais vivos e as bochechas, mais rosadas. Meio à toa, Arrietty ficou olhando um pequeno pássaro seguindo seu caminho por entre a grama – não, era muito calmo para um pássaro.

– Lá vem o papai – ela disse, após alguns segundos.

Elas correram para encontrá-lo.

– Bem? – Homily gritou ansiosa, mas, conforme se aproximaram, ela viu, pela expressão dele, que as notícias que ele trazia eram ruins.

– Você não os encontrou? – perguntou, com uma voz desapontada.

– Eu encontrei, sim – disse Pod.

– Qual o problema, então? Por que você está tão desanimado? Você quer dizer... eles não estavam lá? Quer dizer que eles... partiram?

– Eles partiram, sim. Ou foram comidos. – Pod ficou olhando triste.

– O que você quer dizer com isso, Pod? – gaguejou Homily.

– Está cheio de raposas – ele disse pesadamente, os olhos ainda arregalados pelo choque. – O cheiro é horrível – acrescentou em seguida.

•• CAPÍTULO ONZE ••

"O INFORTÚNIO NOS TORNA SÁBIOS."
Luís XIV da França nasceu em 1638.
[*Extraído do* Minidiário de provérbios *de Arrietty, 5 de setembro*]

Homily ficou um tanto desconcertada naquela noite. Não era compreensível – diante do que se encontravam agora? Esse tipo de vida de Robinson Crusoé para o resto de seus dias? Comida natural no verão já era bastante ruim, e, no inverno rigoroso, Homily protestou, não os sustentaria. Não que eles tivessem a mínima chance de sobreviver ao inverno, de qualquer maneira, sem alguma fonte de calor. Um pedaço de vela de parafina não duraria para sempre. Nem os poucos fósforos de cera. E, supondo que eles fizessem uma fogueira com galhos, ela teria de ser colossal – pareceria um verdadeiro incêndio a um Borrower – para se manter acesa. E a fumaça, ela ressaltou, poderia ser vista por quilômetros. Não, Homily concluiu abatida, eles estavam em maus lençóis, não havia como negar, como Pod e Arrietty veriam por si mesmos, pobrezinhos, quando as primeiras geadas chegassem.

Foi a visão de Spiller, talvez, que havia abalado Homily, confirmando suas piores premonições – desagradável, sujo, desonesto e malcriado: era nisso que ele se resumia; tudo o que ela mais detestava e temia. E esse era o nível (como ela sempre os alertara na casa antiga) ao qual os Borrowers decairiam, se algum dia, para sua sina, optassem por viver ao ar livre.

Para piorar as coisas, eles tinham sido acordados naquela noite por um som estranho – um urro prolongado e maníaco, pareceu a Arrietty, enquanto ela permanecia deitada, tremendo, a respiração presa e o coração ansioso.

– O que foi isso? – ela sussurrou a Pod, quando finalmente ousou falar.

A bota rangeu quando Pod se sentou na cama.

– É um burro – ele disse –, mas está perto. Depois de um instante, acrescentou: – Engraçado... eu nunca vi um burro por aqui...

– Nem eu – murmurou Arrietty. Mas, de alguma forma, ela se sentiu aliviada, e já se preparava para se ajeitar na cama novamente quando seu ouvido captou outro som, ainda mais próximo. – Escutem! – ela disse sobressaltada, sentando-se.

– Você não vai querer passar a noite acordada escutando – Pod resmungou, virando-se e cobrindo-se com um pedaço desproporcional da meia. – Não à noite.
– Está no anexo – Arrietty sussurrou.
A bota rangeu de novo quando Pod se sentou.
– Fique quieto, Pod, sim? – resmungou Homily, que tinha conseguido cochilar.
– Quieto – Pod disse a si mesmo, tentando se concentrar. Era o som de um leve zumbido que ele ouvia, bem regular. – Você está certa – ele sussurrou para Arrietty –, está no anexo. – Ele afastou a meia, que Homily apanhou zangada, puxando-a de volta na altura dos ombros. – Vou sair – ele disse.
– Não, Pod, você não vai! – Homily implorou, rouca. – Estamos todos aqui, seguros pelo laço. Fique quieto...
– Não, Homily; eu preciso ver. – Ele foi tateando pelo caminho ao longo do tornozelo da bota. – Fiquem quietas, vocês duas; eu não vou demorar.
– Oh, céus! – exclamou Homily com uma voz assustada. – Então pegue o alfinete de chapéu – ela implorou, nervosa, enquanto o viu começar a desfazer o laço. Arrietty, observando, viu os lados da bota caindo abertos e a cabeça e os ombros de seu pai apareceram de repente contra o céu da noite; houve um arranhão, um sussurro e algo deslizando, e a voz de Pod gritando:
– Sua praga! Sua praga! Sua praga!
Então tudo ficou em silêncio.
Arrietty engatinhou ao longo do tornozelo da bota e colocou a cabeça para fora; o abrigo estava tomado pela luz brilhante da lua, e cada objeto podia ser claramente visto. Arrietty acelerou os passos e olhou ao redor. Um Pod prateado estava parado na beira do abrigo, olhando o campo embebido pela lua lá embaixo.
– O que era? – Homily gritou das profundezas da bota.
– Porcaria de rato-do-campo – gritou Pod. – Estava lá com o trigo.
E Arrietty percebeu, sob aquela luz pálida e agradável, que o chão arenoso do anexo estava repleto de cascas vazias.
– Bem, paciência... – disse Pod, virando-se de costas e chutando as cascas espalhadas. – É melhor pegar o cardo – ele acrescentou – e limpar essa bagunça.

Arrietty fez isso, quase dançando. Encantada ela se sentia por esse fulgor amistoso que trazia uma magia fora do comum para até mesmo os fatos mais corriqueiros – como o badalo de campainha de Pod pendurado em seu prego e a costura alva da bota. Quando fez três pilhas organizadas de cascas, ela se juntou a Pod na beira do abrigo, e eles se sentaram em silêncio durante algum tempo na areia ainda quente, escutando a noite.

Uma coruja piou do matagal ao lado do riacho – uma nota musical aflautada que foi respondida, a uma grande distância, por uma nota tão assombrada quanto ela, em um tom ligeiramente mais alto, compondo um som que se comunicava de lá para cá pelo pasto adormecido, unindo o mar do luar e a floresta de veludo sombreada.

"Qualquer que seja o perigo", Arrietty pensou, sentada em paz ao lado do pai, "independentemente de qualquer obstáculo, ainda assim estou feliz de termos vindo!"

– O que precisamos neste lugar – disse Pod por fim, quebrando o longo silêncio – é de algum tipo de lata.

– Lata? – Arrietty repetiu, distraída, sem saber se havia entendido direito.

– Ou de algumas latas. Uma lata de achocolatado serviria. Ou uma daquelas que eles usam para fumo. – Ele ficou em silêncio durante alguns minutos e, então, acrescentou: – Aquele buraco que cavamos não era profundo o suficiente; aposto que aquelas porcarias de ratos--do-mato estiveram entre as castanhas.

– Você não poderia aprender a usar arco e flecha? – Arrietty perguntou depois de um tempo.

– Para quê? – perguntou Pod.

Arrietty hesitou e, então, em um só fôlego, contou a ele sobre Spiller: o arco bem flexível, a ponta de espinho, flechas mortais. E descreveu como Spiller os havia espionado da escuridão quando eles representaram aquela cena com a mariposa no palco do abrigo iluminado.

– Não gosto disso – disse Pod depois de pensar por um momento –, assim como não gosto de vizinhos bisbilhoteiros. Não dá para aguentar isso, você sabe. Não à noite, e nem durante o dia; não é saudável, se é que você me entende.

Arrietty entendia.

— O que precisamos aqui é de algum tipo de veneziana ou porta. Um pedaço de arame de galinheiro funcionaria. Ou daqueles raladores de queijo, talvez, do tipo que tínhamos em casa. Teria que ser alguma coisa que deixasse passar a luz, quero dizer — ela continuou. — Não podemos retroceder e viver na escuridão...

— Tive uma ideia — Pod disse de repente. Ele se levantou e, virando-se, estendeu o pescoço para o broto que se projetava acima. Prateado pelo luar, ele se inclinava sobre a ribanceira. Pod ficou olhando por um momento as folhas contra o céu como se estivesse calculando distâncias; então, olhando para baixo, ele ficou andando e espalhando a areia.

— O que é? — sussurrou Arrietty, pensando que ele tivesse perdido algo.

— Ah! — disse Pod com uma voz satisfeita, e ficou de joelhos. — Isto serviria. — E cavou com as mãos, descobrindo, depois de algum tempo, uma raiz rígida que serpenteava e formava algo parecido com um laço; parecia não ter fim. — Sim — ele repetiu —, vai servir direitinho.

— Para quê? — perguntou Arrietty, bastante curiosa.

— Pegue o barbante para mim — pediu Pod. — O que fica naquela prateleira, junto com as ferramentas...

Arrietty, na ponta dos pés, alcançou a cavidade arenosa e encontrou-o enrolado, formando uma bola.

— Dê aqui — disse Pod — e traga-me o badalo de campainha.

Arrietty observou enquanto o pai amarrou um pedaço do barbante no badalo de campainha e, balançando de forma meio perigosa na beira da plataforma, fez uma cuidadosa pontaria para, com um esforço intenso, lançá-lo até os galhos no alto; o barbante ficou preso, como uma âncora, entre uma rede de galhos.

— Agora venha — Pod disse a Arrietty, respirando calmamente. — Segure firme e puxe. Suavemente... firme, agora. Com suavidade... isso... — E, inclinando-se juntos com os pesos somados no barbante, mão sobre mão, eles puxaram para baixo o galho curvo. O abrigo de repente se tornou escuro com a sombra irregular, talhada e trêmula com a luz da lua infiltrada.

— Espere — disse Pod ofegante, direcionando o barbante para o vão do laço da raiz — enquanto eu o fixo de maneira segura. — Ele deu um grunhido. — Pronto — disse, e se levantou, esfregando a parte da mão esfolada (Arrietty notou que todo o corpo dele estava manchado pela sombra com pontinhos prateados que tremulavam). – Pegue a meia tesoura. Droga, esqueci... O arco de serra serve.

Era difícil achar o arco de serra nessa escuridão repentina, mas finalmente ela o encontrou e Pod cortou o barbante.

– Pronto – ele disse novamente, com uma voz orgulhosa. – Está firme, e estamos protegidos. Que tal essa ideia? Podemos deixá-la para cima, ou seja, aberta, ou para baixo, fechada, dependendo do que acontece: do vento, do clima e de todo o resto...

Ele retirou o badalo de campainha e deixou o barbante preso no ramo principal.

– Não vai manter o rato-do-campo afastado nem alguma espécie de gado, mas – ele deu uma risada satisfeita – ninguém mais vai nos espionar!

– Está fantástico! – disse Arrietty, o rosto entre as folhas. – E ainda conseguimos enxergar o lado de fora.

– Essa é a ideia – disse Pod. – Vamos agora: é hora de voltarmos para a cama!

Quando retornaram até a boca da bota, Pod tropeçou em um monte de cascas de trigo e cambaleou, tossindo, no espaço com os farelos espalhados. Quando se levantou e limpou a roupa com as mãos, comentou, pensativo:

– Spiller... você disse que esse era o nome? – Ele ficou em silêncio por um momento e então acrescentou, ainda reflexivo: – Há muita comida pior, quando se pensa nisso, do que um saboroso e fervente guisado de carne de rato-do-campo alimentado de trigo.

•• CAPÍTULO DOZE ••

"LONGE DA VISTA, LONGE DA MENTE."
Perda do *H. M. S. Captain*[13], 1870.
[*Extraído do* Minidiário de provérbios *de Arrietty, 7 de setembro*]

Homily estava com um jeito preocupado na manhã seguinte.
– Para que tudo isso? – ela resmungou quando, um pouco desgrenhada, saiu lentamente da bota e viu que o abrigo estava repleto de uma luz esverdeada e subaquática.
– Ah, mãe! – Arrietty exclamou, censurando-a. – É lindo! – Uma brisa leve agitou as folhas aglomeradas que, abrindo-se e fechando-se, deixavam passar lanças brilhantes e setas de luz dançante. Uma deliciosa combinação de mistério e alegria (ou ao menos assim pareceu a Arrietty). – Você não percebe? – ela disse enquanto o inventor mantinha um silêncio magoado. – Foi o papai quem fez; é uma porta móvel: permite que a luz entre, mas a chuva fique do lado de fora. E nós podemos enxergar lá fora, mas os outros não podem nos ver.
– Que outros? – perguntou Homily.
– Qualquer um... Alguém que esteja passando... Spiller – ela acrescentou, com um vislumbre de inspiração.
Homily suavizou a expressão.
– Humm... – ela concedeu em um tom pacífico, mas examinou a raiz descoberta no chão, reparando no bulbo exposto, e deslizou um dedo pensativo pelo barbante estendido.
– O que devemos nos lembrar – Pod explicou com seriedade, preocupado com a tardia aprovação de Homily – é de, quando soltá-la, segurar firme a corda: não queremos que ela se solte de uma vez da raiz. Entende o que quero dizer?
Homily entendeu.
– Mas não podemos desperdiçar a luz do sol – ela apontou. – Não enquanto é verão; isso não. Logo será... – ela estremeceu levemente e contraiu os lábios, incapaz de pronunciar a palavra.
– Bem, o inverno ainda não chegou – Pod comentou alegremente. – É suficiente por enquanto, como se costuma dizer. – Ele estava

---

13. Navio de guerra da Marinha Real Britânica que naufragou. (N. T.)

ocupado com a corda. – Aqui vai então: para cima! – E, conforme o barbante correu rangendo sob a raiz, as folhas saíram voando para longe da vista e o abrigo lançou-se para a repentina luz do sol.

– Entende o que eu digo? – Pod perguntou novamente, com uma voz satisfeita.

Durante o café da manhã, o burro zurrou mais uma vez, alto e longamente, e foi respondido quase de imediato por um relincho de cavalo.

– Não gosto disso – disse Homily de repente, colocando na mesa sua metade de casca de avelã com água e mel. Enquanto ela falava um cachorro latiu, e estava perto demais para poderem relaxar. Homily se sobressaltou, e lá se foram o mel e a água, formando uma mancha no chão arenoso. – Meus nervos estão em frangalhos – Homily gemeu, batendo as mãos nas têmporas e olhando para ambos os lados com olhos arregalados.

– Não foi nada, mãe – disse Arrietty, irritada. – Há uma trilha bem abaixo do matagal. Eu vi de cima da sebe. É uma passagem para as pessoas, e só isso; eles passam por ali às vezes...

– Isso mesmo – acrescentou Pod. – Não precisa se preocupar. Coma o seu trigo...

Homily ficou olhando para o trigo partido com uma careta; estava seco e duro como um pãozinho três dias depois de um piquenique.

– Meus dentes não conseguem mordê-lo – ela disse, triste.

– De acordo com Arrietty – explicou Pod, segurando os dedos abertos da mão esquerda e tocando um por um –, entre nós e aquela trilha há cinco obstáculos: o riacho abaixo, na esquina... um; as estacas com arame enferrujado cruzando o rio... dois; lenha de tamanho razoável... três; outra sebe... quatro; e uma parte acidentada do pasto... cinco. – Ele se virou para Arrietty. – Está certo, moça? Você não esteve no alto da sebe?

Arrietty concordou.

– Mas aquela parte acidentada do pasto faz parte da trilha. É um tipo de grama na margem.

– Aí está! – exclamou Pod triunfantemente, dando tapinhas nas costas de Homily. – O uso comum da terra! E alguém prendeu o burro lá. O que há de errado nisso? Burros não comem a gente; não mais do que cavalos.

– Um cachorro comeria – disse Homily. – Eu ouvi um cachorro.
– E o que tem isso? – comentou Pod. – Não foi a primeira vez e não será a última. Quando eu era um rapazinho, lá na casa grande, o lugar era repleto de perdigueiros. Cachorros não são um problema; você pode falar com eles.

Homily ficou em silêncio durante algum tempo, rolando o trigo para a frente e para trás sobre um pedaço liso de ardósia que eles usavam como mesa.

– Não adianta – ela disse, por fim.
– O que não adianta? – Pod perguntou, desanimado.
– Continuar desse jeito – respondeu Homily. – Nós temos que fazer alguma coisa antes do inverno.
– Bem, nós estamos fazendo alguma coisa, não? – argumentou Pod. Ele acenou com a cabeça na direção de Arrietty. – Como diz o livro dela: "Roma não foi construída em um dia".
– Encontrar alguma habitação mundana – continuou Homily –, isso é o que temos de fazer. Onde haja fogo e sobras de alimentos e um tipo adequado de abrigo. – Ela hesitou. – Ou – prosseguiu, com uma voz dura e determinada – teremos de voltar para casa.

Um silêncio atordoador se fez.

– Temos que fazer o quê? – Pod perguntou fracamente, quando conseguiu encontrar um fio de voz, e Arrietty, profundamente triste, suspirou.

– Ah, mãe...
– Você ouviu, Pod – disse Homily. – Todos esses frutos e agriões e cachorros latindo e raposas em tocas de texugos e calafrios à noite e roubos e chuva chegando e nada para cozinhar. Entende o que eu quero dizer? De volta para o nosso lar, na casa grande, não levaria quase tempo nenhum para pôr de pé algumas divisórias e deixar tudo mais ou menos em ordem novamente sob a cozinha. Já fizemos isso uma vez, quando a caldeira estourou; podemos fazer de novo.

Pod ficou olhando obliquamente por sobre ela e, quando falou, falou com o máximo de gravidade:

– Você não sabe o que está dizendo, Homily. Não é apenas o fato de que estarão esperando por nós; de que conseguiram um gato, colocaram armadilhas, derramaram veneno, e todas essas bobagens: é que simplesmente *não se volta para trás*, Homily; não uma vez que se tenha saído... não se faz isso. E nós não *temos* um lar. Foi tudo destruído e acabado. Gostando ou não, temos que seguir em frente agora. Entende o que digo? – Quando Homily não respondeu, ele virou o rosto grave para Arrietty.

– Não estou dizendo que não estamos numa situação difícil; nós estamos, e é bem difícil. Mais do que eu posso dizer. E, se não nos mantivermos unidos, seremos exterminados, percebem? E isso seria o fim, como você disse uma vez, Arrietty: o fim de nossa espécie! Nunca mais me deixe ouvir uma palavra, sua ou da sua mãe, sobre... – com grande solenidade, ele levantou levemente o tom de voz, enfatizando cada palavra – ... voltar para qualquer lugar; muito menos sob o assoalho!

Elas ficaram muito comovidas; ficaram olhando de volta para ele, incapazes, no momento, de falar.

– Entendido? – Pod perguntou severamente.

– Sim, papai – murmurou Arrietty; e Homily engoliu em seco, acenando com a cabeça.

– Está bem. – Pod lhes falou em um tom mais gentil. – Como diz o seu livro, Arrietty: "Ao bom entendedor, uma palavra basta". Agora, vá buscar a crina de cavalo – ele continuou mais alegre. – Está um dia bonito. E, enquanto vocês duas limpam a mesa do café, vou começar a trabalhar na rede de pesca. Que tal?

Homily aquiesceu novamente. Ela nem lhe perguntou (como em várias outras ocasiões teria imediatamente feito) como ele cozinharia um peixe, uma vez que o tivessem pescado.

– Há uma boa porção de cascas de árvore secas por aqui. Vão servir direitinho – Pod disse – para uma jangada.

Mas Pod, embora bom em nós, teve bastante dificuldade com as crinas de cavalo. Os longos fios eram flexíveis e escorregavam do buraco da agulha. Quando as tarefas domésticas terminaram, e Arrietty lançou no riacho duas sacolas de empréstimos – a impermeabilizada para pegar água e a outra para retirar cascas de árvore –, Homily veio auxiliar Pod e, trabalhando juntos, eles desenvolveram uma malha fina inspirada em teias de aranha e baseada no conhecimento de Homily no bilro.

– E aquele Spiller? – Pod perguntou preocupado depois de algum tempo sentado ao lado de Homily e observando os dedos dela.

Homily bufou, ocupada com os nós.

– Não fale comigo sobre esse aí – ela disse após um momento.
– Ele é um Borrower ou o quê? – Pod perguntou.
– Não sei o que ele é – gritou Homily. – E tem mais: nem ligo para isso. Ele jogou um besouro em cima de mim, é tudo o que eu sei. E roubou o alfinete e nossa meia tesoura.
– Você tem certeza disso? – perguntou Pod, elevando o tom de voz.
– Tanto quanto estou sentada aqui – disse Homily. – Você não o viu.

Pod ficou quieto durante algum tempo.
– Eu gostaria de conhecê-lo – disse em seguida, desviando o olhar na direção do campo ensolarado.

A rede cresceu depressa, e o tempo passou quase sem que percebessem. Em determinado momento, quando cada um pegou uma ponta e todos seguraram a trama para examiná-la, um gafanhoto pulou da margem abaixo, como se fosse uma bala, para dentro da rede; e apenas depois de libertarem a criatura relutante – com extremo cuidado ao manusear a malha – é que Homily pensou no almoço.

– Minha nossa – ela gritou, olhando para o campo. – Vejam aquelas sombras! Já deve ter passado das duas. O que pode ter acontecido a Arrietty?

– Deve estar brincando na água lá embaixo, imagino – disse Pod.

– Você não disse para ela: "vá e volte sem fazer hora"?

– Ela sabe que não é para fazer hora – Pod respondeu.

– É aí que você se engana, Pod, em relação à Arrietty. Com ela tem que ficar dizendo a toda hora!

– Ela já vai fazer catorze anos – argumentou Pod.

– Não importa – Homily retrucou, pondo-se em pé. – Ela é imatura para a idade que tem. Você tem que ficar sempre falando, se não ela inventa desculpas.

Homily dobrou a rede, alisou a roupa e apressou-se até o anexo em direção à prateleira sobre as ferramentas.

– Está com fome, Pod? (Era uma pergunta retórica: eles sempre estavam com fome – todos, sem exceção –, a cada hora do dia. Até mesmo após as refeições.)

– O que tem para comer? – ele perguntou.

– Alguns frutos, castanhas e uma amora-preta com fungos.

Pod suspirou.

– Tudo bem – ele disse.

– Mas o que você quer? – perguntou Homily.

– A castanha parece saciar mais – ele respondeu.

– Mas o que eu posso fazer, Pod? – lamentou Homily, triste. – Alguma sugestão? Quer ir pegar para nós alguns morangos silvestres?

– É uma ideia – disse Pod, e moveu-se em direção à ribanceira.

– Mas escolha com cuidado – Homily disse-lhe. – Eles estão ficando um pouco escassos agora. Alguma coisa tem se aproximado deles. Pássaros, talvez. Ou – ela acrescentou, amarga –, mais provavelmente, aquele Spiller.

– Escute! – gritou Pod, levantando uma mão de alerta. Ele ficou parado quieto na beira do abrigo, olhando para longe à sua esquerda.

– O que foi isso? – Homily sussurrou após um instante.

– Vozes – disse Pod.

– Que tipo de vozes?

– Humanas – disse Pod.

– Ah, não... – choramingou Homily.

– Quieta – pediu Pod.

Eles ficaram parados, os ouvidos atentos. Ouvia-se um leve zumbido de insetos da grama abaixo e de uma mosca que tinha ido parar por engano dentro do abrigo; ela voou aos trancos entre eles e finalmente se instalou avidamente no chão arenoso, onde no café da manhã Homily tinha derramado o mel. Então, de repente, ouviram, muito próximo, a ponto de incomodar, um som diferente; um som que tirou a cor das bochechas deles e encheu o coração de ambos de pavor – e foi, apesar disso, uma espécie de som de satisfação: o som de uma risada humana.

Ninguém se moveu. Eles ficaram congelados; pálidos e tensos com o que ouviam. Houve uma pausa e, agora mais próxima, uma voz masculina xingou: uma palavra curta e afiada, e, imediatamente depois, ouviram o ganido de um cão.

Pod se inclinou; suavemente, com uma sacudida do pulso, soltou a corda e, mão sobre mão, regularmente, ele baixou o broto, envergando-o. Dessa vez usou força extra, pressionando os ramos mais para baixo e mais perto até cobrir a abertura do abrigo com uma rede bem entrelaçada de galhos.

– Pronto – disse ofegante, respirando pesadamente. – Vai passar por um teste...

Homily, desnorteada pela meia-luz salpicada, não podia decifrar a expressão dele, mas, de alguma forma, pareceu mais calma.

– Vai parecer tudo certo do lado de fora? – ela perguntou, equilibrada, mantendo o tom de voz igual ao dele.

– Acredito que sim – respondeu Pod. Ele subiu até as folhas e surgiu entre elas; com mãos firmes e segurando com confiança, testou o conjunto de galhos. – Agora – ele disse, dando um passo para trás e inspirando profundamente – dê-me o outro alfinete de chapéu.

Então uma coisa ainda mais estranha aconteceu. Pod pôs a mão para fora – e lá, de uma vez, estava o alfinete de chapéu, mas tinha sido colocado ao alcance dele de forma silenciosa e imediata demais para ter sido obra de Homily: uma terceira figura indistinta dividia o abrigo escuro com eles, uma criatura parda de uma calma invisível. E o alfinete de chapéu era o alfinete de chapéu que eles haviam perdido.

– Spiller – arquejou Homily roucamente.

•• CAPÍTULO TREZE ••

"A REFEIÇÃO É IMPORTANTE, MAS OS MODOS SÃO MAIS."
Novo Estilo[14] introduzido na Grã-Bretanha, 1752.
[*Extraído do* Minidiário de provérbios *de Arrietty, 11 de setembro*]

Ele devia ter escorregado para dentro quando as folhas foram baixadas – uma sombra entre sombras. Agora ela podia ver o contorno do rosto em forma de gota, o cabelo embaraçado, e o fato de que ele carregava duas sacolas de empréstimos, uma vazia e outra cheia. E as sacolas, Homily reparou com um coração que afundava, eram as mesmas que ela tinha entregado a Arrietty naquela manhã.

– O que você fez com ela? – Homily gritou, fora de si. – O que você fez com a Arrietty?

Spiller moveu a cabeça na direção da parte de trás do abrigo.

– Subindo lá pelo campo – ele disse, e o rosto dele permaneceu sem nenhuma expressão. – Eu a coloquei para navegar pela correnteza – acrescentou com cuidado. Homily voltou os olhos arregalados para a parte de trás do abrigo como se pudesse enxergar através das paredes arenosas até o campo mais além: era o campo pelo qual eles tinham andado no dia da fuga.

– Você o quê? – perguntou Pod.

– Eu a coloquei para navegar pela correnteza – respondeu Spiller – com metade de uma lata de sabonete – explicou, irritado, como se Pod estivesse sendo bobo.

Pod abriu a boca para responder, mas então, admirado, permaneceu em silêncio: havia um som de passos correndo na vala abaixo; conforme chegaram ao nível do abrigo e ressoaram do lado de fora, a ribanceira toda pareceu tremer, e o badalo de campainha caiu de seu prego – eles ouviram o ruído contínuo e áspero de homens ofegando e a respiração barulhenta de um cão.

– Está tudo bem – disse Spiller, depois de uma pausa tensa. – Eles cortaram pela esquerda e seguiram para o outro lado. Ciganos – acrescentou sucintamente – tagarelando por aí.

---

14. Datação histórica a partir da adoção do calendário gregoriano, quando foram corrigidos erros de cálculo do calendário anterior. (N. T.)

– Ciganos? – ecoou Pod meio abobado, e enxugou a testa com a manga.

– Isso mesmo – disse Spiller. – Lá embaixo, perto da passagem; uma caravana.

– Ciganos... – murmurou Homily completamente surpresa, e ficou em silêncio por um momento; a respiração presa e a boca aberta, escutando.

– Está tudo bem – disse Spiller, que também escutava. – Eles foram para o outro lado agora, contornando o campo de trigo.

– E o que foi isso agora com Arrietty? – Pod balbuciou.

– Eu disse a você – respondeu Spiller.

– Alguma coisa relacionada com uma saboneteira?

– Ela está bem? – suplicou Homily, interrompendo. – Está segura? Diga-nos que...

– Ela está segura – disse Spiller. – Eu disse a vocês. Lata, e não saboneteira – ele corrigiu e lançou os olhos, interessado, sobre o abrigo. – Eu dormi nessa bota uma vez – ele comunicou, sociável, acenando a cabeça na direção dela.

Homily conteve um arrepio.

– Isso não importa agora – ela disse, mudando rapidamente de assunto. – Prossiga e conte-nos sobre a Arrietty. Essa saboneteira, ou lata, ou o que quer que seja. Explique o que aconteceu.

Era difícil encadear a história a partir das frases concisas de Spiller, mas pelo menos alguma coerência emergiu. Spiller, parecia, possuía um barco – a metade de baixo de uma saboneteira de latão levemente amassada; ali, em pé, ele se impulsionava pelo riacho. Spiller tinha uma espécie de casa de veraneio (ou chalé de caça) no campo inclinado mais atrás – uma velha chaleira enegrecida – entalada em ambos os lados pelo lodo do riacho (ele tinha várias dessas bases, ao que parecia, uma das quais, em algum momento, tinha sido a bota) – e "pegava emprestados" objetos dos *trailers*, transportando a pilhagem pela água; esse barco lhe proporcionava uma fuga rápida, e não deixava vestígios. Subir o riacho contra a correnteza era mais demorado, Spiller explicou, e por isso ele era grato pelo alfinete de chapéu, que não apenas funcionava como uma vara afiada e maleável, mas também como arpão. Ele exagerou tanto em relação ao alfinete de chapéu que Pod e Homily começaram a se sentir muito satisfeitos consigo mesmos, como se, do fundo do coração, tivessem realizado um ato caridoso. Pod ansiava perguntar a Spiller que uso ele tinha feito da metade da tesoura, mas não foi capaz de fazê-lo, com receio de atingir uma nota destoante em tão agradável estado de inocente alegria.

Nessa tarde em particular, Spiller estava transportando dois cubos de açúcar, uma mistura para chá, três rolinhos para cabelo cor de chumbo e um desses brinquinhos de argola, lisos e de ouro, pela parte mais larga do córrego, onde, parecendo um lago, se estendia até o campo deles, quando (ele lhes contou) viu Arrietty na beira da água, os pés descalços na lama morna, fazendo uma espécie de brincadeira. Ela levava uma folha de junco que parecia uma pena de ave na mão e parecia estar perseguindo sapos: Arrietty se aproximava discretamente atrás da presa, onde esta, inocentemente, se sentava para tomar sol, e – quando estava perto o suficiente – dava uma cutucada hábil no lombo da criatura sonolenta com sua vara arqueada; então se ouvia um coaxo, um *plaft* e um *splash* – e era um ponto a favor de Arrietty. Às vezes ela era vista se aproximando – e, nesse caso, é claro, era um ponto a favor do sapo. Ela desafiou Spiller para uma competição, completamente alheia ao fato (ele disse) de que havia outro espectador interessado: o cachorro dos ciganos, um tipo de vira-lata galgo, que ficava olhando da mata na beira da lagoa com olhos ávidos. Ela tampouco ouviu (ele acrescentou) os estalidos na vegetação, o que significava que os donos estavam logo atrás.

Spiller tinha tido o tempo exato para saltar em terra firme, empurrar Arrietty para a saboneteira rasa e, instruindo-a apressadamente sobre a localização da chaleira, impulsioná-la riacho abaixo.

– Mas ela vai conseguir encontrar? – Homily perguntou. – A chaleira, quero dizer.

– Não teria como não vê-la – disse Spiller, e continuou a explicar que a correnteza dava em um local próximo de onde desaguava, em uma suave sucessão de ondulações que se quebravam... e onde a saboneteira sempre encalhava. – Tudo o que ela tinha que fazer – ele ressaltou – era se fixar com segurança, tirar as coisas do barco e voltar para cima caminhando.

– Ao longo da saliência do encanamento de gás? – perguntou Pod.
Spiller lançou nele um olhar surpreso – invocado, mas, de alguma forma, contido.
– Poderia ser – ele disse sucintamente.
– Metade de uma saboneteira... – murmurou Homily, preocupada, tentando imaginar a cena. – Espero que ela fique bem.
– Ela vai ficar bem – disse Spiller. – E não ficará nenhum vestígio na água.
– Por que você também não entrou – perguntou Pod – e foi com ela?
Spiller parecia vagamente desconfortável. Ele esfregou a mão escura na parte de trás da calça de pele de toupeira; franziu as sobrancelhas levemente, olhando para o teto.
– Não haveria espaço para dois – ele disse afinal. – Não com a carga.
– Você poderia ter retirado a carga – disse Pod.
Spiller franziu as sobrancelhas mais acentuadamente, como se o assunto o tivesse incomodado.
– Talvez – ele disse.
– Quero dizer – Pod apontou –, você estava lá, não estava, no espaço aberto, sem proteção?... O que é uma pequena carga se comparada a isso?
– Sim – disse Spiller. E acrescentou, desconfortável, referindo-se ao barco. – Ele é raso, vocês não viram: não teria espaço para dois.
– Oh, Pod – choramingou Homily, de repente mais emotiva.
– O que foi agora? – perguntou Pod.
– Esse menino... – prosseguiu Homily em tons ressonantes – Esse... bem... seja como for... aí está ele! – E abriu um braço na direção de Spiller.
Pod olhou de relance para Spiller. Sim, na verdade, lá estava ele, muito constrangido e indescritivelmente imundo.
– Ele salvou a vida dela – continuou Homily, a voz embargada de gratidão – à custa da própria vida!
– Não foi à custa da vida dele – Pod ressaltou após um momento, olhando pensativo para Spiller. – Quero dizer, ele está aqui, não está? – E acrescentou sensatamente, após uma reflexão tardia. – E ela não está!
– Ela estará – afirmou Homily, de repente mais confiante. – Você vai ver; tudo vai ficar bem. E o alfinete de chapéu está às ordens para

ele. Este menino é um herói! – Subitamente voltando a si, ela começou a se alvoroçar. – Agora, sente-se aqui, Spiller – ela incitou com hospitalidade –, e descanse. É uma longa subida da água até aqui. Você aceitaria algo? Gostaria de uma boa metade de broto de roseira recheada ou preferiria outra coisa? Não temos muito... – ela explicou com uma risada nervosa. – Somos novos aqui, sabe...

Spiller pôs uma mão imunda dentro de um bolso fundo.

– Eu consegui isto aqui – ele disse, e atirou um pedaço significativo de alguma coisa pesada e suculenta que bateu com força conforme atingiu a mesa de ardósia. Homily se moveu para a frente; curiosa, ela se inclinou.

– O que é isso? – ela perguntou com uma voz intimidada. Mas, mesmo quando falou, ela já sabia: um sutil aroma de caça cresceu até suas narinas: um pouco passado, mas deliciosamente apetitoso, e, por um fugaz e glorioso segundo, ela sentiu que quase fosse desmaiar de avidez; era uma coxa assada de...

– Carne – disse Spiller.

– Que tipo de carne? – perguntou Pod. Ele também parecia um tanto hipnotizado pela visão: uma dieta exclusiva de frutos podia ser antiácida, mas certamente deixava a desejar.

– Não me diga – Homily protestou, levando as mãos aos ouvidos. E, quando eles se viraram surpresos em sua direção, ela pareceu pedir desculpas, mas acrescentou, impetuosa. – Vamos simplesmente comê-la, sim?

Eles o fizeram vorazmente, fatiando-a com o pedaço de lâmina de barbear. Spiller era um espectador surpreso: saciado pela proteína que consumia regularmente, não se sentia particularmente com fome.

– Deixe um pouco para Arrietty – Homily ficava dizendo, e, de vez em quando, lembrava-se das boas maneiras e insistia para que Spiller comesse.

Pod, muito curioso, ficava sondando:

– Grande demais para um rato-do-campo... – dizia, mastigando pensativo. – Ainda assim, muito pequeno para um coelho. Não se pode comer arminho... Deve ser um pássaro, é claro.

E Homily, em uma voz aflita, reclamava:

– Por favor, Pod... – E virava-se modesta para Spiller. – Tudo o que *eu* quero saber é como Spiller a assa. Está deliciosa e no ponto.

Mas Spiller não se deixava adular.

– É fácil – ele admitiu uma vez (para espanto de Homily: como poderia ser "fácil" ali fora, naquele fim de mundo, sem uma grelha nem coque ou carvão? E, gratidão espontânea à parte, ela bajulou Spiller mais e mais: ela tinha gostado dele – estava convencida agora – desde o início).

Arrietty retornou no meio desse banquete. Cambaleou um pouco ao abrir caminho através da proteção de folhas aglomeradas, perdeu um pouco o equilíbrio e se sentou um tanto de repente no meio do piso.

Homily ficou toda preocupada.

– O que fizeram com você, Arrietty? Qual é o problema? Você está doente?

Arrietty balançou a cabeça.

– Mareada – ela disse, fraca. – Minha cabeça está toda girando... – Ela olhou de modo repreensivo para Spiller. – Você me largou rodando pela correnteza – ela disse acusatoriamente. – Aquele negócio ficou girando e girando e girando e girando e girando e...

– Já chega, Arrietty – interrompeu Homily –, ou todos nós ficaremos tontos. Spiller foi muito gentil. Você deveria estar grata. Ele deu a vida por você...

– Ele não deu a vida – explicou Pod novamente, ligeiramente irritado.

Mas Homily nem percebeu.

– E então subiu aqui com as sacolas de empréstimos para dizer que você estava bem. Você deveria agradecer a ele.

– Obrigada, Spiller – disse Arrietty, educada, mas languidamente olhando para cima de onde se situava no chão.

– Agora, levante-se – disse Homily. – Boa menina. E venha para a mesa. Você não comeu nada desde o café da manhã; esse é o seu problema. Guardamos para você um bom pedaço de carne...

– Um bom pedaço de quê? – perguntou Arrietty com uma voz confusa, sem acreditar em seus ouvidos.

– Carne – disse Homily com firmeza, sem olhar para ela.

Arrietty levantou-se de um pulo e dirigiu-se à mesa; ela ficou olhando para baixo de modo inexpressivo, fitando os maravilhosos pedaços de carne marrons.

– Mas eu achei que nós fôssemos vegetarianos... – Depois de alguns instantes, ela ergueu os olhos na direção de Spiller: havia um questionamento neles. – Isto é...? – ela começou pesarosa.

Spiller balançou a cabeça rapidamente; era uma negativa resoluta, e ela acalmou seus receios.

– Nós nunca perguntamos – Homily interrompeu categórica, apertando os lábios e criando um precedente. – Vamos apenas chamar de uma parte do que os ciganos apanharam e deixar por isso mesmo.

– Não deixar isso... – Arrietty murmurou, devaneando. Pareceu bem recomposta de repente e, ajeitando as saias, juntou-se a eles na mesa baixa ao redor da qual eles se sentaram de pernas cruzadas no chão. Hesitante, ela pegou uma fatia entre dois dedos, deu uma mordida cautelosa e, então, fechou os olhos e quase estremeceu de tão bem-vindo e perfeito que era o sabor.

– Os ciganos *realmente* apanharam isto? – ela perguntou, incrédula.

– Não – disse Pod. – Foi o Spiller.

– Eu imaginei – disse Arrietty. – Obrigada, Spiller – acrescentou. E, dessa vez, a voz dela soou sincera: vigorosa e soando com a gratidão apropriada.

•• CAPÍTULO CATORZE ••

"OLHE PARA O ALTO, CAIA BAIXO."
Subida do primeiro balão na Inglaterra, 1784.

[*Extraído do* Minidiário de provérbios *de Arrietty, 15 de setembro*]

As refeições ficaram diferentes depois disso – diferentes e melhores –, e Arrietty concluiu que isso tinha alguma coisa a ver com a meia tesoura roubada. Roubada? Uma palavra de som desagradável, raramente aplicada a um Borrower.

– Mas de que outra forma isso pode ser chamado? – Homily lamentou certa manhã, sentada na beira do abrigo enquanto Pod costurava um remendo no sapato dela. – Ou até mesmo o que se pode esperar de um garoto pobre, sem lar, ignorante, criado, como se costuma dizer, na sarjeta...

– Na vala, você quer dizer – interrompeu Arrietty sonolenta, deitada um pouco abaixo na ribanceira.

– Eu quis dizer na sarjeta – Homily repetiu, mas pareceu um pouco surpresa: ela não sabia que Arrietty estava perto. – É uma maneira de falar. Não – continuou, cuidadosa, ajustando a barra da saia para esconder a meia do pé (havia um pequeno furo, ela percebeu, no dedo) –, não se pode culpar o rapaz. Quero dizer, com esse tipo de criação, o que ele poderia saber sobre ética?

– Sobriética? – perguntou Pod. Homily, pobre alma ignorante, de vez em quando acertava alguma palavra que o surpreendia, e o que o surpreendia ainda mais é que ela às vezes acertava também seu significado.

– Ética – Homily repetiu secamente e com perfeita confiança. – Você sabe o que ética significa, não sabe?

– Não, não sei – Pod admitiu simplesmente, continuando seu remendo. – Parece, para mim, o nome de um país grande... – Ele tinha ouvido Arrietty dizer algo a respeito ao ler seu *Minidicionário geográfico do mundo*.

– Isso é União Soviética – disse Homily.

– Ou – Pod continuou, alisando a perfeita sutura com o dedo lambido – aquele tipo de poesia que fala de heróis.

– É engraçado – refletiu Arrietty – que não possa ter uma só.

– Uma só o quê? – perguntou Homily séria.

– Uma ética – disse Arrietty. – Nós não dizemos: "O fulano tem uma ética", mas apenas: "O fulano tem ética".
– Aí é que você se engana – rebateu Homily. – Na verdade, existe apenas uma. E o Spiller nunca aprendeu sobre ela. Um dia – ela prosseguiu – eu vou ter uma conversa agradável, calma e amistosa com esse pobre rapaz.
– Sobre o quê? – perguntou Arrietty.
Homily ignorou a pergunta: ela tinha criado uma determinada expressão e não pretendia mudá-la.
– Spiller, eu direi, você nunca teve uma mãe...
– Como você sabe que ele nunca teve uma mãe? – perguntou Pod. – Ele deve ter tido – acrescentou racionalmente, depois de um momento de reflexão.
– Sim – interrompeu Arrietty –, ele teve uma mãe. Foi assim que ficou sabendo o nome dele.
– Como? – perguntou Homily, de repente curiosa.
– Porque a mãe dele lhe contou, é claro. Spiller é o sobrenome dele. O primeiro nome é Terrível.
Houve uma pausa.
– E qual é, então? – perguntou Homily com uma voz de suspense.
– Terrível!
– Não se preocupe – intercedeu Homily. – Conte-nos; não somos crianças.
– Esse é o nome dele. Terrível Spiller. Ele se lembra da mãe dizendo um dia à mesa: "Spiller, você é Terrível". Isso é tudo que ele lembra sobre a mãe.
– Está bem – disse Homily depois de um momento, retornando sua expressão a uma gentil tolerância. – Então, vou dizer a ele (ela sorriu seu sorriso triste): "Terrível, caro rapaz, meu pobre garoto órfão"...
– Como você sabe que ele é órfão? – interrompeu Pod. – Você alguma vez perguntou se ele é órfão?
– Não dá para ficar perguntando coisas para o Spiller – Arrietty interrompeu depressa. – Às vezes ele conta, mas não se pode ficar perguntando. Vocês se lembram de quando tentaram descobrir como ele fazia para cozinhar? Ele ficou dois dias sem aparecer.
– É verdade – Pod concordou, carrancudo. – Dois dias sem carne. Não queremos que isso volte a acontecer tão cedo. – Quer saber,

Homily? – ele prosseguiu, virando-se, de repente, para ela. – É melhor deixar Spiller sossegado.

– É para o próprio bem dele – protestou Homily zangada. – Além disso, eu vou *dizer*, e não *ficar perguntando*! (Ela abriu novamente aquele sorriso.) – "Spiller, meu pobre rapaz", ou "Terrível", ou qualquer que seja o nome dele...

– Você não pode chamá-lo de Terrível, mãe! – interrompeu Arrietty. – A não ser que ele lhe peça.

– Bem, "Spiller", então! – Homily revirou os olhos. – Mas eu tenho que falar para ele.

– Falar o que para ele? – Pod perguntou, irritado.

– Sobre essa *ética*! – Homily quase gritou. – Era sobre isso que nós estávamos falando desde o início! Que nunca se pode pegar emprestado de outro Borrower!

Impaciente, Pod cortou a linha.

– Ele sabe disso – disse, passando o sapato para Homily. – Aqui está; calce-o.

– E quanto ao alfinete de chapéu? – insistiu Homily.

– Ele devolve – Pod disse.

– Ele não devolveu a tesoura de unha.

– Ele limpa as caças com ela – Arrietty foi logo dizendo. – E nós conseguimos a carne.

– Limpa as caças? – ponderou Homily – Bem, eu nunca fiz isso...

– É isso mesmo – concordou Pod. – E as corta em pedaços. Entende o que quero dizer, Homily? – Ele ficou em pé. – Melhor deixá-lo sossegado.

Homily estava distraída enroscando os cordões de seu sapato.

– Fico pensando como ele faz para cozinhar... – ela meditou em voz alta depois de um tempo.

– Fique pensando – disse Pod, dirigindo-se à prateleira para guardar as ferramentas. – Não há nada de mau nisso, desde que você não faça perguntas.

– Pobre rapaz órfão... – comentou Homily novamente. Ela falava de maneira bastante suave, mas seus olhos ficaram pensativos.

•• CAPÍTULO QUINZE ••

"NENHUMA ALEGRIA SEM BOA COMPANHIA."
Colombo descobriu o Novo Mundo, 1492.
[*Extraído do* Minidiário de provérbios *de Arrietty, 25 de setembro*]

As seis semanas seguintes (segundo Tom Boaventura) foram as mais felizes que Arrietty passou ao ar livre. Não que pudessem ser chamados exatamente de dias de paz; eles passaram, é claro, pelas mudanças naturais da temperatura do verão inglês: dias em que os campos eram inundados por uma névoa leitosa e as teias das aranhas se penduravam como joias nas sebes; dias de calor intenso e abafamento sufocante; dias tempestuosos, como aquele em que um raio riscou o céu, caindo no meio da floresta, e Homily, apavorada, enterrou a lâmina de barbear, dizendo que "o aço atrai"; e uma semana inteira de chuva forte, escura e constante, quase sem trégua, quando o fosso abaixo da sua ribanceira se tornou uma torrente estrondosa na qual Spiller, navegando em sua saboneteira de latão com perigosa velocidade e habilidade, percorria intrepidamente as correntezas; durante essa semana, Homily e Arrietty foram obrigadas a ficar em casa para, conforme Pod lhes informou, não correrem o risco de escorregar e cair na lama. Não seria nada engraçado, ele explicou, serem arrastadas ao longo do fosso até o riacho expandido, na curva, e continuar e continuar através dos campos mais baixos até chegarem ao rio e acabarem sendo levadas para o mar aberto.

— Por que não dizer "até a América" de uma vez? — Homily retrucou, mordaz, lembrando-se do *Minidicionário geográfico* de Arrietty. Mas ela seguiu em frente com seu tricô para o inverno, certificou-se de que havia bebida quente para os homens e secou as roupas do pobre Spiller no calor da vela enquanto ele se aconchegava dentro da bota; despido, mas limpo, pelo menos uma vez.

A chuva nunca chegou a atingir o interior do abrigo, mas uma umidade desagradável tomou conta de tudo: um mofo branco se instalou no couro da bota e, certa vez, cogumelos amarelos venenosos apareceram repentinamente em um lugar onde nunca antes haviam existido. Em outra manhã, quando Homily se arrastava tremendo para pegar o café da manhã, uma trilha prateada de uma substância viscosa corria como uma fita pelo chão e, ao tatear a prateleira de ferramentas em busca de fósforos, ela deu um grito de susto: a prateleira estava tomada e transbordando de uma massa pesada de lesma. Um Borrower não poderia lidar facilmente com uma lesma daquele tamanho, mas, felizmente, ela se encolheu e se fingiu de morta; uma vez que eles conseguiram forçá-la para fora do apertado esconderijo, puderam impulsioná-la sobre o chão arenoso e ela saiu rolando ladeira abaixo.

Depois disso, próximo do fim de setembro, realmente ocorreram alguns dias agradáveis, cerca de dez: sol e borboletas e aquele calor que causava sonolência; e uma segunda eclosão de flores silvestres. Não havia fim para os divertimentos de Arrietty ao ar livre. Ela descia a ribanceira, atravessava a vala em direção ao capim alto e, esticada entre os caules, ficava deitada observando. Uma vez que ela se acostumou com os hábitos dos insetos, não teve mais medo deles: percebeu que seu próprio mundo não era o mundo deles, e para eles quase não tinha interesse; exceto, talvez, por aquele ser repugnante (chamado por Pod de "caro pato") que, rastejando-se vagaroso pela pele exposta, enterrava nela sua cabeça e ficava agarrado.

Gafanhotos pousavam como pássaros pré-históricos sobre a grama acima da cabeça dela; criaturas estranhas com armaduras blindadas, mas completamente inofensivas para gente como ela. Os talos do capim agitavam-se freneticamente sob o peso repentino dos bichinhos, e Arrietty, que observava deitada logo abaixo, notou as mandíbulas parecidas com máquinas cortantes quando os gafanhotos mastigavam.

As abelhas, para Arrietty, eram tão grandes quanto os pássaros são para os humanos. E, se as abelhas comuns eram do tamanho de uma pomba, uma vespa, em seu peso e circunferência, poderia ser comparada a um peru. Ela descobriu que, se não fossem provocadas, as vespas também eram inofensivas. Uma vespa, que batia as asas e se alimentava vorazmente de um trevo, parou de repente quando Arrietty acariciou de leve seu pelo com os dedos. Bondade atrai bondade, e a raiva, ela descobriu, é apenas estimulada pelo medo. Uma vez Arrietty quase foi picada quando, apenas por provocação, prendeu uma abelha naquela flor chamada boca-de-leão silvestre, ao fechar suas bordas com a mão. A abelha aprisionada zumbia como um gerador e picou, não Arrietty, dessa vez, mas o cálice que circundava a planta.

Grande parte do tempo ela passava na água: remando, observando, aprendendo a flutuar. Os sapos se desviavam dela: quando Arrietty se aproximava, eles saltavam com uma monótona lamúria de desagrado, os olhos saltados submissos, mas nervosos; "veja quem aparece novamente...", pareciam coaxar.

Depois do banho, antes de vestir suas roupas, algumas vezes ela se enfeitava: uma saia de folhas de violetas, hastes na parte de cima, entrelaçadas na altura da cintura com uma aquilégia[15] murcha, e,

---

15. Planta ornamental de flores azuis ou roxas. (N. E.)

imitando as fadas, um sino de dedaleira como chapéu. Ao reparar em seu luminoso reflexo na água parada dentro da pegada de um animal, Arrietty pensou que isso poderia ficar bem em gnomos, elfos, fadas e coisas do gênero, mas tinha de admitir que parecia bastante bobo em uma Borrower comum ou de jardim; por uma única razão: se a borda servisse na circunferência de sua cabeça, aquilo tudo ficava alto demais, como uma salsicha rosada ou um chapéu de *chef* de cozinha muito alongado. Por outro lado, se a aba do sino deslizasse com elegância em uma curva mais suave de chapéu, o adereço inteiro escorregaria, encobrindo o rosto até os ombros e criando um efeito ku klux klan[16].

E conseguir essas flores não era fácil: as dedaleiras eram altas. Arrietty supôs que as fadas simplesmente voavam sobre elas de queixo erguido e com os pés esticados, como os de uma bailarina, traçando um leve fragmento de névoa. As fadas faziam tudo tão graciosamente... Arrietty, coitada, tinha que curvar a planta para baixo com a ajuda de uma forquilha de graveto e se sentar nela da forma mais pesada que pudesse, enquanto arrancava qualquer sino de flor ao seu alcance. Às vezes, a planta escapava e se erguia novamente. Mas, em geral, equilibrando seu peso ao longo do caule, Arrietty conseguia

---

16. Antiga organização racista norte-americana cujo traje incluía capuzes pontiagudos que cobriam o rosto. (N. T.)

pegar cinco ou seis sinos de flores – o suficiente, de qualquer modo, para experimentar-lhes os tamanhos.

Spiller, deslizando em seu barco engenhosamente equipado, ficou olhando meio surpreso: ele não aprovava completamente as brincadeiras de Arrietty; tendo passado toda a vida no campo, arranjando-se sozinho contra a natureza, não tinha ideia do que tal liberdade poderia significar para alguém que tivesse passado a infância sob o assoalho de uma cozinha; sapos eram apenas carne para ele; a grama era "camuflagem" e os insetos, um aborrecimento, especialmente os mosquitos; a água estava lá para beber, e não para ficar espirrando nos outros; e riachos eram avenidas que continham peixes. O pobre Spiller, aquela criaturinha gatuna, nunca havia tido tempo para brincar.

Mas ele era um destemido Borrower – isso até Pod reconhecia; muito habilidoso a seu próprio modo, assim como Pod sempre havia sido. Os dois cavalheiros tiveram longas discussões em uma noite depois da ceia sobre as particularidades de uma arte bastante complexa. Pod pertencia a uma escola mais moderada: jornadas diárias e apropriação modesta; um pouquinho aqui, outro tanto lá, nada para levantar suspeitas. Spiller preferia a técnica ganhe-sua-riqueza-enquanto-o-sol-brilha: uma investida rápida em tudo o que conseguisse pôr as mãos e uma fuga instantânea. Essa diferença de abordagem era compreensível, Arrietty pensou ao escutá-los, enquanto ajudava a mãe com os pratos: Pod era um Borrower doméstico, estabelecido havia muito tempo em uma rotina tradicional, enquanto Spiller lidava exclusivamente com ciganos – hoje aqui e amanhã longe –, tendo que adaptar sua rapidez à deles.

Às vezes, passava uma semana inteira sem que vissem Spiller, mas ele os deixava bem estocados de comida cozida: uma coxa disso ou daquilo, ou algum cozido temperado com alho-silvestre, que Homily aquecia sobre a vela. Farinha, açúcar, chá e manteiga – e até pão – eles tinham bastante agora. Spiller, com aquele seu jeito desinteressado, providenciava, cedo ou tarde, quase tudo o que eles pedissem: um pedaço de veludo cor de ameixa, com o qual Homily fez uma saia nova para Arrietty, duas velas inteiras para avolumar os tocos, quatro carretéis de algodão vazios sobre os quais ergueram a mesa e, para a alegria de Homily, seis conchas de mexilhões para usar como pratos.

Uma vez ele lhes trouxe um pequeno frasco de remédio, de forma arredondada. Quando Spiller destampou a rolha, perguntou:

– Sabem o que é isto?
Homily, de nariz torcido, cheirou o líquido amarelo-âmbar:
– Algum tipo de xampu? – perguntou fazendo careta.
– Vinho de flor de sabugueiro – Spiller lhe revelou, observando sua expressão. – É dos bons.
Homily, prestes a beber, mudou de ideia de repente.
– Quando o vinho entra – disse para Spiller, citando o *Minidiário de provérbios* de Arrietty –, o juízo sai. Além disso, fui educada totalmente abstêmia.
– Ele fabrica isto em um regador – Spiller explicou – e o entorna pelo bico.
– Quem faz isso? – perguntou Homily.
– O Vista Grossa – disse Spiller.
Houve um silêncio momentâneo, tenso de curiosidade.
– E quem seria esse Vista Grossa? – perguntou Homily por fim. Prendendo os cabelos alegremente, ela se distanciou um pouco de Spiller e começou a cantarolar baixinho, com os lábios fechados.
– Aquele que tinha a bota – Spiller disse despreocupadamente.
– Oh – observou Homily. Ela pegou a ponta de um cardo e pôs-se a varrer o chão; sem parecer rude, conseguiu transmitir a ideia de com-licença-agora-tenho-que-continuar-a-limpeza. – Que bota?
– Esta bota – disse Spiller, chutando a ponta.
Homily parou de varrer; ficou encarando Spiller.
– Mas esta era a bota de um cavalheiro – ela comentou sem se alterar.
– "Era", está certo. – Spiller disse.
Homily ficou em silêncio por um momento.
– Não compreendo – ela disse, afinal.
– Antes de o Vista Grossa roubá-la – exclamou Spiller.
Homily riu.
– Vista Grossa... Vista Grossa... Quem é esse Vista Grossa? – perguntou sorrindo, determinada a não parecer ansiosa.
– Eu disse a você – comentou Spiller –, o cigano que tinha as botas.
– Botas? – repetiu Homily, erguendo as sobrancelhas e acentuando o plural.
– Era um par. O Vista Grossa achou do lado de fora da porta da área de serviço... – Spiller indicou com a cabeça. – Aquela casa grande lá para baixo. Foi até lá vender prendedores de roupas e lá estavam,

colocados no pavimento, vários pares, de todos os formatos e tamanhos, bem lustrados, apanhando sol... escovados e tudo.

– Ah... – disse Homily pensativa; parecia uma boa coisa para "pegar emprestada". – E ele pegou todos?

Spiller riu.

– Não o Vista Grossa. Ele pegou o par e juntou o espaço entre os outros para disfarçar.

– Entendi – disse Homily. Depois de um momento, ela perguntou. – E quem pegou emprestado este aqui? Você?

– De certa forma – disse Spiller, e acrescentou, como se fosse parte da explicação. – Ele tem aquele gato malhado.

– O que o gato tem a ver com isso? – perguntou Homily.

– Um grande gato apareceu por lá miando certa noite e o Vista Grossa se levantou da cama e arremessou a bota nele; esta bota. – Novamente Spiller chutou o couro. – Era boa e à prova d'água antes de uma doninha mordê-la no pé. Então eu a apanhei, arrastei-a pelos cordões através da sebe, joguei-a na água, pulei dentro dela, naveguei riacho abaixo até a curva, trouxe-a para a terra, na lama, e a sequei depois sobre o capim longo.

– Onde nós a encontramos? – perguntou Homily.

– Isso mesmo – disse Spiller. Ele riu. – Vocês tinham que ter escutado o velho Vista Grossa de manhã: xingava e rogava pragas. Ele sabia exatamente onde tinha atirado a bota; não conseguia entender. – Spiller riu outra vez. – Ele nunca passa por este caminho – prosseguiu –, mas ainda deu outra procurada.

Homily ficou pálida.

– Outra procurada? – repetiu nervosamente.

Spiller encolheu os ombros.

– Que diferença faz? Ele não pensaria em olhar deste lado da água. O Vista Grossa sabe onde jogou a bota e é por isso que não consegue entender o que houve.

– Oh, céus... – Homily hesitou preocupada.

– Vocês não têm que se preocupar – Spiller os tranquilizou. – Querem que eu traga alguma coisa?

– Se conseguisse um pedaço de alguma coisa de lã, eu não me importaria – disse Homily. – Nós passamos frio dentro da bota na noite passada.

– Como um pouco de lã de ovelha tosquiada? – perguntou Spiller. – Tem bastante lá embaixo, no caminho perto dos arbustos espinhosos.

– Qualquer coisa – concordou Homily. – Desde que seja quente. E contanto que – acrescentou de repente, tomada por um horrível pensamento – não seja uma meia. – Os olhos dela se arregalaram. – Não quero nenhuma meia que pertença ao Vista Grossa.

Spiller jantou com eles naquela noite (peixe ensopado frio com salada de azeda). Ele tinha trazido um esplêndido chumaço de lã e um pedaço de faixa vermelha tirada de um cobertor. Pod, menos abstêmio que Homily, serviu-lhe meia casca de avelã de vinho de flor de sabugueiro. Mas Spiller não o tocou.

– Tenho algumas coisas para fazer – disse-lhes sobriamente, e eles acharam que sairia para uma viagem.

– Ficará fora por muito tempo? – perguntou Pod casualmente no momento em que, apenas para experimentar, tomou um golinho de vinho.

– Uma semana – disse Spiller. – Dez dias, talvez...

– Bem – disse Pod –, cuide-se. – Ele tomou outro pequeno gole. – Está bom – disse para Homily, oferecendo-lhe a casca de avelã. – Experimente.

Homily fez sinal que não com a cabeça e contraiu os lábios.

– Vamos sentir sua falta, Spiller – ela disse, piscando os olhos e ignorando Pod. – Isso é fato...

– Por que você tem que ir? – Arrietty perguntou de repente.

Spiller, prestes a abrir caminho pela cortina de folhas, virou-se para olhar para ela.

Arrietty corou. "Eu fiz uma pergunta para ele", ela percebeu, aborrecida. "Agora ele desaparecerá durante semanas." Mas, dessa vez, Spiller pareceu meramente hesitante.

– Minhas roupas de inverno – ele disse finalmente.

– Oh! – exclamou Arrietty, levantando a cabeça, prazerosa. – Novas?

Spiller fez que sim com a cabeça.

– Peles? – perguntou Arrietty.

Spiller concordou novamente.

– Coelho? – perguntou Arrietty.

– Toupeira – disse Spiller.

Houve um inesperado momento de deleite na alcova à luz de velas: um agradável sentimento de alguma coisa para esperar com ansiedade. Os três sorriram para Spiller, e Pod ergueu seu "copo".

– Às roupas novas do Spiller – ele disse, e Spiller, subitamente constrangido, mergulhou rapidamente em meio aos galhos. Mas, antes de a cortina viva parar de tremer, eles viram seu rosto novamente; divertido e envergonhado, apareceu para eles de volta emoldurado pelas folhas.

– Uma senhora as faz – ele anunciou, meio sem jeito, e rapidamente desapareceu.

•• CAPÍTULO DEZESSEIS ••

"TODA MARÉ TEM SUA VAZANTE."
Incêndio na Torre de Londres, 1841.
[*Extraído do* Minidiário de provérbios *de Arrietty, 30 de outubro*]

Na manhã seguinte, logo cedo, Pod, da beira do abrigo, convocou Arrietty para juntar-se a ele.

— Venha ver isto — ele chamou.

Arrietty, tremendo, vestiu umas peças de roupa e, enrolando o pedaço de cobertor vermelho ao redor dos ombros, dirigiu-se lentamente até ele. O sol estava de pé e a paisagem, suavemente iluminada, coberta por algo que, para Arrietty, pareceu açúcar polvilhado.

— É isso — disse Pod, após um instante. — A primeira geada.

Arrietty colocou os dedos dormentes sob as axilas, apertando o cobertor em volta de si.

— Sim — ela disse quieta, e eles ficaram olhando em silêncio.

Depois de um tempo, Pod limpou a garganta.

— Não há como acordar a sua mãe — ele disse com a voz rouca. — Provavelmente, com esse sol, vai ter desaparecido em menos de uma hora. — Ele ficou em silêncio novamente, refletindo de maneira profunda. — Achei que você fosse gostar de ver... — ele disse por fim.

— Sim — Arrietty disse de novo. E acrescentou, gentilmente. — É bonito.

— O melhor que temos a fazer — disse Pod — é tomar o café em silêncio e deixar sua mãe dormir. Ela está bem — ele reforçou — aconchegada naquela lã.

— Eu estou morta de frio — rosnou Homily, durante o café da manhã, as mãos segurando metade de uma casca de avelã cheia de chá quente sibilante (agora que tinham Spiller, havia menos necessidade de economizar velas). — Ele sobe direto pela espinha. E sabe do que mais? — ela continuou.

— Não — disse Pod (essa era a única resposta possível). — O quê?

— Vamos supor que nós descêssemos até o local da caravana e déssemos uma olhada ao redor; não haveria nenhum cigano! Quando o Spiller vai embora, significa que eles partiram. Podemos encontrar alguma coisa... — Ela acrescentou. — E, com esse tipo de clima, não há sentido em ficar à toa. O que acha disso, Pod? Poderíamos nos agasalhar.

Arrietty estava em silêncio, estudando a expressão dos pais: ela tinha aprendido a não se afobar. Pod hesitou. "Seria invasão de propriedade?", ele ficou pensando. "Seria aquela área direito de Spiller?"

– Tudo bem – ele concordou, inseguro, depois de um momento.

Não se tratava de uma simples expedição. Como Spiller havia escondido seu barco, eles tiveram que atravessar a água em um pedaço achatado de casca de árvore, e foi difícil avançar quando, uma vez na floresta, eles tentaram seguir o riacho por terra: ambas as margens estavam cobertas por densos arbustos espinhosos, verdadeiras florestas assustadoras de arames farpados vivos que partiam seus cabelos e rasgavam suas roupas; quando já tinham enfrentado a travessia da sebe até a extensão de grama ao lado da passagem, estavam todos desgrenhados e sangrando.

Arrietty olhou ao redor para o local do acampamento e ficou desanimada com o que viu: essa floresta que haviam atravessado com tanta dificuldade agora impedia a passagem dos últimos e fracos raios de sol; a grama sombreada estava esmagada e amarela; aqui e ali havia restos de ossos, penas ao sabor do vento, pedaços de trapos e, vez ou outra, um jornal manchado se agitava na sebe.

– Minha nossa... – murmurou Homily, olhando de um lado a outro. – De alguma forma, agora, não pareço gostar tanto daquele cobertor.

– Bem – disse Pod, depois de uma pausa –, vamos. Nós podemos dar uma olhada geral. – E liderou a descida pela ribanceira.

Eles remexeram as coisas com um pouco de nojo, e Homily pensou em pulgas. Pod encontrou uma velha panela de ferro sem fundo: ele achou que poderia servir para alguma coisa, mas não conseguiu descobrir o quê; andou ao redor dela avaliando e, uma ou duas vezes, deu batidinhas fortes com a cabeça do alfinete de chapéu, o que provocou um tinido surdo. De qualquer modo, ele decidiu, afinal, conforme se afastou, que não teria utilidade para ele e que seria pesada demais para deslocar.

Arrietty descobriu um fogão fora de uso: tinha sido jogado fora na margem abaixo da sebe; estava tão afundado na grama e tão tomado pela ferrugem que devia ter sido deixado ali havia anos.

– Sabe – ela comentou com a mãe, depois de analisá-lo silenciosamente –, daria para viver dentro de um fogão como este.

Homily ficou olhando.

– Nisso aí?! – exclamou ela com aversão. O fogão estava inclinado, parcialmente afundado na terra; como os fogões antigos, ele era bem pequeno, com uma grelha formada por barras e um forno em miniatura do tipo que era construído em *trailers*. Ao lado dele, Arrietty notou, havia uma pequena pilha de ossos frágeis.

– Não posso afirmar que não esteja certa – Pod concordou, batendo nas barras da grelha. – Daria para ter fogo aqui, digamos, e viver no forno.

– Viver! – exclamou Homily. – Ser queimado vivo, você quer dizer!

– Não – exclamou Pod. – Não precisa ser um fogo imenso. Apenas o suficiente para aquecer o lugar. – Ele olhou para o ferrolho de metal na porta do forno. – E lá estaríamos tão seguros quanto em uma casa. Isto é ferro... – Ele deu pancadinhas no fogão com o alfinete de chapéu. – Nada poderia roê-lo.

– Ratos-do-campo poderiam deslizar para dentro atravessando as barras – disse Homily.

– Talvez – disse Pod –, mas eu não estava pensando tanto em ratos-do-campo quanto... – ele fez uma pausa inquietante – ... em arminhos, raposas e alguma espécie de gado.

– Oh, Pod! – exclamou Homily, batendo as mãos nas bochechas e fazendo um olhar trágico. – As coisas que você traz à tona! Por que faz isso? – ela se queixou em pranto. – Por quê? Você sabe o que isso me provoca!

– Bem, essas coisas existem – Pod apontou com apatia. – Nesta vida – continuou – é preciso ver o que *é*, como se diz, e encarar o que não gostaria que fosse.

– Mas raposas, Pod... – protestou Homily.

– Sim – concordou Pod –, mas lá estão elas; não se pode negar. Entende o que eu digo?

– Tudo bem – disse Homily, olhando o fogão de um jeito mais ameno –, mas suponha que você o acendesse; os ciganos veriam a fumaça.

– E não apenas os ciganos – admitiu Pod, observando de lado a passagem. – Qualquer um que passasse o veria. –

Ele suspirou, conforme se virou para partir. – Não, este fogão não é possível. Uma pena... por causa do ferro.

A única descoberta do dia realmente consoladora foi uma batata recém-tostada: Arrietty a encontrou no local da fogueira dos ciganos. As brasas ainda estavam mornas e, quando cutucadas com um graveto, uma linha de faíscas escarlate corria serpenteando através das cinzas. A batata soltou uma fumacinha quando foi partida ao meio, e confortavelmente eles se fartaram, sentados o mais próximo que ousavam do perigoso calor.

– Eu adoraria poder levar um pouco dessa cinza para casa... – Homily comentou. – Deve ser assim que Spiller cozinha; eu não duvidaria: pegando emprestado um pouco de cinza da fogueira dos ciganos. O que você acha, Pod?

Pod assoprou seu pedacinho de batata.

– Não – ele disse, dando uma mordida e falando com a boca cheia –, o Spiller cozinha do mesmo jeito, estando os ciganos aqui ou não. Ele criou seu próprio método. Eu gostaria de saber qual é.

Homily inclinou-se para a frente, mexendo nas brasas com um graveto chamuscado.

– E se nós deixássemos esta fogueira acesa – ela sugeriu – e trouxéssemos a bota para cá?

Pod olhou em volta inquieto.

– Público demais – disse.

– E se nós a colocássemos na sebe – continuou Homily –, ao lado daquele fogão? Que tal? E se a colocássemos *dentro* do fogão? – ela acrescentou de repente, entusiasmada, embora receosa.

Pod se virou devagar e olhou para ela.

– Homily... – ele começou e parou, como se estivesse desnorteado em busca de palavras. Depois de um momento, pôs uma mão no braço da esposa e olhou com algum orgulho na direção da filha. – Sua mãe é uma mulher maravilhosa – ele disse com uma voz comovida. – E nunca se esqueça disso, Arrietty.

Então era só "colocar mãos à obra": eles colheram galhos como loucos e molharam folhas para queimar sem provocar chamas. Correram para lá e para cá, para cima da sebe, ao longo da ribanceira, no matagal... eles puxaram e deslocaram e tropeçaram e cambalearam... e, logo, uma coluna branca de fumaça subiu espiralada para o céu cor de chumbo.

— Minha nossa! – disse Homily ofegante e aflita. – As pessoas vão ver isso a quilômetros daqui!

— Não importa – arquejou Pod, enquanto empurrava um ramo coberto de líquen. – Eles vão achar que são os ciganos. Empilhe mais algumas dessas folhas, Arrietty; temos que manter isso funcionando até amanhã cedo.

Um golpe repentino de vento soprou a fumaça para os olhos de Homily e as lágrimas correram por suas bochechas.

— Minha nossa! – ela exclamou, novamente aflita. – Isso é o que vamos fazer durante todo o inverno, dia sim, dia não, até ficarmos gastos até os ossos e acabar o combustível. Isso não é bom, Pod. Entende o que eu quero dizer? – Ela se sentou de repente em uma tampa de estanho enegrecida e chorou intensamente. – Não se pode passar o resto da vida – ela choramingou – tomando conta de uma fogueira ao ar livre.

Pod e Arrietty não tinham nada a dizer: eles subitamente sabiam que ela tinha razão. Os Borrowers eram pequenos e fracos demais para criar uma chama significativa. A luz estava enfraquecendo e o vento, ficando mais cortante – pesado como chumbo, o que pressagiava neve.

— É melhor começarmos a voltar para casa – disse Pod, afinal. – De qualquer maneira, nós tentamos. Vamos – ele incitou Homily –, seque seus olhos: vamos pensar em alguma outra coisa...

Mas eles não pensaram em nenhuma outra coisa. E a temperatura caiu mais. Não havia nenhum sinal de Spiller e, após dez dias, eles ficaram sem carne e começaram a usar o último pedaço de vela – a única fonte de calor que possuíam.

— Não sei o que vamos fazer – Homily se lamentava preocupada, enquanto se arrastavam à noite para debaixo da coberta de lã –, disso estou certa. Não vamos mais ver Spiller; é fato. Eu me atrevo a dizer que ele deve ter se envolvido em um acidente.

Então chegou a neve. Homily, encolhida na bota, não se levantaria para vê-la. Para ela, era o presságio do fim.

— Vou morrer aqui – anunciou, encolhida confortavelmente. – Você e seu pai – ela disse para Arrietty – podem morrer como preferirem.

Não adiantava Arrietty lhe garantir que o campo estava lindo, que o frio parecia menos severo e que ela tinha feito um trenó com a tampa de estanho enegrecida, recuperada das cinzas por Pod: Homily havia criado sua sepultura e estava determinada a jazer nela.

Apesar disso, e quase sem entusiasmo, Arrietty ainda gostava de escorregar em seu tobogã ribanceira abaixo por um extenso trajeto até a vala, na chegada. E Pod, alma corajosa, ainda saía para procurar alimentos – apesar de ter sobrado pouco para comer ao longo da sebe, sem contar que ainda tinham que disputar esse pouco – alguns frutos remanescentes – com os pássaros. Embora visivelmente mais magros, nenhum deles se sentiu doente, e as bochechas queimadas da neve de Arrietty brilhavam com uma cor saudável.

Mas, depois de cinco dias, a história era diferente: veio um frio intenso e uma segunda nevada – cuja neve se empilhava em montes cheios de ar, leve e fofa demais para sustentar um palito de fósforo, quanto mais um Borrower. Eles ficaram confinados em casa e, na maior parte do tempo, juntavam-se à Homily na bota. A lã era quente, mas ali, na semiescuridão, o tempo passava devagar e os dias eram muito entediantes. De vez em quando, Homily revivia lembranças e contava histórias de sua infância para eles: ela podia gastar todo o fôlego que quisesse com esse público que não tinha como ir embora.

Então acabou a comida.

– Não sobrou nada – disse Pod uma noite – além de um cubo de açúcar e uma fatia de vela.

– Eu nunca poderia comer isso – reclamou Homily. – Não cera de parafina.

– Ninguém está pedindo para você fazer isso – disse Pod. – E ainda temos aquele pingo de vinho de flor de sabugueiro.

Homily se sentou na cama.

– Ah! – ela disse. – Ponha o açúcar no vinho e aqueça sobre a fatia de vela.

– Mas, Homily – Pod protestou surpreso –, achei que você fosse abstêmia...

– Com uma boa bebida quentinha é diferente – Homily explicou. – Avise quando estiver pronto! – E deitou-se novamente, fechando os olhos, virtuosa.

– Ela vai conseguir o que quer – murmurou Pod de lado para Arrietty. Ele olhou a garrafa, incerto. – Tem mais do que eu pensei. Espero que ela fique bem...

Foi uma festa: tinha passado tanto tempo desde a última vez que haviam acendido a vela; e foi divertido reunirem-se ali e sentir aquele calor.

Quando finalmente, quentes e entontecidos, eles se aconchegaram sob a lã, um contentamento curioso preencheu Arrietty: uma tranquilidade semelhante à esperança. Ela reparou que Pod, ao cochilar com o vinho, esqueceu-se de amarrar a bota... Bem, talvez não importasse se fosse a última noite deles na Terra.

•• CAPÍTULO DEZESSETE ••

"QUANDO O CÉU É QUEM SEMEIA,
NENHUMA GEADA MATA."
O grande terremoto de Lisboa, 50 mil mortos, 1755.
[*Extraído do* Minidiário de provérbios *de Arrietty, 1º de novembro*]

Não foi a última noite deles na Terra: raramente é, de algum modo; foi, entretanto, a última noite deles *em* terra.

Arrietty foi a primeira a acordar. Acordou cansada, como se tivesse dormido mal, mas foi só mais tarde (como ela contou para Tom) que se lembrou de seu sonho com um terremoto. Ela não apenas acordou cansada, mas também teve uma cãibra, e em uma posição das mais desconfortáveis. Parecia mais iluminado do que o normal, e então ela se lembrou dos cordões desatados. Mas por que, ela ficou pensando, quando despertou um pouco mais, a luz do dia parecia realmente entrar diretamente de cima, como uma luz natural meio encoberta? E de repente ela entendeu: a bota, que sempre ficava deitada de lado, por alguma extraordinária razão estava em pé. Seu primeiro pensamento (que fez seu coração bater mais forte) foi o de que o sonho com o terremoto tinha sido um fato. Ela deu uma olhada em Pod e Homily: do que pôde ver deles, tão emaranhados nos chumaços de lã, pareciam estar dormindo profundamente, mas não na mesma posição em que tinham se deitado antes, ela reparou. Alguma coisa havia acontecido, ela estava certa disso; a menos que ainda estivesse sonhando.

Furtivamente, Arrietty se sentou; embora a bota estivesse aberta, o ar parecia quente demais, quase sufocante: cheirava a fumaça de lenha e cebolas e a alguma coisa mais, um odor que não conseguia definir; poderia ser o cheiro de um ser humano?

Arrietty engatinhou pela sola da bota até se localizar sob a abertura. Olhando atentamente, viu, em vez do telhado arenoso do anexo, uma curiosa rede de molas de ferro e uma espécie de teto listrado. Eles deviam estar embaixo de alguma cama (ela já havia visto camas sob esse ângulo na grande casa antiga); mas que cama? E onde?

Tremendo um pouco, mas curiosa demais para não ser corajosa, ela colocou o pé o mais alto que pôde em um ilhós e impulsionou-se, reta, sobre um laço do cadarço; outro passo mais alto, um impulso mais forte, e ela notou que poderia enxergar lá fora: a primeira coisa que viu em pé, bem perto ao seu lado (tão perto que podia enxergar dentro dela), foi uma segunda bota, exatamente igual à deles.

Isso foi mais ou menos tudo o que conseguiu ver de sua posição atual: como a cama era baixa, esticando-se, ela quase conseguia tocar as molas com as mãos. Mas podia escutar coisas: o borbulhar do líquido de um caldeirão fervendo, o estalar de uma fogueira e um som profundo e mais rítmico: o som de um ronco humano.

Arrietty hesitou: estava prestes a acordar seus pais, mas repensou e achou que não deveria fazê-lo. Primeiro, para descobrir um pouco mais. Ela desatou o cadarço de dois buracos, saiu com cuidado pelo vão aberto e foi caminhando pelo dorso da bota até chegar à parte do dedo. Agora ela realmente conseguia ver.

Como adivinhara, eles estavam em um *trailer*. As botas localizavam-se sob uma cama desmontável que se estendia ao longo de uma das laterais; e, olhando para o lado oposto, paralelamente a essa cama, ela viu uma miniatura de fogão a carvão, muito parecida com aquele na sebe, e uma cornija em textura clara. As prateleiras sobre a cornija eram encimadas por pedaços de espelho e ornadas com vasos pintados, velhas canecas comemorativas de coroação e fileiras de flores de papel. Abaixo, em cada um dos lados, havia conjuntos de gavetas e armários. Uma chaleira fervia suavemente sobre a chapa do fogão e um fogo ardia avermelhado entre as barras.

Olhando para o lado, ela viu um segundo beliche paralelo ao fundo do veículo, montado de uma forma mais fixa sobre um cofre; ela observou que, para se manter oculto, o cofre não estava instalado no mesmo nível da porta: havia um espaço sob ele no qual, abaixando-se, um Borrower poderia rastejar. No beliche sobre o cofre, ela viu uma montanha de colcha de retalhos que subia e descia e, segundo concluiu, deveria conter, pelo som dos roncos, um ser humano dormindo. Ao lado da cabeceira do beliche havia um regador, e uma caneca de latão se equilibrava na ponta dele. Era vinho de flor de sabugueiro, ela refletiu, que na noite anterior tinha sido a causa da ruína deles.

À esquerda ficava a porta do *trailer*, a parte de cima meio aberta para o sol de inverno; ela sabia que dava para o varal. Uma fenda da luz do sol descia pelo lado do ferrolho dessa porta – uma fenda através da qual, se ousasse se aproximar, talvez pudesse ver o lado de fora.

Ela hesitou. Era apenas um curto trajeto até a fenda – cerca de um metro e meio no máximo; a montanha humana continuava subindo e descendo, enchendo o ar com o som. Suavemente, Arrietty escorregou da biqueira da bota até um pedaço gasto de tapete e, sem fazer nenhum barulho, caminhou na ponta dos pés cobertos pelas meias até a porta. Por um momento, a luz do sol que entrava brilhante pela fenda quase pareceu cegá-la; então, ela distinguiu uma grama suja e pisada, encharcada pela neve derretida, a fumaça escura de uma fogueira entre duas pedras e, mais além, um tanto distante sob a sebe, viu um objeto familiar: os restos de um fogão em desuso. Ela ficou mais animada: então eles ainda estavam no mesmo lugar da velha caravana; não tinham estado, como ela temera no início, viajando durante toda a noite.

Como ela estava ali parada, olhando com o nariz na fenda, um silêncio repentino atrás de si a fez se virar; e, tendo se virado, ela congelou: o ser humano estava se sentando na cama. Ele era um homem enorme, totalmente vestido, de pele morena e com uma grande massa de cabelos encaracolados; seus olhos estavam apertados, os punhos, estendidos, e a boca, aberta em um longo e profundo bocejo.

Tomada de pânico, ela pensou em se esconder. Deu uma olhada na cama à direita: aquela sob a qual havia acordado. Três passos largos seriam suficientes; mas seria melhor ficar parada, Pod diria isso: a parte sombreada da porta contra a qual ela estava pareceria ainda mais escura por causa daquela abertura na metade de cima, tão brilhantemente preenchida pela luz solar do inverno. Tudo o que Arrietty fez foi sair da frente da fenda de luz, evitando ter sua silhueta contornada pelo brilho.

O ser humano parou de bocejar e balançou as pernas para baixo do alto do beliche, sentando-se por um momento, enquanto admirou, pensativo, seus pés calçados com meias. Arrietty percebeu que um de seus olhos era escuro e tremulante; o outro, fosco e castanho-amarelado, com uma pálpebra estranhamente gotejante. Este devia ser o Vista Grossa: esse homem grande, gordo e terrível que se sentou tão silenciosamente sorrindo para os pés.

Conforme Arrietty viu, os estranhos olhos se abriram um pouco e o sorriso se alargou: Vista Grossa estava olhando para as botas.

Ela prendeu a respiração ao vê-lo inclinando-se para a frente e (o ato de estender um braço foi o suficiente) agarrando as botas de debaixo da outra cama. Ele as examinou com carinho, segurou-as juntas como um par e, então, como se tivesse estranhado a diferença de peso, colocou uma delas no chão. Vista Grossa sacudiu a outra com delicadeza, virando a abertura para a palma da mão, e, como nada caiu, colocou a mão dentro.

O grito que ele deu, Arrietty pensou mais tarde, deve ter sido ouvido a quilômetros dali. Ele derrubou a bota, que caiu de lado, e Arrietty, aflita pelo terror, viu quando Homily e Pod correram para fora e desapareceram por entre as pernas dele (mas não, como Arrietty notou, antes que ele os visse), em direção ao espaço escuro entre o beliche dele e o chão.

Houve uma pausa aterrorizante.

Arrietty já estava assustada o suficiente, mas Vista Grossa parecia ainda mais: os olhos dele se projetaram no rosto que passara a ter a cor da massa de vidraceiro. Duas palavrinhas ficaram suspensas no silêncio, um eco fininho, inacreditáveis para Vista Grossa: alguém... alguma coisa... em algum lugar... em uma nota desesperada, tinha gaguejado:

– Oh, c-céus!

E Arrietty achou que isso foi bastante controlado em relação ao que Homily devia estar sentindo: ser acordada de um sono profundo e sacudida para fora da bota, ver aqueles dois olhos estranhos olhando para ela do alto, ouvir aquele grito ensurdecedor... O espaço entre o cofre e o chão, Arrietty calculou, não devia passar de alguns centímetros; seria impossível ficar em pé, e, embora eles estivessem seguros por enquanto, teriam de permanecer ali: parecia não haver nenhuma saída possível.

Já Arrietty, colada imóvel sob as sombras, não sentia tanto medo: na verdade, ela tinha ficado cara a cara com Vista Grossa; mas ele não poderia vê-la, disso ela tinha praticamente certeza, desde que ela não se mexesse: ele parecia abalado demais por aquelas criaturas que, em um vislumbre e de maneira tão inexplicável, tinham aparecido entre seus pés.

Estupefato, ele ficou olhando por mais um momento; então, desajeitadamente, desceu e ficou de quatro e espiou embaixo do cofre; como se estivesse desapontado, ficou novamente em pé, encontrou uma caixa de fósforos, acendeu-a e, mais uma vez, explorou as sombras até onde a luz chegava. Arrietty aproveitou enquanto ele se virou para dar seus três passos largos e escorregar de volta para baixo da cama. Havia uma caixa de papelão ali que ela podia usar para se esconder, algumas pontas de corda, um pacote com armadilhas para coelhos e um pires viscoso que um dia já tinha contido leite.

Ela passou por entre esses objetos até alcançar o final: a junção da cama com o cofre sob o beliche. Espiando através das armadilhas enroscadas, viu que Vista Grossa, já sem esperança na luz do fósforo, tinha se armado com um forte cacetete que agora movia para a frente e para trás de um modo profissional ao longo do espaço entre o beliche e o chão. Arrietty, com as mãos pressionadas firmes contra o coração, uma vez pensou ter ouvido um grito agudo e abafado e um murmúrio: "Ai, meu santo!".

Naquele momento, a porta do *trailer* se abriu, uma corrente de ar gelado entrou e uma mulher de olhar perturbado olhou para dentro. Envolvida em um xale pesado contra o frio, ela carregava uma cesta de pregadores de roupas. Arrietty, agachada no meio das armadilhas para coelhos, viu quando os olhos selvagens se abriram ainda mais perturbados, e uma enxurrada de perguntas em um idioma desconhecido foi lançada ao Vista Grossa pelas costas. Arrietty viu a fumaça da respiração da mulher sob a luz clara do sol e podia ouvir o tilintar de seus brincos.

Vista Grossa, um pouco envergonhado, ficou em pé; ele parecia muito grande para Arrietty e, embora ela não pudesse mais ver o rosto dele, as enormes mãos penduradas pareciam desamparadas. Ele respondeu à mulher no mesmo idioma: falou bastante; às vezes a sua voz se elevava em um som alto e agudo de agitação espantada.

Ele pegou a bota, mostrou-a para a mulher, falou bastante sobre ela e – um tanto nervoso, Arrietty percebeu – colocou a mão dentro dela; ele puxou para fora o chumaço de lã, a meia desfiada e, com alguma surpresa, pois antes tinha sido sua, a faixa colorida de cobertor. Enquanto os mostrava à mulher, que continuava a zombar, a voz dele se tornava quase chorosa. A mulher então riu; uma risada fraca, que ressoava roucamente. Completamente cruel, Arrietty pensou; totalmente insensível. Ela quase quis, para o bem do Vista Grossa, correr e mostrar a essa criatura cética que existiam coisas como os Borrowers ("É tão ruim e triste", ela admitiu certa vez a Tom Boaventura, "pertencer a uma raça na qual nenhuma pessoa sã acredita..."). Mas, por mais que esse pensamento a tentasse, ela refletiu melhor e, em vez disso, saiu do espaço no final da cama para a área mais escura embaixo do beliche.

E foi bem na hora: houve uma batida leve no tapete, e ali, a menos de um passo de onde ela estivera, viu as quatro patas de um gato: três pretas e uma branca; observou-o se espreguiçar, rolar e esfregar o focinho com bigode no tapete aquecido pelo sol: ele era negro, com uma barriga branca. Ele ou ela? Arrietty não sabia: um belo animal, de qualquer forma, lustroso e forte como são os gatos que caçam ao ar livre.

Movimentando-se de lado como um caranguejo para as sombras, os olhos fixos no gato sob o sol, Arrietty sentiu sua mão ser tocada, pega e pressionada repentinamente.

– Oh, graças a Deus! – Homily murmurou na orelha dela. – Graças aos céus você está salva!

Arrietty pôs um dedo sobre os lábios dela.

– *Shhh* – ela sussurrou sobre o murmúrio da mãe, olhando fixamente na direção do gato.

– Não consigo ficar aqui – Homily sussurrou. Arrietty viu que seu rosto estava pálido à meia-luz, cinzento e sujo de pó. – Estamos em um *trailer* – ela prosseguiu, determinada a revelar as novidades.

– Eu sei – Arrietty disse, e pediu. – Mãe, é melhor nós ficarmos em silêncio.

Homily ficou quieta durante um momento e depois disse:

– Ele atingiu as costas do seu pai com aquele bastão. A parte macia – ela acrescentou, de maneira tranquilizadora.

– *Shhh* – Arrietty sussurrou novamente. Ela não conseguia enxergar muita coisa de onde estava e deduziu que Vista Grossa estava enroscado tentando colocar um casaco; após um instante ele se inclinou para a frente e a mão dele ficou próxima quando ele tateou embaixo do acolchoado, procurando o pacote com as armadilhas para coelhos; a mulher estava em silêncio do lado de fora, ocupada com a fogueira.

Depois de um tempo que os olhos de Arrietty se adaptaram à escuridão, ela viu o pai sentado um pouco para trás, encostado na parede. Ela foi engatinhando até ele, e Homily a seguiu.

– Bem, aqui estamos nós – disse Pod, mal movendo os lábios. – E não estamos mortos ainda – acrescentou, dando uma olhada para Homily.

•• CAPÍTULO DEZOITO ••

"PROBLEMAS ESCONDIDOS PERTURBAM MAIS."
Conspiração da Pólvora[17], 1605.
[*Extraído do* Minidiário de provérbios *de Arrietty, 5 de novembro*]

Eles se abaixaram ali, prenderam a respiração e ficaram ouvindo, enquanto o Vista Grossa abriu a porta, trancou-a novamente e desceu a escada, pisando forte.

Houve uma pausa.

– Estamos sozinhos agora – observou Homily finalmente, com a voz normal. – Quero dizer, nós poderíamos sair, se não fosse por aquele gato.

– *Shhh* – sussurrou Pod. Ele ouvia a mulher caçoando de Vista Grossa e rindo dos resmungos que ele respondia. Arrietty também estava ouvindo.

– *Ele* sabe que estamos aqui – ela sussurrou –, mas *ela* não vai acreditar nele...

– E aquele gato logo saberá também que estamos aqui – replicou Pod.

Arrietty sentiu um arrepio. O gato, ela constatou, devia estar dormindo na cama no momento em que ela, Arrietty, tinha estado parada desprotegida ao lado da porta.

Pod se calou por um momento, pensando profundamente.

– Sim – ele disse finalmente. – É estranho: ele deve ter chegado ao anoitecer, verificando suas armadilhas... e encontrou a bota perdida no nosso abrigo.

– Nós deveríamos ter fechado a cortina de folhas – sussurrou Arrietty.

– Sim, deveríamos – concordou Pod.

– Nós nem mesmo amarramos a bota – prosseguiu Arrietty.

– Sim – disse Pod, e suspirou. – Uma garrafa traz riso, mas leva embora o juízo. Não é assim que acontece? – questionou.

– Mais ou menos – Arrietty concordou em um sussurro.

Eles se sentaram na trilha de poeira fofa que chegava até a cintura.

---

17. Tentativa de assassinato do rei Jaime I da Inglaterra. (N. T.)

– Que nojento! – reclamou Homily, contendo um espirro. – Se eu tivesse construído este *trailer* – murmurou –, teria deixado a cama no chão.

– Então, ainda bem que não foi você quem o construiu – murmurou Pod, enquanto a sombra do bigode do gato aparecia entre eles e a luz: o gato finalmente os avistara.

– Nada de pânico – ele prosseguiu calmamente enquanto Homily ofegava. – Esta cama é muito baixa; estamos protegidos aqui.

– Ai, minha nossa... – sussurrou Homily, enquanto viu um olho brilhando. Pod apertou a mão dela para silenciá-la.

O gato, farejando o caminho ao longo da abertura, deitou-se de lado de repente e ficou olhando ansiosamente para eles pela fresta. Parecia bastante amigável e um pouco tímido, como se tentasse cativá-los para brincar do lado de fora.

– Eles não *sabem* – sussurrou Homily, referindo-se aos gatos em geral.

– Não se mova – sussurrou Pod.

Por um longo tempo, nada de mais aconteceu: a luz do sol moveu-se lentamente através do tapete gasto, e o gato, imóvel, parecia cochilar.

– Bem – sussurrou Homily, após um tempo –, de certa forma, é até bom estar aqui dentro.

Subitamente, a mulher entrou e, desajeitada, procurou no armário uma colher de pau, levando consigo também o caldeirão; eles a

ouviram praguejar ao se dirigir à fogueira do lado de fora, e então uma lufada de fumaça acre entrou pelo vão da porta, fazendo Arrietty tossir. O gato acordou e ergueu um olho sobre eles.

Perto do meio-dia, eles sentiram um cheiro apetitoso – o aroma de guisado, que flutuava entre eles conforme o vento passava, atormentando-os, e depois ia embora.

Arrietty sentiu água na boca.

– *Ai*, eu estou com fome... – ela manifestou.

— Eu estou com sede — disse Homily.

— Eu estou com fome e com sede — disse Pod. — Agora, silêncio, vocês duas — disse-lhes. — Fechem os olhos e pensem em alguma outra coisa.

— Sempre que fecho os meus olhos — protestou Homily —, vejo um belo dedal de chá quentinho, ou penso naquele bule que tínhamos em casa, feito de bolota oca.

— Bem, pense nele — disse Pod. — Se isso lhe faz bem, não há problema...

O homem finalmente voltou. Ele destrancou a porta e atirou no tapete alguns coelhos capturados. Ele e a mulher comeram sua refeição nos degraus do *trailer* usando o chão como mesa.

A essa altura, o cheiro da comida se tornou insuportável, levando os três Borrowers a sair das sombras até a beira de seu abrigo: os pratos de latão, cheios com o delicioso guisado, estavam ao alcance dos olhos. Eles tinham uma esplêndida visão das batatas enfarinhadas e do caldo bem temperado.

— Oh, minha nossa... — Homily murmurou lamentando-se. — Faisão! E que bela maneira de cozinhá-lo...

Em determinado momento, Vista Grossa derrubou um pedacinho no tapete. Eles observaram com inveja o gato atirar-se sobre o pedaço e se acomodar devagar, mastigando os ossos como o predador que era.

— Minha nossa... — Homily murmurou novamente. — Aqueles dentes!

Finalmente, Vista Grossa colocou seu prato de lado. O gato fitou com interesse a pilha de ossos mastigados que, aqui e ali, continham pedaços de carne macia. Homily olhava também: o prato estava quase ao seu alcance.

— Você se atreve, Pod? — ela sussurrou.

— Não! — disse Pod, tão alto e firme que o gato se virou e olhou para ele. Os olhares se cruzaram com mútua curiosidade e enfrentamento. A cauda do gato começou a sibilar ao se mover lentamente de um lado para o outro.

— Vamos — arquejou Pod enquanto o gato se abaixava, e os três fugiram para as sombras em uma fração de segundo antes do ataque.

Vista Grossa virou-se rapidamente. Com um olhar fixo chamou a mulher, apontando na direção da cama, e ambos se abaixaram, inclinando a cabeça ao nível do chão, observando sobre o tapete... e observando (Arrietty achava, agachada com seus pais contra a parede dos fundos do *trailer*) diretamente o rosto deles. Parecia impossível não serem vistos. Mas...

– Está tudo bem – Pod lhes disse, ainda sem mover os lábios e com um levíssimo sussurro. – Nada de pânico. Apenas permaneçam quietas.

Havia silêncio. Até mesmo a mulher agora parecia inquieta: o gato, andando com passos surdos e examinando o local, para trás e para a frente ao longo do cofre, tinha despertado a curiosidade dela.

– Não se movam – Pod sussurrou novamente.

Uma sombra repentina cobriu a mancha de luz do sol no tapete: uma terceira figura, Arrietty notou, surpresa, surgiu no vão da porta por trás dos ciganos agachados; alguém menor do que Vista Grossa. Arrietty, rígida entre seus pais, viu três botões em um colete de veludo manchado, e, quando seu usuário parou, avistou um rosto jovem e um topete com cabelos cor de linho.

– O que foi? – perguntou uma voz meio esganiçada.

Arrietty viu a expressão de Vista Grossa mudar: tornou-se mal-humorada e desconfiada de repente. Ele se virou devagar e encarou o interlocutor, mas, antes disso, deslizou a mão direita pelo chão do *trailer* imperceptivelmente, tirando os dois coelhos mortos de vista.

– Que foi, Vista Grossa? – perguntou o garoto novamente. – Parece que andou vendo fantasma.

Vista Grossa encolheu seus grandes ombros.

– Talvez.

O garoto se inclinou novamente, avaliando o espaço pelo chão, e Arrietty pôde ver que, sob um braço, ele carregava uma arma.

– Não seria um furão? – ele perguntou, astucioso.

A mulher riu.

– Um furão! – exclamou, e riu novamente. – Você gosta demais de furões... – Puxando o xale mais firmemente em torno de si, ela se dirigiu à fogueira. – Você acha que um gato fica *dócil* assim diante de um furão?

O garoto ficou olhando com curiosidade para além do gato, na linha do chão, apertando as pálpebras para enxergar além do animal em movimento, nas sombras.

– O gato tá sendo muito dócil não – ele observou pensativamente em direção ao fogo.

— Há um casal de anões ali — a mulher lhe disse. — Vestido todo arrumado... pelo menos é o que ele diz — ela comentou, e caiu em uma gargalhada zombeteira.

O garoto não riu; a expressão dele não mudou: calmamente, ficou observando a fresta debaixo da cama.

— Vestido todo arrumado... — ele repetiu e, por um momento, acrescentou. — Só dois?

— Quantos você quer? — perguntou a mulher. — Meia dúzia? Um casal é suficiente, não é?

— Que cê pretende fazer com eles? — perguntou o garoto.

— Fazer com eles? — repetiu a mulher, olhando com um ar abobado.

— Quero dizer... quando capturar eles?

A mulher lançou-lhe um olhar curioso, como se duvidasse do bom senso dele.

— Mas não há nada aí — ela disse.

— Mas cê acabou de dizer...

A mulher riu, meio irritada, meio confusa:

— É o Vista Grossa quem vê os anões; eu, não. Ou quem inventa essa história. Não há nada aí, estou dizendo...

— Pois eu consigo ver os dois direitinho — disse Vista Grossa. Ele esticou o dedo indicador e o polegar. — São deste tamanho, eu diria... Parecia uma mulherzinha e um homenzinho.

— Posso dar uma olhada? — perguntou o garoto, pisando no degrau. Ele baixou a arma e Arrietty o viu colocar a mão no bolso. Algo misterioso no movimento do jovem acelerou o coração dela.

— Oh — ela arquejou e agarrou a manga do pai.

— O que foi? — perguntou Pod baixinho, inclinando-se na direção dela.

— O b-bolso dele! — balbuciou Arrietty. — Tem algo vivo ali dentro!

— Um furão — choramingou Homily, esquecendo-se de sussurrar. — É o fim.

— *Shhh* — pediu Pod. O garoto ouviu algo; ele se sentou no primeiro degrau e agora se inclinava para a frente olhando na direção deles pela faixa de tapete desbotado. Com o comentário de Homily, Pod notou os olhos do garoto se arregalando, o rosto tornando-se alerta.

— Qual a vantagem de sussurrar? — reclamou Homily, baixando a voz mesmo assim. — Já estamos encrencados. Não faria diferença se nós cantássemos...

– *Shhh* – pediu Pod novamente.

– Como cê pretende fazer eles sair? – o garoto perguntou, os olhos fixos na fresta; Arrietty via que a sua mão direita continuava apalpando algo dentro do bolso.

– Fácil – explicou Vista Grossa –, esvaziando o cofre e levantando as tábuas por baixo dele.

– Viu? – sussurrou Homily, quase triunfante. – Não importa o que façamos agora!

Pod desistiu:

– Então cante – sugeriu, exausto.

– As tábuas tão pregadas embaixo, não tão? – perguntou o garoto.

– Não – disse Vista Grossa. – Nós despregamos depois dos ratos. Eles saíram num instante.

O garoto, com a cabeça abaixada, olhava fixamente pela fresta. Arrietty, de onde permanecia agachada, olhava diretamente para os olhos dele: eram pensativos, gentis e azuis.

– E se cê pegar os dois – o garoto prosseguiu. – E aí?

– Aí o quê? – repetiu Vista Grossa, confuso.

– Que cê vai querer fazer com eles?

– Fazer com eles? Colocar em uma gaiola. O que mais?

– Em que gaiola?

– Nesta. – Vista Grossa tocou a gaiola de pássaros, que balançou levemente. – O que mais?

(– E nos alimentar com cardo-morto[18], eu não duvidaria... – resmungou Homily bem baixinho.)

– Cê pretende ficar com eles? – perguntou o garoto, mantendo os olhos na fresta sombreada.

– Ficar com eles, não; vendê-los! – exclamou Vista Grossa. – Eles devem render um bom trocado, com gaiola e tudo completo.

– Oh, minha nossa! – choramingou Homily.

– Quieta – sussurrou Pod. – Melhor a gaiola que o furão.

---

18. Tipo de erva daninha. (N. T.)

"Não", pensou Arrietty. "Melhor o furão."
— Que que cê ia dar de comida? — o garoto indagou. Ele parecia ganhar tempo.

Vista Grossa riu indulgentemente.
— Qualquer coisa. Migalhas ou restos...
(— Ouviu isso? — sussurrou Homily, muito brava.
— Bem, hoje foi faisão... Pod lembrou a. Mas estava feliz que ela estivesse brava: a raiva a tornava corajosa.)

Vista Grossa levantou-se e entrou de uma vez, escondendo a luz do sol.

— Dá espaço pra mim — disse ao garoto. — Temos que chegar no cofre.

O garoto se deslocou, mas foi um deslocamento simbólico.
— E o gato? — perguntou.
— Está certo — concordou Vista Grossa. — Melhor levá-lo para fora. Venha, Tigre...

Mas o gato parecia tão teimoso quanto o garoto e compartilhava seu interesse nos Borrowers; livrando-se das mãos de Vista Grossa, ele saltou para a cama e (Arrietty concluiu por uma batida surda imediatamente acima da cabeça deles) do final da cama para o cofre. Vista Grossa veio atrás dele: eles podiam ver os grandes pés perto da fresta; a querida bota estava bem ao lado deles, com os remendos costurados por Pod! Parecia inacreditável vê-la em uso, ainda mais por um pé tão hostil.

— Melhor levar o bichano pra patroa — o garoto sugeriu enquanto Vista Grossa agarrava o gato, senão logo ele pula de volta pra dentro.

— Não se atreva — queixou-se Homily, bem baixinho.
Pod olhou, perplexo.
— Com quem você está falando? — perguntou num sussurro.
— Com ele, Vista Grossa. No instante em que ele deixar o *trailer* aquele garoto virá atrás de nós com aquele furão.

— Agora escute aqui... — começou Pod.
— Anote aí o que estou dizendo — Homily comentou num sussurro tomado de pânico. — Eu sei quem ele é agora. Estou me lembrando de tudo: o jovem Tom Boaventura. Eu ouvi uma conversa sobre isso um tempo atrás na casa antiga sob a cozinha. E eu não ficaria surpresa se não fosse ele quem nós vimos na janela... naquele dia em que partimos, lembra? Ele é considerado o próprio diabo com aquele furão...

— Quieta, Homily! – implorou Pod.

— Por quê? Pelo amor de Deus... Eles sabem que estamos aqui, quietos ou fazendo barulho; qual a diferença para um furão?

Vista Grossa praguejou de repente, como se o gato o tivesse arranhado.

— Leva logo o gato – o garoto disse novamente – e vê se ela o segura.

— Não se preocupe – disse Vista Grossa. – Nós podemos fechar a porta.

— Não vai adiantar – disse o garoto. – Nós não pode fechar a parte de cima; carece de luz.

Na soleira da porta, Vista Grossa hesitou.

— Não toque em nada – ele disse, e parou por um momento, aguardando, antes de descer a escada ruidosamente. No último degrau, ele pareceu escorregar: os Borrowers podiam ouvi-lo praguejando: – A culpa é desta bota – eles o ouviram dizer, e alguma coisa sobre o salto.

— Cê tá bem? – o garoto perguntou despreocupado. A resposta foi um palavrão.

— Tampe os seus ouvidos – Homily sussurrou para Arrietty. – Oh, céus... você ouviu o que ele disse?

— Sim – Arrietty respondeu prestativa. – Ele disse...

— Oh, menina má e rude! – reclamou Homily, nervosa. – Que coisa feia você ter ouvido!

— Quieta, Homily – implorou Pod novamente.

— Mas você sabe o que aconteceu, Pod? – Homily sussurrou ansiosa. – O salto saiu da bota! O que eu lhe disse, lá em cima, na vala, quando você ia tirar os pregos? – Por um breve momento, ela esqueceu seus medos e deu uma risadinha.

— Olhem! – murmurou Arrietty repentinamente, alcançando a mão de sua mãe. Eles olharam.

O garoto, inclinando-se em direção a eles sobre um cotovelo, o olhar fixo na fresta escura entre o cofre e o chão, permanecia misterioso com a mão dentro do bolso direito do casaco: era um bolso fundo e sobreposto, típico de guardas-florestais.

— Oh, céus... – Homily murmurou quando Pod pegou sua mão.

— Feche os olhos – disse Pod. – Não adianta correr nem fazer nada: um furão ataca rapidamente.

Houve uma pausa, tensa e solene, enquanto os três pequeninos corações batiam rapidamente. Homily quebrou o silêncio.

– Eu tentei ser uma boa esposa para você, Pod – ela declarou em lágrimas, um dos olhos apertado, obedientemente fechado, e o outro aberto por precaução.

– Você tem sido excelente – disse Pod, os olhos fixos no garoto. Era difícil enxergar contra a luz, mas algo se movia na mão dele: uma criatura que ele tirou do bolso.

– Um pouco insolente às vezes – prosseguiu Homily.

– Não importa agora – disse Pod.

– Desculpe, Pod – disse Homily.

– Eu perdoo você – Pod disse distraidamente. Uma profunda sombra agora caía sobre o tapete: Vista Grossa voltava subindo os degraus. Pod viu a mulher se aproximar furtivamente atrás dele, trazendo o gato envolto em seu xale.

O garoto não se sobressaltou nem se virou.

– Vêm pro meu bolso... – ele disse firmemente, os olhos sobre a fresta.

– O que foi isso? – Vista Grossa perguntou, surpreso.

– Vêm pro meu bolso – repetiu o garoto. – Cês ouviram o que eu disse? – E, de repente, ele soltou no tapete a coisa que segurava em sua mão.

– Oh, minha nossa! – gritou Homily, agarrando-se a Pod. – O que é isso? – ela continuou, após um momento, os olhos repentinamente arregalados. Era algum tipo de criatura viva, mas certamente não um furão... muito lento... muito magro... muito alto... muito...

Arrietty deixou escapar um grito de alegria:

– É o Spiller!

– O quê? – exclamou Homily, meio ranzinza; ela se sentiu enganada quando pensou nas solenes "últimas palavras".

– É o Spiller! – Arrietty entoou novamente. – Spiller... Spiller... Spiller!

– Parecendo um tanto ridículo – frisou Homily. E, de fato, ele parecia um pouco estranho e comprido, estufado pelo novo traje formal. Ele o "dissolveria" gradualmente até chegar a uma roupa mais prática e flexível.

– O que estão esperando? – perguntou Spiller. – Vocês ouviram o que ele disse. Vamos, vamos andando.

– Aquele garoto? – surpreendeu-se Homily. – Ele estava falando conosco?

– Com quem mais? – repreendeu Spiller. – Não é o Vista Grossa quem ele quer que entre no bolso. Vamos...

– O bolso! – exclamou Homily num sussurro frenético. Ela se voltou a Pod. – Agora vamos entender bem isso: o jovem Boaventura quer que eu – ela tocou o próprio peito – saia correndo para lá, ao ar livre, entre em uma das pernas da calça dele, atravesse a cintura, suba no quadril, e fique andando à toa por aí, toda obediente e meiga, dentro do bolso?

– Não apenas você – explicou Pod. – Todos nós.

– Ele é louco – anunciou Homily firmemente, apertando os lábios.

– Ora, escute aqui, Homily... – começou Pod.

– Eu preferiria sucumbir – Homily assegurou.

– É exatamente isso o que você vai fazer – disse Pod.

– Você se recorda daquele cesto de pregadores? – ela o lembrou. – Eu não posso enfrentar isso, Pod. E para onde ele vai levar a gente? Pode me dizer?

– Como eu poderia saber? – indagou Pod. – Agora vamos, Homily, faça o que ele diz, como uma boa garota corajosa... Pegue-a pelo pulso, Spiller, ela tem que vir... Pronta, Arrietty? Agora vamos... – E, de repente, lá estavam eles: o grupo todo ao ar livre.

•• CAPÍTULO DEZENOVE ••

"A SORTE FAVORECE O CORAJOSO."
A Marcha para o mar de Sherman[19] tem início, 1864.
[*Extraído do* Minidiário de provérbios *de Arrietty, 13 de novembro*]

A mulher deu um berro quando os viu; ela derrubou o gato e correu feito louca, o mais rápido que pôde, em direção à estrada principal. Vista Grossa também ficou espantado: ele se sentou na cama com os pés para cima como se um fluido contaminado corresse pelo tapete. O gato, nervoso pelo tumulto geral, pulou enlouquecido sobre o suporte da cornija da lareira, derrubando duas canecas, um porta-retrato e um ramalhete de botões de rosa feito de papel.

Pod e Arrietty abriram o caminho sinuoso entre os vincos da perna da calça e o declive no quadril que se acentuava; mas o pobre Spiller, puxando e empurrando uma Homily em protestos, tinha sido pego

---

19. Investida violenta do exército norte-americano ocorrida sob o comando do general William Tecumseh Sherman contra os estados rebelados do Sul, durante a Guerra Civil dos Estados Unidos. (N. T.)

e colocado para dentro. Por um terrível momento, presa pelo punho a Spiller, Homily ficou pendurada no ar, antes que os ágeis dedos do garoto a apanhassem e a levassem embora habilmente; bem na hora, já que o Vista Grossa, recuperando-se, fez uma tentativa repentina de capturá-la, e por pouco não conseguiu. ("Ele teria nos separado", ela disse depois, "como uma penca de bananas!") Do fundo do bolso, ouviu o grito irritado do homem: "Você pegou quatro deles. Vamos lá: o que é justo é justo. Dê os dois primeiros para mim!".

Eles não sabiam o que aconteceria a seguir: tudo estava escuro e confuso. Estava ocorrendo algum tipo de conflito: havia o som de respiração pesada, palavrões resmungados, e o bolso agitava-se e pulava. Então, pelo sacolejar, eles perceberam que o garoto estava correndo, e Vista Grossa, gritando atrás dele, amaldiçoava sua bota sem salto. Eles ouviram esses gritos ficando mais fracos e o ruído de galhos se quebrando conforme o garoto colidiu com uma sebe.

Ninguém conversava no bolso: os quatro se sentiam muito tontos. Finalmente, Pod, de cabeça para baixo em um canto, livrou sua boca das felpas.

– Você está bem, Homily? – ele perguntou ofegante.

Homily, firmemente entrelaçada com Spiller e Arrietty, não estava muito certa disso. Pod ouviu um leve gritinho.

– Minha perna adormeceu – Homily disse, aflita.

– Não está quebrada, está? – Pod perguntou, preocupado.

– Não consigo sentir nada – respondeu Homily.

– Você consegue movê-la? – perguntou Pod.

Spiller soltou uma exclamação sarcástica quando Homily disse "Não".

– Se é a perna que está beliscando – comentou Spiller –, é lógico que não consegue mexer.

– Como você sabe? – indagou Homily.

– Porque ela é minha – ele disse.

Os passos do garoto tornaram-se mais lentos: ele parecia estar em uma subida; após um instante, ele se sentou. A grande mão surgiu entre eles. Homily começou a protestar, mas os dedos passaram por ela; estavam procurando Spiller. O casaco estava puxado para trás e a aba do bolso permanecia aberta, de modo que o garoto podia observá-los.

– Tudo bem, Spiller? – ele perguntou.

Spiller grunhiu.

– Qual é a Homily? – perguntou o garoto.
– A barulhenta – disse Spiller. – Eu avisei você.
– Cê tá bem, Homily? – perguntou o garoto.
Homily, apavorada, ficou calada.
Os grandes dedos desceram novamente, deslizando para dentro do bolso.
Spiller, agora em pé com as pernas afastadas e as costas apoiadas na costura vertical, vociferou sucintamente:
– Não mexa neles.
Os dedos pararam o movimento.
– Eu queria saber se eles tão bem – disse o garoto.
– Eles estão bem – disse Spiller.
– Eu gostaria de colocar eles pra fora – prosseguiu o garoto. – Queria dar uma olhada neles. – Ele olhou para baixo na direção do bolso aberto. – Cês não tão morto, tão? – ele perguntou, preocupado. – Nenhum morreu?
– Como poderíamos falar se tivéssemos morrido? – resmungou Homily, irritada.
– Não mexa neles – Spiller disse novamente. – Está quente aqui dentro; você não vai querer tirá-los de repente no frio. Vai ter bastante tempo para vê-los depois – consolou o garoto. – Assim que chegar à sua casa.
Os dedos se retiraram, e eles ficaram no escuro outra vez; houve um balanço e o garoto se levantou. Pod, Homily e Arrietty escorregaram pela extensão da costura no fundo do bolso até o outro canto. Estava cheio de migalhas de pão secas, pontiagudas e duras como concreto.
– Ai! – gritou Homily, descontente.
Arrietty notou que Spiller, apesar de cambalear, conseguia se manter em pé. Ela deduziu que ele já tinha viajado no bolso antes. O garoto estava andando de novo, e o casaco balançava em um ritmo mais previsível. "Daqui a um tempo eu também conseguirei ir em pé", Arrietty pensou.
Pod experimentou partir um pedaço da migalha e, após tê-la chupado pacientemente durante algum tempo, ela começou devagar a se dissolver.
– Vou experimentar um pouco disso aí – Homily disse, segurando firme; ela se reanimou um pouco e estava faminta.
– Para onde ele está nos levando? – ela perguntou a Spiller após um tempo.

– Em torno da floresta, sobre o morro.
– Onde ele mora com o avô?
– Isso mesmo – confirmou Spiller.
– Nunca ouvi falar muito sobre caseiros – disse Homily. – Nem sobre o que eles são capazes de fazer com... um Borrower, por exemplo. Nem que tipo de garoto é esse também. Quero dizer – ela prosseguiu com uma voz apreensiva –, minha sogra teve um tio que foi capturado em uma lata com quatro buracos na tampa e alimentado duas vezes ao dia por um conta-gotas...
– Ele não é desse tipo de garoto – disse Spiller.
– O que é um conta-gotas? – perguntou Pod. Ele achou que fosse algum tipo estranho de ofício ou profissão.
– Então teve também o primo de Lupy, Oggin, você lembra? – continuou Homily. – Eles fizeram uma espécie de mundo artificial para ele no fundo de uma banheira velha de estanho, com grama, lagoa e tudo o mais. E deram-lhe uma carroça, e um lagarto para lhe fazer companhia. Mas as laterais da banheira eram seguras e escorregadias: eles sabiam que ele nunca conseguiria sair...
– Lupy? – Spiller repetiu, surpreso. – Será que existem duas com o mesmo nome?
– Essa se casou com meu irmão Hendreary – disse Homily. – Por quê? – ela perguntou com uma súbita ansiedade. – Não me diga que a conhece!
O bolso parou de balançar; eles escutaram um som metálico e o deslizar agudo de um trinco.
– Eu a conheço bem – sussurrou Spiller. – Ela faz as minhas roupas de inverno.
– Silêncio – instou Pod. – Nós chegamos.
Ele tinha ouvido o som de uma porta se abrindo e pôde sentir o cheiro de um ambiente fechado.
– Você conhece *Lupy*? – Homily insistiu, sem perceber nem mesmo que o bolso havia se tornado mais escuro. – Mas o que eles estão fazendo? E onde estão vivendo, ela e Hendreary? Nós achamos que eles tinham sido devorados por raposas, as crianças e tudo...
– Quieta, Homily! – implorou Pod.
Movimentos estranhos pareciam continuar, portas se abrindo e se fechando; o garoto andava tão furtivamente que o bolso se mantinha parado em uma inclinação permanente.

— Diga-nos, Spiller, depressa — continuou Homily, mas ela reduziu sua voz a um obediente sussurro. — Você deve saber! Onde eles estão vivendo agora?

Spiller hesitou. À meia-luz, parecia sorrir.

— Estão morando aqui — ele disse.

Agora o garoto parecia estar ajoelhando.

Quando os dedos dele se aproximaram novamente, tateando entre eles, Homily deu um grito.

— Está tudo bem — sussurrou Pod, enquanto ela se encolhia no fundo entre as migalhas. — Não perca a cabeça; em algum momento, teremos que sair.

Spiller foi primeiro, planando para longe deles. Indiferente, montou em um dedo, sem nem mesmo se incomodar em olhar para trás. Então foi a vez de Arrietty.

— Oh, minha nossa... — murmurou Homily. — Onde eles a colocarão?

Pod foi o próximo, mas Homily foi com ele. Ela subiu a bordo no último instante, arrastando-se por baixo do polegar. Não houve tempo para passar mal (era o voar pelo ar livre que Homily sempre temia), tão primorosa e gentil tinha sido a maneira como eles foram postos no chão.

Um vislumbre da luz do fogo incidia sobre o pequenino grupo enquanto eles permaneciam ao lado do piso da lareira, contra um alto muro de madeira: era a lateral de uma caixa de lenha, conforme descobriram mais tarde. Eles ficaram juntos, próximos uns dos outros e assustados, contendo a vontade de correr. E notaram que Spiller havia desaparecido.

O garoto, sobre um dos joelhos, elevou-se sobre eles: uma assustadora montanha de carne. A luz da lareira tremulava sobre o rosto dele, voltado para baixo; eles conseguiam sentir o ar sugado pela respiração do garoto.

— Tá tudo bem — garantiu a eles. — Cês vão ficar bem agora.

Ele olhava com grande interesse, como um colecionador observaria um novo espécime descoberto. Sua mão pairou sobre eles, como se o jovem desejasse tocá-los, erguer um deles e examinar cada um mais de perto.

Nervoso, Pod limpou a garganta.

— Onde está o Spiller? — perguntou.

— Ele vai voltar — disse o garoto. Logo em seguida, completou. — Eu tenho seis juntos lá.

– Seis o quê? – Homily perguntou, nervosa.

– Seis *Borrows* – disse o garoto. – Eu calculo que tenho a melhor coleção de *Borrows* em dois condados. – E acrescentou. – Meu vô inda não viu nenhum. Os olhos dele são bom, mas ele inda não viu nenhum *Borrow*.

Pod limpou a garganta novamente.

– Não é para ele ver – disse.

– Alguns eu tenho lá – o garoto indicou com a cabeça a caixa de lenha. – Eu também nunca vejo. Medo. Tem quem diz que nunca dá pra domesticar. Cê pode dar casa, eles dizem, mas eles nunca aparece nem fica educados.

– Eu seria educada – disse Arrietty.

– Ora, comporte-se – Homily repreendeu-a, alarmada.

– O Spiller também seria – disse Arrietty.

– O Spiller é diferente – retrucou Homily com um olhar nervoso em direção ao garoto. Spiller, ela deduziu, era o curador do garoto; o intermediário entre ele e sua rara coleção. – Ele deve ganhar alguma coisa com isso.

– Aí está ele – disse Arrietty, olhando em direção ao canto da caixa de lenha. Sem fazer nenhum ruído, ele os surpreendeu.
– Ela não vai sair – Spiller disse ao garoto.
– Oh... – exclamou Homily. – Ele está se referindo a Lupy?
Ninguém respondeu. Spiller ficou em silêncio, olhando para o garoto. O garoto franziu a testa, pensativo; parecia decepcionado. Olhou para eles do alto mais uma vez, examinando cada um de cima a baixo, como se relutasse em vê-los partir. Suspirou um pouco:
– Leva eles pra dentro – disse.

•• CAPÍTULO VINTE ••

"O QUE É MUITO ESPERADO FINALMENTE ACONTECE."
Vasco da Gama contorna o cabo da Boa Esperança, 1497.
[*Extraído do* Minidiário de provérbios *de Arrietty, 20 de novembro*]

Eles adentraram o buraco de estilo gótico no rodapé, um tanto nervosos, um tanto tímidos. Dentro, era sombrio como uma caverna; para desânimo geral, parecia desabitado e cheirava a pó e ratos.

– Oh, céus... – murmurou Homily, incrédula. – É assim que eles vivem? – Ela parou de repente e apanhou um objeto do chão. – Minha nossa! - ela sussurrou meio de lado para Pod, ansiosa. – Você sabe o que é isto? – E exibiu com estardalhaço um objeto esbranquiçado sob o nariz dele.

– Sim – disse Pod. – É um pedaço oco de limpador de cachimbo. Deixe isso aí, Homily, e vamos indo. O Spiller está esperando.

– É o bico do nosso velho bule de chá feito de bolota – insistiu Homily. – É isso o que é; eu o reconheceria em qualquer lugar, e não adianta dizer o contrário. Então eles *estão* aqui... – ela refletiu admirada enquanto seguia Pod para as sombras onde Spiller e Arrietty os aguardavam.

– Nós vamos subir aqui – disse Spiller, e Homily viu que ele estava parado com a mão sobre uma escada. Olhando para o alto, onde os degraus se estendiam acima deles em direção à escuridão, ela sentiu um leve arrepio: a escada de mão era feita de palitos de fósforo, cuidadosamente colados e encaixados em dois pedaços de vareta partida, do mesmo modo que os floristas usam para apoiar as plantas em vasos.

– Eu vou primeiro – disse Pod. – É melhor irmos um de cada vez.

Homily assistiu amedrontada até ouvir a voz dele lá de cima.

– Está tudo bem – ele sussurrou de algum canto de difícil acesso. – Podem subir.

Homily foi em seguida, os joelhos tremendo, e, finalmente, emergiu ao lado de Pod na plataforma mal iluminada – um elevado tablado de aterrissagem, era o que parecia –, que rangia um pouco quando pisavam nela e quase parecia balançar. Abaixo, estendia-se um buraco negro; à frente, uma porta aberta.

— Oh, minha nossa... – ela murmurou. – Espero que seja mesmo seguro... Não olhe para baixo – recomendou a Arrietty, que vinha a seguir.

Mas Arrietty não teve nenhuma tentação de olhar para baixo: os olhos dela se dirigiam ao vão da porta iluminado e às sombras que se moviam dentro; ela ouviu o fraco som de vozes e uma repentina risada aguda.

— Venham – disse Spiller, deslizando por ela e abrindo caminho em direção à porta.

Arrietty nunca se esqueceu de sua primeira visão dessa sala no andar superior: o calor, o surpreendente asseio, a luz tremulante da vela e o aroma de comida caseira.

E tantas vozes... tantas pessoas...

Gradualmente, atônita, ela começou a destacá-los: aquela devia ser a tia Lupy abraçando Homily; a tia Lupy, tão rechonchuda e radiante, e sua mãe, tão suja e magra. Por que elas se agarravam e choravam, ela se perguntava, e apertavam as mãos uma da outra? Elas nunca gostaram uma da outra, todo mundo sabia disso. Homily achava Lupy convencida porque, lá na antiga casa grande, Lupy tinha morado na sala de visitas e (segundo os comentários que ouvira) trocava de roupa para o jantar à noite. E Lupy desprezava Homily por morar embaixo da cozinha e pronunciar "parrrquete".

E ali estava o tio Hendreary, a barba mais rala, dizendo a seu pai que essa não poderia ser a Arrietty, e seu pai, orgulhoso, dizendo ao tio Hendreary que era ela mesma. Aqueles deviam ser os três primos, cujos nomes ela desconhecia; de tamanhos diferentes, mas um a cara do outro. E aquela criatura magra, alta, parecendo uma fada, nem jovem nem velha, que andava de um lado a outro timidamente nos fundos, com um suave sorriso desconfortável: quem era?

Homily gritou quando a viu e levou as mãos à boca:

– Não pode ser a Eggletina!

Evidentemente podia. Arrietty também ficou olhando, indagando-se se tinha ouvido bem. Eggletina, aquela prima perdida havia muito tempo que, num lindo dia, escapara de debaixo do assoalho e nunca mais tinha sido vista? Tinha sido uma espécie de lenda para Arrietty e uma história de advertência para guardar pela vida toda. Bem, aqui estava ela, sã e salva, a menos que estivessem sonhando.

E bem poderiam estar.

Havia alguma coisa estranhamente irreal nesta sala, mobiliada com móveis de casa de bonecas de todas as formas e tamanhos, nenhum deles combinando e todos desproporcionais entre si. Havia cadeiras estofadas em veludo ou tecido trançado, algumas delas pequenas demais para sentar e outras grandes e exageradas; havia penteadeiras altas demais e mesas de apoio muito baixas; e uma lareira de brinquedo com carvões de gesso pintado e seus utensílios todos presos, formando uma única peça com o guarda-fogo; havia duas janelas falsas com cortinas vermelhas de cetim e bandôs curvos, cada uma delas pintada à mão imitando uma paisagem: uma revelava um cenário de montanhas suíças e a outra, um vale escocês ("Eggletina as pintou", tia Lupy gabou-se em sua voz de alta sociedade. "Teremos uma terceira quando conseguirmos as cortinas: uma vista do lago de Como a partir do monte San Primo."); havia abajures de mesa ou de pé alto, com babados, bordados e pompons, mas a luz da sala, Arrietty observou, vinha de modestos tocos de velas, familiares como aqueles que produziam em casa.

Todo mundo parecia extraordinariamente limpo, e Arrietty ficou ainda mais envergonhada. Ela deu uma rápida olhada em seu pai e sua mãe e não ajudou muito: nenhuma de suas roupas tinha sido lavada havia semanas, assim como, por alguns dias, as mãos e o rosto deles. A calça de Pod tinha um rasgão em um dos joelhos, e os cabelos de Homily caíam como serpentes. E aqui estava a tia Lupy, robusta e educada, implorando a Homily para colocar ali suas coisas, em um tom de voz que deveria ser geralmente reservado para boás de plumas, mantos de óperas e impecáveis luvas brancas de pelica.

Mas Homily, que, no lar anterior, temera tanto ser "pega" em um avental manchado, havia aprendido algumas lições. Ela tinha adotado, Pod e Arrietty observaram com orgulho, no lugar de seu papel de mulher-sendo-testada-além-da--resistência, o papel de sim-sofri--mas-não-vamos-falar-disso-agora; ela tinha inventado um novo sorriso, abatido, mas corajoso, e, pela mesma boa causa, soltou os dois últimos grampos do cabelo empoeirado:

– Pobre Lupy, querida – começou a dizer, olhando exaustivamente ao redor. – Quantos móveis! Quem ajuda você com a faxina? – E, desequilibrando-se um pouco, afundou-se em uma cadeira.

Eles correram para ampará-la, como ela esperava que fizessem. Trouxeram água e molharam seu rosto e suas mãos. Hendreary ficou em pé com lágrimas em seus olhos fraternais.

– Pobre alma valente! – ele lamentou, balançando a cabeça, inconformado. – A mente da gente gira quando se pensa no que ela tem passado...

Então, depois de se lavarem rapidamente, de refrescar a memória de todos ao redor e de alguns momentos alegres enxugando lágrimas de emoção, sentaram-se para a ceia. Eles o fizeram na cozinha, que era um tanto inferior, a não ser pelo fato de que ali o fogo era de verdade: um esplêndido fogão feito de uma grande fechadura preta; eles explicaram que atiçavam o fogo pelo buraco da fechadura, que incandescia consideravelmente, e a fumaça saía atrás, por uma série de canos para a chaminé da cabana.

A comprida mesa branca estava ricamente posta: era o espelho de uma fechadura do século XVIII, retirado de uma antiga porta de sala de visitas. Esmaltada de branco e pintada com miosótis, era apoiada firmemente por quatro grossos tocos de lápis no lugar onde antes haviam estado os parafusos. As pontas dos lápis emergiam sutilmente pelo topo da mesa; uma delas era de caneta-tinteiro, e eles foram advertidos a não tocá-las para não sujar as mãos.

Havia todo tipo de pratos e conservas, tanto verdadeiros como falsos: tortas, pudins e frutas fora da estação em conserva, tudo feito por Lupy; uma imitação de perna de carneiro e um prato de tortas de gesso, emprestados de uma casa de bonecas. Havia três copos verdadeiros, bem como xícaras feitas de bolotas e um par de garrafas verdes para vinho.

Conversa, conversa, conversa... Ouvindo, Arrietty se sentiu atordoada: entendia agora por que foram esperados. Spiller, ela deduziu, tendo encontrado o abrigo sem a bota e com seus ocupantes desaparecidos, recuperou os poucos pertences que haviam sobrado e correu para contar ao jovem Tom. Lupy de repente teve uma ligeira sensação de desmaio quando alguém mencionou essa pessoa pelo nome e precisou sair da mesa. Ela se sentou durante alguns instantes na sala ao lado, em uma frágil cadeira dourada colocada bem no vão da porta ("no meio da corrente de ar", como explicou), abanando seu rosto redondo e vermelho com uma pena de cotovia.

– Mamãe é assim com relação aos mundanos – explicou o primo mais velho. – Não adianta dizer a ela que ele é inofensivo e que não machucaria uma mosca!

– Nunca se sabe... – Lupy disse sombriamente, de sua cadeira no vão da porta. – Ele já está quase adulto! E é aí, segundo dizem, que começam a ficar perigosos...

– Lupy está certa – concordou Pod. – Eu mesmo nunca confiei neles.

– Oh, como você pode dizer isso? – bradou Arrietty. – Veja como ele nos arrancou das garras da morte!

– Arrancou vocês? – gritou Lupy da outra sala. – Você quer dizer... *com as próprias mãos?*

Homily deu sua risadinha corajosa, perseguindo, indiferente, um glóbulo de framboesa ao redor de seu prato, escorregadio demais.

– Naturalmente – ela encolheu os ombros. – Isso não foi nada.

– Oh, c-céus... – Lupy gaguejou fracamente. – Oh, pobrezinha... Imagine! Eu acho – prosseguiu – que, se vocês me derem licença, vou me retirar um pouco e me deitar... – E tirou seu peso da minúscula cadeira, que ficou balançando quando ela se levantou.

– Onde você conseguiu toda essa mobília, Hendreary? – Homily perguntou, refazendo-se de repente, agora que Lupy tinha saído.

— Ela foi entregue — o irmão lhe contou — em uma fronha branca de travesseiro. Alguém da casa grande a trouxe aqui para baixo.

— De nossa casa? — perguntou Pod.

— Faz sentido — disse Hendreary. — É tudo coisa daquela casa de bonecas que eles tinham no andar de cima, na sala de aula, lembra? No alto da prateleira de cima do armário de brinquedos, do lado direito da porta.

— Eu me lembro dela, naturalmente — disse Homily —, até porque algumas das peças são minhas. É uma pena — ela observou de lado para Arrietty — que nós não guardamos aquele inventário... — Ela abaixou o tom de voz. — Aquele que você fez no papel mata-borrão, lembra?

Arrietty fez que sim; haveria trocas de farpas mais tarde, ela pôde prever. De repente, ela se sentiu muito cansada; parecia ter havido conversas demais, e o cômodo cheio de gente ficou abafado.

— Quem trouxe isso? — Pod perguntou com uma voz surpresa. — Algum tipo de ser mundano?

— Imaginamos que sim — concordou Hendreary. — Estava do outro lado da ribanceira. Logo depois que saímos da toca de texugos e estabelecemos nossa casa no fogão...

— Que fogão era esse? — Pod perguntou. — Não é aquele perto do acampamento, é?

— Este mesmo — Hendreary lhe contou. — Vivemos lá durante dois anos, com alguns intervalos.

— Um pouco perto demais dos ciganos para o meu gosto — disse Pod. Ele cortou para si uma generosa fatia de castanha cozida e espalhou nela bastante manteiga. Lembrou-se, de repente, daquela pilha de ossos frágeis.

— É necessário ficar perto — Hendreary explicou —, gostando ou não, quando se precisa tomar emprestado.

Pod, prestes a morder, abaixou a castanha: parecia perplexo.

— Você pegou emprestado de caravanas? — ele se surpreendeu. — Na sua idade?!

Hendreary encolheu os ombros de leve e ficou modestamente silencioso.

— Bem, eu nunca... — disse Homily admirada. — Aí está um companheiro para você! Pense no que isso significa, Pod...

— Estou pensando — disse Pod. Ele levantou a cabeça. — O que você fez com a fumaça?

– Não há fumaça – disse-lhe Hendreary. – Não quando se cozinha a gás.

– A gás! – exclamou Homily.

– É isso mesmo. Nós pegamos um pouco de gás emprestado da companhia de gás: eles têm um cano que corre por toda a ribanceira. O fogão estava colocado de costas, lembra? Nós cavamos atrás através de um tubo; gastamos umas boas seis semanas nesse túnel. Mas valeu a pena, no fim: tínhamos três bicos de gás feitos com furos de alfinetes lá embaixo.

– E como você os abria e fechava? – perguntou Pod.

– Nós não desligávamos: uma vez acesos, nunca os apagamos. Ainda estão acesos até hoje.

– Quer dizer que você ainda volta lá?

Hendreary, bocejando suavemente, concordou com a cabeça (eles tinham comido bem e a sala parecia muito fechada).

– O Spiller mora lá – ele disse.

– Oh! – exclamou Homily. – Então é assim que ele cozinha! Ele poderia ter contado para nós – ela prosseguiu, olhando em volta um tanto magoada. – Ou, de qualquer forma, convidado a gente...

– Ele não faria isso – disse Hendreary. – Uma vez mordido, duas vezes mais cauteloso, como se costuma dizer.

– O que você quer dizer com isso? – perguntou Homily.

– Depois que nós deixamos a toca de texugos... – começou Hendreary, e se interrompeu, levemente corado de vergonha, parecia, apesar do sorriso. – Bem, aquele fogão era um dos lares dele: ele nos convidou para entrar e beliscar alguma coisa para comer e beber e nós ficamos lá por uns anos...

– Já que vocês tinham encontrado o gás, você que dizer – disse Pod.

– Isso mesmo – disse Hendreary. – Nós cozinhávamos, e Spiller pegava emprestado.

– Ah... – disse Pod. – Spiller pegava emprestado? Agora eu entendo... Você e eu, Hendreary; temos que encarar isso: não somos tão jovens como antes. Estamos muito longe disso.

– Onde está o Spiller agora? – Arrietty perguntou de repente.

– Ah, ele foi embora – Hendreary disse vagamente; ele parecia um pouco constrangido e sentou ali de testa franzida, batucando na mesa com uma colher de estanho (uma de um jogo de seis, Homily se lembrou zangada: ela ficou pensando em quantas tinham sobrado).

– Embora para onde? – perguntou Arrietty.
– Para casa, eu acho – Hendreary lhe disse.
– Mas nós não agradecemos a ele! – exclamou Arrietty. – O Spiller salvou nossa vida!

Hendreary mudou seu semblante.

– Tome um gole de licor de amoras-pretas – ele sugeriu subitamente a Pod. – Foi a Lupy quem preparou. Vai nos alegrar...

– Eu, não – Homily disse firmemente, antes que Pod pudesse abrir a boca. – Nada de bom nunca vem disso, como já descobrimos a duras penas.

– Mas o que o Spiller vai pensar? – insistiu Arrietty, e havia lágrimas em seus olhos. – Nós nem agradecemos a ele.

Hendreary olhou para ela, surpreso.

– Spiller? Ele não se prende a agradecimentos. Ele está bem... – E deu uns tapinhas carinhosos no braço de Arrietty.

– Por que ele não ficou para a ceia?

– Ele nunca fica – Hendreary lhe contou. – Ele não gosta de companhia. Ele cozinhará alguma coisa para si.

– Onde?

– No fogão dele.

– Mas fica muito longe daqui!

– Não para o Spiller; ele está acostumado a isso. Boa parte do caminho ele vai pela água.

– E deve estar escurecendo – Arrietty continuou, triste.

– Ora, não fique se afligindo pelo Spiller – o tio lhe disse. – Coma toda a sua torta...

Arrietty baixou os olhos para o prato (rosa e de plástico, era parte de um conjunto de chá de que ela parecia se lembrar); por algum motivo, não tinha apetite. Ela levantou os olhos:

– E quando ele vai voltar? – perguntou, ansiosa.

– Ele não vem com muita frequência. Uma vez por ano por causa das roupas novas. Ou se o jovem Tom o envia por algum motivo especial.

Arrietty olhou pensativa.

– Ele deve se sentir meio sozinho – arriscou enfim.

– O Spiller? Não. Eu não diria que ele se sente assim. Alguns Borrowers são desse jeito. Solitários. Há alguns aqui e ali. – Ele deu uma olhada pela sala até onde sua filha, tendo deixado a mesa, estava sentada sozinha, perto do fogo. – Eggletina é um pouco assim... Uma pena, mas não há nada que possamos fazer em relação a isso. São loucos por mundanos; eles se tornam uma espécie de fanáticos...

Quando Lupy retornou, refeita pelo descanso, começou tudo outra vez: conversa, conversa e conversa... e Arrietty escapou da mesa sem ser notada. Mas, enquanto perambulava em direção à outra sala, ela escutou a continuação; conversa sobre a organização do ambiente, sobre a construção de uma suíte no andar superior, sobre quais armadilhas havia nesse novo modo de vida e as regras que mantinham para evitar tais armadilhas: como sempre se deixava para puxar a escada para cima por último à noite, mas nunca podendo ser mexida enquanto os homens estivessem fora para pegar emprestado; sobre o fato de os rapazes saírem como aprendizes, cada um de uma vez, mas, de acordo com a verdadeira tradição de pegar emprestado, as mulheres deverem ficar em casa; ela ouvia sua mãe declinar o uso da cozinha.

– Obrigada, Lupy – Homily dizia. – É muito gentil de sua parte, mas seria melhor começarmos da maneira como pretendemos continuar, você não acha? Bem separadas.

"Então vai começar tudo outra vez", pensou Arrietty ao entrar no cômodo seguinte e sentar-se em uma poltrona dura. Mas, em vez de abaixo do assoalho, estariam agora um pouco acima, entre o sarrafo e o gesso: havia escadas de mão em vez de passagens empoeiradas, e essa plataforma, ela tinha esperança, deveria servir no lugar de sua grade.

Ela andou pela plataforma escura; esta, com o pó e as sombras, parecia a coxia de um teatro, se Arrietty soubesse dessas coisas. A escada estava no lugar, ela reparou: sinal de que alguém estava fora; mas, nesse caso, não tão "fora" quanto tendo "ido embora". Pobre Spiller... solitário, eles o haviam considerado. "Talvez", pensou Arrietty, com autopiedade, "esse seja o problema comigo..."

Havia uma luz fraca, ela viu agora, na fenda abaixo de si; o que de início parecia simplesmente minimizar a escuridão agora era um bem-vindo brilho. Arrietty pegou a escada, o coração batendo forte, e posicionou o pé no primeiro degrau. "Se eu não fizer isso agora", ela pensou, desesperada, "nesta primeira noite, talvez, no futuro, nunca mais tenha coragem." Parecia haver regras demais na casa de tia Lupy, gente demais, e os cômodos pareciam escuros e quentes demais. "Deve haver compensações", pensou, os joelhos tremendo

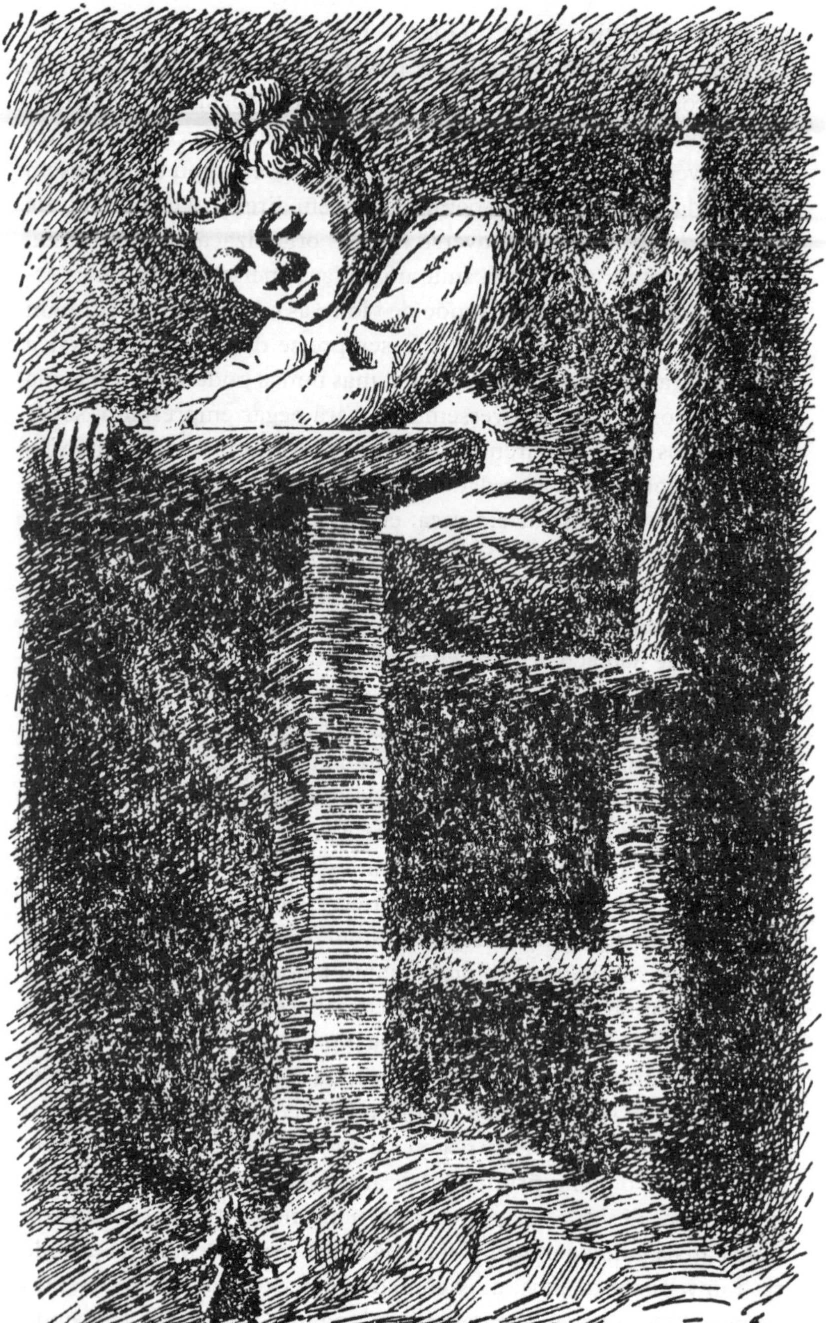

um pouco enquanto, degrau após degrau, ela começou a descer. "Mas tenho de descobri-las sozinha."

Logo ela ficou em pé novamente no saguão empoeirado da entrada; deu uma olhada ao redor e então, nervosa, olhou para cima: viu o topo da escada contornado contra a luz e a beira recortada da alta plataforma. Ela se sentiu tonta de repente e mais do que apenas um pouquinho amedrontada: e se alguém, sem perceber que ela tinha descido, decidisse puxar a escada de volta para cima?

A luz fraca, ela concluiu, vinha do buraco no rodapé: a caixa de lenha, por alguma razão, não estava emparelhada a ele. Devia haver espaço suficiente para passar espremida por ali. Ela gostaria de dar mais uma espiada no cômodo onde, algumas horas antes, o jovem Tom os havia descido; para ter algum conhecimento, ainda que fugaz, dessa moradia mundana que, de agora em diante, constituiria seu universo.

Tudo estava quieto quando ela andou na ponta dos pés na direção da abertura em formato gótico. A caixa de lenha, descobriu, estava a uma distância de cerca de cinco centímetros: o suficiente para deslizar com facilidade seu pequeno corpo pela passagem estreita entre o lado da caixa e a parede. Novamente ficou um pouco temerosa: e se algum ser mundano decidisse de repente empurrar a caixa de lenha no lugar? Seria esmagada, ela pensou, e encontrada muito tempo depois, colada no rodapé, como alguma estranha flor amassada. Por esse motivo, ela moveu-se rapidamente e, ao alcançar o canto da caixa, andou até perto do piso da lareira.

Ela olhou ao redor do cômodo. Podia ver as vigas do teto, as pernas de uma cadeira Windsor e a parte de baixo do assento. Viu uma vela acesa sobre uma mesa de madeira e, próximo à perna da mesa, uma pilha de peles no chão; esse, percebeu, era o segredo do guarda-roupa de Spiller.

Outro tipo de pele ficava sobre a mesa, logo depois da vela sobre um pedaço de tecido, de um tom amarelo-queimado e, de alguma maneira, mais rústica. Conforme olhou, a pele começou a se mexer. Um gato? Uma raposa? Arrietty congelou no lugar, mas se manteve bravamente em pé. Agora o movimento era inconfundível: rolando de lado e se levantando de repente.

Arrietty arquejou – um som muito sutil, mas que foi ouvido.

Um rosto se voltou para ela, iluminado pela luz da vela e sonolento, sob os cabelos de palha. Houve um longo silêncio. Finalmente, os lábios do menino curvaram-se suavemente em um sorriso; e ele parecia muito jovem depois de dormir, muito inofensivo. O braço no qual ele tinha descansado pousou solto sobre a mesa e Arrietty, de onde estava, viu quando os dedos dele relaxaram. Um relógio tiquetaqueava em algum lugar acima da cabeça dela; a chama da vela cresceu, calma e firme, iluminando a sala tranquila; os carvões deram uma leve estremecida conforme se assentavam na lareira.

– Olá – disse Arrietty.
– Olá – respondeu o jovem Tom.

O MATAGAL O ENCANAMENTO DE GÁS

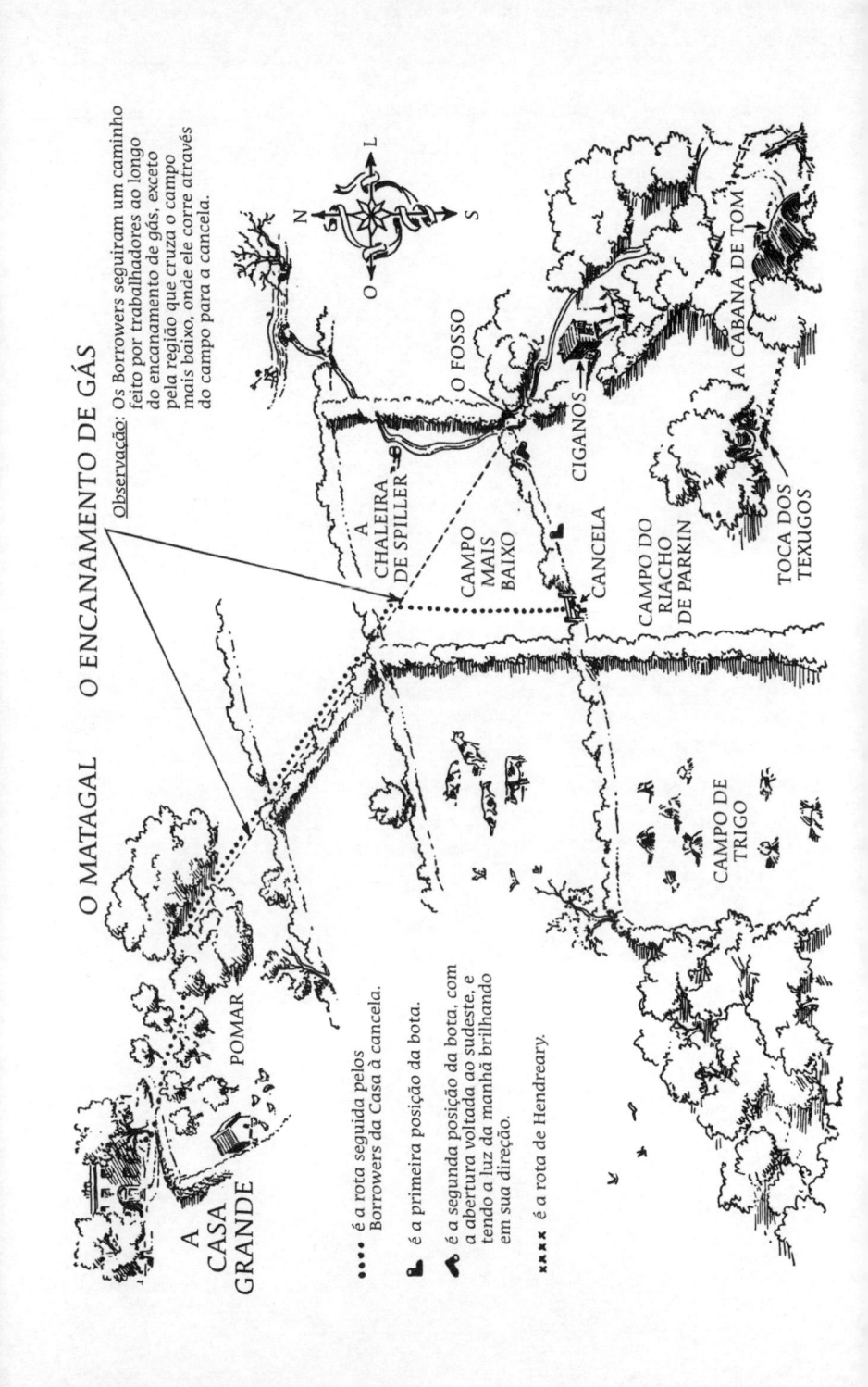

Observação: Os Borrowers seguiram um caminho feito por trabalhadores ao longo do encanamento de gás, exceto pela região que cruza o campo mais baixo, onde ele corre através do campo para a cancela.

- **A CASA GRANDE**
- **POMAR**
- **A CHALEIRA DE SPILLER**
- **O FOSSO**
- **CAMPO MAIS BAIXO**
- **CANCELA**
- **CIGANOS**
- **CAMPO DO RIACHO DE PARKIN**
- **CAMPO DE TRIGO**
- **TOCA DOS TEXUGOS**
- **A CABANA DE TOM**

•••• é a rota seguida pelos Borrowers da Casa à cancela.

🥾 é a primeira posição da bota.

👞 é a segunda posição da bota, com a abertura voltada ao sudeste, e tendo a luz da manhã brilhando em sua direção.

×××× é a rota de Hendreary.

OS BORROWERS NA ÁGUA

COM ILUSTRAÇÕES DE
Diana Stanley

•• CAPÍTULO UM ••

— Mas do que eles estão falando? — perguntou o sr. Patiff, o advogado. Ele falou de maneira quase irritável, como se os acontecimentos em vista fossem insanos.

— Estão falando sobre os Borrowers — respondeu a sra. May.

Eles ficaram ao pé da proteção da sebe, entre os repolhos molhados tombados pelo vento. Abaixo deles, na tarde escura e abafada, um lampião brilhava calorosamente pela janela da cabana.

— Nós poderíamos fazer um pomar aqui — ela acrescentou tranquilamente, com a intenção de mudar de assunto.

— Na nossa idade — observou o sr. Patiff, olhando fixamente a janela iluminada na depressão abaixo deles —, a sua e a minha, é mais sábio plantar flores do que frutos...

— Você acha mesmo? — perguntou a sra. May. Ela puxou mais o sobretudo em torno de si para se proteger do vento em remoinho. — Mas deixarei para ela a cabana, sabe, em meu testamento.

— Deixará para quem?

— Para Kate, a minha sobrinha.

— Ah, sim — disse o sr. Patiff, e olhou novamente na direção da janela iluminada, atrás da qual, ele sabia, Kate estava sentada: uma criança estranha, pensou. Era desconcertante o modo como ela encarava as pessoas, com seus olhos arregalados e sonhadores, e ainda proseava com o velho Tom Boaventura, um vil e antigo caseiro. O que poderiam ter em comum, ele se perguntava, esse ardiloso velho e uma criança ansiosa por escutá-lo? Já deviam estar por lá (ele olhou no relógio) durante uma hora e quinze minutos, curvados próximo à janela, falando, falando...

— Borrowers... — ele repetiu, como se não conseguisse pronunciar bem a palavra. — Que tipo de Borrowers?

— Ah, é apenas uma história... — a sra. May disse, despretensiosa, saindo cautelosamente de entre os repolhos ensopados pela chuva na direção do caminho pavimentado. — Algo que costumávamos contar um para o outro, meu irmão e eu, quando ficávamos aqui na infância.

— No Solar, você quer dizer?

— Sim, com a tia-avó Sofia. Kate adora essa história.

– Mas por que ela contaria isso a ele? – perguntou o sr. Patiff.
– Ao velho Tom? Por que não? Na verdade, acredito que seja o contrário: acho que ele conta para ela.

Enquanto seguia a sra. May pelo gasto caminho pavimentado, o sr. Patiff ficou em silêncio. Ele havia conhecido essa família durante a maior parte de sua vida e eles eram bem (tinha começado a achar ultimamente) estranhos.

– Mas uma história inventada por você?
– Não; por mim, não – a sra. May riu como se estivesse se sentindo constrangida. – Foi o meu irmão quem a inventou, eu acho. Se é que foi inventada... – acrescentou de repente, quase inaudível.

O sr. Patiff arriscou as palavras:
– Não entendi muito bem. Essa história sobre a qual você falou é algo que aconteceu de verdade?

A sra. May riu.
– Ah, não. Não poderia ter realmente acontecido. Impossível! – Ela retomou a caminhada, acrescentando por sobre o ombro: – É que esse velho homem, o velho Tom Boaventura, parece conhecer algo sobre essas pessoinhas.

– Que pessoinhas? Os mendigos?
– Não os mendigos; os Borrowers...
– Ah, entendi – disse o sr. Patiff, sem entender nada.
– Nós os chamamos assim. – E, voltando-se para o caminho, esperou que ele a alcançasse. – Ou melhor, eles se chamam assim porque não possuem nada. Até os nomes deles são emprestados: as pessoas da família que conhecemos, pai, mãe e filha, eram chamadas Pod, Homily e pequena Arrietty. – Quando ele chegou ao lado da sra. May, ela sorriu. – Acho os nomes encantadores.

– Muito – ele disse, um tanto seco. Então, mesmo contra a vontade, ele lhe sorriu de volta. Ele lembrava que sempre havia nos modos dela esse ar de brincalhona. Mesmo quando era jovem, embora atraído por sua beleza, ele a achava desconcertante. – Você não mudou nada – ele disse.

Ela ficou mais séria de repente.
– Mas você não pode negar que se tratava de uma estranha casa antiga...
– Antiga, sim. Mas não mais estranha do que... – Ele olhou para o declive logo abaixo – ... esta cabana.

A sra. May riu.

– Ah, neste ponto a Kate concordaria com você! Ela acha esta cabana tão estranha quanto achamos o Solar dos Abetos, nem mais nem menos. Sabe, no Solar, meu irmão e eu, desde o início, tivemos esse pressentimento de que existiam outras pessoas vivendo na casa além de seres humanos.

– Mas – argumentou sr. Patiff, exasperado – não podem existir "outras pessoas" além de seres humanos. Os termos são sinônimos.

– Outras personalidades, então. Algo bem menor do que um ser humano, mas igual a ele na essência: a cabeça um pouco maior, talvez, mãos e pés um pouco mais compridos. Mas muito pequenos e escondidos. Nós imaginávamos que eles vivessem como camundongos, em rodapés ou batentes, ou embaixo do assoalho... e que fossem completamente dependentes do que conseguissem surrupiar da casa grande acima. Na verdade, não é correto chamar de roubo: é uma espécie de armazenamento. De modo geral, eles pegam apenas coisas dispensáveis.

– Que tipo de coisas? – perguntou o sr. Patiff; sentindo-se bobo de repente, pulou à frente dela para retirar um arbusto de espinhos de seu caminho.

– Ah, todo tipo de coisa. Qualquer tipo de comida, claro, e quaisquer outros pequenos objetos móveis que possam ser úteis: caixas de fósforos, tocos de lápis, agulhas, pedacinhos de coisas... tudo que pudessem transformar em ferramentas, roupas ou mobília. Isso era meio desanimador para eles, nós achamos, porque eles tinham uma espécie de anseio por beleza e por tornar seus buraquinhos escuros tão encantadores e confortáveis como os lares dos seres humanos. Meu irmão costumava ajudá-los. – A sra. May hesitou de repente, constrangida. – Ou pelo menos foi o que ele disse – concluiu de modo desajeitado e, para manter a aparência, deu um pequeno sorriso.

– Entendi – o sr. Patiff disse novamente. – Ele silenciou enquanto ladeavam a cabana para evitar o sapê que pingava. – E onde entra Tom Boaventura? – ele perguntou, enfim, quando ela parou ao lado de uma tina. Ela se virou de modo a encará-lo.

– Bem, é singular, não? À minha idade, quase setenta, herdar esta cabana e encontrá-lo ainda aqui, de posse dela?

– Não exatamente de posse dela; ele é um ocupante em desapropriação.

– Quero dizer – a sra. May explicou –, encontrá-lo aqui, de qualquer forma. Nos velhos tempos, quando eram garotos, ele e meu irmão costumavam caçar coelhos; de certo modo, eram grandes companheiros. Mas tudo terminou depois do rebuliço.

– Ah – disse sr. Patiff –, então houve um rebuliço? – Eles ficaram parados diante da porta da frente, desgastada pelo tempo, e, intrigado contra a própria vontade, ele retirou a mão do trinco.

– Certamente! – exclamou sra. May. – Eu imaginava que você tivesse ouvido algo a respeito disso. Até o policial estava envolvido: você se lembra de Ernie Runacre? Deve ter espalhado por toda a vila: a cozinheira e o jardineiro ficaram sabendo dessas criaturas e decidiram dedetizar o lugar. Chamaram o exterminador de ratos local e mandaram o Tom trazer o furão dele. Ele era um garoto na época: o neto do caseiro; um pouco mais velho do que nós, mas ainda bem jovem. – A sra. May se virou de repente na direção do homem. – Você *deve* ter ouvido algo sobre isso.

O sr. Patiff franziu as sobrancelhas. Rumores passados se movimentavam vagamente em sua memória... algum absurdo ou outro no Solar dos Abetos; uma cozinheira talvez chamada Diver ou Driver, coisas faltando no gabinete da sala de visitas...

– Não houve – ele disse por fim – um problema relacionado com um relógio de esmeraldas?

– Sim, por isso eles mandaram chamar um policial.

– Mas – as sobrancelhas do sr. Patiff franziram mais profundamente – essa mulher... Diver ou...

– Driver! Sim, esse era o nome dela.

– E esse jardineiro... você está me dizendo que eles acreditavam nessas criaturas?

– É claro que sim – a sra. May respondeu. – Ou não teriam feito todo esse rebuliço.

– O que aconteceu? – perguntou o sr. Patiff. – Eles foram pegos? Não, eu não quis dizer isso! O que eu queria dizer era... o que descobriram que eles eram? Ratos, suponho?

– Eu mesma não estava lá na época, então, não posso dizer "o que descobriram que eles eram". Mas, de acordo com o meu irmão, eles escaparam da casa bem na hora por uma grade; um desses apetrechos de ventilação instalados na parte de baixo da estrutura de alvenaria do lado de fora. – Ela olhou ao redor à meia-luz. – Eles fugiram pelo pomar e para estes campos aqui em cima.

– Eles foram vistos partindo?

– Não – disse a sra. May.

O sr. Patiff lançou rapidamente os olhos para o declive tomado pela neblina logo abaixo: contra os campos pálidos, a floresta mais além parecia escura, já envolvida pelo crepúsculo.

– Esquilos – ele disse. – Era isso o que eram, provavelmente.

– É possível – disse a sra. May. Ela se afastou dele em direção ao local onde, ao lado da lavanderia, os trabalhadores naquela manhã tinham aberto um ralo. – Não seria largo o bastante para conduzir o esgoto?

– Sim – ele concordou, olhando as peças de cerâmica abaixo –, mas o inspetor sanitário nunca permitiria isso: todos esses drenos caem diretamente no riacho. Não; receio que você tenha que construir uma fossa séptica.

– Então para que era usado?

Ele indicou com a cabeça a lavanderia.

– Água da louça lavada, suponho, da pia. – Ele olhou para o relógio. – Posso lhe oferecer uma carona? Está ficando um tanto tarde...

– É muito gentil de sua parte – a sra. May comentou enquanto eles se dirigiam à porta da frente.

– Uma história esquisita – observou o sr. Patiff, pondo a mão no trinco.

– Sim, muito esquisita.

– Quero dizer, não medir esforços, chamar a polícia... Incrível.

– Sim – concordou a sra. May, que fez uma pausa para limpar os pés em um pedaço de saco de estopa rasgado que ficava ao lado do degrau.

O sr. Patiff olhou para os próprios sapatos e seguiu o exemplo dela.

– O seu irmão deve ter sido bem convincente.

– Sim, ele foi.

– E bastante criativo.

– Sim, de acordo com o meu irmão, havia uma espécie de colônia dessas pessoinhas. Ele falava de um outro grupo, primos daqueles do Solar dos Abetos, que supostamente viviam em uma toca de texugos, aqui em cima, na margem da floresta. Tio Hendreary e tia Lupy...

– Ela olhou de lado para ele. – Nesse grupo havia quatro crianças.

– De acordo com o seu irmão – observou, cético, o sr. Patiff, e alcançou o trinco novamente.

– E de acordo com o velho Tom – ela riu, baixando o tom de voz.

– O velho Tom jura que a história é verdadeira. Mas *ele* sustenta que não viveram na toca de texugos; ou que, se viveram, não poderia ter sido por muito tempo. Ele insiste em afirmar que, durante anos e anos, eles moraram aqui em cima, entre o sarrafo e o reboco ao lado da lareira.

– Que lareira? – perguntou o sr. Patiff, inquieto.

– Esta lareira – a sra. May respondeu. Conforme a porta se abriu, ela baixou a voz para um sussurro. – Aqui nesta cabana mesmo.

– Aqui nesta cabana... – repetiu o sr. Patiff com uma voz espantada e, ficando de lado para a sra. May passar, estendeu o pescoço para espiar ali dentro, sem cruzar a soleira da porta.

A sala silenciosa parecia vazia: tudo o que podiam ver de início era a luz amarela de um lampião derramada sobre o piso e as brasas morrendo na lareira. Próximo à janela havia uma pilha de gravetos castanhos e sapê, cortados e preparados para cobrir o teto, ao lado de uma poltrona de madeira. Então Kate apareceu repentinamente das sombras ao lado da lareira.

– Olá – ela disse.

Parecia que estava prestes a dizer algo mais, mas seu olhar deslizou da sra. May para onde o sr. Patiff pairava na porta.

– Eu estava procurando a chaminé – ela explicou.

– Percebi. O seu rosto está preto!

– Está? – Kate perguntou, despreocupada. Os olhos da menina estavam iluminados, e ela parecia estar esperando, supôs a sra. May, que o sr. Patiff fechasse a porta e entrasse ou que a fechasse e partisse.

A sra. May olhou para a poltrona vazia e, depois, para além de Kate, na direção da porta da lavanderia.

– Onde está o Tom?

– Saiu para alimentar os porcos – respondeu Kate. Novamente hesitou, e, de uma vez, acrescentou: – Já temos que ir? É um pulo daqui até os campos, e eu queria muito mostrar algo a você...

O sr. Patiff olhou para o relógio.

– Bem, nesse caso... – ele começou.

– Sim, por favor, não precisa nos esperar – a sra. May o interrompeu impulsivamente. – Como Kate disse, é só um pulo daqui...

– Eu ia apenas dizer – prosseguiu o sr. Patiff, impassível de sua posição neutra na soleira da porta – que, como esse caminho é tão apertado e as valas, tão cheias de lama, sugiro dirigir até lá na frente de vocês e virar o carro na encruzilhada. – Ele começou a abotoar o sobretudo. – Talvez vocês escutem a buzina...

– Sim, sim, de fato. Obrigada... claro. Ouviremos...

Quando a porta da frente fechou e o sr. Patiff se retirou, Kate pegou a sra. May pela mão e puxou-a ansiosamente em direção à lareira.

– Tenho muitas coisas para lhe contar. Muitas, muitas...

– Nós não fomos grosseiras, fomos? – A sra. May perguntou. – Quero dizer, com o sr. Patiff? Não o afugentamos, não é?

– Não, não, claro que não. Você lhe agradeceu gentilmente. Mas olhe! – Kate prosseguiu. – Por favor, olhe!

Soltando a mão da sra. May, ela correu na frente e, com muito esforço e ofegando, afastou a caixa de lenha de onde estava, apertada contra a parede ao lado do piso da lareira. Um buraco de rato foi revelado no rodapé, com um leve formato gótico.

– Era aqui que eles moravam! – exclamou Kate.

A sra. May, contrariando a si mesma, sentiu uma curiosa sensação de choque. Fixando os olhos no buraco, disse, inquieta:

– Nós não devemos ser tão ingênuas, Kate. Quero dizer, não podemos acreditar *muito* em tudo o que ouvimos. E você sabe o que dizem sobre o velho Tom?

– Na vila? Sim, sei o que dizem: "o maior mentiroso dos cinco continentes". Mas tudo começou *por causa* dos Borrowers. No começo, sabe, ele costumava falar deles. E este foi o erro dele: achar que as pessoas se interessariam. Mas ninguém estava interessado. Nem um pouco. Elas simplesmente não acreditavam nele. – Kate se ajoelhou no piso da lareira e, com uma respiração mais pesada, observava dentro da escuridão do buraco. – Havia apenas um outro ser humano, eu acho, que realmente acreditou nos Borrowers...

– A sra. Driver, você quer dizer, a cozinheira do Solar?

Kate franziu a sobrancelha, sentando-se sobre os calcanhares.

– Não, não acho que a sra. Driver *realmente* acreditava neles. Ela os viu, eu sei, mas acho que não confiou em seus olhos. Não; a outra pessoa em quem eu estava pensando era Vista Grossa, o cigano. Quero dizer, ele na verdade os chacoalhou para fora de sua bota no chão de seu trailer. E lá estavam eles, bem debaixo de seu nariz, e não havia dúvida disso. Ele tentou agarrá-los, Tom contou, mas eles fugiram. Ele queria prendê-los em uma gaiola e mostrá-los por uns trocados na feira. Foi Tom quem os resgatou. Com a ajuda de Spiller, claro.

— Quem era Spiller? – indagou a sra. May. Ela ainda ficava olhando para o buraco de rato como se estivesse enfeitiçada.

Kate aparentava surpresa:

— Você não ouviu falar de Spiller?

— Não – respondeu a sra. May.

— Ah... – lamentou Kate, inclinando a cabeça para trás e semicerrando os olhos – Spiller era maravilhoso!

— Tenho certeza de que sim – disse a sra. May. Ela se arrastou em direção a uma cadeira de vime e se sentou, tensa. – Mas você e o Tom ficaram conversando durante dias, lembre-se disso... Estou um pouco por fora. O que Spiller devia ser... um Borrower?

— Ele *era* um Borrower – corrigiu Kate. – Mas de um tipo selvagem. Ele vivia nas fileiras da sebe, e usava velhas peles de toupeira, e não se lavava...

— Ele não parece tão *absurdamente* maravilhoso.

— Ah, mas ele era. Spiller pediu ajuda a Tom, e Tom correu lá para baixo e rapidamente os salvou. Ele os apanhou debaixo do nariz dos ciganos e os colocou nos bolsos. Ele os trouxe aqui para cima, todos os quatro: Spiller, Pod, Homily e Arrietty. E os desceu cuidadosamente, um por um. – Kate passou a mão pela lajota aquecida. – Aqui, bem neste lugar. E então, pobrezinhos, eles fugiram para dentro da parede pelo buraco de rato no rodapé. – Kate baixou a cabeça novamente, tentando enxergar ali dentro. – E subiram uma pequena escada que levava ao lugar onde seus primos moravam... – Kate se levantou rapidamente e, esticando um dos braços o máximo que conseguia, bateu levemente no reboco ao lado da chaminé. – A casa dos primos ficava em algum lugar por aqui. Era bem alta. Tinha dois andares, entre o sarrafo e o reboco da lavanderia e entre o sarrafo e o reboco daqui. Eles usavam a chaminé, Tom disse, e puxaram água do encanamento da lavanderia. Arrietty não gostava daqui de cima; ela costumava se arrastar pela noite e conversar com o jovem Tom. Mas os nossos Borrowers não ficaram muito tempo aqui. Algo aconteceu, sabe...

— Diga – pediu a sra. May.

— Bem, não há mesmo tempo agora. O sr. Patiff vai começar a buzinar... E o velho Tom é o único que pode contar. Ele parece saber de tudo, até o que eles disseram e fizeram quando ninguém mais estava lá...

– Ele é um contador de histórias nato – disse a sra. May, rindo. – E conhece as pessoas. Quando é preciso batalhar para viver, as pessoas reagem de maneira muito semelhante, de acordo com o tipo, claro, qualquer que seja seu tamanho ou posição social. – A sra. May inclinou-se para examinar o rodapé. – Até mesmo eu – ela disse – posso imaginar o que Homily sentiu, sem lar e desamparada, encarando aquele buraco empoeirado... E parentes desconhecidos vivendo ali em cima, que não sabiam que ela viria e que ela não via havia anos...

•• CAPÍTULO DOIS ••

Mas a sra. May não estava totalmente certa: ela havia subestimado o rápido instinto de proteção deles, a alegria natural que um Borrower sente quando se esconde com segurança. É verdade que, enquanto adentravam o buraco no rodapé em estilo gótico, eles se sentiram um tanto nervosos, um tanto desamparados: isso porque, à primeira vista, o espaço cavernoso diante deles parecia decepcionantemente inabitável: vazio, escuro e ecoando, cheirava a pó e ratos...

– Oh, céus... – murmurou Homily incrédula. – Eles não podem viver aqui! – Mas, conforme seus olhos se acostumavam à escuridão, ela se inclinou de repente para pegar um objeto do chão. – Minha nossa! – ela sussurrou ansiosa para Pod. – Você sabe o que é isto?

– Sim – disse Pod. – É um pedaço oco de limpador de cachimbo. Deixe isso aí, Homily, e vamos indo. O Spiller está esperando.

– É o bico do nosso velho bule feito de bolota – insistiu Homily. – Eu o reconheceria em qualquer lugar, e não adianta dizer o contrário. Então eles *estão* aqui... – ela refletiu admirada enquanto seguia Pod pelas sombras. – E, de algum lugar, de algum jeito, eles trouxeram algumas das nossas coisas.

– Nós vamos subir aqui – disse Spiller, e Homily viu que ele estava parado com a mão sobre uma escada. Olhando para o alto, onde os degraus se estendiam acima deles em direção à escuridão, ela sentiu um leve arrepio: a escada de mão era feita de palitos de fósforo, cuidadosamente colados e encaixados em dois pedaços de vareta partida, do mesmo modo que os floristas usam para apoiar as plantas em vasos.

– Eu vou primeiro – disse Pod. – É melhor irmos um de cada vez.

Homily assistiu amedrontada até ouvir a voz dele lá de cima.

– Está tudo bem – ele sussurrou de algum lugar de difícil acesso. – Podem subir.

Homily foi em seguida, os joelhos tremendo, e, finalmente, emergiu ao lado de Pod na plataforma mal iluminada – um elevado tablado de aterrissagem, era o que parecia –, que rangia um pouco quando pisavam nela e quase parecia balançar. Abaixo, estendia-se um buraco negro; à frente, uma porta aberta.

— Oh, minha nossa... — ela murmurou. — Espero que seja mesmo seguro... Não olhe para baixo — recomendou a Arrietty, que vinha a seguir.

Mas Arrietty não teve nenhuma tentação de olhar para baixo: os olhos dela se dirigiam ao vão da porta iluminado e às sombras que se moviam dentro; ela ouviu o fraco som de vozes e uma repentina risada aguda.

— Venham — disse Spiller, deslizando por ela e abrindo caminho em direção à porta.

Arrietty nunca se esqueceu de sua primeira visão dessa sala no andar superior: o calor, o surpreendente asseio, a luz tremulante da vela e o aroma de comida caseira.

E tantas vozes... tantas pessoas...

Gradualmente, atônita, ela começou a destacá-los: aquela devia ser a tia Lupy abraçando Homily; a tia Lupy, tão rechonchuda e radiante, e sua mãe, tão suja e magra. Por que elas se agarravam e choravam, ela se perguntava, e apertavam as mãos uma da outra? Elas nunca gostaram uma da outra, todo mundo sabia disso. Homily achava Lupy convencida porque, lá na antiga casa grande, Lupy tinha morado na sala de visitas e (segundo os comentários que ouvira) trocava de roupa para o jantar à noite. E Lupy desprezava Homily por morar embaixo da cozinha e por pronunciar "parrrquete" em vez de "parquete".

E ali estava o tio Hendreary, a barba mais rala, dizendo a seu pai que essa não poderia ser a Arrietty, e seu pai, orgulhoso, dizendo ao tio Hendreary que era ela mesma. Aqueles deviam ser os três primos, cujos nomes ela desconhecia; de tamanhos diferentes, mas um a cara do outro. E aquela criatura magra, alta, parecendo uma fada, nem jovem nem velha, que andava de um lado a outro timidamente nos fundos, com um suave sorriso desconfortável: quem era? Poderia ser Eggletina? Sim, ela achou que poderia ser.

E havia alguma coisa estranhamente irreal na sala, mobiliada com móveis de casa de bonecas de todas as formas e tamanhos, nenhum deles combinando e todos desproporcionais entre si. Havia cadeiras estofadas em veludo ou tecido trançado, algumas delas pequenas demais para sentar e outras grandes e exageradas; havia penteadeiras altas demais e mesas de apoio muito baixas; e uma lareira de brinquedo com carvões de gesso pintado e seus utensílios todos presos, formando uma única peça com o guarda-fogo; havia duas janelas falsas com cortinas vermelhas de cetim e bandôs curvos, cada uma delas pintada à mão imitando uma paisagem: uma revelava um cenário de montanhas suíças e a outra, um vale escocês ("Eggletina as pintou", tia Lupy gabou-se em sua voz de alta sociedade. "Teremos uma terceira quando conseguirmos as cortinas: uma vista do lago de Como a partir do monte San Primo."); havia abajures de mesa ou de pé alto, com babados, bordados e pompons, mas a luz da sala, Arrietty observou, vinha de modestos tocos de velas, como aqueles que produziam em casa.

Todo mundo parecia extremamente limpo, e Arrietty ficou ainda mais envergonhada. Ela deu uma rápida olhada em seu pai e sua mãe e não ajudou muito: nenhuma de suas roupas tinha sido lavada havia semanas, assim como, por alguns dias, as mãos e o rosto deles. A calça de Pod tinha um rasgão em um dos joelhos, e os cabelos de Homily caíam como serpentes. E aqui estava a tia Lupy, robusta e educada, implorando a Homily para, por favor, colocar ali suas coisas, em um tom de voz que, Arrietty imaginou, deveria ser geralmente reservado para boás de plumas, mantos de óperas e impecáveis luvas de pelica.

– Pobre Lupy, querida – Homily começou a dizer, olhando exaustivamente ao redor. – Quantos móveis! Quem ajuda você com a faxina? – E, desequilibrando-se um pouco, afundou-se em uma cadeira.

Eles correram para ajudá-la, como ela esperava que fizessem. Trouxeram água e molharam seu rosto e suas mãos. Hendreary ficou em pé com lágrimas em seus olhos fraternais.

– Pobre alma valente – ele lamentou, balançando a cabeça, inconformado. – A mente da gente gira quando se pensa no que ela tem passado...

Então, depois de se lavarem rapidamente, de refrescar a memória de todos ao redor e de alguns momentos alegres enxugando lágrimas de emoção, sentaram-se para cear. Eles o fizeram na cozinha, que era um tanto inferior, a não ser pelo fato de que ali o fogo era de verdade: um esplêndido fogão feito de uma grande fechadura preta; eles explicaram que atiçavam o fogo pelo buraco da fechadura, que incandescia consideravelmente, e a fumaça saía atrás por uma série de canos para a chaminé da cabana.

A comprida mesa branca estava ricamente posta: era o espelho de uma fechadura do século XVIII, retirado de uma antiga porta de sala de visitas. Esmaltada de branco e pintada com miosótis, era apoiada firmemente por quatro grossos tocos de lápis no lugar onde antes haviam estado os parafusos. As pontas dos lápis emergiam sutilmente pelo topo da mesa; uma delas era de caneta-tinteiro, e eles foram advertidos a não tocá-las para não sujar as mãos.

Havia todo tipo de pratos e conservas, tanto verdadeiros como falsos: tortas, pudins e frutas fora de estação em conserva, tudo feito por Lupy, uma imitação de perna de carneiro e um prato de tortas de gesso, emprestados da casa de bonecas. Havia três copos verdadeiros, bem como xícaras feitas de bolotas e um par de garrafas verdes para vinho.

Conversa, conversa, conversa... Ouvindo, Arrietty se sentiu atordoada.

– Onde está o Spiller? – ela perguntou de repente.

– Ah, ele foi embora – Hendreary disse vagamente; ele parecia um pouco constrangido e sentou ali de testa franzida, batucando na mesa com uma colher de estanho (uma de um jogo de seis, Homily se lembrou zangada: ela ficou pensando em quantas tinham sobrado).

– Embora para onde? – perguntou Arrietty.

– Para casa, eu acho – Hendreary lhe disse.

– Mas nós não agradecemos a ele! – exclamou Arrietty. – O Spiller salvou nossa vida!

Hendreary mudou seu semblante.

– Tome um gole de licor de amoras-pretas – ele sugeriu subitamente a Pod. – Foi a Lupy quem preparou. Vamos nos alegrar...

– Eu, não – Homily disse firmemente, antes que Pod pudesse abrir a boca. – Nada de bom vem disso, como já descobrimos a duras penas.

– Nós nem agradecemos a ele – insistiu Arrietty, e havia lágrimas em seus olhos.

Hendreary olhou para ela, surpreso.

– Spiller? Ele não se prende a agradecimentos. Ele está bem... – E deu uns tapinhas carinhosos no braço de Arrietty.

– Por que ele não ficou para a ceia?

– Ele nunca fica – Hendreary lhe contou. – Ele não gosta de companhia. Ele cozinhará alguma coisa para si.

– Onde?

– No fogão dele.

– Mas fica muito longe daqui!

– Não para o Spiller, ele está acostumado a isso. Boa parte do caminho ele vai pela água.

– E deve estar escurecendo – Arrietty continuou, triste.

– Ora, não fique se afligindo pelo Spiller – o tio lhe disse. – Coma toda a sua torta...

Arrietty baixou os olhos para o prato (rosa e de plástico, era parte de um conjunto de chá de que ela parecia se lembrar); por algum motivo, não tinha apetite. Ela levantou os olhos:

– E quando ele vai voltar? – perguntou, ansiosa.

– Ele não vem com muita frequência. Uma vez por ano por causa das roupas novas. Ou se o jovem Tom o envia por algum motivo especial.

Arrietty olhou pensativa.

– Ele deve se sentir meio sozinho – arriscou enfim.

– O Spiller? Não, eu não diria que ele se sente assim. Alguns Borrowers são desse jeito. Solitários. Há alguns aqui e ali. – Ele deu uma olhada pela sala até onde sua filha, tendo deixado a mesa, estava sentada sozinha, perto do fogo. – Eggletina é um pouco assim... Uma pena, mas não há nada que possamos fazer em relação a isso. São loucos por mundanos; eles se tornam uma espécie de fanáticos...

Estava muito escuro nesse novo lar estranho, quase tão escuro como debaixo do assoalho na casa grande, e iluminado por velas retorcidas fixadas em percevejos de cabeça para baixo (quantas moradias humanas deviam ter sido queimadas, Arrietty percebeu de repente, pelo descuido dos Borrowers andando por aí com velas acesas). Apesar dos polimentos de Lupy, os compartimentos cheiravam a fuligem, e nos fundos sempre havia um penetrante odor de queijo.

Todos os primos dormiam na cozinha para se aquecer, conforme Lupy explicou: a adornada sala de visitas raramente era usada. Do lado de fora ficava a plataforma sombreada com sua perigosa escada de palitos de fósforo que conduzia ao nível de baixo.

Acima dessa plataforma, bem no alto entre as sombras, ficavam os dois pequenos cômodos destinados a eles por Lupy. Não havia como acessá-los até então, a não ser escalando mão após mão, sarrafo por sarrafo, e arrastando-se cegamente à procura de apoio para os pés, para finalmente emergir em um áspero pedaço de assoalho feito por Hendreary com uma tampa de caixa de sapatos de papelão.

– Deixem esses quartos utilizáveis – Lupy tinha dito (ela sabia que Pod era habilidoso) –, e emprestaremos a vocês os móveis para começarem.

– Para começarem... – resmungou Homily naquela primeira manhã enquanto, pé após mão, ela seguiu Pod sarrafos acima; diferentemente da maioria dos Borrowers, ela não era muito fã de escaladas. – O que devemos fazer depois?

Ela não se atrevia a olhar para baixo. Abaixo de si, ela sabia, estava a frágil plataforma sob a qual novamente havia um vão e a escada de palitos de fósforo cintilando como uma espinha de peixe.

– De qualquer maneira – ela se consolou, sentindo-se desajeitada pelos vãos no chão –, pode ser íngreme, mas pelo menos é uma entrada separada... Como é, Pod? – ela perguntou enquanto sua cabeça emergia de repente no nível do chão, pelo alçapão redondo; era uma cena um tanto assustadora, como se ela tivesse sido decapitada.

— É seco — disse Pod sem muita confiança. Ele bateu um pouco o pé ao redor para testar o piso.

— Não bata o pé assim, Pod! — Homily reclamou, procurando um apoio para o pé na superfície instável. — É apenas papelão.

— Eu sei — disse Pod. — Não devemos reclamar — ele acrescentou enquanto Homily vinha em sua direção.

— Pelo menos — disse Homily, olhando ao redor — lá em casa, sob a cozinha, estávamos em solo firme...

— Você já morou em uma bota — Pod a lembrou. — E morou em um buraco na ribanceira. E quase morreu de fome. E quase congelou. E quase foi capturada pelos ciganos. Não devemos reclamar — disse novamente.

Homily olhou em torno de si. Dois quartos? Mal podia dizer isso: uma superfície de cartolina apoiada entre dois conjuntos de sarrafos, dividida por uma capa de livro forrada em tecido na qual as palavras "Anuário dos Criadores de Porcos, 1896" estavam impressas em um dourado fosco. Nessa parede roxo-escura Hendreary havia recortado uma porta. Não havia nenhum teto, e uma luz sinistra vinha de algum lugar acima — uma fenda, Homily deduziu, entre as tábuas do assoalho e as paredes caiadas do quarto do caseiro.

— Quem dorme ali em cima? — ela perguntou a Pod. — O pai daquele garoto?

— O avô — Pod respondeu.

— Ele nos procurará... estou certa disso — disse Homily. — Com armadilhas e não sei o que mais.

— Sim, temos que nos manter quietos — Pod disse. — Especialmente quando se trata de caseiros. Mas ele fica fora durante a maior parte do dia, em compensação, e o garoto vai junto. É, está seco — repetiu, olhando ao redor — e quente.

— Não muito — disse Homily. Enquanto o seguia pelo vão da porta, ela viu que esta estava pendurada pela costura da brochura que Hendreary não tinha recortado. — Logo vai desfiar — observou, balançando o painel para a frente e para trás. — E aí?

— Eu posso costurar isso — disse Pod — com minha linha de sapateiro. É fácil. — Ele colocou as mãos sobre as grandes pedras da parede mais afastada. — Este é o revestimento da chaminé — explicou. — Quentinho, não?

— *Humm* — disse Homily. — Se a gente encostar nele.

– Que tal dormirmos aqui, bem encostados na chaminé?
– Em quê? – perguntou Homily.
– Eles vão nos emprestar camas.
– Não, é melhor usar a chaminé para cozinhar. – Homily passou as mãos sobre as pedras e, de uma rachadura vertical, começou a distinguir o reboco. – Daqui logo se alcança a fornalha...
– Mas nós vamos comer lá embaixo com eles – Pod explicou. – É o que foi combinado: para que tudo seja preparado uma só vez.
– Preparado uma só vez e pegando emprestado de uma só vez também – Homily disse. – Não haverá trabalho para você, Pod.
– Bobagem – disse Pod. – O que faz você dizer uma coisa dessas?
– Porque – respondeu Homily – em uma cabana como esta, com apenas dois seres mundanos, um homem e um garoto, não há a mesma quantidade de sobras que havia na casa grande. Anote o que eu digo: estive conversando com a Lupy. O Hendreary e os dois garotos mais velhos dão conta do grupo. Eles não vão querer concorrência.
– Então o que eu vou fazer? – questionou Pod. Um Borrower impedido de pegar emprestado; especialmente um Borrower da categoria de Pod? Os olhos dele se tornaram redondos e vazios.
– Conseguir a mobília, imagino.
– Mas eles vão nos emprestar isso.
– Emprestar! – sibilou Homily. – Tudo o que eles têm era nosso!
– Ora, Homily... – começou Pod.
Homily baixou o tom de voz, falando em um sussurro esbaforido:
– Cada bendita coisa. Aquela cadeira de veludo vermelho, a penteadeira com gravuras pintadas, todas aquelas coisas que o garoto nos trouxe da casa de bonecas...
– Não o fogão de buraco de fechadura – apontou Pod. – Nem a mesa de jantar que eles fizeram com um espelho de fechadura. Nem...
– A imitação de perna de carneiro; essa era nossa – Homily interrompeu. – E o prato com as tortas de gesso. Todas as camas eram nossas, e o sofá. E o vaso com a palmeira...
– Agora escute, Homily – suplicou Pod. – Nós já passamos por tudo isso, não esqueça. Achado não é roubado, como dizem por aí. Até onde eles sabiam, nós estávamos mortos havia muito tempo; como se estivéssemos perdidos no mar. Tudo chegou até eles em uma fronha branca entregue à porta. Entende o que eu digo? É como se tivesse sido deixado para eles em um testamento.

– Eu nunca teria deixado nada para a Lupy – Homily enfatizou.
– Ora, Homily, você tem que admitir que eles têm sido gentis.
– Sim – concordou Homily. – Somos obrigados a dizer isso.

Triste, ela olhou ao redor. O piso de papelão tinha pedaços de gesso respingado por todo lado. Distraída, ela começou a empurrá-los na direção dos vãos onde o chão, tendo as extremidades retas, não se encaixava direito no reboco em barro. Eles estrepitavam ao cair pela coluna oculta até a cozinha de Lupy.

– Veja o que você fez! – disse Pod. – E esse é o tipo de barulho que não devemos fazer; não se damos valor à nossa vida. Para os seres mundanos – ele prosseguiu –, coisinhas caindo e barulhos desconhecidos são indícios de ratos ou esquilos. Você sabe disso tão bem quanto eu.

– Desculpe – disse Homily.

– Espere um minuto – disse Pod. Ele olhou para cima na direção da fenda de luz e agora, em um instante, estava nos sarrafos, subindo em direção a ela.

– Cuidado, Pod – sussurrou Homily. Ele parecia estar puxando algum objeto que estava escondido de Homily pela linha de seu próprio corpo. Ela o ouviu grunhir com o esforço.

– Está tudo bem – Pod disse em seu tom de voz normal, começando a descer de volta. – Não há ninguém lá em cima. Isto aqui é para você – ele prosseguiu e aterrissou no chão, entregando a Homily uma velha escova de dentes de osso levemente maior do que ela. – Meu primeiro trabalho – anunciou modestamente, e ela reparou que ele estava satisfeito. – Alguém deve tê-la deixado cair, lá em cima no quarto, e ela ficou presa nessa fenda entre as tábuas do assoalho e a parede. Podemos pegar coisas emprestadas de lá de cima – continuou –; é fácil: a parede cedeu ou as tábuas do assoalho encolheram. Mais adiante fica ainda mais largo... E isto também é para você – ele disse, e entregou a ela uma concha de marisco de tamanho considerável que havia puxado do reboco. – Você continua varrendo – disse-lhe –, e eu vou sair de novo; na verdade, preciso, enquanto está livre de seres mundanos.

– Agora, Pod, tenha cuidado... – Homily o apressou, com uma mistura de orgulho e ansiedade. Ela o observou escalar os sarrafos e o viu desaparecer antes que, usando a concha de marisco como pá de lixo, começasse a varrer o chão. Quando Arrietty chegou para avisar-lhes que a refeição estava pronta, uma carga considerável foi disposta no chão: a base de um prato de sabonete de porcelana que serviria como banheira, uma toalhinha de mesa em crochê vermelha e amarela, que serviria como tapete, um pedaço usado de sabão verde-claro com nervuras cinza, uma grande agulha de cerzir (ligeiramente enferrujada), três comprimidos de aspirina, um pacote de limpador de cachimbo e uma longa extensão de barbante revestido com alcatrão[1].

– Acho que estou com um pouco de fome agora – Pod disse.

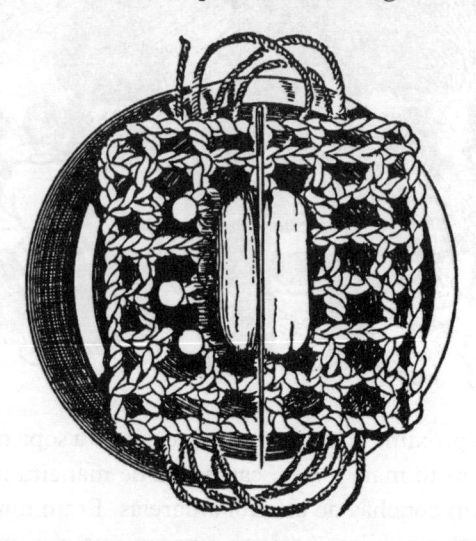

---

1. Entre outros usos, o alcatrão também é utilizado como impermeabilizante. (N. E.)

•• CAPÍTULO TRÊS ••

Eles desceram pelos sarrafos até a plataforma – mantendo-se bem distantes da beirada, pela sala de estar de Lupy até a cozinha.

– Ah, aí estão vocês – gritou Lupy, em sua voz alta, encorpada e agradável de tia. Ela estava bem gorducha em seu vestido de seda púrpuro e com o rosto rosado pelo calor do fogão. Homily, ao lado dela, parecia tão magra e angulosa quanto um pregador de roupas.
– Nós já íamos começar sem vocês.

A mesa de espelho de fechadura estava iluminada por um único candelabro, que tinha sido feito de um saleiro prateado com um buraco no alto, de onde saía um pavio. A chama queimava tranquilamente naquele recinto abafado, e o tampo de porcelana da mesa, branco-gelo, nadava em um mar de sombras.

Eggletina, próxima ao fogão, estava servindo a sopa que Timmus, o garoto mais jovem, carregava de maneira instável por ali em conchas de caracol amarelas. Eram muito bonitas, limpas e polidas. Arrietty reparou que eles eram bem parecidos, Eggletina e Timmus: quietos e pálidos, aparentando estarem alertas. Hendreary e os dois irmãos mais velhos já estavam sentados, empanturrando-se de comida.

– Levantem-se, levantem-se – Lupy gritou de maneira astuciosa – quando seus tios chegarem – e seus dois filhos mais velhos se ergueram, relutantes, e rapidamente se sentaram de novo. "Os modos dos Espinetas", as expressões deles pareciam dizer. Eles eram jovens demais para se lembrar daqueles dias agradáveis na sala de visitas da casa grande: o bolo de vinho Madeira, pequenos goles de chá da China, e música à noite. Rudes e tímidos, eles mal falavam. "Eles não gostam muito da gente", Arrietty concluiu ao tomar seu lugar à mesa. O pequeno Timmus, com as mãos envoltas em uma toalha, trouxe para ela uma concha de sopa. A fina concha estava sibilando de tão quente, e ela achou difícil segurá-la.

Era uma refeição simples, porém saudável: sopa e feijão-branco cozido com respingos de banha – um feijão para cada um. Não havia mais a abundância da primeira noite, quando Lupy assaltou seus armários de suprimentos. Foi como se ela e Hendreary tivessem conversado a respeito do assunto, estabelecendo padrões mais modestos. "Nós devemos começar", ela imaginou Lupy dizendo a Hendreary com uma voz firme e convencida, "como pretendemos continuar".

Havia, entretanto, uma omelete de ovo de pardal, frita em uma tampa de lata, para Hendreary e os dois meninos. Lupy mesma se assegurou disso. Condimentada com tomilho e uma pitada de alho-silvestre, tinha um aroma delicioso e chiava na chapa.

– Eles estiveram pegando emprestado, sabe – Lupy explicou –, ao ar livre durante a manhã toda. Eles só conseguem sair quando a porta da frente está aberta, e há dias em que não conseguem voltar. Uma vez Hendreary passou três noites no depósito de madeira até ter uma oportunidade.

Homily olhou para Pod, que havia terminado seu feijão e cujos olhos tinham se tornado estranhamente grandes.

– Pod também trabalhou um pouco esta manhã – ela observou despreocupadamente –, mais alto do que longe; mas isso dá mesmo apetite...

– Pegou emprestado? – perguntou tio Hendreary. Ele parecia surpreso, e sua barba fina parou as subidas e descidas que a mastigação provocava.

– Uma ou duas coisinhas – Pod disse modestamente.

– De onde? – perguntou Hendreary, pasmo.

– Do quarto do velho. Fica exatamente acima de nós...

Hendreary ficou em silêncio por um momento.
— Tudo bem, Pod — disse, mas como se não estivesse nada bem.
— Mas nós temos que ir com calma. Não há muito nesta casa; não o suficiente para esbanjar. Não podemos ir todos correndo para lá como touros na porteira. — Pegou mais um bocado de omelete e comeu vagarosamente enquanto Arrietty, fascinada, observava sua barba e a sombra que lançava na parede. Depois de engolir, ele disse: — Vou considerar como um favor, Pod, se você deixasse de pegar emprestado por um tempo. Nós conhecemos o território, como se diz, e trabalhamos com nossos próprios métodos. É melhor por enquanto emprestarmos as coisas a vocês. E há comida para todos, se não se importarem com a simplicidade.

Houve um longo silêncio. Arrietty reparou que os dois garotos mais velhos, quando levavam a comida à boca, mantinham os olhos no prato. Lupy fazia barulho perto do fogão, Eggletina se sentou olhando para as mãos, e o pequeno Timmus ficou olhando surpreso de um para outro, os olhos arregalados em seu rosto pálido e pequeno.

— Se é o que você quer... — Pod disse lentamente, enquanto Lupy se apressou de volta para a mesa— Homily — Lupy disse alegremente, quebrando o embaraçoso silêncio —, esta tarde, se tiver um tempo livre, eu me sentiria muito grata se você me desse uma mãozinha com as roupas de verão do Spiller...

Homily pensou nos quartos desconfortáveis lá em cima e em tudo que ansiava fazer com eles.

— Mas é claro — ela disse a Lupy, tentando sorrir.

— Eu sempre as termino — Lupy explicou — no início da primavera. O tempo está correndo agora: amanhã já é o primeiro dia de março. — E começou a retirar a mesa. Todos se levantaram imediatamente para ajudá-la.

— Onde *está* o Spiller? — Homily perguntou, tentando empilhar as conchinhas.

— Só Deus sabe — disse Lupy. — Deve estar longe, em alguma caça a gansos selvagens. Ninguém sabe onde o Spiller está. Nem o que ele faz, aliás. Tudo o que sei é — continuou, retirando a rolha do encanamento (como costumavam fazer em casa, Arrietty lembrou) para liberar um pouquinho de água — que eu faço as roupas de pele de toupeira dele todo outono e as brancas de pelica toda primavera, e que ele sempre vem apanhá-las.

– É muito gentil de sua parte fazer as roupas dele – disse Arrietty, observando Lupy enxaguar as conchas de caracol em um pequeno saleiro de mesa de cristal e prontificando-se a secá-las.

– É apenas humano – disse Lupy.

– Mundano! – exclamou Homily, estarrecida com a escolha das palavras.

– Humano, esta palavrinha, significa "bondoso" – explicou Lupy, lembrando que Homily, pobrezinha, não havia tido educação, tendo sido criada, como diriam, sob o assoalho de uma cozinha. – Não tem absolutamente nada a ver com seres mundanos. Como poderia ter?

– Era isso o que eu estava pensando... – comentou Homily.

– Além disso – Lupy prosseguiu –, ele nos traz coisas em troca.

– Ah, entendi – disse Homily.

– Ele vai caçar, sabe, e eu defumo a carne para ele... lá na chaminé. Um pouco nós guardamos e um pouco ele leva embora. O que sobra eu transformo em pasta com manteiga por cima; dura meses assim. Ele traz ovos de pássaros, frutas silvestres e nozes... peixe do riacho. Eu defumo o peixe também ou preparo uma conserva. Algumas coisas eu coloco no sal... E, quando alguém quer algo especial, é só dizer ao Spiller, antecipadamente, é claro, que ele pega emprestado dos ciganos. Aquele velho fogão onde ele vive fica bem ao lado do local onde eles acampam. Dê-lhe algum tempo e ele é capaz de trazer qualquer coisa que você queira dos ciganos. Nós temos um braço inteiro de uma capa de chuva à prova d'água, conseguido pelo Spiller, e foi muito útil quando as abelhas se aglomeraram durante um verão... Nós todos nos arrastamos para dentro dela.

– Que abelhas? – Homily perguntou.

– Eu não falei para vocês das abelhas no sapê? Elas já se foram agora. Mas foi assim que conseguimos o mel, tudo o que poderíamos querer, e uma cera boa e duradoura para as velas...

Homily ficou em silêncio por um momento – um silêncio invejoso, deslumbrado com a opulência de Lupy. Então ela disse, enquanto enxugava a última concha de caracol:

– Onde guardo isto aqui, Lupy?

– Nesse cesto de vime aí no canto. Eles não vão se quebrar: apenas leve tudo na tampa de lata e coloque dentro...

– Eu devo dizer, Lupy – Homily comentou, admirada, enquanto colocava uma a uma as conchas dentro do cesto (ele tinha a forma de um chifre com uma alça para segurar e um laço azul desbotado no alto) –, que você se tornou o que chamam de uma boa administradora...

– Para alguém – Lupy concordou rindo – que foi criada em uma sala de visitas e nunca ergueu uma mão...

– Você não *foi criada* em uma sala de visitas – Homily a lembrou.

– Ah, eu não me lembro dos tempos de Barril – Lupy disse displicentemente. – Eu me casei tão cedo; era apenas uma menina... – E ela se virou de repente para Arrietty. – Com que você está sonhando agora, minha-menina-levada?

– Eu estava pensando no Spiller – respondeu Arrietty.

– Ahá! – gritou tia Lupy. – Ela estava pensando no Spiller! – E riu novamente. – Você não quer gastar pensamentos preciosos com um esfarrapado como o Spiller. Você vai conhecer vários Borrowers interessantes, todos a seu tempo. Talvez um dia você conheça um que tenha sido criado em uma livraria: eles são os melhores, dizem, todos cavalheiros e com uma boa bagagem cultural.

– Eu estava pensando – Arrietty continuou no mesmo tom, mantendo a calma – que não conseguiria imaginar o Spiller vestido com uma roupa de pelica branca.

– Ela não fica branca por muito tempo! – exclamou Lupy. – Isso eu posso garantir a você! Tem que ser branca no início porque é feita de uma luva de gala. Uma luva de baile, longa, é uma das poucas coisas que consegui salvar da sala de visitas. Mas ele vai usar pelica; ele diz que é ruim de usar. Ela fica mais dura, é claro, logo que ele a molha, mas logo fica macia de novo. E a essa altura – ela acrescentou – já tem todas as cores do arco-íris.

Arrietty podia imaginar as cores; não seriam todas as cores do arco-íris: seriam as cores sem cor de verdade, os tons que tornavam Spiller invisível – um suave castanho-amarelado, marrons pálidos, verdes discretos e um tipo de bronze indistinto. Spiller se preocupava em "mudar a estação" de suas roupas: ele as fazia chegar a um estágio em que poderia se fundir com a paisagem, em que alguém poderia estar ao seu lado, quase a uma distância de poder tocá-lo, e mesmo assim não conseguiria enxergá-lo. Spiller iludia os animais da mesma maneira que os ciganos. Ele enganava falcões e arminhos e raposas... E podia não tomar banho, mas não tinha cheiro de Spiller: ele cheirava a sebes e a cascas de árvore e a grama e a terra molhada aquecida pelo sol; ele cheirava a ranúnculo, a esterco seco de vaca e ao orvalho da manhã logo cedo...

— Quando ele virá? — Arrietty perguntou. Mas ela correu para o andar de cima antes que alguém pudesse responder. Ela chorou um pouco no cômodo do andar de cima, recurvada ao lado da saboneteira.

Falar de Spiller havia feito com que se recordasse da vida livre e selvagem no campo que talvez nunca mais tivesse. Esse refúgio recém-descoberto entre os sarrafos e o reboco poderia muito em breve se tornar outra prisão...

•• CAPÍTULO QUATRO ••

Foram Hendreary e os meninos que carregaram os móveis até os sarrafos, enquanto Pod ficava esperando para recebê-los. Desse modo, Lupy emprestava para eles apenas o que queria, e eles não escolhiam nada. Entretanto, Homily não resmungou; ela tinha se tornado muito quieta ultimamente, conforme foi percebendo o apuro em que se encontravam.

Às vezes eles ficavam no andar de baixo após as refeições, ajudando em alguma coisa ou conversando com Lupy. Mas iam dosando a duração dessas visitas de acordo com o humor de Lupy: quando ela ficava exaltada, culpando-os por algum infortúnio causado por ela própria, sabiam que era hora de ir.

– Não conseguimos agir direito hoje – diziam, sentando-se de mãos vazias no andar de cima sobre as velhas rolhas de champanhe de Homily que Lupy havia desenterrado para usar como banquinho.

Eles se sentavam no quarto interno, próximo ao revestimento da chaminé, para absorver o calor das pedras. Ali, Pod e Homily possuíam uma cama dupla, uma daquelas da casa de bonecas; Arrietty dormia no quarto de fora, aquele com a entrada separada. Ela dormia em um pedaço grosso de estofo, pego emprestado tempos antes em uma caixa de giz pastel, e tinham lhe dado a maior parte das roupas de cama.

– Não deveríamos ter vindo, Pod – Homily disse certa noite, quando estavam sentados a sós no andar de cima.

– Não tínhamos escolha – Pod comentou.

– E temos que ir embora – ela acrescentou, e ficou sentada olhando enquanto ele cerzia a sola de uma bota.

– Para onde? – ele perguntou.

As coisas tinham melhorado um pouco para Pod ultimamente: ele havia limado a agulha enferrujada e estava de volta a seu trabalho com sapatos. Hendreary havia lhe trazido a pele de uma doninha, uma daquelas penduradas pelo caseiro para secar no alpendre da porta, e com elas fazia novos sapatos. Isso deixara Lupy muito entusiasmada e a tornara um pouco menos mandona.

– Onde está Arrietty? – Homily perguntou de repente.

– No andar de baixo, provavelmente – disse Pod.
– O que ela fica fazendo lá?
– Ela conta uma história para Timmus e o coloca na cama.
– Eu sei disso – disse Homily –, mas por que ela demora tanto? Eu já tinha quase caído no sono na noite passada quando a ouvimos subir nos sarrafos...
– Imagino que fiquem conversando – disse Pod.
Homily ficou em silêncio por um momento e depois comentou:
– Não acho isso bom. Senti meu sinal... – Esse era o sinal que os Borrowers sentiam quando seres humanos estavam próximos; no caso de Homily, começava nos joelhos.
Pod olhou para cima, na direção das tábuas do assoalho acima deles, de onde vinha uma vaga luz de velas.
– É o velho homem indo para a cama.
– Não – disse Homily, levantando-se. – Estou acostumada com ele. Ouvimos isso toda noite. – Ela começou a andar para lá e para cá. – Acho – ela disse por fim – que eu vou aparecer de repente lá embaixo.
– Para quê? – perguntou Pod.
– Para ver se ela está lá.
– Está tarde – disse Pod.
– Pior ainda – disse Homily.
– Onde mais ela poderia estar? – Pod questionou.
– Não sei, Pod. Senti meu sinal e já percebi isso uma ou duas vezes recentemente – ela comentou.
Homily já estava mais acostumada com os sarrafos; estava mais ágil, mesmo no escuro. Mas nessa noite estava realmente escuro. Quando ela alcançou a plataforma abaixo, sentiu uma espécie de abertura e uma sensação de ser puxada pelas profundezas que giraram no espaço vazio em torno dela; distinguindo o caminho para a sala de visitas, ela se conteve na beira da plataforma.
A sala de visitas também estava estranhamente escura, e o mesmo acontecia com a cozinha mais além: havia um brilho tênue que vinha da chama no buraco da fechadura e um som rítmico de respiração.
– Arrietty? – ela chamou suavemente da porta; pouco mais forte do que um sussurro.
Hendreary roncou e resmungou, dormindo; ela o ouviu virar-se.
– Arrietty – Homily sussurrou novamente.
– O que foi isso? – gritou Lupy, de repente e rispidamente.

— Sou eu... a Homily.
— O que você quer? Nós estamos todos dormindo. O Hendreary teve um dia difícil...
— Nada — hesitou Homily. — Está tudo bem. Eu estava procurando a Arrietty.
— A Arrietty subiu horas atrás — Lupy disse.
— Oh! — exclamou Homily, e silenciou por um momento. O ar estava repleto de respirações. — Tudo bem — ela disse por fim. — Obrigada. Desculpe...
— E feche a porta da sala de visitas quando sair. Está entrando uma corrente de ar absurda! — disse Lupy.

Conforme tateou pelo caminho de volta ao longo da sala abarrotada, Homily viu uma suave luz adiante, um reflexo sombrio percebido da plataforma. Poderia vir do alto, ela pensou, onde Pod, a dois cômodos de distância, estava cerzindo? Ainda assim, não tinha estado lá antes...

Amedrontada, Homily saiu da plataforma. Ela percebeu que o brilho não vinha do alto, mas de algum lugar distante abaixo: a escada de palitos de fósforo continuava no lugar, e ela notou os degraus de cima tremendo. Após uma breve pausa, ela criou coragem e olhou. Os olhos em choque encontraram os de Arrietty, que subia pela escada e quase já havia alcançado o topo. Lá embaixo, bem distante, Homily podia ver a forma gótica do buraco no rodapé: parecia uma chama de luz.

— Arrietty! — ela arquejou.

Arrietty não disse nada. Ela subiu pelo último degrau da escada, colocou o dedo sobre os lábios e sussurrou:

— Preciso puxar a escada para cima. Vá para trás.

E Homily, como se estivesse em um transe, saiu do caminho enquanto Arrietty puxava a escada, degrau após degrau, até que o objeto balançou acima dela, para dentro da escuridão e, então, tremendo um pouco por causa do esforço, Arrietty moveu-a devagar para a horizontal e a apoiou contra os sarrafos.

— Bem — começou Homily um tanto ofegante. À meia-luz que vinha de baixo elas podiam ver o rosto uma da outra: o choque de Homily com a boca aberta; a seriedade de Arrietty, o dedo sobre os lábios.

— Um minuto — ela sussurrou e retornou para a beira. — Tudo bem! — ela exclamou suavemente para o espaço abaixo. Homily ouviu um ruído surdo, o som de algo raspando, o estrépito de madeira sobre madeira, e a luz abaixo se apagou.

– Ele arrastou de volta a caixa de lenha – Arrietty sussurrou em meio à escuridão repentina. – Aqui... pode me dar a sua mão... Não se preocupe – ela implorou em um sussurro –, e não precisa fazer drama! Eu ia lhe contar de qualquer jeito.

E, levando sua mãe trêmula pelo cotovelo, ela a ajudou a subir os sarrafos acima.

Pod olhou para cima surpreso.

– Qual é o problema? – ele perguntou enquanto Homily se afundava na cama.

– Deixe-me colocar os pés dela para cima primeiro – disse Arrietty. Ela o fez de maneira muito gentil e cobriu as pernas de sua mãe com um lenço de seda dobrado, amarelado pela lavagem e manchado com tinta permanente, que Lupy havia lhes oferecido como roupa de cama. Homily se deitou com os olhos fechados e falou com lábios pálidos:

– Ela esteve lá novamente.

– Lá onde? – perguntou Pod. Ele havia baixado a bota e se levantado.

– Falando com mundanos – disse Homily.

Pod andou e se sentou na beira da cama. Homily abriu os olhos. Ambos ficaram encarando Arrietty.

– Quais? – perguntou Pod.

– O jovem Tom, é claro – disse Homily. – Eu a peguei no flagra. Era lá que ela estava na maior parte das noites; não me admira: lá embaixo eles achavam que ela estivesse aqui em cima, e aqui em cima achávamos que ela estivesse lá embaixo.

– Bem, você sabe aonde isso nos leva – disse Pod. Ele fez uma expressão muito séria. – Isso, minha jovem, foi o começo de todos os nossos problemas lá na casa grande...

– Falando com mundanos... – lamentou Homily, e um tremor passou pelo rosto dela. Subitamente ela se sentou apoiada sobre um cotovelo e encarou Arrietty:

– Sua menina malvada e imprudente! Como *pôde* fazer isso de novo?

Arrietty os encarou de volta, não exatamente provocadora, mas como se estivesse indiferente.

– Mas, com esse Tom aí embaixo – ela protestou –, não entendo por que isso importa: ele sabe que estamos aqui de todo jeito, porque ele mesmo nos colocou aqui! Ele poderia vir até nós a qualquer minuto. Se realmente quisesse...

– Ele poderia vir até nós – disse Homily – aqui em cima?

– Seria só quebrar a parede; é apenas gesso.

– Não diga esse tipo de coisa, Arrietty! – arrepiou-se Homily.

– Mas é verdade – disse Arrietty. – De qualquer maneira – ela acrescentou –, ele está indo embora.

– Indo embora? – repetiu Pod rispidamente.

– Os dois estão indo – disse Arrietty. – Ele e o avô. O avô está indo para um lugar chamado Hospital, e o menino está indo para um lugar chamado Leighton Buzzard, para ficar com o tio dele, que é um cavalariço. O que é um cavalariço?

Mas nenhum dos pais respondeu: um olhava para o outro, sem expressão. Pareciam ter ficado mudos pelo choque – era bem assustador.

– Temos que contar ao Hendreary – Pod disse por fim. – E logo.

Homily assentiu. Recuperada de um medo para enfrentar outro, ela impulsionou os pés para fora da cama.

– Mas não adianta acordá-los agora – disse Pod. – Eu vou lá embaixo bem cedo de manhã.

– Oh, minha nossa... – sussurrou Homily. – Todas essas pobres crianças...
– Qual é o problema? – perguntou Arrietty. – O que eu disse? – Ela ficou assustada de repente e ficou olhando insegura de um dos pais para o outro.
– Arrietty – disse Pod, virando-se na direção dela, o rosto ficando bastante sério –, tudo o que dissemos a respeito de seres mundanos é verdade; mas o que não dissemos, ou não enfatizamos o suficiente, talvez, é que nós, os Borrowers, não podemos sobreviver sem eles. – Ele inspirou profundamente. – Quando eles fecham uma casa e vão embora, geralmente significa o fim...
– Sem comida, sem fogo, sem roupas, sem calor, sem água... – entoou Homily, quase como se estivesse declamando.
– Fome – disse Pod.

•• CAPÍTULO CINCO ••

Na manhã seguinte, quando Hendreary soube das notícias, uma nova reunião foi feita ao redor do espelho da porta. Todos entraram em fila, nervosos e sérios, e o lugar de cada um foi indicado por Lupy. Arrietty foi questionada mais uma vez:

– Você está segura das datas, Arrietty?

Sim, ela estava.

– E dos fatos?

Muito segura: o jovem Tom e o avô partiriam dentro de três dias em um trole movido por um pônei fêmea cinza chamado Duquesa e dirigido pelo tio de Tom, o cavalariço, cujo nome era Fred Tarabody e que vivia em Leighton Buzzard e trabalhava no Hotel Swan. "O que era um cavalariço?", ela ficou pensando novamente – e o jovem Tom estava preocupado porque tinha perdido o furão, embora tivesse um sino preso ao pescoço e uma coleira com o nome gravado: ele o havia perdido dois dias atrás em uma toca de coelho e estava com medo de ter de partir sem ele, e, mesmo que o encontrasse, não tinha certeza de que o deixariam levá-lo.

– Isso não é relevante – disse Hendreary, tamborilando na mesa.

Todos demonstravam muita ansiedade e, ao mesmo tempo, uma curiosa calma.

Hendreary olhou ao redor da mesa.

– Um, dois, três, quatro, cinco, seis, sete, oito, nove – ele disse melancólico, e começou a alisar a barba.

– O Pod, aqui – disse Homily –, pode ajudar a pegar emprestado.

– E eu também poderia – interveio Arrietty.

– E eu também – ecoou Timmus em uma repentina voz esganiçada. Todos se viraram na direção dele, exceto Hendreary, e Lupy acariciou o cabelo dele.

– Pegar emprestado *o quê*? – perguntou Hendreary. – Não, não é de mais trabalhadores que precisamos; ao contrário – ele olhou para o outro lado da mesa e Homily, encontrando os olhos dele, corou de repente –, é de alguma coisa que reste para pegar emprestada. Eles não vão deixar nenhuma migalha para trás, aquele menino e o avô dele; não se eu os conheço bem. De agora em diante, vamos ter que viver apenas daquilo que conseguirmos guardar...

– Até o tempo que durar – disse Lupy de maneira severa.

– Até o tempo que durar – repetiu Hendreary –, e da maneira que for necessária. – Todos os olhos se arregalaram.

– O que não será para sempre – disse Lupy. Ela lançou os olhos para suas prateleiras de suprimentos e rapidamente desviou o olhar. Ela também havia ficado bastante corada.

– S-sobre pegar emprestado – gaguejou Homily –, eu me referia a fazer isso ao ar livre... o terreno com hortaliças... feijões e ervilhas... e coisas do gênero.

– Os pássaros vão ocupar a área – disse Hendreary –, com esta casa fechada e sem os seres mundanos. Os pássaros sempre ficam sabendo num piscar de olhos... E o que é pior – ele prosseguiu –: há mais coisas selvagens e animais daninhos por estes matos do que em todo o resto da região somada. Doninhas, arminhos, raposas, texugos, picanços[2], pegas, gaviões, corvos...

---

2. Ave agressiva que caça vertebrados de pequeno porte. (N. T.)

– Já entendemos, Hendreary – Pod interveio rapidamente. – Homily está se sentindo mal...

– Está tudo bem... – murmurou Homily. Ela bebericou água da xícara feita de bolota e, olhando para baixo, na direção da mesa, descansou a cabeça sobre a mão.

Hendreary, atrapalhado pela extensão de sua lista, pareceu não perceber.

– ... corujas e búteos – concluiu com uma voz satisfeita. – Vocês viram por si mesmos as peles estendidas no alpendre da porta, e os pássaros amarrados em um arbusto espinhoso; chamam de forca do caseiro. Ele intimida as aves, quando está bem e por perto. E o menino também dá uma mão. Mas com os dois partindo... – Hendreary levantou os braços magros e lançou os olhos na direção do teto.

Ninguém falou. Arrietty arriscou dar uma espiada em Timmus, cujo rosto tinha se tornado bastante pálido.

– E, quando a casa estiver fechada e trancada – Hendreary prosseguiu novamente de repente –, como você sugere que possamos *sair*?

– Ele olhou ao redor da mesa, triunfante, como se tivesse marcado um ponto. Homily, a cabeça sobre a mão, estava em silêncio. Ela tinha começado a se arrepender de ter falado.

– Sempre há alguma maneira – murmurou Pod.

Hendreary o encurralou:

– Tal como?

Quando Pod não respondeu, Hendreary imediatamente vociferou:

– Da última vez que eles saíram, tivemos uma praga de ratos-do--campo... a casa toda ficou repleta deles, na parte de cima e embaixo. Agora, quando eles trancam tudo, trancam muito bem. Nada muito além de uma aranha consegue entrar!

– Nem sair – disse Lupy, acenando com a cabeça.

– Nem sair – Hendreary concordou e, como se estivesse exausto de sua própria eloquência, tomou um gole da xícara.

Durante alguns minutos ninguém falou. Então Pod limpou a garganta.

– Eles não irão para sempre – ele disse.

Hendreary encolheu os ombros.

– Quem sabe?

– A mim me parece – disse Pod – que eles sempre precisarão de um caseiro. Digamos que este vá embora; algum outro entrará no lugar dele. Não vai ficar vazio por muito tempo, uma casa boa como esta, no alto do bosque, com água instalada na lavanderia...

– Quem sabe? – disse Hendreary mais uma vez.

– O seu problema, pelo que vejo – continuou Pod –, é aguentar por um tempo.

– É isso – concordou Hendreary.

– Mas você não sabe por quanto tempo; esse é o seu problema.

– É isso – concordou Hendreary.

– Quanto mais tempo você conseguir fazer a comida durar – elaborou Pod –, mais será capaz de esperar...

– Faz sentido – disse Lupy.

– E – Pod prosseguiu – quanto menos bocas tiver de alimentar, mais a comida durará.

– Está correto – concordou Hendreary.

– Agora – disse Pod –, digamos que existam seis de vocês...

– Nove – disse Hendreary, olhando ao redor da mesa –, para ser exato.

– Não conte a gente – disse Pod. – Homily, Arrietty e eu estamos nos mudando.

Houve um silêncio atordoante na mesa quando Pod, muito calmo, virou-se para Homily:

– Está certo, não está? – perguntou a ela.

Homily encarou-o de volta como se ele estivesse louco e, desesperado, ele a cutucou com o pé. Com isso, ela se conteve rapidamente e começou a concordar com a cabeça.

– Está c-certo... – ela conseguiu gaguejar, piscando os olhos.

Então o pandemônio aconteceu: perguntas, sugestões, protestos e discussões.

– Você não sabe o que está dizendo, Pod – Hendreary repetia, enquanto Lupy ficava dizendo:

– Mudar... para onde?

– Não adianta se precipitar, Pod – Hendreary disse por fim. – A decisão, é claro, é sua, mas estamos todos juntos nisto, e por quanto tempo durar. – Ele olhou ao redor da mesa como se estivesse registrando as palavras. – E, seja como for, o que é nosso é de vocês.

– É muito gentil de sua parte, Hendreary – disse Pod.

– Não é nada – disse Hendreary, falando de maneira bastante suave. – É justo.

– É apenas humano – interveio Lupy; ela gostava muito dessa palavra.

– Mas – prosseguiu Hendreary, já que Pod permaneceu calado – vejo que você já tomou sua decisão.

– Tem razão – disse Pod.

– Nesse caso – disse Hendreary –, não há nada que possamos fazer senão suspender a reunião e desejar boa sorte a todos vocês!

– Está certo – disse Pod.

– Boa sorte, Pod – disse Hendreary.

– Obrigado, Hendreary.

– E para as três almas valentes, Pod, Homily e a pequena Arrietty, boa sorte e bom trabalho!

Homily murmurou alguma coisa e então houve novo silêncio: um silêncio embaraçoso no qual olhos evitavam olhos.

– Vamos, minha velha menina – Pod disse por fim, e, virando-se para Homily, ajudou-a a ficar em pé. – Se nos der licença – ele se dirigiu a Lupy, que tinha se tornado mais uma vez bastante ruborizada –, temos alguns planos para discutir.

Todos se levantaram e Hendreary, aparentando preocupação, seguiu Pod até a porta:

– Quando pensa em partir, Pod?

– Em um ou dois dias – disse Pod –, quando não tiver ninguém por perto lá embaixo.

– Não precisa ter pressa, você sabe – disse Hendreary. – E qualquer equipamento que quiser...

– Obrigado – disse Pod.

– ... é só dizer.

– Farei isso – Pod deu um meio sorriso, um tanto tímido, e atravessou a porta.

•• CAPÍTULO SEIS ••

Homily subiu os sarrafos sem falar: foi direto para o cômodo interno e se sentou na cama. Ficou ali tremendo um pouco e olhando fixamente para as mãos.
– Eu tinha que ter dito aquilo – disse Pod. – E, mais importante: nós temos que ir em frente.
Homily assentiu com a cabeça.
– Percebe em que situação fomos colocados?
Homily assentiu novamente.
– Alguma sugestão? – Pod perguntou. – Há alguma outra coisa que possamos fazer?
– Não – disse Homily. – Temos que ir. E mais – ela acrescentou –: teríamos que ir de qualquer jeito.
– Como você chegou a essa conclusão? – indagou Pod.
– Eu não ficaria aqui com a Lupy – declarou Homily. – Nem que ela me tentasse com ouro fundido, o que provavelmente ela não faria. Eu fiquei quieta, Pod, por causa da menina. Um pouco de companhia jovem, eu pensei, e uma vivência familiar. Até fiquei quieta em relação aos móveis...
– É, eu sei... – disse Pod.
– Foi só porque – disse Homily, e começou novamente a tremer – ele continuou falando dos animais perigosos...
– É, ele continuou mesmo.
– É melhor um lugar nosso.
– Sim – concordou Pod. – É melhor um lugar nosso...
Mas ele ficou olhando ao redor do quarto demoradamente, como se estivesse acuado, e seu rosto redondo parecia inexpressivo.
Quando Arrietty chegou ao andar de cima com Timmus, demonstrou estar assustada e alegre ao mesmo tempo.
– Oh – disse Homily –, aí está você. – E ficou olhando para Timmus de um jeito muito indiferente.
– Ele quis vir – Arrietty lhe disse, segurando-o firmemente pela mão.
– Bem, leve-o com você para o seu quarto. E conte uma história para ele ou algo do tipo...

– Tudo bem. Vou em um minuto. Mas antes queria apenas perguntar a vocês...

– Mais tarde – disse Pod. – Haverá tempo de sobra: vamos conversar sobre tudo mais tarde.

– Isso mesmo – disse Homily. – Conte uma história para o Timmus.

– Não sobre corujas, né? – pediu Timmus. Ele continuava com os olhos bem arregalados.

– Não – concordou Homily. – Não sobre corujas. Peça para ela contar a você sobre a casa de bonecas. – Ela olhou para Arrietty. – Ou sobre aquele outro lugar... como se chama mesmo? Aquele lugar com Borrowers de cera...

Mas Arrietty parecia não estar escutando.

– Vocês não estavam falando sério, estavam? – ela explodiu de repente.

Homily e Pod ficaram olhando para ela, surpresos com o tom de voz.

– É claro que falamos sério – disse Pod.

– Ah! – exclamou Arrietty. – Ainda bem... Ainda bem... – E os olhos dela se encheram subitamente de lágrimas. – Ficar ao ar livre de novo... ver o sol... sentir... – Correndo até eles, ela abraçou um por vez. – Tudo vai ficar bem... Eu sei que vai!

Entusiasmada pelo alívio e a alegria, ela se voltou para Timmus:

– Venha, Timmus. Eu conheço uma linda história: melhor do que a da casa de bonecas. É sobre uma cidade inteira de casas. Um lugar chamado Pequena Fordham...

Esse lugar, nos últimos anos, tinha se tornado uma espécie de lenda para os Borrowers. Como eles o conheceram ninguém consegue lembrar – talvez uma conversa ouvida em alguma cozinha e confirmada depois na sala de jantar ou no quarto de crianças –, mas que ficaram sabendo dele, ficaram. A Pequena Fordham, ao que parecia, era um perfeito povoado em miniatura. Solidamente construída, resistia ao ar livre durante as quatro estações no jardim do homem que a havia projetado, e abrangia aproximadamente dois quilômetros quadrados. Continha uma igreja, com música de órgão e tudo, uma escola, uma fileira de lojas, e, como ficava próxima a um riacho, seu próprio porto, frota e alfândega. Era habitada – pelo menos era o que tinham ouvido – por uma raça de figuras de cera, do tamanho de Borrowers, que ficava por ali em posições congeladas; ou que, desajeitada e desanimada, andava de maneira interminável nos trens. Eles também sabiam que, da manhã ao entardecer, grupos de seres humanos zanzavam por ali e se afastavam pelos caminhos asfaltados e protegidos pelas correntes que os cercavam. Eles sabiam – como os pássaros sabiam – que esses seres humanos derrubariam sobras: o final das casquinhas de sorvete, cascas de pão, nozes, brioches, maçãs meio mordidas. ("Não que se possa viver apenas disso", Homily observou. "Quero dizer, sempre é bom mudar um pouco de vez em quando...") Mas o que mais os fascinava com relação ao lugar era o grande volume de casas vazias – casas para agradar todos os gostos e todos os tamanhos de famílias: separadas, semisseparadas, geminadas em uma fileira ou confortavelmente situadas em seus próprios jardins; casas solidamente construídas e cobertas pelas telhas, assentadas com firmeza no chão e que nenhum ser humano, por mais curioso que

fosse, poderia descuidadamente deixar arrombadas – como podiam fazer com as casas de bonecas – e bisbilhotar dentro. Na verdade, segundo Arrietty tinha ouvido, portas e janelas eram unidas à estrutura; não havia nenhuma abertura. Mas isso era uma desvantagem facilmente solucionada.

– Não que eles abrissem as portas da frente – ela explicou em sussurros para Timmus enquanto ficavam recurvados sobre a cama dela. – Os Borrowers não seriam tão ingênuos: eles escavavam pela terra macia e iam por baixo... e nenhum ser humano sabia que eles estavam ali.

– Continue falando sobre os trens – sussurrou Timmus.

E Arrietty continuou. E continuou. Explicando e inventando, criando outro tipo de vida. Mergulhada nesse mundo, ela se esqueceu de sua crise atual, das preocupações de seus pais, dos medos do tio; ela se esqueceu da monotonia empoeirada dos cômodos entre os sarrafos, dos perigos escondidos na floresta lá fora, e lembrou que já estava sentindo bastante fome.

•• CAPÍTULO SETE ••

– Mas para onde nós *vamos*? – Homily perguntou mais ou menos pela vigésima vez.

Isso ocorreu dois dias mais tarde, e eles estavam no quarto de Arrietty escolhendo coisas para a jornada, descartando e selecionando itens avulsos espalhados pelo chão. Eles só podiam levar – Pod havia sido muito firme em relação a isso – o que Lupy descreveu como bagagem de mão. Ela lhes havia dado com esse propósito a manga emborrachada da capa de chuva, que foi então retalhada em quadrados bem definidos.

– Eu acho – disse Pod – que nós deveríamos primeiro tentar ficar perto daquele buraco na ribanceira.

– Eu não acho que confiaria naquele buraco na ribanceira – disse Homily. – Não sem a bota.

– Ora, Homily, nós temos que ir para algum lugar. E a primavera está se aproximando.

Homily se virou e olhou para ele.

– Você sabe o caminho?

– Não – disse Pod, e continuou dobrando a extensão do barbante revestido com alcatrão. – Vamos ter que perguntar.

– Como está o tempo agora? – indagou Homily.

– Isso é uma das coisas – disse Pod – que pedi para a Arrietty verificar.

Com algum receio, mas no espírito de "é necessário", eles a haviam mandado descer a escada de palitos de fósforo e conversar com o jovem Tom.

– Você precisa pedir para ele nos deixar alguma fenda – Pod a instruiu –, não importa quão pequena, contanto que a gente consiga sair. Se for necessário, podemos desfazer a bagagem e passar aos poucos, peça por peça. Na pior das hipóteses, eu não diria não a uma janela no térreo com alguma coisa por baixo para impedir que feche. Mas é capaz que eles tranquem e fechem tudo de um lado ao outro. E diga a ele para deixar a caixa de lenha bem afastada do rodapé. Nenhum de nós pode mover aquilo, nem mesmo quando está vazia. Estaríamos em um belo apuro, assim como os Hendrearies, se eles fossem para Leighton Buzzard e nos deixassem presos na parede. E diga para ele onde estamos pensando em ficar: aquele campo chamado Riacho de Parkin; mas não conte nada sobre o buraco na ribanceira. Faça com que ele dê a você alguns pontos de referência, algo para ajudar a nos mantermos no caminho. Ultimamente tem feito um pouco de frio aqui dentro, considerando que é março; pergunte a ele se há neve. Se houver neve, não temos o que fazer; precisaremos esperar...

Entretanto, eles podiam esperar?, ele se questionou agora, enquanto pendurava o rolo de barbante em um prego no sarrafo e, pensativo, começou a estudar seu alfinete de chapéu. Hendreary havia dito com uma explosão de generosidade: "Estamos juntos nisso". Mas Lupy havia observado posteriormente, discutindo a partida deles com Homily: "Não quero parecer dura, Homily, mas em horas como esta é cada um por si. E, no nosso lugar, você diria o mesmo".

Ela tinha sido muito gentil em dar coisas a eles – a manga da capa de chuva era um exemplo típico, e o dedal de pudim de Natal com um anel no topo para Homily pendurar em torno do pescoço –, mas as prateleiras dos suprimentos, eles perceberam, ficaram repentinamente vazias: toda a comida tinha chispado de lá e foi retirada de vista; e Lupy tinha distribuído quinze ervilhas secas, que ela esperava que "durassem" para eles. Eles as mantiveram lá em cima, de molho na saboneteira, e Homily descia três por vez para cozinhá-las no fogão de Lupy.

"Durar para eles" por quanto tempo?, Pod pensava agora, enquanto esfregava uma mancha de ferrugem de seu alfinete de chapéu. Parece novo, ele pensou, conforme testou a ponta: puro aço e maior do que antes. Não, eles teriam que partir, percebeu, no minuto em que a barra estivesse limpa, com ou sem neve...

– Agora há alguém aqui! – exclamou Homily. – Deve ser Arrietty.

Eles foram para o buraco e a ajudaram a chegar ao piso: a jovem demonstrava contentamento, eles notaram, e estava corada por causa do calor da lareira. Em uma das mãos, levava um longo prego de aço, e na outra, uma fatia de queijo.

– Nós podemos comer isto agora – disse animada. – Há muito mais lá embaixo: ele empurrou esta fatia pelo buraco atrás da caixa de lenha. Há um pedaço de pão seco, mais um pouco de queijo, seis castanhas cozidas e um ovo.

– Não é um ovo de galinha? – perguntou Pod.
– É, sim.
– Oh, minha nossa! – exclamou Homily. – Quem vai conseguir trazer isso aqui para cima nos sarrafos?
– E como vamos cozinhar esse ovo?
Homily balançou a cabeça.
– Vou cozinhar no fogão da Lupy, com as ervilhas. O ovo é nosso: ninguém pode dar um pio sobre isso.
– Já está cozido – Arrietty contou a eles. – Bem cozido.
– Ainda bem! – exclamou Pod. – Vou levar a lâmina de barbear para baixo: podemos cortar tudo em fatias. Quais são as novidades? – ele perguntou a Arrietty.
– Bem, o tempo não está nada mau – ela disse. – Parece primavera, ele disse, quando o sol está a pico, e bem morno.
– Isso não importa tanto – disse Pod –; e a fenda?
– Tudo bem também. Há um lugar meio gasto na parte de baixo da porta; na porta da frente, onde os pés chutavam para abrir, como o Tom faz quando está com as mãos cheias de gravetos. Tem a forma de um arco. Mas eles pregaram um pedaço de madeira ali agora para impedir que os ratos-do-campo entrem. Tem dois pregos: um de cada lado. Este é um deles. – E ela mostrou-lhes o prego que havia trazido. – Agora, tudo o que temos que fazer, ele disse, é levantar o pedaço de madeira acima do outro prego e mantê-lo erguido com segurança, e todos podemos passar por baixo. Depois que tivermos partido, o Hendreary e os primos podem pregar novamente, se quiserem.
– Bom – disse Pod. – Bom. – Ele aparentava estar muito satisfeito. – Eles vão querer, sim, por causa dos ratos-do-campo. E quando ele disse que vão embora? Ele e o avô, quero dizer?
– O que disse antes: depois de amanhã. Mas ele ainda não encontrou o furão.
– Bom – disse Pod novamente; ele não estava interessado em furões. – E agora é melhor a gente ir logo até lá embaixo e trazer a comida para os sarrafos, ou alguém mais pode ver tudo primeiro.
Homily e Arrietty desceram com ele para ajudar. Eles levaram o pão e o queijo e as castanhas torradas para cima, mas decidiram deixar o ovo.
– Há muita comida boa em um ovo de galinha – Pod apontou –, e já está todo embrulhado, como se diz, limpo e puro em sua casca.

Vamos levar esse ovo conosco assim como está. – Então eles rolaram o ovo ao longo do lado de dentro do rodapé até um canto sombreado no qual haviam visto lascas de madeira.
– Ele pode esperar pela gente ali.

•• CAPÍTULO OITO ••

No dia em que os seres humanos se mudaram, os Borrowers ficaram muito quietos. Sentados ao redor do espelho de porta da mesa, ouviram com interesse e ansiedade os estrondos, as batidas, a correria para cima e para baixo na escada. Escutaram vozes que não haviam escutado antes e sons que não sabiam descrever. E continuaram quietos... muito tempo depois que a última pancada da porta da frente tinha ecoado no silêncio.

– Nunca se sabe – Hendreary sussurrou para Pod –; eles podem voltar para buscar alguma coisa.

Mas, após algum tempo, o vazio na casa abaixo pareceu descer furtivamente entre eles, infiltrando-se misteriosamente pelos sarrafos e o gesso – e parecia a Pod que era um tipo de vazio definitivo.

– Acho que está tudo bem agora – ele arriscou por fim. – E se um de nós descesse para fazer o reconhecimento do local?

– Eu vou – disse Hendreary, pondo-se de pé. – Nenhum de vocês se mexe até eu avisar. Quero ouvir silêncio...

Eles ficaram sentados em silêncio enquanto Hendreary se foi. Homily ficou olhando para as três modestas trouxas perto da porta, amarradas por Pod ao alfinete de chapéu dele. Lupy tinha emprestado a Homily uma pequena jaqueta de pele de toupeira – que havia ficado justa para Lupy. Arrietty estava usando um cachecol de Eggletina: a criatura alta e esbelta o havia colocado ao redor de seu pescoço, dando três voltas, mas sem dizer uma única palavra.

– Ela nunca fala? – Homily perguntara uma vez, em um dia em que ela e Lupy tinham estado mais amistosas uma com a outra.

– Quase nunca – Lupy admitira. – E nunca sorri. Ela tem estado assim há anos, desde a época em que, quando criança, ela fugiu de casa.

Depois de algum tempo Hendreary retornou e confirmou que a barra estava limpa.

– Mas é melhor que acendam suas velas; é mais tarde do que eu imaginava...

Um após o outro, eles desceram com cuidado a escada de palitos de fósforo, sem se preocupar com o barulho. A caixa de lenha havia sido

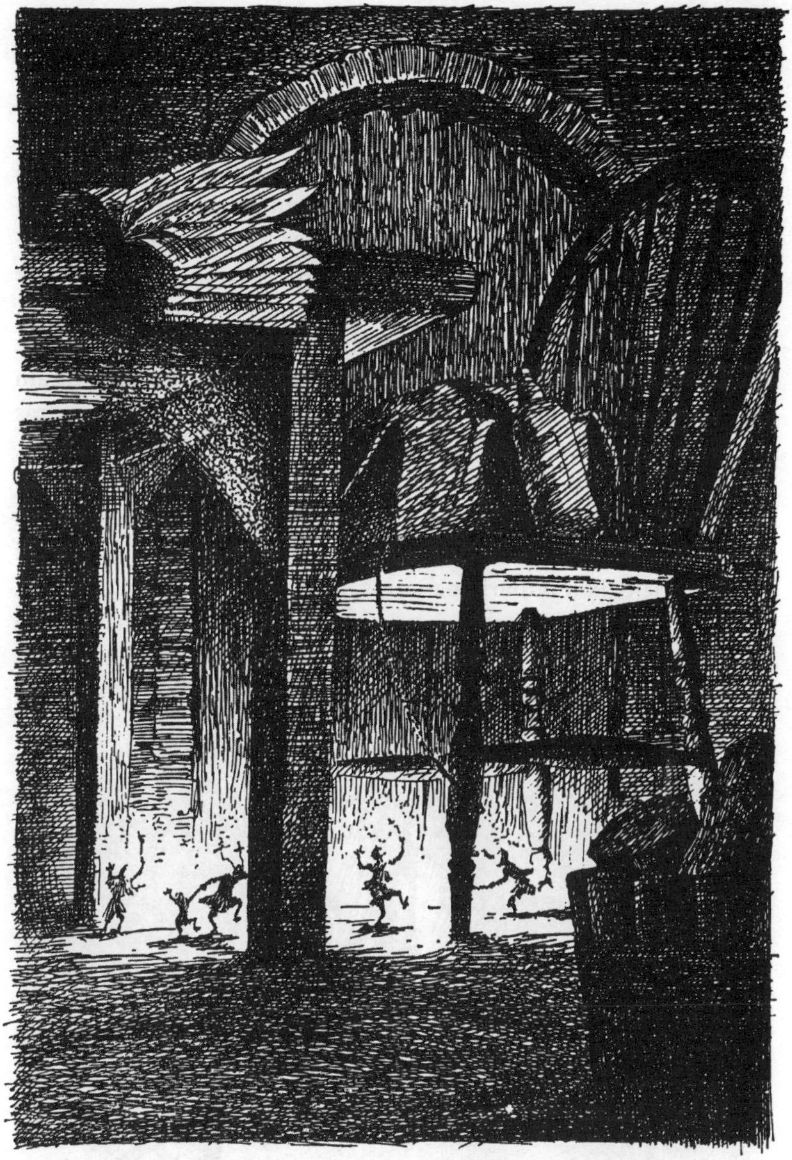

bastante afastada do buraco, e eles fluíram para a sala – parecia para eles como a altura de uma catedral: imensa, tranquila e ecoante –, mas de repente perceberam que estavam sozinhos na casa; podiam fazer o que quisessem e ir a qualquer lugar. A janela principal estava fechada, como Pod antevira, mas uma outra, menor, como a de uma cela, afundada e baixa na parede, deixava entrar um último e pálido reflexo do pôr do sol. Os primos mais novos e Arrietty ficaram bastante ansiosos, correndo para dentro e para fora das sombras entre as pernas da cadeira e explorando a caverna sob o tampo da mesa, cujo lado inferior, com teias de aranha penduradas, dançava à luz das velas que eles levavam. Descobertas foram feitas e tesouros foram encontrados – sob os tapetes, nas rachaduras do chão, entre pedras soltas do piso... aqui, um alfinete; ali, um palito de fósforo; um botão; uma velha argola de corrente; uma moeda enegrecida; uma conta de coral; um anzol sem o olhal e um pedaço quebrado de grafite de lápis. (Arrietty agarrou este último e o empurrou para dentro do bolso: ela tivera de deixar o diário para trás, com outras coisas supérfluas, mas nunca se sabia...) Então as velas foram apoiadas no chão e todo mundo começou a escalar – exceto Lupy, que era corpulenta demais, e Pod e Homily, que ficaram olhando em silêncio, em pé ao lado da porta. Hendreary experimentou subir por um sobretudo com um prego pensando no que poderia encontrar nos bolsos, mas não tinha o dom de Pod para escalar tecidos e teve de ser resgatado de onde ficou pendurado por um de seus filhos, transpirando e respirando pesadamente, preso a um botão de manga.

– Ele deveria ter subido pelas casas dos botões na frente – Pod sussurrou para Homily. – Dá para colocar os pés dentro e puxar o bolso em sua direção, dobrando o tecido. Nunca é bom tentar diretamente pelo bolso...

– Eu gostaria – Homily cochichou de volta – que eles parassem com isso até termos ido embora. – Era o tipo de situação que ela normalmente teria apreciado: uma gloriosa busca por pechinchas na qual as descobertas estariam facilmente disponíveis sem nenhuma barreira; mas a sombra da aflição por que passavam pairava sobre ela e fazia tais brincadeiras parecerem bobas.

– Ora! – Hendreary exclamou de repente, alisando as roupas e vindo na direção deles como se tivesse adivinhado o pensamento dela. – É melhor nós testarmos esse buraco.

Ele chamou os dois filhos mais velhos e, juntos, os três, depois de cuspir nas mãos, seguraram o pedaço de madeira que cobria o buraco na porta.

– Um, dois, três... *huff*! – entoou Hendreary, concluindo com um grunhido. Eles deram um impulso forte e a placa de madeira se ergueu em seu eixo devagar, rangendo em seu único prego e revelando o arco abaixo.

Pod pegou sua vela e espiou pelo arco: viu grama e pedras por um momento e algum tipo de movimento sombreado antes que uma corrente de ar surpreendesse a chama e quase a extinguisse. Ele protegeu a chama com a mão e tentou novamente.

– Rápido, Pod – ofegou Hendreary. – Esta madeira é pesada...

Pod espiou pelo arco novamente: nenhuma grama agora, e nenhuma pedra; apenas uma escuridão agitada, a mais leve respiração e duas súbitas chispas de fogo, que não piscavam e estavam mortalmente paradas.

– Soltem a madeira – murmurou Pod. Ele falou sem mexer os lábios. – Rápido! – ele acrescentou em voz baixa enquanto Hendreary parecia hesitar. – Você não está ouvindo o sino? – e ficou ali, embora congelado, segurando firme a vela na frente.

A madeira veio para baixo com um estrépito e Homily gritou.

– Você viu? – perguntou Pod, virando-se. Ele colocou a vela no chão e enxugou a testa na manga; sua respiração era pesada.

– Se eu vi? – gritou Homily. – Mais um segundo e aquilo estaria aqui entre nós.

Timmus começou a chorar, e Arrietty correu até ele.

– Está tudo bem, Timmus. Ele já foi embora. Era apenas um velho furão, um velho furão manso. Venha, vou contar uma história a você. – Ela levou-o para baixo de uma escrivaninha rústica de madeira onde tinha avistado um velho caderno de balanço. Colocando-o de pé, aberto, ela o transformou em uma barraca. Eles engatinharam para dentro, apenas os dois, e, entre as páginas que os abrigavam, logo se sentiram aconchegados.

– O que era aquilo? – gritou Lupy, que tinha perdido todo o acontecimento.

– Como ela disse: um furão – anunciou Pod. – O furão do garoto, eu não duvidaria. Se for, ele vai ficar rondando a casa de agora em diante para descobrir um jeito de entrar... – Ele se virou para Homily. – Ninguém vai sair daqui esta noite – disse.

Lupy, em pé sobre o piso da lareira, onde as cinzas ainda estavam quentes, sentou-se de repente em uma caixa de fósforos vazia, que deu um estalido sinistro.

— Quase entre nós — ela repetiu fracamente, fechando os olhos diante da pavorosa visão. Uma tênue nuvem de cinza de madeira cresceu lentamente ao redor dela, a qual ela dissipou com a mão.

— Bem, Pod — disse Hendreary depois de uma pausa —, é isso aí.

— O que você quer dizer? — Pod perguntou.

— Vocês não podem sair desse jeito. O furão vai ficar rondando a casa durante semanas.

— Sim... — disse Pod, e ficou em silêncio por um tempo. — Vamos ter que pensar novamente. — Ele ficou olhando de uma maneira preocupada na direção da janela cerrada: a janela menor era uma abertura na parede, envidraçada para deixar passar a luz, porém com o vidro embutido; nenhuma possibilidade ali.

— Vamos dar uma olhada na lavanderia — ele sugeriu. Por sorte essa porta tinha sido deixada entreaberta, e, com a vela na mão, ele deslizou pela abertura. Hendreary e Homily passaram pelo mesmo local logo em seguida e, depois de um tempo, Arrietty os seguiu. Repleta de curiosidade, ela não via a hora de conhecer a lavanderia, do mesmo modo como ansiava conhecer cada canto desse imenso edifício humano, agora que o tinham para si. A chaminé, ela viu, sob a trêmula luz da vela, ficava de costas para a da sala; nela havia um fogão meio sujo, e lajotas cobriam o chão. Uma velha calandra[3] ficava em um canto; no outro, uma caldeira para ferver as roupas a fim de esterilizá-las. Contra a parede, sob a janela, elevava-se uma pia de pedra. A janela sobre a pia estava fortemente fechada e era muito alta. A porta, que levava ao lado de fora, estava trancada por duas travas e possuía uma placa de zinco atravessada na parte de baixo para reforçar a madeira.

— Nada por aqui — disse Hendreary.

— Não — concordou Pod.

Eles retornaram à sala de estar. Lupy estava relativamente recomposta e havia se erguido da caixa de fósforos, deixando-a ligeiramente torta. Ela havia tirado a poeira de si e estava ajeitando os itens de pegar emprestado para retornar ao andar de cima.

— Vamos, crianças — ela chamou os filhos. — Já é quase meia-noite e teremos o dia todo amanhã...

---

3. Máquina antiga para alisar roupas. (N. T.)

Quando viu Hendreary, ela disse:
— Achei melhor nós subirmos e tomarmos um pouco de sopa. — Ela deu um sorrisinho. — Estou um pouquinho cansada... com essa história de furões e tudo o mais.

Hendreary olhou para Pod.

— E você? — perguntou, e, ao ver Pod hesitar, Hendreary voltou-se a Lupy: — Eles também tiveram um dia cheio... com essa história de furões e tudo o mais, e não podem partir esta noite.

— Ãh? — Lupy disse e ficou olhando. Ela pareceu ligeiramente ter sido pega de surpresa.

— O que temos para jantar? — Hendreary perguntou-lhe.

— Seis castanhas cozidas — ela hesitou —, e vairão[4] defumado para você e os meninos, um para cada.

— Bem, talvez nós pudéssemos abrir alguma coisa... — sugeriu Hendreary após um momento. Mais uma vez, Lupy hesitou e a pausa se tornou longa demais.

— Por que, naturalmente... — ela começou com uma voz atrapalhada, mas Homily interrompeu:

— Muito obrigada; é muita gentileza de vocês, mas nós temos nossas próprias castanhas assadas. E um ovo.

— Um ovo — repetiu Lupy, perplexa. — Que tipo de ovo?

— Um ovo de galinha.

— Um ovo *de galinha* — ecoou Lupy novamente, como se uma galinha fosse um pterodátilo ou um pássaro fabuloso como a fênix. — Onde foi que você o conseguiu?

— Ah — disse Homily —, é só um ovo que nós tínhamos...

— E gostaríamos de ficar um pouco mais aqui embaixo — interveio Pod. — Se não houver nenhum problema para vocês.

— Nenhum problema — Lupy disse formalmente. Ela ainda parecia chocada por causa do ovo. — Vamos, Timmus...

Levou alguns minutos até que todos eles se reunissem. Houve muita correria à procura das coisas achadas; conversas ao pé da escada, chamados, broncas, gargalhadas e "cuidem-ses".

— Um de cada vez — Lupy ficava dizendo. — Um de cada vez, meus anjinhos.

---

4. Peixe de água doce de pequeno porte. (N. T.)

Finalmente, porém, todos haviam subido, e as vozes deles se tornaram mais abafadas conforme deixaram a plataforma e seguiram para os cômodos internos mais adiante. Barulhos leves de gente correndo foram ouvidos, sons baixos ressoavam, assim como os mais tênues gritinhos distantes.

– Como o som que nós fazemos deve parecer o de ratos para os mundanos... – Arrietty percebeu quando ficou ouvindo lá de baixo. Depois de algum tempo, no entanto, mesmo esses pequenos ruídos cessaram e tudo se tornou quieto e parado. Arrietty se virou e olhou para seus pais: finalmente estavam sozinhos.

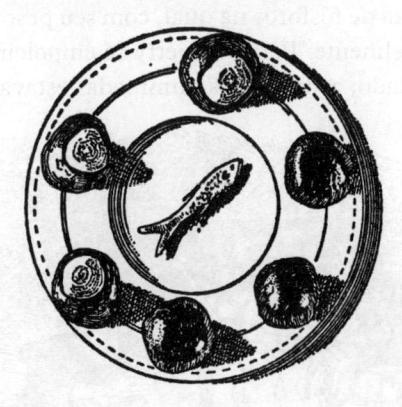

•• CAPÍTULO NOVE ••

– Estamos entre a cruz e a espada – Pod disse com um sorriso fraco: ele estava citando uma frase do *Minidiário de provérbios* de Arrietty.

Eles se sentaram juntos no piso da lareira onde as pedras estavam aquecidas. A pá de aço, ainda quente demais para servir de assento, ficava esparramada entre as cinzas. Homily havia levantado a tampa amassada da caixa de fósforos na qual, com seu peso leve, poderia se sentar confortavelmente. Pod e Arrietty se empoleiraram sobre um graveto chamuscado; as três velas iluminadas estavam posicionadas entre eles sobre as cinzas. Sombras se distribuíam entre eles nos imensos confins da sala e, agora que os Hendrearies estavam fora do alcance da voz (provavelmente sentados à mesa para jantar), eles se sentiram mergulhados no silêncio que se espalhava.

Depois de algum tempo, ele foi quebrado pelo suave badalar de um sino – pareceu bem próximo de repente. Houve um insignificante som de arranhão e o mais delicado bufar. Todos eles arregalaram os olhos na direção da porta, que, de onde estavam sentados, aparentava estar profundamente afundada nas sombras.

– Ele não consegue entrar, consegue? – sussurrou Homily.

— Não há como — disse Pod. — Deixe que arranhe... Estamos seguros aqui.

Ainda assim, Arrietty lançou um olhar analítico para o alto, na direção da larga chaminé: as pedras, ela pensou, se o pior acontecesse, aparentavam ser irregulares o suficiente para permitir uma escalada. Então de repente, bem longe, lá no alto, ela viu um quadrado de céu violeta e, nele, uma estrela solitária, que a deixou, por algum motivo, tranquila.

— Da forma como vejo, não podemos ir e, tampouco, ficar.

— E eu vejo da mesma maneira — disse Homily.

— E se a gente escalasse a chaminé até o telhado de sapê? — sugeriu Arrietty.

— E faríamos o que depois? — perguntou Pod.

— Não sei — respondeu Arrietty.

— Estaríamos lá — disse Pod.

— Sim, estaríamos lá — concordou Homily desanimada —, mesmo que pudéssemos escalar a chaminé, o que eu duvido.

Houve alguns momentos de silêncio, e então Pod disse solenemente:

— Homily, não há outra alternativa...

— A não ser o quê?... — perguntou Homily, com uma expressão de crescente surpresa: iluminado por baixo, o rosto dela parecia curiosamente magro, riscado aqui e ali pelas cinzas. E Arrietty, que adivinhara o que aconteceria em seguida, apoiou as duas mãos abaixo dos joelhos e ficou olhando fixamente para a pá que se encontrava atravessada de lado no piso da lareira.

— A não ser enterrar o nosso orgulho, isso, sim — disse Pod.

— O que você quer dizer? — perguntou Homily fracamente, mas ela sabia muito bem o que ele queria dizer.

— Temos que ir, de modo bastante franco, até o Hendreary e a Lupy, e pedir a eles que nos deixem ficar...

Homily pôs uma mão magra em cada lado do rosto magro e ficou olhando, muda, para ele.

— Pelo bem da menina... — ele apontou amavelmente.

Os olhos dramáticos seguiram até Arrietty e retornaram.

— Algumas ervilhas secas: é tudo o que pediríamos — prosseguiu Pod, muito docemente. — Apenas água para beber e algumas ervilhas secas...

Ainda assim Homily não falou.

— E nós diríamos, por exemplo, que poderiam ficar com os móveis em custódia — sugeriu Pod.

Homily finalmente se mexeu.

– Eles iam ficar com a mobília de qualquer maneira – ela disse roucamente.

– Bem, o que acha da ideia? – Pod perguntou depois de um momento, observando o rosto dela.

Homily olhou ao redor da sala como se procurasse algo – para o alto, na chaminé, e então para baixo, na direção das cinzas aos pés deles. Finalmente, ela acenou com a cabeça. Após um momento, ela sugeriu com um tipo de voz desanimado:

– Devemos subir agora, enquanto eles estão todos jantando, e resolver de uma vez?

– Pode ser – disse Pod. Ele ficou de pé e estendeu uma mão para Homily.

– Vamos, minha velha menina – ele a incentivou. Homily se levantou lentamente e Pod se virou para Arrietty, a mão de Homily presa no braço dele. Em pé ao lado da esposa, ele se empertigou totalmente em seus quase treze centímetros de estatura. – Há dois tipos de coragem de que eu ouvi falar – ele disse. – Talvez haja mais, mas sua mãe tem todos eles. Anote isso, minha menina, quando estiver escrevendo em seu diário...

Mas Arrietty olhava além dele, para a sala: ela estava observando, pálida, as sombras além da caixa de lenha, na direção da porta da área de serviço.

– Algo se mexeu – ela sussurrou.

Pod se virou, seguindo a direção dos olhos dela.

– Como o quê? – ele perguntou categoricamente.

– Alguma coisa peluda...

Todos eles *congelaram*. Então Homily, com um grito, saiu correndo do meio deles. Surpresos e aterrorizados, eles observaram o esforço dela para sair do piso da lareira e correr com os braços estendidos na direção das sombras além da caixa de lenha. Ela parecia estar rindo – ou chorando –, a respiração cortada por pequenos arquejos.

– O menino querido, o bom menino... a criatura abençoada!

– É o Spiller! – gritou Arrietty com um tom alegre.

Ela também correu, e elas o arrastaram para fora das sombras, puxando-o para o piso da lareira e ao lado das velas, onde a luz brilhava morna sobre o traje de pele de toupeira dele – agora gasto, levemente esfarrapado, e mais curto na perna. Os pés dele estavam descalços e brilhavam por causa da lama negra. Ele parecia ter crescido e ficado mais forte e alto. Seu cabelo estava desigual e o rosto pontudo, marrom, como sempre. Elas não pensaram em perguntar de onde ele tinha vindo; era suficiente o fato de ele estar ali. Para Arrietty, parecia que Spiller sempre se materializava do ar e se dissolvia novamente com a mesma velocidade.

– Oh, Spiller! – suspirou Homily, que, supunha-se, não gostava dele. – Bem na hora! Bem na hora! – Então se sentou no graveto chamuscado, levantando a outra ponta e espalhando uma nuvem de cinzas, e explodiu em lágrimas de felicidade.

– Bom ver você, Spiller – disse Pod, sorrindo e olhando para ele de cima a baixo. – Veio buscar as roupas de verão?

Spiller fez que sim com a cabeça. Com brilho nos olhos, observou tudo ao redor da sala, reparando na trouxa presa ao alfinete de chapéu, na posição afastada da caixa de lenha, no estranho vazio e nas mudanças da mobília que significavam a partida humana. Não fez nenhum comentário, entretanto: homens do campo, como Spiller e Pod, não se apressam com explicações; ao se deparar com qualquer evidência estranha, eles se importam com seus modos e simplesmente aguardam o tempo certo.

– Bem, fiquei sabendo que elas não estão prontas – Pod prosseguiu. – Ela costurou a parte de cima, mas a de baixo ainda não...

Spiller concordou novamente. Os olhos dele procuraram Arrietty, que, envergonhada pelo seu primeiro ímpeto, tinha se tornado de repente tímida e se afastado para trás da pá.

– Bem – disse Pod por fim, olhando ao redor como se tivesse de repente se dado conta da estranheza nos arredores –, você nos encontrou em um momento delicado...

– Estão de mudança? – Spiller perguntou casualmente.

– De certo modo – disse Pod. E, quando Homily secou os olhos no avental e começou a prender o cabelo com os grampos, resumiu a história para Spiller, em algumas palavras bem atrapalhadas. Spiller escutou com uma sobrancelha erguida e a boca em V irônica retorcida nos cantos. Essa era a expressão famosa de Spiller de que Arrietty se lembrava, não importava o que se dissesse a ele.

– Então – disse Pod, encolhendo os ombros –, você vê como está a nossa situação?

Spiller fez que sim, parecendo pensativo.

– Deve estar faminto, aquele furão – Pod prosseguiu. – Pobre criatura. Não consegue caçar com um sino: os coelhos ouvem quando ele se aproxima. Somem em um minuto. Mas, com as nossas pernas curtas, ele nos pegaria em um piscar de olhos, com ou sem sino. Mas como *você* conseguiu se virar? – perguntou a Spiller de repente.

– O de sempre – disse Spiller.

– Como?

Spiller moveu a cabeça na direção da lavanderia.

– O ralo, é claro.

•• CAPÍTULO DEZ ••

– Que ralo? – Homily perguntou, os olhos arregalados.

– Aquele no chão – disse Spiller, como se ela tivesse que saber. – O da pia não funciona; tem uma curva em "S". E eles deixam a tampinha no ralo.

– Eu não vi nenhum ralo no chão – disse Pod.

– Fica embaixo da calandra – Spiller explicou.

– Mas... – Homily prosseguiu. – Quero dizer, você sempre vem por esse ralo?

– E vou também – disse Spiller.

– De um jeito protegido – Pod apontou para Homily. – Não precisa se preocupar com o tempo.

– Ou com a floresta – completou Homily.

– Isso mesmo – concordou Spiller. – Ninguém quer se preocupar com a floresta. Não com a floresta... – ele repetiu, pensativo.

– Onde é a saída do ralo? – Pod perguntou.

– Lá embaixo, perto da chaleira – explicou Spiller.

– Que chaleira?

– A chaleira do Spiller – Arrietty interveio, animada. – A chaleira que ele tem na beira do riacho...

– Isso mesmo – disse Spiller.

Pod ficou pensativo.

– Os Hendrearies sabem disso?

Spiller balançou a cabeça.

– Nunca pensei em contar a eles – disse.

Pod ficou em silêncio por um momento e então disse:

– Qualquer um pode usar esse ralo?

– Não vejo por que não – disse Spiller. – Aonde vocês querem ir?

– Não sabemos ainda – disse Pod.

Spiller franziu a sobrancelha e coçou o joelho onde a lama negra, que secava sob o calor das cinzas, havia se transformado em uma cor parda empoeirada.

– Já pensou na cidade alguma vez? – perguntou.

– Leighton Buzzard?

— Não — Spiller falou com desprezo. — Pequena Fordham.

Se Spiller tivesse sugerido uma viagem à Lua, eles teriam ficado menos espantados. O rosto de Homily tornou-se profundamente pensativo e descrente, como se ela achasse que Spiller estivesse exagerando. Arrietty ficou imóvel; parecia prender a respiração. Pod demonstrava uma surpresa ponderada.

— Então esse lugar realmente existe? — perguntou devagar.

— É claro que existe — Homily foi logo dizendo. — Todo mundo sabe disso: o que não se sabe exatamente é *onde*. E eu duvido de que Spiller saiba também.

— Dois dias descendo o riacho — disse Spiller. — Se a correnteza for boa.

— Oh — disse Pod.

— Quer dizer que vamos ter que nadar para isso? — reclamou Homily.

— Eu tenho um barco — disse Spiller.

— Oh, minha nossa... — murmurou Homily, murchando de repente.

— Grande? — perguntou Pod.

— Razoável — respondeu Spiller.

— Consegue levar passageiros? — Pod indagou.

— Poderia — disse Spiller.

— Oh, minha nossa... — murmurou Homily, novamente.

— Qual o problema, Homily? — Pod perguntou.

— Não consigo me ver em um barco — disse Homily. — Não na água... Simplesmente não consigo.

— Bom, um barco não serve para muita coisa em terra firme... — disse Pod. — Para conquistar algo é preciso arriscar: é assim que funciona. Nós temos que encontrar um lugar para viver.

— Pode haver algum lugar, digamos, que dê para ir a pé — Homily disse hesitante.

— Por exemplo?

— Bem — disse Homily preocupada, lançando um rápido olhar para Spiller —, digamos... por exemplo... a chaleira do Spiller.

— Não há muito conforto em uma chaleira — disse Pod.

— Mais do que havia em uma bota — retrucou Homily.

— Ora, Homily — disse Pod, repentinamente firme —, você não ficaria feliz, nem durante vinte e quatro horas, em uma chaleira; em uma semana, ficaria atrás de mim dia e noite para encontrar algum tipo de transporte que pudesse nos levar pelo riacho até Pequena Fordham. Aqui está a oportunidade de conseguir um bom lar, um novo começo e uma viagem grátis, e tudo o que você faz é se comportar como uma maníaca por causa de um pingo de água corrente sem obstáculos. Agora, se o problema fosse o ralo...

Homily se virou para Spiller.

– Que tipo de barco? – perguntou nervosa. – Digo... se eu pudesse ter uma ideia de como é...

Spiller pensou por um momento.

– Bom... – ele disse. – É de madeira.

– E? – disse Homily.

Spiller tentou de novo.

– Bom, é como... vamos dizer que é parecido com um faqueiro.

– Quão parecido? – Pod perguntou.

– Bastante – disse Spiller.

– *É* um faqueiro? – Homily declarou, triunfante.

Spiller fez que sim com a cabeça.

– Isso mesmo – admitiu.

– A base é plana? – perguntou Pod.

— Com divisões, do tipo para colheres, garfos e tudo o mais? — interveio Homily.
— Isso mesmo — concordou Spiller, respondendo a ambos.
— Impermeabilizada e encerada nos cantos?
— Encerada — disse Spiller.
— Parece bom para mim — disse Pod. — O que você diz, Homily? — Parecia melhor para ela também, Pod percebeu, mas sentiu que ela ainda não estava pronta o suficiente para se comprometer. Ele se virou para Spiller novamente. — O que você usa como motor?
— Motor?
— Tem algum tipo de vela? — Pod perguntou.
Spiller balançou a cabeça.
— Para descer a correnteza, carregado, uso um remo; para subir de volta, uso a vara, que dá estabilidade...
— Entendi — disse Pod. Ele aparentava estar muito impressionado. — Você vai para Pequena Fordham com frequência?
— Até que sim — disse Spiller.
— Entendi — disse Pod de novo. — Tem certeza de que pode mesmo nos dar uma carona?
— Eu volto para pegar vocês — disse Spiller. — Na chaleira, por exemplo. Tenho que subir a correnteza para carregar.
— Carregar o quê? — Homily perguntou, direta.
— O barco — disse Spiller.
— Isso eu sei — disse Homily. — Mas com o quê?
— Ora, Homily — interveio Pod —, isso é da conta do Spiller. Não diz respeito a nós. Ele deve fazer os negócios dele subindo e descendo o rio. Carga mista, não é, Spiller? Nozes, ovos de pássaro, carne, vairões... esse tipo de carga; mais ou menos o tipo de coisa que traz para Lupy...
— Depende do que eles estão precisando — comentou Spiller.
— Eles? — estranhou Homily.
— Ora, Homily — Pod a repreendeu —, o Spiller tem os clientes dele. É justo. Nós não somos os únicos a pegar emprestado no mundo, lembra? Longe disso...
— Mas esses em Pequena Fordham... — Homily apontou. — Dizem que são feitos de cera?...
— Isso mesmo — disse Spiller. — Pintados por cima. Todos iguais... exceto um — acrescentou.
— Um vivo? — perguntou Pod.

— Isso mesmo – disse Spiller.
— Ah, eu não ia gostar disso! – exclamou Homily. – Não ia gostar nada disso: ser o único Borrower vivo entre um monte de bonecos de cera ou como quer que se chamem. Ia me dar nos nervos...
— Ele não se incomoda – disse Spiller. – Pelo menos não tanto, ele diz, quanto um monte de outros vivos incomodariam.
— Bem, essa é uma postura bastante amável, eu diria – ironizou Homily. – Vamos ter um belo tipo de boas-vindas, já estou prevendo, quando chegarmos lá inesperadamente.
— Está cheio de casas – disse Spiller. – Não precisam morar perto...
— E ele não é o dono do lugar – Pod a lembrou.
— Isso é verdade – concordou Homily.
— E que tal, então, Homily? – Pod perguntou.
— Eu não ligo – disse Homily. – Desde que a gente more perto das lojas.
— Não há nada nas lojas – Pod explicou com uma voz paciente –, ou ao menos é o que eu ouvi dizer, além de bananas e coisas do gênero feitas de gesso e grudadas em uma massa.
— Não, mas parece bacana – disse Homily. – Digamos que você estivesse falando com a Lupy...
— Mas não vamos falar com a Lupy – disse Pod. – A Lupy nem vai saber que fomos embora até acordar amanhã de manhã achando que vai ter que preparar o café para nós. Não, Homily – ele prosseguiu seriamente –, você não vai querer percorrer shoppings e todo esse tipo de bobagem: é melhor um lugarzinho tranquilo perto da margem do rio. Não vai querer que leve uma eternidade para transportar água. E digamos que o Spiller apareça regularmente com um bom carregamento; você vai querer um lugar onde ele possa amarrar o barco e descarregar... Com tempo de sobra, uma vez que estivermos lá, damos uma olhada ao redor e fazemos nossa escolha.
— Fazemos nossa escolha... – De repente Homily sentiu a magia dessas palavras, que começaram a fazer efeito dentro dela: bolhas de champanhe de entusiasmo surgindo e surgindo até que, por fim, ela uniu as mãos em uma súbita palma de alegria.
— Ah, Pod – ela disse ofegante, os olhos cheios de lágrimas enquanto, assustado com o barulho, ele se virou rapidamente na direção da esposa. – Pense nisso: todas aquelas casas... Nós poderíamos experimentar *todas* se quiséssemos, uma depois da outra. O que nos impediria?

– Bom senso – disse Pod; ele sorriu para Arrietty. – O que me diz, moça? Lojas ou água?

Arrietty limpou a garganta.

– Lá embaixo, perto da água – ela sussurrou roucamente, os olhos brilhando e o rosto tremulando sob a luz dançante da vela. – Pelo menos para começar...

Houve uma pausa curta. Pod olhou para baixo, na direção de seu equipamento amarrado ao alfinete de chapéu, e para cima, para o relógio na parede. – Já passou uma hora e meia – ele disse – desde que demos uma olhada nesse ralo. O que me diz, Spiller? Pode perder um minuto conosco, e nos mostrar como são as cordas?

– Ah! – exclamou Homily, desanimada. – Eu achei que o Spiller viesse conosco...

– Ora, Homily – explicou Pod –, é uma longa jornada e ele acabou de chegar; não vai querer voltar imediatamente.

– Não vejo por que não se as roupas dele não estão prontas; foi por isso que você veio, não foi, Spiller?

– Isso e outras coisas – disse Pod. – Ouso dizer que ele trouxe algumas sobras para a Lupy.

– Isso mesmo – disse Spiller. – Posso despejar tudo aqui no chão.

– E você vai vir? – choramingou Homily.

Spiller fez que sim com a cabeça.

– Pode ser.

Até Pod demonstrou estar ligeiramente aliviado.

– É muito gentil de sua parte, Spiller – ele disse. – Muito gentil mesmo. – Ele se voltou para a menina: – Agora, Arrietty, pegue uma vela e vá buscar o ovo.

– Ah, não vamos nos incomodar com o ovo... – disse Homily.

Pod olhou sério para ela.

– Vá e pegue o ovo, Arrietty. Leve-o rolando na sua frente até a lavanderia, mas tenha cuidado com a chama perto daquelas lascas de madeira. Homily, traga as outras duas velas e eu pego o equipamento...

•• CAPÍTULO ONZE ••

Conforme eles marcharam em fila através da fresta da porta até as lajes da lavanderia, escutaram o furão de novo. Mas agora Homily se sentiu corajosa.

– Vá arranhar outro lugar! – ela o afrontou alegremente, protegida pela perspectiva da fuga. Mas, quando eles pararam, afinal, agrupados sob a calandra e olhando para o fundo do ralo, a recém-descoberta bravura decaiu um pouco e ela murmurou: – Oh, minha nossa...

Parecia muito profundo e escuro como um poço, afundado abaixo do nível do chão. A grade quadrada que geralmente o cobria estava em um ângulo vertical e, na escuridão sonolenta, ela podia ver os reflexos das velas. Uma corrente de ar abafada tremia em torno das chamas da vela e havia um cheiro ácido de sabão amarelo, restos de desinfetantes e folhas de chá.

– O que é aquilo no fundo? – ela perguntou, olhando para baixo. – Água?

– Lodo – disse Spiller.

– Sabão gelatinoso – Pod interveio rapidamente.

– E nós vamos ter que passar por isso aí?

– Não é fundo – disse Spiller.

– Esse ralo nem parece um cano de esgoto – disse Pod, tentando soar reconfortante e amável. – Mostre para mim, porém – ele prosseguiu, voltando-se a Spiller –, como você consegue mover essa grade.

Spiller mostrou. Baixando a vela, ele apontou para um pedaço do que parecia ser um varão de metal de cortina, forte, mas oco, empoleirado em uma pedra na base do poço e inclinado para um dos lados. A parte de cima desse varão se projetava levemente acima da boca do ralo. A grade, quando no lugar, posicionava-se frouxamente em sua borda gasta de cimento. Spiller explicou como, empregando toda a sua força por baixo do varão, podia levantar um dos cantos da grade – do mesmo modo como uma lavadeira com um esteio consegue levantar um varal. Ele então deslizava a base do esteio para a pedra erguida na base do poço, mantendo, assim, a geringonça no lugar. Spiller então se balançava para cima, na direção da boca do ralo, com um pedaço

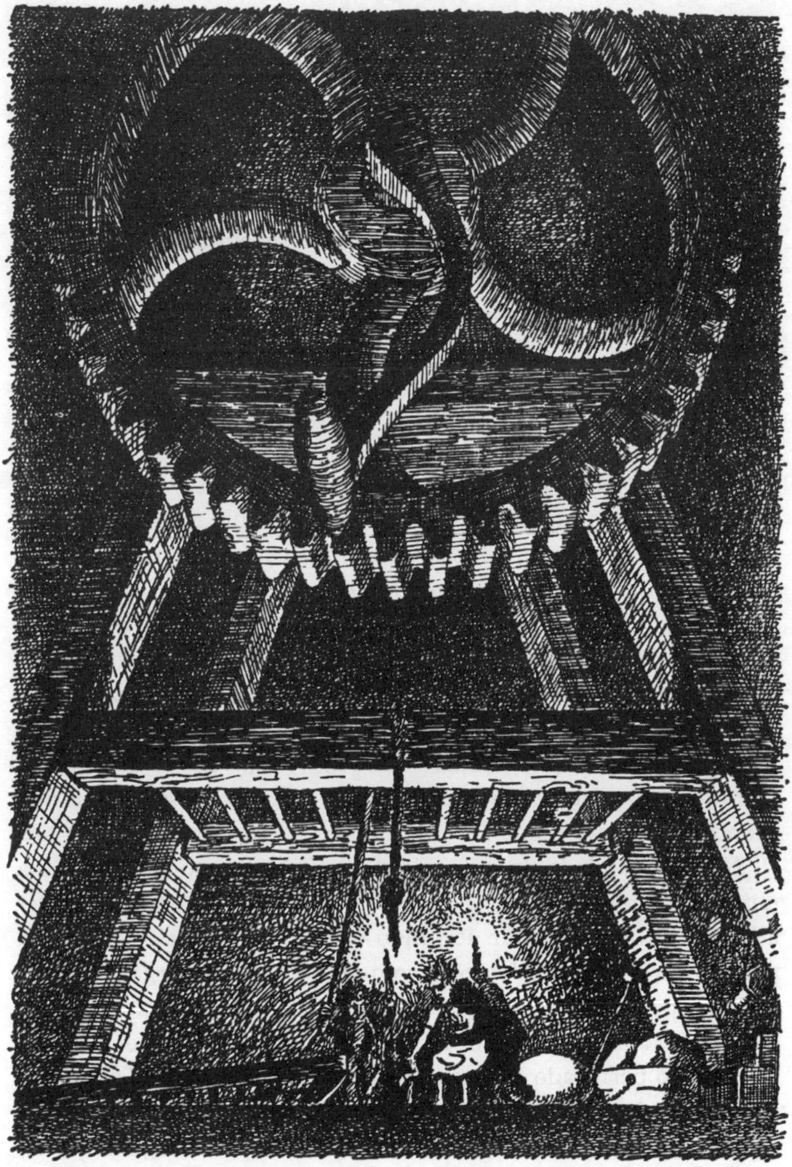

de barbante amarrado a um dos raios da grade: "apenas com mais ou menos duas vezes o meu tamanho", ele explicou. O barbante, Pod deduziu, era fixo. O nó duplo ao redor do leve raio de ferro da grade era quase imperceptível do alto, e o barbante, quando não estava em uso, ficava pendurado para baixo no ralo. Se Spiller quisesse remover a grade totalmente, como era o caso hoje, depois de escalar ao longo da fenda aberta pelo varão, ele puxaria o cordão, arremessando-o ao redor de um dos suportes da calandra acima de sua cabeça, arrastando-o e puxando-o no final. Às vezes, Spiller explicou, a grade deslizava facilmente, mas, em outras vezes, ficava presa em determinado ponto. Nesse caso, Spiller introduzia um parafuso pequeno, mas pesado, mantido especialmente para esse propósito, que ele prendia na extremidade livre de sua corda e, subindo até a estrutura que servia como suporte principal na base da calandra, balançava-se até que o parafuso, afundando sob o peso dele, aplicasse um puxão na grade.

– Muito engenhoso – disse Pod. Com a vela na mão, ele foi mais para baixo da calandra, examinou o barbante molhado, experimentou os nós e, finalmente, como se fosse testar o peso, deu um puxão na grade: ela deslizou suavemente sobre a laje gasta. – É mais fácil empurrar do que erguer – ele observou. Arrietty, olhando para cima, viu imensas sombras no teto da lavanderia, sob a luz tremulante de suas velas: rodas, alças, cilindros, raios móveis... como se, ela pensou, a grande calandra embaixo da qual eles estavam fosse se virando silenciosa e magicamente...

No chão, ao lado do cano, ela viu um objeto que reconheceu: a tampa da saboneteira de latão, na qual, no verão anterior, Spiller a havia feito girar e girar descendo o rio, e na qual ele costumava pescar. Ela estava lotada agora com algum tipo de carga e coberta com um pedaço de couro gasto – possivelmente uma pele de rato – amarrado sobre a tampa por um extenso barbante cheio de nós. De um buraco perfurado em uma das extremidades da borda saía um segundo pedaço de barbante.

– Eu puxo para cima com isso – explicou Spiller, seguindo a direção dos olhos dela.

– Eu entendi como você levanta – Homily disse meio tensa, examinando o lodo –, mas é como você desce que me preocupa.

– Ah, é só se deixar cair – disse Spiller. Ele segurou o barbante conforme falava e começou a mover a tampa de latão na direção da porta.

— Está tudo bem, Homily — Pod se apressou em assegurar. — Vamos deixar você descer no parafuso. — E virou-se rapidamente para Spiller. — Aonde você vai com isso? — perguntou.

Spiller, aparentemente, não querendo chamar a atenção para o ralo, foi descarregar as coisas na outra porta. Com a casa livre de humanos e a caixa de lenha afastada, não havia necessidade de subir: ele podia descarregar o que havia trazido ao lado do buraco do rodapé.

Enquanto ele estava longe, Pod esboçou um método de procedimento:

— ... se o Spiller concordar — ficava dizendo, reconhecendo, cortês, a liderança dele.

Spiller concordou, ou pelo menos não fez objeções. A tampa vazia da saboneteira, ligeiramente oscilante, foi baixada até o lodo: dentro dela eles jogaram o ovo — rolando-o para a beira do cano como se fosse uma bola gigante de rúgbi, com um chute final de Pod para enviá-lo girando e mantê-lo livre dos lados. Ele se estatelou na tampa da saboneteira com um *crac* sinistro. Isso não importava, entretanto, já que o ovo estava cozido.

Homily, não com poucas exclamações, foi baixada em seguida, montada no parafuso; com uma das mãos ela agarrava o barbante e, na outra, segurava uma vela acesa. Quando desceu do parafuso para a tampa da saboneteira, esta escorregou rapidamente no lodo e Homily, durante um momento de ansiedade, desapareceu lá embaixo, no cano. Spiller, no entanto, puxou-a de volta, mão sobre mão. E ali ela se sentou atrás do ovo, murmurando alguma coisa, mas com a vela ainda acesa.

– Dois podem ir na tampa – Spiller anunciou, e Arrietty (que, secretamente, desejava muito tentar pular) foi baixada com cuidado, a vela na mão, do mesmo modo atencioso. Ela se acomodou no lado oposto à mãe, com o ovo cambaleando entre elas.

– Vocês duas são as condutoras de luz – disse Pod. – Tudo o que têm de fazer é permanecer sentadas paradas e, mantendo o ovo firme, mover as luzes conforme dizemos...

Houve um leve arrastar de pés na tampa e um balanço um tanto arriscado quando Homily, que nunca apreciara viajar – como diriam os seres humanos –, de volta ao meio de transporte, ficou em pé para trocar de lugar com Arrietty.

– Segure firme essa corda – ela ficava implorando a Spiller enquanto completava a manobra, mas logo ela e Arrietty estavam novamente sentadas, cara a cara, cada uma com sua vela, e o ovo entre os joelhos de ambas. Arrietty estava rindo.

– Agora eu vou deixar vocês irem um pouco adiante – Spiller alertou e soltou alguns centímetros de barbante. Arrietty e Homily deslizaram suavemente sob o teto de seu arqueado túnel, que cintilava, molhado, à luz das velas. Arrietty estendeu um dedo e tocou a superfície brilhante: parecia ser feita de argila cozida.

– Não toque *em nada* – sibilou Homily, tremendo. – E não respire também; não até precisar realmente.

Arrietty, baixando a vela, ficou olhando o lodo de um lado a outro.

– Há uma espinha de peixe – observou –, e uma tampa de garrafa de metal. E um grampo de cabelo... – ela acrescentou com um tom de satisfação.

– Nem mesmo *olhe*! – Homily estremeceu.

– Um grampo de cabelo pode ser útil – Arrietty comentou.

Homily fechou os olhos.

– Tudo bem – disse, o rosto cansado pelo esforço em não se preocupar. – Apanhe logo isso e coloque imediatamente no chão do barco. E limpe as mãos no meu avental.

– Nós podemos lavar no rio – Arrietty apontou.

Homily acenou com a cabeça. Ela estava tentando não respirar.

Por sobre o ombro de Homily, Arrietty podia enxergar dentro do poço do cano; um objeto volumoso vinha pelo buraco do ralo: era o equipamento de Pod, embrulhado em material à prova d'água e amarrado firmemente ao alfinete de chapéu. Movimentava-se no lodo com um leve som de *squash*. Pod, depois de um tempo, veio atrás dele. Então veio Spiller. Por um momento, a superfície pareceu sustentar o peso deles; então, eles afundaram na lama até a altura dos joelhos.

Spiller removeu o pedaço de varão de cortina da pedra e o instalou imperceptivelmente no canto do poço. Antes de descerem, ele e Pod devem ter colocado a grade acima de maneira mais adequada na posição: um hábil puxão de Spiller no barbante e eles a ouviram se firmar no lugar – um som metálico fraco que ecoou nas profundezas ao longo do túnel. Homily olhou para a escuridão acima como se estivesse acompanhando sua extensão.

– Oh, minha nossa... – ela murmurou quando o som cessou, sentindo-se subitamente aprisionada.

– Bem – Pod anunciou com uma voz alegre, aproximando-se e depositando a mão na beira da tampa de saboneteira –, estamos partindo!

•• CAPÍTULO DOZE ••

Spiller, eles observaram, para controlá-los a uma distância mais curta, estava enrolando a corda de reboque. Agora a corda estava bem adequada sob as circunstâncias. O ralo estendia-se com um ligeiro declive e Spiller funcionava mais como uma âncora marítima, usando o barbante como freio.

– Aqui vamos nós – disse Pod, e deu um leve impulso na tampa. Eles deslizaram à frente na lama escorregadia, sendo sutilmente supervisionados por Spiller. A luz das velas dançava e tremulava no teto arqueado e nas paredes molhadas. Tão grosso e escorregadio era o lodo que percorriam que Pod, atrás deles, parecia mais estar conduzindo sua trouxa do que a arrastando atrás de si. Às vezes, *ela* até mesmo parecia estar conduzindo Pod.

– Uou, peraí! – ele gritava em tais ocasiões. Ele estava muito bem disposto, e tinha sido assim, Arrietty reparou, desde o momento em que colocou os pés no cano. Ela também se sentiu estranhamente feliz: aqui estava, com as duas pessoas mais queridas, além de Spiller, seguindo seu caminho em direção à alvorada. O encanamento não causava medo em Arrietty, pois a levava a viver uma vida longe do pó e da luz de velas e as sombras confinadas; uma vida na qual o sol brilharia durante o dia, e a lua, durante a noite.

Ela se retorceu em seu assento para enxergar mais adiante, e uma grande abertura surgiu à sua esquerda e uma corrente de ar abafada fez diminuir a chama da vela. Ela a protegeu com a mão rapidamente e Homily fez o mesmo.

– É daí que o cano da cozinha vem – disse Spiller, assim como a corrente de água da caldeira...

Havia outras aberturas conforme eles avançavam, canos que se ramificavam para a escuridão e saíam para o alto. Nos lugares em que estes se juntavam ao cano principal, uma coleção curiosa com despojos naufragados empilhando-se por toda parte dificultava a passagem da tampa da saboneteira. Arrietty e Homily saíram com o intuito de diminuir o peso para os homens. Spiller conhecia todas essas ramificações dos canos por nome e sabia a exata posição de cada cabana ou casa a que elas se ligavam. Por fim, Arrietty começou a compreender os amplos recursos dos negócios de Spiller.

– Não que seja necessário entrar em todas elas – ele explicou. – Eu não ligo para uma curva em "S", mas, onde há uma curva em "S", geralmente se encontra uma grade de latão ou algo do tipo no ralo da pia.

Em certo momento, ele disse, sacudindo a cabeça na direção da boca de uma gruta circular:

– A Área das Correntes, é isso aí... nada além de água para banho de agora em diante...

De fato, essa gruta, conforme deslizavam por ela, parecia mais límpida do que a maioria: uma porcelana cor de creme lustrosa, e Arrietty reparou que o ar, desse ponto em diante, tinha um cheiro muito menos pronunciado de folhas de chá.

De vez em quando eles se deparavam com pequenos ramos – de freixo ou azevinho –, socados de maneira tão firme no lugar que tinham dificuldade de manobrar ao redor deles. Eles se depositavam, conforme Arrietty notou, a intervalos quase regulares.

– Não consigo pensar em como esses pedaços de árvore foram engolidos pelos canos, de qualquer maneira. – Homily exclamou irritada quando, mais ou menos na quinta vez, a tampa da saboneteira virou de lado e deslizou, e ela e Arrietty ficaram com os tornozelos enfiados no meio dos fragmentos, protegendo as velas com as mãos.

– Eu os coloquei ali – disse Spiller, segurando o barco para elas poderem entrar novamente. Nesse ponto, o cano descia de forma mais abrupta. Enquanto Homily pisava na direção oposta de Arrietty, a tampa da saboneteira de repente escorregou para longe, arrastando Spiller atrás: ele escorregou e derrapou na superfície enlameada, mas, como por um milagre, conseguiu se reequilibrar. Eles acabaram chegando, emaranhados, ao tronco de uma das construções de Spiller que pareciam árvores, e a vela de Arrietty afundou.

– Então é para isso que estão aí – Homily comentou enquanto tentava animar seu próprio pavio enfraquecido a voltar a brilhar para oferecer alguma luz a Arrietty.

Mas Spiller não respondeu imediatamente. Ele empurrou os obstáculos, passando por eles, e, conforme esperavam que Pod os alcançasse, disse de repente:

– Poderia ser...

Pod aparentava cansaço quando se aproximou deles. Ele ofegava um pouco e havia retirado a jaqueta e a amarrado ao redor dos ombros.

– A última volta é sempre a mais longa – disse.

– Você se importaria em andar um pouco na tampa? – Homily perguntou. – Faça isso, Pod!

– Não, eu me sinto melhor caminhando – ele respondeu.

– Então dê a sua jaqueta aqui – disse Homily. Ela a dobrou com delicadeza sobre os joelhos e a afagou (Arrietty pensou enquanto observava) como se ela também estivesse cansada.

E então eles partiram novamente – uma vista sem fim e monótona de paredes circulares. Depois de um tempo, Arrietty começou a dormitar: ela caía para a frente contra o ovo, a cabeça pendente apoiada sobre um dos joelhos. Pouco antes de cair no sono, ela sentiu Homily retirar cuidadosamente a vela de seus dedos frouxos e envolvê-la com o casaco de Pod.

Quando acordou, a cena era quase a mesma: sombras se movendo e tremeluzindo no teto molhado, o rosto tenso de Spiller palidamente iluminado enquanto ele se esforçava pelo caminho, e o contorno corpulento adiante, que era Pod; a mãe, atrás do ovo, sorrindo da sua confusão.

– Esqueceu onde estava? – perguntou Homily.

Arrietty fez que sim. A mãe segurava uma vela em cada mão e a cera já estava bem baixa.

– Já deve ser quase de manhã – Arrietty comentou. Ela ainda se sentia bastante sonolenta.

– Eu não duvidaria... – disse Homily.

As paredes iam passando, contínuas, exceto pelas áreas mais grossas em forma de arco, a intervalos regulares, em que uma extensão do tubo se juntava a outra. E, quando conversavam, as vozes deles ecoavam no vazio, indo e vindo pelo túnel.

– Não há mais nenhum cano com ramificações? – Arrietty perguntou após um tempo.

Spiller balançou a cabeça.

– Não mais, agora. A Área das Correntes foi a última...

– Mas isso foi há séculos... devemos estar quase lá.

– Progredindo – disse Spiller.

Arrietty começou a tremer e puxou o casaco de Pod de modo mais apertado em torno dos ombros: o ar parecia mais fresco de repente e curiosamente livre de cheiro. "Ou talvez", ela pensou, "tenhamos ficado mais acostumados com ele..." Não havia barulho algum, exceto o murmurante deslizar da tampa da saboneteira e o regular som de chape e sucção dos passos de Pod e Spiller. Mas o lodo parecia bem mais fino: havia um ranger ocasional abaixo da base da tampa de latão, como se estivesse passando por pedregulhos. Spiller ficou parado.

– Escutem – ele disse.

Eles ficaram todos quietos, mas não conseguiam ouvir nada a não ser a respiração de Pod e o gotejar tênue e musical em algum lugar bem à frente deles.

– É melhor acelerar – Homily disse de repente, quebrando a tensão –; estas velas não durarão para sempre.

– Silêncio! – gritou Spiller novamente. Então eles ouviram um som suave de rufos, pouco mais que uma vibração.

– O que será isso? – Homily perguntou.

– Só pode ser a Área das Correntes – disse Spiller. Ele ficou rígido, com uma mão erguida, escutando atentamente. – Mas... – ele disse, voltando-se a Pod – ... quem é que pode estar tomando banho a essa hora da noite?

Pod balançou a cabeça.

– Já é manhã a esta hora – disse. – Deve ser quase seis.

Os rufos tornaram-se mais fortes, menos regulares, mais como um arremesso e um estrondo...

– Temos que fugir! – gritou Spiller. Com a corda na mão, ele girou a tampa de latão e, assumindo o comando, precipitou-se pelo túnel. Arrietty e Homily pularam e se agitaram atrás dele. Arrastadas com força pela corda curta, elas se movimentavam abaladas, atiradas de parede a parede. Mas, tomadas de pânico pelo pensamento da escuridão total, cada uma protegia a chama da vela. Homily estendeu uma mão a Pod, que a agarrou bem no momento em que a trouxa caiu sobre ele, nocauteando-o. Ele caiu sobre ela, ainda agarrando a mão de Homily, e foi rapidamente carregado adiante.

– Para fora e para cima! – Spiller gritou das sombras mais à frente, e eles viram os reluzentes galhos presos no alto, retesados. – Deixem suas coisas! – ele gritava. – Vamos, escalem!

Cada um deles agarrou um galho e se balançou para cima, segurando-se com força no teto. As velas viradas gotejavam na tampa de latão, e o ar se encheu com o som de água correndo. Sob a luz sacudida das velas eles viram as primeiras bolhas peroladas e a massa veloz, dançante e prateada atrás. E então tudo foi asfixia, redemoinho, escuridão perfumada.

Após os primeiros poucos segundos tomados de pânico, Arrietty descobriu que conseguia respirar e que os gravetos permaneciam firmes. Uma corrente de água quente e perfumada enxaguou as roupas dela, atingindo-a em um momento, dissolvendo-se no seguinte.

Algumas vezes, ela irrompia acima dos ombros, ensopando seu rosto e o cabelo; outras vezes, redemoinhava regularmente na altura da cintura e repuxava as pernas e os pés.

– Segurem firme! – Pod gritava acima do tumulto.
– Vai diminuir logo! – gritava Spiller.
– Está aí, Arrietty? – Homily perguntou ofegante.

Estavam todos lá e respirando e, justo quando perceberam isso, a água começou a baixar seu nível e a correr menos veloz. Sem o brilho das velas, a escuridão em torno deles parecia menos obscura, como se uma neblina prateada surgisse da própria água – que, agora, parecia estar correndo bem abaixo deles e, pelo som, era tão inocente e calma quanto um córrego.

Depois de algum tempo, eles desceram até ela e sentiram uma corrente suave e morna na altura dos tornozelos. A essa altura podiam ver uma leve transparência onde a superfície da água encontrava a escuridão das paredes.

– Parece estar mais claro – Pod disse, surpreso. – Aparentemente, ele distinguia alguma alteração na escuridão onde Spiller chapinhava e sondava. – Alguma coisa por aí? – perguntou.

– Nada – foi a resposta de Spiller.

A bagagem deles havia desaparecido: ovo, tampa da saboneteira e tudo o mais, varrida na inundação.

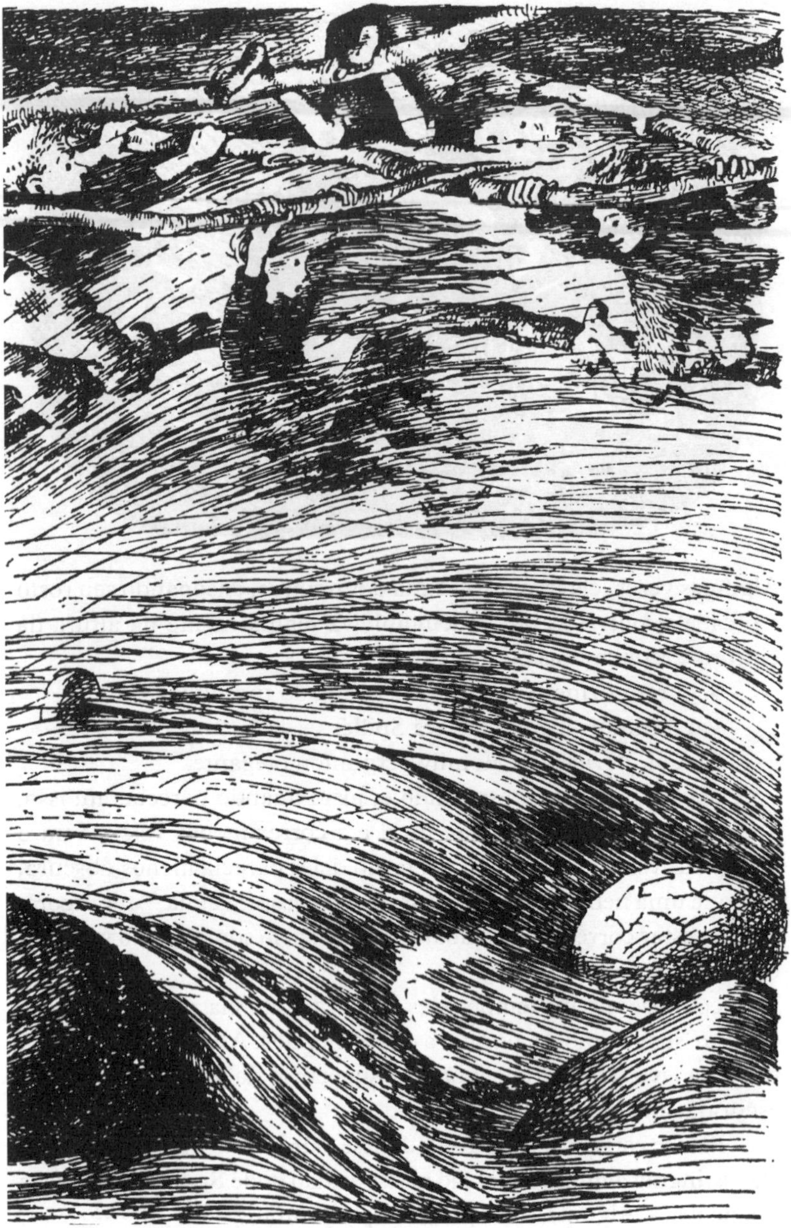

– E agora, o que fazemos? – Pod perguntou sombriamente.
Mas Spiller parecia bem despreocupado.
– Recuperamos tudo mais tarde – ele disse. – Nenhum prejuízo. E poupa o transporte.
Homily estava fungando.
– Sândalo! – exclamou de repente para Arrietty. – A essência favorita do seu pai.

Mas Arrietty, com a mão em um galho a fim de se manter firme contra o fluxo morno girando por seus tornozelos, não respondeu: ela estava olhando diretamente para a frente, onde o cano se inclinava para baixo. Uma gota de luz ficou pendurada na escuridão. Por um momento, ela pensou que, por alguma chance milagrosa, poderia ser uma das velas; e então viu que era completamente redonda e curiosamente fixa. E, misturado ao sândalo que ela aspirava, sentiu outro cheiro: mentolado, gramíneo, suavemente terroso...

– É o amanhecer – ela anunciou com uma voz admirada. – E tem mais – prosseguiu, olhando fascinada para a distante pérola de luz –: é o final do ralo!

•• CAPÍTULO TREZE ••

O calor da água do banho logo diminuiu e o resto da caminhada foi um tanto gelado. O círculo de luz foi aumentando e ficando mais brilhante conforme eles avançavam em sua direção, até que, por fim, o brilho ofuscou seus olhos.

– Está saindo sol – Arrietty deduziu. Era um pensamento agradável, ensopados até os ossos como estavam, e eles aceleraram levemente os passos. O fluxo da água do banho havia baixado ao mais simples gotejo e o cano aparentava estar gloriosamente limpo.

Arrietty também se sentiu, de alguma forma, purificada, como se todos os vestígios da sua vida antiga, escura e empoeirada, tivessem sido lavados – até mesmo de suas roupas. Homily tinha um pensamento similar:

– Nada como uma boa e forte corrente de água ensaboada limpando tudo através do tecido... sem esfregar nem apertar: tudo o que temos que fazer agora é estendê-las para que sequem.

Finalmente, eles emergiram, com Arrietty correndo na frente até uma pequena praia arenosa que se espalhava nos lados e para baixo, na direção da água à frente. A boca do cano ficava bem atrás, sob a margem do riacho, que se projetava sobre ela, encimada por juncos e grama: um canto sem vento que servia de abrigo, no qual o sol era amenizado, rico com a promessa dourada de um verão antecipado.

– Mas nunca se sabe – Homily disse, observando os fragmentos e objetos desgastados pelo tempo e cuspidos pelo cano. – Não em março...

Eles haviam encontrado a trouxa de Pod bem na boca do cano, onde o alfinete de chapéu tinha ficado preso na areia. A tampa da saboneteira tinha parado, de cabeça para baixo, contra uma raiz saliente, e Arrietty descobriu que o ovo tinha rolado diretamente para a água: estava ali no raso, embaixo de uma espinha de peixe de ondulações prateadas e parecia estar achatado. Mas, quando o fisgaram para a areia seca, eles perceberam que era por causa da refração da água: o ovo permanecia com sua forma habitual, embora coberto por pequenas rachaduras. Arrietty e Spiller rolaram-no para cima

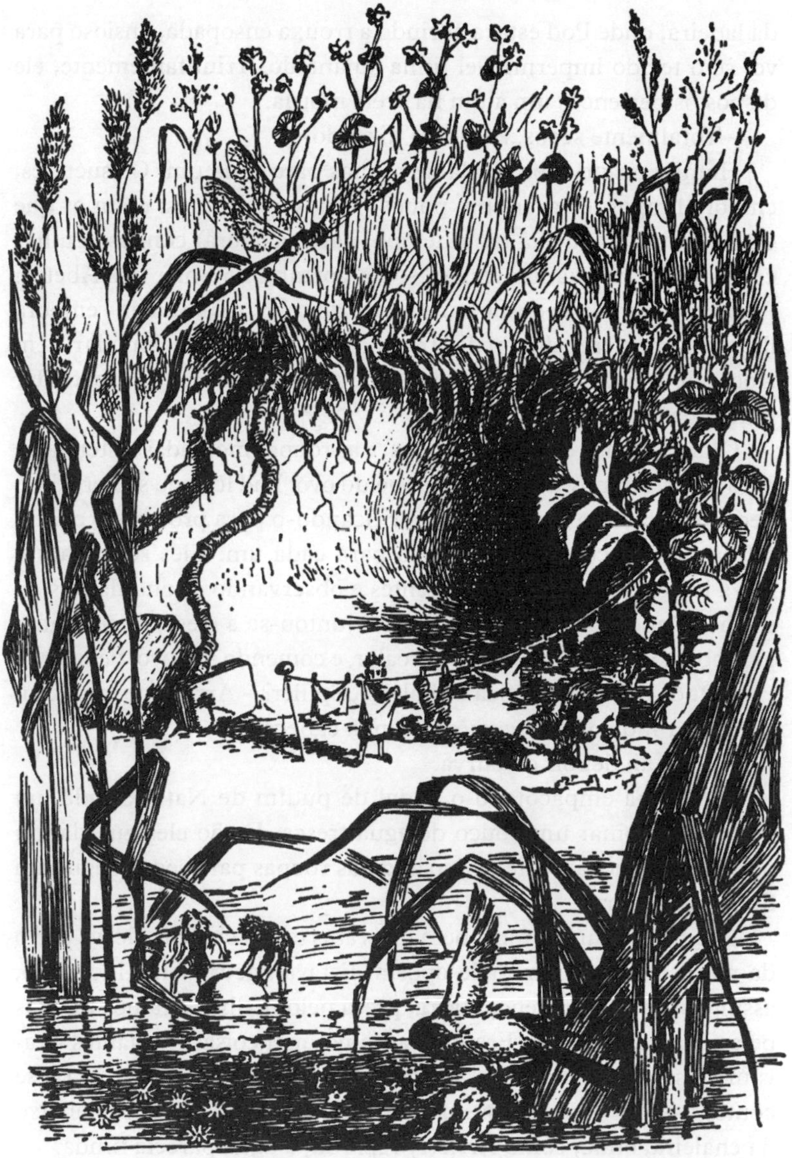

da ladeira, onde Pod estava abrindo a trouxa ensopada, ansioso para ver se o tecido impermeável tinha adiantado. Triunfantemente, ele dispôs os pertences um a um na areia morna.

– Totalmente secos... – ficava dizendo.

Homily pegou uma muda de roupas para cada um. Os suéteres, embora limpos, estavam um pouco puídos e esticados: eram os que ela havia tricotado (há tanto tempo, parecia agora) com as agulhas cegas de cerzir quando viviam sob a cozinha no Solar dos Abetos. Arrietty e Homily se despiram na boca do cano, mas Spiller – embora lhe tivessem oferecido um dos trajes de Pod – não se incomodaria em trocar de roupa. Ele rapidamente dobrou o canto da praia para dar uma olhada em sua chaleira.

Quando todos estavam vestidos, e as roupas molhadas, estendidas para secar, Homily descascou o topo do ovo. Pod lustrou seu precioso pedaço de lâmina de barbear, lubrificando-o para protegê-lo contra a ferrugem, e cortou um pedaço para cada um. Eles se sentaram sob a luz do sol, comendo contentes e observando as ondulações do riacho. Depois de um tempo, Spiller juntou-se a eles. Ele se sentou logo abaixo deles, evaporando no calor, e comendo seu ovo, pensativo.

– Onde exatamente fica a chaleira, Spiller? – Arrietty perguntou.

Spiller indicou bruscamente com a cabeça.

– Logo ali depois da curva.

Pod tinha empacotado o dedal de pudim de Natal e cada um deles pôde tomar um pouco de água fresca. Então eles guardaram os pertences novamente e, deixando as roupas para secar, seguiram Spiller pela curva.

Era uma segunda praia, bem mais aberta, e a chaleira ficava perto da margem na extremidade oposta. Estava ligeiramente inclinada, assim como Spiller a encontrara, presa pelos galhos e ramos levados pela correnteza do rio. Era um canto no qual coisas flutuantes ficavam presas e se ancoravam contra uma projeção da margem. O rio se contorcia para dentro nesse trecho, correndo bem veloz logo abaixo da chaleira, onde, como Arrietty reparou, a água parecia funda.

Além da chaleira, um aglomerado de arbustos espinhosos que crescia sob a margem se projetava sobre a água – com novas folhas crescendo entre as mortas e amareladas; alguns desses brotos mais velhos eram arrastados pela água, e, no túnel abaixo deles, Spiller mantinha seu barco.

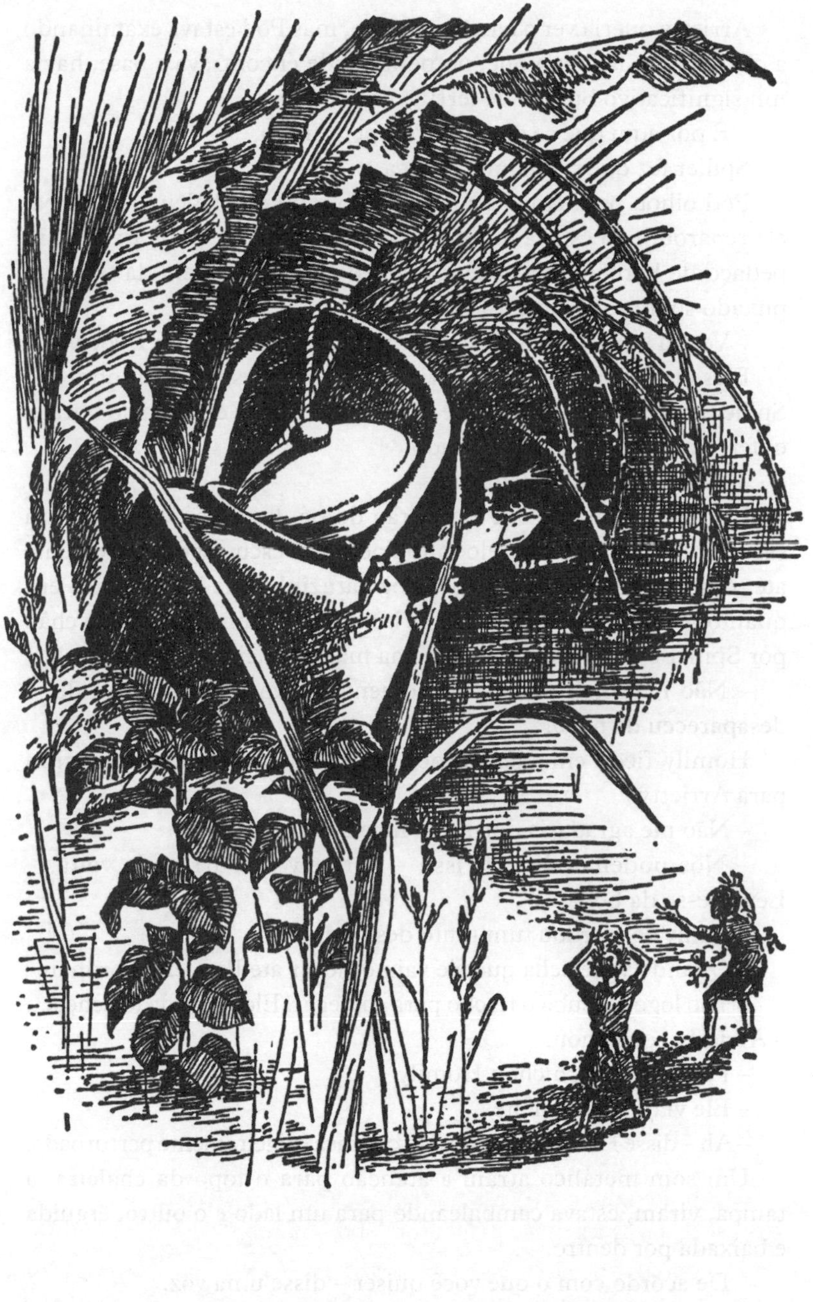

Arrietty queria ver o barco primeiro, mas Pod estava examinando a chaleira, no lado em que, no ponto onde encontrava a base, havia um significativo buraco de ferrugem circular.

– É por aqui que se entra? – Pod perguntou.

Spiller fez que sim com a cabeça.

Pod olhou para cima, na direção do topo da chaleira. A tampa, ele reparou, não estava muito encaixada, e Spiller havia fixado um pedaço de barbante na saliência arredondada no meio da tampa e puxado sobre a alça arqueada acima.

– Venha para dentro – ele disse a Pod. – Vou mostrar a você.

Eles entraram enquanto Arrietty e Homily esperaram sob o sol. Spiller apareceu de novo quase imediatamente na entrada do buraco enferrujado, exclamando irritado:

– Vamos, caia fora daqui!

E, com a ajuda de um empurrão do pé descalço de Spiller, um sapo sarapintado de amarelo saltou pelo ar e escorregou suavemente até o riacho. Ele foi seguido por dois tatuzinhos de jardim, que, enquanto se enrolavam em forma de bolinhas, foram erguidos do chão por Spiller e atirados suavemente na margem acima.

– Não tem mais nada – ele comentou com Homily, sorrindo, e desapareceu de novo.

Homily ficou em silêncio por um momento e então sussurrou para Arrietty:

– Não me agradaria dormir aí hoje à noite.

– Nós podemos limpar isso – Arrietty sussurrou de volta. – Lembre-se da bota.

Homily concordou, um tanto desanimada.

– Quando você acha que ele vai nos levar até Pequena Fordham?

– Tão logo ele suba o riacho para carregar. Ele gosta da lua cheia... – Arrietty cochichou.

– Por quê? – cochichou Homily.

– Ele viaja mais à noite.

– Ah – disse Homily, a expressão confusa e ligeiramente perturbada.

Um som metálico atraiu a atenção para o topo da chaleira: a tampa, viram, estava cambaleando para um lado e o outro, erguida e baixada por dentro.

– De acordo com o que você quiser – disse uma voz.

– Muito engenhoso – escutaram uma segunda voz responder em tons curiosamente profundos.

– Não parece o Pod – sussurrou Homily, surpresa.

– É porque eles estão dentro da chaleira – Arrietty explicou.

– Ah – Homily disse novamente. – Eu gostaria que eles saíssem.

Eles então saíram, tão logo ela falou. Quando Pod desceu na pedra achatada que era usada como degrau, pareceu muito satisfeito.

– Viu isso? – disse para Homily.

Homily fez que sim.

– Engenhoso, não?

Homily fez que sim novamente.

– Agora – Pod continuou, entusiasmado – vamos dar uma olhada no barco do Spiller. Que tipos de sapatos você está usando?

Eram os velhos sapatos feitos por Pod.

– Por quê? – perguntou Homily. – É enlameado?

– Não que eu saiba. Mas, se for subir a bordo, você não vai querer escorregar. Melhor ir descalça, como Arrietty...

•• CAPÍTULO CATORZE ••

Embora o barco parecesse estar mais ou menos perto, um riacho de águas geladíssimas corria entre ele e a praia; eles o cruzaram com certa dificuldade, e Spiller, na proa, ajudou-os a subir. Espaçoso, porém desajeitado (foi o que Arrietty achou ao entrar no barco com dificuldade sob a perneira que o cobria); no entanto, com seu fundo reto, era praticamente impossível emborcar. Tratava-se, na verdade, como Homily adivinhara, de um faqueiro: muito longo e estreito, com divisões simétricas para diferentes tamanhos de talheres.

– Está mais para uma barcaça – observou Pod, olhando ao redor: uma alça de madeira se levantava dentro, à qual a cobertura havia sido pregada.

– Isso mantém a proteção firme – explicou Spiller, dando tapinhas no topo do abrigo – se quiser levantar dos lados.

Os compartimentos estavam vazios no momento, exceto o mais estreito. Nele, Pod viu uma agulha de tricô de cor âmbar que seguia o comprimento da embarcação, um quadrado dobrado de um cobertor vermelho gasto, uma faca de manteiga muito fina de prata georgiana manchada, e o cabo e a lâmina de sua velha tesoura de unha.

– Então você ainda tem isso? – perguntou.

– Veio em boa hora – Spiller respondeu. – Cuidado... – ele disse quando Pod a pegou. – Eu a afiei um pouco.

– Eu não me importaria em ter a tesoura de volta – Pod disse com uma ponta de inveja –, digamos, se um dia você conseguir uma outra como ela.

– Não é tão fácil – disse Spiller, e, como se quisesse mudar de assunto, pegou a faca de manteiga. – Encontrei isto preso em uma fenda do lado... funciona bem como remo.

– É perfeita – disse Pod. Todas as fendas e as junções estavam cheias agora, ele reparou enquanto, arrependido, colocou a tesoura de volta no lugar. – Mas onde foi que você encontrou este faqueiro?

– No fundo do rio, lá em cima. Encontrei cheio de lama. Deu um trabalhão para recuperar. Estava lá perto da caravana. Provavelmente alguém roubou a prata e não quis a caixa.

– Pois é... – disse Pod. – Então você a afiou – ele continuou, olhando novamente para a tesoura.

– Isso mesmo – Spiller disse e, inclinando-se um pouco, apanhou o pedaço de cobertor. – Fique com isto – ele disse –; pode fazer frio na chaleira.

– E você? – perguntou Pod.

– Tudo bem – disse Spiller. – Fique com ele!
– Oh! – exclamou Homily. – Era aquele que tínhamos na bota...
– E, então, corou. – Eu acho – ela acrescentou.
– Isso mesmo – disse Spiller. – É melhor ficar com vocês.
– Bem, obrigado – disse Pod, e o atirou sobre os ombros. Ele olhou ao redor novamente: a perneira, notou, servia tanto como abrigo quanto como camuflagem. – Você fez um belo trabalho, Spiller. Quero dizer... você poderia viver em um barco como este, mesmo que venha vento ou chuva.

– É verdade – Spiller concordou, e começou a tirar a agulha de tricô de debaixo da perneira, a ponta arredondada aparecendo inclinada à frente. – Não quero apressar vocês.

Homily pareceu surpresa.

– Você já está indo? – hesitou.

– Quanto mais rápido ele for, mais rápido estará de volta – disse Pod. – Vamos, Homily; todos desembarcando agora.

– Mas quanto tempo ele calcula que vá demorar?

– O que me diz, Spiller? – perguntou Pod. – Dois dias? Três? Quatro? Uma semana?

– Pode ser mais, pode ser menos... – disse Spiller. – Depende do tempo. Três noites a partir de agora, digamos, se houver luar...

– Mas e se estivermos dormindo na chaleira? – perguntou Homily.

– Tudo bem, Homily, o Spiller pode bater – Pod a segurou firmemente pelo cotovelo. – Vamos agora, todos para a praia... Você também, Arrietty.

Enquanto Homily, com a ajuda de Pod, foi baixada na direção da água, Arrietty pulou de um dos lados; ela reparou que a lama molhada reluzia por todos os lados com pequenas pegadas. Eles deram os braços e ficaram bem atrás para assistir à partida de Spiller. Ele soltou o cabo de atracação e, com o remo na mão, fez o barco deslizar com a popa à frente de debaixo dos arbustos espinhosos. Conforme se deslocou em direção à correnteza, tornou-se imperceptível de repente e, de alguma forma, parte da paisagem: poderia ser uma lasca de casca de árvore ou um pedaço de madeira flutuante.

Apenas quando Spiller apoiou o remo e ficou em pé para impelir a embarcação com a agulha de tricô é que ficou totalmente evidente. Eles olharam através dos arbustos enquanto, devagar e meticulosamente, inclinando-se a cada imersão de sua vara, ele começou a retornar, subindo o riacho. Quando passou por eles, todos correram para fora dos arbustos para conseguir ver melhor. Com os sapatos na mão, cruzaram a praia da chaleira e, para continuar a ter vista dele, contornaram e subiram o aclive na curva até a praia do ralo. Ali, próximo à raiz de uma árvore que imergia na água profunda, acenaram para ele um último adeus.

– Eu gostaria que ele não tivesse que ir – comentou Homily, conforme retornaram pela areia na direção da boca do cano.

Ali estavam as roupas deles, secando sob o sol, e, conforme se aproximaram, uma nuvem refletindo as cores do arco-íris, como uma revoada de pássaros, desprendeu-se do topo do ovo.

– Varejeiras! – gritou Homily, correndo adiante, e então, aliviada, diminuiu a velocidade dos passos: não eram varejeiras, afinal, mas moscas limpas e brilhantes de rio, listradas de azul e dourado. O ovo parecia não ter sido tocado, mas Homily soprou-o com força e bateu sobre ele com o avental porque, conforme explicou, "nunca se sabe...".

Pod, remexendo entre os fragmentos naufragados, recuperou a rolha circular que Homily usara como assento.

– Isto pode servir – ele murmurou reflexivo.

– Para quê? – Arrietty perguntou, distraída. Um besouro saiu correndo de onde a rolha tinha estado e, inclinando-se, ela o segurou pela casca. Ela gostava de besouros: a couraça brilhante e nítida, as juntas e junções mecânicas. E ela gostava de provocá-los (só um pouquinho): era tão fácil segurá-los pelas beiras pontudas que revestiam as asas (e eles ficavam tão ansiosos para ir embora!).

– Um dia você será mordida... – Homily alertou-a enquanto dobrava as roupas que, embora secas, ainda emanavam um cheiro vago e agradável de sândalo. – Ou picada, ou beliscada, ou o que quer que façam, e será benfeito.

Arrietty soltou o besouro.

– Eles não se importam, de verdade – ela comentou, observando as pernas em forma de chifres correndo pelo declive e os delicados grãos de areia voando e caindo atrás deles.

– E aqui há um grampo de cabelo! – exclamou Pod. Era o que Arrietty tinha encontrado no ralo, agora lavado, limpo... e cintilando. – Vocês sabem o que temos que fazer – ele prosseguiu – enquanto estamos aqui, certo?

– O quê? – perguntou Homily.

– Vir aqui regularmente, digamos, toda manhã, e ver o que o cano trouxe.

– Não haverá nada que eu deseje – disse Homily, dobrando a última peça de roupa.

– E se aparecer um anel de ouro? Muitos anéis de ouro, ou pelo menos foi o que ouvi dizer, se perdem dentro do cano... e você não rejeitaria um alfinete de segurança.

– Eu preferiria um alfinete de segurança – disse Homily –, do jeito que estamos vivendo.

Eles carregaram as trouxas contornando o aclive até a praia perto da chaleira. Homily subiu na pedra lisa que mantinha a chaleira inclinada e espiou dentro do buraco enferrujado. Do alto, onde a tampa havia sido erguida pelo barbante, uma luz fria iluminou o local: o interior cheirava a ferrugem e parecia muito pouco convidativo.

– O que precisamos agora, antes de o sol se pôr – disse Pod –, é de capim bom, limpo e seco para podermos dormir em cima. Temos o pedaço de cobertor...

Ele olhou ao redor, procurando algum lugar para subir a ribanceira. Havia um local perfeito, como se tivesse sido inventado para os Borrowers, onde um aglomerado de raízes entrelaçadas ficava pendurado na ponta do aclive, que se curvava profundamente atrás deles. Em algum momento, o riacho tinha avançado e lavado as raízes, deixando-as limpas de terra, e elas se penduravam como festões e cachos, flexíveis, mas fixadas de forma segura. Pod e Arrietty subiram, mão após mão: havia espaços para fixar as mãos e os pés, assentos, balanços, escadas, cordas... Era uma academia de ginástica para Borrowers, e quase desapontou Arrietty quando, tão rapidamente, eles chegaram ao topo.

Aqui, entre os novos caules que brotavam e se desenvolviam, parecendo jades, havia moitas de gramas desbotadas, como se fossem cabelos descoloridos da cor do linho. Pod as colheu com sua lâmina de barbear e Arrietty amarrou-as como feixes de palha. Homily, lá embaixo, colhia esses fardos à medida que eles os empurravam aclive abaixo e carregava-os até a chaleira.

Quando o chão da chaleira ficou em ordem e bem alinhado, Pod e Arrietty desceram. Arrietty espiou dentro pelo buraco enferrujado: a chaleira agora cheirava a feno. O sol estava baixando e o ar parecia ligeiramente mais frio.

– O que todos nós precisamos agora – observou Homily – é de uma boa bebida quente antes da cama...

Mas não havia meios de fazer uma, então, em vez disso, eles decidiram comer o ovo. Havia sobrado bastante: cada um deles ganhou uma fatia grossa, coberta por uma folha de azeda.

Pod desenrolou seu pedaço de barbante, deu um nó em uma das pontas com firmeza e passou a outra ponta pelo centro da rolha. Ele o puxou, deixando bem apertado.

– Para que isso? – perguntou Homily, pondo-se ao lado dele e esfregando as mãos no avental (não era preciso lavar a louça, felizmente: ela havia levado as cascas do ovo até a beira da água e atirado tudo no riacho).

– Você não consegue adivinhar? – perguntou Pod. Ele estava aparando a rolha agora, a respiração pesada, e chanfrando as beiradas.

– Para bloquear o buraco da ferrugem?

– Isso – disse Pod. – Nós podemos puxá-la com força como se fosse um tipo de tampa uma vez que estivermos seguros no lado de dentro.

Arrietty havia escalado as raízes mais uma vez. Eles podiam vê-la no alto da ribanceira. Estava ventando mais lá em cima e seus cabelos se agitavam levemente pelo vento. Ao redor dela, as grandes lâminas de grama, em um movimento suave, cruzavam o céu que escurecia.

– Ela gosta do ar livre... – Homily comentou com ternura.

– E você? – perguntou Pod.

– Bem – Homily respondeu após um momento –, eu não sou muito chegada a insetos, Pod; nunca fui. Nem à vida simples, se é que isso existe. Mas esta noite... – ela olhou ao redor para a cena serena – ... esta noite eu meio que estou me sentindo bem.

– É assim que se fala – disse Pod, recortando com sua lâmina.

– Ou poderia ser – ela acrescentou, olhando para ele –, em parte, por causa dessa rolha.

Uma coruja piou em algum lugar distante, com uma nota baixa e hesitante... uma nota líquida, parecia, caindo musicalmente no crepúsculo. Mas os olhos de Homily se arregalaram.

– Arrietty – chamou, estridentemente. – Rápido! Venha para baixo!

Eles se sentiram suficientemente aconchegados na chaleira – aconchegados e seguros, com a rolha colocada e a tampa encaixada. Homily insistira na última precaução.

– Não precisamos *ver* – ela explicou a Pod e a Arrietty –, e temos ar suficiente vindo pelo bico.

Quando eles acordaram pela manhã, o sol estava alto e a chaleira, bem quente. Mas era empolgante levantar a tampa, mão após mão sobre o barbante, e ver um céu sem nuvens. Pod chutou a rolha para fora e eles rastejaram pelo buraco de ferrugem; lá estava a praia novamente...

Eles tomaram o café da manhã ao ar livre. O ovo estava diminuindo, mas ainda faltavam dois terços para acabar.

– E a luz do sol alimenta – disse Pod.

Depois do café, Pod saiu com seu alfinete de chapéu para ver o que tinha chegado pelo cano; Homily se manteve ocupada perto da chaleira e estendeu o cobertor para tomar ar; Arrietty escalou as raízes mais uma vez para explorar o topo da ribanceira.

– Mantenham distância suficiente para serem ouvidas – Pod as alertou – e chamem uma à outra de vez em quando. Não queremos que aconteça nenhum acidente a esta altura; não antes de Spiller chegar.

– E não queremos que isso aconteça depois também – Homily replicou. Mas ela parecia curiosamente relaxada: não havia nada a fazer senão esperar; nenhum trabalho doméstico, nenhuma comida para preparar, nada de pegar emprestado nem planejar. "Podemos aproveitar a companhia uns dos outros", ela refletiu e se acomodou ao sol sobre o pedaço de cobertor. Para Pod e Arrietty, ela parecia estar cochilando, mas não era nada disso: Homily estava ocupada sonhando acordada com uma casa com porta da frente e janelas: uma casa deles mesmos. Às vezes era pequena e compacta; outras vezes tinha quatro andares. E que tal um castelo?, ela ficou pensando.

Por alguma razão, pensar no castelo a fez lembrar de Lupy: o que eles estariam pensando agora, lá naquela casa trancada? Que nós desaparecemos no ar: isso é o que parecerá a eles.

Homily ficou imaginando a surpresa de Lupy, a agitação, as conjeturas... E, sorrindo para si mesma, ela semicerrou os olhos: eles nunca encontrariam o cano. E nunca, em seus sonhos mais loucos, pensariam em Pequena Fordham...

Dois dias agradáveis se passaram, mas no terceiro dia choveu. As nuvens se juntaram durante a manhã e, à tarde, caiu um aguaceiro. No início, Arrietty, ávida para sair, abrigou-se entre as raízes da ribanceira saliente, mas logo a chuva começou a ser trazida pelo vento e a pingar da ribanceira acima. As raízes ficaram escorregadias e sujas de lama, então os três procuraram refúgio no cano.

– Quero dizer – Homily disse quando eles se abaixaram na entrada –, pelo menos daqui nós conseguimos ver lá fora; melhor do que na chaleira.

Eles saíram do cano, entretanto, quando Pod ouviu um som de rufos a distância.

– A Área das Correntes! – ele exclamou após ficar escutando por um momento. – Vamos, corram...

Homily, olhando para o véu cinza da chuva lá fora, argumentou que, se fosse para ficarem ensopados, era melhor que fosse com água quente do que com a fria.

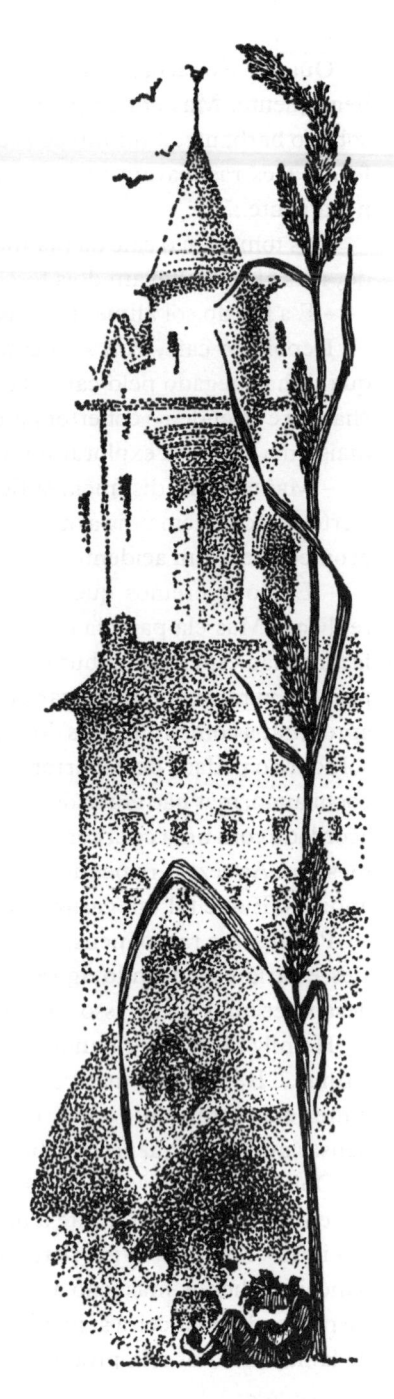

•• CAPÍTULO QUINZE ••

Foi bom eles terem saído, entretanto: o riacho havia se elevado até quase a base do aclive arredondado, ao redor do qual deviam passar para chegar à chaleira. Mesmo assim, eles tiveram que chapinhar. A água estava mais grossa e marrom. As ondulações delicadas tinham se tornado fortes e bravias; conforme eles se apressavam em cruzar a segunda praia, viram grandes ramos sendo carregados pela corrente, afundando e emergindo na água veloz.

– O Spiller não pode viajar no meio disto... – afligiu-se Homily quando eles trocaram de roupa na chaleira. Ela precisava elevar o tom de voz para ser ouvida sob o tamborilar das gotas de chuva na tampa. Abaixo deles, quase como se estivesse em seu porão, escutaram o estrondo do riacho. Mas a chaleira, empoleirada sobre sua rocha e entalada na margem, manteve-se firme como uma fortaleza. O bico tinha sido virado para fora do alcance do vento e nenhuma gota entrou pela tampa.

– Aro duplo, borda reforçada – explicou Pod. – Benfeitas essas antigas chaleiras...

Reunidos à espera da chegada de Spiller, eles comeram a última parte do ovo. Estavam famintos e olhando fixamente para o buraco enferrujado com olhos dramáticos quando, logo abaixo, metade de um pão veio com a corrente.

Finalmente escureceu e eles puxaram a rolha e se prepararam para dormir.

– De qualquer maneira – disse Pod –, nós estamos aquecidos e secos. E deve clarear logo...

Mas choveu durante todo o dia seguinte. E no seguinte.

– Desse jeito ele nunca virá... – lamentou Homily.

– Não acho que seria empecilho para ele – disse Pod. – Aquele faqueiro é uma embarcação boa e sólida, e bem coberta. A correnteza passa aqui perto, embaixo daqueles arbustos cheios de espinhos. É por isso que ele escolheu este canto. Anote minhas palavras, Homily: ele pode aparecer a qualquer momento. O Spiller não é do tipo que se assusta por umas gotas de chuva.

Esse foi o dia da banana. Pod tinha saído para fazer um reconhecimento da área, escalando com cuidado as saliências escorregadias da lama ao pé dos arbustos espinhosos. A correnteza, curvando-se, precipitava-se firmemente pela moradia-embarcação de Spiller, levando os espinheiros rasteiros em seu rastro: presos pelos ramos que tocavam a água, Pod tinha descoberto meio pacote de cigarros encharcados, uma tira de tecido rústico ensopada e uma banana inteira, embora madura demais.

Homily gritou quando ele a empurrou, centímetro por centímetro, através do buraco enferrujado. Ela não a reconheceu de início, mas, mais tarde, quando viu o que era, começou a rir e a chorar ao mesmo tempo.

– Acalme-se, Homily – disse Pod, depois do empurrão final, enquanto olhava para dentro do buraco enferrujado com a expressão séria. – E puxe aí!

Homily o fez, quase de uma vez.

– Você devia ter-nos avisado – ela protestou, ainda ofegando um pouco e limpando os olhos no avental.

– Mas eu chamei – disse Pod. – Só que com o barulho da chuva...

Eles comeram a banana até ficarem satisfeitos – ela já estava meio passada, e não duraria muito. Pod a fatiou de um lado a outro, com casca e tudo; ele a manteve, portanto, decentemente coberta. O som da chuva tornava a conversa difícil.

– Está caindo mais depressa – disse Pod.

Homily inclinou-se para a frente, enfatizando as palavras.

– Você acha que ele se envolveu em algum acidente?

Pod balançou a cabeça.

– Ele virá quando ela parar. Precisamos ter paciência – acrescentou.

– Ter o quê? – gritou Homily, mais alto que a chuvarada.

– Paciência – Pod repetiu.

– Não consigo ouvir você...

– Paciência! – berrou Pod.

A chuva começou a entrar pelo bico. Não havia nada a fazer a não ser sacrificar o cobertor. Homily socou-o para dentro o mais apertado que pôde, e a chaleira começou a ficar abafada.

– Pode continuar assim por um mês – ela murmurou.

– O quê? – gritou Pod.

– Por um mês – repetiu Homily.

– O quê?

– A chuva! – gritou Homily.

Depois disso, eles desistiram de conversar: o esforço não parecia valer a pena. Em vez disso, eles se deitaram nas camadas de grama seca e tentaram dormir. Alimentados e naquele ar abafado, não demorou muito. Arrietty sonhou que estava no mar, no barco de Spiller: havia um movimento de balanço suave que, de início, pareceu bastante prazeroso, mas, então, no sonho, o barco começou a girar. Os rodopios aumentaram, e o barco começou a rodar e a rodar e a rodar... Ela se agarrou às traves, que ficaram parecendo palha e se dissolveram em suas mãos. Então se agarrou à beirada, que se abriu e parecia lançá-la para fora, e uma voz ficava chamando: "Acorde, Arrietty; acorde...".

Tonta, ela abriu os olhos e a chaleira parecia estar repleta de uma meia-luz giratória. Já era manhã, ela percebeu, e alguém havia retirado o cobertor do bico. Logo atrás de si, ela visualizou a silhueta de Pod; ele parecia, de algum modo estranho, estar colado na chaleira. Do lado oposto de si, ela notou a forma de sua mãe estendida na mesma posição difícil e curiosa. Ela própria, meio sentada, meio deitada, sentiu-se apanhada por alguma força irreal.

– Estamos à tona! – gritou Pod. – E girando.

E Arrietty, além dos rodopios da chaleira, estava ciente de um mergulho e uma oscilação.

– Estamos à deriva, sendo levados pela correnteza – ele continuou. – E descendo o riacho rapidamente...

– Oh, minha nossa... – gemeu Homily, olhando ao redor: era o único gesto que ela podia fazer, dura como estava como uma mosca presa a um papel pega-mosca. No momento exato em que ela falou, porém, a velocidade diminuiu e os rodopios ficaram mais vagarosos; Arrietty observou a mãe deslizar para uma posição sentada no piso empapado e ensopado. – Oh, minha nossa... – Homily murmurou novamente.

A voz dela, Arrietty reparou, soou estranhamente audível: finalmente a chuva havia parado.

– Vou tirar a tampa – informou Pod. – Ele também tinha caído de joelhos quando a chaleira parou de girar e agora se levantava devagar, firmando-se com uma das mãos na parede contra o balanço de meias-voltas. – Me dê uma mão com o barbante, Arrietty.

Eles puxaram juntos. A água tinha se infiltrado pela rolha no buraco enferrujado e o piso estava inundado com a grama encharcada. Conforme puxaram, eles escorregaram, mas, gradualmente, a tampa se levantou e no alto eles viram, por fim, um círculo de céu radiante.

– Oh, minha nossa... – Homily continuava dizendo, e algumas vezes mudava para "Oh, céus". Mas ela os ajudou a empilhar os pacotes de Pod.

– Nós temos que sair para o deque – Pod insistiu. – Não teremos muitas chances aqui embaixo.

Foi uma luta: eles usaram o barbante, usaram o alfinete de chapéu, usaram a banana, usaram as trouxas e, de alguma forma, com a chaleira bruscamente inclinada, escalaram a borda até a quente luz do sol e o céu sem nuvens. Homily se sentou curvada, os braços agarrando com firmeza a haste da alça arqueada, as pernas penduradas. Arrietty se sentou ao lado dela segurando a borda. Para diminuir o peso, Pod soltou a tampa e a arremessou na água: eles a observaram flutuar para longe.

– ... parece um desperdício – disse Homily.

•• CAPÍTULO DEZESSEIS ••

A chaleira virou-se lentamente conforme seguia – mais suavemente, agora – descendo o riacho. O sol estava alto em um céu brilhante: era mais tarde do que eles achavam. A água parecia lamacenta e amarelada após a tempestade recente, e em alguns pontos havia inundado as margens. À direita deles estavam campos abertos e, à esquerda, pequenos salgueiros sufocados por aveleiras mais altas. Acima da cabeça deles, rabos-de-burro[5] dourados tremulavam contra o céu e exércitos de juncos marchavam na direção da água.

– Vamos dar na margem a qualquer momento agora – Pod disse esperançoso, observando o curso da água do riacho. – De um lado ou do outro – acrescentou. – Uma chaleira como esta não fica flutuando para sempre.

– Eu sinceramente espero que não – Homily desabafou. Ela tinha relaxado um pouco o punho que segurava na alça e, apesar de sua preocupação, ficou olhando ao redor interessada.

Em determinado momento, eles ouviram a campainha de uma bicicleta e, alguns segundos depois, o capacete de um policial planou um pouco acima do nível dos arbustos.

– Oh, minha nossa... – murmurou Homily. – Isso indica uma trilha...

– Não se preocupe – disse Pod. Mas Arrietty, olhando rapidamente para o rosto do pai, viu que ele estava perturbado.

– Ele apenas precisaria ter olhado para o lado... – Homily observou.

– Está tudo bem – disse Pod. – Ele já se foi. E não olhou.

– E o Spiller? – Homily continuou.

– O que tem ele?

– Ele nunca vai nos encontrar agora.

– Por que não? – perguntou Pod. – Ele verá que a chaleira se foi. No que se refere ao Spiller, tudo o que temos que fazer é aguardar o momento certo e esperar calmamente, onde quer que aconteça de irmos parar.

– E se nós não pararmos e passarmos Pequena Fordham?

---

5. Planta nativa da Europa. (N. T.)

– O Spiller virá nos procurar.
– E se formos parar no meio de todas aquelas pessoas?
– Que pessoas? – Pod perguntou um pouco cansado. – As de cera?
– Não, esses seres mundanos que se aglomeram nos caminhos.
– Ora, Homily – disse Pod –, não adianta ficar antecipando problemas.
– Antecipando?! – exclamou Homily. – E o que estamos passando agora? Eu gostaria de saber! – Ela olhou para baixo além dos joelhos para a palha encharcada abaixo. – E acho que esta chaleira vai se encher de água rapidinho.
– Não com a rolha dilatada desse jeito – disse Pod. – Quanto mais molhada ela fica, mais fortemente ela segura. Tudo o que você tem que fazer, Homily, é ficar sentada aí e se segurar firme, e, caso nos aproximemos da terra firme, prepare-se para pular.
Enquanto falava, Pod estava ocupado fazendo um gancho com seu alfinete de chapéu, torcendo e dando nós no barbante ao redor da cabeça do alfinete.

Arrietty, nesse meio-tempo, estava deitada de barriga para baixo olhando a água lá embaixo. Ela estava perfeitamente feliz: o esmalte rachado estava quente do sol, e, com um cotovelo enganchado ao redor da base da alça, ela se sentia bastante segura. Certa hora, na água túrgida, ela viu o contorno fantasmagórico de um peixe grande agitando suas barbatanas sombreadas e se mantendo de costas para a corrente. Às vezes havia pequenas florestas de plantas aquáticas, onde vairões enegrecidos se debatiam e pulavam. Certa vez um rato-d'água nadou suavemente ao lado da chaleira, quase embaixo do nariz dela: ela gritou animada, como se tivesse visto uma baleia. Até mesmo Homily estendeu o pescoço para olhá-lo passar, admirando as minúsculas bolhas de ar que se agarravam à pele enevoada como pedras da lua. Todos ficaram olhando enquanto ele subia na margem e se sacudia apressado em uma nuvem borrifante antes de fugir para longe na grama.

– Bem, eu nunca me interessei... – observou Homily. – História natural – acrescentou, pensativa.

Então, arregalando os olhos, ela viu a vaca. Ela estava imóvel sobre sua imensa sombra, os jarretes afundados e silenciosos na lama fragrante. Homily ficou olhando chocada e até Arrietty se sentiu grata por sua suave chaleira flutuante e a distância da água entre elas. Ela se sentiu quase insolentemente segura – tão perto e, ainda assim, tão distante – até que um repentino redemoinho na correnteza os balançou na direção da margem.

– Está tudo bem! – gritou Pod enquanto Arrietty olhou para trás. – Não vai machucar você...

– Oh, céus! – exclamou Homily, como se fosse descer borda adentro. A chaleira deu uma guinada.

– Firme! – Pod gritou, alarmado. – Mantenham a chaleira reta! – E, conforme o objeto deslizou prontamente para a praia, ele lançou seu peso para o lado, inclinando-se para fora contra a alça. – Fiquem alerta! – ele gritou quando, com um giro cruel, deram outra guinada brusca, planando sobre a lama. – Segurem firme!

A grande vaca deu dois passos para trás enquanto eles se moveram rapidamente sob seu focinho. Ela abaixou a cabeça e a balançou levemente, como se estivesse incomodada, e então, cheirando o ar, deu outro passo atrapalhado para trás.

A chaleira deu trancos nas ondulações das pegadas de vaca, pressionada pelo fluxo da correnteza: uma leve vibração de água batendo tiritou pelo ferro. Então Pod, inclinando-se para fora, agarrado ao aro com uma mão, impulsionou seu alfinete de chapéu contra uma pedra: a chaleira saltou levemente, voltando para a correnteza, e, em uma série de batidas e tremores, começou a se desviar.

— Graças a Deus por isso, Pod... — gritou Homily. — Graças aos céus... graças aos céus... Oh, minha nossa, oh, minha nossa, oh, minha nossa! — Ela se sentou agarrada à base da alça, pálida e tremendo.

— Ela nunca machucaria você — Pod disse enquanto deslizavam para o meio do riacho. — Não uma vaca.

— Ela poderia ter pisado em nós — observou Homily ofegante.

— Não se tivesse visto você.

– E ela nos viu – gritou Arrietty, olhando para trás. – Ainda está olhando para nós...

Observando a vaca, relaxados e aliviados, nenhum deles estava preparado para a colisão. Homily, sem equilíbrio, deslizou para a frente com um grito, caindo pelo buraco da tampa na palha abaixo. Pod agarrou a barra da alça bem na hora, e Arrietty segurou-se em Pod. Acalmando Arrietty, Pod virou a cabeça: ele viu que a chaleira tinha emperrado em uma ilha de gravetos e ramos, a prumo no meio do riacho. Mais uma vez a chaleira retiniu, batendo e tremendo contra obstáculos formados por gravetos; pequenas ondulações se formaram e se romperam como ondas entre e ao redor da massa agitada de mato espalhado.

– Agora estamos presos – observou Pod. – Muito bem presos.

– Pod, você me ajuda a subir, si... – eles ouviram Homily gritando lá de baixo.

Eles a ergueram e mostraram-lhe o que havia acontecido. Pod, olhando para baixo, viu parte de um pilar de portão e espirais de arame enferrujado: nessas saliências, uma massa de lixo estava emaranhada, trazida pela correnteza; um tipo de ilha flutuante, cerzida pela correnteza e completamente entrelaçada.

Não adiantava empurrar com o alfinete: a correnteza os levava adiante e, a cada novo impacto, entalava ainda mais firmemente.

– Poderia ser pior – Homily observou surpreendentemente, quando recuperou o fôlego. Ela fez um balanço da estrutura de ninho: alguns dos gravetos, projetados para cima da água, já haviam secado ao sol. Para Homily, a geringonça toda parecia agradável como a terra seca.

– Quero dizer – ela prosseguiu –, nós podemos andar sobre isto. Eu não diria, realmente, que não prefiro isto à chaleira... Melhor do que ficar flutuando sem parar e terminar, e poderia bem ser, no Oceano Índico. O Spiller poderia nos encontrar aqui facilmente... a prumo no meio da paisagem.

– Há algo interessante aí – concordou Pod. Ele olhou para as margens: o riacho aqui era mais largo, ele notou. Na margem esquerda, entre os pequenos salgueiros que abrigavam o caminho de sirga[6],

---

6. Trecho à margem do rio onde antigamente as embarcações eram puxadas por cavalos. (N. T.)

uma aveleira alta se inclinava sobre a água; na margem direita, as campinas se inclinavam na direção do riacho, e, ao lado das pegadas enlameadas das vacas, ficava um robusto agrupamento de freixos[7]. Os altos troncos dos freixos e da aveleira permaneciam como sentinelas, cada um de um lado do riacho. Sim, era o tipo de local que Spiller conheceria bem; o tipo de lugar, Pod pensou, para o qual os humanos dariam um nome. A água em cada um dos lados do obstáculo no meio do riacho fluía escura e profunda, cavando poças com a correnteza... sim, era o tipo de lugar, concluiu, com um leve tremor interior de seu "sinal", aonde os seres humanos deviam vir para se banhar durante o verão. Então, olhando para onde o rio corria, ele viu a ponte.

---

7. Árvore cuja madeira é utilizada para a fabricação de materiais esportivos. (N. T.)

•• CAPÍTULO DEZESSETE ••

Não era exatamente uma ponte – de madeira, com musgos crescendo e um único corrimão –, mas, no apuro por que estavam passando, até mesmo uma ponte modesta ainda era efetivamente considerada uma ponte: pontes eram passagens, construídas por humanos, e permitiam extensas vistas do rio.

Quando Pod apontou para ela, Homily pareceu estranhamente tranquila: protegendo os olhos da luz do sol, ela olhou atentamente para o rio.

– Nenhum ser humano, a essa distância – ela concluiu, por fim –, poderia distinguir o que há nestes galhos...

– Você ficaria surpresa – disse Pod. – Eles percebem o movimento como...

– Não antes que nós os tenhamos percebido. Vamos, Pod; vamos descarregar a chaleira e colocar algumas coisas para secar.

Eles foram para baixo e, deslocando o lastro, fizeram a chaleira adernar. Quando conseguiram inclinação suficiente, Pod pegou seu barbante e rapidamente amarrou a alça à rede de arame submersa.

Desse modo, com a chaleira firmemente presa, eles podiam rastejar para dentro e para fora pelo buraco enferrujado. Logo, todos os utensílios estavam espalhados no calor do sol e, sentados em fila em um galho seco de amieiro[8], cada um deles se pôs a comer uma fatia de banana.

– Poderia ser muito pior – disse Homily, mastigando com vontade e olhando ao redor. Ela estava grata pelo silêncio e a repentina falta de movimento. Abaixo, entre os gravetos entrelaçados, parecia haver alguns vislumbres de água escura, mas as águas estavam calmas e, da alta posição dela, distantes o suficiente para serem ignoradas.

Arrietty, ao contrário, havia tirado os sapatos e as meias e estava deixando o rastro de seus pés nas delicadas ondulações que se deixavam formar nas margens externas.

O rio parecia cheio de vozes, contínuas – misteriosos murmúrios, como se fossem conversas ouvidas baixinho. Mas conversas sem pausas: sem fôlego, relatos regulares. "Ela me disse, eu disse a ela. E então... e então... e então..." Depois de algum tempo, Arrietty parou de escutar do mesmo modo como tão frequentemente parava de escutar a mãe quando Homily, como de costume, falava sem parar. Mas ela estava ciente do som e da interferência mortal que teria nos sons mais distantes pelo campo. Diante desse barulho, ela pensou, alguma coisa poderia se aproximar de você rastejando e, sem sinal

---

8. Árvore cuja madeira é utilizada para a fabricação de instrumentos musicais. (N. T.)

nem aviso, de repente estar ali. E então percebeu que nada poderia se aproximar rastejando em uma ilha, a não ser que estivesse boiando ou que soubesse nadar. Mas, bem no momento em que teve tal pensamento, um chapim[9] azul veio voando do alto e se empoleirou ao seu lado, em um galho. Ele levantou a cabeça para o lado na direção do descorado anel de casca de banana que circundara a fatia que ela teve como almoço. Ela o pegou e o atirou para o lado na direção dele, como um disco, e o chapim azul voou para longe.

Então ela rastejou de volta para o ninho de fragmentos. Às vezes, ela descia dos galhos secos para os galhos úmidos mais abaixo. Nesses espaços curiosos, recortados pela luz do sol e pelas sombras, havia uma ampla variedade de locais para segurar e entalhes nos quais andar. Acima dela, uma rede de ramos se cruzava em vários ângulos contra o sol. Em determinado momento, ela desceu direto para a água sombreada e, pendurada perigosamente sobre sua superfície, viu naquele negrume seu pálido rosto refletido. Ela encontrou um caramujo agarrado ao lado de baixo de uma folha e, outra hora, com um dos pés, ela tocou a ova de um sapo, perturbando um ninho de girinos. Ela tentou erguer uma planta aquática pelas raízes, mas, lodosamente, esta resistiu aos seus esforços – esticando uma parte como se fosse um pedaço de borracha elástica e, de repente, soltando-se livre.

– Onde você está, Arrietty? – Homily chamou do alto. – Venha para cá, onde está seco.

Mas Arrietty parecia não ouvir: ela tinha encontrado uma pena de galinha, um tufo de lã de ovelha e metade de uma bola de pingue-pongue, que ainda tinha forte cheiro de celuloide. Entusiasmada com essas coisas emprestadas, ela por fim apareceu. Seus pais estavam certamente impressionados, e Homily fez uma almofada com a lã de ovelha, prendendo-a habilmente na meia bola de pingue-pongue e usando-a como assento.

– E é muito confortável também – ela lhes garantiu, entusiasmada, movimentando-se levemente para os lados sobre a base redonda.

Em outro momento, dois humanos pequenos cruzaram a ponte; meninos do campo de nove ou dez anos de idade. Estavam à toa, rindo e subindo nas traves, e jogaram gravetos na água. Os Borrowers

---

9. Pássaro de peito amarelo e faixa preta central, originário da Europa e da Ásia. (N. T.)

gelaram, observando atentamente enquanto, de costas, os dois meninos se penduraram nas traves, observando seus gravetos flutuarem descendo o riacho.

– Ainda bem que estamos num ponto do rio acima deles – murmurou Pod por entre os lábios rígidos.

O sol estava baixando e o rio tinha se transformado em ouro derretido. Arrietty apertou as pálpebras, protegendo-se do brilho.

– Mesmo se eles nos vissem – ela sussurrou, os olhos fixos na ponte –, não conseguiriam nos alcançar aqui no meio, nestas águas mais profundas.

– Talvez não – disse Pod –, mas dariam com a língua nos dentes...

Os meninos finalmente desapareceram. Mas os Borrowers permaneceram parados, olhando para os arbustos e tentando ouvir, acima do borbulhar do riacho, qualquer som de seres humanos passando ao longo da trilha.

– Eu acho que eles foram para os campos – Pod disse por fim.
– Vamos, Arrietty: me dê uma mão com esta coisa impermeável...

Pod havia preparado uma rede de dormir para a noite na qual quatro gravetos ficavam ao comprido em um espaço vazio: um lençol impermeável, as roupas secas deles dispostas por cima, o pedaço de lã de ovelha como travesseiro e, para cobri-los, outro tecido impermeável sobre o pedaço de cobertor vermelho. Eles ficariam acomodados em um casulo oculto, protegido da chuva e do orvalho e invisível da margem.

Conforme a água do rio começou a baixar, a ilha deles parecia ficar mais alta. Profundezas lodosas foram reveladas entre a estrutura, e, ao olhar para baixo entre os gravetos no arame enferrujado, eles descobriram um sapato naufragado.

– Não há nada para recuperar ali – observou Pod, depois de um momento de silêncio reflexivo. – Exceto talvez os cadarços.

Homily, que os seguira até ali embaixo, ficou olhando ao redor admirada. Tinha sido necessário ter coragem para descer ali até as profundezas: ela havia testado cada ponto de apoio para os pés. Alguns dos galhos estavam estragados e se quebravam ao toque; outros, presos de modo menos seguro, estavam prestes a se soltar; e tremores e escorregões aconteciam o tempo todo, como uma distante perturbação em uma imensa construção de pega-varetas. A curiosa ilha se mantinha unida apenas, ela percebeu, pela inter-relação entre cada folha, graveto e planta flutuante encalhada. Ainda assim, no caminho para cima, ela arrancou um galho vivo de espinheiro por causa dos brotos verdes.

– Um pouco de salada, para comer no jantar, por exemplo – ela explicou a Arrietty. – Você não pode continuar para sempre apenas à base de ovo e banana...

•• CAPÍTULO DEZOITO ••

Eles jantaram no lado da ilha voltado rio acima, onde as ondulações quebravam a seus pés, e a chaleira, amarrada de lado, havia se elevado claramente na água. O nível do riacho estava diminuindo rapidamente, e a água parecia muito menos lamacenta.

Não era bem um jantar: apenas o toco restante da banana, que tinha se tornado bastante pegajoso. Eles continuaram com fome, mesmo depois de concluir com os brotos de espinheiro, engolindo-os com água fria. Falaram saudosamente de Spiller e de um barco ancorado repleto de coisas emprestadas.

– E se nós o perdermos? – comentou Homily. – E se ele vier durante a noite?

– Eu ficarei vigiando para ver se o Spiller aparece – disse Pod.

– Oh, Pod! – exclamou Homily. – Você precisa das oito horas de sono...

– Não nesta noite – ele disse. – Nem na próxima noite. Nem em nenhuma outra noite enquanto houver lua cheia.

– Nós podemos nos revezar – sugeriu Homily.

– Eu vigio esta noite – disse Pod –, e veremos como continuamos depois.

Homily ficou em silêncio, olhando para baixo na direção da água. O anoitecer parecia um sonho: conforme a lua se ergueu, o calor do dia ainda se demorava na paisagem em uma luz tranquila. As cores pareciam mais ricas ali dentro; continuavam vívidas, porém suavemente mais brandas.

– O que é isso? – perguntou Homily de repente, olhando as ondulações logo abaixo. – Alguma coisa rosa...

Eles seguiram a direção dos olhos dela. Imediatamente sob a superfície, alguma coisa se contorcia, sustentada contra a corrente.

– É uma minhoca – disse Arrietty depois de um tempo. Homily ficou olhando para o animal, pensativa.

– Você tem razão, Pod – ela admitiu após um momento. – Eu mudei...

– Em que sentido? – perguntou Pod.

– Olhando para essa minhoca – disse Homily –, limpa e esfregada pela correnteza... quero dizer, limpa desse jeito... eu estava pensando... – Ela hesitou. – Bem, eu estava pensando... eu conseguiria comer uma minhoca como essa.
– O quê? Crua? – Pod perguntou, surpreso.
– Não; cozida, é claro – Homily retrucou mal-humorada. – Com um pedaço de alho-silvestre. – Ela ficou olhando para a água novamente. – Em que ela está presa?
Pod estendeu o pescoço para a frente.
– Eu mal consigo ver... – De repente, o rosto dele ficou alarmado, e seu olhar, muito atento, deslocou-se para uma curva que se acentuava na direção dos arbustos.
– Qual é o problema, Pod? – Homily perguntou.
Ele olhou para ela horrorizado, um olhar lento.
– Alguém está pescando – ele murmurou, quase sem ser ouvido.
– Onde? – sussurrou Homily.
Pod indicou com a cabeça os pequenos salgueiros.
– Ali, atrás dos arbustos...
Então Homily, finalmente arregalando os olhos, distinguiu a linha de pesca. Arrietty a viu também. Era visível apenas de relance: nem um pouco embaixo da água, mas aqui e ali perto da superfície. Eles perceberam a sombra do fio. Conforme subia, tornava-se novamente invisível, perdida, indistinta, contra os salgueiros, mas eles conseguiam seguir sua direção.
– Não consigo ver ninguém – sussurrou Homily.
– É claro que não consegue! – vociferou Pod. – Uma truta tem olhos, lembre-se disso, assim como você e eu...
– Não *como* eu e... – protestou Homily.
– Ninguém quer aparecer – Pod prosseguiu – quando está pescando.
– Especialmente quando se invade a propriedade dos outros – interveio Arrietty. "Por que estamos sussurrando?", pensou. "Nossas vozes não podem ser ouvidas acima das vozes do riacho..."
– Está certa, moça – disse Pod. – Especialmente quando se está invadindo propriedade alheia. E é exatamente isso o que ele é, eu não duvidaria: um invasor.
– O que é um invasor? – sussurrou Homily.
Pod fez sinal com a mão para ela ficar em silêncio.

– Quieta, Homily! – E então acrescentou meio de lado: – Um tipo de Borrower mundano.

– Um Borrower mundano... – Homily repetiu com um sussurro, desnorteada. – Parece uma contradição, de certo modo.

– Quieta, Homily... – pediu Pod.

– Ele não consegue ouvir a gente – disse Arrietty. – Não lá da margem. Olhem! – ela exclamou. – A minhoca se foi.

De fato, havia sumido, assim como a linha.

– Espere um minuto – disse Pod. – Você vai ver: ele a envia para baixo, na correnteza.

Apertando os olhos, eles distinguiram as dobras da linha flutuante e, exatamente sob a superfície, o tom rosado da minhoca navegando diante deles. A minhoca apareceu no mesmo local, logo abaixo dos pés deles, onde mais uma vez estava presa contra a corrente.

Alguma coisa se agitou por baixo dos gravetos sob eles: houve uma sombra repentina, uma meia-volta rápida, e a maior parte da minhoca tinha desaparecido.

– Um peixe? – sussurrou Arrietty.

Pod concordou com a cabeça.

Homily esticou o pescoço: estava ficando muito agitada.

– Veja, Arrietty: agora dá para ver o anzol!

Arrietty vislumbrou rapidamente o anzol e, de repente, ele tinha desaparecido.

– Ele sentiu aquilo – Pod comentou, referindo-se ao pescador. – Acha que conseguiu que eles mordessem.

– Mas ele conseguiu que mordessem – disse Arrietty.

– Conseguiu que mordessem, mas não conseguiu o peixe. Aí vem de novo...

Era uma nova minhoca; dessa vez, de cor mais escura.

Homily se arrepiou.

– Eu não gostaria dessa aí, independentemente do jeito como fosse cozida.

– Quieta, Homily! – Pod disse enquanto a minhoca era conduzida.

– Sabe o que poderíamos fazer? – comentou Homily entusiasmada. – Vamos supor que tivéssemos algum tipo de fogo: poderíamos retirar o peixe do anzol, cozinhar e comer a carne nós mesmos!

– Digamos que houvesse um peixe *no* anzol – observou Pod sobriamente com os olhos fixos nos arbustos. De repente, ele deu um grito e abaixou-se em direção a um lado e outro, as mãos sobre o rosto. – Cuidado! – ele gritou, com uma voz alucinada.

Tarde demais: o anzol prendeu-se na saia de Homily, com minhoca e tudo o mais. Eles correram até ela, segurando-a contra o puxão da linha enquanto os gritos desenfreados dela ecoavam riacho abaixo.

– Desabotoe, Homily! Tire a saia! Rápido!

Mas Homily não faria isso, ou não podia. Deve ter tido algo a ver com o fato de que, por baixo, ela usava uma anágua vermelha muito curta de flanela que já pertencera a Arrietty e não achava que seria decente, ou poderia simplesmente ter perdido a cabeça. Ela se agarrou a Pod e, ao ser arrastada do seu alcance, agarrou-se a Arrietty. Então, agarrou-se aos galhos e gravetos enquanto passava por eles na direção das ondulações.

Eles a retiraram da água assim que a linha se afrouxou por um momento, e Arrietty pegou Homily pela conta preta que servia de botão na saia dela, mas a deixou escapar. Então a linha estirou novamente. Enquanto agarrava Homily firme, Pod viu com o canto do olho que o pescador estava de pé.

Dessa posição, bem na beirada da margem, ele podia manusear a vara mais livremente: um repentino puxão para cima e Homily, presa pela saia e berrando alto, voou pelo ar de cabeça para baixo, com Pod e Arrietty agarrados braviamente cada um a um dos braços dela. Então o botão preto arrebentou, a saia planou para longe com a minhoca, e os Borrowers, em uma grande confusão, caíram para trás sobre os gravetos. Os gravetos afundaram levemente com o impacto e se ergueram novamente com suavidade, amortecendo a força da queda.

– Essa foi por pouco – ofegou Pod, tirando a perna de um espaço entre os galhos. Arrietty, que havia se sentado, permaneceu sentada: ela parecia abalada, mas sem ferimentos. Homily, cruzando os braços, massageou os ombros da filha com ternura. Havia um grande arranhão em sua bochecha, e o saiote de flanela vermelho tinha um rasgão. – Você está bem, Homily?

Homily assentiu, e o coque na cabeça dela se desenrolou lentamente. Pálida e trêmula, ela procurou grampos de cabelo de forma automática: estava olhando fixamente para a margem.

– E os gravetos aguentaram – comentou Pod, examinando a canela machucada. Ele balançou a perna devagar. – Nada quebrado – disse. Homily nem percebeu: ficou sentada, como se estivesse hipnotizada, encarando o pescador.

– É o Vista Grossa – anunciou, séria, após um momento.

Pod virou-se, estreitando os olhos. Arrietty ficou em pé para ver melhor: Vista Grossa, o cigano... Não havia dúvidas: a silhueta de macaco, as sobrancelhas pesadas, os volumosos cabelos grisalhos...

– Agora vamos ficar em maus lençóis – disse Homily.

Pod ficou em silêncio por um instante.

– Ele não pode nos alcançar aqui – concluiu por fim –, bem no meio do riacho. A água é extensa e profunda aqui, dos dois lados.

– Ele poderia ficar no raso e nos alcançar – disse Homily.

– Duvido – disse Pod.

– Ele nos conhece e já nos viu – Homily falou com a mesma voz sem expressão. Ela inspirou profunda e tremulamente. – E anote minhas palavras: ele não vai nos perder de novo!

Houve silêncio, exceto pelas vozes do rio. O murmúrio indistinto, imperturbável e uniforme parecia de repente hostil e insensível.

– Por que ele não se mexe? – perguntou Arrietty.

– Ele está pensando – disse Homily.
Após um momento, Arrietty arriscou timidamente:
– Em quanto vai cobrar por nós quando nos colocar em gaiolas?
– Em qual será a próxima coisa que vai fazer – disse Homily.
Novamente ficaram em silêncio, observando o Vista Grossa.
– Olhem – disse Arrietty.
– O que ele vai fazer agora? – perguntou Pod.
– Ele está tirando a saia do anzol!
– E a minhoca também – disse Pod. – Cuidado! – ele gritou quando o braço do pescador se lançou na direção deles. Houve um inesperado solavanco entre os gravetos, uma série de tremores rápidos. – Ele está jogando o anzol para nos pegar! – gritou Pod. – É melhor nos abrigarmos.

– Não – disse Homily quando a ilha deles se firmou novamente; ela observou o galho pego, mal preso, levado rio abaixo. – Vamos supor que ele destrua este obstáculo em pedaços: ficamos mais a salvo em cima do que embaixo. É melhor pegarmos a chaleira...

Mas, bem na hora em que ela falou, o novo arremesso fisgou a rolha do buraco enferrujado. A chaleira, enganchada pela rolha e presa aos gravetos, resistiu ao arrastão da vara: eles se agarraram uns nos outros em um pânico silencioso quando, logo abaixo deles, os galhos começaram a deslizar. Então a rolha se soltou e saltou no final da linha dançante. A ilha deles ficou estável novamente e, soltando-se uns dos outros, eles se separaram, escutando com os olhos arregalados o gorgolejo rítmico da água enchendo a chaleira.

O arremesso seguinte fisgou um galho estratégico: aquele no qual estavam. Eles podiam ver o gancho bem e verdadeiramente preso, e a tensão tremulante do fio. Pod subiu nele e, inclinando-se para trás, deu um puxão para baixo com força contrária. Mas, por mais força que ele aplicasse, a linha se mantinha esticada, e o anzol, profundamente enterrado.

– Cortem isso – gritou alguém em um tom acima dos rangidos e gemidos. – Cortem isso... – a voz gritou de novo, tremulamente débil, como a voz ondulante do rio.

– Então traga-me a lâmina de barbear – disse Pod ofegante. Arrietty a trouxe em uma subida esbaforida. Houve um som metálico suave e todos eles se abaixaram conforme a linha cortada voou solta. – Ora, por que eu não pensei nisso antes? – questionou-se Pod.

Ele deu uma rápida olhada na direção da margem. Vista Grossa estava enrolando a linha; esta, leve demais agora, arrastava-se brandamente na brisa.

– Ele não está muito satisfeito – comentou Homily.

– Não – concordou Pod, sentando-se ao lado dela. – Ele não poderia estar.

– Não acredito que ele tenha outro anzol – disse Homily.

Eles observaram Vista Grossa examinar o final da linha e encontraram seu olhar fatal enquanto, levantando a cabeça furiosamente, o homem olhou de um lado ao outro da água.

– Um a zero para nós – disse Pod.

•• CAPÍTULO DEZENOVE ••

Eles se acomodaram mais confortavelmente nos gravetos, preparando-se para uma vigília. Homily tateou atrás de si procurando a roupa de cama e puxou o pedaço de cobertor vermelho.

– Veja, Pod – ela disse com uma voz interessada ao prender a manta sob os joelhos. – O que ele vai fazer agora? – Eles observaram atentamente enquanto Vista Grossa, enrolando a linha da vara novamente, virou-se na direção dos arbustos. – Você não acha que ele desistiu? – Homily acrescentou ao acompanhar o movimento de Vista Grossa dirigindo-se à sirga até desaparecer de vista.

– Nem um pouco – disse Pod. – Não o Vista Grossa. Não, uma vez que ele tenha nos visto e saiba que estamos aqui para sermos pegos.

– Ele não pode nos alcançar aqui – disse Homily mais uma vez –, bem no meio da água profunda. E vai escurecer logo. – Ela parecia estranhamente calma.

– Talvez – disse Pod. – Mas veja aquela lua subindo. E nós ainda estaremos aqui pela manhã. – Ele pegou a lâmina de barbear. – Melhor soltar aquela chaleira; é apenas um peso sobre os gravetos...

Homily ficou olhando Pod cortar os gravetos e, um tanto tristes, viram a chaleira afundar.

– Pobre Spiller – disse Arrietty. – Ele era meio apegado a essa chaleira...

– Bem, ela serviu seus propósitos – disse Pod.

– E se nos fizéssemos uma jangada? – Homily sugeriu de repente.

Pod olhou para os gravetos ao redor e para sua mão, que segurava o barbante.

– Poderíamos fazer – disse –, mas levaria um bom tempo. E, com ele por perto – Pod esticou o pescoço na direção dos arbustos –, imagino que estejamos tão seguros aqui quanto em qualquer outro lugar.

– E aqui é melhor para sermos vistos – disse Arrietty.

Homily, chocada, virou-se e olhou para ela.

– E por que é que você quer ser vista?

– Eu estava pensando no Spiller – disse Arrietty. – Com esta lua e este clima, é provável que ele venha esta noite.

– Com certeza – concordou Pod.

– Oh, céus – disse Homily, puxando o cobertor em torno de si. – O que é que ele vai pensar?! Quero dizer, encontrando-me neste estado... com a anágua de Arrietty...

– Bonita e radiante – disse Pod. – Ele vai achar encantadora.

– Não curta e encolhida como está – Homily reclamou infeliz. – E com esse rasgo enorme na lateral.

– Ainda assim está encantadora – disse Pod. – É como se fosse uma marca. E eu lamento agora que afundamos a chaleira. Ele devia ter visto isso também. Bem, não há o que fazer...

– Olhem! – sussurrou Arrietty, olhando para a margem.

Lá estava o Vista Grossa. Parecia bem ao lado deles agora. Ele havia descido pelo caminho de sirga por trás dos arbustos e emergido na margem ao lado da aveleira inclinada. Sob a luz limpa e sem sombras, ele parecia extraordinariamente próximo. Eles até mesmo podiam ver a palidez do seu único olho azul em contraste com o olhar furioso do olho negro. Podiam ver as junções da vara de pesca, os pregadores de roupas e as bobinas de cordões de varal em sua cesta, que ele carregava meio como uma tipoia no antebraço e inclinava na direção deles. Se fosse de terra firme o espaço entre eles, seriam necessários quatro bons passos largos para cruzá-lo.

– Oh, céus! – resmungou Homily. – E agora?

Vista Grossa, apoiando a vara contra a aveleira, colocou no chão a cesta, da qual tirou dois peixes de bom tamanho amarrados juntos pelas guelras. Ele os embrulhou cuidadosamente com várias camadas de folhas de azeda.

– Trutas arco-íris – disse Arrietty.

– Como você sabe? – perguntou Homily.

Arrietty piscou as pálpebras.

– Sei lá... Eu sei.

– O jovem Tom – disse Pod. – É por isso que ela sabe, imagino; tendo em vista que o avô é o caseiro. E é por isso que ela sabe sobre os invasores, não é, Arrietty?

Arrietty não respondeu: ela estava observando Vista Grossa enquanto ele devolvia o peixe para a cesta. Parecia tê-los depositado com muito cuidado lá embaixo, com os pregadores de roupas. Ele pegou então dois rolos de cordão de varal e os colocou de qualquer jeito por cima.

Arrietty riu.

— Como se não fossem revistar a cesta dele... — ela sussurrou com escárnio.

— Quieta, Arrietty — disse Homily, observando atentamente enquanto Vista Grossa, olhando na direção deles, avançou até a beira da margem. — Ainda é cedo para rir...

Vista Grossa se sentou na beira da margem e, com o olhar ainda fixo nos Borrowers, começou a desamarrar as botas.

— Ai, Pod — Homily gemeu de repente. — Está vendo aquelas botas? São as mesmas, não são? Quero dizer... pensar que nós vivemos em uma delas! Qual delas foi, Pod: a da direita ou a da esquerda?

— Aquela com o remendo — disse Pod, alerta e acompanhando cada movimento. — Ele não vai conseguir — acrescentou pensativo. — Não andando pela água.

— E pensar que ele está usando uma bota costurada por você, Pod...

— Quieta, Homily — pediu Pod quando Vista Grossa, descalço a essa altura, começou a dobrar a barra da calça. — Prepare-se para recuar.

— E eu sentindo *falta* daquela bota! — Homily exclamou baixinho. Ela parecia fascinada pelo par de calçados, agora colocados juntos de maneira ajeitada, na orla gramada do riacho.

Eles viram Vista Grossa, com uma mão apoiada na aveleira inclinada, baixar-se até a água, que batia logo acima dos tornozelos dele.

— Ai, meu santo... — murmurou Homily. — É raso. É melhor recuarmos...

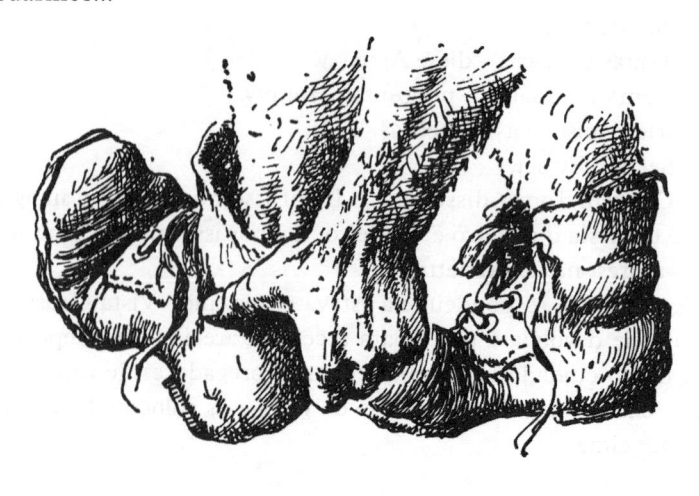

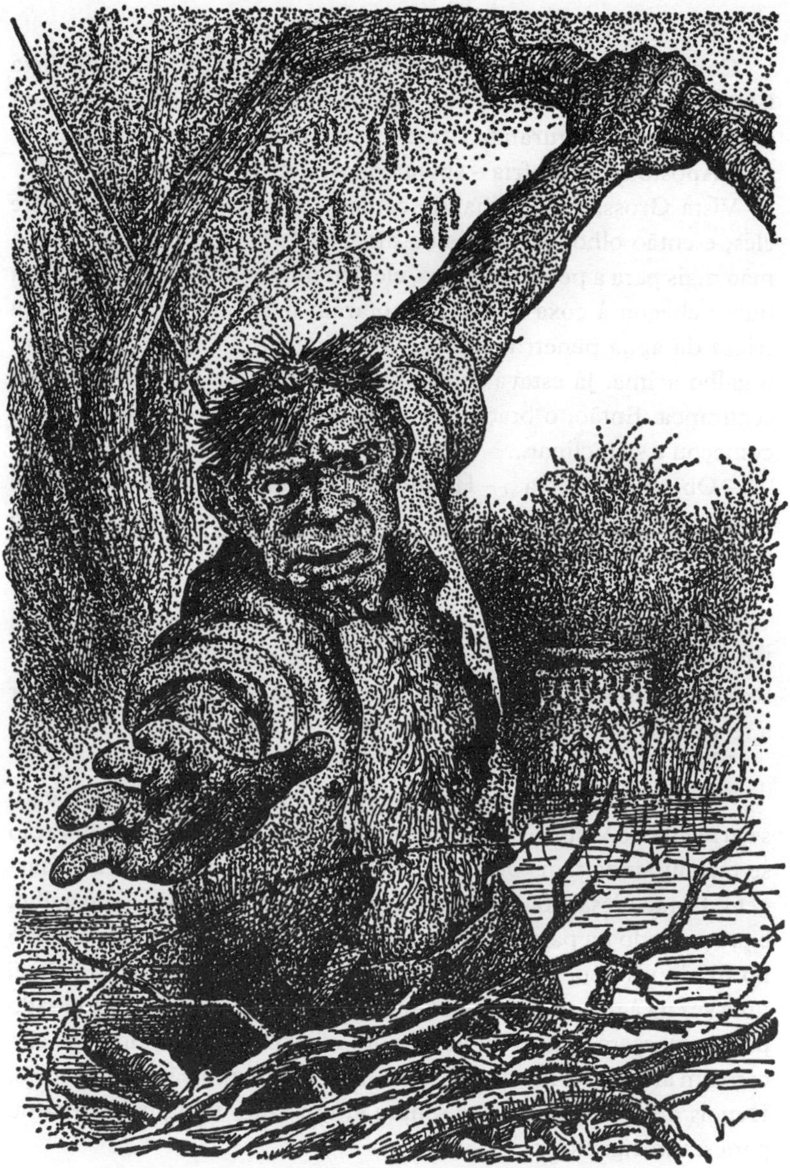

– Espere um minuto! – disse Pod. – Fique vigiando!

Com o passo seguinte, a água ficou bem acima do joelho de Vista Grossa, molhando a parte revirada da calça. Ele ficou parado, um pouco confuso, segurando firme o galho inclinado da aveleira.

– Aposto que está fria – sussurrou Arrietty.

Vista Grossa ficou olhando como se medisse a distância entre eles, e então olhou para trás na direção da margem. Deslizando a mão mais para a ponta do galho, ele deu um segundo passo, e a água quase chegou à coxa dele. Eles notaram um sobressalto quando a frieza da água penetrou a calça até atingir a pele. Ele olhou para o galho acima. Já estava se curvando: não poderia prosseguir com segurança. Então, o braço livre se estendeu na direção deles, e ele começou a se inclinar...

– Oh, minha nossa... – Homily gemeu quando o rosto moreno se aproximou. Os dedos esticados tinham uma firmeza voraz em relação a eles. Tentando alcançar...

– Está tudo bem – disse Pod.

Foi como se Vista Grossa o ouvisse. O olho negro se arregalou levemente enquanto o azul permaneceu calmamente fixo. O riacho se movia com suavidade pelo veludo encharcado. Eles podiam ouvir a respiração do cigano.

Pod limpou a garganta.

– Você não consegue fazer isso – disse. Mais uma vez o olho negro se arregalou e Vista Grossa abriu a boca. Não falou, mas a respiração se tornou ainda mais profunda e ele olhou novamente para a margem. Então, desajeitado, começou a se afastar, agarrado a seu galho, e procurando na parte de trás, com os pés, um pedaço mais elevado no fundo viscoso. Por azar, o galho se quebrou com o peso dele e, uma vez na água rasa, ele rapidamente o soltou e correu desamparado para a margem. Ficou ali gotejando, ofegando e olhando para eles com um ar pesado. Ainda não havia nenhuma expressão em seu rosto. Depois de um tempo ele se sentou e, um tanto inseguro, preparou para si um cigarro.

•• CAPÍTULO VINTE ••

– Eu falei que ele não ia conseguir – disse Pod. – Precisaria de um bom meio metro ou mais uns dois passos largos... – Ele deu tapinhas no braço de Homily. – Tudo o que temos de fazer agora é aguentar até escurecer. E o Spiller virá com certeza.

Eles se sentaram em fila, em um mesmo graveto, de frente para a parte alta do rio. Para vigiar o Vista Grossa, eles tinham que virar levemente para a esquerda.

– Vejam só ele agora – sussurrou Homily. – Ainda está pensando.

– Deixe que pense – disse Pod.

– E se o Spiller viesse agora? – expôs Arrietty, olhando a água, esperançosa.

– Ele não poderia fazer nada – disse Pod. – Não debaixo do nariz do Vista Grossa. Digamos que ele viesse agora: veria que estamos bem e procuraria um abrigo por perto até o anoitecer. Depois ele traria o barco ao longo do outro lado da ilha e nós embarcaríamos. É o que eu imagino que ele faria.

– Mas nem vai escurecer – Arrietty protestou. – Não com a lua cheia.

– Com ou sem lua – disse Pod –, o Vista Grossa não vai ficar sentado ali a noite inteira. Ele vai ficar com fome logo. E, na cabeça dele, acha que nos tem presos aqui, prontos para sermos levados pela manhã. Ele virá então, tão logo surja a luz, com os apetrechos necessários.

– E quais seriam os apetrechos necessários? – Homily perguntou preocupada.

– Eu espero – disse Pod – que, não estando aqui, não precisemos saber.

– Como ele sabe que nós não sabemos nadar? – perguntou Arrietty.

– Pelo mesmo motivo que sabemos que *ele* não sabe: se pudesse, teria nadado. E o mesmo se aplica a nós.

– Olhem – disse Arrietty. – Ele está ficando de pé de novo... Está tirando alguma coisa da cesta!

Eles ficaram olhando atentamente enquanto Vista Grossa, com o cigarro dependurado no canto da boca, remexeu as coisas entre os pregadores de roupas.

– Oh, céus... – disse Homily. – Veem o que ele está fazendo? Ele pegou um rolo de cordão de varal. Ai, eu não gosto disso, Pod... Parece algo como... – ela prendeu a respiração. – ... os apetrechos necessários.

– Fique em silêncio e observe – disse Pod.

Vista Grossa, o cigarro na boca, estava deliberadamente desdobrando grandes extensões de fio, que, novo e duro, estendia-se em ângulos curiosos. Então, com a ponta da corda na mão, ele olhou para o tronco da aveleira.

– Já entendi o que ele vai fazer – sussurrou Homily.

– Quieta, Homily; todos nós estamos vendo. Mas – Pod estreitou os olhos, observando atento enquanto Vista Grossa amarrou um pedaço da corda sobre um galho alto no tronco da aveleira – eu não consigo visualizar onde isso o leva...

Descendo da dobra de uma raiz, Vista Grossa puxou a corda, testando a força do nó. Então, virando-se na direção deles, olhou a extensão do rio. Todos se viraram, acompanhando a direção dos olhos dele. Homily disse ofegante:

– Ele vai jogar aquilo do outro lado...

Instintivamente, ela se abaixou quando o rolo da corda planou sobre a cabeça deles e aterrissou na margem oposta.

A parte solta da corda, a centímetros da ilha deles, foi arrastada pela superfície da água.

– Eu gostaria que conseguíssemos alcançar isso – murmurou Homily, mas, exatamente quando ela falou, a correnteza abriu o laço e o carregou para longe. O rolo principal pareceu ficar preso nos espinhos sob o amieiro. Vista Grossa tinha desaparecido de novo. Ele apareceu por fim, bem mais longe, lá embaixo no caminho de sirga, quase ao lado da ponte.

– Não consigo entender o que ele está tramando – comentou Homily enquanto Vista Grossa, ainda descalço, atravessava a ponte apressado –, jogando aquela corda do outro lado. O que ele vai fazer? Andar na corda bamba ou algo assim?

– Não exatamente – disse Pod. – É na verdade o contrário. Um tipo de ponte suspensa, como diriam, que se atravessa com as mãos. Eu fiz isso uma vez, das costas de uma cadeira até o criado-mudo.

– Bem, é preciso usar as duas mãos para isso! – exclamou Homily.

– Quero dizer, ele não poderia *nos* pegar no caminho. A não ser que o faça com os pés.

– Ele não precisa atravessar tudo – explicou Pod, que soava bem preocupado. – Só precisa de alguma coisa um pouco mais comprida que aquele galho da aveleira para se segurar; alguma coisa que ele saiba que não vai ceder. Só quer alcançar um pouco mais além, uma forma mais segura de se inclinar... ele estava bem perto de nós na vez em que caminhou pela água, lembra?

– Sim... – Homily disse inquieta ao olhar Vista Grossa tomar seu caminho penoso pela margem esquerda na direção do freixo. – Aquela região está cheia de restolho – comentou sem dó após um momento.

A corda voou para o alto, molhando-os com algumas gotas, quando Vista Grossa deixou-a nivelada, fixando-a com segurança ao freixo. Ela tremeu sobre eles, ainda derramando com suavidade algumas gotas: esticada, reta e parecendo bem forte.

– Sustenta uns dois homens do peso dele – disse Pod.

– Oh, minha nossa – sussurrou Homily.

Eles ficaram olhando para o freixo: a ponta cortada do cordão do varal ficava pendurada na extensão do tronco, ainda balançando levemente com os esforços de Vista Grossa.

– Ele sabe como dar um nó – comentou Homily.

– Sim – concordou Pod, parecendo ainda mais carrancudo. – Não seria fácil desfazê-lo.

Vista Grossa não teve pressa ao andar de volta. Fez uma pausa na ponte e ficou olhando por algum tempo a parte alta do rio como se admirasse seu trabalho. Pareceu confiante de repente, e especialmente sem nenhuma pressa.

– Ele consegue nos ver dali? – perguntou Homily, estreitando os olhos.

– Duvido – disse Pod. – Não se ficarmos parados. Talvez possa ver a anágua de relance...

– Não que isso importe, de qualquer modo – disse Homily.

– Não, isso não importa agora – disse Pod. – Vamos – acrescentou enquanto Vista Grossa deixava a ponte, e, atrás dos arbustos, partia ao longo do caminho de sirga. – O melhor a fazer, penso eu, é irmos para o outro lado da ilha e cada um de nós montar em um galho grosso, no qual possa se segurar firmemente. Ele pode conseguir ou não, mas temos que ficar firmes agora, nós três, e correr o risco. Não há nada mais que possamos fazer.

Cada um deles escolheu um galho bem grosso, selecionando aqueles que pareciam leves o suficiente para flutuar e providos de pontos favoráveis para segurar. Pod ajudou Homily, que tremia tão violentamente que mal podia manter o equilíbrio.

– Oh, Pod – ela gemeu –, eu não sei como me sinto... empoleirada aqui sozinha. Gostaria que nós todos pudéssemos ficar juntos.

– Ficaremos bem próximos – disse Pod. – E talvez ele nem consiga se aproximar o suficiente para tocar em nós. Agora segure firme e, aconteça o que acontecer, não se solte. Nem mesmo se acabar dentro da água.

Arrietty se sentou em seu galho como se estivesse em uma bicicleta: havia dois buracos onde apoiar os pés e lugar para apoiar as duas mãos. Ela se sentiu bastante confiante: se o galho dela se soltasse, ela sentiu, poderia segurar firme com as mãos e usar os pés como nadadeiras.

– Sabe – ela explicou à mãe –, como um besouro d'água...

Mas Homily, que parecia mais um besouro d'água no formato do que qualquer um deles, não aparentava estar consolada.

Pod sentou-se em um ramo nodoso de sabugueiro.

– E se aproximar dessa margem distante – ele disse, esticando o pescoço na direção do freixo –, se achar que pode se aproximar de qualquer lugar. Vocês veem aquele pedaço de corda que ele deixou pendurado? Bem, nós podemos nos agarrar a ele. Ou na parte próxima da água de algum daqueles arbustos espinhosos... segurar um deles. Depende de onde formos dar...

Eles estavam altos o suficiente para ver além dos galhos de sua ilha, e Homily, de seu poleiro, vigiava Vista Grossa.

– Ele está vindo agora – ela disse gravemente. Em sua voz apática e sem expressão havia um tipo de calma espantosa.

Eles viram que, dessa vez, ele posicionou ambas as mãos na corda e se abaixou mais facilmente na água. Dois passos cuidadosos o fizeram afundar até a coxa da perna dianteira: aqui ele pareceu hesitar.

– Ele só quer mais dois passos – disse Pod.

Vista Grossa tirou a mão dianteira da corda e, inclinando-se com cautela, estendeu o braço na direção deles. Ele agitou os dedos levemente, calculando a distância. A corda, que havia estado tão esticada, arqueou um pouco sob o peso dele e as folhas da aveleira farfalharam. Ele deu uma olhada para trás, do mesmo modo como fizera anteriormente, e pareceu renovar a confiança quanto ao poder de flexibilidade da árvore; mas a luz estava diminuindo e, do outro lado, onde estavam esperando, não podiam ver a expressão dele. Em algum lugar do crepúsculo uma vaca mugiu tristemente e eles ouviram a campainha de uma bicicleta. Se ao menos Spiller chegasse...

Vista Grossa, deslizando a mão que agarrava a corda para a frente, estabilizou-se por um momento e deu um novo passo. Ele parecia estar indo mais para o fundo, mas estava tão perto agora que a altura da ilha flutuante deles o escondeu da cintura para baixo. Eles não podiam mais ver os dedos esticados, mas ouviram os gravetos rangendo e sentiram o movimento: ele estava puxando a ilha em sua direção.

– Oh, Pod! – gritou Homily quando sentiu o puxão impiedoso daquela mão invisível e os rangidos e as raspagens abaixo dela. – Você tem sido tão bom para mim! Por toda a sua vida tem sido tão bom... Nunca pensei em dizer isso a você, Pod, nem uma vez: quão bom você sempre foi...

Ela interrompeu-se bruscamente quando a ilha deu uma guinada, presa na obstrução do arame farpado; acometida de pânico, Homily agarrou-se ao seu galho. Houve um estalo surdo e dois ramos externos se desprenderam devagar e foram arrastados para longe, descendo o riacho.

– Você está bem, Homily? – chamou Pod.

– Por enquanto – ela arquejou.
Então tudo pareceu acontecer de uma vez. Ela viu a expressão de Vista Grossa se transformar em uma completa surpresa quando, movendo-se para a frente a fim de agarrar a ilha, ele se arremessou de cara na água. Eles afundaram com ele em um ressonante *splash* – ou melhor, como pareceu a Homily, a água se precipitou contra eles. Ela tinha aberto a boca para gritar, mas fechou-a bem a tempo. Bolhas correram ao lado do rosto dela, assim como plantas aquáticas pegajosas. A água estava extremamente gelada, mas viva com barulho e movimento. Tão logo ela soltou o graveto, que parecia estar arrastando-a para baixo, aquilo que retinha os galhos se libertou e a ilha subiu mais uma vez com um ímpeto. Ofegando e tossindo, Homily irrompeu na superfície: ela viu as árvores novamente, a lua que subia, e o céu de uma noite escura e esplêndida. Ela chamou ruidosamente por Pod.

– Estou aqui – gritou uma voz engasgada em algum lugar atrás dela. Houve um som de tosse. – E Arrietty também. Segure firme, como eu disse! A ilha está se mexendo...

A ilha girava como se estivesse em um redemoinho, presa por uma ponta no arame. Eles estavam girando em uma curva graciosa na direção da margem do freixo. Homily percebeu, quando tateou à procura de onde se agarrar, que Vista Grossa, ao cair, havia empurrado os galhos flutuantes deles.

Eles pararam perto da margem e Homily pôde ver os arbustos espinhosos e rasteiros, e o tronco do freixo com seu pedaço de corda pendurada. Ela viu que Pod e Arrietty haviam descido para os galhos que estavam mais próximos da margem, dos quais, de costas para Homily, pareciam estar observando algo atentamente. Quando se aproximou deles, escorregando e deslizando pelos ramos molhados, ouviu Arrietty falando ansiosamente, sacudindo o pai pelo braço.

– É... – ela ficava dizendo. – É...

Pod se virou quando Homily se aproximou para ajudá-la a andar sobre os gravetos. Ele parecia estar preocupado e um tanto entorpecido. Um grande pedaço de planta aquática estava pendurado nas costas dele como se fosse um rabo de porco lodoso.

– Qual é o problema, Pod? Você está bem?

Logo atrás, eles ouviram gritos de pavor enquanto Vista Grossa, emergindo das profundezas, lutava para encontrar onde se apoiar. Homily, amedrontada, agarrou o braço de Pod.

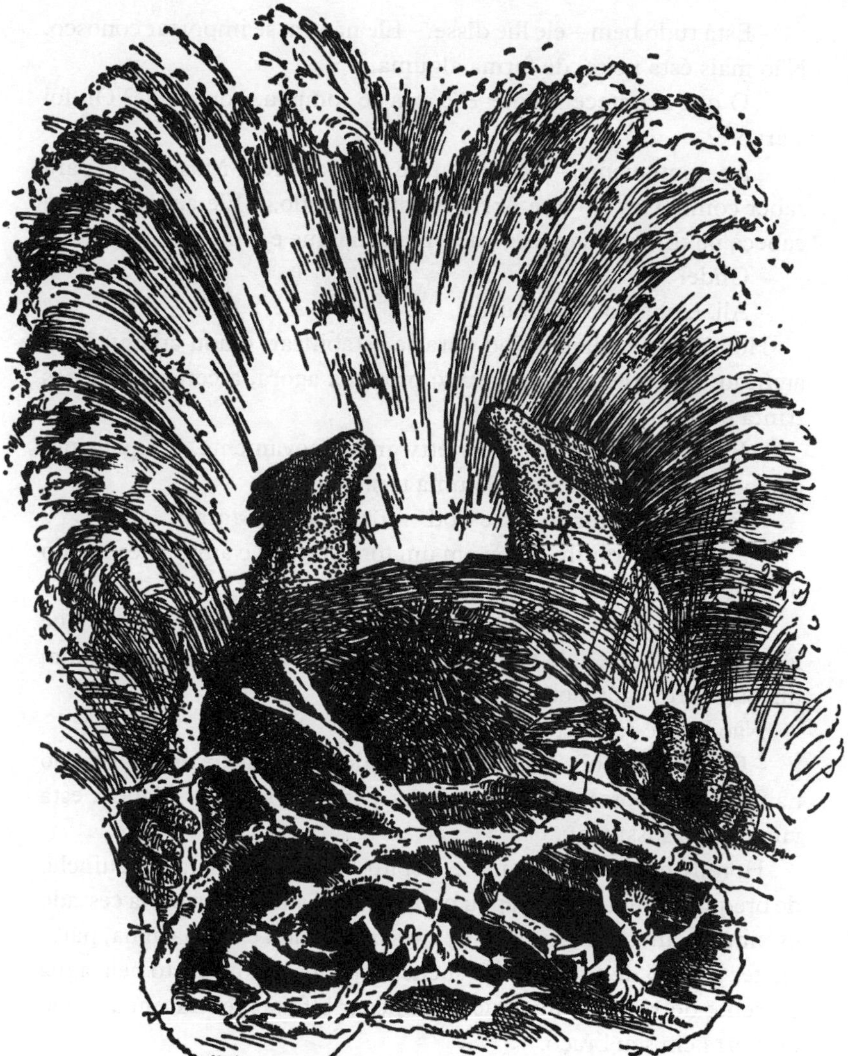

— Está tudo bem — ele lhe disse. — Ele não vai se importar conosco. Não mais esta noite, de forma alguma...
— O que aconteceu, Pod? A corda se rompeu... ou o quê? Ou foi a árvore?
— Aparentemente — respondeu ele —, foi a corda. Mas não dá para saber como. Ouça o que Arrietty está dizendo. — Ele acenou com a cabeça na direção da margem. — Ela acha que é o barco do Spiller...
— Onde?
— Ali, embaixo dos arbustos.
Homily, apoiada em Pod para se estabilizar, olhou adiante com atenção. A margem estava muito próxima agora, a cerca de apenas trinta centímetros.
— É, sim, eu sei que é — Arrietty gritou novamente. — Aquele negócio ali embaixo, parecendo uma tora.
— Parece uma tora — disse Pod — porque *é* uma tora.
— Spiller! — Homily gritou em um tom elevado e amável, espiando os arbustos.
— Não adianta ficarmos gritando — disse Pod. — E, supondo que fosse o barco dele, ele responderia. — Ele chamou novamente com um sussurro vigoroso: — Você está aí?
Não houve resposta.
— O que é aquilo? — gritou Pod, virando-se. Uma luz tinha brilhado na margem oposta, em algum lugar perto da sirga. — Alguém está vindo — ele sussurrou.
Homily ouviu o repentino estrépito de uma bicicleta e o guincho de breques conforme derrapou para parar. Vista Grossa havia cessado os xingamentos e as cuspidas e, apesar de ainda estar na água, parecia ter parado de se mover. O silêncio era absoluto, exceto pela água corrente do rio. Homily, que ia começar a falar, sentiu um apertão de alerta em seu braço.
— Quieta — sussurrou Pod.
Um ser humano, na margem oposta, estava se apertando por entre os arbustos. A luz se acendeu de novo e circundou o local. Dessa vez, pareceu mais ofuscante, transformando o crepúsculo em escuridão.
— Olá... olá... olá... olá... — disse uma voz.
Era uma voz jovem, séria e alegre ao mesmo tempo. Era uma voz que parecia familiar para Homily, embora nesse momento ela não conseguisse nomeá-la. Então ela se lembrou do último dia no Solar,

sob o piso da cozinha: os falatórios no andar de cima e as provações no de baixo. Era a voz, ela percebeu, do velho inimigo da sra. Driver: Ernie Runacre, o policial.

Ela se virou para Pod.

– Quieta! – ele a advertiu mais uma vez enquanto o círculo de luz tremia sobre a água. Nos galhos, se nenhum deles se movesse, ele sabia que não seriam vistos. Homily, apesar disso, deu um suspiro repentino e sonoro.

– Ai, Pod! – ela exclamou.

– *Shhh* – Pod insistiu, apertando ainda mais o braço dela.

– É a nossa tesoura de unha – persistiu Homily, baixando a voz para um tipo de sussurro quase inaudível. – Você deve olhar, Pod. Na parte de baixo do freixo...

Pod girou os olhos: ali estava, pendurada, luzindo contra a casca da árvore. Parecia amarrada de alguma maneira à ponta livre da corda que Vista Grossa havia deixado pendurada.

– Então *era* o barco do Spiller – Arrietty sussurrou animada.

– Fiquem quietas! Vocês não conseguem? – implorou Pod com os lábios quase fechados. – Até ele desviar o raio de luz!

Mas Ernie Runacre, na margem oposta, parecia estar ocupado com Vista Grossa.

– E então... – eles o ouviram falar na mesma voz viva de policial. – O que está acontecendo aqui? – E o raio de luz se moveu repentinamente para se concentrar no cigano.

Pod suspirou de alívio.

– Assim é melhor – disse, relaxando levemente e usando o tom de voz normal.

– Mas onde está o Spiller? – Homily se alvoroçou, os dentes batendo de frio. – Talvez tenha sofrido um acidente.

– Mas era o Spiller – Arrietty interferiu, impaciente. – Descendo da árvore com a tesoura. Ele a teria levado a tiracolo pela alça no ombro.

– Você quer dizer que o viu?

– Não, ninguém vê o Spiller; não quando ele não quer que o vejam.

– Ele meio que se combinaria com a casca – explicou Pod.

– Então, se você não viu o Spiller – Homily comentou após um momento –, como pode ter certeza disso?

– Bem, não se pode ter certeza – concordou Pod.

Homily parecia perturbada.

– Você acha que foi o Spiller quem cortou a corda?

– Aparentemente – disse Pod –, ele subiu na árvore usando aquele pedaço solto que sobrou. Como eu fazia com a minha fita, lembra?

Homily olhou por entre os arbustos.

– Digamos que seja o barco dele ali embaixo, o que eu duvido; por que ele simplesmente não vem pegar a gente?

– Como eu disse a você – Pod explicou cansado –, ele estava esperando até ficar escuro. Use a cabeça, Homily. O Spiller precisa do rio: é o ganha-pão dele. É verdade que ele poderia nos ter levado. Mas e se ele fosse descoberto pelo Vista Grossa? Ele estaria marcado pelos ciganos de agora em diante, o barco e tudo o mais. Entende o que eu quero dizer? Eles ficariam de tocaia. Às vezes – Pod prosseguiu –, você não fala como uma Borrower. Você e Arrietty: ambas se comportam, em determinados momentos, como se nunca tivessem ouvido falar em proteção e coisas do gênero, sem falar em "ser visto". Vocês se comportam, as duas, como dois seres mundanos...

– Ora, Pod – Homily protestou –, não precisa insultar!

– Mas eu estou falando sério – disse Pod. – E, até onde Spiller sabe, nós estamos bem aqui até ficar escuro, uma vez que o anzol se foi...

Eles ficaram quietos por um momento, ouvindo os *splashes* da água. Homily, atraída pelo som daquela voz viva e familiar, afastou-se de Pod para ouvir o que estava acontecendo.

– Vamos, agora – Ernie Runacre dizia. – Coloque o pé naquela raiz. Isso. Dê a sua mão para nós. É um bocado cedo, eu diria, para um mergulho. Eu não faria isso. Eu preferiria arriscar uma pesca rápida... Desde que, é claro, eu não fosse tão cauteloso com as leis locais. Vamos lá... – Ele inspirou fundo, como se fosse içá-lo. – Um, dois, três... *uff*! – Bem, aí está você! Agora vamos dar uma olhada nessa cesta...

Homily, para conseguir dar uma olhada neles, tinha se arrastado para cima de um graveto, quando sentiu a mão de Pod em seu braço.

– Olhe! – ela exclamou agitada, segurando os dedos dele nos dela. – Ele vai encontrar aquele peixe que o Vista Grossa pegou emprestado! Aquela truta arco-íris, ou como quer que chame...

– Vamos, agora – sussurrou Pod.

– Só um minuto, Pod...

– Mas ele está esperando – insistiu Pod. – Ele disse que é melhor irmos agora, enquanto eles estão ocupados com aquela cesta... E diz também que aquela luz na margem vai fazer o rio parecer mais escuro.

Homily se virou devagar. Lá estava o barco do Spiller, balançando ao lado, com Spiller e Arrietty na popa. Ela viu os rostos deles, pálidos contra as sombras, iluminados pela lua que se erguia. Tudo estava quieto, a não ser pelo fluir das ondulações.

Confusa, ela começou a descer.

– Spiller... – ela murmurou. E, deixando escapar um dos apoios do pé, tropeçou e se segurou em Pod. Ele a auxiliou e, gentilmente, conduziu-a para baixo até a água. Enquanto ajudava-a a embarcar, disse:

– É melhor você e a Arrietty ficarem embaixo da cobertura. Vai ficar um pouco apertado por causa da carga, mas não dá para evitar...

Homily hesitou, olhando em silêncio para Spiller, quando eles se encontraram cara a cara na popa. Ela não conseguiu, naquele momento, encontrar palavras para lhe agradecer, nem ousou pegar a mão dele. Spiller pareceu indiferente, de súbito, e tinha ares de capitão: ela apenas ficou parada olhando para ele até que, constrangido, ele franziu as sobrancelhas e olhou para o longe.

– Vamos, Arrietty – Homily disse rouca, e, sentindo-se um tanto humilhadas, elas engatinharam para baixo da perneira.

•• CAPÍTULO VINTE E UM ••

Empoleiradas sobre a carga, que era toda irregular, Homily e Arrietty se abraçaram para partilhar seus últimos vestígios de calor. Quando Pod soltou o cabo de atracação e Spiller conduziu o barco com sua faca de manteiga, Homily deixou escapar um grito.

– Está tudo bem – Arrietty a acalmou. – Veja, estamos na correnteza. Foi só aquele último impulso.

O faqueiro agora planava suavemente sobre as ondulações, seguindo, gracioso, pelas curvas e voltas do rio. Além da cobertura, elas podiam ver Pod e Spiller na popa, emoldurados pelo arco. "Sobre o que falavam?", Arrietty ficou pensando. E desejou muito que pudesse escutar.

– Pod vai acabar mal – Homily resmungou preocupada –, e nós também.

Conforme a lua ganhou mais brilho, os contornos na popa se tornaram prateados. Nada se movia, exceto a mão de Spiller no remo, que, primorosa e despreocupadamente, mantinha o barco sob controle na correnteza. Em certo momento Pod riu, e em outro elas o ouviram dizer: "Bem, eu estou ferrado!".

– Nós não vamos ter nenhum móvel nem nada – Homily disse após algum tempo. –Apenas as roupas do corpo. Quatro paredes: é tudo o que teremos; apenas quatro paredes!

– E janelas – disse Arrietty. – E um teto – acrescentou amável.

Homily espirrou alto.

– Supondo que nós sobrevivamos... – Ela fungou, tateando à procura de um lenço.

– Pegue o meu – disse Arrietty, estendendo um pedaço de pano encharcado. – O seu se foi com a saia.

Homily assoou o nariz e prendeu o cabelo encharcado; então, abraçando-se, elas ficaram em silêncio durante um tempo, observando os contornos na popa. Homily, muito tensa, parecia estar pensando.

– E seu pai perdeu a serra dele – disse por fim.

– Olha o papai aqui agora – Arrietty comentou quando uma figura escureceu a passagem em arco. Ela apertou o braço da mãe. – Vai ficar tudo bem. Eu sei que vai. Veja, ele está sorrindo...

Pod, subindo sobre a carga, aproximou-se delas com a ajuda das mãos e dos joelhos.

– Apenas pensei em dizer a você – ele se dirigiu a Homily, baixando levemente o tom de voz – que ele tem coisas suficientes por aqui, segundo diz, para começarmos a ajeitar a casa.

– Que tipo de coisas? – perguntou Homily.

– Principalmente comida. E uma ou duas ferramentas ou coisas do gênero para compensar a tesoura de unha.

– É de roupas que estamos precisando...

– Há um monte de coisas para fazer roupas, diz o Spiller, lá em Pequena Fordham. Qualquer quantidade: luvas perdidas, lenços, cachecóis, suéteres, pulôveres... tudo. Ele disse que nunca se passa um dia sem que haja alguma coisa.

Homily ficou em silêncio.

– Pod – ela disse por fim –, eu nunca nem agradeci a ele.

– Tudo bem. Ele não se prende a agradecimentos.

– Mas, Pod, nós temos que fazer alguma coisa...

– Eu tenho pensado nisso – disse Pod. – Não tem fim a lista de coisas que poderemos pegar emprestadas para ele quando estivermos estabelecidos em nosso... lar, digamos. Se todas as noites dermos uma volta rapidamente, depois da hora de tudo fechar. Entende o que quero dizer?

– Sim – Homily respondeu incerta. Ela nunca conseguia visualizar Pequena Fordham direito.

– Agora – disse Pod, abrindo caminho para passar por elas –, ele disse que tem um lote enorme de lã de ovelha na proa. É melhor vocês duas tirarem a roupa e se enfiarem no meio dela. Podem dormir um pouco. Ele disse que não chegaremos muito antes do amanhecer.

– Mas e você, Pod? – indagou Homily.

– Está tudo bem – disse Pod, remexendo nas coisas da proa. – Ele está me emprestando um traje. Aqui está a lã – ele disse e começou a repassá-la.

– Um traje? – repetiu Homily, surpresa. – Que tipo de traje? – Mecanicamente, ela começou a juntar lã. O cheiro era um pouco oleoso, mas parecia haver bastante.

– Bem – disse Pod –, as roupas de verão dele. – Ele soou um tanto constrangido.

– Então a Lupy as terminou?

– Sim, ele foi lá buscá-las.

– Oh! – exclamou Homily. – Ele falou alguma coisa a nosso respeito?

– Nem uma palavra. Você conhece o Spiller. Eles contaram a história. Ele disse que a Lupy estava muito chateada. Começou a falar sobre você ser a melhor amiga que ela já teve. Mais como uma irmã para ela, disse. Parece que ela ficou de luto.

– Luto! Por quem?

– Por nós, imagino – disse Pod. Ele sorriu languidamente e começou a desabotoar o colete.

Homily ficou em silêncio durante um tempo. Então, sorriu também, um tanto satisfeita com a ideia de Lupy vestida de preto.

– Imagine! – disse por fim e, repentinamente animada, começou a desabotoar a blusa.

Arrietty, já despida, havia se enrolado na lã de ovelha.

– Quando o Spiller nos localizou pela primeira vez? – ela perguntou com sono.

– Ele nos viu no ar – disse Pod. – Quando estávamos sobre o anzol.

– Minha nossa... – murmurou Homily. Sonolenta, ela parecia estar tentando relembrar as coisas. – E é por isso que nós não vimos o Spiller.

– Nem o Vista Grossa. Muita coisa acontecendo ao mesmo tempo. Spiller aproveitou a oportunidade rapidamente: deslizou depressa, o mais perto que pôde chegar, e se dirigiu para baixo daqueles arbustos.

– Fico pensando por que ele não nos chamou... – disse Homily.

– Ele chamou! – exclamou Pod. – Mas não estava tão perto assim. E, com todo aquele barulho da água...

– *Shhh* – sussurrou Homily. – Ela está adormecendo...

– Sim – prosseguiu Pod, baixando o tom de voz –, ele chamou, mas nós não podíamos escutá-lo; a não ser, é claro, naquela hora.

– Que hora? – perguntou Homily. – Eu nunca ouvi nada.

– Aquele quarto arremesso – sussurrou Pod. – Quando o anzol prendeu em nosso galho, lembra? E eu estava lá embaixo empurrando? Bem, ele gritou com toda a força dos pulmões: você se lembra de uma voz dizendo: "Cortem isso"? Eu achei que fosse você na hora...

– Eu? – estranhou Homily. No escuro repleto de lã havia leves cliques, botões misteriosamente sendo desabotoados...

– Mas era o Spiller – disse Pod.

– Bem, eu nunca... – disse Homily. A voz dela soou amortecida: com seu jeito recatado, ela estava se despindo sob a lã de ovelha e tinha desaparecido de vista. A cabeça dela surgiu por fim, e um braço fino segurando algumas peças de roupas. – Podemos pendurar isto em qualquer lugar lá fora, você não acha?

– Deixe aí – disse Pod enquanto, resmungando um pouco, lutava para vestir a túnica de Spiller. – E as da Arrietty também. Vou perguntar ao Spiller... ouso dizer que vamos resolver nossos problemas. Pelo que vejo – ele continuou, tendo passado a túnica pela cintura e subido a calça para encontrá-la –, em uma vida como a nossa, mesmo que surja uma coisa ou outra, sempre há uma maneira de resolver tudo. Sempre foi assim e sempre será. É nisso que acredito. Talvez pudéssemos hastear as roupas, amarradas na agulha de tricô...

Homily ficou olhando em silêncio enquanto ele recolhia os trajes.

– Talvez... – ela disse após um momento.

– Amarrar as pontas, digamos, e deixá-las ao vento.

– Eu me referia – Homily disse gentil – ao que você tinha dito antes: que talvez haja sempre uma forma de resolver as coisas. O problema está, ou ao menos é o que eu acho, em como o enfrentamos.

– Sim, esse é o problema – disse Pod.

– Entende o que eu digo?

— Sim — disse Pod. Ele ficou em silêncio durante um momento, refletindo sobre isso. — Hum, bem... — ele disse por fim, e virou-se como se fosse embora.

— Espere um minuto, Pod — pediu Homily, levantando-se sobre um cotovelo. — Vamos dar uma olhada em você. Não, chegue um pouco mais perto. Vire-se um pouco... isso. Gostaria que a iluminação estivesse melhor... — Sentando-se em seu ninho de lã, ela deu uma longa olhada nele; seu olhar era muito meigo para Homily. — Sim — ela concluiu finalmente. — Branco fica bem em você, Pod.

•• EPÍLOGO ••

Na grande cozinha do Solar dos Abetos, Crampfurl, o jardineiro, afastou a cadeira da mesa. Cutucando os dentes com um palito de fósforo talhado, ele ficou olhando para as brasas do fogão.

– Engraçado... – disse.

A sra. Driver, a cozinheira, que estava retirando a mesa, hesitou na frente da pilha de pratos; seus olhos desconfiados deslizaram para o lado.

– O que foi?

– Uma coisa que eu vi.

– No mercado?

– Não... esta noite, no caminho para casa. – Crampfurl ficou em silêncio por um momento, olhando na direção da grade. – Você se lembra daquela vez... em março passado, não foi?... quando levantamos o piso?

O rosto moreno da sra. Driver pareceu escurecer mais. Contraindo os lábios, ela aglomerou os pratos e, quase de maneira furiosa, atirou as colheres para dentro de uma travessa.

– Bem, e o que tem isso?

– Um tipo de toca, você disse que era. Camundongos com roupas, você disse...

– Ora, eu nunca...

– Bem, pergunte ao Ernie Runacre: ele estava lá, quase se arrebentando de tanto rir. "Camundongos com roupas", você disse. Essas foram as palavras exatas. Viu os bichos correndo, você disse...

– Juro que nunca fiz isso.

Crampfurl pareceu pensativo:

– Você tem o direito de negar. Mas eu não consegui deixar de rir. Quero dizer, lá estava você, empoleirada em cima daquela cadeira, e...

– Já chega! – A sra. Driver pegou um banquinho e se sentou pesadamente. Inclinando-se para a frente, os cotovelos sobre os joelhos, ficou olhando para o rosto de Crampfurl. – Supondo que eu os tenha visto; e daí? O que é tão engraçado? Guinchando e gritando e correndo para todos os lados possíveis... – Seu tom de voz aumentou. – E mais: agora eu *vou* dizer algo a você, Crampfurl – ela fez uma pausa

para tomar fôlego. – Eles se pareciam mais com *pessoas* do que com camundongos. Porque um deles até mesmo...
Crampfurl olhou de volta para ela.
– Vamos lá. Até mesmo o quê?
– Um deles até mesmo tinha rolinhos nos cabelos...
Ela o encarava conforme falava, como se o desafiasse a ousar sorrir. Mas Crampfurl não sorriu. Ele balançou a cabeça. Quebrou o palito de fósforo ao meio e o atirou ao fogo.
– Ainda assim – ele disse, levantando-se –, se houvesse alguma coisa ali, nós teríamos encontrado na hora. Faz sentido... com o piso levantado e aquele buraco tampado embaixo do relógio. – Ele bocejou ruidosamente, espreguiçando os braços. – Bem, vou terminar o trabalho... Obrigado pela torta.
A sra. Driver não se mexeu.
– Até onde sabemos – ela persistiu –, eles ainda podem estar por aí. Com metade dos cômodos fechados...
– Não, eu não acho que isso seria provável: nós temos ficado mais do que atentos e, nesse caso, haveria algum tipo de pista. Não; eu tenho a impressão de que eles escaparam, se é que *havia* alguma coisa aqui, em primeiro lugar.
– Havia alguma coisa aqui sim, senhor! Mas de que adianta ficar falando... com aquele Ernie Runacre se arrebentando de rir. E... – Ela olhou para ele subitamente. – O que fez você mudar de ideia assim tão de repente?
– Eu não diria que mudei. É só que andei pensando. Você se lembra da toalhinha que estava tricotando, aquela cinza? Lembra a cor das agulhas?
– Agulhas... meio coral, não eram? Um pouco rosadas...
– Coral?
– Já lhe digo. Elas estão aqui. – Ela foi até a penteadeira, puxou uma gaveta e pegou um conjunto de agulhas de tricô amarradas com lã. – Aqui estão elas. São estas duas aqui. Mais rosadas do que coral. Por que você está perguntando?
Crampfurl pegou o conjunto todo. Ansioso, virou-o do outro lado.
– Eu tinha a impressão de que eram amarelas...
– Isso é verdade também. Curioso que você tenha lembrado! Eu comecei com as amarelas, mas perdi uma: naquele dia em que minha sobrinha veio aqui, lembra, e nós levamos chá para o campo?

Crampfurl, virando o pacote, escolheu e puxou uma agulha: tinha cor de âmbar e era ligeiramente translúcida. Ele a mediu com os dedos, pensativo.

– Era como esta, não?
– Isso mesmo. Por quê? Você encontrou a outra?

Crampfurl balançou a cabeça.

– Não exatamente. – Ele ficou olhando para a agulha, virando-a: a mesma espessura da outra e, considerando a parte que estava oculta, mais ou menos o mesmo comprimento... Parecia frágil como vidro sob o luar, com a água escura atrás, quando, sem parar de olhar, ele se inclinara no alto da ponte. O remo, duplamente prateado, tinha brilhado como um peixe na popa. Conforme a estranha embarcação se aproximou, ele vislumbrou a faca de manteiga, observou a forma da cobertura e a profundidade do casco, parecendo a de um saveiro. O conjunto de sinais voando no mastro parecia-se menos com bandeiras do que com roupas em miniatura enfileiradas, como se estivessem secando em um varal ao vento: uma sequência descendente de calças, calcinhas e ceroulas encimadas ousadamente (ao menos foi o que pareceu) por uma anágua de flanela vermelha esvoaçante, e pequeninos fragmentos de meias tricotadas sacudindo-se como uma enguia em torno do mastro. Algum brinquedo de criança, ele pensou... Alguma invenção descartada, abandonada e deixada à deriva... Até que, quando a embarcação se aproximou da sombra sob a ponte, um rosto olhou para cima da popa, pálido e indistinto sob o luar, e, com uma batida zombadora do remo, como o relance de uma cauda de peixe que deixou a superfície cintilando, o barco desapareceu abaixo dele.

Não, ele concluiu, enquanto ficou ali girando a agulha: não falaria sobre isso à sra. Driver. Nem como, da balaustrada mais distante, tinha visto o barco emergir e acompanhado seu curso rio abaixo. Quão negro e visível ele parecia contra a água cintilante, os trajes no mastro agora em uma silhueta esvoaçante... Como tinha diminuído de tamanho até a sombra de uma árvore, sido lançado como um xale sobre o rio iluminado pela lua e absorvido pela escuridão.

Crampfurl suspirou e, devolvendo a agulha para junto das demais, fechou a gaveta suavemente. Não, ele não contaria à sra. Driver. Pelo menos não nessa noite; isso ele não faria...

OS BORROWERS NO AR

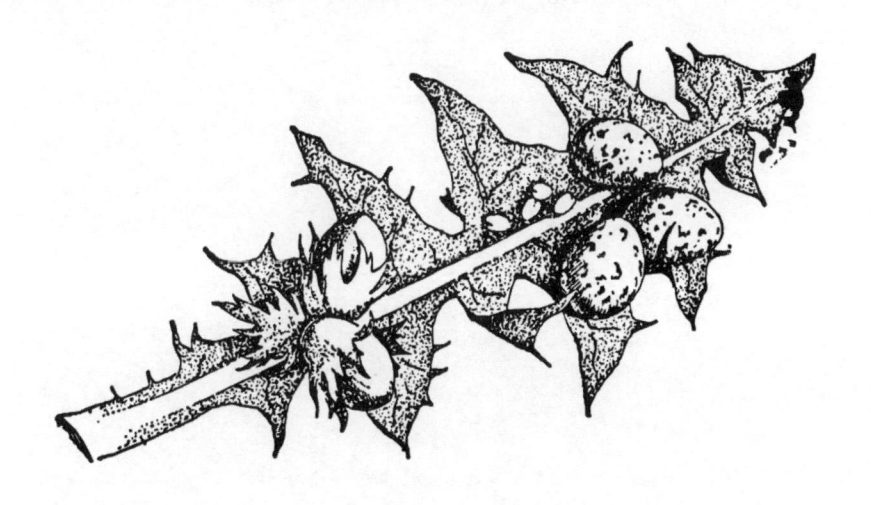

COM ILUSTRAÇÕES DE
Diana Stanley

Esta história é dedicada com amor a
TIN BRUNSDON E FRANCES RUSH,
*e a todas as crianças do mundo que
prometeram aos pais nunca brincar
com fogo e que mantêm sua palavra.*

•• CAPÍTULO UM ••

Algumas pessoas acharam estranho que houvesse dois vilarejos em miniatura, ainda mais tão próximos um do outro (para dizer a verdade, havia um terceiro, que pertencia a uma menininha chamada Agnes Piedade Foster e que ninguém visitava, mas não precisamos nos preocupar com ele, porque não tinha sido construído para durar).

Uma das maquetes ficava em Fordham, chamada Pequena Fordham: pertencia ao sr. Pott. A outra ficava em Went-le-Craye, chamada Ballyhoggin, e pertencia ao sr. Platter.

Foi o sr. Pott quem começou tudo, discretamente e entusiasmado, para sua própria diversão; e foi o sr. Platter, com seu interesse por negócios, quem copiou o sr. Pott por uma razão bem diferente.

O sr. Pott era um ferroviário que tinha perdido a perna na estrada de ferro: ele a perdeu certa noite, ao escurecer, em um solitário trecho da via férrea – não por descuido, mas ao salvar a vida de um texugo. O sr. Pott sempre havia se preocupado com essas criaturas: a única ferrovia se estendia pelo mato, e, à meia-luz, os texugos andavam por ali, farejando o caminho entre os dormentes[1]. Apenas em determinadas épocas do ano eles corriam algum perigo de fato, e isso acontecia quando os primeiros sinais do anoitecer (a hora em que eles gostavam de deixar os esconderijos e se arriscar) coincidiam com a passagem do último trem vindo de Hatter's Cross. Depois que o trem passava, a noite ficava quieta novamente, e raposas, lebres e coelhos podiam cruzar a linha em segurança, e rouxinóis cantavam na floresta.

Naqueles primeiros dias da ferrovia, a pequena e solitária cabina de sinaleiro do sr. Pott era quase um lar fora do lar: ele mantinha ali sua chaleira, suas lamparinas, sua mesa recoberta de veludo e sua poltrona de trem com molas quebradas. Para passar o tempo durante as longas horas entre os trens, tinha seu serrote, sua coleção de selos e uma cópia bastante gasta da Bíblia que, às vezes, lia em voz alta. O sr. Pott era um bom homem, muito atencioso e gentil. Amava suas criaturas amigas quase tanto quanto amava os trens. Com o serrote, criava várias caixas de arrecadações para o Fundo Benevolente Estrada de Ferro; elas tinham a forma de pequenas casas e ele as construía a partir de velhas caixas de charutos – e não havia duas de suas casinhas parecidas. No primeiro domingo de cada mês, o sr. Pott dava uma volta pelo povoado em sua bicicleta, armado com uma chave de fenda e uma pequena sacola preta. A cada lar ou hospedaria, ele desparafusava o telhado de uma casinha e recolhia o conteúdo em sua sacola. Às vezes, era trapaceado (embora não frequentemente) e resmungava triste ao partir:

– A raposa andou roubando os ovos mais uma vez.

De vez em quando, em sua cabina de sinaleiro, o sr. Pott pintava um quadro, muito pequeno e detalhado. Ele havia pintado dois da igreja, três do vicariato, dois da agência de correio e um de sua própria cabina de sinaleiro. Esses quadros ele dava como prêmios para aqueles que mais arrecadassem para seus fundos.

Na noite sobre a qual falamos, o texugo mordeu o sr. Pott; esse foi o problema. A situação o fez perder o domínio sobre si, e, no atraso desse momento, as rodas do trem atingiram um de seus pés. O sr. Pott nunca viu as marcas dos dentes do texugo porque a perna mordida foi a amputada. O texugo em si escapou ileso.

---

1. Peça do trilho que serve de base para ele. (N. T.)

O Fundo Benevolente Estrada de Ferro foi muito generoso. Deu ao sr. Pott uma pequena soma que havia sido coletada e encontrou para ele uma cabana bem no limite do povoado, onde três altos choupos[2] ficavam ao lado de um riacho. Foi aqui, em uma parte mais alta do jardim, que ele começou a construir sua ferrovia.

Primeiro ele comprou um conjunto de maquetes de trens de segunda mão. Ele o viu anunciado em um jornal local, com a bateria elétrica para fazê-los circular. Como não havia nenhum cômodo grande o suficiente em sua pequena cabana, ele montou a via férrea no jardim. Com o auxílio do ferreiro, fez os trilhos, mas não precisou de ajuda com os dormentes: estes ele cortou em escala e fixou com firmeza, como tempos antes havia fixado os maiores. Uma vez estabelecidos, revestiu-os com alcatrão, e quando o sol estava quente, eles exalavam um cheiro bom. Então o sr. Pott se sentava no chão duro, a perna de madeira esticada à frente, fechava os olhos e sentia o cheiro da ferrovia. Era fascinante e mágico, mas alguma coisa estava faltando. Fumaça: era isso! Sim, ele precisava demais de um pouco de fumaça; não apenas do cheiro dela, mas de sua visão também. Mais tarde, com a ajuda da srta. Menzies, de High Beech, ele encontrou uma solução.

Ao construir a cabina de sinaleiro, usou tijolos maciços. Era exatamente como a sua antiga, com degraus de madeira e tudo o mais. Ele envidraçou as janelas com vidros de verdade, e as fez de modo que abrissem e fechassem (não tinha sido à toa, ele percebeu então, que havia guardado as dobradiças de todas as caixas de charutos repassadas a ele por seus diretores). Os blocos ele havia feito com os tijolos vermelhos do desmanche de seu chiqueiro; ele os triturou, formando um pó fino que foi misturado bem solto com cimento. Colocou a mistura em um molde com formas cruzadas que manteve em uma grande bandeja de chá de estanho. O molde era feito de velhas barbatanas de aço de espartilho: uma grelha de pequeninos retângulos soldados pelo ferreiro. Com esse dispositivo, o sr. Pott conseguia produzir quinhentos blocos de uma vez. Às vezes, para variar a cor, ele misturava uma colher de ocre em pó ou uma gota de cochonilha[3]. Ele cobriu o telhado de sua cabina de sinaleiro com

---

2. Árvore de tronco alto cultivada como ornamental ou por sua madeira. (N. T.)

3. Corante avermelhado. (N. T.)

lascas de ardósia de verdade, precisamente cortadas em escala – elas também vinham das ruínas do chiqueiro.

Antes de colocar o telhado, o sr. Pott pegou um bocado de massa de vidraceiro. Enrolando e esfregando a massa entre suas velhas mãos rijas, ele fez quatro pequenas linguiças para formar braços e pernas e outra mais grossa e mais curta para o corpo. Enrolando e apertando, fez uma espécie de ovo no lugar da cabeça e o alisou em um formato mais quadrado para criar os ombros. Então, beliscou aqui e ali e esculpiu algumas partes, descartando pedaços com a unha grossa do polegar.

Mas não ficou muito bom, nem mesmo para uma representação – e muito menos para um autorretrato. Para torná-lo mais parecido consigo, ele retirou a perna na altura do joelho e encaixou ali um palito de fósforo. Então, quando a massa endureceu, pintou a figura com um respeitável traje azul da companhia ferroviária, deixou o rosto rosado, colou um punhado de cabelos grisalhos, feitos com aquela planta conhecida como barba-de-velho, e instalou-o em sua cabina de sinaleiro. Ali ele parecia muito mais humano e, de fato, bastante assustador, posicionado tão imóvel e duro, com seu olhar fixo através dos vidros.

A cabina de sinaleiro, no entanto, parecia bem real, com sua escadaria externa de madeira seca, líquen amarelo nas telhas de ardósia, tijolos gastos pelo tempo com suas cores suavemente misturadas, janelas entreabertas e, vez ou outra, os estalidos vivos de suas sinalizações.

As crianças do povoado se tornaram um certo incômodo. Elas batiam na porta da frente e pediam para ver a ferrovia. O sr. Pott, uma vez instalado confortavelmente no chão duro, a perna de madeira esticada na frente, sentia dificuldade para se levantar com rapidez. Mas, por ser bastante paciente, ele se erguia e dava seus passos de madeira a fim de deixar que os visitantes entrassem. Ele os cumprimentava de modo cortês, conduzindo-os ao longo da passagem, pela área de serviço até o jardim lá fora. Ali, um precioso tempo de construção era perdido com perguntas, respostas e exclamações generalizadas. Às vezes, enquanto falavam, o cimento secava ou o ferro em brasa para a solda esfriava. Depois de um tempo, ele criou a regra de que só podiam vir nos fins de semana, e aos sábados e domingos deixava a porta entreaberta. Na mesa da área de serviço, ele colocava uma pequena caixa de arrecadação, e aos adultos, que agora também vinham, pedia que pagassem uma moeda: o total arrecadado ele enviava para o seu Fundo. As crianças continuavam vindo de graça.

Depois de ter feito sua estação, mais e mais pessoas ficaram interessadas, e as arrecadações começaram a aumentar. A estação era uma cópia exata da própria estação de Fordham, e ele a chamou de Pequena Fordham. As letras foram realçadas em pedras brancas em um declive no qual cresciam musgos. Ele mobiliou o interior antes de colocar o telhado. Nas salas de espera, escuros bancos duros, e no escritório do chefe de estação, escaninhos para os bilhetes e uma escrivaninha alta de madeira. O ferreiro (um jovem chamado Henry, que a essa altura estava profundamente interessado) soldou para ele uma lareira de ferro escura e ornamentada. Eles queimaram musgo seco e agulhas de pinheiro para testar a corrente de ar e viram que a chaminé a tragou.

Mas, uma vez colocado o telhado, esses detalhes se perderam. Não havia como ver o interior a não ser deitando a cabeça e espiando através das janelas, e, quando a plataforma foi concluída, nem isso era possível. O telhado da plataforma foi enfeitado pelo sr. Pott com uma franja de madeira de delicado relevo. Havia cercados para o gado, latões de leite e antiquados lampiões de estação nos quais ele podia queimar óleo.

Com a meticulosa atenção do sr. Pott aos detalhes e a recusa em se acomodar no segundo lugar, a construção da estação levou dois anos e sete meses. E então ele começou seu vilarejo.

•• CAPÍTULO DOIS ••

O sr. Pott nunca tinha ouvido falar do sr. Platter, nem o sr. Platter do sr. Pott.

O sr. Platter era construtor e agente funerário em Went-le-Craye, o outro lado do rio, do qual o riacho do sr. Pott era um afluente. Eles viviam bem perto um do outro, em linha reta, mas distanciados pela rodovia. O sr. Platter tinha uma bela casa de tijolos vermelhos novinhos na estrada principal para Bedford, com uma entrada com cascalho para carros, e um jardim que se inclinava na direção da água. Ele o havia construído pessoalmente e o chamara de Ballyhoggin. O sr. Platter havia acumulado uma boa quantidade de dinheiro. Mas as pessoas não estavam morrendo como costumavam; e, quando a fábrica de tijolos encerrou suas atividades, havia menos habitantes novos. Isso porque o sr. Platter, ao edificar construções baratas para os trabalhadores, havia estragado a região campestre.

Algumas das casas do sr. Platter tinham sobrado em suas mãos, e ele as anunciava nos jornais locais como "apropriadas para casais idosos aposentados". Ele ficava irritado se, em desespero, tinha que deixar uma casa para uma noiva e um noivo, porque era muito bom em organizar funerais caros e gostava de ganhar dinheiro com um tipo de cliente mais velho. Ele tinha uma expressão fechada e usava um par de óculos sem aro que captava a luz de modo que não era possível ver seus olhos. Possuía, entretanto, modos muito educados e gentis; assim, a pessoa confiava em seu olhar. O querido sr. Platter, os enlutados diziam, era sempre "tão amável", e raramente questionavam sua fatura.

O sr. Platter era baixo e magro, mas a sra. Platter era grande. Ambos tinham o rosto rosa-arroxeado: ele tinha uma coloração violeta, enquanto ela se inclinava mais para o rosa. A sra. Platter era uma excelente esposa e ambos trabalhavam duro.

Conforme as casas eram desocupadas e os funerais se tornavam mais raros, o sr. Platter passava a ter mais tempo de folga. Ele nunca tinha gostado de tempo livre. Para se livrar disso, começou a praticar jardinagem. Todas as flores do sr. Platter eram mantidas como prisioneiras, firmemente presas a estacas: o mais leve meneio ou oscilação era prontamente punido – uma poda aqui ou um corte ali. Muito rapidamente, as plantas desistiam: resignadas como soldados, permaneciam em fileira, em posição de sentido. O gramado também era uma vista para admirar, quando, eliminadas as ervas daninhas, e aparado em listras, descia na direção do rio. Um vislumbre do sr. Platter com suas ferramentas contra ervas daninhas era suficiente para fazer a mais dissimulada semente de dente-de-leão habilmente mudar seu curso no ar, e falava-se sobre uma margarida que, ao perceber de repente onde estava, teve as pétalas rosadas em forma de franja alteradas para brancas da noite para o dia.

Já a sra. Platter – de olho na rodovia principal e em seu tráfego – pendurou um aviso que dizia: "CHÁ", e instalou uma tenda sobre a grama na divisa com a venda de flores e frutas. Não funcionou muito bem, entretanto, até que a sra. Platter teve uma inspiração e mudou as palavras do aviso para: "CHÁ NA BEIRA DO RIO". Então as pessoas começaram a parar. E, uma vez conduzidas às mesas atrás da casa, tinham acesso ao "chá completo", porque não havia nenhum outro tipo. Era caro, apesar de haver margarina em vez de manteiga e geleia rosa artificial e aguada, comprada pela sra. Platter diretamente da fábrica em grandes recipientes de lata. Ela também vendia refrigerantes em garrafas de vidro, balões de brinquedo e cata-ventos. As pessoas continuavam vindo e os Platters começaram a prosperar; os ciclistas ficavam satisfeitos em se sentar por algum tempo, e os motoristas, em retirar os guarda-pós[4] e óculos de proteção e esticar as pernas.

O declínio foi gradual. No início, eles mal perceberam.

– Pentecostes calmo... – comentou o sr. Platter conforme mudavam a posição das mesas de modo a não danificar o gramado. Ele pensou mais uma vez a respeito de uma máquina de fazer sorvete, mas decidiu esperar: o sr. Platter acreditava muito no que descrevia como "desembolsar verba", mas apenas quando enxergava um retorno garantido.

Em vez disso, ele remendou seu antigo barco de fundo chato e, com o auxílio de uma rede de pescar camarões, limpou a espuma do riacho. "Passeio de barco", queria acrescentar ao aviso do chá; mas a sra. Platter o dissuadiu. Poderia haver reclamações, ela pensou, uma vez que, com a melhor das intenções e um tanto de puxões e empurrões, seria possível fazer o barco circundar a ilha infestada de urtigas, mas não iria além disso.

O feriado bancário de agosto foi um fiasco: apenas dez chás completos vendidos, no que a sra. Platter chamou de "O Sábado", onze no domingo e sete na segunda-feira.

– Não consigo entender – a sra. Platter ficava dizendo, enquanto ela e Agnes Piedade jogavam os pães amanhecidos em baldes para as galinhas. – No ano passado, eles formavam fila para esperar por uma mesa...

Agnes estava com quinze anos. Ela tinha se transformado em uma jovem grande, lenta e cautelosa, que parecia mais velha do que sua idade real. Esse era o primeiro emprego dela – chamado "ajudar a sra. Platter com o chá".

– A sra. Read também está fazendo chás agora – Agnes Piedade disse um dia, quando estavam cortando pão e manteiga.

– A sra. Read de Fordham? A sra. Read do Coroa e Âncora[5]? – A sra. Platter raramente ia a Fordham; era o que ela chamava de "fora do caminho".

– Sim – disse Agnes.

– Chás no jardim?

---

4. Na época em que os automóveis eram abertos, usava-se esse tipo de casaco para proteger a roupa e a pele da poeira levantada no trajeto. (N. T.)

5. Nome comum de *pubs* (tavernas) britânicos, tirado de um jogo de azar. (N. T.)

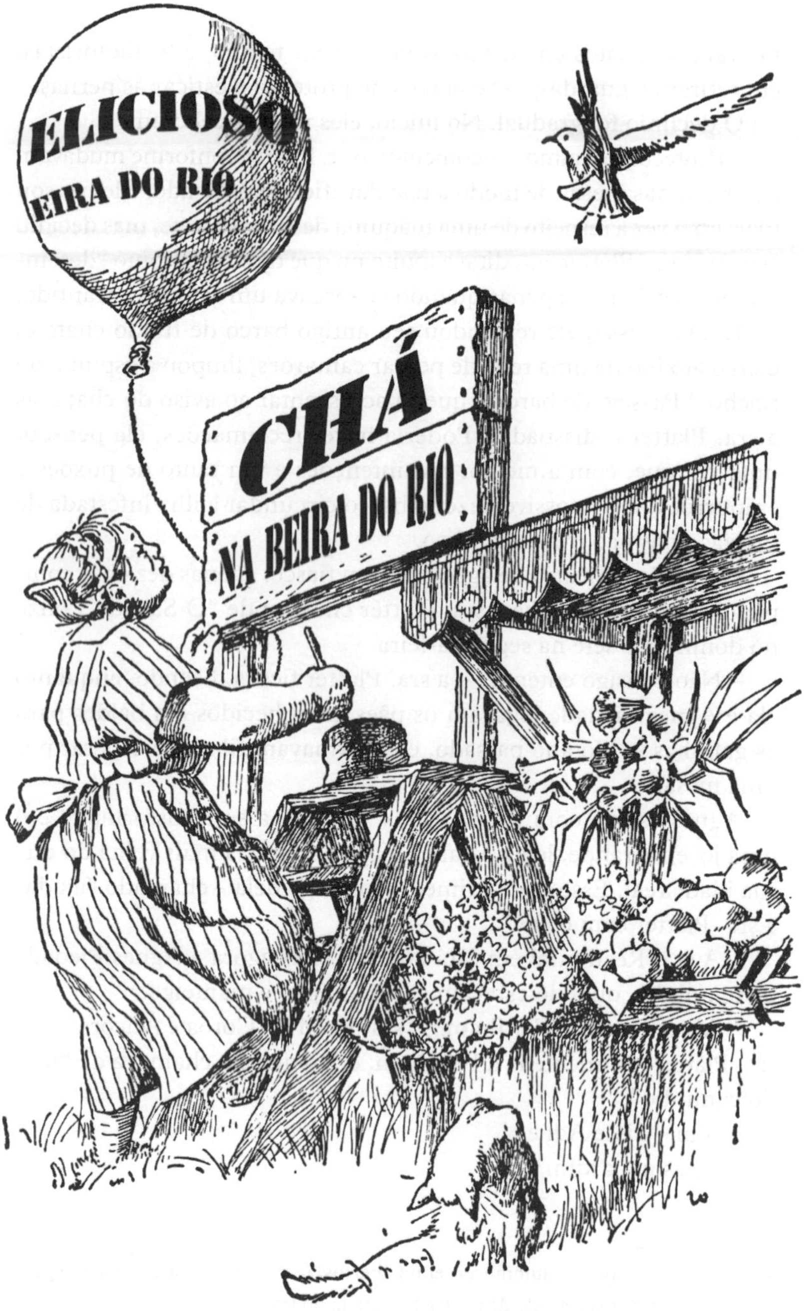
ELICIOSO
EIRA DO RIO
CHÁ
NA BEIRA DO RIO

Agnes fez que sim com a cabeça.

– E no pomar. No ano que vem eles vão adaptar o celeiro.

– Mas o que ela oferece? Quero dizer, ela não tem um rio... Ela oferece morangos?

Agnes balançou a cabeça negativamente.

– Não – disse. – É por causa da maquete da ferrovia... – E, com seu modo lento, sob um bombardeio de perguntas, falou à sra. Platter a respeito do sr. Pott.

– Uma maquete de ferrovia... – observou a sra. Platter pensativa, depois de um curto silêncio reflexivo. – Bem, duas pessoas podem jogar esse jogo!

O sr. Platter preparou uma maquete de ferrovia rapidinho; não havia um momento a perder, e ele desembolsou uma considerável verba. O sr. Pott era um trabalhador lento, mas estava muitos anos à frente. Todos os construtores do sr. Platter foram convocados. Uma ponte foi construída até a ilha, da qual foram retiradas as ervas daninhas; caminhos foram abertos, e gramados, assentados; baterias elétricas foram instaladas. O sr. Platter foi até Londres e comprou duas composições de trens das mais caras do mercado, para transporte de cargas e de passageiros. Ele comprou duas estações ferroviárias, ambas idênticas, porém muito mais modernas do que a estação de trem de Pequena Fordham. Especialistas vieram de Londres para instalar as cabinas de sinaleiro e para ajustar a via férrea e os detalhes. Tudo foi feito em menos de três meses.

E funcionou. No verão exatamente seguinte ao CHÁ NA BEIRA DO RIO, eles acrescentaram as palavras FERROVIA EM MINIATURA.

E as pessoas vieram aos montes.

O sr. Platter precisou limpar uma área e cobri-la com cascalho para que os automóveis estacionassem. Independentemente dos chás, custava um xelim[6] cruzar a ponte e visitar a ferrovia. Já no meio do verão, os caminhos na ilha ficaram gastos e ele os restaurou com asfalto, além de construir uma segunda ponte para manter as pessoas em movimento. E elevou o preço para um xelim e seis pence.

---

6. Antiga moeda inglesa equivalente a 5 pence. (N. T.)

Logo havia um estacionamento asfaltado, uma área especial para carruagens e um cocho com água corrente para os cavalos. Grupos faziam piquenique com frequência nesse local, deixando-o polvilhado de sujeira.

Nada disso, entretanto, incomodava o sr. Pott. Ele não estava particularmente ansioso por receber visitantes: eles consumiam tempo e atrapalhavam seu trabalho. Se ele incentivava algum observador, era apenas por lealdade a seu querido Fundo Benevolente Estrada de Ferro.

Ele não tomou nenhuma medida pensando no conforto dos visitantes. Foi a sra. Read, do Coroa e Âncora, quem reparou nisso, e tirou proveito. A ferrovia inteira do sr. Pott podia ser vista do degrau da porta dos fundos que conduzia ao jardim, e os observadores tinham que passar por dentro da casa dele – eram bem recebidos, é claro, ao passar pela cozinha, com um copo de água fresca da torneira.

Quando o sr. Pott construiu sua igreja, era uma cópia exata da igreja normanda em Fordham, incluindo a torre, as lápides e tudo o mais. Ele juntou pedras durante mais de um ano antes de começar a construir. Os britadores o ajudaram, enquanto faziam seu trabalho na beira da estrada, assim como o sr. Flood, o pedreiro. No momento, o sr. Pott tinha vários ajudantes no povoado: além de Henry, o ferreiro, havia a srta. Menzies, de High Beech. A srta. Menzies era muito útil ao sr. Pott; ela ganhava a vida criando cartões de Natal e escrevendo livros infantis, e seus *hobbies* eram esculpir em madeira, fazer peças no tear manual e criar ornamentos florais em cera. Ela também acreditava em fadas.

Quando o sr. Platter ouviu falar na igreja – isso levou algum tempo porque, até que estivesse terminada, durante o horário de visitação, o sr. Pott a envolvia em sacas –, montou uma ainda maior com uma torre muito mais alta, baseada na Catedral de Salisbury. Com um toque, as janelas se iluminavam, e, com o auxílio de uma vitrola, instalou música dentro dela. A receita havia caído um pouco em Ballyhoggin mais uma vez, mas agora dava novo salto.

Ainda assim, o sr. Pott era uma grande preocupação para o sr. Platter; nunca se sabia exatamente no que ele poderia estar envolvido, com seu jeito amável e trabalhador. Quando o sr. Pott construiu dois chalés com um tipo de massa e os cobriu com sapê, os ganhos do sr. Platter caíram durante semanas seguidas. O sr. Platter foi forçado a separar partes de sua ilha com divisórias e construir, à velocidade da luz, uma fileira de casas de campo semigeminadas e uma taverna. O mesmo ocorreu quando o sr. Pott construiu a loja de seu vilarejo e encheu a janela com mercadorias de cera em miniatura – um presente da srta. Menzies, de High Beech. Imediatamente, é claro, o sr. Platter construiu uma fileira de lojas e um salão de cabeleireiro com um mastro listrado.

Depois de algum tempo, o sr. Platter encontrou um modo de espionar o sr. Pott.

•• CAPÍTULO TRÊS ••

Ele remendou o barco de fundo chato, que, por falta de uso, tinha ficado novamente cheio de água.

Entre os dois povoados, o rio obstruído por plantas aquáticas e seus afluentes serpeantes de fendas profundas formavam uma rede intransitável, sendo contornados por caminhos até pontes distantes ou subindo nos obstáculos e cruzando os cursos d'água a pé. Mas, pensou o sr. Platter, se fosse possível forçar um barco através dos juncos, isso abriria um atalho e permitiria espionar a casa do sr. Pott por trás dos salgueiros à beira do riacho.

E foi o que fez – depois do horário comercial nas noites de verão. Ele não gostava dessas expedições, mas sentia-se na obrigação de fazê-las. Incomodado pelos mosquitos, picado por mutucas[7] e arranhado pelos arbustos espinhosos, quando retornava para relatar as informações à sra. Platter, estava sempre de muito mau humor. Algumas vezes ficava preso na lama, e outras, quando o rio estava baixo, tinha que cruzar o lodo e desovas de sapos para erguer o barco sobre obstáculos escondidos, como toras submersas ou arames farpados. Encontrou, porém, um lugar pouco depois dos choupos onde, em pé sobre o toco de um salgueiro, podia ver todo o equipamento do vilarejo em miniatura do sr. Pott, enquanto ele mesmo estava protegido na tremulação de folhas prateadas.

– Você não deveria fazer isso, meu amor – dizia a sra. Platter quando, ofegante, avermelhado e suando, ele afundava em um banco no jardim. – Não na sua idade e com essa pressão sanguínea... – Mas ela tinha que concordar, enquanto esponjava as picadas de mutuca com amônia ou as ferroadas de vespas com alvejante, com o fato de que obter as informações em detalhes por intermédio dele era inestimável. Tinha sido apenas por causa da coragem e da persistência do sr. Platter que ficaram sabendo do chefe de estação em miniatura, dos dois cabineiros e do vigário de sotaina[8] que ficava na porta da igreja

---

7. Inseto que ataca homens e gado cujas picadas são dolorosas. (N. T.)
8. Batina católica. (N. T.)

do sr. Pott. Cada uma dessas pequeninas figuras tinha sido moldada pela srta. Menzies e vestida por ela com roupas apropriadas, que foram pintadas a óleo para que resistissem à chuva.

Essa descoberta havia abalado o sr. Platter. Foi logo antes do início da temporada.

– Parecem vivos... – ele ficava dizendo. – É assim que poderiam ser descritos. Os do Museu Madame Tussaud não chegam aos pés deles... Porque qualquer um deles poderia até mesmo *falar*, se é que você me entende. Seria o suficiente para nos arruinar – concluiu. – E conseguiriam, se eu não tivesse visto a tempo.

Entretanto, ele os *tinha* visto a tempo; e, logo, ambos os vilarejos em miniatura estavam habitados. Mas as figuras do sr. Platter pareciam muito menos reais que as do sr. Pott. Elas haviam sido modeladas às pressas, revestidas em gesso calcinado e lustrosamente envernizadas. Em compensação, eram muito mais variadas e em maior quantidade – carteiros, leiteiros, soldados, marinheiros e escoteiros. Na escadaria de sua igreja, ele colocou um bispo, cercado de meninos do coral – todos iguais, segurando um hinário e com sotainas brancas de gesso; todos tinham a boca bem aberta.

– Agora eles são o que eu *chamaria* de parecer vivo... – o sr. Platter costumava dizer, orgulhoso. E o órgão estrondeava na igreja.

Então veio aquele anoitecer terrível, para ser recordado por muito tempo, quando o sr. Platter, retornando de uma viagem de barco, quase pisou em falso ao escalar de volta até a clareira. A sra. Platter, a uma das mesas, com seu grande gato branco no colo, estava tranquila contando o dinheiro que havia entrado; o jardim sujo fora lavado sob a luz do sol de fim de tarde, e os pássaros sonolentos cantavam nas árvores.

– Qual é o problema? – indagou a sra. Platter quando viu o rosto do sr. Platter.

Ele caiu pesadamente na cadeira verde em frente, fazendo balançar a mesa e desfazendo uma pilha de meias-coroas[9]. O gato, assustado e cheio de pressentimento, precipitou-se na direção dos arbustos. O sr. Platter ficou olhando as meias-coroas com ar abobado enquanto elas rolavam pelo gramado, mas não se abaixou para pegá-las. Nem a sra. Platter; ela estava observando a tez do sr. Platter: parecia bem esquisita, um tipo de tom arroxeado muito delicado.

– Qual é o problema? Vamos, diga! O que ele inventou agora?

O sr. Platter olhou de volta para ela sem nenhuma expressão.

– Estamos liquidados – disse.

– Bobagem. O que ele pode fazer nós também podemos. E sempre tem sido assim. Lembre-se da fumaça. Agora, vá, diga o que é!

– Fumaça! – exclamou o sr. Platter amargamente. – Isso não foi nada; um pouco de barbante queimado. Nós logo pegamos o jeito da fumaça. Não; desta vez é diferente. É o fim. Estamos arruinados – acrescentou, exausto.

– Por que está dizendo isso?

O sr. Platter se levantou da cadeira e, mecanicamente, como se não soubesse o que estava fazendo, recolheu as meias-coroas caídas. Empilhou-as direitinho e empurrou a pilha na direção da sra. Platter.

– Tem que zelar pelo dinheiro agora – disse com a mesma voz inexpressiva e desanimada, e se afundou novamente na cadeira.

– Ora, Sidney – disse a sra. Platter –, você não é assim; precisa reagir.

---

9. Moedas inglesas de prata. (N. T.)

— Não adianta reagir – disse o sr. Platter – quando a disparidade é impossível. O que ele fez agora é absoluta e claramente impossível.

Os olhos deles se fixaram na ilha, onde, tocadas pela luz dourada entre as longas sombras do anoitecer, as figuras imóveis de gesso brilhavam de modo melancólico, congeladas em suas posições: algumas parecendo correr, outras parecendo andar, outras prestes a bater nas portas e outras ainda simplesmente sentadas. Muitas das janelas do vilarejo em miniatura se mostravam rubras sob a luz do sol dissolvida, como se estivessem em chamas. Os pássaros pulavam entre as casas, procurando migalhas derrubadas pelos visitantes. Com exceção dos pássaros, nada se movia... silêncio e desalento.

O sr. Platter piscou.

— E eu que adoraria ter um campo de críquete – disse roucamente –, com lançador, batedor e tudo o mais...

— Bem, ainda *podemos* ter – disse a sra. Platter.

Ele olhou para ela com uma expressão de pena.

— Não se eles não *jogarem* críquete; você não compreende? Estou *dizendo* a você: o que ele fez agora é absoluta e claramente impossível.

— O que ele fez, então? – a sra. Platter perguntou com uma voz assustada, finalmente influenciada pelo presságio do gato.

O sr. Platter olhou para ela com olhos exauridos.

— Ele conseguiu um monte deles vivos – revelou lentamente.

•• CAPÍTULO QUATRO ••

Mas a srta. Menzies – que acreditava em fadas – os tinha visto primeiro. E, a seu modo de menina, animado e afobado, correu até o sr. Pott.

O sr. Pott, ocupado com um letreiro para sua miniatura do Coroa e Âncora, tinha dito "Sim" e "Não" e "Mesmo". Às vezes, ao ouvir a voz dela se elevar a um nível exaltado, dizia "Vá embora" ou "Não está falando sério". A primeira expressão já havia preocupado bastante a srta. Menzies no início. Por ficar desconcertada, a voz dela falhava e seus olhos azuis se enchiam de lágrimas. Mas logo ela aprendeu a considerar esse pedido como a expressão máxima da surpresa do sr. Pott: quando ele disse "Vá embora", ela tomou isso como um elogio, abraçou os joelhos e riu.

– Mas é *verdade*! – ela protestou, balançando a cabeça. – Eles estão vivos! São tão vivos quanto você e eu, e se mudaram para o Chalé dos Vinhos... Por que não vê por si mesmo? É só olhar o local onde eles deixaram, inclusive, o caminho batido até a porta!

E o sr. Pott, pinças na mão e o letreiro pendurado, deu uma olhada no declive na direção de sua maquete do Chalé dos Vinhos. Ele ficou olhando para a maquete apenas por tempo suficiente para contentá-la e, então, perguntando-se sobre o que ela estaria falando, resmungou um pouco e retomou o trabalho.

– Bem, eu nunca fiz isso.

O sr. Pott, uma vez que a srta. Menzies tivesse "começado", como ele próprio colocava, nem pensava em lhe dar atenção. Por meio de acenos de cabeça e sorrisos, ele esvaziava a mente. Era um truque que havia aprendido com a recém-falecida esposa, também conhecida como "conversadora". E a srta. Menzies falava com uma voz tão alta, estranha e fantasiosa – usando as palavras mais esquisitas e as expressões mais inusitadas... Às vezes, para seu desalento, ela até mesmo recitava poesias. Não é que ele não gostasse dela; longe disso. Ele gostava de tê-la por perto, porque com seu jeito estranho, as pernas compridas e saltitantes, ela sempre parecia uma garota feliz, e a sua conversa infantil, como o canto de um canário, o mantinha alegre. E uma dívida ele tinha com os dedos agitados dela, misturando isso e modelando aquilo: eles não apenas podiam desenhar, pintar, costurar, modelar e esculpir em madeira, mas também deslizar para lugares onde os dedos do próprio sr. Pott, mais enrijecidos e grossos, ficavam presos ou não conseguiam alcançar. Ela era rápida como um *flash*, alegre como uma cotovia e firme como uma rocha. "Nenhum de nós é perfeito", ele refletia consigo mesmo, "sempre há algum defeito..."; e, no caso dela, era o falatório.

Ele sabia que ela não era jovem, mas, quando se sentava ao lado dele na grama selvagem, entrelaçando os pulsos magros sobre os joelhos dobrados, balançando para a frente e para trás, com os olhos fechados elevados para o sol e falando pelos cotovelos, parecia ao sr. Pott um tipo de aluna supercrescida. E ela também possuía olhos meigos, quando estavam abertos – ele achava –, para um rosto tão comprido e magro. Olhos tímidos, que fugiam para o lado quando eram encarados por muito tempo; pareciam-se mais com violetas, ele diria, do que com não-me-esqueças. Estavam brilhando agora, assim como os nós dos longos dedos, enganchados tão firmemente ao redor dos joelhos; até mesmo os cabelos sedosos e grisalhos tinham um lustre repentino.

– O grande segredo, sabe, é nunca demonstrar que os viu. Ficar quieto: é isso. E olhar meio de lado; nunca diretamente. Como se faz ao observar pássaros...

– Observar pássaros... – concordou o sr. Pott, quando a srta. Menzies pareceu fazer uma pausa. Às vezes, para demonstrar consideração e disfarçar a falta de atenção, o sr. Pott repetia a última palavra da última frase da srta. Menzies; ou, de vez em quando, antecipava a última sílaba dela. Se a srta. Menzies dissesse "Coroa e Ân...", o sr. Pott se intrometia, com uma voz de compreensão, com... "cora". Às vezes, tendo a mente distante, o sr. Pott cometia algum erro, e a srta. Menzies, referindo-se à "produção de *flores*", era surpreendida com um "... de *bonecos*" no lugar, o que causava muita confusão por ali.

– Eu não consigo mesmo, sabe, compreender realmente *o que* eles são. Quero dizer, pelo tamanho e tal, seria possível dizer que se trata de fadas. Você não concordaria? – ela o desafiou.

– De fato – disse o sr. Pott, testando o vaivém do letreiro com um dedo espesso e pensando onde teria deixado o óleo.

– Mas estaria errado, sabe... Esse homenzinho que eu vi com um tipo de saco nas costas... ele estava ofegando. Totalmente sem fôlego. Agora, fadas não ficam arfando. – Como o sr. Pott ficou em silêncio, a srta. Menzies acrescentou categoricamente: – Ou ficam?

– Ficam o quê? – perguntou o sr. Pott, olhando o balanço da tabuleta e desejando que ela não rangesse.

– Arfando! – disse a srta. Menzies, e esperou.

O sr. Pott se viu em apuros. Do que ela poderia estar falando?

– Arfando – repetiu. Mentalmente, ele acrescentou uma letra "g" ao início da palavra, mas, ao lançar um rápido olhar para o rosto dela, retirou-a rapidamente. – Eu não arriscaria dizer – admitiu com prudência.

– Nem eu – a srta. Menzies concordou vivamente, para alívio dele.
– Quero dizer, de modo geral, nós sabemos tão pouco sobre fadas...
– De fato – disse o sr. Pott. Ele se sentiu seguro de novo.
– ... quais são os hábitos delas... Quero dizer, se elas ficam cansadas ou velhas como nós e se dormem, cozinham e fazem trabalhos domésticos. Ou como se viram com a comida. Há tão poucos dados... Nós nem sabemos o que elas...
– ... comem – disse o sr. Pott.
– ... são – corrigiu a srta. Menzies. – Do que são feitas... Certamente não de carne, osso e sangue?
– Certamente não – concordou o sr. Pott. Então ele se alarmou de repente; uma palavra singular ecoou em sua mente. Ela havia dito "sangue"? Ele colocou a tabuleta no chão e virou-se para olhar para ela: – *O que* você estava dizendo? – perguntou.

A srta. Menzies estava distante de novo.
– Eu estava dizendo que eles não podiam ser fadas; não se pensarmos bem e refletirmos racionalmente. Afinal, esse sujeitinho tinha um rasgão na calça e estava lá, sem fôlego e esbaforido e subindo com dificuldade o monte. Havia uma outra, de saia... ou talvez duas de saias. Eu não consigo descobrir quantos existem; se é só um que

fica mudando ou o quê. Havia uma mãozinha limpando uma janela, esfregando e esfregando do lado de dentro. Mas não dava para ver a quem pertencia. Era branca, assim como fica um pé de jacinto[10] ao ser arrancado da terra. E daquela grossura, mexendo-se agitada. E então eu encontrei os meus óculos e vi que ela tinha um cotovelo. Eu mal podia acreditar nos meus olhos! Lá estava, com um pano na mão, indo para os cantos. E mesmo assim, de alguma maneira, parecia natural.

– De alguma maneira – concordou o sr. Pott. Mas ele parecia muito desnorteado.

---

10. Espécie de flor ornamental. (N. T.)

•• CAPÍTULO CINCO ••

Então teve início, para a srta. Menzies, o que mais tarde pareceria uma das épocas mais felizes de sua vida. Ela sempre havia sido uma ótima observadora: observava formigas na grama, camundongos no campo de trigo, a fiação de teias e a construção de ninhos. E conseguia ficar bem quieta, porque, ao acompanhar uma aranha pendurando-se em uma folha, quase se tornava ela própria uma aranha, e tendo estudado a confecção teia após teia, seria capaz de tecer, ela própria, uma de quase qualquer formato, ainda que um tanto desajeitada. A srta. Menzies havia se tornado, na verdade, muito crítica em relação à confecção de teias.

– Oh, bobinha... – sussurrava à aranha enquanto ela oscilava no ar. – Não essa folha: está prestes a cair. Tente o espinho...

Agora, sentada no declive, as mãos em torno dos joelhos, observava as pessoinhas, protegida – assim ela pensava – por uma moita alta de cardo. E tudo o que via relatava ao sr. Pott.

– Há três deles – contou-lhe alguns dias depois. – Uma mãe, um pai e uma menininha magra. É difícil saber a idade deles. Às vezes, acho que há uma quarta pessoa... alguma coisa ou alguém que vem e vai embora. Um tipo de criatura sombria. Mas isso, é claro – ela suspirou feliz –, pode ser apenas minha...

– ... fantasia – disse o sr. Pott.

– ... imaginação – corrigiu a srta. Menzies. – É estranho, sabe, que *você* não tenha visto nenhum deles!

O sr. Pott, ocupado com a construção de tijolos, não respondeu. Ele havia concluído que o assunto era humano; algum tipo de fofoca do povoado, referindo-se não ao seu Chalé dos Vinhos, mas ao original em Fordham.

– Fizeram maravilhas na casa – a srta. Menzies prosseguiu. – A porta da frente estava emperrada, sabe... Empenada, eu acho, por causa da chuva. Mas ele estava trabalhando nela ontem com uma coisa parecida com uma lâmina de barbear. E tem outra coisa que eles fizeram. Eles pegaram aquelas cortinas que eu fiz para o Coroa e Âncora e puseram no Chalé dos Vinhos, porque assim ninguém consegue ver o que há dentro. Não que eu ousasse olhar: não dá para chegar tão perto, sabe... E a rua principal é tão estreita! Mas não é emocionante?

O sr. Pott resmungou. Misturando o pó de tijolo e cola, ele franziu a testa e respirou pesadamente. Fofocas sobre vizinhos: ele nunca conseguira suportar esse tipo de coisa. Nem, até o momento, a srta. Menzies o conseguira. Ela era tagarela, mas bem-educada. Esse comportamento não combinava com ela, pensou, desapontado... espiando em janelas... não; não tinha nada a ver com ela. Agora ela prosseguia falando sobre o casaco do chefe de estação.

– ... ela pegou o casaco, sabe... É para lá que foi. Ela pegou para *ele*, os botões dourados e tudo, e ele usa à noite, depois que o sol se põe, quando o ar fica mais frio. Eu não ficaria nem um pouco surpresa se, um dia, ela apanhasse a sotaina do vigário. Parece tanto um vestido, sabe, e serviria direitinho nela. A não ser, é claro, que pudesse parecer óbvio demais. Eles são muito espertos, sabe... Alguém com certeza repararia em um vigário privado de sua sotaina, lá na escadaria da igreja, para todo mundo ver. Mas, para ver o chefe de estação, seria necessário olhar bem para dentro da própria estação. E não dá para fazer isso agora; ele poderia ficar sem o casaco durante semanas que nenhum de nós ficaria sabendo.

O sr. Pott parou de preparar a mistura para olhar para a srta. Menzies. Ela olhou de volta e estranhou os olhos grandes e zangados dele.

– Qual é o problema? – ela perguntou inquietamente depois de um tempo.

O sr. Pott suspirou profundamente.

– Se você não sabe – disse –, não sou eu quem vai lhe dizer!

Isso não parecia muito lógico. A srta. Menzies sorriu com clemência e pousou uma mão sobre o braço dele.

– Mas não há nada do que ter medo – ela lhe garantiu. – Eles estão todos bem.

Ele soltou o braço e continuou remexendo a mistura, respirando pesadamente e fazendo barulho ao bater sua colher de pedreiro.

– Há muitas coisas para se ter medo – ele disse rispidamente – quando há fofoca na língua. Eu já vi lares arruinados e corações partidos.

A srta. Menzies ficou em silêncio por um momento.

– Eu não a invejo por causa do casaco – ela disse por fim. O sr. Pott bufou e a srta. Menzies prosseguiu: – Na verdade, eu mesma pretendo fazer algumas roupas para eles. Pensei em deixar as roupas por aí para eles encontrarem, assim nunca saberão de onde elas vieram...

— Melhor assim — disse o sr. Pott, raspando um tijolo. Houve uma longa pausa; tão estranhamente longa que o sr. Pott a percebeu. Teria sido duro demais?, pensou, e olhou de lado para a srta. Menzies. Com os joelhos cruzados, ela estava sentada sorrindo para o nada.

— Eu amo essas pessoinhas, sabe... — ela disse com delicadeza.

Depois disso, o sr. Pott deixou que ela falasse novamente: se o interesse dela provinha de afeto, era diferente. Dia após dia, ele acenava com a cabeça e sorria, e a srta. Menzies prosseguia com sua história. As palavras se derramavam sobre ele, suaves e alegres, e deslizavam até a luz do sol; muito poucas prenderam a sua atenção. Mesmo naquela tarde significativa, em um dia de junho, quando, explodindo com notícias frescas, ela se lançou ao lado dele toda esbaforida.

Ele estava novamente revestindo uma fileira de dormentes com alcatrão e, com o pote em uma das mãos e o pincel na outra, estendeu-se pelo chão, a perna de madeira à frente. A srta. Menzies, jogando conversa fora, estendeu-se também para imitá-lo.

— ... e, quando ela falou comigo — a srta. Menzies arquejou —, eu estava surpresa, pasmada! Você não ficaria?

— Talvez — disse o sr. Pott.

— Essa criaturinha minúscula, toda destemida! Disse que estava me vigiando havia semanas.

— Vá mais para lá — o sr. Pott disse cordialmente. E limpou uma gota do alcatrão que caiu no trilho. — Agora está melhor — disse, admirando o brilho do aço. "Nenhum sinal de ferrugem em lugar algum", pensou feliz.

— E agora eu sei como eles se chamam e tudo. Eles se chamam Borrowers...

— Brothers?

— Não, Borrowers.

— Ah, Brothers — disse o sr. Pott, misturando o alcatrão em uma vasilha com água quente. "Está ficando um pouco grosso", ele pensou, quando ergueu o bastão e observou criteriosamente a substância que escorria.

— Não é o nome da família deles — a srta. Menzies prosseguiu. — O nome da família deles é Relógio. É o nome da raça deles: o tipo de criaturas que são. Eles vivem como camundongos... ou pássaros: vivem do que encontram pelo caminho, pobrezinhos. São uma ramificação dos humanos, eu acho, e vivem dos restos deixados pelos humanos. Eles não possuem absolutamente nada. E é claro que não têm nenhum dinheiro. ... Ah, mas isso não tem problema nenhum! – a srta. Menzies tratou logo de esclarecer quando, ao concordar distraidamente, o sr. Pott estalou a língua e sacudiu levemente a cabeça. – Eles não ligam para dinheiro. Não saberiam o que fazer com ele. Mas precisam viver...

– ... e deixar viver! – disse o sr. Pott entusiasmado. Ele se sentia moderadamente satisfeito com a frase e esperava que ela se encaixasse em algum lugar.

– Mas eles *deixam* viver – disse a srta. Menzies. – Eles nunca pegam alguma coisa importante. A não ser, é claro... Bem, eu não tenho muita certeza sobre o casaco do chefe de estação. Mas, se formos pensar nisso, o chefe de estação não precisa do casaco para se aquecer, certo? Sendo feito, como ele é, de gesso calcinado? E também não era dele: fui eu que fiz o casaco. Aliás, eu fiz *o próprio* chefe de estação. Então, na verdade, o casaco pertence a mim. E eu não preciso dele para me aquecer.

– Não para aquecer – o sr. Pott concordou distraído.

– Esses Borrowers precisam se aquecer. Eles precisam de lenha, abrigo e água, e precisam demais dos seres humanos. Não que confiem neles. Eles estão certos, eu acho: basta ler os jornais. Mas é triste, não é? Que eles não confiem em nós, quero dizer. O que poderia ser mais encantador para alguém (como eu, por exemplo) do que dividir o lar com essas criaturinhas? Não que eu seja só, é claro. Os meus dias – os olhos da srta. Menzies ficaram muito brilhantes nessa hora e a voz alegre acelerou um pouco – são, de *longe*, ativos demais para eu me sentir solitária. Eu tenho muitos interesses, sabe... Gosto de saber das coisas. E tenho o meu velho cão e dois passarinhos. Ainda assim, seria legal. Eu sei os nomes deles agora: Pod, Homily e a pequena Arrietty. Essas criaturas falam, sabe... E acho que... – Ela riu de repente. – ... que eu faria roupas para eles de manhã até a noite. Eu faria coisas para eles. Compraria coisas para eles. Eu... ah, você entende?

– Eu entendo – disse o sr. Pott. – Compreendo você... – Mas não compreendia. De um jeito vago, ele achou um tanto rude da parte da srta. Menzies referir-se à recém-descoberta família de amigos como "criaturas". Podiam ser necessitados de dinheiro, mas, ainda assim... Enfim, é claro, ela sempre usava as expressões mais estranhas.

— E acho que é por isso que ela falou comigo — a srta. Menzies prosseguiu. — Deve ter sentido confiança, sabe... Eles sempre...

— ... sabem — interrompeu o sr. Pott amavelmente.

— Sim. Como animais e crianças e pássaros e... fadas.

— Eu não confiaria em fadas — disse o sr. Pott. E, pensando melhor, também não confiaria em animais: pensou no texugo cuja vida salvara. Se *ele* "soubesse", ainda teria sua perna.

— Eles passaram por maus bocados, pobrezinhos. Foi realmente horrível... — A srta. Menzies observou a cena pacata ao final do declive: os grupos de chalés em miniatura, as chaminés fumegantes, a igreja normanda, a forja, os trilhos lustrosos da ferrovia. — Foi maravilhoso, ela me contou, quando encontraram este vilarejo.

O sr. Pott resmungou. Ele se deslocou por mais ou menos meio metro e puxou o pote de alcatrão atrás de si. A srta. Menzies, perdida em seus sonhos, não pareceu notar. Com os joelhos abraçados, os olhos semicerrados, continuou como se estivesse recitando.

— Era uma noite de luar, ela me contou, quando eles chegaram. Você consegue imaginar, não? As sombras pronunciadas. Eles tinham que carregar coisas e empurrá-las caminho acima através dos juncos, de lá da margem do rio. Spiller, o selvagem, levou a Arrietty pelo vilarejo. Seguiu com ela diretamente para dentro da estação, onde havia aquelas figuras que eu fiz: a mulher com a cesta, o senhor e a menininha, enfileirados no banco, completamente imóveis... e, bem ao lado deles, o soldado com sua mochila. Estavam salpicados pela luz da lua e a sombra entrelaçada do telhado da estação. Pareciam muito reais, ela disse, mas como se fossem pessoas enfeitiçadas, ou escutando alguma música que nem ela nem o Spiller podiam escutar. A Arrietty também ficou quieta, observando e admirando os rostos pálidos iluminados pelo luar. Até que, de repente, ouviram um ruído de farfalhar e um grande besouro negro correu por cima deles: foi quando ela viu que os outros não estavam vivos. Ela mesma não liga para besouros, até gosta deles; mas esse fez com que gritasse. Ela disse que havia cogumelos venenosos na bilheteria e que, quando saíram da estação, os ratos-do-campo estavam ocupados na rua principal, correndo para dentro e para fora das sombras. E lá, nos degraus da igreja, estava o vigário com sua sotaina, tão quieto e parado. E o luar por toda parte...

"Homily, é claro, ficou apaixonada pelo Chalé dos Vinhos. E ninguém pode culpá-la: é realmente encantador. Mas a porta estava emperrada, empenada pela chuva, creio eu; e, quando eles abriram a janela, o local parecia estar cheio de alguma coisa e cheirava a muita umidade. O Spiller colocou a mão dele para dentro e... sabe o quê? Estava cheio de talos brancos de capim, até o teto. Estavam brancos como fungos, por crescerem na escuridão. Então, naquela noite, dormiram do lado de fora.

"O dia seguinte, entretanto, ela disse que foi adorável: um lindo dia de sol, cheiros de primavera e a primeira abelha. Eles conseguem ver as coisas bem de perto, sabe... Cada pelo da abelha, a espessura da parte aveludada do corpo, as nervuras nas asas e as cores vibrantes. Os homens...", a srta. Menzies riu. "Quero dizer, eles devem ser chamados de homens... logo limparam o chalé de ervas daninhas, ceifando tudo com um pedaço de lâmina de barbear e um tipo de tesoura pela metade. Então desenterraram as raízes. O Spiller encontrou um casulo, que deu para a Arrietty. Ela ficou com ele até a semana passada. Dele se originou uma borboleta vermelha. Ela viu o bichinho nascer.

Mas, quando as asas surgiram e eles viram o tamanho delas, ficaram em pânico. Bem na hora, conseguiram colocá-la para fora pela porta da frente. A distância entre as pontas das asas quase teria enchido a sala de estar deles de parede a parede. Imagine a sua própria sala de estar tomada por uma borboleta e sem ter como tirá-la de lá! Quando se pensa nisso, é muito fantás..."

– ... tico – o sr. Pott acrescentou.

– Mais ou menos uma semana depois, eles encontraram o seu monte de areia; e, quando escavaram o chão, jogaram areia por cima e ficaram pisando para assentá-la. Dançando e batendo os pés como loucos. Ela disse que foi muito divertido. Isso tudo foi logo cedo de manhã. E, mais ou menos três semanas atrás, pegaram emprestada a sua cola. Já estava misturada quando você estava fazendo aquele último lote de tijolos, lembra? De qualquer maneira, agora, passando a cola, e com mais uma coisa e outra, ela me diz, o chão deles está com uma superfície muito boa. Eles o varrem com cabeças de cardo. Mas é cedo para essas plantas, ela disse, porque agora as flores estão muito apinhadas. As que vêm depois são muito mais úteis...

Mas o sr. Pott tinha finalmente escutado.

– O meu monte de areia... – ele disse lentamente, virando-se para olhar para ela.

– Sim – a srta. Menzies riu. – E a sua cola.
– A minha cola? – repetiu o sr. Pott. Ele ficou em silêncio por um momento, como se analisasse bem o assunto.
– Sim – riu a srta. Menzies. – Mas bem pouquinho dela; bem, bem pouquinho...
– A minha cola... – repetiu o sr. Pott. O rosto dele se tornou grave, parecendo de repente quase hostil quando se virou para a srta. Menzies.
– Onde estão essas pessoas? – ele perguntou.
– Mas eu já disse a você! – a srta. Menzies exclamou, e, como ele continuou parecendo zangado, ela colocou a mão calosa dele entre as suas, como se fosse ajudá-lo a se levantar. – Venha – sussurrou, mas ainda sorrindo. – Venha bem quieto, e eu mostro a você.

•• CAPÍTULO SEIS ••

– Ficar imóvel... esse é o segredo – Pod sussurrou para Arrietty na primeira vez em que viu a srta. Menzies agachando-se atrás do cardo. – Eles não esperam ver você e, se ficar imóvel, de alguma forma, não verão. E nunca olhe para eles diretamente: sempre olhe meio de lado. Entendeu?

– Sim, é claro que entendi. Você já me disse isso um monte de vezes. Ficar imóvel, imóvel, parada, parada, quieta, quieta, engatinhar, engatinhar... De que adianta estar vivo?

– *Shhh* – fez Pod, e colocou uma mão sobre o braço dela. Arrietty estava estranha ultimamente. Era como se, segundo achava Pod, ela estivesse tramando algo. Mas ela não era sempre rude assim. Ele decidiu ignorar: ela estava chegando àquela idade chata. Era isso; não era de estranhar.

Ficaram em uma moita de capim grosso, na altura dos ombros para eles, com apenas a cabeça aparecendo.

– Sabe – sussurrou Pod, falando sem mexer os lábios, pelo canto da boca –, nós parecemos, para ela, algum tipo de plantas ou flores. Alguma coisa em botão, talvez.

– E se ela decidisse nos colher? – retrucou Arrietty irritada. Os tornozelos dela doíam e ela não via a hora de se sentar; dez minutos haviam se tornado quinze e, ainda assim, ninguém havia se mexido. Uma formiga subiu pela haste de capim ao lado dela, agitou as antenas no ar e, rapidamente, desceu de volta. Uma lesma estava dormindo embaixo de uma folha em forma de banana, e de vez em quando um suave movimento era percebido onde as pregas da parte de baixo de seu corpo pareciam estar acariciando a terra.

"Eu devo estar sonhando...", Arrietty concluiu, admirando os pontos prateados na pele lustrosa cor de bronze. "Se o meu pai fosse menos antiquado", pensou, um tanto culpada, "eu contaria a ele sobre a srta. Menzies, e então nós poderíamos andar por aí."

Mas, do ponto de vista dele e da mãe, ainda era uma desgraça ser "visto"; não apenas uma desgraça, mas quase uma tragédia. Para eles, era sinônimo de lares destruídos, jornadas cansativas por territórios desconhecidos e o trabalho de reconstruir tudo de novo. Segundo as regras de seus pais, ter sua existência conhecida por si só colocava todo o seu modo de vida em risco, e um Borrower, uma vez visto, tinha que ir embora imediatamente.

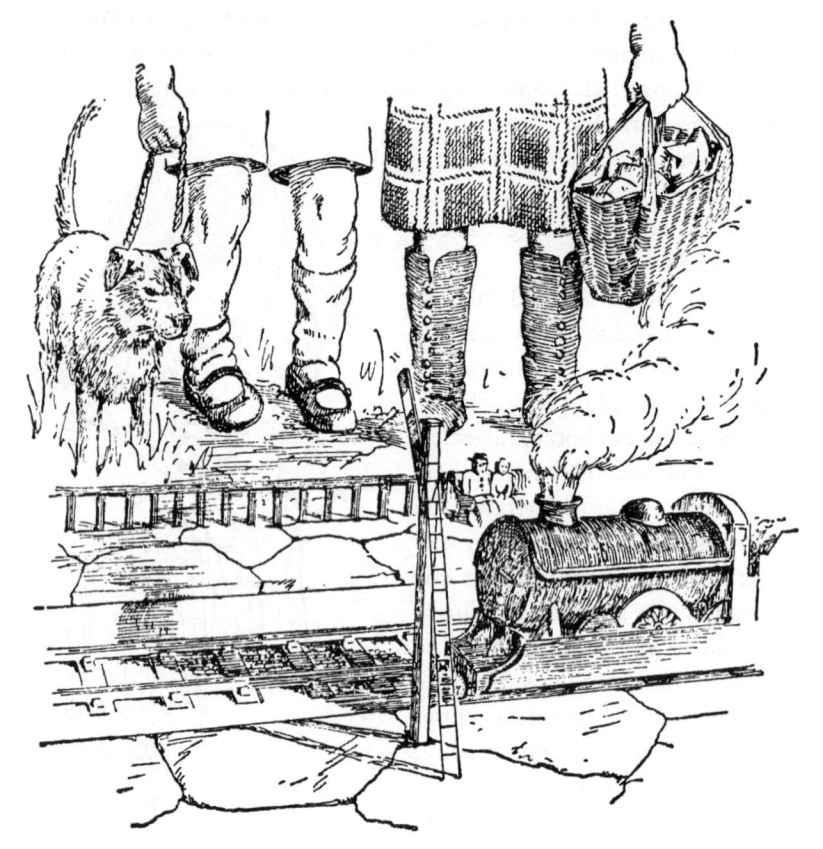

Apesar de tudo isso, em sua curta vida de quinze anos, a própria Arrietty já tinha sido "vista" por quatro vezes. Por que sentia esse desejo, ela se questionava, que a atraía tão fortemente aos seres humanos? E por que dessa vez, na quarta ocasião em que fora "vista", tinha até mesmo falado com a srta. Menzies? Era imprudente e estúpido, sem dúvida, mas, ao mesmo tempo, estranhamente emocionante dirigir-se a uma criatura de tão grande tamanho e receber uma resposta dela – que, ainda por cima, parecia tão gentil; ver os olhos gigantes se iluminando e a boca enorme dela sorrir suavemente. Uma vez tendo feito isso, sem que algum desastre pavoroso ocorresse, dava vontade de fazer de novo. Arrietty tinha ido tão longe que até ficara esperando a srta. Menzies. Talvez porque cada acontecimento que ela havia descrito parecia encantá-la e surpreendê-la, e, quando Spiller não estava por perto, Arrietty se sentia muito solitária.

Esses poucos primeiros dias tinham sido tão incrivelmente divertidos! Spiller levando-a aos trens, correndo até algum vagão que não estivesse muito cheio e, quando o trem se movesse, sentando-se tão rígidos e parados, fingindo que eles também, como o restante dos passageiros, eram feitos de cera. Iam circulando, passando pelo Chalé dos Vinhos por uma dúzia de vezes e retornando pela ponte. Outros rostos além do rosto do sr. Pott ficavam olhando para eles, e, na porta dos fundos do sr. Pott, viam filas de botas e sapatos, pernas grossas, pernas finas, pernas com meias e pernas descobertas. Ouviam risadas e gritinhos humanos de contentamento. Era assustador e incrível, mas de alguma forma, com Spiller, ela se sentia segura. Uma coluna de fumaça surgia atrás deles. O mesmo tipo de fumaça usado nas chaminés das casas: uma porção de barbantes encharcados com nitrato e presos em um feixe por uma espiral feita com grampos de cabelo invisíveis. ("Você viu os meus grampos de cabelo invisíveis?", a srta. Menzies indagou um dia ao sr. Pott – uma pergunta que, para o confuso sr. Pott, parecia uma estranha contradição.) No Chalé dos Vinhos, entretanto, Pod havia desprendido o feixe sem chama e acendido uma fogueira de verdade em seu lugar, que Homily alimentou com parafina derretida de vela, pó de carvão e massas de cinzas cobertas de piche. Ali ela cozinhava as refeições deles.

E tinha sido Spiller, o selvagem Spiller, quem ajudou Arrietty a fazer seu jardim e procurar morriões vermelhos, pequenas prímulas azuladas, liquens em forma de samambaias, e plantas ornamentais floridas. Com a ajuda de Spiller, ela havia coberto o caminho de cascalhos e estendido um gramado de musgo.

A srta. Menzies, atrás da moita de cardo, tinha acompanhado esse trabalho com prazer. Ela viu Arrietty; mas Spiller, o mestre da invisibilidade, nunca conseguia distinguir bem. Silencioso e veloz, com um instinto selvagem de se ocultar, podia se misturar a qualquer cenário e desaparecer quando desejasse.

Também com Spiller, Arrietty havia explorado as outras casas, pescado peixinhos dourados e tomado banho de rio, quando os altos juncos serviam de biombos para separá-los.

– Você está ficando muito moleca – Homily tinha resmungado. Ela ficava preocupada com a influência de Spiller. – Ele não é mesmo do nosso tipo – reclamava a Pod, em uma repentina explosão de ingratidão. – Mesmo que tenha salvado nossa vida.

Em pé ao lado do pai, no meio do capim, e pensando nessas coisas, Arrietty começou a sentir o peso do seu segredo. Se seus pais tivessem procurado pelo mundo, constatou inquietamente, não poderiam ter encontrado um lugar mais perfeito onde se estabelecer: um vilarejo completo feito sob medida para o tamanho deles e, com tantas sobras deixadas pelos visitantes, surpreendentemente rico em coisas para pegar emprestado. Fazia muito tempo que ela não ouvia a mãe cantar como o fazia agora, durante as tarefas domésticas, ou o pai voltar a assobiar, com fôlego e desafinado, enquanto perambulava pelo povoado.

Havia muitos "abrigos", mas quase não precisavam deles. A diferença de tamanho entre eles e os Borrowers feitos de cera era pequena, e, a não ser durante o horário de visitação, Pod podia andar pelas ruas praticamente livre, desde que estivesse preparado para "congelar". E não havia fim para o empréstimo de roupas. Homily finalmente conseguira um novo chapéu e não saía de casa sem ele.

– Espere – ela dizia – enquanto coloco o meu chapéu. – E demonstrava uma espécie de alegria espalhafatosa ao pronunciar a palavra mágica.

Não, eles não podiam ir embora agora: isso seria cruel demais. Pod havia posto até mesmo uma tranca na porta da frente, com chave e tudo. Era a tranca de um porta-joias que pertencia à srta. Menzies. Ele pouco sabia a quem devia esse achado – que ela tinha deixado cair de propósito ao lado da moita de cardo para facilitar o trabalho dele. E Arrietty não podia contar para ele. Se Pod soubesse a verdade (ela já tinha passado por isso antes), haveria preocupação, desespero, broncas e mudança.

– Puxa vida... – ela suspirava em voz alta, infeliz. – O que devo fazer?...

Pod olhou para ela de lado.

– Fique abaixada – ele sussurrou, cutucando o braço dela. – Ela virou a cabeça para lá. Abaixe-se devagar no capim...

Arrietty estava agradecida demais para não obedecer. Devagar, a cabeça e os ombros deles se esconderam e, depois de uma pausa para esperar e escutar, rastejaram entre os talos de capim e, protegendo-se rapidamente próximo aos muros em torno da igreja, deslizaram com segurança até a porta dos fundos de sua casa.

•• CAPÍTULO SETE ••

Um dia, a srta. Menzies começou a conversar com Arrietty. De início, sua admiração a mantivera silenciosa, e limitou sua participação nas conversas a apenas algumas perguntas que poderiam levar Arrietty a falar. Essa era uma situação bastante incomum para a srta. Menzies e não poderia durar muito. À medida que o verão passava, ela ficava conhecendo cada detalhe da curta vida de Arrietty, além de muitas outras informações. Ela ouviu a respeito da biblioteca emprestada de livros vitorianos em miniatura, pelos quais Arrietty havia aprendido a ler e obtido algum conhecimento sobre o mundo. A srta. Menzies, com seu jeito afobado, apressado e risonho, ajudou-a a aumentar esse conhecimento. Começou a contar a Arrietty sobre sua própria infância, seus pais e sua cidade natal, a respeito da qual se referia sempre como "a querida Gadstone". Ela comentou sobre as danças de Londres e sobre como as odiava; sobre alguém chamado "Aubrey", seu melhor amigo e o mais querido. "Meu primo, entende? Nós quase fomos criados juntos. Ele ia à querida Gadstone nas férias." Ele e a srta. Menzies cavalgavam, conversavam e liam poesias juntos. Arrietty, escutando e aprendendo sobre cavalos, perguntava-se se haveria algum tipo de animal que pudesse ensinar a cavalgar. Seria possível domesticar um camundongo (como sua prima Eggletina havia feito), mas um camundongo é pequeno demais e anda rápido demais: ninguém aguentaria ir longe em um camundongo. Um rato? Ah, não; um rato estaria fora de questão. Ela duvidava até que Spiller fosse corajoso o suficiente para treinar um rato. Lutar com um, sim, armado com o velho alfinete para escalada de Pod; Spiller era capaz disso. Porém, não de fazer um rato aceitar arreios, ela pensou. Mas que divertido seria cavalgar com Spiller, do mesmo modo como a srta. Menzies havia cavalgado com Aubrey.

– Ele se casou com uma garota chamada Mary Chumley-Gore – disse a srta. Menzies. – Ela tinha tornozelos muito grossos.

– Oh!... – exclamou Arrietty.

– Por que você disse "Oh" com essa voz?

– Achei que ele poderia ter se casado com você.

A srta. Menzies sorriu e olhou para as mãos.
– Eu também – disse baixinho. Ela ficou silenciosa por um momento e, depois, suspirou. – Acho que ele me conhecia bem demais. Eu era quase uma irmã. – Ela ficou em silêncio novamente, pensando sobre isso, e depois acrescentou, mais animada: – Eles foram felizes, entretanto; eu fiquei sabendo. Tiveram cinco filhos e moravam em uma casa nos arredores de Bath.

E a srta. Menzies, mesmo antes de Arrietty ter explicado para ela, entendeu sobre ser "vista".
– Você não precisa se preocupar nunca com relação a seus pais – ela assegurou a Arrietty. – Eu nunca olharia, mesmo que você não tivesse me dito, diretamente para eles. No que se refere a nós, e eu posso falar pelo sr. Pott, eles estão seguros aqui pelo resto da vida. Eu não teria nem olhado diretamente para você, Arrietty, se você não tivesse vindo e conversado comigo. Mas, mesmo antes de ter visto qualquer um de vocês, eu já ficava me perguntando... Porque, sabe, Arrietty, sua chaminé às vezes soltava fumaça em algumas horas bastante impróprias; eu só acendo a fumaça para os visitantes, entende, e ela logo se acaba.
– E você nunca apanharia nenhum de nós? Quero dizer, em suas mãos?
A srta. Menzies quase zombou, rindo:
– Como se eu desejasse tal coisa! – Ela soou um tanto magoada.
A srta. Menzies também entendeu sobre Spiller: quando ele viesse para suas breves visitas, com seus presentes de nozes, grãos de trigo, ovos cozidos de pardais e outras delícias, ela não veria muito Arrietty. Mas, depois que Spiller partisse novamente, ela gostaria de ouvir a respeito das aventuras deles.

Por tudo isso, foi um verão feliz e glorioso para todos os envolvidos.

Houve sustos, é claro. Como o das pegadas antes do amanhecer: pegadas humanas, mas não as de uma só perna do sr. Pott, quando alguma coisa ou alguém remexeu na porta deles. E na noite de lua cheia, quando uma raposa apareceu, rondando silenciosamente pela rua deles no vilarejo, espalhando sua imensa sombra e deixando seu rastro atrás. A coruja no carvalho era, logicamente, uma constante ameaça de perigo. Como a maioria das corujas, porém, ela fazia sua caça no campo mais distante, e, uma vez que a vasta sombra atravessasse o rio e eles escutassem o seu pio do outro lado do vale, era seguro sair.

Muitas das saídas para pegar emprestado eram feitas à noite, antes de os camundongos procurarem as migalhas deixadas pelos visitantes. Homily, a princípio, torceu o nariz, desapontada, quando presenteada, digamos, com os restos de um grande sanduíche de presunto. Pod teve de convencê-la a olhar para o negócio de forma mais prática: pão fresco, manteiga pura da fazenda e uma embalagem limpa de papel; o que era suficientemente bom para os humanos deveria ser suficientemente bom para eles. O que havia de errado, ele lhe perguntara, com as três últimas uvas de um cacho esvaziado? Não poderiam ser lavadas no riacho? Não poderiam ser descascadas? E o que havia de errado com uma bala de caramelo embrulhada em um papel transparente? Pães doces recheados semicomidos, ele concordava, era um pouco mais difícil... mas as passas poderiam ser aproveitadas, não? E os cristais de açúcar, poderiam ser recolhidos e fervidos?

Em pouco tempo, eles desenvolveram uma rotina de recolher, separar, limpar e conservar. Usavam a loja da srta. Menzies como um depósito – sem o conhecimento de Pod e Homily da total colaboração dela. Ela trapaceou um pouco com as mobílias, tendo ido (já havia alguns anos) ao centro da cidade e comprado uma mercearia de brinquedo completa com balanças, garrafas, latas, barris e recipientes de vidro. Com eles, ela habilmente mobiliou o balcão e enfeitou as janelas. Essa pequena loja era uma grande atração para os visitantes: era uma loja de variedades e correio, modelada conforme uma outra do vilarejo, com típicas janelas arredondadas inglesas, telhado de colmo e tudo o mais. Uma réplica da velha senhora Purbody (afinada um pouco para agradá-la) localizava-se atrás do balcão interno. A srta. Menzies tinha até mesmo reproduzido o xale vermelho tricotado que a sra. Purbody usava sobre os ombros, tanto no verão como no inverno, e o avental branco enrugado por baixo. Homily pegava emprestado esse avental quando trabalhava em suas arrumações no fundo da loja, mas o devolvia pontualmente, a tempo para os visitantes. Algumas vezes, ela o lavava, e todas as manhãs – com a exatidão de um relógio – espanava e varria a loja.

Os trens faziam bastante barulho. Entretanto, eles logo se acostumaram com isso e aprenderam, na verdade, a lhes dar as boas-vindas.

Quando o trem começava a estrepitar, e a fumaça, a se soltar das chaminés das casinhas, era o anúncio da Hora da Visitação. Homily tinha tempo de tirar o avental, sair da loja e atravessar a rua para sua casa, onde se empenhava em agradáveis tarefas caseiras até que o trem parasse e tudo ficasse quieto novamente, e o jardim repousasse silencioso e sonhador à luz do tranquilizante anoitecer.

O sr. Pott, a essa altura, já deveria ter entrado para o chá.

•• CAPÍTULO OITO ••

— Deve haver alguma coisa que possamos fazer — disse a sra. Platter desesperada, pela quinta vez em uma hora. — Veja só o dinheiro que jogamos nisso.

— Jogamos é uma boa palavra — disse o sr. Platter.

— E não é que não tenhamos nos esforçado.

— Ah, nós nos esforçamos até demais — disse o sr. Platter. — E o que mais me aborrece com relação a esse Abel Pott é que ele parece fazer tudo sem nenhum esforço. Parece não se importar se as pessoas visitam ou não. CIDADE EM MINIATURA COM HABITANTES VIVOS: é isso o que ele colocará no anúncio, e então será o nosso fim. Estaremos definitivamente arruinados! Melhor interromper as atividades agora, é o que eu digo, e vender como um negócio próspero.

— Deve haver alguma coisa... — a sra. Platter repetia teimosamente.

Eles se sentaram como antes diante de uma grande mesa verde em seu gramado particularmente bem cuidado. Nesse anoitecer de domingo, parecia até particularmente mais bem cuidado do que o normal. Apenas cinco pessoas tinham aparecido naquela tarde para o CHÁ NA BEIRA DO RIO. Tinha havido três fins de semana bastante desastrosos; em dois deles havia chovido, e neste domingo específico houve o que as pessoas locais se referiam como "o aviador": a subida de um balão em uma feira, com barracas de chá, sorvete, algodão-doce e carrosséis. No sábado, as pessoas se deslocaram até lá para ver o balão em si (por seis *pence* cada para ultrapassar o cordão de isolamento), e hoje, centenas foram vê-lo subir. Foi, de fato, uma visão triste para o sr. e a sra. Platter observar as carruagens e a fumaça dos motores passando por Ballyhoggin sem que reparassem ou dessem uma olhada no CHÁ NA BEIRA DO RIO. Também não lhes serviu de consolo quando, por volta das três horas, o próprio balão planou silenciosamente sobre eles, quase esbarrando na árvore de azevinho que crescia ao lado da casa. Até puderam ver o "aviador", que estava olhando pra baixo — zombeteiro, parecia –, diretamente nos olhos espantados do sr. Platter.

— Não adianta dizer "deve haver alguma coisa" — disse a ela irritado. — Fiquei pensando nisso dia e noite, e você também ficou.

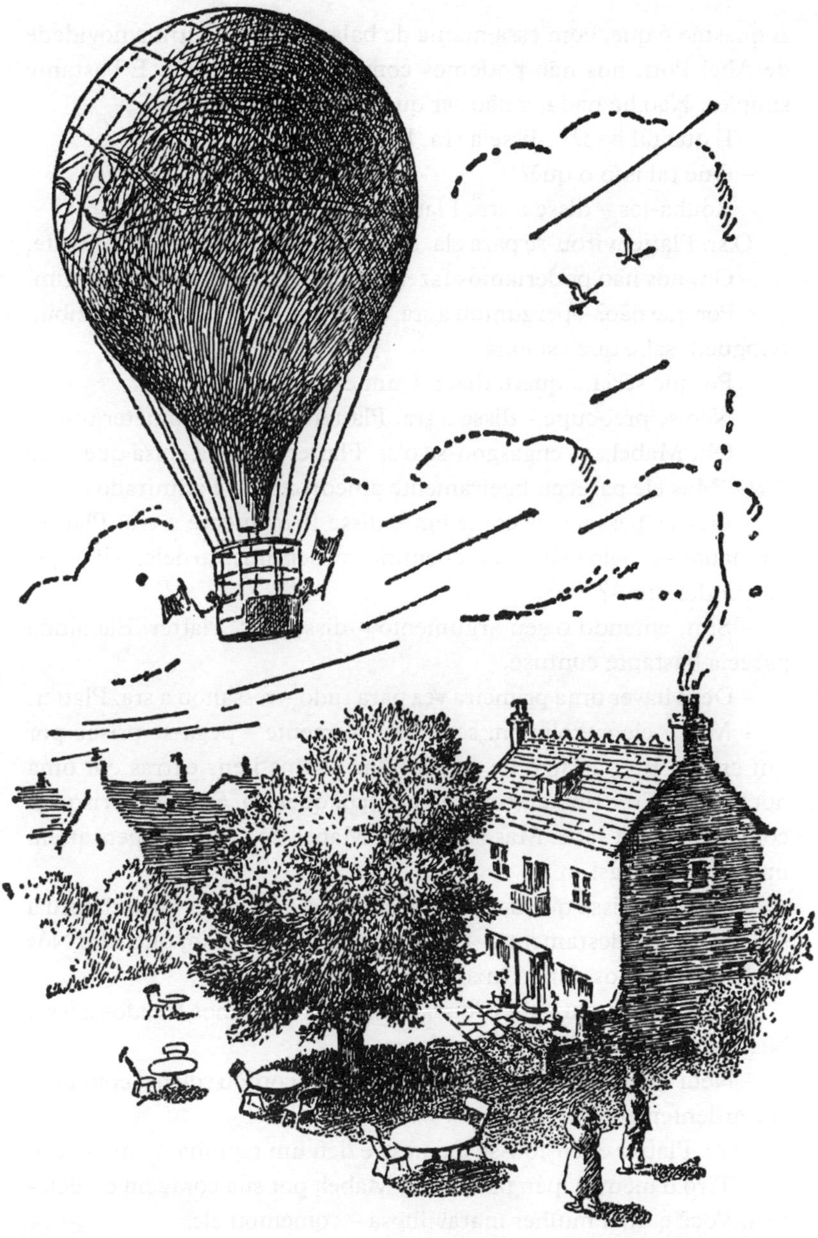

A questão é que, com essa mania de balão, e com a última novidade de Abel Pott, nós não podemos competir. Isso é tudo. É bastante simples. Não há nada; a não ser que os roubássemos.
— E que tal isso? – disse a sra. Platter.
— Que tal isso o quê?
— Roubá-los – disse a sra. Platter.
O sr. Platter virou-se para ela. Abriu a boca e fechou-a novamente.
— Oh, nós não poderíamos fazer isso... – conseguiu dizer por fim.
— Por que não? – perguntou a sra. Platter. – Ele ainda não os exibiu. Ninguém sabe que estão lá.
— Porque seria... quero dizer, é um crime.
— Não se preocupe – disse a sra. Platter. – Vamos cometer um.
— Oh, Mabel... – engasgou-se o sr. Platter. – Cada coisa que você diz! – Mas ele pareceu ligeiramente amedrontado e admirado.
— Outras pessoas os cometem – disse firmemente a sra. Platter, animando-se pelo brilho do repentino consentimento dele. – Por que não poderíamos?
— Sim, entendo o seu argumento – disse o sr. Platter. Ele ainda parecia bastante confuso.
— Deve haver uma primeira vez para tudo – ressaltou a sra. Platter.
— Mas – ele engoliu em seco nervosamente – pega-se prisão por um crime. Eu não ligo de acrescentar alguns itens extras em uma nota fiscal. Esse tipo de coisa eu arrisco, querida. Sempre arrisquei, como você bem sabe. Mas isso... Oh, Mabel, só *você* para pensar em uma coisa dessas!
— Bem, eu disse que deveria haver alguma coisa... – reconheceu a sra. Platter modestamente. – Mas é apenas bom senso, querido. Nós não podemos nos dar ao luxo de não fazer isso.
— Você está certa – disse o sr. Platter. – Nós fomos levados a isso. Nem uma alma poderia nos culpar.
— Nem uma alma viva! – a sra. Platter concordou solene, com uma voz ardentemente corajosa.
O sr. Platter encostou-se na mesa e deu um tapinha na mão dela.
— Tiro o meu chapéu para você, Mabel, por sua coragem e iniciativa. Você é uma mulher maravilhosa – comentou ele.
— Obrigada, querido – disse a sra. Platter.
— E agora, vamos à questão prática... – disse o sr. Platter, com uma repentina voz de negociante. Tirou seus óculos sem aro do nariz e,

pensativo, começou a poli-los. – Ferramentas, transporte, horas do dia...

– É simples – disse a sra. Platter. – Pegue o barco.

– Eu sei disso... – disse o sr. Platter, com uma espécie de paciência distante. Ele pôs os óculos sem aro de volta no nariz, recolocou o lenço no bolso, reclinou-se novamente na cadeira e, com os dedos da mão direita, tamborilou levemente na mesa. – Deixe-me pensar um pouco...

– É claro, Sidney – a sra. Platter disse, obediente, e entrelaçou as mãos no colo.

Após alguns momentos, ele limpou a garganta e olhou diretamente para ela.

– Você terá que vir comigo, querida – disse.

A sra. Platter, surpresa, perdeu toda a compostura.

– Oh, eu não poderia fazer isso, Sidney. Você sabe como fico na água. Por que não leva um dos homens?

Ele negou com a cabeça.

– Impossível; eles dariam com a língua nos dentes.

– E a Agnes Piedade?

– Você não poderia confiar nela também: toda a cidade ficaria sabendo antes que a semana terminasse. Não, querida; tem que ser você.

– Eu *iria* com você, Sidney – hesitou a sra. Platter. – E se nós contornássemos pela estrada? Esse barco é um tanto pequeno para mim...

– Não podemos entrar no jardim dele pela estrada, a não ser passando por dentro da casa. Há uma cerca grossa de azevinhos de cada lado sem nenhum tipo de portão ou abertura. Não, querida; eu tenho tudo planejado em minha mente: a única possibilidade de aproximação é pela água. Exatamente antes do amanhecer, eu diria, quando todos estão dormindo, inclusive o sr. Abel Pott. Vamos precisar de uma boa caixa de cartolina dura, da rede para camarões e de uma lanterna. Temos alguns pavios?

– Sim, há bastante no sótão.

– É lá que teremos que guardá-los. Esses... er... bem, o que quer que eles sejam.

– No sótão?

– Sim, planejei tudo, Mabel. É o único aposento que nós mantemos sempre trancado, por causa do estoque e tudo o mais. Temos que mantê-los aquecidos e secos no inverno enquanto construímos a casa deles. Eles *são* uma parte do estoque, de certo modo. Eu colocarei dois trincos na porta, assim como um cadeado e uma chapa de aço embaixo. Isso deve acomodá-los. Vou precisar de tempo, claro – o sr. Platter continuou compenetrado –, para planejar algum tipo de casa para eles. Deve ser mais como uma gaiola do que como uma casa, porém deve *parecer* uma casa, se entende o que quero dizer. As pessoas têm que conseguir vê-los dentro, mas, por outro lado, não podemos deixar que eles saiam. Dará bastante trabalho, Mabel.

– Você conseguirá, querido – a sra. Platter o encorajou. – Mas... – ela pensou por um momento – ... e se *ele* vier aqui e reconhecê-los? Qualquer pessoa pode comprar um ingresso.

– Ele não viria. Ele é tão envolvido em suas próprias coisas que eu duvido que tenha até mesmo ouvido falar de nós ou de Ballyhoggin, ou até mesmo de Went-le-Craye. Mas digamos que ele venha. Que prova teria? Ele os mantém em segredo, não é? Ninguém os viu, ou a notícia teria se espalhado por todo o país; nos jornais, principalmente. As pessoas estariam indo lá às centenas. Não, querida; seria a palavra dele contra a nossa, e isso é tudo. Mas nós temos que agir rápido, Mabel, e você precisa me ajudar. Faltam duas semanas para o fim da estação: ele pode estar aguardando para mostrá-los no próximo ano. Ou pode decidir exibi-los imediatamente, e então será o nosso fim. Entende o que quero dizer? Nunca se sabe...

– Sim – disse a sra. Platter. – Bem, o que você quer que eu faça?

– É fácil: você só precisa se manter calma. Eu levo a caixa de papelão e a lanterna e você carrega a rede de camarões. Você me segue na beira do rio e pisa onde eu piso, o que poderá ver com a lanterna. Eu mostrarei a você a casa deles, e tudo o que terá que fazer será cobrir os fundos com a rede, segurando o mais firme que puder contra a parede e parte do telhado. Então, eu farei um pouco de barulho na parte da frente, porque eles mantêm a porta da frente trancada, como eu já me certifiquei... Pode escrever o que eu digo: assim que me ouvirem na porta da frente, eles fugirão pelos fundos. Diretamente para dentro da rede. Entende o que estou dizendo? Agora, você terá que prender a rede de maneira bem firme na parede da cabana. Eu estarei com a caixa em uma das mãos e a tampa na outra. Quando eu lhe disser, você os apanhará com a rede, derrubando-os dentro da caixa. Eu fecharei a tampa e estará feito.

– Sim – disse a sra. Platter, incerta. Ela pensou por um momento e então perguntou: – Eles mordem?

– Isso eu não sei. Eu os vi apenas a distância. Mas não seria uma grande mordida.

– E se um deles caísse fora da rede ou qualquer coisa assim?

– Bem, você tem que se certificar de que isso não aconteça, Mabel; só isso. Quero dizer, há somente três ou quatro deles, no total. Não poderíamos nos dar ao luxo de nenhuma perda...

– Oh, Sidney, eu gostaria que você pudesse levar um dos homens... Eu não sei nem remar!

– Você não terá que remar. Eu remarei. Tudo o que terá que fazer, Mabel, será levar a rede e me seguir na beira do rio. Eu indicarei a cabana deles e tudo estará terminado em um minuto. Num piscar de olhos, teremos voltado ao barco e para casa em segurança.

– Ele tem algum cachorro?

– Abel Pott? Não, querida; ele não tem nenhum cachorro. Vai dar tudo certo. Apenas confie em mim e faça o que eu disser. Quer atravessar até a ilha agora e praticar em uma das nossas próprias casas? Você sobe até o sótão e pega a rede, e eu pego os remos e a âncora do barco. Agora, você tem que enfrentar isso, Mabel – o sr. Platter acrescentou irritado, quando a sra. Platter ainda parecia hesitar. – Cada um de nós tem que fazer a sua parte. O que é justo é justo, você sabe.

•• CAPÍTULO NOVE ••

No dia seguinte, começou a chover, e por dez dias a chuva começava e parava a toda hora. Até mesmo o sr. Pott teve uma queda no número de visitantes. Não que ele se importasse muito; ele e a srta. Menzies se ocupavam dentro de casa, na mesa comprida da cozinha do sr. Pott – consertando, remodelando, repintando, colando novamente e lubrificando... A luz da lamparina os envolvia em seu brilho suave. Enquanto a chuva caía lá fora, a lata de cola borbulhava sobre o fogão e a chaleira assobiava ao lado. Finalmente, chegou o 1º de outubro, o dia em que a temporada terminava.

– Sr. Pott – disse a srta. Menzies depois de um curto, mas ofegante silêncio (ela estava acolchoando um edredom para a cama de casal de Homily e achando o serviço exaustivo) –, estou bastante preocupada.

– Hum – disse o sr. Pott. Ele estava construindo uma cerca com palitos de fósforos, colando-os delicadamente com a ajuda de uma pinça e de um refinado pincel feito de pelos de zibelina.

– Na verdade – a srta. Menzies prosseguiu –, estou realmente muito preocupada. O senhor poderia me ouvir por um momento?

Essa investida direta pegou o sr. Pott de surpresa.

– Alguma coisa errada? – ele perguntou.

– Sim, acho que alguma coisa está errada. Faz três dias que não vejo a Arrietty. O senhor a tem visto?

– Agora que estou pensando nisso, não – respondeu o sr. Pott.

– Ou algum deles?

O sr. Pott ficou silencioso por um momento, pensando novamente.

– Não; agora que você mencionou isso, não – ele disse.

– Eu tinha um encontro com ela na segunda-feira, lá embaixo, perto do riacho, só que ela não apareceu. Mas não fiquei preocupada; de qualquer forma, estava chovendo, e achei que talvez o Spiller tivesse chegado. Mas ele não tinha vindo, sabe? Agora eu sei onde ele guarda o barco, e não estava lá. E então, quando passei pela casinha deles, vi que a porta dos fundos estava aberta. Isso não é do feitio deles, mas o fato me tranquilizou, pois presumi que eles não seriam tão descuidados se não estivessem todos lá dentro. Quando passei por lá novamente, ao voltar para casa para o chá, a porta ainda estava aberta. Ontem, durante o dia inteiro, permaneceu aberta, e estava aberta novamente esta manhã. Isso é um pouco...

– ... estranho – concordou o sr. Pott.

– ... esquisito – disse a srta. Menzies. Eles falaram ao mesmo tempo.

– Querido senhor Pott – continuou a srta. Menzies –, depois que eu os mostrei ao senhor, com tanto cuidado, lembra? O senhor não foi ficar olhando direto para eles ou qualquer coisa assim? Não os espantou?

– Não – disse o sr. Pott. – Eu estive ocupado demais guardando as coisas para o inverno. Eu gosto de vê-los, entenda, mas nem tive tempo.

– E a chaminé deles não está funcionando. Não tem funcionado há três dias. Quero dizer, não se pode deixar de ficar...

– ... preocupado – disse o sr. Pott.

– ... desconfiado – disse a srta. Menzies. Ela colocou a costura sobre a mesa. – O senhor ainda está me ouvindo?

O sr. Pott colocou um pouco de cola em um fósforo, suspirando profundamente.

– Sim, estou pensando...

– Eu não gosto de olhar direto para dentro – a srta. Menzies explicou. – Por uma razão: não se pode olhar pela frente porque não há espaço para se ajoelhar na rua principal, e não se pode ajoelhar nos fundos sem estragar o jardim deles; e outra coisa: digamos que eles *estejam* dentro, Pod e Homily, quero dizer, eu estragaria tudo. Eu expliquei para o senhor como eles se sentem sobre serem "vistos". Se eles ainda não tivessem ido embora, iriam porque eu os teria "visto". E nós estaríamos em um mato sem cachorro...

O sr. Pott concordou com a cabeça; o assunto dos Borrowers era bastante recente para ele, que dependia das informações da srta. Menzies para entender. Ela tinha, em vários meses de estudo, como ele percebeu, de alguma forma conseguido captar tudo.

– Você contou a população? – ele sugeriu finalmente.

– Nossa população? Sim, eu pensei nisso, e contei todos duas vezes. Cento e sete, mais aqueles dois que estão no conserto. É isso mesmo, não é? E examinei todos eles cuidadosamente, um por um, em cada vagão e tudo o mais. Não; eles ou estão em casa ou foram embora. O senhor tem certeza de que não os assustou? Mesmo sem querer?

– Eu já falei para você – disse o sr. Pott. Decididamente, ele lançou-lhe um olhar, apoiou as ferramentas na mesa e começou a remexer em uma gaveta.

– O que o senhor vai fazer? – perguntou a srta. Menzies, percebendo que ele tinha um plano.

– Procurar minha chave de fenda – respondeu ele. – O teto do Chalé dos Vinhos sai numa peça só. Foi desse modo que conseguimos montar os dois andares, lembra?

– Mas o senhor não pode fazer isso... Suponha que eles *estejam* lá dentro. Seria fatal!

– Temos que correr esse risco – disse o sr. Pott. – Apenas vista seu casaco e ache o guarda-chuva.

A srta. Menzies fez conforme foi pedido; sentiu-se aliviada de repente por se entregar a uma liderança. Seu pai, ela pensou, teria agido da mesma forma. E também, é claro, Aubrey.

Obediente, ela o seguiu na chuva e ficou segurando o guarda-chuva enquanto ele trabalhava. O sr. Pott ficou em uma posição muito cuidadosa na rua principal, e a srta. Menzies (com os pés em uma posição esquisita para evitar danos) dava uma espiadinha na Alameda da Igreja e no jardim dos fundos. Ansiosamente, eles se curvaram, encobrindo a casa.

Vários giros hábeis da chave de fenda e alguns resmungos logo liberaram o telhado de colmo molhado. Como uma tampa, ele se soltou numa só peça.

– Completamente seco por dentro – observou o sr. Pott, colocando-o ao lado.

Eles viram o quarto de Pod e Homily: parecia meio vazio, apesar das três peças de mobília de boneca que, certa vez, a srta. Menzies havia comprado e deixado para serem emprestadas. A cama, com seus lençóis de lenços, parecia desarrumada, como se eles tivessem saído às pressas. O paletó de trabalho de Pod, cuidadosamente dobrado, repousava em uma cadeira, e seu melhor terno estava ajeitado num cabide de alfinete de segurança pendurado na parede; as roupas do dia a dia de Homily estavam organizadas com esmero em duas barras aos pés da cama.

Havia uma sensação de morte e fuga; nenhum som exceto os pingos da chuva batendo no guarda-chuva ensopado.

A srta. Menzies ficou desesperada.

– Mas isso é horrível! Eles sumiram usando as roupas de dormir! O que pode ter acontecido? É como o *Marie Celeste*[11]...

– Nada dentro – disse o sr. Pott baixando os olhos, a chave de fenda na mão. – Sem sinais de animais, sem sinais do que poderia ser uma luta... Bem, é melhor olharmos mais embaixo. Pelo que me lembro, este assoalho se solta em uma única peça com a escada. Melhor pegar uma caixa para a mobília.

"A mobília!", pensou a srta. Menzies, enquanto caminhava no chão molhado em direção à casa, com cuidadosos e grandes passos – como se fosse Gulliver – sobre muros e linhas de trens, ruas e passagens estreitas. Bem ao lado do pátio da igreja, seu pé escorregou na lama e, para se reequilibrar, ela teve que se segurar no campanário, lindamente construído; ele se manteve firme, mas um sino tocou

---

11. Nome de uma embarcação encontrada à deriva misteriosamente, sem sinais da tripulação, porém com indícios de abandono rápido, em 1872. (N. T.)

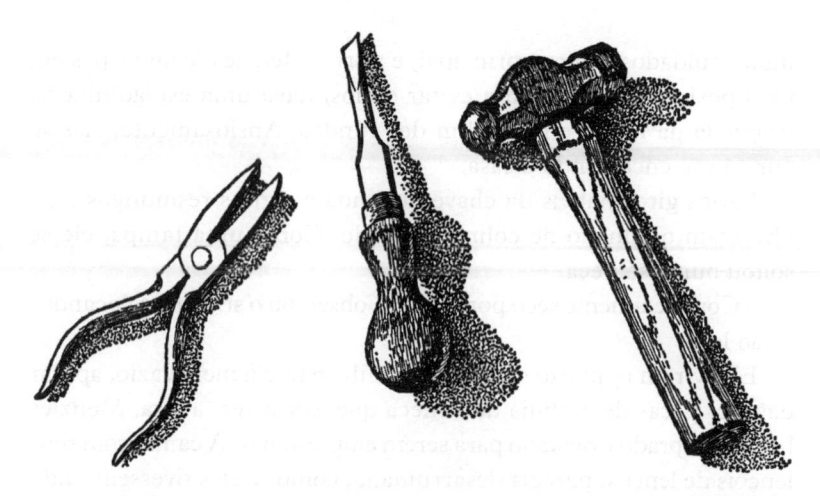

levemente dentro: um pequeno protesto triste e fantasmagórico. Não; "a mobília", ela percebeu, era uma expressão grandiosa demais para o conteúdo daquele pequeno aposento. Se ela soubesse disso, teria comprado mais coisas para eles, ou deixado mais para que pegassem emprestado. Ela sabia quão espertos eles eram em se virar, mas levava tempo para mobiliar uma casa inteira à custa de sobras. Ela encontrou uma caixa, finalmente, e voltou caminhando com cuidado até o sr. Pott.

Ele havia retirado por cima o piso do quarto com a escada acoplada e estava verificando a sala de visitas. Limpa, mas quase sem mobília, a srta. Menzies reparou novamente: a costumeira cômoda de caixas de fósforos, um bloco de madeira como mesa, panelas feitas de tampas de garrafas ao lado do piso da lareira e a cama baixa de rodinhas de Arrietty empurrada para um canto – era a metade inferior de um estojo aveludado que um dia devia ter contido uma grande piteira de charuto. Ela ficou imaginando onde eles a tinham conseguido; talvez Spiller a tivesse trazido para eles? Aqui também as cobertas tinham sido jogadas às pressas, e as roupas diárias de Arrietty se mantinham caprichosamente dobradas em uma caixa de pílulas aos pés da cama.

– Não consigo aguentar isso – desabafou a srta. Menzies numa voz sufocada, procurando seu lenço. – Está tudo bem... – ela prosseguiu apressadamente, enxugando os olhos. – Eu não vou desanimar. Mas o que nós podemos fazer? Não adianta irmos à polícia: eles apenas ririam de nós de um modo meio educado e, secretamente, pensariam que somos malucos. Eu sei por causa do que aconteceu comigo quando vi aquela fada. As pessoas se fazem de educadas na nossa frente, mas...

– Eu não sei nada quanto a fadas – disse o sr. Pott, olhando desconsoladamente para a casa desolada –, mas *estes* eu vi com os meus próprios olhos.

– Fico muito feliz e grata pelo fato de o senhor tê-los visto! – exclamou a srta. Menzies afetuosamente. – Ou onde eu estaria agora? – Pela primeira vez, era quase um diálogo.

– Bem, vamos embrulhar essas coisas – disse o sr. Pott, fazendo das palavras ação – e fixar de volta o telhado. Precisamos manter o lugar seco.

– Sim, pelo menos podemos fazer isso. Só para garantir... – A voz dela hesitou e seus dedos tremiam um pouco quando ela retirou o guarda-roupa cuidadosamente. Ela notou que não havia cabides dentro; os fabricantes de brinquedos quase nunca preenchiam as coisas. Então ela o colocou deitado e o embrulhou como uma caixa com as pequenas pilhas de roupas. A peça que imitava um espelho reluziu de repente com um raio de sol molhado, e ela notou que a chuva havia parado. – Nós estamos fazendo o correto? – perguntou de repente. – Quero dizer, não deveríamos deixar tudo como encontramos? Supondo que, inesperadamente, eles voltem?

O sr. Pott olhou, pensativo.

– Bem – ele disse –, considerando que o lugar está todo aberto, achei que talvez eu pudesse fazer algumas modificações...

A srta. Menzies, lutando com a trava enferrujada do guarda-chuva do sr. Pott, parou para olhar para ele.

– Você quer dizer deixar o lugar todo mais confortável?

– É, foi isso o que eu quis dizer – confirmou o sr. Pott. – Fazer tudo novo como... dar para eles um fogão de verdade, água encanada e tudo o mais.

– Água encanada? O senhor poderia fazer isso?

– É fácil – disse o sr. Pott.

O guarda-chuva se fechou com um estalido, espirrando água sobre eles, mas a srta. Menzies não pareceu notar.

– E eu poderia mobiliá-la! – ela exclamou. – Tapetes, camas, cadeiras, tudo...

– Você tem que fazer alguma coisa – disse o sr. Pott, observando o rosto marcado pelas lágrimas – para sossegar sua mente.

– Sim, sim, é claro – disse a srta. Menzies.
– Mas não fique esperançosa demais sobre a volta deles; você tem que se preparar para encarar o pior. Suponha que eles tenham tomado um susto e fugido por conta própria: isso é uma coisa. Provavelmente, uma vez que o susto tenha passado, eles podem voltar. Mas digamos que eles tenham sido *pegos*... Bem, isso seria outra história: quem quer que os tivesse pego teria feito isso para *ficar* com eles, entende o que estou dizendo?
– *Quem?* – repetia a srta. Menzies, sobressaltada.
– Veja isto – disse o sr. Pott, pondo de lado sua perna de madeira e apontando com a chave de fenda uma marca encharcada na rua principal. – É uma pegada humana. E não é minha nem sua: a calçada está toda quebrada e a ponte está rachada como se alguém tivesse ficado em pé sobre ela. Nem você nem eu faríamos isso, não é?
– Não – disse a srta. Menzies vagamente. – Mas – prosseguiu, questionando-se – ninguém além de nós dois sabia da existência deles.
– Ou era o que achávamos.
– Entendo – disse a srta. Menzies, e ficou em silêncio por um momento. Então ela disse vagarosamente: – Estou pensando agora... quer eles riam de nós, quer não, devo comunicar essa perda para a polícia. Isso embasaria nossa causa. No caso – ela prosseguiu – de eles aparecerem em algum outro lugar.
O sr. Pott olhou pensativo.
– Isso pode ser prudente – ele disse.

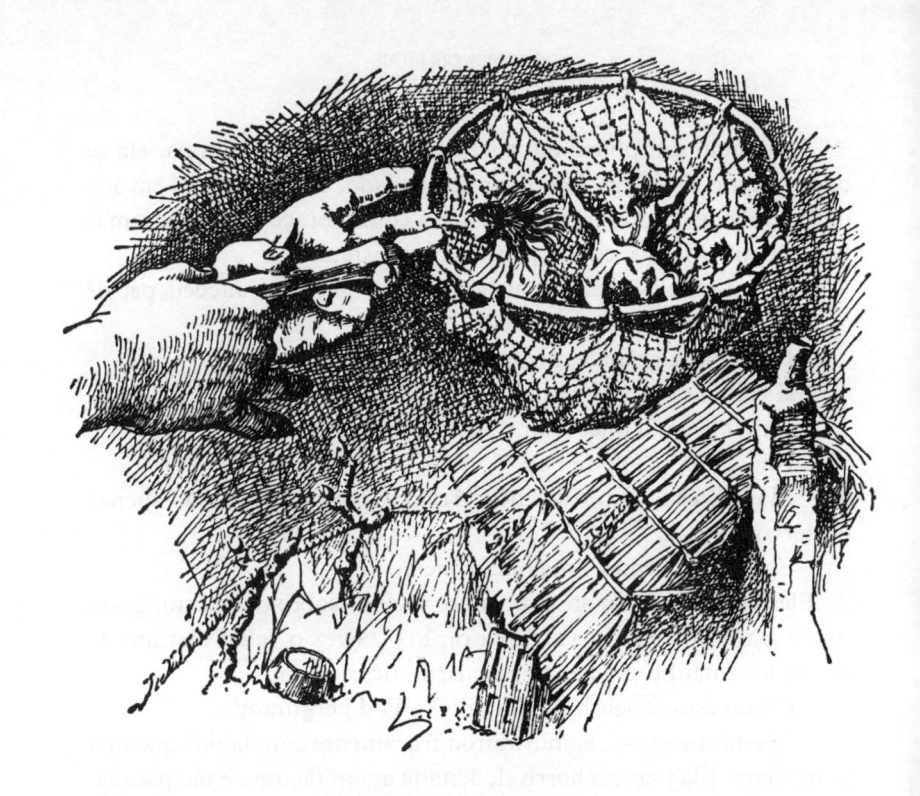

·· CAPÍTULO DEZ ··

No começo, eles ficaram quietos num canto da caixa de papelão, recuperando-se do choque. Desde que a tampa havia sido removida, eles tomaram conhecimento da vastidão e de grandes tetos brancos inclinados. Duas janelas do sótão, no alto das paredes em forma de tenda, deixavam entrar uma luz fria. As bordas da caixa obscureciam o assoalho.

Arrietty sentiu-se bastante machucada e abalada: ela olhava para a mãe, que estava deitada debilmente, com sua longa camisola branca, seus olhos ainda obstinadamente fechados, e sabia que, no momento, Homily tinha desistido. Ela olhava para o pai, sentado curvado para a frente, perdido em seus pensamentos, as mãos soltas sobre os joelhos, e percebeu que só ele tinha conseguido agarrar uma roupa: uma calça de trabalho remendada que ele vestira sobre a roupa de dormir.

Tremendo um pouco em sua camisola fina de cambraia, ela se deslocou até ele e, agachando-se ao seu lado, deitou o rosto em seu ombro. Ele não falou, mas envolveu-a com o braço e deu-lhe umas gentis palmadinhas, com o pensamento distante.

– Quem são eles? – ela cochichou rouca. – O que aconteceu, papai?
– Eu não sei bem – ele disse.
– Foi tudo tão rápido... como um terremoto...
– É verdade – ele disse.
– A mamãe não quer falar – sussurrou Arrietty.
– Não a culpo – disse Pod.
– Mas ela está bem, eu acho – Arrietty prosseguiu. – São apenas os nervos dela...
– É melhor darmos uma olhada nela.

Eles engatinharam até ela com os joelhos sobre o cobertor gasto que forrava a caixa. Por alguma razão – talvez o velho instinto de proteção –, nenhum deles tinha ousado ficar em pé.

– Como está se sentindo, Homily? – Pod perguntou.
– Apenas morta – ela murmurou fracamente com lábios que mal se moviam. Ela parecia horrível, deitada assim tão reta e tão parada.
– Quebrou alguma coisa? – Pod perguntou.
– Tudo – ela gemeu. Mas, quando ele tentou, ansiosamente, apalpar-lhe os braços finos como palitos e as frágeis pernas esticadas, ela se sentou de repente e exclamou, rabugenta: "Pare, Pod!", e começou a prender o cabelo. Então, encolheu-se novamente e, com uma voz débil, murmurou: – Onde estou? – E, num gesto descontrolado, quase trágico, arremessou as costas da mão sobre a testa.

– Bem, nós todos poderíamos nos perguntar *isso* – disse Pod. – Nós estamos em algum tipo de quarto em algum tipo de casa mundana. – Ele olhou para cima, na direção das janelas distantes. – Estamos em um sótão. Deem uma olhada...

– Eu não conseguiria – Homily comentou e estremeceu.
– E estamos sozinhos – disse Pod.
– Mas não ficaremos por muito tempo – disse Homily. – Estou sentindo meu "sinal", e está bem nítido.
– Ela está certa – disse Arrietty, e agarrou o ombro do pai. – Ouçam!

Com o coração batendo e o rosto erguido, eles se agacharam juntos, tensos, no canto da caixa: houve passos na escada abaixo.

Arrietty se levantou de um salto, precipitada, mas Pod a segurou pelo braço.

– Quieta, garota. O que está pensando em fazer?

– Em me esconder – Arrietty respondeu, prendendo a respiração quando os passos se tornaram menos amortecidos. – Deve haver algum lugar... Vamos nos esconder, rápido!

– Não tem jeito – disse Pod. – Eles sabem que estamos aqui. Haveria apenas buscas e cutucadas e bastões e puxões; a sua mãe não aguentaria isso. Não; é melhor ficarmos quietos como mortos.

– Mas nós não sabemos o que eles farão conosco – disse Arrietty, quase soluçando. – Não podemos simplesmente ficar aqui sem fazer nada!

Homily se sentou de repente e tomou Arrietty em seus braços.

– *Shhh*, menina, *shhh* – ela sussurrou, estranhamente calma de repente. – O seu pai está certo. Não há nada que possamos fazer.

O barulho dos passos ficou mais alto, como se a escada agora não tivesse tapete, e houve um ranger da madeira com os passos. Os Borrowers se agarraram com ainda mais força. Pod, com o rosto levantado, ouvia atentamente.

– Isso é bom – ele murmurou na orelha de Arrietty. – Gosto de ouvir isso, porque nos avisa bastante; eles não podem surgir de uma forma inesperada.

Arrietty, ainda soluçando, agarrou-se à cintura da mãe; ela nunca havia estado tão apavorada.

– *Shhh*, menina, *shhh* – Homily continuava dizendo.

Os passos agora tinham alcançado o alto da escada. Havia uma respiração pesada do lado de fora da porta, um tilintar de chaves e um tinido de porcelana. Houve a batida de um trinco sendo puxado, depois outra, e uma chave se encaixando e girando no cadeado.

– Cuidado – disse uma voz –, você está derramando!

Então as tábuas do chão gemeram e tremeram quando os dois pares de passos se aproximaram. Um enorme prato apareceu de repente sobre eles e, atrás do prato, um rosto. Este parecia extraordinário: rosado e coberto de pó, com cabelos dourados presos no alto e um brinco em cada lado bamboleando na direção deles. Abaixou-se, cada vez mais perto e mais perto – até que eles pudessem visualizar cada veia roxa na massa de pó das bochechas e cada cílio espetado dos penetrantes olhos azul-claros; e o prato foi colocado no chão.

Um outro rosto apareceu ao lado do primeiro – mais compacto e leve, com óculos sem aros, alvo e pálido sob a luz. Um pires se inclinou nitidamente em direção a eles e foi colocado ao lado do prato.

A boca rosada do primeiro se abriu de repente e algumas palavras caíram dela:

– Você acha que eles estão bem, querido? – ela perguntou com um bafo quente que agitou os cabelos de Homily.

Do outro rosto, viram os óculos sendo removidos repentinamente, e depois polidos e recolocados. Mesmo assustado como estava, Pod não pôde deixar de pensar: "Eu poderia usá-los para alguma coisa, assim como também aquele lenço grande de seda".

– Um pouco indispostos – a boca mais fina respondeu. – Você os chacoalhou muito dentro da caixa.

– Que tal uma gota de conhaque no leite deles, querido? – a boca rosada sugeriu. – Você está com sua garrafa de bolso?

Os óculos sem aro se afastaram, desapareceram por um momento, e houve um tinir de metal na porcelana. Pod, como uma mensagem para Homily, apertou-lhe a mão para que tivesse confiança. Ela abraçou as costas dele com força quando a primeira voz disse:

– Já está bom, Sidney; não exagere.
Novamente, os dois rostos foram aparecendo sobre eles, olhando, olhando...
– Olhe que rostos, mãos, cabelos, pés e tudo o mais tão pequenos... O que você acha que eles *são*, Sidney?
– Eles são um achado; é isso o que eles são! São uma mina de ouro! Venha, querida; eles não comerão enquanto estivermos aqui.
– E se eu apanhasse um?
– Não, Mabel. Eles não devem ser colocados na mão.
(Novamente, Pod apertou a mão de Homily.)
– Como você sabe?
– É uma questão de lógica: nós não os trouxemos aqui como bichos de estimação. Deixe que fiquem quietos por enquanto, Mabel, e vamos ver como eles se ajeitam. Podemos voltar um pouco mais tarde.

•• CAPÍTULO ONZE ••

– Mabel e Sidney – disse Arrietty, quando os passos se afastaram. Ela pareceu ficar bastante calma de repente.
– Do que você está falando? – perguntou Pod.
– São os nomes deles – Arrietty comentou despreocupadamente. – Vocês não ouviram quando eles estavam conversando?
– Sim, ouvi dizerem que nós não devemos ser colocados nas mãos e que poriam uma gota de conhaque em nosso leite...
– Como se fôssemos gatos ou algo assim! – resmungou Homily.
Mas, de repente, eles todos se sentiram aliviados: o momento de terror havia passado. Ao menos tinham visto seus capturadores.
– Se vocês me perguntassem – Pod disse –, eu diria que eles não são muito inteligentes. Espertos o suficiente, talvez, de certo modo... mas não o que chamaríamos de "brilhantes".
– Mabel e Sidney? – disse Arrietty. Ela soltou uma risada de repente e caminhou até a beirada da caixa.
Pod sorriu com o tom de voz dela.
– Sim, eles mesmos – disse.
– Comida! – anunciou Arrietty, olhando fora da beira da caixa. – Estou com muita fome! Vocês não?
– Eu não conseguiria tocar em nada – disse Homily. Mas, depois de alguns instantes, ela pareceu mudar de ideia. – O que tem aí? – perguntou vagamente.
– Eu quase não consigo ver daqui – Arrietty respondeu, curvando-se para enxergar.
– Esperem um momento – disse Pod. – Uma coisa acabou de me ocorrer; uma coisa importante, e veio à minha mente como um *flash*. Volte aqui, Arrietty; sente-se ao lado de sua mãe. A comida não vai fugir.
Quando as duas estavam sentadas, em expectativa, Pod tossiu para limpar a garganta.
– Não queremos subestimar a nossa posição – ele começou. – Eu fiquei pensando bastante e não quero assustar vocês, mas a nossa situação é ruim; muito ruim, na verdade! – Ele parou e Homily segurou

as mãos de Arrietty nas suas, dando-lhes tapinhas de confiança, mas seus olhos estavam voltados para o rosto de Pod. – Nenhum Borrower – Pod prosseguiu –, pelo menos nenhum de que eu tenha ouvido falar, viveu sob o controle absoluto de um grupo de seres humanos. Em controle absoluto! – ele repetiu, seriamente, olhando de um rosto apavorado para o outro. – Borrowers foram "vistos", nós próprios fomos "vistos"; Borrowers morreram de fome ou foram perseguidos, mas eu nunca ouvi esse tipo de absurdo; nunca em toda a minha vida. Você alguma vez ouviu, Homily?

Homily umedeceu os lábios.

– Não – ela sussurrou. Arrietty parecia bastante séria.

– Bem, a menos que consigamos acertar algum meio sensato de escapar, isso é o que acontecerá conosco. Vamos viver a nossa vida sob o controle absoluto de um grupo de seres humanos. Controle absoluto... – ele ficava repetindo devagar, como se quisesse gravar a expressão na mente de cada uma delas. Houve um silêncio atemorizante até Pod voltar a falar. – Agora, quem é o capitão do nosso pequeno navio?

– É você, Pod – disse Homily, com a voz embargada.

– Sim, eu sou. E vou exigir muito de vocês duas. E vou fazer regras conforme os acontecimentos, dependendo do que for necessário. A primeira regra, é claro, é obediência...

– Está certo – concordou Homily, apertando a mão de Arrietty.

– ... e a segunda regra que me ocorreu é que nenhum de nós deve falar nenhuma palavra.

– Ora, Pod... – começou Homily ponderando, pensando em suas próprias limitações.

Arrietty entendeu a questão.

– Ele quer dizer com Mabel e Sidney.

Pod sorriu novamente diante do tom de voz dela, embora meio preocupado.

– Sim, eles – ele disse. – Nunca deixem que percebam que podemos falar. Porque – ele batia dois dedos da mão direita na palma da esquerda, para enfatizar o sentido –, se eles pensarem que não podemos falar, acharão que nós não os entendemos. Da mesma forma como com os animais. E, se acharem que não entendemos, eles conversarão na nossa frente. *Agora* vocês entendem aonde quero chegar?

Homily fez que sim por várias vezes, numa rápida sucessão: ela se sentiu muito orgulhosa de Pod.

– Bem – ele prosseguiu em um tom mais relaxado –, vamos dar uma olhada nessa comida, e, depois que tivermos comido, faremos uma excursão por esta sala, explorando cada fenda e rachadura dela, do chão ao teto. Pode demorar vários dias...

Arrietty ajudou a mãe a se levantar. Pod, da beira da caixa, impulsionou uma perna e suavemente caiu no assoalho. Então ele se virou para ajudar Homily. Arrietty foi em seguida e se dirigiu diretamente para o prato.

– Pudim frio de arroz – ela disse, contornando-o. – Um pouco de picadinho de carne, repolho cru, pão... – Ela passou o dedo em alguma coisa escura e o chupou. – E metade de uma noz em conserva.

– Cuidado, Arrietty – advertiu Homily. – Pode estar envenenado.

– Eu não acho isso – disse Pod. – Parece que eles nos querem vivos. Eu gostaria de saber por quê.

– Mas como poderemos beber esse leite? – reclamou Homily.

– Bem, com as mãos em conchas.

Homily ajoelhou-se e juntou as mãos para beber. O rosto dela ficou cheio de leite, mas, quando bebeu, um calor revitalizante parecia aflorar por suas veias e seu humor melhorou.

– Conhaque – ela disse. – Na velha casa do Solar, eles o guardavam na sala do café, e aqueles Cornijas costumavam...

– Ora, Homily – disse Pod –, não é hora de fofocas. E aquilo era uísque.

– Alguma coisa assim, de qualquer maneira... E eles costumavam ficar bastante bêbados... Ao menos era o que diziam todas as vezes que o contador vinha trazer documentos. Como está o picadinho de carne?

– Está bom – respondeu Arrietty, lambendo os dedos.

•• CAPÍTULO DOZE ••

– Agora é melhor começarmos com o cômodo – disse Pod pouco tempo depois, quando acabaram de comer.

Ele olhou para cima. Em cada parede abruptamente reclinada havia uma janela de sótão instalada, no que parecia uma altura estonteante; os batentes das janelas estavam trancados e cada uma tinha também um trinco vertical. Sobre cada uma ficava pendurado um trilho de cortina vazio, com argolas enferrujadas. Através de uma janela, Pod conseguiu ver uma árvore de azevinho agitando-se ao vento.

– É estranho como – Arrietty observou –, tendo começado embaixo do piso, parece que estamos ficando cada vez mais no alto...

– E não é uma coisa natural para os Borrowers morar no alto – Homily interrompeu apressadamente. – Isso nunca leva a um bom lugar. Veja aqueles Cornijas, por exemplo, na antiga sala do café no Solar. Eram metidos, por morar no alto, a ponto de nunca darem um bom-dia, digamos, a quem estivesse no piso. Era como se eles não vissem os outros. Essas janelas não servem para nada – ela observou. – Duvido que até mesmo um ser mundano possa alcançá-las. Vocês imaginam como eles conseguem limpá-las?

– Eles ficam em pé sobre uma cadeira – disse Pod.

– E o fogaréu? – Homily sugeriu.

– Sem esperanças – disse Pod. – Está soldado na parte externa da chaminé.

Era um pequeno fogaréu de ferro, com um aro separado, sobre o qual, dentro de uma caçarola, encontrava-se um pote gasto de cola.

– E a porta? – perguntou Arrietty. – Se cortarmos, por exemplo, um pedaço da parte de baixo?

– Com o quê? – perguntou Pod, que ainda estava examinando a lareira.

– Poderíamos encontrar alguma coisa – Arrietty disse, olhando ao redor.

Havia diversos objetos no cômodo. Ao lado da lareira, achava-se um manequim de costureira estofado em um verde-escuro militar: tinha o formato de uma ampulheta, um puxador como cabeça e, abaixo dos quadris aumentados, um tipo de anágua de tela de arame – um apoio para ajustar as saias. Firmava-se em três pés curvos com rodinhas. O peitilho verde-escuro estava preso com alfinetes e, em um dos ombros, em fileira, três agulhas com linhas. Arrietty teve um pensamento estranho: os seres humanos se pareceriam com aquilo sem suas roupas? Seriam, diferentemente dos Borrowers, talvez não feitos de carne e sangue e tudo o mais? Pensando nisso, quando Mabel apoiou o prato, houve uma espécie de rangido, e parecia sensato pensar que, para manter toda aquela massa ereta, realmente devia haver algum tipo de recheio oculto.

Acima da prateleira da lareira, em cada lado, estavam fixadas duas lamparinas com suporte giratório em metal escurecido. De uma, pendia uma fita métrica esticada. Sobre a própria prateleira, ela viu a beirada de um pires lascado, as lâminas do que deveria ser uma tesoura e uma grande ferradura apoiada de cabeça para baixo.

Na parede adjacente à da lareira, afastada da parede inclinada, ela viu uma máquina de costura de pedal; era como uma da qual ela se lembrava no Solar dos Abetos. Acima da máquina, pendurado em um prego, havia uma câmara de pneu de bicicleta e um punhado de ráfia. Havia dois baús, várias pilhas de revistas e algumas cadeiras de ripas quebradas. No meio dos baús, inclinada, estava a rede de camarões que tinha conseguido capturá-los. Homily deu uma olhada no cabo de bambu e, sentindo arrepios, desviou os olhos.

Do outro lado do cômodo, uma mesa de cozinha de tamanho razoável estava encostada na parede e, ao lado dela, uma cadeira cujo encosto era formado por várias vigas. A mesa estava repleta de pilhas de pratos e pires, e de outras coisas que, do chão, eram difíceis de ser reconhecidas.

No chão, além da cadeira e imediatamente abaixo da janela, havia uma sólida caixa revestida por uma lâmina de nogueira incrustada com um metal escurecido. A lâmina estava rachada e descascando.

– É um estojo de toucador – disse Pod, que já tinha visto alguma coisa parecida no Solar –, ou uma daquelas estantes dobráveis. Ah, não... não é – ele prosseguiu à medida que caminhou até a extremidade mais distante. – Ela tem uma manivela...

– É uma caixa de música – disse Arrietty.

Depois de parecer emperrada por um momento, a manivela girou com bastante facilidade. Eles puderam girá-la como alguém giraria uma calandra velha, embora a volta na parte mais alta fosse difícil de controlar. Homily conseguia girá-la, entretanto, com seus punhos e braços compridos; ela era um pouco mais alta que Pod. Escutou-se um rangido de dentro da caixa e, de repente, uma música em tom agudo começou a tocar. Parecia mágica e encantadora, mas, de alguma forma, um pouco triste. Ela parou abruptamente.

– Ah, toque mais uma vez – pediu Arrietty.
– Não, é o suficiente – disse Pod. – Temos que prosseguir. – Ele estava observando a mesa.
– Só mais uma vez – implorou Arrietty.
– Está bem – ele disse –, mas vá rápido. Não temos o dia todo...

E, enquanto elas repetiam a música, ele se colocou no meio do aposento, olhando pensativamente para o topo da mesa.

Quando elas voltaram para o lado de Pod, ele disse:
– Vale a pena subir lá.
– Não consigo imaginar como você poderia – disse Homily.
– Quietas – pediu Pod. – Estou pensando em um jeito...

Obedientes, elas ficaram em silêncio, observando a direção dos olhos de Pod no momento em que ele conferia a altura da cadeira de vigas, e então, virando-se de costas para ela, deitou o olhar sobre a ráfia na parede oposta, conferiu a posição dos alfinetes no peitilho do manequim de costureira e virou-se novamente para a mesa. Homily e Arrietty prenderam a respiração, percebendo que um assunto muito importante estava em jogo.

– Fácil – disse Pod finalmente. – Brinquedo de criança... – E, sorrindo, esfregou as mãos: resolver um problema profissional sempre o alegrava. – Tem coisa boa ali em cima...

– Mas em que nos ajudaria – perguntou Homily –, já que não temos como sair daqui?

– Bem, nunca se sabe... – disse Pod. – De qualquer forma – ele prosseguiu, animado –, mantenham as mãos e a boca quietas.

•• CAPÍTULO TREZE ••

Nos dois ou três dias seguintes, eles estabeleceram a rotina diária. Mais ou menos às nove da manhã, o sr. ou a sra. Platter – ou ambos – chegavam com a comida. Eles arejavam o sótão, limpavam os pratos sujos e geralmente alimentavam os Borrowers para o dia inteiro. A sra. Platter, para a fúria de Homily, insistia com o tratamento para gatos: um pires de leite, uma vasilha de água e uma caixa de areia, colocada diariamente ao lado da comida sobre uma folha limpa de jornal.

Por volta do anoitecer, entre seis e sete horas, o processo era repetido e chamado de "colocá-los para dormir". Ficava escuro nessa hora e, algumas vezes, eles cochilavam – para serem acordados de repente pelo riscar de um fósforo e o iluminar de uma chama barulhenta de gás. Segundo uma das regras de Pod, por mais ativos que estivessem entre os intervalos, à chegada dos Platters, deveriam sempre ser encontrados dentro da caixa. Os passos na escada davam-lhes bastante tempo para se prevenir.

– E nunca deixem que eles saibam que nós podemos escalar.

A comida da manhã parecia consistir de sobras do café da manhã dos Platters; a da noite, sobras do almoço deles, era um pouco mais interessante. Qualquer coisa que eles deixassem no prato não era servida novamente. "Afinal de contas", escutaram o sr. Platter dizer, "não há livros sobre eles, nem um jeito de descobrir de que vivem, a não ser por tentativa e erro. Nós temos que experimentar com eles um pouco de uma coisa e um pouco de outra, e logo saberemos o que vai bem."

Exceto em ocasiões raras, quando o sr. ou a sra. Platter decidiam fazer reparos no sótão ou separar travessas de porcelana ou faqueiros para guardar lá em cima durante o inverno, os horários entre as refeições eram só deles.

Eram horários muito ativos. Naquela primeira tarde, Pod, com a ajuda de um alfinete curvado e um cordão de ráfia cheio de nós, conseguiu subir na mesa, e, uma vez ajeitado em segurança, mostrou a Arrietty como segui-lo. Mais tarde, ele disse, fariam uma escada de ráfia.

Gradualmente, eles abriram caminho no meio de várias caixas de papelão – algumas contendo colheres de chá e faqueiros, outras contendo cata-ventos de papel ou balões infantis. Havia caixas de pregos e parafusos variados e um pequeno recipiente retangular de porcelana sem tampa, repleto de chaves variadas. Havia uma pilha cambaleante de cestas de morangos manchadas de rosa e conjuntos de cones de sorvete, cuidadosamente embalados e hermeticamente selados com papel transparente à prova de umidade.

Havia duas gavetas na mesa, uma das quais não estava bem fechada. Eles se espremeram pela abertura e, à meia-luz, viram que estava cheia de ferramentas. A perna de Pod afundou entre uma chave de boca e uma chave de fenda e, tentando se libertar, fez esta última rolar e bater no tornozelo de Arrietty. Embora nenhum dos dois tivesse se machucado seriamente, decidiram que a gaveta era um lugar perigoso e a colocaram fora de sua fronteira.

Pelo quarto dia, a operação estava completa: eles tinham aprendido a posição e o uso possível de cada objeto do cômodo. Até conseguiram abrir a tampa da caixa de música, numa vã esperança de mudar a melodia. Ela se levantou com bastante facilidade, deslizando sobre uma barra de metal que, travando em determinada posição, segurava a tampa aberta. Ela se fechou, um pouco mais rapidamente, mas quase com a mesma facilidade, ao apertarem um botão. Eles não conseguiram mudar a música, entretanto; os cilindros de metal, que projetavam um padrão estranho de pinos de aço, eram pesados demais para eles levantarem, e só puderam ficar olhando desejosos para as cinco melodias desconhecidas dos igualmente pesados cilindros enfileirados atrás da caixa. Mas, a cada nova descoberta – como a chapa de ferro presa embaixo e atrás da porta e a altura estonteante das janelas do sótão, das quais as paredes inclinavam-se de um modo abrupto –, suas esperanças ficavam mais fracas: parecia não haver jeito de escapar.

Cada vez mais, Pod passava o tempo apenas sentado, pensando. Arrietty, cansada da caixa musical, descobriu na pilha de revistas e jornais várias cópias despedaçadas das *Notícias Ilustradas de Londres*. Ela as arrastou uma a uma até embaixo da mesa, e, virando as páginas, vastas como uma vela de navio, caminhava sobre elas aleatoriamente, observando as figuras e algumas vezes lendo em voz alta.

– E pensar que ninguém sabe onde estamos! – Pod exclamou, quebrando um silêncio melancólico. – Nem mesmo o Spiller.

"E nem mesmo a srta. Menzies...", Arrietty pensou em silêncio, olhando infeliz para o diagrama de meia página de uma represa a ser construída na área mais baixa do Nilo.

Como a manhã ficou mais fria, Homily cortou algumas faixas do cobertor gasto e ela e Arrietty criaram saias tipo sarongue e xales de pontas para envolver os ombros.

Vendo isso, os Platters decidiram acender o fogaréu e o deixaram queimando baixo. Os Borrowers ficaram felizes porque, embora algumas vezes o ar ficasse seco e abafado, eles puderam tostar pedaços das comidas mais sem graça e tornar as refeições mais apetitosas.

Um dia a sra. Platter entrou alvoroçada e, olhando bem decidida, dirigiu-se para a gaveta fechada da mesa. Observando-a do canto onde estava a caixa, eles viram que, entre alguns dos conteúdos que ela retirou, havia trapos e rolos de coisas velhas cuidadosamente amarrados com fitas. Ela desenrolou um pedaço de flanela amarelada e, pegando a tesoura, aproximou-se e fitou-os com olhos semicerrados e pensativos.

Eles olharam também nervosamente para as lâminas da tesoura, que abriam e fechavam. Será que ela pretendia investir sobre eles cortando e costurando? Mas não: com alguns chiados e muita respiração forte, ela se ajoelhou no chão e, espalhando o material à frente em pares sobrepostos, cortou três roupas combinadas, cada uma em peça única, com mangas húngaras e pernas. Costurou-as todas na máquina de costura, reprovando com um *tsc* sob a respiração ofegante quando a roda emperrava ou a linha se partia. Quando o dedal rolou para baixo do pedal da máquina, eles prestaram atenção no local: finalmente, uma xícara para beber!

Respirando afobada e com a ajuda do gancho de uma agulha de crochê, a sra. Platter virou as roupas do avesso.

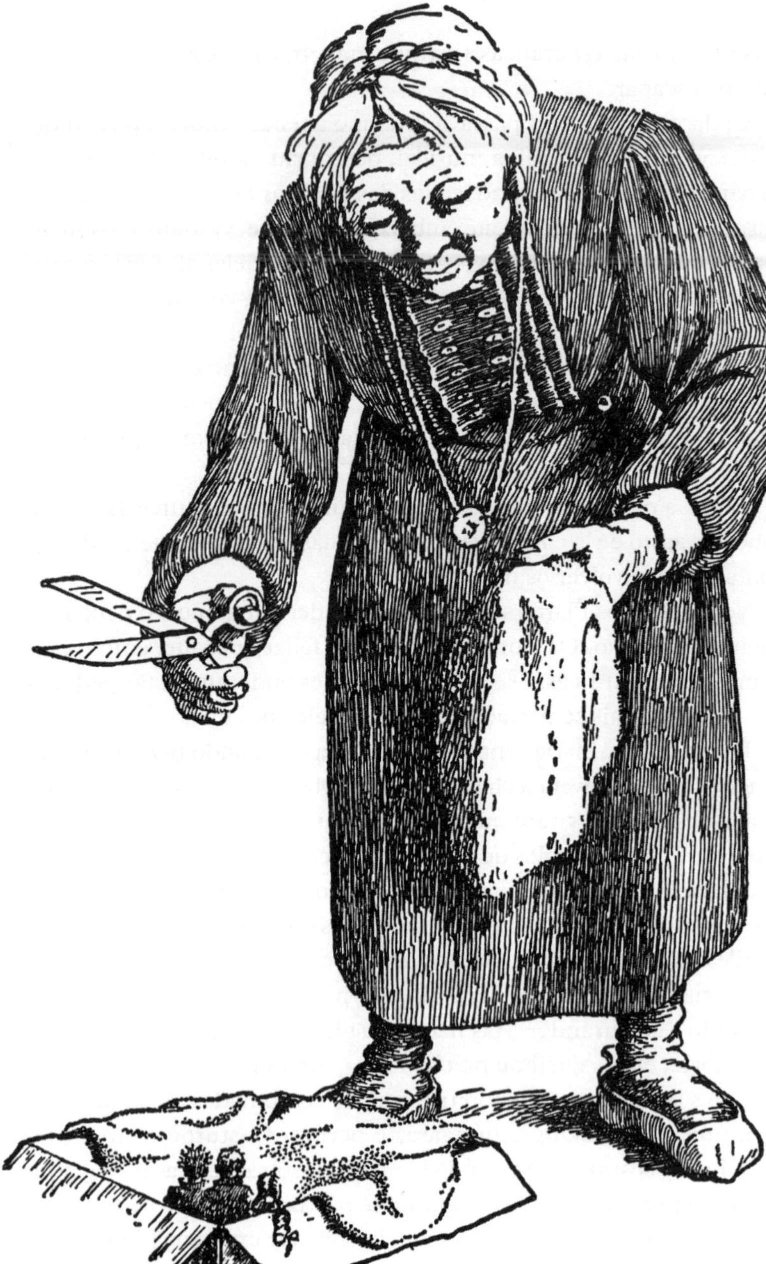

– Aqui estão – ela disse, e atirou-as dentro da caixa. Elas ficaram jogadas lá rigidamente, como pequenas efígies sem cabeças. Nenhum dos Borrowers se moveu.

– Vocês podem vesti-las sozinhos, não podem? – questionou a sra. Platter finalmente. Os Borrowers ficaram olhando de volta para ela com grandes olhos assustados, até que, depois de esperar por um momento, ela se virou e foi embora.

As roupas eram terríveis, duras e sem forma, e não vestiam bem em nenhum ponto. Mas ao menos eles ficaram aquecidos; e Homily poderia agora lavar as próprias roupas deles na vasilha de água potável e pendurá-las perto do fogaréu para secar.

– Graças aos céus que eu não posso me ver – ela comentou rispidamente quando olhou incrédula para Pod.

– Graças aos céus que você não pode – ele respondeu sorrindo, e virou-se rapidamente.

•• CAPÍTULO CATORZE ••

À medida que as semanas se passaram, eles ficaram sabendo, gradualmente, a razão de sua captura e o uso que fariam deles. Além da construção da casa em forma de gaiola na ilha, o sr. e a sra. Platter – certos de grande arrecadação, finalmente – estavam instalando uma catraca no lugar do portão de entrada.

Eles ficaram sabendo que um lado da casa-gaiola seria feito de uma placa grossa de vidro, expondo a vida familiar a todos. O vidro deveria ser "bom e pesado", conforme o sr. Platter insistiu, descrevendo o "projeto" para a sra. Platter: nada que os Borrowers pudessem quebrar, e fixado em uma fenda, de modo que os Platters pudessem levantá-lo para limpar. A mobília deveria ser mantida presa no assoalho e disposta de tal maneira que eles não pudessem se esconder atrás de nada.

– Sabe aquelas jaulas no zoológico com refúgios para os animais dormirem nos fundos, em que as pessoas ficam esperando durante um tempão e o animal nunca sai de lá? Bem, nós não queremos uma coisa dessas. Não podemos permitir que as pessoas fiquem reclamando o dinheiro de volta...

A sra. Platter tinha concordado. Ela viu todo o projeto com os olhos da mente e achou que o sr. Platter era inovador e maravilhoso.

– E temos que manter a gaiola – ele continuou, determinado –, ou casa, ou como quer que decidamos chamá-la, presa numa base de cimento. Não poderemos deixar que cavem uma toca.

Não, isso não poderia acontecer, a sra. Platter concordou novamente. E, enquanto o sr. Platter continuava com a construção da casa, a sra. Platter, segundo eles entenderam, havia combinado com uma costureira de lhes fazer um guarda-roupa completamente novo. Ela tinha levado as próprias roupas deles para servir como modelo de tamanho. Homily ficou bastante intrigada com a descrição da sra. Platter para o sr. Platter de um vestido verde "com um pouco de armação, como aquele meu púrpura axadrezado, lembra?". "Eu gostaria de *ver* esse púrpura axadrezado", Homily preocupava-se. "Só para ter uma ideia..."

Mas os pensamentos de Pod estavam focados num assunto mais grave. Cada conversa trazia, dia a dia, uma consciência maior do destino deles: viver expostos pelo resto da vida sob uma artilharia de olhos humanos – um estado constante e sem escapatória de serem "vistos". A carne e o sangue não aguentariam isso; eles murchariam sob tais olhares. Isso é o que aconteceria: eles definhariam e morreriam. E as pessoas os veriam até mesmo em seus leitos de morte; observariam com o pescoço esticado e acotovelando-se enquanto Pod acariciasse a fronte de Homily morta ou Homily acariciasse a fronte de Pod morto. Não, ele decidiu, inflexível. De agora em diante, só poderia haver um pensamento governando a vida deles: uma urgente decisão de escapar; escapar enquanto ainda estivessem no sótão; escapar antes da primavera. Percebeu que, custasse o que custasse, eles nunca poderiam ser levados com vida para essa casa com parede de vidro!

Por essas razões, à medida que o inverno passava, ele ficava irritado com o estardalhaço que Homily fazia com detalhes como o cinzeiro da lareira e a desatenta preocupação de Arrietty com o *Notícias Ilustradas de Londres*.

•• CAPÍTULO QUINZE ••

Durante esse período (meio de novembro até dezembro), vários projetos foram planejados e tentados. Pod havia conseguido retirar quatro pregos que seguravam um pedaço de remendo de assoalho embaixo da mesa de cozinha. "Eles não andam por aqui, sabem", ele explicava à mulher e à filha, "e fica meio escuro." Esses quatro pregos mais fortes ele repôs com outros mais finos da caixa sobre a mesa. Os pregos de melhor qualidade podiam ser retirados mais facilmente, e três deles juntos podiam mover as tábuas para o lado. Logo abaixo, eles encontraram as familiares vigas de madeira e as vigas mestras, com uma camada de pó que ficava na altura do tornozelo para eles, no reboco do teto do cômodo abaixo. ("Isso me lembra a época em que mudamos pela primeira vez para baixo do piso no Solar", disse Homily. "Às vezes eu achava que nunca conseguiríamos deixar aquilo em ordem, mas nós conseguimos.")

Mas o projeto de Pod não tinha nada a ver com a arrumação da casa: ele estava buscando um modo que pudesse conduzi-los ao espaço entre os sarrafos e o reboco das paredes do cômodo imediatamente abaixo. Se conseguissem fazer isso, ele pensava, nada os impediria de descer ao subsolo da casa, com a ajuda dos sarrafos no meio das paredes: camundongos faziam isso, ratos faziam isso; e, como ele enfatizou, mesmo sendo arriscado e cansativo, eles próprios já tinham feito isso várias vezes. ("Nós éramos mais jovens na época, Pod", Homily lembrou-lhe nervosamente, mas ela parecia bastante disposta a tentar.)

Não deu resultado, entretanto; o sótão ficava no telhado, e o telhado tinha sido armado completa e planamente sobre a alvenaria central da casa, assentada e segura por uma mistura semelhante a cimento. Não havia nenhum caminho em direção aos sarrafos.

A ideia seguinte de Pod foi quebrar um pequeno buraco no gesso do teto abaixo e, com a ajuda da escada balançante de corda feita de ráfia, descer sem cobertura para o cômodo que fosse possível.

– Pelo menos – ele disse – estaremos um andar abaixo, a janela será mais baixa e a porta não estará trancada...

Entretanto, primeiro ele decidiu pegar emprestado uma agulha de sacaria da gaveta de ferramentas e fazer um buraco para espiar. Isso também era arriscado: não só o teto poderia rachar, mas também era provável que um pouco de gesso caísse no chão de baixo. Eles decidiram arriscar, porém; os olhos dos Borrowers são particularmente aguçados: eles conseguem enxergar por um buraco bem pequeno.

Quando finalmente fizeram o furo, para o olhar surpreso deles, o cômodo que se apresentava abaixo era justamente o quarto da sra. e do sr. Platter. Havia uma cama grande de metal, um edredom muito rosa e brilhante, um tapete turco, uma banca para lavar as mãos com dois conjuntos de porcelana florida, um toucador e um cesto de gato. E o que era ainda mais alarmante: a sra. Platter estava fazendo seu descanso da tarde. Era uma visão extraordinária enxergar o vasto volume dela desse ângulo, escorado pelos travesseiros. Ela parecia muito sossegada e despreocupada, lendo uma revista feminina, virando as páginas prazerosamente e comendo balas amanteigadas de caramelo de uma vasilha redonda. O gato estava deitado no edredom aos pés dela. Uma névoa de pó de gesso do teto se assentou num aro sobre o rosa do edredom bem ao lado do gato. Pod percebeu, agradecido, que isso seria rapidamente sacudido quando a sra. Platter se levantasse.

Tremendo e em silêncio, os Borrowers se afastaram do buraco de espiar e, sem barulho, foram apalpando pelo caminho empoeirado até a saída no piso do chão. Silenciosamente, colocaram o assoalho no lugar e, com cuidado, recolocaram os pregos.

– Puxa! – disse Pod, abaixando-se, quando alcançaram sua caixa no canto. Ele limpou a testa com a manga – Eu não esperava ver aquilo! – Ele parecia muito abalado.

– Nem eu – disse Homily. Ela pensou um pouco. – Mas pode ser útil.

– Pode – concordou Pod, incerto.

A tentativa seguinte estava relacionada à janela – aquela pela qual eles conseguiam ver o galho balançante do azevinho. Aquele galho era a única ligação deles com o exterior.

"O vento está a leste hoje", a sra. Platter às vezes falava quando abria os batentes para arejar o sótão, o que ela conseguia ficando em pé sobre uma cadeira, e os Borrowers prestavam atenção ao que ela dizia e, pelo movimento das folhas em uma direção ou outra, conseguiam antever mais ou menos o tempo; "vento a leste" significava neve.

Quando os flocos de neve começavam a se acumular fora no peitoril, eles gostavam de ficar observando-os dançar e escorregar, mas sentiram-se agradecidos pelo fogaréu. Isso foi no começo de janeiro, e não era a época mais propícia para o estudo de Pod com relação à janela, mas não tinham tempo a perder.

Homily, em determinadas ocasiões, tentou desencorajá-lo.

– Digamos que nós realmente conseguíssemos abri-la; onde estaríamos? No telhado! E você pode ver quão íngreme ele é pela inclinação deste teto. Quero dizer, estamos melhor aqui do que no telhado, Pod. Eu sou companheira para quase todas as horas, mas, se você pensa que vou pular até aquele galho, vai ter que repensar seus planos.

– Você não poderia pular para aquele galho, Homily – Pod lhe disse pacientemente. – Está a muitos metros de distância. E o que é pior: fica balançando. Não; não é no galho que estou pensando...

– Em que está pensando, então?

– Sobre onde nós estamos – disse Pod. – É isso o que eu quero descobrir. Você poderia *ver* alguma coisa do telhado. Você os escutou conversando... sobre Pequena Fordham e tal. E sobre o rio. Eu gostaria apenas de saber onde *estamos*.

– E de que isso nos adiantaria – revidou Homily –, se não conseguimos sair de jeito nenhum?

Pod virou-se e olhou para ela.

– Nós temos que continuar tentando – explicou.

– Eu sei, Pod... – admitiu Homily depressa. Ela olhou na direção da mesa, sob a qual, como de costume, Arrietty estava imersa no *Notícias Ilustradas de Londres*. – E nós duas queremos ajudar você. Quero dizer, nós fizemos mesmo a escada de ráfia. Apenas diga-nos o que devemos fazer.

– Não há muito o que vocês possam fazer – disse Pod. – Ao menos não por enquanto. O que está me intrigando com essa janela é que, para soltar a tranca, a gente tem que girar o cabo da lingueta para cima. Está me entendendo? E é a mesma coisa com aqueles trincos verticais: temos que tirá-los da cavidade puxando *para cima*. Agora, digamos que, para abrir a janela, tivéssemos que virar o prendedor da lingueta para baixo; isso seria fácil! Nós poderíamos arremessar um pedaço de barbante ou qualquer coisa por cima, balançar nosso peso em algo como um barbante, e a lingueta se soltaria.

– Sim – disse Homily pensativa, olhando para a janela. – Estou entendendo você. Eles ficaram em silêncio por um momento; os dois se esforçando para pensar. – E o trilho da cortina? – perguntou Homily por fim.

– O trilho da cortina? Não estou entendendo bem...

– Ele está firme na parede?

Pod arregalou os olhos.

– Bastante firme, eu diria. É de bronze. E com aqueles suportes...

– Você conseguiria passar um pouco de barbante por cima do trilho?

– Por cima do trilho?

– E usá-lo como uma espécie de roldana?

Uma transformação ocorreu no rosto de Pod.

– Homily! – ele exclamou. – É isso aí! Aqui estou eu, há semanas com esse problema... e você conseguiu a resposta de imediato...

– Isso não é nada – disse Homily sorrindo.

Pod deu as ordens e, prontamente, começaram a trabalhar: o rolo de barbante e uma pequena chave para serem carregados até a mesa e, depois, para cima da caixa mais alta (que servia para facilitar a Pod o arremesso ao distante trilho da cortina); a ferradura de cavalo para ser impelida da prateleira da lareira até o assoalho e arrastada até um local ao lado da caixa de música e imediatamente abaixo da janela; vários arremessos pacientes da chave presa no barbante, com Pod instalado na pilha de caixas sobre a mesa, mirando a parede acima do trilho da cortina, que se sobressaía levemente sobre os dois suportes de bronze (e, de repente, escutou-se o bem-vindo barulho da chave contra o vidro e a ligeira queda dela quando Arrietty ajustou o barbante, passando por baixo da janela, por baixo do peitoril, e alcançando Homily no chão, ao lado da ferradura); a remoção da chave por Homily e o amarrar da escada de ráfia ao barbante para ser levado novamente por Arrietty, de modo a levantar o topo da escada para o mesmo nível da tranca da janela; o atar, por Homily, da base da escada de corda à ferradura no chão; o barbante para ser esticado por Arrietty e preso por ela com firmeza a uma das pernas da mesa; a descida de Pod ao chão.

Foi maravilhoso. A escada se levantou esticada da ferradura, direto para o centro da junção do batente da janela, presa com firmeza pelo barbante em volta do trilho da cortina.

Pod subiu pela escada de ráfia, sendo observado do assoalho por Arrietty e Homily. Quando chegou ao mesmo nível da lingueta da janela, ele prendeu o primeiro degrau no trilho da cortina, mantendo – por alguns momentos essenciais – a escada independente do barbante. Arrietty, ao lado da perna da mesa, soltando vários centímetros do rolo, permitiu que Pod desse um nó no barbante, prendendo o cabo da lingueta. Pod, então, descendo da mesa até o chão, trouxe o rolo de barbante diretamente para baixo da janela.

– Até aqui, tudo bem – ele disse. – Agora todos nós temos que puxar o barbante. Você, atrás de Arrietty, Homily, e eu puxarei na retaguarda.

Obedientemente, elas fizeram como ele havia dito. Com uma volta no barbante ao redor do pulso fino de cada um, como em um cabo de guerra, eles foram puxando para trás, esforçando-se e se firmando nos calcanhares. Lenta e firmemente, o cabo da tranca moveu-se para o alto e a cabeça em forma de martelo se abaixou, dando meia-volta até, finalmente, deixar um dos batentes livre.

– Conseguimos! – disse Pod. – Podem soltar agora. Esse é o primeiro estágio. Ficaram todos esfregando as mãos de felicidade. – Agora, para o trinco. – Pod prosseguiu. E todo o procedimento foi repetido, mais eficientemente: dessa vez, mais rápido. O pequeno trinco, solto em seu encaixe, levantou-se suavemente e ficou pendurado sobre a cavidade. – A janela está aberta! – gritou Pod. – Não há nada que a segure, exceto a neve no peitoril.

– E poderíamos varrê-la se, digamos, subíssemos pela escada – disse Homily. – Eu gostaria de ver a paisagem.

– Você poderá ver a paisagem em um minuto – disse Pod –, mas não podemos mexer na neve. Não quereremos que Mabel e Sidney subam e descubram que estivemos na janela. Pelo menos, não por enquanto... O que temos que fazer, e depressa, é fechá-la novamente. Como você está se sentindo, Homily? Quer descansar por um momento?

– Não. Estou bem – ela disse.

– Então, é melhor nos apressarmos – disse Pod.

•• CAPÍTULO DEZESSEIS ••

Sob a direção de Pod, e com um ou dois pequenos erros da parte de Homily e Arrietty, o processo foi revertido, e a tranca e o trinco foram fechados novamente. Mas não sem antes – como Pod havia prometido – os três terem subido a escada em uma fila solene e, esfregando o vidro embaçado, admirado a paisagem adiante. Eles viram, lá longe e abaixo deles, o deslumbrante declive do gramado do sr. Platter, e o serpeante e escuro rio, como um chicote, desfazendo-se em curvas a distância; viram os telhados de Fordham cobertos de neve – e, ao lado de um distante entroncamento do rio, os três altos choupos que, eles sabiam, marcavam o domínio de Pequena Fordham. Pareciam muito distantes – até mesmo, Homily pensou, para uma linha reta.

Eles não conversaram muito depois que viram essas coisas. Ficaram assustados com a distância, a altura e a imensidão daquela brancura. Sob as ordens de Pod, puseram-se a guardar o equipamento sob a tábua do assoalho, onde, embora seguramente escondido, ficava sempre à mão.

– Nós praticaremos essa atividade da janela novamente amanhã – disse Pod –, e durante todos os dias a partir de agora.

Enquanto trabalhavam, a ventania recomeçou, e a parte inferior das folhas do azevinho se mostrou cinza como o céu. Antes do pôr do sol, começou a nevar novamente. Quando eles assentaram o assoalho mais uma vez e recolocaram os pregos, arrastaram-se até perto do fogaréu e se sentaram por ali, pensando enquanto a luz do dia escapava do quarto. Parecia ainda não haver jeito de fugir.

– Aqui é alto demais – Homily ficava dizendo. – Nunca é e nunca foi bom para os Borrowers ficar assim no alto...

Finalmente, os passos da sra. Platter nas escadas levaram todos de volta para a caixa. Quando o fósforo se acendeu e o fogaréu resplandeceu, eles viram o quarto novamente e a negritude da janela com uma camada alta de neve amontoada no peitoril externo. O monte branco aumentava suavemente à medida que eles observavam cada floco de neve caindo ali.

– Tempo horrível – murmurou a sra. Platter para si própria, quando colocou o prato e o pires deles. Ela ficou olhando para eles preocupada porque estavam amontoados na caixa e aumentou um pouco o fogaréu antes de sair. E eles foram deixados sozinhos, como sempre, para comer no escuro.

•• CAPÍTULO DEZESSETE ••

A neve, a geada e o frio feito chumbo continuaram até o início de fevereiro. Até que, em determinada manhã, eles acordaram com uma chuva suave e nuvens pálidas correndo no céu. As folhas do galho de azevinho, esmaltadas e brilhando, ondulavam negras sobre o cinza, e não mostravam nada do brilho prateado da parte de baixo.

– O vento está para o sul – anunciou Pod naquela manhã com a voz satisfeita e experiente de um adivinho do tempo. – É provável que a neve derreta.

Nas semanas anteriores, eles tinham empregado o tempo da melhor forma que podiam. Contra o peso da neve no peitoril, tinham praticado o levantar da tranca e levado o processo à perfeição. O sr. e a sra. Platter, conforme as informações que juntaram, estavam atrasados na construção da casa-gaiola, mas as roupas dos Borrowers haviam chegado, e estavam separadas entre folhas de papel de seda em uma caixa de presente. Não demoraram nem um minuto para tirar a tampa e, com infinito cuidado e destreza, examinar o conteúdo e experimentar tudo em segredo. A costureira tinha mãos mais hábeis do que a sra. Platter e havia trabalhado com materiais – de longe – muito superiores. Havia um terno cinza completo para Pod que, em vez de uma camisa comum, tinha um curioso tipo de colarinho destacável com uma gravata pintada; um vestido plissado e drapeado para Arrietty, com duas opções de salopete para mantê-lo limpo. Homily, embora pronta a reclamar, pegou o seu vestido verde com "um pouco de armação" e o usaria algumas vezes em momentos de perigo: o som assustador dos passos nos degraus.

Para Pod, esses acontecimentos pareciam frívolos e infantis. Haviam elas esquecido – ele queria saber – o perigo imediato e o destino que, a cada dia, aproximava-se mais à medida que o tempo clareava e o sr. Platter ficava trabalhando na casa? Ele não as reprovava, entretanto. Melhor deixá-las ter seu momento de alegria, ele decidiu, diante da miséria por vir.

Mas ele ficou muito "para baixo". Seria melhor que todos eles estivessem mortos, ele lhes disse um dia, do que em cativeiro público pelo resto da vida; e ficava sentado e olhando para o espaço.

Ele ficou tão "para baixo" que Homily e Arrietty começaram a se assustar. Elas pararam de ficar se vestindo e confabulavam juntas nos cantos. Tentavam reanimá-lo com piadinhas e anedotas; guardavam para ele todos os petiscos de comida. Mas Pod parecia ter perdido o apetite. Mesmo quando lembraram-lhe que a primavera estava chegando e que logo seria março – "e alguma coisa sempre acontece para nós em março" –, ele não mostrava nenhum interesse. "Alguma coisa *vai* acontecer para nós em março" foi tudo o que ele disse antes de se recolher novamente em seu silêncio.

Um dia, Arrietty chegou ao lado de Pod quando ele estava ali sentado, pensando amargamente, no canto da caixa. Ela pegou a mão dele.

– Tenho uma ideia – ela disse.

Ele fez um esforço para sorrir e, gentilmente, apertou a mão dela.

– Não há nada – ele disse. – Temos que enfrentar isso, moça.

– Mas há alguma coisa – Arrietty insistiu. – Escute com atenção, papai. Eu pensei na solução!

– Você pensou, minha garota? – ele comentou gentilmente e, com um leve sorriso carinhoso, afastou-lhe o cabelo do rosto.
– Sim – disse Arrietty. – Nós podemos fazer um balão.
– Um o quê? – ele se surpreendeu. E Homily, que estava tostando uma fatia de bacon no fogaréu, apressou-se ao encontro deles, levada pela veemência do tom de Pod.
– Nós nem precisamos construí-lo – Arrietty disse apressada. – Há uma porção de balões naquelas caixas, e nós temos todas aquelas cestas de morangos, e eu encontrei desenhos técnicos e tudo o mais...
– Ela o puxou pela mão. – Venha ver esta cópia do *Notícias Ilustradas de Londres*.

Havia três páginas duplas no *Notícias Ilustradas de Londres* – com desenhos técnicos, fotos e um artigo de especialistas, detalhados didaticamente em colunas, sobre um esporte que voltara à moda: o balonismo livre.
Pod sabia contar e somar, mas não sabia ler, então Arrietty, caminhando sobre o jornal, leu o artigo em voz alta. Ele escutava atentamente, tentando entendê-lo.
– Leia isso novamente, garota – dizia, franzindo a testa num esforço para entender.
– Bem, pode se sentar ali, por favor, mãe? – Arrietty teve que dizer, porque Homily, cansada de ficar em pé, havia se sentado sobre a página. – Você está sobre o pedaço da velocidade do vento...

Homily continuava resmungando frases como: "Oh, céus...", "Ai, meu santo...", quando todas as implicações do plano deles começavam a se clarear para ela. Ela parecia hostil e meio descontrolada, mas, desperta agora para a sua situação desesperadora, acabou concluindo que, dos males, esse era o menor.

– Entendi a ideia – disse Pod finalmente, depois de várias repetições de um parágrafo referente a alguma coisa descrita como "abóbada ou envelope". – Agora vamos ver aquela parte da linha da válvula e do anel de carga. Está na parte de cima da segunda coluna.

– Ele e Arrietty caminhavam pela página novamente e, com paciência e clareza, embora se atrapalhando às vezes com palavras grandes, Arrietty lia em voz alta.

Na gaveta de ferramentas, agora não mais fora de alcance, encontraram o toco de um lápis. Pod extraiu o grafite e o apontou mais fino para Arrietty sublinhar as instruções básicas e fazer uma lista.

Finalmente, no terceiro dia de trabalho concentrado, Pod anunciou:
– Vamos em frente!

Ele era outro homem de repente; o que parecia, a princípio, um voo ridículo da imaginação de Arrietty poderia se tornar agora um fato sensato, e ele era prático o suficiente para enxergar isso.

A primeira tarefa era desmontar rapidamente a rede de camarões. Nessa tarefa, em mais de um sentido, recairiam todas as esperanças de sucesso deles. Homily, com o pedaço de uma lâmina de serra de ourives, tirada de uma caixa da gaveta de ferramentas, deveria cortar os nós que prendiam a rede à moldura. Pod serraria então a moldura da rede em vários comprimentos portáteis e separaria o cabo de bambu.

– Essa rede de camarões inteira tem que desaparecer – Pod explicou –, como se nunca tivesse existido. Não podemos permitir que eles vejam a moldura com a parte da rede retirada. Uma vez que ela esteja em pedaços, poderemos escondê-la, por exemplo, embaixo do assoalho.

Demorou menos tempo do que eles haviam previsto, e, quando colocaram de volta a tábua do assoalho e arrumaram os pregos no lugar, Pod (que não costumava ficar filosofando) disse:

– Engraçado pensar nisto: justamente esta velha rede, na qual fomos capturados, deve se tornar a nossa salvação.

Nessa noite, quando foram dormir, sentiram-se cansados, mas um pouco mais felizes. Pod ficou acordado por algum tempo, pensando em um outro grande teste do qual dependeriam no dia seguinte. Poderia o balão ser preenchido com o fogaréu? Havia um perigo verdadeiro em fazer experiências com gás, ele ficava pensando, desconfortável; mesmo seres humanos adultos causaram acidentes, sem contar crianças desobedientes. Ele tinha prevenido Arrietty sobre o combustível nos dias em que moravam no Solar, e ela, como uma boa garota, havia respeitado sua advertência e entendido o perigo. Certamente, ele tomaria todas as precauções: primeiro, a janela deveria ficar bem aberta, e a válvula do fogaréu, bem fechada; e precisariam esperar o fogo esfriar até não restar nenhum sinal avermelhado. Havia bastante pressão no jato do gás; até nessa mesma noite, quando a sra. Platter o acendera pela primeira vez, Pod se lembrou de quão forte ele havia chiado; segundo notou, ela tinha sempre que deixá-lo um pouco mais baixo. A subida até a prateleira da lareira poderia ser feita pelo manequim. Não adiantava ficar preocupado, ele concluiu; afinal, eles certamente fariam a experiência e aguentariam esperar pelo resultado. Mesmo assim, passou muito tempo – pareceram muitas horas – antes de Pod cair no sono.

•• CAPÍTULO DEZOITO ••

O balão se encheu perfeitamente. Amarrado ao redor da boca do jato de gás e ancorado à ferradura de cavalo no chão por um outro pedaço de barbante, primeiro foi inchando suavemente numa massa mole que se inclinou frouxamente contra o queimador, e depois, para a feliz surpresa deles, de repente foi ficando em pé e continuou se dilatando. Foi ficando cada vez maior, até se tornar um vasto globo firme com um brilho púrpura translúcido. Então Pod, firmemente suspenso em meio ao ornamento trabalhado do suporte do bico, inclinou-se de lado e desligou o gás.

Como um torniquete, ele amarrou a boca do balão sobre o bocal e soltou a amarra logo abaixo. O balão pulou livre, quase que com um arrancão, mas foi trazido de volta pelas rédeas do barbante que Pod havia ancorado na ferradura.

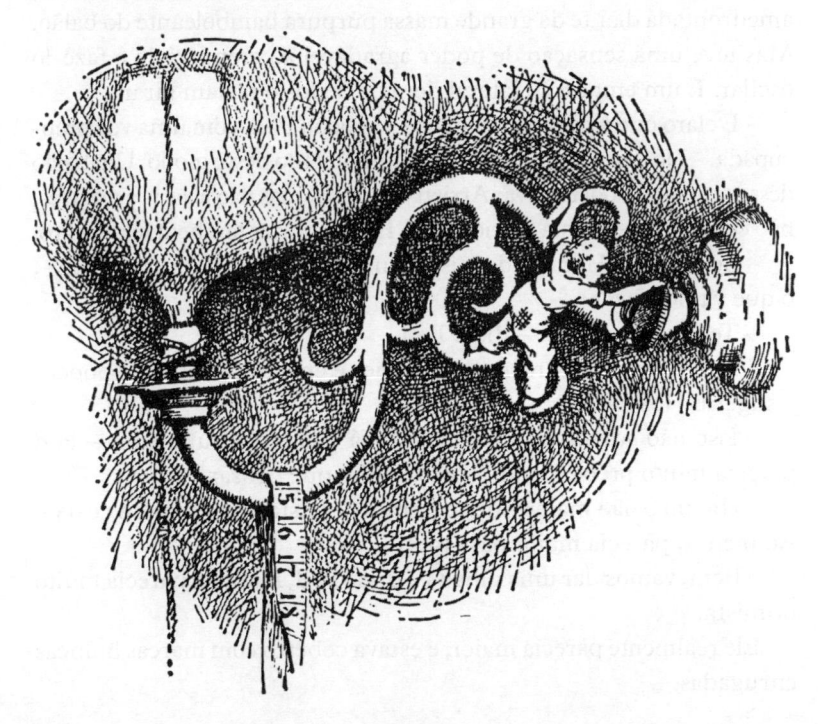

Homily e Arrietty, no assoalho ao lado da ferradura, desmanchavam-se em "Ahhhs" e "Ohhhs"... Arrietty correu à frente e, agarrando o cordão, experimentou seu peso nele. Ela balançou um pouco para a frente e para trás quando o balão colidiu contra o teto.

– Com suavidade! – gritou Pod, no peitilho do manequim. Ele desceu devagar sobre apoios de pés cuidadosamente montados com os alfinetes. Quando alcançou a parte de tela abaixo dos quadris, ele se impulsionou para descer muito mais rapidamente de um degrau de arame para outro. – Agora, nós três vamos segurar – disse-lhes, correndo para agarrar o cordão. – Puxem o mais forte que conseguirem – ele gritou –, uma mão depois da outra!

Mão após mão, eles puxaram, e, balançando vagarosamente, o balão desceu. Uma rápida girada dupla do barbante através do buraco do prego da ferradura e lá estava ele: controlado, ao lado deles, oscilando e rodando suavemente.

Pod limpou a testa na manga.

– É pequeno demais – ele disse.

– Pequeno demais! – exclamou Homily. Ela se sentia uma anã amedrontada diante da grande massa púrpura bamboleante do balão. Mas teve uma sensação de poder agradável ao empurrá-lo e fazê-lo oscilar. E um empurrão lateral de seus dedos o faziam girar.

– É claro que é pequeno demais – explicou Pod, com uma voz preocupada. – Nós não deveríamos conseguir puxá-lo desse modo. Um balão desse tamanho poderia levar Arrietty sozinha, mas não levaria a nós três; não com a rede e a cesta adicionados. E precisamos também ter o lastro.

– Bem – disse Homily, depois de um silêncio curto e desanimado –, o que vamos fazer?

– Tenho que pensar – disse Pod.

– E se todos nós pararmos de comer e emagrecermos um pouco? – sugeriu Homily.

– Isso não adiantaria nada, e você já é magra o suficiente. – Pod parecia muito preocupado. – Não, tenho que pensar.

– Há um balão maior – disse Arrietty. – Está sozinho numa caixa. Ao menos, parece maior para mim.

– Bem, vamos dar uma olhada – disse Pod, mas não parecia muito otimista.

Ele realmente parecia maior, e estava coberto com marcas brancas enrugadas.

– Acho que é algum tipo de escrita – Arrietty observou, tirando a tampa da caixa. – Sim; diz aqui: "Impresso segundo suas especificações". Eu gostaria de saber o que isso significa...

– Eu não me importo com o que quer dizer – exclamou Pod –, desde que haja bastante espaço nele. Sim, é maior – ele continuou. – Um bom tanto maior, e é mais pesado. Sim, esse balão pode nos servir direito. Devemos testá-lo imediatamente, agora que apagamos o fogo e abrimos a janela.

– O que faremos com este aqui? – perguntou Homily do chão. Ela deu um tapa tão forte no balão que ele estremeceu e girou.

– É melhor estourá-lo – disse Pod enquanto descia da mesa pela escada de ráfia que balançava nos pinos tortos do encosto da cadeira – e esconder os restos. Não há muito mais que *possamos* fazer.

Eles o estouraram com um alfinete. O estouro pareceu ensurdecedor, e o balão, esvaziando, começou a saltitar como uma coisa maluca. Homily deu um grito e correu para se proteger na tela de arame embaixo do manequim. Ficou um terrível cheiro de gás.

– Eu não pensei que fizesse tanto barulho – disse Pod, com o alfinete na mão e parecendo meio assustado. – Não se preocupem: com a janela aberta, o cheiro logo desaparecerá.

O novo balão era mais desajeitado para que o levassem para cima, e Pod teve que descansar um pouco na prateleira da lareira antes de lhe fixar o jato de gás.

— Quer que eu suba para ajudá-lo, papai? — Arrietty gritou para ele do chão.

— Não — ele disse. — Tudo ficará bem em um minuto. Apenas deixe-me recuperar o fôlego...

O balão mais pesado ficou murcho por mais tempo; até que, quase como se estivesse gemendo por conta do esforço, levantou-se aprumado e começou a encher.

— Oh, — suspirou Arrietty — vai ficar com uma cor linda! — Era um rosa fúcsia profundo, tornando-se, a cada momento, conforme a borracha esticava, um pálido mais delicado. Quando ele oscilou um pouco com o jato de gás, as letras brancas começaram a aparecer: "PARE!" foi a primeira palavra, com um ponto de exclamação depois dela. Arrietty, lendo a palavra em voz alta, esperou que não fosse um mau presságio. Abaixo de "PARE!" veio a palavra "BALLYHOG-GIN" e, abaixo dessa, em letras menores: "Cidade em Miniatura Mundialmente Famosa e Chá na Beira do Rio".

O balão ia ficando cada vez maior. Homily ficou assustada.

— Cuidado, Pod — ela implorou. — Seja lá o que você fizer, não o estoure.

— Ele ainda pode aumentar um pouco mais — disse Pod.

Elas observavam ansiosas até que Pod, finalmente, com uma sombra de brilho rosa do oscilante monstro acima de si, disse:

— Já está bom — e, apoiando-se de lado em direção à parede, fechou o gás rapidamente. Subindo na escada mais uma vez, pegou a fita métrica, que ainda estava pendurada no suporte da lamparina, e mediu a altura do "i" da palavra "Rio". — Uns bons sete centímetros — disse. — Isso nos dá um padrão para medirmos na próxima vez que o inflarmos. — Agora ele falava com mais frequência em termos correntes de balonismo e havia adquirido um vocabulário de bom tamanho referente a termos como lastro de voo, cintas de náilon, cordas de aprisionamento e âncora.

Dessa vez, o balão, subindo até o teto, levantou um pouco a ferradura e a arrastou ao longo do assoalho. Com grande presença de espírito, Homily sentou-se sobre a ferradura enquanto Arrietty saltava para pegar o barbante.

– Esse parece servir melhor – disse Pod, descendo mais uma vez do peitilho do manequim. Quando começava a descida, o pé dele escorregou em um alfinete, mas, inclinando-se lateralmente, ele enterrou o pino novamente quase à altura da cabeça e fez um calço seguro para o pé. Mas, pelo resto da descida, ele controlou a ansiedade e desceu mais devagar. No momento em que chegou ao chão, apesar do ar gelado da janela, ele parecia muito acalorado e desarrumado.

– Alguma novidade? – ele perguntou a Arrietty enquanto esperava recuperar o fôlego.

– Não – respondeu ela, também se recuperando. Então os três puxaram juntos, mas o balão deu uma mera girada no teto, como se estivesse preso ali por um ímã.

– Já chega – disse Pod, depois que os três levantaram os pés do chão e balançaram um pouco no ar, ainda sem nenhum efeito sobre o balão. – Soltem-no. Preciso pensar novamente.

Elas ficaram silenciosas durante as reflexões dele, mas observavam ansiosamente enquanto ele andava pra lá e pra cá franzindo a testa, concentrado. Em determinado momento, ele soltou a corda do balão da ferradura e, rebocando-o com o barbante, fez que ele andasse pelo teto. O balão dava alguns solavancos, mas o seguia obedientemente quando ele traçava o curso no chão.

– O tempo está passando – Homily disse, finalmente.

– Eu sei – ele disse.

– Quero dizer – Homily continuou, com voz preocupada –, como vamos fazê-lo descer? Estou pensando na Mabel e no Sidney. Nós temos que descê-lo antes da ceia, Pod.

– Eu sei disso – ele disse. Pod ficou andando com o balão pela sala até parar sob a beirada da mesa. – O que precisamos é de algum tipo de manivela... um tipo de rosca sem fim e um mecanismo de eixo. – Ele olhou fixamente para o puxador da gaveta de ferramentas.

– Rosca sem fim e mecanismo de eixo... – disse Homily com uma voz de estranheza. – *Sem fim*? – ela repetia, confusa.

Arrietty, atualizada agora com quase todos os aspectos do balonismo livre, inclusive o uso de manivelas, riu e disse:

– É uma coisa que determina o peso. Vamos supor que você gire um cabo como o da... – Ela parou instantaneamente, tomada por um pensamento repentino. – Papai! – ela gritou agitada. – O que você acha da caixa de música?

– A caixa de música? – ele repetiu sem entender. Então, quando Arrietty confirmou com a cabeça, sentiu um ligeiro despertar, e toda a sua expressão mudou. – É isso mesmo! – ele exclamou. – Você acertou em cheio! Ela é a nossa manivela, o nosso peso, o nosso cilindro, o nosso mecanismo de eixo, a roda dentada e tudo o mais!

•• CAPÍTULO DEZENOVE ••

Sem mais perda de tempo, eles abriram a caixa de música e Pod, em pé sobre uma caixa de fósforos levantada, ficou observando as peças.

– Nós temos um problema – ele disse, quando elas subiram ao seu lado. – Eu o resolverei, fiquem sabendo, mas tenho que descobrir a ferramenta certa. São esses dentes – ele apontou.

Espiando dentro do mecanismo, elas viram que ele se referia a uma fila de pontas de metal suspensas em uma barra, projetando-se de cima para baixo: esses eram os pinos que, roçando o cilindro quando este girava, extraíam de cada ponta em relevo um tom de nota agudo.

– Temos que retirar esses pinos, ou eles estragarão a corda de reboque. Se eles estiverem soldados, será difícil, mas me parece que estão todos numa única peça, presa por estes parafusos.

– Para mim também parece isso – disse Arrietty, tentando enxergar melhor.

– Bem, tiraremos esses parafusos em um minuto – disse Pod.

Enquanto ele subia mais uma vez até a gaveta de ferramentas, Homily e Arrietty tocaram uma última melodia.

– Pena que nunca ouvimos os outros – disse Arrietty. – E agora não os ouviremos nunca mais.

– Se nós sairmos daqui vivos – disse Homily –, eu não me importarei se nunca mais vir ou ouvir uma caixa de músicas novamente em todo o resto da minha vida.

– Bem, você vai sair daqui viva – comentou Pod numa voz austera e determinada. Ele estava de volta entre elas com a menor chave de fenda que pôde encontrar; mesmo assim, era tão grande quanto ele. Ele se encaminhou até a trave e, com os pés separados e segurando o cabo na altura do peito, tomou sua posição acima do parafuso e colocou a ponta na fenda. Depois de uma rápida resistência, o parafuso girou facilmente à medida que Pod revolvia o cabo.

– Fácil como parafusos de relógios – ele comentou enquanto soltava os outros. – É benfeita, esta caixa de música.

Eles logo puderam retirar a fileira de dentes pontudos e prender a corda de reboque no cilindro. Ela se agitava solta conforme o balão vagava pelo teto.

— Agora — disse Pod — vou dar a primeira virada e ver como funciona...

Arrietty e Homily prenderam a respiração quando ele agarrou a manivela da caixa de música e começou a virá-la devagar. A linha se esticou e ficou completamente reta. Devagar e com firmeza, conforme Pod colocava mais força, o balão começou a descer na direção deles. Elas o observavam ansiosamente, com o rosto virado e o pescoço doendo, até que, finalmente, controlando e puxando levemente as amarras, ele conseguiu trazê-lo ao alcance de todos.

— O que acharam disso? — comentou Pod com voz satisfeita. Mas ele parecia bastante pálido e cansado.

— O que nós vamos fazer agora? — perguntou Homily.

— Vamos desinflá-lo.

— Deixar o gás sair — explicou Arrietty, porque Homily ainda parecia não ter entendido.

— Temos que achar algum tipo de plataforma — anunciou Pod — para colocar por cima do vão da caixa de música; alguma coisa sobre a qual possamos andar. — Ele correu o olhar pela sala. Embaixo da boca do fogaréu, sobre o qual ficava o pote vazio de cola, havia um pedaço de latão retangular, ligeiramente chamuscado, usado para proteger a madeira do assoalho. — Isso servirá.

Os três estavam bastante cansados a essa altura, mas conseguiram puxar o pedaço de latão de baixo da boca do fogaréu, erguê-lo e colocá-lo sobre o topo da caixa de música aberta. Dessa plataforma, Pod conseguia mexer na boca do balão e começou a desatar o nó.

— Você e Arrietty fiquem distantes — ele advertiu Homily. — Melhor ficar embaixo da mesa. Não se sabe o que este balão pode fazer.

O que ele fez, depois de se libertar do nó do barbante, foi voar de um lado para outro, descendo devagar até cair e bater no chão. A cada batida, o cheiro de gás ficava mais forte. Para Arrietty, parecia, enquanto ela o observava sob a mesa, que o balão estava morrendo com espasmos. Finalmente, o envelope[12] ficou parado e vazio, e Arrietty e Homily saíram de debaixo da mesa e ficaram, com Pod, olhando para ele.

— Que dia! — disse Homily. — E ainda temos que fechar a janela...

---

12. A parte de tecido do balão. (N. T.)

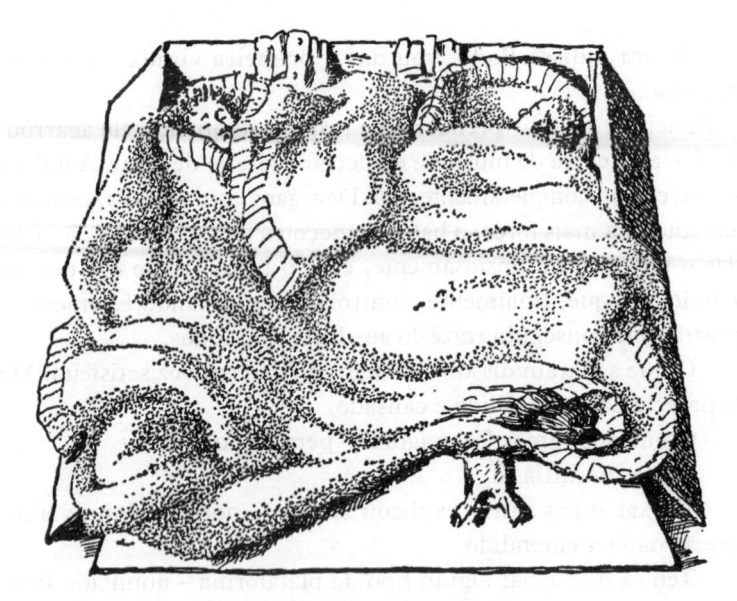

— Foi um dia que valeu a pena – disse Pod.

Mas, depois do elaborado processo de fechar a janela e esconder sob o assoalho todos os vestígios da recente experiência, eles já estavam extremamente cansados. Ainda nem era hora de anoitecer e eles já se arrastaram para o cobertor da caixa e esticaram os membros doloridos.

Na hora em que o sr. e a sra. Platter trouxeram a ceia, eles estavam perdidos em um profundo e exaurido sono. Não ouviram a sra. Platter se alarmar porque o fogo estava apagado. Nem viram o sr. Platter fungando atenciosamente, procurando ver alguma coisa diferente na sala e reclamando que "Você tem que ser mais cuidadosa, Mabel; está um cheiro ruim de gás aqui".

A sra. Platter, muito indignada, protestou sua inocência.

— Foi você quem acendeu o gás esta manhã, Sidney.

— Não, isso foi ontem. – ele disse. E, como cada um sabia bem que o outro (quando pego em deslizes) tinha pouca preocupação com a verdade, eles ficaram se culpando e não chegaram a nenhuma conclusão.

— De qualquer jeito – resumiu a sra. Platter –, a temperatura está branda demais para fogaréus... – E não o acenderam mais.

•• CAPÍTULO VINTE ••

Os dez dias seguintes foram limitados a experiências sérias, controladas e dirigidas por Pod.
– Nós temos que ir em frente com firmeza, agora – ele explicou.
– Devemos nos manter em uma espécie de programa, e não forçar demais de uma só vez. É uma grande empreitada, Homily; você não pode querer apressar as coisas. Passo a passo, sobe-se uma montanha.
– Mas quando eles abrirão?
– O Chá na Beira do Rio? Em 1º de abril, se a casa-gaiola estiver terminada.
– Aposto que já está terminada agora. E já estamos praticamente em março...
– Você está errada, Homily. Ainda não entregaram nem a placa de vidro nem a alça para levantá-la. E algo deu errado com a drenagem. Eles tiveram uma inundação, lembra? Você não escutou quando eles estavam conversando?
– Não; se eles falam da casa-gaiola, eu não escuto – disse Homily.
– Tenho calafrios ao escutá-los. Assim que eles começam a falar da casa-gaiola, vou direto para baixo do cobertor.

Durante esses atarefados dez dias, Pod e Arrietty andaram tanto sobre as páginas abertas do *Notícias Ilustradas de Londres* que a tinta ficou um pouco borrada. Eles tiveram que descartar a ideia de uma válvula sobre o topo do inflável, para ser controlada de baixo por uma linha que passasse para a cesta através do bocal aberto, por causa da natureza do balão – como Pod explicou a Arrietty. Ele indicou o desenho técnico com o pé.

– Com esse tipo de balão de tecido, você *pode* colocar uma linha da válvula pelo bocal, mas a borracha é como elástico, pressiona o gás para fora; nós estaríamos todos intoxicados pelo gás em menos de dez minutos se deixássemos o bocal aberto como eles fazem.

Ele estava decepcionado com isso, porque já havia inventado um jeito de inserir uma válvula de controle onde ela deveria ficar – no topo do inflável – e havia praticado nos balões menores, dos quais tinham um estoque interminável.

Nesse meio-tempo, enquanto Homily, no chão ao lado de Pod, trabalhava para dar forma à rede com uma agulha, ele e Arrietty estudavam o "dispositivo de peso e equilíbrio". Uma série de voltas foi feita na corda de reboque, nas quais, com o balão inflado, eles penduraram vários objetos: uma cesta de morangos, a rede cortada, um par de chaves, um anel oco de cortina, um rolo de bilhetes de entrada de um xelim e seis *pence* para Ballyhoggin e, finalmente, eles mesmos também se penduraram. Houve um dia em que encontraram o equilíbrio perfeito: meia dúzia de entradas de um xelim e seis *pence*, cortadas por Arrietty, elevariam o balão a cerca de sessenta centímetros; e uma pequena chave de mala, enganchada por Pod, traria o balão para baixo com um impacto.

Porém, ainda não tinham conseguido um jeito de controlar o gás no bocal. Eles conseguiam subir, mas não descer. Desfazer o que Pod chamava de "nó de segurança" do bocal – ou mesmo soltar só um pouco do nó – seria, segundo pensava, talvez arriscado demais. O gás poderia se soltar rapidamente, explodindo (como eles já tinham visto acontecer com frequência, a essa altura), e a geringonça inteira – o balão, a cesta, o lastro de voo e os aeronautas – cairia como uma pedra no chão.

– Não podemos correr esse risco, sabe... – Pod disse para Arrietty. – O que precisamos é de algum tipo de válvula ou nivelador... – E, pela décima vez naquele dia, ele escalou de volta até a gaveta de ferramentas.

Arrietty se juntou a Homily no canto ao lado da caixa para ajudá-la com o anel de carga. A rede estava ficando com um ótimo formato, e Homily, instruída por Pod e Arrietty, havia costurado nela um pedaço de corda um pouco mais forte, tornando-a mais segura, e, uma vez que envolveria o balão em sua total circunferência, era apropriadamente chamada de "o Equador". Ela agora prendia o anel de carga que, quando o balão estivesse envolvido pela rede, circundaria o bocal, onde prenderiam a cesta. Elas usaram o aro de prender a cortina, cujo peso havia sido testado e já era conhecido.

– Está maravilhoso, mamãe! Você é muito inteligente...

– É fácil – disse Homily –; basta ter prática. Não é mais difícil do que fazer uma renda.

– Você deu um formato tão bonito...

– Bem, seu pai fez os cálculos.

– Achei! – gritou Pod da gaveta de ferramentas. Ele tinha estado bastante silencioso durante boa parte do tempo, e agora emergia lentamente com um objeto cilíndrico longo, quase do tamanho dele, que levou com cuidado e depositou sobre a mesa. – Ou pelo menos é o que acredito – ele acrescentou no momento em que subia ao lado do objeto, com a ajuda da caixa de ferramentas. Em suas mãos havia um pequeno pedaço de uma lâmina de serra de ourives.

Arrietty correu entusiasmada e rapidamente subiu ao lado dele. O longo objeto vinha a ser uma caneta-tinteiro sem tampa com um bico de pena incrustado de tinta e a ponta quebrada. Pod já havia desmontado a caneta e a ponta da pena agora estava sobre a mesa, presa ao tubo de borracha, com o reservatório vazio ao lado.

– Eu corto o reservatório aqui, a uns três centímetros da ponta, exatamente acima do nivelador da carga; depois cortarei a ponta fechada deste tubo interno, mas bem no final, porque ele ultrapassa em cerca de três centímetros a ponta cortada do compartimento. Talvez mais... Agora – ele prosseguiu, conversando entusiasmado, mas bastante cansado, como se estivesse dando uma aula (uma aula de "faça você mesmo", pensou Arrietty, lembrando-se da seção de Dicas Domésticas de seu *Minidiário de Provérbios*) – nós prendemos tudo novamente com parafusos e o que obtemos? Temos uma caneta-tinteiro com a ponta do reservatório cortada e um pedaço extra de tubo. Você está me acompanhando?

– Até aqui, sim – disse Arrietty.

– Então – disse Pod –, nós desprendemos a pena...

– Você consegue? – perguntou Arrietty.

– Claro! – disse Pod. – Eles sempre trocam a pena. Eu mostrarei a você. – Ele pegou a caneta e, montando sobre o reservatório, prendeu-o firmemente entre as pernas; segurando a ponta com as duas mãos, girou-a rapidamente na altura do peito, soltando-a. – Agora – ele disse, colocando a ponta de lado –, nós temos um buraco circular onde era o lugar da pena, conduzindo diretamente para o tubo de borracha. Dê uma olhada...

Arrietty espiou dentro do buraco.

– Sim – ela disse.

– Bem, aí estamos – disse Pod.

"Onde?", Arrietty gostaria de ter dito, mas, em vez disso, disse mais educadamente:

– Acho que eu não consegui bem...
– Bem – disse Pod com uma voz paciente, como se estivesse ligeiramente chocado com a lentidão dela –, nós inserimos a ponta da pena na boca do balão, depois de inflá-lo, é claro, e um pouco abaixo do nó de segurança. Nós a amarramos firme com bastante barbante. Eu seguro o nivelador da carga e o puxo para baixo lateralmente, em ângulo reto com o reservatório da caneta. Essa é a posição de funcionamento, com o gás fechado com segurança. Então desfazemos o nó de segurança e aí estamos: com o reservatório cortado da caneta e o tubo de borracha pendurado descendo na direção do cesto. – Ele fez uma pausa. – Está me acompanhando? Não se preocupe – ele continuou, confiante –; você verá quando eu fizer isso. Agora – ele deu um longo suspiro de satisfação –, em pé no cesto, eu alcanço com a mão o nivelador de carga e o aproximo lentamente na direção do reservatório, e o fluxo de gás sai pelo tubo. Perceba – ele continuou contente – que o nivelador está bastante solto. – E, com um pé sobre a caneta para prendê-la, ele conduzia o nivelador para cima e para baixo suavemente. Arrietty também experimentou. Gasto pelo uso, ele deslizou facilmente. – Em seguida – disse Pod –, levanto novamente o nivelador, de modo que ele saia em ângulo reto, e o gás fica então fechado.
– É maravilhoso – disse Arrietty, mas, de repente, ela pensou em alguma coisa. – E se esse gás fosse todo direto para dentro do cesto?
– Nós o deixamos para trás! – gritou Pod. – Não está vendo, menina? O gás está subindo o tempo todo, e subindo mais rápido do que a descida do balão... Eu pensei nisso: é por esse motivo que quero esse pedaço extra de tubo; podemos virar esse final do tubo para cima, para os lados, para onde quisermos; de qualquer lado que o viremos, o gás estará correndo para cima, e nós estaremos descendo para longe dele. Entende o que estou dizendo? Pensando nisso, nós podemos dobrar o tubo para cima para começar e prendê-lo ao reservatório da caneta. Não há motivos para não fazer isso. – Ele ficou em silêncio por um momento, repensando em tudo. – E não haverá todo aquele gás; não depois que eu resolver o nivelador. É só deixá-lo sair aos poucos...
Durante os poucos dias seguintes, que foram muito agitados, Arrietty ficava pensando em Spiller com frequência: quão hábil ele teria sido em ajustar a rede quando o envelope se enchesse pelo jato de gás. Esse era o trabalho de Homily e Arrietty: puxões cansativos

com a mão ou com a agulha de crochê de osso, enquanto Pod controlava o enchimento do gás; o balão lentamente se enchia sobre eles até que a letra "i" da palavra "Rio" alcançasse a proporção correta. O "Equador" da rede, como Pod o chamava, deveria dividir o envelope de maneira exata para o anel de carga ficar reto e manter o nível do cesto.

Arrietty desejou que Spiller pudesse ter visto a primeira colocação do cesto pelas alças de ráfia ao anel de carga. Isso aconteceu sobre a plataforma da caixa de música, com o cesto seguro embaixo, nesse estágio, pelo peso das chaves.

E, nesse primeiro voo livre para o teto, quando Pod, com toda a sua atenção voltada ao nivelador da caneta-tinteiro, trouxe-os para o chão tão suavemente, Spiller (Arrietty sabia) teria prevenido Homily para não cometer o erro fatal de pular para fora do cesto assim que ele tocasse o chão. Em uma velocidade terrível, Pod e Arrietty foram lançados para o alto novamente, batendo no teto com uma força que quase os atirou para fora do cesto, enquanto Homily, em lágrimas, torcia as mãos desesperadamente abaixo deles. Eles levaram bastante tempo para descer, mesmo com a válvula bastante aberta, e Pod ficou muito abalado.

– Você tem que lembrar, Homily – ele dirigiu-se a ela com seriedade quando, ancorado mais uma vez à caixa de música, o balão desinflava lentamente –: você pesa tanto quanto duas chaves de frasqueira e um rolo e meio de bilhetes. Nenhum passageiro jamais deve tentar sair do carro ou do cesto até o envelope estar completamente murcho. – Ele parecia muito sério. – Nós temos sorte de ter um teto. Suponha que estivéssemos ao ar livre; você sabe o que teria acontecido?

– Não – sussurrou Homily roucamente, enxugando as bochechas com as costas de sua mão trêmula e dando uma última fungada chorosa.

– Arrietty e eu teríamos sido atirados a sete quilômetros de distância, e isso teria sido o nosso fim...

– Oh, céus! – murmurou Homily.

– A uma altura tão grande – prosseguiu Pod –, o gás se expandiria tão rapidamente que explodiria o balão. – Ele ficou olhando para ela de modo acusador. – A menos, é claro, que tivéssemos a presença de espírito de abrir a válvula e mantê-la aberta durante toda a rápida subida. Mesmo assim, quando começássemos a descer, desceríamos rápido demais. Nós teríamos que jogar todas as coisas fora: lastro de voo, equipamentos, roupas, comida e talvez até um dos passageiros.

– Oh, não! – ofegou Homily.

– E, apesar de tudo isso – Pod concluiu –, provavelmente bateríamos no chão do mesmo jeito! – Homily permaneceu em silêncio, e, depois de observar o rosto dela por um momento, Pod disse mais gentilmente: – Isto não é uma viagem de passeio, Homily.

– Eu sei disso – ela retorquiu, sentida.

•• CAPÍTULO VINTE E UM ••

Mas pareceu uma viagem de passeio para Arrietty quando, em 28 de março, eles abriram a janela pela última vez e, deixando-a aberta, saíram flutuando calmamente para o pálido brilho do sol da primavera.

O momento da partida de fato tinha chegado com um choque de surpresa, dependendo, como aconteceu, do vento e do clima. Na noite anterior, tinham ido para cama como de costume, e esta manhã, antes de Mabel e Sidney trazerem o café da manhã, Pod, estudando o galho de azevinho, havia anunciado que esse seria "O Dia".

Parecia bastante irreal para Arrietty, e ainda lhe parece irreal agora. A fuga deles foi tão surreal e silenciosa... Em um momento, eles estavam na sala, que dava a impressão agora de quase conter o cheiro do cativeiro deles; e no momento seguinte, livres como as flores do cardo, eles navegavam suavemente de encontro a um vasto oceano de paisagens, ondulando na distância e roçados pelo esverdeado véu da primavera.

Havia um perfume de terra adocicada pelo orvalho e, por um momento, o cheiro de alguma coisa fritando na cozinha da sra. Platter. Havia uma miríade de pequenos sons: uma campainha de bicicleta, o cavalgar de um cavalo e uma voz humana resmungando: "Eiiiiia!". Então, de repente, eles ouviram a sra. Platter chamando o sr. Platter de uma janela:

– Ponha o casaco, querido, se você for demorar...

E, olhando para o caminho de cascalho abaixo deles, viram o sr. Platter a caminho da ilha, com a maleta de ferramentas na mão. Ele parecia ter uma forma estranha, visto de lá de cima: a cabeça metida no meio dos ombros e o vislumbre dos pés para dentro e para fora, enquanto se apressava para seus objetivos.

– Ele está indo trabalhar na casa-gaiola – disse Homily.

Eles viram, com uma espécie de curiosidade distante, o plano completo do vilarejo em miniatura do sr. Platter, e o rio se retorcendo diante dele até os três choupos distantes que marcavam o que Pod se referia agora como a Z.A.[13] deles.

---

13. Zona de Aterrissagem. (N. A.)

Durante os últimos poucos dias, ele tinha começado a usar abreviações de termos de balonismo, referindo-se à caixa de música como P.P.[14]. Eles estavam agora, com o telhado acinzentado brilhando exatamente abaixo deles, tentando localizar seu caminho em direção a uma conveniente A.E.[15].

Estranhamente, depois de tantas viagens de teste para cima e para baixo do teto, o cesto parecia bastante acolhedor e familiar. Arrietty, cujo trabalho era cuidar do lastro de voo, deu uma olhada em seu pai, extasiado e interessado, mas não preocupado, com a mão no nivelador da caneta-tinteiro cortada. Homily, embora um pouco pálida, estava de fato ajustando a bobina da âncora, cuja ponta escorregou abaixo do nível do cesto.

– Ela poderia se prender em alguma coisa... – ela murmurou. As âncoras consistiam em dois alfinetes de segurança abertos, seguramente presos com arame, um encostado no outro.

Pod, que durante vários dias ficara estudando o movimento das folhas do azevinho, comentou:

– O vento está bom, mas não o suficiente... – Enquanto isso, com suavidade, eles giravam acima do telhado, como se dançassem uma valsa. Pod, olhando adiante, mantinha os olhos no azevinho. – Dois bilhetes agora, Arrietty – ele ordenou. – Demora alguns minutos para sentirmos o efeito...

Ela os arrancou e jogou-os para fora do cesto. Eles flutuaram suavemente, correram um pouco sobre as telhas do telhado e depois ficaram parados.

– Mais dois – disse Pod. E, em poucos segundos, olhando fixamente para a árvore de azevinho enquanto ele se aproximava gradualmente, acrescentou: – Melhor três...

– Nós já demos o valor de seis xelins – Arrietty protestou.

– Está bem – disse Pod, quando o balão começou a se levantar. – Vamos deixar assim.

– Mas agora eu já joguei – ela disse.

Eles navegaram por cima do azevinho com muita folga de altura e o balão ainda continuava subindo. Homily olhou para baixo quando o chão estava se distanciando.

---

14. Ponto de Partida. (N. A.)

15. Altitude Escolhida. (N. A.)

– Cuidado, Pod! – ela disse.
– Tudo bem – ele as acalmou. – Vou descê-lo. – E, apesar do tubo virado, eles sentiram um pouco de cheiro de gás.
Até mesmo dessa altura, os barulhos eram bastante audíveis. Eles ouviram o sr. Platter dando marteladas na casa-gaiola e, embora a ferrovia parecesse muito distante, ouviram o trem manobrando. Como se movimentavam mais depressa do que Pod esperava, eles se viram carregados para além dos confins do jardim do sr. Platter, flutuando numa espiral descendente acima da estrada principal. Uma carroça da fazenda movia-se lentamente abaixo deles, sobre a ampla superfície ensolarada que, curvando-se a distância como um laço, parecia se desfiar ao longo de um dos lados pelas sombras lançadas pelas sebes e pelas árvores altas da margem. Havia uma mulher no varal da charrete e um homem dormindo atrás.
– Estamos nos afastando de nossa Z.A. – disse Pod. – É melhor jogarmos mais três bilhetes; há menos vento aqui embaixo do que mais acima...
Quando o balão começou a subir, eles passaram sobre uma das últimas casas construídas pelo sr. Platter, na qual alguém estava estudando piano – uma corrente de notas metálicas inundou-os. E um cachorro começou a latir.

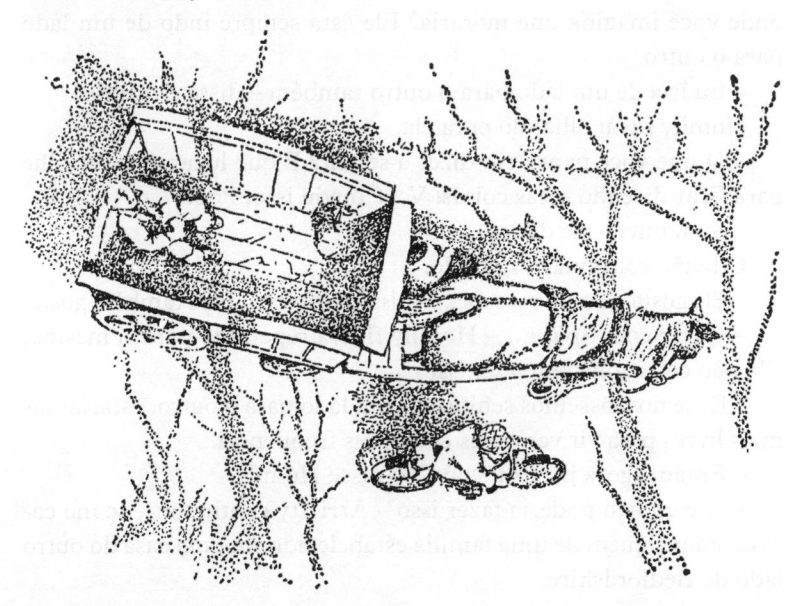

Eles começaram a subir com bastante velocidade com os três bilhetes de entrada verdadeiros e mais um extra no valor de um xelim e dezesseis *pence* jogados por Arrietty. Ela fez isso por impulso, e soube imediatamente que tinha sido um erro. A vida deles dependia especificamente da obediência ao piloto, e como poderia o piloto navegar se ela burlasse os comandos? Ela se sentiu muito culpada quando o balão continuou a subir. Eles estavam passando sobre um campo de vacas que, segundo por segundo, como ela observava, iam se tornando progressivamente menores; do mesmo modo, trêmulas vibrações de "Muuuus" os envolveram pelo ar silencioso e giravam em torno de seus ouvidos. Ela pôde ouvir uma cotovia cantando e, acima de um pomar de cerejeiras florescentes, sentiu o aroma envolvente dos botões e das flores aquecidos pelo sol. "Parece mais meio de abril", Arrietty pensou, "do que 28 de março."

– O Spiller teria gostado disto – ela disse em voz alta.

– Talvez – Homily disse, um tanto séria.

– Quando eu crescer, acho que me casarei com o Spiller...

– Com o Spiller?! – exclamou Homily, com uma voz perplexa.

– O que há de errado com ele? – perguntou Arrietty.

– Não há nada exatamente errado com ele – admitiu Homily, contrariada. – Quero dizer, se você o arrumasse um pouco... Mas onde você imagina que moraria? Ele está sempre indo de um lado para o outro.

– Eu iria de um lado para o outro também – disse Arrietty.

Homily ficou olhando para ela.

– O que você pensa em dizer a seguir? E que lugar você escolhe para ficar dizendo essas coisas! Você ouviu isso, Pod?

– Sim, ouvi – ele disse.

O balão continuava subindo.

– Ele gosta do ar livre, sabe... – disse Arrietty. – E eu também gosto.

– Casar com *Spiller*... – Homily ficava repetindo para si mesma. Ela não conseguia entender isso.

– E, se nós fôssemos sempre de um lado para o outro, estaríamos mais livres para vir ver vocês com mais frequência...

– Então, agora já virou "nós"! – disse Homily.

– ... e eu não poderia fazer isso – Arrietty continuou – se me casasse com alguém de uma família estabelecida em uma casa do outro lado de Bedfordshire.

— Mas você tem só dezesseis anos! — Homily exclamou.
— Quase dezessete — disse Arrietty. Ela ficou em silêncio por um momento, e então disse: — Acho que devo dizer para ele...
— Pod! — Homily exclamou. — Você escutou isso? Deve ser a altitude ou qualquer coisa assim, mas esta nossa filha está perdendo o juízo!
— Estou tentando encontrar o vento — disse Pod, olhando firmemente para cima, onde um pequeno véu nublado parecia flutuar em direção ao sol.
— Sabe — prosseguiu Arrietty em tom baixo (ela tinha estado pensando em suas conversas com a srta. Menzies e naqueles olhos azuis cheios de lágrimas) —, ele é tão tímido e anda tanto por aí que provavelmente nunca pensaria em me pedir. E um dia ele poderia se cansar de ficar sozinho e se casar com alguém... — Arrietty hesitou. — Alguma Borrower *terrivelmente* bonita com pernas grossas...
— Não existe nada disso de Borrower de pernas grossas! — exclamou Homily. — Exceto talvez a sua tia Lupy. Não que alguma vez eu realmente tenha visto as pernas dela... — acrescentou pensativa, olhando para cima como que seguindo a direção dos olhos de Pod. De repente, ela entrou novamente no assunto: — Mas que bobagens você anda falando, Arrietty! — ela disse. — Não posso nem imaginar que tipo de besteiras você andou lendo naquele *Notícias Ilustradas de Londres*. Por quê? Você e Spiller parecem mais irmãos!
Arrietty ia dizer — mas não conseguia encontrar as palavras — que isso parecia muito ser uma espécie de teste para o que foi, afinal de contas, uma convivência de longo tempo, quando alguma coisa se instalou entre eles e o sol, e uma sensação gélida penetrou na cesta. O topo do envelope havia se fundido à cerração e a terra abaixo deles desapareceu de vista.
Eles ficaram olhando um para o outro. Nada mais existia agora, exceto a familiar cesta manchada de suco, pendurada num limbo de brancura, e os três sozinhos, apavorados.
— Está tudo bem — disse Pod. — Entramos em uma nuvem. Vou soltar um pouco de gás...
Elas ficaram em silêncio enquanto ele fazia isso, olhando, ansiosas, a mão firme dele no nivelador — que parecia quase não se mexer.
— Não demais — ele explicou com uma voz bastante sociável. — A condensação na rede nos ajudará: há bastante peso na água. E acho que encontramos o vento!

•• CAPÍTULO VINTE E DOIS ••

Eles retornaram à luz do sol de repente e navegaram plana e suavemente numa gentil brisa em direção à ainda distante Z.A.

– Eu não ficaria surpreso – observou Pod alegremente – se tivermos finalmente atingido nossa exata A.E.

Homily estremeceu.

– Eu não gostei nada daquilo.

– Nem eu – concordou Arrietty. Não havia sensação de vento na cesta, e ela voltou o rosto para o sol, aquecendo-se agradecida no calor restaurado de repente.

Eles passaram sobre um grupo de casinhas estabelecidas perto de uma pequena e baixa igreja. Três pessoas com cestas estavam próximas a uma loja, e eles ouviram o ressoar de uma risada espontânea. Em um quintal, viram uma mulher de costas pendurando roupas lavadas em um varal; estavam meio frouxas.

– Não há muito vento lá embaixo – observou Pod.
– Nem muito aqui em cima – retrucou Homily.
Eles ficaram olhando para baixo em silêncio por alguns instantes.
– Eu gostaria de saber por que ninguém nunca olha para cima! – Arrietty exclamou de repente.
– Seres mundanos não olham muito para cima – comentou Pod. – Ficam muito envolvidos em suas próprias preocupações. – Ele pensou por um momento. – A menos que ouçam um barulho alto de repente... ou que vejam algum *flash* de luz ou coisa assim. Eles não precisam manter os olhos abertos como os Borrowers.
– Ou os pássaros – disse Arrietty. – Ou os camundongos...
– Ou qualquer coisa que seja caçada – disse Pod.
– Há alguma coisa que cace seres mundanos? – perguntou Arrietty.
– Não que eu saiba – disse Pod. – Poderia lhes fazer algum bem se houvesse. Para mostrar a eles como é, de uma vez. – Ele ficou silencioso por mais um momento e disse: – Há quem diga que eles caçam uns aos outros.
– Oh, não! – exclamou Homily chocada. (Rigidamente criada no código dos Borrowers, de um por todos e todos por um, era como se ele tivesse acusado a raça humana de canibalismo). – Você não deve dizer uma coisa dessas, Pod! Nenhuma criatura pode ser tão má assim!
– Ouvi dizer – ele insistiu com aspereza. – Algumas individualmente, e às vezes um grupo contra outro!
– Todos seres mundanos? – Homily perguntou incrédula.
Pod fez que sim.
– Sim – ele disse – todos seres mundanos.
Horrorizada, mas fascinada, Homily ficou olhando para um homem sobre uma bicicleta lá embaixo, como se fosse incapaz de entender tal depravação. Ele parecia bastante comum – quase como um Borrower, dali – e bamboleava levemente nos declives mais baixos do que parecia ser um morro. Ela ficou olhando incrédula até que o ciclista entrou no portão inferior do pátio da igreja.
Um cheiro repentino de guisado irlandês foi sentido, seguido de um aroma de café.
– Devemos estar próximos do meio-dia – disse Pod, e, tão logo falou, o relógio da igreja bateu doze badaladas.
– Eu não gosto dessas contracorrentes – disse Pod algum tempo depois, quando o balão mais uma vez, numa espiral descendente,

afastou-se do rio. – Tem alguma coisa a ver com o aquecimento do solo e aquele pedaço de morro lá.

– Alguém gostaria de comer alguma coisa? – Homily sugeriu de repente. Havia lascas de presunto, um pedaço de queijo empanado, alguns grãos de pudim de arroz frio e um gomo comprido de laranja para saciar a sede.

– Melhor esperar um pouco – disse Pod, com as mãos sobre a válvula. O balão estava descendo.

– Não vejo por que – disse Homily. – Já deve ter passado da uma há bastante tempo.

– Eu sei – disse Pod –, mas é melhor nos contermos, se pudermos. Talvez tenhamos que descartar as rações, e não poderemos fazer isso se as tivermos comido.

– Não sei o que você quer dizer – reclamou Homily.

– Jogar fora a comida – explicou Arrietty, que, seguindo as ordens de Pod, teve que desprender vários outros bilhetes.

– Você vê – disse Pod –, com uma coisa ou com outra, acabei tendo que liberar uma grande quantidade de gás.

Homily ficou em silêncio. Depois de um momento ela disse:

– Eu não gosto do modo como nós ficamos girando em voltas; primeiro, a igreja aparece à nossa direita, e depois vai para a esquerda. Quero dizer, não dá para saber onde estamos; não por dois minutos seguidos.

– Ficará tudo bem – disse Pod –, assim que atingirmos o vento. Solte mais dois, Arrietty.

Foi o suficiente; eles subiram calmamente e, suspensos por uma corrente firme, moveram-se lentamente em direção ao rio.

– Agora – disse Pod –, se nos mantivermos assim, ficará tudo bem. – Ele olhou adiante, para onde, salpicados pela luz do sol, os choupos gradualmente iam parecendo mais próximos. – Estamos indo muito bem agora.

– Você quer dizer que poderemos chegar a Pequena Fordham?

– Não é improvável – disse Pod.

– Se você me perguntasse – exclamou Homily, forçando os olhos contra o sol da tarde –, eu diria que tudo pode dar muito certo ou muito errado.

– Não tudo junto – Pod disse e liberou um pouco mais do gás. – Nós desceremos o balão devagar, perdendo altitude gradualmente.

Quando estivermos ao alcance do chão, nós o firmaremos com as cordas de ancoragem. Funcionam como uma espécie de breque. E, assim que eu der a ordem, Arrietty solta a âncora.

Homily ficou em silêncio novamente. Impressionada, mas ainda bastante ansiosa, manteve os olhos fixos adiante. O rio corria calmamente em direção a eles até que por fim ficou logo abaixo. O vento suave parecia seguir o curso do rio à medida que ele se curvava a distância. Os choupos agora pareciam acenar conforme se agitavam e se remexiam na brisa, e suas longas sombras – agora mais longas – estendiam-se diretamente na direção deles. Eles navegaram como se estivessem sendo puxados por um barbante.

Pod esvaziou mais gás.

– Melhor desenrolar as cordas de ancoragem – ele disse para Arrietty.

– Já?

– Sim, você tem que ficar preparada...

O chão subia balançando-se lentamente até eles. Um grupo de carvalhos parecia dar passagem, e eles tiveram logo adiante, ligeiramente inclinada, uma vista aérea da Pequena Fordham havia muito perdida.

– Não dá para acreditar! – Homily disse, prendendo a respiração quando, extasiados, olharam à frente.

Eles puderam ver as linhas da ferrovia cintilando sob a luz do sol, o galo do tempo aparecendo no campanário da igreja, os telhados desiguais ao longo da estreita rua principal e a chaminé curva de sua querida casa. Viram o jardim em frente à cabana de sapé do sr. Pott e, diante da sebe verde-escuro de azevinho, o trecho de uma alameda ensolarada. Uma figura trajada de *tweed*[16] caminhava por ela a passos largos, de uma maneira solta e jovial. Eles sabiam que se tratava da srta. Menzies, voltando para casa para o chá. E o sr. Pott, pensou Arrietty, teria ido para a dele.

O balão estava descendo rápido.

– Cuidado, Pod! – recomendou Homily. – Ou cairemos no rio!

Como o balão perdia altura rapidamente, alguma coisa como um véu apareceu de repente ao longo da beira do jardim. Quando mergulharam para baixo, viram que se tratava de uma fileira de uma forte

---

16. Tecido de lã ou de lã e algodão de duas cores. (N. E.)

grade de arame cercando a margem do rio. O sr. Pott havia tomado precauções e seus tesouros agora estavam protegidos.

– Já era tempo, também! – disse Homily severamente. Então, de repente ela deu um gritinho e se agarrou às laterais da cesta conforme o rio corria na direção deles.

– Apronte a âncora! – gritou Pod. Mas, exatamente quando ele falou, a cesta bateu na água e, balançados para os lados numa rajada de água, foram arrastados ao longo da superfície. Os três perderam o equilíbrio e, com a água na altura dos joelhos, se agarraram às rédeas de ráfia enquanto o envelope vagava em frente. Pod mal conseguira fechar a válvula quando Arrietty, segurando-se com uma das mãos, tentava com a outra soltar a âncora. Mas Homily, em pânico, e antes que alguém pudesse impedi-la, jogou fora o pedaço de queijo. O balão disparou violentamente para cima, acompanhado pelos gritos de Homily, e então, também com violência, moveu-se rapidamente em um enjoativo solavanco. O rolo de ingressos voou no meio deles e foi cair dentro da água. Se não estivessem agarrados às rédeas, os ocupantes os teriam seguido; eles foram atirados ao ar, onde ficaram pendurados por um momento antes de cair violentamente de volta na cesta; um alfinete de segurança das âncoras havia se prendido num arame da cerca. Os tremores, os golpes, os solavancos, as contorções e as pressões pareceram suficientes para arrancar a cerca, e Pod, olhando para baixo ao agarrar o nivelador de válvula novamente aberto, viu a ponta do alfinete de segurança escorregar.

– Não vai aguentar por muito tempo – ele disse quase sem fôlego.

A cesta, em solavancos, estava presa em uma terrível disputa – parecia quase se partindo entre a força do impulso para o alto e a pressão da âncora abaixo. O gás escapava muito lentamente; era uma nítida corrida contra o tempo.

Um grosso fio de água pingava da cesta. Os três apoiavam as costas no chão inclinado e os pés em um dos lados da cesta. Quando, pálidos, eles todos olharam para baixo, puderam ouvir a respiração um do outro. O ângulo da abertura do alfinete ia ficando cada vez mais amplo.

Pod tomou uma resolução imediata.

– Segure firme as cordas de ancoragem – disse para Arrietty – e passe-as para mim. Vou descer a linha da âncora e levar as cordas comigo.

– Oh, Pod! – gritou Homily desesperada. – E se formos jogadas para cima sem você?!

Ele não prestou atenção.

– Rápido! – ordenou.

E, quando Arrietty puxou o pedaço de barbante gotejante, ele pegou uma das pontas e balançou a beirada da cesta em direção à linha da âncora. Pod deslizou abaixo delas em uma descida repentina, com o cotovelo envolvendo as cordas de ancoragem. Elas o observaram firmar-se no topo da cerca e descer uma parte das malhas. Acompanharam também o rápido movimento da mão dele quando passou as cordas através da malha e a prendeu com um nó duplo.

Então, seu pequeno rosto quadrado olhou para cima na direção delas.

– Segurem-se nas rédeas. Haverá alguns solavancos... – Ele moveu-se algumas malhas para o lado, de onde podia observar o alfinete.

Este se soltou com um clique metálico, antes mesmo que esperassem, e foi lançado em um arco sinuoso, como um chicote, perdendo-se no ar. O balão disparou em um salto frenético, mas foi contido pelos nós do barbante. Parecia frustrado forçando-se acima deles, como se tentasse se libertar. Arrietty e Homily se agarraram, meio chorando e meio rindo, em um selvagem acesso de alívio. Pod as havia ancorado bem a tempo.

– Ficará tudo bem agora! – ele gritou, feliz. – Não temos nada a fazer a não ser esperar. – E, depois de ficar olhando por um momento, refletindo, ele começou a descer da cerca.

– Aonde você está indo, Pod? – Homily gritou estridentemente.

Ele parou e olhou para cima novamente.

– Pensei em dar uma olhada na casa; a nossa chaminé está soltando fumaça; parece que há alguém lá dentro.

– Mas e nós? – gritou Homily.

– Vocês descerão devagar, quando o envelope desinflar, e então poderão descer a cerca. Eu estarei de volta – acrescentou.

– Depois de tudo! – exclamou Homily. – Ir embora e nos deixar!

– O que você quer que eu faça? – perguntou Pod. – Ficar aqui embaixo olhando parado? Não vou demorar... Digamos que seja o Spiller: é provável que ele nos dê uma mão. Vocês ficarão bem – ele prosseguiu. – Deem um puxão nas cordas de ancoragem quando o balão descer, pois isso as trará para perto.

– Depois de tudo! – exclamou Homily novamente, incrédula, à medida que Pod continuava a descer.

•• CAPÍTULO VINTE E TRÊS ••

A porta do Chalé dos Vinhos estava destrancada e Pod a empurrou. Uma fogueira estava queimando em uma lareira diferente e Spiller dormia deitado no chão. Quando Pod entrou, tropeçou nos pés dele. Eles ficaram se olhando. O rosto pontudo de Spiller parecia cansado, e os olhos dele, um pouco afundados.

Pod deu um demorado sorriso.

– Olá – disse.

– Olá – disse Spiller, e, sem nenhuma mudança de expressão, se abaixou, apanhou algumas cascas de nozes do chão e atirou-as na fogueira. Era um assoalho novo, Pod observou, de madeira cor de mel, com um capacho trançado ao lado da lareira.

– Ficaram longe por bastante tempo – observou Spiller de modo casual, olhando fixamente para as labaredas. Pod notou que a lareira modificada incorporava agora um pequeno fogão de ferro.

– Sim – ele disse, olhando ao redor da sala –, nós estivemos durante todo o inverno em um sótão.

Spiller fez que sim com a cabeça.

– *Você* sabe... – disse Pod – um quarto na parte de cima da casa de um mundano.

Spiller concordou com a cabeça e chutou um pedaço de casca de noz caída de volta à lareira. A chama aumentou bastante, brilhando com uma alegre crepitação.

– Nós não podíamos sair – disse Pod.

– Ah – disse Spiller sem muita vontade.

– Então nós fizemos um balão – continuou Pod – e voamos com ele pela janela. – Spiller levantou os olhos repentinamente, de repente atento. – Arrietty e Homily estão nele agora. Está preso no arame da cerca.

O olhar confuso de Spiller se lançou em direção à janela e, do mesmo modo rápido, voltou: a cerca não era visível dali.

– Algum tipo de barco? – ele perguntou por fim.

– De certo modo. – Pod sorriu. – Você se importaria em vê-lo? – acrescentou, despreocupado.

Alguma coisa brilhou no rosto de Spiller: uma faísca que foi rapidamente apagada.

– Eu posso ir – ele admitiu.

– Pode interessar a você – disse Pod, com um tom de orgulho na voz. Deu mais uma olhada ao redor da sala. – Eles reformaram a casa – observou.

Spiller fez que sim.

– Água corrente e tudo o mais...

– Água corrente! – exclamou Pod.

– É isso mesmo – disse Spiller a caminho da porta.

Pod ficou olhando o encanamento sobre a pia, mas não se moveu para inspecioná-lo. As mesas e o assoalho estavam amontoados com as coisas trazidas por Spiller: ovos de pardais e cascas de ovos, nozes, grãos e, estendidos sobre uma folha de dente-de-leão, seis peixes vairões defumados bem secos.

– Tem estado por aqui? – perguntou.

– De vez em quando – Spiller hesitou na soleira.

Novamente os olhos de Pod viajaram pela sala: o estilo geral dela emergia, apesar da bagunça de Spiller – cadeiras simples, mesas laváveis, penteadeira de madeira, pratos pintados, tapetes trançados à mão, tudo em um estilo muito Rossetti[17] e prático.

– Cheira a mundanos – ele comentou.

– Parece um pouco – concordou Spiller.

– Nós poderíamos deixar arrumada – Pod sugeriu. – Não levaríamos mais que um minuto. – E, como se estivesse se desculpando, acrescentou: – São as primeiras impressões com ela, se é que você me entende. Sempre tem sido. E... – ele se interrompeu abruptamente no momento em que um som agudo quebrou o silêncio.

– O que foi isso? – comentou Spiller, quando seus olhos assustados encontraram os de Pod.

– É o balão! – gritou Pod, e, de repente, pálido, ficou olhando pela janela de um jeito atordoado. – Elas o estouraram! – exclamou e, empurrando Spiller para passar, saiu correndo pela porta.

---

17. Pintor inglês do século XIX. (N. T.)

Homily e Arrietty, abaladas, mas ilesas, agarravam-se ao arame. A cesta bamboleava vazia, e o envelope, em pedaços, parecia ter se enroscado na cerca; a rede agora parecia um ninho de pássaros.

– Nós descemos maravilhosamente – Homily disse quase sem fôlego enquanto, mão após mão, Pod e Spiller subiam na malha da cerca.

– Fiquem onde estão! – gritou Pod.

– Desceu como em um sonho, Pod... – Homily continuava chorando. – Desceu como um pássaro...

– Tudo bem – disse Pod. – Apenas fiquem quietas onde estão.

– Depois o vento mudou – insistiu Homily, meio soluçando, mas ainda com voz firme – e nos girou para os lados... contra a cerca pontuda... Mas ele desceu lindamente, Pod, leve como as folhas caindo do cardo. Não foi, Arrietty?

Mas Arrietty, orgulhosa demais para ser resgatada, já estava descendo até o chão. Spiller subiu rapidamente na direção dela e eles se encontraram em um círculo da malha.

– Você está do lado errado – disse Spiller.

– Eu sei. Logo vou atravessar. – Havia lágrimas nos olhos dela, as bochechas estavam vermelhas e o cabelo esvoaçava em cachos.

– Quer uma ajuda? – perguntou Spiller.

– Não, obrigada, estou bem. – E, evitando o olhar curioso dele, apressou-se em descer. – Que idiota, que idiota... – ela disse alto quando se percebeu longe para ser ouvida. Ela estava quase em lágrimas; não deveria jamais ter sido desse jeito: ele nunca entenderia o balão sem tê-lo visto inflado, e meras palavras nunca poderiam esclarecer tudo o que haviam passado para produzi-lo e a extensão do estonteante sucesso deles. Não havia nada para mostrar agora senão uma cesta velha manchada de morangos, alguns rasgos enrugados de borracha e um monte de barbante emaranhado. Alguns momentos antes, ela e a mãe estavam-no trazendo para o solo tão lindamente. Depois do primeiro ataque de pânico de Homily, tinha havido uma daquelas calmarias repentinas. Talvez fosse a percepção de estar em casa novamente; a visão de sua cidade inalterada em paz sob a luz da tarde; e o filamento de fumaça que subia inesperadamente da chaminé do Chalé dos Vinhos, uma flâmula de boas-vindas agitando-se para mostrar que a casa estava habitada e que o fogo acabara de ter sido aceso. Não pela srta. Menzies, que havia muito já tinha ido embora, nem por Pod, que ainda não tinha chegado até a casa; então elas concluíram que deveria ser o Spiller. Sentiram-se, de repente, entre amigos mais uma vez e, orgulhosas de sua grande façanha, desejaram exibir sua bravura. De uma maneira profissional, elas haviam bobinado as cordas, empilhado o equipamento e deixado a cesta em ordem. Elas torceram as roupas molhadas e Homily arrumou o cabelo. Depois, metódica e calmamente, elas se dispuseram ao trabalho, seguindo as instruções de Pod.

– Que pena! – Arrietty exclamou olhando para cima quando chegou ao último anel do arame: lá estava seu pai, ajudando Homily a apoiar os pés, e Spiller, é claro, no topo da cerca, envolvido em examinar os destroços. Muito desanimada, ela desceu do arame, puxou uma folha de bananeira para baixo pela ponta e, lançando-se para cima de sua extensão flexível, deitou ali de mau humor, olhando fixamente para cima e apoiando a cabeça nas mãos.

Homily também pareceu aborrecida quando, guiada por Pod, finalmente alcançou o chão.

– Não foi culpa nossa – ela ficava dizendo –; foi apenas a mudança do vento.

– Eu sei, eu sei – ele a consolava. – Esqueça isso agora; serviu para os propósitos, e há uma surpresa para você na casa. Você e Arrietty vão indo na frente enquanto Spiller e eu recuperamos os destroços...

Quando Homily viu a casa, transformou-se em uma criatura diferente: pareceu a Arrietty que era como se ela tivesse entrado no paraíso. Houve alguns momentos surpreendentes de um incrédulo contentamento silencioso antes de a agitação despertar e ela correr como uma maluca de cômodo em cômodo, explorando, mexendo, acertando e exclamando sem parar:

– Eles dividiram o andar de cima em duas partes! Há um cômodo menor só para você, Arrietty! Olha só esta pia! Venha ver, Arrietty! Com água na torneira e tudo! E o que é aquele negócio no teto?

– É uma lâmpada de algum tipo de lanterna de mão – disse Arrietty depois de analisar por um momento. E, ao lado da porta dos fundos, meio protegida, eles encontraram a grande bateria quadrada.

– Então nós temos luz elétrica... – suspirou Homily, afastando-se devagar. – Melhor não mexer aí – ela prosseguiu, com uma voz meio intimidada e medrosa – até o seu pai chegar. Agora, ajude-me a arrumar os pertences do Spiller – ela continuou, entusiasmada. – Tenho pena de qualquer infeliz criatura que arrume a casa para *ele*... – Mas os olhos dela estavam acesos e brilhantes. Ela pendurou o vestido novo ao lado do fogo para secar e, feliz por reaver as velhas roupas, vestiu-se com elas. Arrietty, que, por alguma razão, ainda se sentia mal-humorada, achou que as suas não serviam mais.

– Eu fico ridícula nelas – disse desapontada, tentando esticar sua blusa.

– Bem, quem vai ver você – Homily retorquiu – exceto o seu pai e o Spiller?

Com respiração pesada e fazendo força, ela envolveu-se no serviço, limpando e empilhando e alterando a posição dos móveis. Rapidamente, nada mais estava no lugar anterior, e o cômodo parecia bastante estranho.

– Não dá para fazer nada *muito* diferente com a sala e a cozinha juntas – Homily comentou quando, ofegando um pouco, observou a arrumação geral. – E ainda não tenho muita certeza com relação a este aparador.

– O que tem ele? – perguntou Arrietty, que desejava muito sentar.

– Ficaria melhor onde estava antes.

– Não podemos deixar isso para os homens? – reclamou Arrietty.
– Eles logo voltarão... para o jantar.
– Essa é a questão – disse Homily. – Se formos mudar tudo, temos que fazer isso agora, antes de eu começar a cozinhar. Está horrível aqui – ela prosseguiu rabugenta. – Estraga toda a aparência da sala. Vamos lá, Arrietty; não levará mais que um minuto.

Com o aparador de volta ao antigo lugar, as outras coisas pareciam desalinhadas.

– Agora, aquela mesa poderia ficar ali – Homily sugeriu –, se nós mudarmos este gaveteiro. Pegue de um lado, Arrietty...

Houve várias outras recolocações antes de ela parecer satisfeita.

– Muito trabalho – ela admitiu feliz, quando analisava o resultado final –, mas valeu a pena no fim. Parece muito melhor agora, não é, Arrietty? Parece de repente que agora está *certo*.

– Sim – Arrietty disse secamente. – Porque tudo está de volta onde estava.

– O que você quer dizer?

– Onde as coisas estavam antes de nós começarmos – disse Arrietty.

– Bobagem – repreendeu Homily, rabugenta, mas ficou olhando em volta meio confusa. – Porque... aquele banco estava sob a janela! Mas não podemos perder mais tempo discutindo agora: aqueles homens estarão de volta a qualquer momento e ainda nem comecei a sopa. Corra até o riacho agora, como uma boa menina, e traga-me algumas folhas de agrião.

•• CAPÍTULO VINTE E QUATRO ••

Mais tarde naquela noite, quando, depois de terem comido e guardado as coisas, os quatro se sentaram ao redor da fogueira, Arrietty começou a se sentir um pouco aborrecida com Spiller. Maluco com o balão – isso é o que ele parecia ter ficado: e tudo isso em poucas e rápidas horas. Sem olhos, sem ouvidos, sem pensamentos para qualquer um ou qualquer coisa exceto aqueles pedaços sem graça de borracha murchos, agora armazenados em segurança com outras decorações nos fundos da loja do vilarejo. Ele tinha ouvido durante o jantar, é claro, quando Arrietty, esperando despertar o interesse dele, havia tentado recontar suas aventuras, mas, se ela parasse até mesmo por um momento, o olhar brilhante e escuro voltava-se de novo para Pod, e, com seu jeito firme e seco, importunava-o com perguntas:

– Seda oleada em vez de borracha na próxima vez para o balão? A seda seria fácil de pegar emprestada... e o sr. Pott teria o óleo....

Perguntas sobre a velocidade do vento, cordas de ancoragem, amarras, âncoras ou como inflar pareciam não ter fim, assim como sua curiosidade, que, por alguma razão masculina que Arrietty não conseguia entender, poderia ser satisfeita somente por Pod. Qualquer contribuição tímida da parte de Arrietty parecia deslizar para o cérebro dele sem ser ouvida.

"E eu sei tanto sobre isso como qualquer outra pessoa", ela dizia para si mesma, aborrecida, quando era deixada de lado. "Principalmente porque fui eu quem ensinou o papai." Ela ficou olhando desanimada ao redor da sala iluminada pela lareira: as cortinas fechadas, os pratos cintilando no armário, a atmosfera geral de paz e conforto. Mesmo isso, de certo modo, deviam inteiramente a ela; foi ela quem teve coragem de conversar com a srta. Menzies e, no decorrer da amizade, descrever seus hábitos e necessidades. Quão aconchegados eles pareciam em sua ignorância, sentados presunçosamente ao redor do fogo. Inclinando-se de repente bem em frente à lareira, ela disse:

– Papai, pode me escutar, por favor?

– Não vejo por que não – respondeu Pod, sorrindo levemente diante do rosto ansioso e iluminado pela chama e do tom agitado da voz dela.

— É uma coisa que tenho de dizer a você. Eu não consegui antes. Mas agora eu posso... — À medida que falava, seu coração punha-se a bater mais rápido; até mesmo o Spiller, ela reparou, ficou prestando atenção. — É sobre esta casa; é sobre por que eles fizeram essas coisas para nós; é sobre como eles sabiam o que nós queríamos...

— O que *nós* queríamos...? — repetiu Pod.

— Sim, ou por que você acha que eles fizeram isso tudo?

Pod ficou pensando.

— Eu não sei *por que* eles fizeram essas coisas — disse finalmente. — Não mais do que sei *por que* eles construíram essa igreja ou a ferrovia. Presumo que estejam reformando todas essas casas... talvez uma por uma.

— Não! — exclamou Arrietty, e sua voz estremeceu um pouco. — Você está errado, papai. Eles só mobiliaram uma casa, e essa casa é a nossa, porque eles sabem tudo sobre nós, gostam de nós e querem que fiquemos aqui!

Houve um curto e estarrecedor silêncio. Então Homily murmurou baixinho:

— Oh, minha nossa!

Spiller, imóvel como uma pedra, ficou olhando sem piscar, e Pod disse lentamente:

— Explique o que você quer dizer, Arrietty. Como eles sabem sobre nós?

— Eu falei para ela — disse Arrietty.

— Ela q-quem? — Pod gaguejou, nervoso.

— A senhorita Menzies — disse Arrietty. — Aquela alta, de mãos grandes, que se escondia atrás do cardo.

— Oh, minha nossa! — Homily murmurou novamente.

— Está tudo bem, mãe! — Arrietty assegurou energicamente. — Não há nada a temer. Você ficará segura aqui; mais segura do que jamais esteve em toda a sua vida. Eles tomarão conta de nós e nos protegerão e terão cuidado conosco... para sempre e sempre. Ela me prometeu.

Homily, embora tremendo, pareceu levemente reconfortada.

— O que o seu pai acha? — ela perguntou sem forças e ficou olhando para Pod.

Arrietty também o rodeou.

— Não diga nada, papai; não ainda, por favor! Não até eu ter lhe contado tudo, então. — Diante da expressão dele, ela ficou menos confiante, e completou meio titubeante. — Então você poderá entender.

— Entender o quê? — disse Pod.
— Que tudo está bastante bem.
— Continue, então — ele disse.

De modo apressado, quase pedindo perdão, Arrietty expôs os fatos a eles. Ela relatou sua amizade com a srta. Menzies bem do início. Descreveu o caráter dela, a lealdade, a caridade, os presentes, a imaginação e a coragem. Contou-lhes até mesmo sobre a querida Gadstone e sobre Aubrey, o "melhor amigo" da srta. Menzies (Homily balançou a cabeça nesse momento e estalou a língua: "É triste quando isso acontece", disse, pensativa. "Foi assim que aconteceu com a minha irmã mais nova, Miligrama; Mili também nunca se casou. Ela se pôs a colecionar asas de moscas mortas e transformá-las em leques ou coisas do tipo. E elas pareciam bonitas em certas luzes, com todas as cores do arco-íris..."). E continuou a descrever tudo o que havia aprendido com a srta. Menzies sobre o sr. Pott: quanto ele era bondoso e gentil, e tão habilidoso em criações e invenções que também poderia ser um Borrower.

— É verdade — Spiller disse de repente, nesse momento crítico. Ele falou tão francamente que Arrietty, olhando de frente para ele, sentiu alguma coisa se remexendo em sua memória.

— Era *ele* o Borrower sobre o qual você nos falou uma vez? Aquele que você disse que morava aqui sozinho?

Spiller riu furtivamente.

— É verdade — admitiu. — Aprendi muito com ele; *qualquer* Borrower aprenderia.

— Não quando tudo já está pronto — disse Pod — e não sobra nada para tomar emprestado. Continue, Arrietty — disse, quando ela de repente pareceu perdida em pensamentos.

— Bem, isso é tudo. Pelo menos o que eu consigo lembrar agora.

— É o suficiente — disse Pod. Ele ficou olhando para ela de braços cruzados e com uma expressão bastante grave. — Você não deveria ter feito isso — ele disse em voz baixa. — Não importa o que tenhamos conseguido.

— Escute, Pod — Homily intercedeu rapidamente —, ela já fez isso e não pode desfazer agora, não importa quanto você a repreenda. Quero dizer — ela olhou ao redor da sala iluminada pela lareira, para os pratos cintilando no armário, a torneira sobre a pia, o globo apagado no teto —, nós temos muito a agradecer.

– Isso tudo cheira a mundanos – disse Pod.

– Isso tudo vai passar, Pod.

– Será? – ele disse.

Arrietty, de repente, sem paciência, saltou de seu banco ao pé da fogueira.

– Eu simplesmente não sei o que vocês querem! – ela exclamou infeliz. – Eu pensei que vocês ficariam felizes ou orgulhosos por mim ou qualquer coisa assim. A mamãe sempre desejou uma casa como esta! – E, atrapalhando-se com o trinco, abriu a porta e saiu correndo para o luar.

A sala ficou silenciosa depois que ela saiu. Ninguém se mexeu até que um banco rangeu levemente quando Spiller se levantou.

– Aonde você vai? – perguntou Pod, casualmente.

– Apenas dar uma olhada nas minhas amarras.

– Mas você voltará para cá para dormir? – perguntou Homily; ela se sentiu muito hospitaleira de repente, envolvida por novas gentilezas.

– Obrigado – disse Spiller.

– Irei com você – disse Pod.

– Não precisa – disse Spiller.

– Eu gostaria de tomar um pouco de ar.

Arrietty, na sombra da casa, viu quando eles saíram ao luar. Ao perdê-los de vista, na escuridão, escutou o pai dizer: "... depende de

como você encara isso". "Encara o quê?", ela ficou se perguntando. De repente, Arrietty se sentiu desprovida de coisas: seus pais tinham a casa, Spiller tinha o barco, a srta. Menzies tinha o sr. Pott e o vilarejo dele, o sr. Pott tinha a srta. Menzies e a ferrovia, mas o que havia sobrado para ela? Ela estendeu o braço e agarrou um talo de dente--de-leão do tamanho de um poste de luz que havia crescido ao lado da casa até a altura da janela de seu quarto. Em um impulso repentino, ela partiu a haste em duas: as sementes prateadas dispersaram--se loucamente pelo luar, e a seiva escorreu em suas mãos. Por um momento, ela ficou parada ali, olhando, até que as pétalas sedosas, aprumando-se, flutuaram para a escuridão, e então, sentindo frio de repente, virou-se e entrou novamente na casa.

Homily ainda estava sentada onde a tinham deixado, sonhando ao pé da lareira. Mas ela havia varrido o piso da lareira e acendido uma vela, que irradiava claridade da mesa. Arrietty, com uma angústia momentânea, viu o profundo contentamento da mãe.

– Você gostaria de morar sempre aqui? – ela perguntou, aproximando um banco da fogueira.

– Sim – disse Homily. – Agora que a deixamos confortável. Por quê? Você não gostaria?

– Não sei – disse Arrietty. – Todas aquelas pessoas no verão... Toda aquela poeira e o barulho...

– Sim – disse Homily –, a gente tem que ficar varrendo. Mas sempre há alguma coisa – ela acrescentou –, e pelo menos temos água corrente.

– E ficamos engaiolados durante as horas de visitação...

– Eu não me incomodo com isso – disse Homily. – Há muito o que fazer em casa, e eu vivi engaiolada por toda a minha vida. Esse é o preço, digamos, por termos nascido Borrowers.

Arrietty ficou quieta por um momento.

– Esse nunca seria o preço para o Spiller – ela disse, finalmente.

– Oh, ele! – disse Homily impaciente. – Eu nunca soube nada a respeito desses sem casa. Uma raça diferente, meu pai costumava dizer. Ou Borrowers domésticos que se tornaram selvagens...

– Para onde eles foram?

– Por todos os lugares, imagino; escondidos em tocas de coelhos e sebes.

– Quero dizer, o meu pai e o Spiller.

– Ah, eles... Foram descer o rio para dar uma olhada nas amarras dele. E, se eu fosse você, Arrietty – Homily continuou mais severamente –, iria para a cama antes de seu pai voltar. A sua cama está toda arrumada, com lençóis novos e tudo, *e* – sua voz quase não se continha de orgulho –, embaixo da colcha, há um pequeno edredom de seda!

– Eles estão chegando agora – disse Arrietty. – Estou ouvindo.

– Bem, diga apenas boa-noite e saia – reforçou Homily ansiosamente. Ao barulho do trinco, ela abaixou a voz em um sussurro: – Acho que você o chateou um pouco com aquela conversa sobre a srta... srta...

– Menzies – disse Arrietty.

•• CAPÍTULO VINTE E CINCO ••

Havia um brilho estranho ao redor de Pod quando ele entrou na sala com Spiller: tinha sido mais que uma saída para aspirar o cheiro do orvalho, das folhas e da grama; tinha sido força e serenidade, Arrietty pensou quando foi lhe dar um beijo de boa-noite, mas ele parecia bem distante. Ele a recebeu sem uma palavra e, mecanicamente, deu-lhe uma beijoca na orelha; porém, quando ela se dirigia para a escada, ele a chamou de volta de repente.

– Apenas um minuto, Arrietty. Sente-se, Spiller – ele disse. Ele puxou uma cadeira e, uma vez mais, circundaram a fogueira.

– Qual é o problema, Pod? – perguntou Homily. Ela estendeu nervosamente o braço e envolveu Arrietty bem junto de si. – Foi alguma coisa que você viu?

– Não vi nada – disse Pod. – Só a lua sobre a água, um par de morcegos e essa delatora fumaça da nossa chaminé.

– Então deixe a menina ir para a cama... Foi um longo dia.

– Estive pensando... – disse Pod.

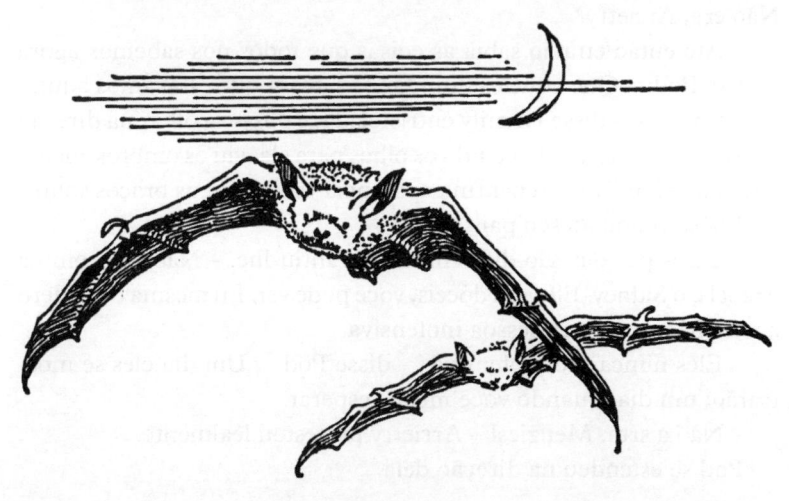

– Parece mais que foram dois dias – Homily prosseguiu. – Quero dizer, agora que avaliamos o que aconteceu. – E, de repente, pareceu inacreditável para ela que, naquela mesma manhã, tinham acordado ainda como prisioneiros e lá estavam eles: de volta ao lar e unidos em torno da lareira! Não a mesma lareira; uma lareira melhor e uma casa além de seus sonhos. – Pegue a vela agora – disse para Arrietty – e se ajeite na cama. O Spiller pode dormir aqui embaixo. Pegue um pouco de água se quiser se lavar; há bastante na torneira.

– Não vai ser possível – Pod disse de repente.

Todos olharam para ele.

– O que não vai ser possível? – hesitou Homily.

Pod estendeu o braço.

– Tudo isso. Nada disso vai ser possível. Nem um pouco disso. E o Spiller concorda comigo.

O olhar de Arrietty cruzou com Spiller: ela reparou na sua aparência fechada e em seu jeito contido e sério de concordar.

– O que você pode estar insinuando, Pod? – Homily umedeceu os lábios. – Você estaria se referindo a esta casa?

– É exatamente ao que estou me referindo – disse Pod.

– Mas você nem sequer a viu toda! – protestou Homily. – Você nem experimentou as tomadas. Nem a torneira. Você não viu o andar de cima. Precisa ver o que eles fizeram no topo das escadas, como o quarto de Arrietty ficou independente do nosso, como...

– Não faria diferença – disse Pod.

– Mas você gostava daqui, Pod... – Homily lembrou-lhe. – Antes da sina de ficarmos presos no sótão. Você ficava assobiando e cantando enquanto trabalhava, como fazia nos velhos tempos no Solar. Não era, Arrietty?

– Até então eu não sabia as coisas que todos nós sabemos agora – disse Pod. – Que aqueles mundanos sabiam que estávamos aqui.

– Entendo – disse Homily entristecida, e pôs-se a olhar na direção da fogueira. Arrietty, baixando os olhos para ela, viu os ombros encurvados de Homily e a repentina aparência vazia de seus braços soltos.

Ela se voltou ao seu pai.

– Essas pessoas são diferentes – garantiu-lhe. – Não são como a Mabel e o Sidney. Eles são dóceis, você pode ver. Eu mesma considero a srta. Menzies uma pessoa inofensiva.

– Eles nunca são inofensivos – disse Pod. – Um dia eles se mostrarão; um dia, quando você menos esperar.

– Não a srta. Menzies! – Arrietty protestou lealmente.

Pod se estendeu na direção dela.

– Eles não têm intenção – explicou –, mas fazem isso sem perceber. Não é culpa deles. Nesse ponto, são como a maioria de nós: nenhum de nós quer fazer mal a ninguém, mas simplesmente fazemos.

– Você nunca fez nada de mal – protestou Homily com ternura.

– Não por querer fazer – admitiu. Ele olhou para a filha – Nem a Arrietty quis fazer nada de errado quando conversou com essa senhorita. Mas ela nos prejudicou; ela nos enganou, de certa forma: ela nos viu planejando fugir e não nos contou; trabalhamos para isso em nossa ignorância. E isso não a fez feliz agora, fez, moça?

– Não – admitiu Arrietty. – Mas mesmo assim...

– Tudo bem, tudo bem – Pod a interrompeu. Ele falava baixo e sem repreendê-la. – Sei como é. – Ele suspirou e olhou para as próprias mãos.

– E ela já tinha nos visto antes de nós a termos visto – Arrietty ressaltou.

– Eu a tinha visto – disse Pod.

– Mas você não sabia que ela o tinha visto.

– Você poderia ter me dito. – Ele falou com tanta ternura que as lágrimas brotaram nos olhos de Arrietty.

– Desculpe-me – ela suspirou.

Ele ficou sem falar por um minuto e então disse:

– Eu teria feito outros planos, entende?

– Não foi culpa da srta. Menzies que Mabel e Sidney nos levaram.

– Eu sei disso – disse Pod. – Mas, sabendo a verdade, eu teria feito outros planos. Nós teríamos ido embora e nos escondido de forma segura.

– Ido embora? Para onde? – questionou Homily.

– Para muitos lugares – disse Pod. – O Spiller conhece um moinho... não longe daqui, não é, Spiller? Tem um mundano lá. Nunca recebe ninguém a não ser carreteiros de farinha. E não enxerga bem. É um lugar melhor para nós, Homily.

Homily ficou silenciosa. Ela parecia estar se esforçando para pensar. Embora suas mãos estivessem apertadas em seu colo, os ombros tinham se alinhado novamente.

– Ela quer bem a nós – disse Arrietty. – A srta. Menzies realmente gosta de nós, papai.

Ele suspirou.

– Eu não vejo o porquê. Mas talvez ela goste. Como fazem com os animais de estimação: com gatos, cachorros e pássaros e tal. Como a sua prima Eggletina tinha aquele filhote de camundongo, fazendo-o ficar em pé, ensinando truques para ele e tal, limpando a pele dele com veludo. Mas ele acabou fugindo, no final, de volta para os outros camundongos. E o segundo filho do seu tio Hendreary uma vez teve uma barata. Ela cresceu gorda, em uma gaiola feita de coador de chá. Mas sua mãe nunca achou que ela estivesse feliz. Aquela barata nunca passou fome, mas, ainda assim, estava em uma gaiola.

– Entendo o que quer dizer – Arrietty disse confusa.

– O Spiller entende – disse Pod.

Arrietty olhou para Spiller: o rosto pontudo dele estava imóvel, mas os olhos se mantinham vivos e brilhantes. Pareceram tão vividamente brilhantes para Arrietty que ela afastou o olhar rapidamente.

– Você não veria o Spiller em uma casa como esta – disse Pod –, com tudo feito para ele e uma senhora mundana espiando pela janela.

– Ela não faz isso! – Arrietty exclamou, enfática. – Não faria!

– Praticamente fez – disse Pod. – E, mais cedo ou mais tarde, a notícia acaba se espalhando, depois que os mundanos sabem onde você está, ou onde pode ser encontrada durante certas horas do dia, por exemplo. E há sempre alguém para quem eles querem contar, e esse alguém conta para outro. E aqueles Sidney e Mabel, quando descobrirem que fugimos: onde é que você acha que procurarão? Aqui, é claro. E lhe direi por que: eles pensarão que estes aqui nos roubaram de volta.

– Mas agora nós temos a cerca – Arrietty lembrou-lhe.

– Sim, eles nos prenderam belamente com o arame, como frangos em um galinheiro. Mas o pior de tudo – ele prosseguiu – é que é apenas uma questão de tempo antes de um de nós ser apanhado por um visitante. Dia após dia, eles chegam às centenas, e são todos curiosos. Não, Homily, não são tomadas e torneiras o que importa. Nem armários ou edredons. Podemos pagar alto demais por um pouco de vida mansa, como descobrimos aquela vez com Lupy. O que conta é fazer as coisas do seu próprio jeito e ficar sossegado, e eu nunca ficaria sossegado aqui.

Houve um momento de silêncio. Homily tocou a fogueira com um prego enferrujado que Spiller havia usado como atiçador, e as brasas se acenderam com uma inesperada claridade, iluminando as paredes, o teto e o círculo de rostos pensativos.

– Bem, o que vamos fazer? – Homily perguntou, finalmente.

– Vamos embora – disse Pod.
– Quando? – perguntou Homily.
Pod dirigiu-se para Spiller.
– O seu barco tem lastro, não tem?
Spiller confirmou com a cabeça.
– Bem, assim que o carregarmos.
– Para onde vamos? – perguntou Homily, com um tom de completo desnorteio. Quantas vezes, ela se indagava agora, tinha se ouvido fazendo essa mesma pergunta?
– Para onde nós pertencemos.
– Onde é isso? – perguntou Homily.
– Você sabe tão bem quanto eu – disse Pod. – Um lugar meio sossegado e secreto, que os mundanos não possam achar.
– Você quer dizer aquele moinho?
– É isso o que estou considerando – disse Pod. – E vou com o Spiller; nenhum mundano nunca viu o *Spiller*. Nós teremos madeira, água, sacos, grãos e a comida que o mundano comer. Poderemos sair ao ar livre e voltar. E, digamos que o Spiller mantenha o barco em bom estado, não há nada que nos impeça de aportar aqui por uma noite para pegar alguns empréstimos pelas redondezas. Estou certo, Spiller?
Spiller concordou e ficou em silêncio novamente.
– Mas você não está pensando em fazer nada esta noite, não é, Pod? – Homily perguntou finalmente; ela parecia muito cansada.
Ele fez que não com a cabeça.
– Nem amanhã, também. Ficaremos alguns dias carregando, e é melhor não nos apressarmos. Se fizermos tudo com cuidado e apagarmos a fogueira, eles não terão motivo para achar que voltamos. A temperatura está agradável agora, e está ficando mais quente. Não precisamos correr. Eu darei uma olhada no local primeiro e planejarei o material necessário... – Ele se levantou ereto e esticou os braços. – O que precisamos agora – ele disse, bocejando longamente – é de uma boa noite de sono. Por umas boas doze horas. – Atravessando a sala, ele pegou um prato da prateleira e, lenta e metodicamente, coletou as cinzas para cobrir as brasas incandescentes.
Como o aposento ficou mais escuro, Homily sugeriu:
– Não poderíamos experimentar a luz?
– Elétrica? – perguntou Pod.
– Apenas por uma vez – ela implorou.

– Não vejo por que não – ele disse, e foi até o interruptor perto da porta. Homily assoprou as velas e quando, de uma forma quase explosiva, a sala se encheu de claridade, ela cobriu os olhos com as mãos. Arrietty, piscando muito, ficou olhando para a sala com estranheza: branca e sem sombra, naquele brilho intenso.

– Ah, não gostei disso – ela disse.

– Eu também não – disse Homily.

– Mas você está vendo o que eu quis dizer, papai... – Arrietty destacou, como se ainda esperasse algum reconhecimento. – Nós nunca poderíamos ter feito isso sozinhos.

– E você entenderá o que *eu* quero dizer – ele disse baixinho – quando ficar um pouco mais velha.

– O que a idade tem a ver com isso? – ela replicou.

O olhar de Pod saltou para Spiller e voltou para Arrietty. Ele pareceu muito pensativo, como se estivesse escolhendo as palavras cuidadosamente.

– Bem, é mais ou menos assim – ele disse –, se você quiser tentar me entender... Digamos que um dia você tenha um pequeno lugar que seja seu. Uma pequena família, talvez... supondo que você arranjasse um bom Borrower. Você acha que se misturaria com os mundanos? Nunca – ele disse, e balançou a cabeça. – E lhe direi por que: você não desejaria fazer nada que colocasse a sua família em perigo. Nem aquele Borrower, entende?

– Sim – disse Arrietty. Ela se sentiu confusa e feliz de repente, porque, ao ficar de frente para Pod, deu as costas para Spiller.

– Você não terá sempre a nós para tomar conta de você – Pod prosseguiu –, e lhe digo agora que Borrowers nunca ganharam nada por falar com mundanos. Não importa o que pareçam ser ou o que digam, ou que coisas prometam. Nunca vale a pena o risco. – Arrietty ficou em silêncio. – E o Spiller concorda comigo – disse Pod.

Homily, observando de seu canto ao lado da lareira, notou as lágrimas enchendo os olhos de Arrietty e a viu engolir em seco.

– Chega por esta noite, Pod – ela disse rapidamente. – Vamos apagar a luz e ir para a cama.

– Vamos apenas deixá-la nos prometer – disse Pod –, aqui, sob essa luz elétrica, que nunca mais fará isso.

– Não é necessário prometer, Pod; ela entendeu. Como entendeu sobre o gás. Vamos para a cama agora.

– Eu prometo – Arrietty disse de repente. Ela falou em voz bem alta e clara, e então se pôs a chorar.

– Agora, não há necessidade disso, Arrietty – disse Pod, indo rapidamente na direção dela enquanto Homily se levantava. – Não precisa chorar, moça; nós estamos falando para o seu próprio bem.

– Eu sei – Arrietty ofegou por entre os dedos.

– Qual é o problema, então? Conte-nos, Arrietty. É sobre o moinho?

– Não, não... – ela soluçou. – Eu estava pensando na srta. Menzies...

– O que tem ela? – perguntou Homily.

– Agora que eu prometi – suspirou Arrietty –, não haverá ninguém para dizer a ela. Ela nunca saberá que nós escapamos. Ela nunca saberá sobre Mabel e Sidney. Ela nunca saberá sobre o balão. Ela nunca saberá que nós voltamos. Ela nunca saberá nada. Por toda a vida ela vai querer saber. E ficar acordada durante as noites...

Sobre a cabeça abaixada de Arrietty, Pod e Homily trocaram olhares: nenhum deles sabia o que dizer.

– Eu não prometi – disse Spiller de repente, com o seu tom de voz mais agudo. Todos se viraram e olharam para ele, e Arrietty tirou as mãos do rosto.

– Você! – ela exclamou, olhando fixamente. Spiller olhou de volta para ela, esfregando a orelha com a manga. – Quer dizer – ela continuou, esquecendo-se, em sua surpresa, das bochechas molhadas de lágrimas e da timidez costumeira que tinha de Spiller – que você voltaria e contaria a ela? Você, que nunca foi visto! Você, que é obcecado em se esconder! Você, que nunca nem mesmo conversa!

Ele concordou com um sinal de cabeça, olhando diretamente de volta para ela, os olhos atentos e firmes. Homily quebrou o silêncio:

– Ele faria isso por *você*, querida – ela disse gentilmente. E então, por alguma razão, ela se sentiu incomodada de repente. – Mas eu tenho que tentar gostar dele – ela se desculpou, irritada. – Tenho mesmo que tentar. – Enquanto notou a descrença no rosto de Arrietty se transformando em uma surpresa alegre, virou-se de lado para Pod e disse bruscamente: – Apague a luz agora, pelo amor de Deus. E vamos todos para a cama.

OS BORROWERS EM APUROS

COM ILUSTRAÇÕES DE
Pauline Baynes

*Para
todos os nossos queridos
da Antiga Residência Paroquial,
na vila de Monks Risborough*

•• CAPÍTULO UM ••

O sr. Pomfret, o guarda do povoado em Pequena Fordham, era um homem jovem e magro com olhos castanhos muito suaves (a srta. Menzies dizia com frequência que ele parecia tristonho).

– Às vezes – ela dizia ao sr. Pott –, acho que o sr. Pomfret não gosta muito de ser um policial.

Ele era casado com uma mulher pequena e agitada – tão clara quanto ele era moreno –, e tinham um bebê muito grande e silencioso.

Os peitoris da janela do apartamento sobre a delegacia de polícia estavam sempre repletos de ursinhos de pelúcia. A srta. Menzies geralmente achava isso apaziguador, mas, conforme descia pelo caminho naquela peculiar tarde chuvosa de outono (3 de outubro, precisamente), os ursinhos de olhos apáticos e os coelhos de orelhas caídas olhando para baixo pela vidraça de alguma forma falharam em confortá-la. Por alguma razão, sua missão, que dois dias antes aparentava ser o único procedimento certo e sensato, pareceu de repente menos adequada. Ela se sentiu um pouco insegura ao levar a mão à campainha: o querido sr. Pomfret sempre tinha sido tão gentil que ela receou agora perder o respeito dele. Ainda assim, o que ela tinha a lhe dizer era perfeitamente justo e direto: então pôs os ombros para trás, recuperando um pouco da coragem, e tocou a campainha.

Foi a sra. Pomfret quem abriu a porta, um tanto ansiosa e com o cabelo meio desalinhado.

– Ah, srta. Menzies, entre! Quer falar com o meu marido?

Um mancebo ficava perto do fogão, no lado público da repartição. Nele havia fraldas de pano penduradas, vaporizando no calor. A sra. Pomfret recolheu-as rapidamente.

– Hoje o dia não está bom para as coisas secarem – ela explicou desculpando-se, ao se aproximar de uma porta interna.

– Pode deixar aí – disse a srta. Menzies, mas a sra. Pomfret já havia se retirado.

A srta. Menzies fechou cuidadosamente o guarda-chuva e o posicionou ao lado do piso da lareira. Conforme estendeu as mãos para aquecê-las ao fogo, percebeu que tremiam levemente.

– Puxa vida... Puxa vida... – ela murmurou; e, empurrando-as no fundo dos bolsos, endireitou os ombros novamente.

O sr. Pomfret entrou, alegre demais para a natureza dele. Interrompido no meio do chá, estava limpando a boca no guardanapo de pano.

– Boa tarde, srta. Menzies. Que tempo horrível!

– De fato – a srta. Menzies comentou timidamente.

– Sente-se. Aqui, perto do fogo.

Muda, a srta. Menzies se sentou. O sr. Pomfret puxou uma cadeira do outro lado da escrivaninha e se juntou a ela próximo ao fogão. Fez-se um silêncio breve, e então o sr. Pomfret prosseguiu.

– Achei que pudesse dar uma melhorada por volta da hora do jantar... um bom pedaço de céu azul...

O silêncio continuou, e o sr. Pomfret repetiu: "Por volta da hora do jantar". Então, assoou o nariz apressadamente.

— Os fazendeiros gostam disso, no entanto — prosseguiu, socando o lenço no bolso. Parecia muito alegre e despreocupado.

— Ah, sim — concordou nervosamente a srta. Menzies. — Os fazendeiros gostam. — Ela umedeceu os lábios com a língua, olhando através da lareira até os olhos gentis e castanhos dele, como se suplicasse para eles serem ainda mais gentis.

No silêncio resultante, a sra. Pomfret entrou agitada novamente, com uma xícara de chá com leite, que apoiou em um banquinho perto da srta. Menzies.

— Oh, quanta gentileza... — disse ofegante a srta. Menzies enquanto a sra. Pomfret saiu alvoroçada mais uma vez.

A srta. Menzies ficou olhando pensativa para o chá, e então, pegando a colher, começou a mexê-lo bem devagar. Finalmente, ergueu o olhar.

— Sr. Pomfret — ela disse, com uma voz clara e firme. — Quero dar parte de um desaparecimento. Ou talvez seja um roubo — acrescentou, quando o sr. Pomfret pegou seu caderno de notas. Ela baixou a colher e apertou as mãos juntas no colo: o rosto longo e magro de menina parecia sério. — Ou o desaparecimento de pessoas, para ser mais precisa.

O sr. Pomfret desenroscou a tampa de sua caneta-tinteiro e esperou educadamente que ela se decidisse.

— Na verdade — ela continuou, apressada de repente —, o senhor poderia até chamar o caso de sequestro!

O sr. Pomfret ficou pensativo, batendo de leve a tampa da caneta no lábio inferior.

— E se — ele sugeriu com delicadeza, depois de um momento — você simplesmente me contasse o que aconteceu?

— Eu não poderia simplesmente contar — disse a srta. Menzies. Ela pensou durante algum tempo. — O senhor conhece o sr. Pott e o vilarejo em miniatura?

— Sim — disse o sr. Pomfret. — Uma grande atração turística. Dizem que o sr. Platter, de Went-le-Craye, está montando um tipo de vilarejo em miniatura também.

— Sim, ouvi falar nisso.

— Será um pouco mais moderno, pelo que estão dizendo, já que ele é um construtor.

— Sim, ouvi isso também. — A srta. Menzies passou a língua pelos lábios nervosamente mais uma vez. — Bem... — ela hesitou por um momento, e depois prosseguiu audaciosamente – ... para se vingar do *nosso* vilarejo; do sr. Pott e meu. Sabe que é como se fôssemos sócios? Que ele faz todas as casas, e eu, as figuras de cera da maquete? As pessoas, como se diz...

– Sim, de fato, e parecem ter vida mesmo!

– Sim – as mãos da srta. Menzies se apertaram levemente, conforme ela as fechou juntas no colo. – Bem, é mais ou menos o seguinte: eu não fiz todas as figuras. Eu não fiz as que estão faltando.

O sr. Pomfret conseguiu parecer preocupado e aliviado ao mesmo tempo.

– Ah, agora estou entendendo... – Ele deu uma risadinha. – Foram alguns desses que desapareceram, não foram? Por um momento eu pensei... quero dizer, quando você falou em sequestro...

– Que eu queria dizer pessoas vivas? – Ela olhou firmemente para ele. – Mas eu quero.

O sr. Pomfret pareceu alarmado.

– Humm, já isso é diferente. – Muito sério de repente, ele balançou a caneta sobre o caderno. – Pessoa ou pessoas?

– Pessoas.

– Quantas?

– Três. Um pai, uma mãe e uma filha.

– Nome? – perguntou o sr. Pomfret, enquanto fazia anotações.

– Relógio.

– Relógio?

– Sim, Relógio.

– Como se soletra isso?

– R-e-l-ó-g-i-o.

– Humm, Relógio – disse o sr. Pomfret, anotando. Ele ficou olhando para a palavra: parecia confuso. – Profissão do pai?

– Sapateiro, originalmente.

– E agora?

– Bem, eu acredito que ele ainda seja um sapateiro. Apenas não vive mais disso...

– E do que ele vive?

– Bem, eu... er... Quero dizer, não acredito que tenha ouvido falar nisso: ele é um Borrower.

O sr. Pomfret olhou de volta para ela sem nenhuma expressão identificável.

– Sim, eu já ouvi falar nisso – ele disse.

– Não, não: não é no sentido que o senhor quer dizer. É uma profissão. Uma rara. Mas acredito que se *possa* chamar de profissão...
– Sim – disse o sr. Pomfret. – Concordo com você. É isso mesmo o que quero dizer. Eu acho que se pode chamar de profissão.

A srta. Menzies suspirou profundamente.

– Sr. Pomfret – ela disse rapidamente –, preciso explicar ao senhor, eu achei que tivesse percebido: essas pessoas são muito *pequeninas*.

O sr. Pomfret baixou a caneta: ele estudou a expressão dela com seus gentis olhos castanhos. Pareceu mais do que apenas um pouco desnorteado: o que a altura deles teria a ver com isso?

– Eu os conheço? – ele perguntou. – Eles moram no vilarejo?

– Sim, eu já disse ao senhor. Eles vivem no *nosso* vilarejo, o em miniatura. Meu e do sr. Pott.

– O vilarejo em miniatura?

– Sim. Em uma das casas da maquete. São pequenos assim.

O olhar do sr. Pomfret se tornou demasiadamente fixo.

– Quão pequenos? – perguntou.

– De doze a quinze centímetros, algo assim. São muito incomuns, sr. Pomfret. Muito raros. É por isso que eu acho que foram roubados. As pessoas conseguiriam ganhar muito dinheiro com uma família pequena como essa.

– Doze a quinze centímetros?

– Sim. – Os olhos da srta. Menzies se encheram de lágrimas de repente; ela abriu a bolsa e tateou dentro dela, procurando seu lenço.

O sr. Pomfret ficou em silêncio. Depois de um momento, disse:

– Tem certeza de que não os criou?

– É claro que tenho! – A srta. Menzies assoou o nariz. – Como poderia tê-los criado? – ela prosseguiu com uma voz sufocada. – Essas criaturas são *vivas*.

Mais uma vez, o sr. Pomfret começou a bater a caneta no lábio inferior; seu olhar tinha se tornado mais distante.

A srta. Menzies esfregou os olhos e se inclinou na direção dele.

– Sr. Pomfret – disse com uma voz mais firme –, eu acho que talvez esteja havendo um mal-entendido. Como eu poderia colocar isso de forma mais clara?... – Ela hesitou, e o sr. Pomfret esperou pacientemente. – Com a sua experiência em casas, alguma vez já teve a sensação... a impressão, de que havia outras pessoas vivendo em uma casa além dos seres humanos?

O sr. Pomfret pareceu ainda mais pensativo. Outras "pessoas" – *além* dos seres humanos: os termos não eram sinônimos?

– Não posso dizer que já – ele admitiu por fim, quase se desculpando.

– Mas já deve ter pensado sobre a maneira misteriosa como pequenos objetos parecem desaparecer. Nada de grande valor: pequenas coisas, como tocos de lápis, alfinetes de segurança, selos, rolhas, caixas de comprimidos, agulhas, carretéis de linha, esse tipo de coisa?

O sr. Pomfret sorriu.

– Nós geralmente atribuímos isso ao nosso pequeno Alfred. Não que alguma vez o tivéssemos deixado se aproximar de uma caixa de comprimidos; jamais! – ele logo acrescentou.

– Mas, sabe, sr. Pomfret, as fábricas continuam fazendo agulhas e lápis e mata-borrões, e as pessoas continuam comprando mais, e, ainda assim, nunca há um alfinete de segurança quando se precisa dele, ou restos de cera para lacrar cartas. Para onde tudo isso vai? Tenho certeza de que a sua esposa compra agulhas com frequência e, ainda assim, todas as agulhas que já comprou na vida não podem estar simplesmente por aí, espalhadas pela casa.

– Não; espalhadas por esta casa, não – ele disse; tinha bastante orgulho de sua nova e asseada residência.

– Não, talvez; não nesta casa – concordou a srta. Menzies. – Eles geralmente gostam de locais mais antigos e desgastados, com tábuas de assoalho soltas, painéis de madeira envelhecidos e todo esse tipo de coisa; eles constroem seus lares nas fissuras e nos cantos mais inusitados. A maior parte vive atrás de rodapés, ou até mesmo debaixo do chão...

– Eles quem? – perguntou o sr. Pomfret.

– Essas pessoinhas. Sobre as quais estou tentando lhe falar...

– Oh! Achei que tivesse dito...

– Sim, eu disse que tinha três deles. Nós fizemos uma casinha para eles. Eles se autodenominam "Borrowers". E agora sumiram...

– Entendo... – disse o sr. Pomfret, dando batidinhas no lábio com sua caneta. Mas, a srta. Menzies percebeu, ele não entendia coisa nenhuma.

Após um momento, apesar disso, o sr. Pomfret perguntou, com uma voz confusa:

– Mas por que eles *desejariam* coisas como essas?

– Eles mobíliam sua própria casa com elas; sabem adaptar qualquer coisa. São muito engenhosos. Quero dizer, para pessoinhas como eles, um bom pedaço grosso de mata-borrão serve como um excelente tapete, e pode sempre ser renovado.

Mata-borrão, muito obviamente, não era a ideia que o sr. Pomfret fazia de "um excelente tapete". Ele ficou mais uma vez em silêncio, e a srta. Menzies percebeu, infeliz, que estava em uma situação cada vez mais complicada.

– Não é tão extraordinário, sr. Pomfret, embora possa soar assim. Nossos ancestrais falavam abertamente sobre "as pessoinhas". Na verdade, há muitos lugares nestas ilhas onde falam sobre eles até hoje...

– E os *veem*? – perguntou o sr. Pomfret.

– Não, sr. Pomfret; eles nunca devem ser vistos. Nunca ser *visto*, por nenhum tipo de ser humano, é a primeira e mais séria regra que eles seguem para viver.

– Por quê? – perguntou o sr. Pomfret (ele ficou pensando, posteriormente, o que o havia levado a chegar tão longe assim).

– Porque – explicou a srta. Menzies – ser visto por um ser humano pode significar a extinção da raça deles!

– Minha nossa... – disse o sr. Pomfret. Ele mal sabia o que mais dizer. Depois de um momento, um pensamento lhe ocorreu. – Mas você disse que os viu – ele especulou.

– Eu fui muito privilegiada – disse a srta. Menzies.

Houve novo silêncio. O sr. Pomfret estava começando a parecer preocupado, e a srta. Menzies também sentiu que havia falado demais: essa conversa estava se tornando mais do que um pouco constrangedora. Ela sempre gostara do sr. Pomfret e o respeitara, do mesmo modo que ele sempre gostara da srta. Menzies e a respeitara. Como ela podia fazer que as coisas voltassem a ficar menos desequilibradas? Ela decidiu adotar um tom mais normal e decisivo, e, de alguma forma, tornar o clima mais leve.

– Mas, por favor, não se preocupe, sr. Pomfret; não se sobrecarregue com isso, nem nada do tipo. Tudo o que estou pedindo ao senhor, se *puder* fazer essa gentileza, é que registre o desaparecimento. Só isso. Para o caso – ela prosseguiu – de eles aparecerem em algum outro lugar...

Ainda assim, o sr. Pomfret não chegou a escrever.

– Farei um registro mental disso – disse. Ele fechou o caderno e deslizou um elástico preto para prender a capa. Levantou-se repentinamente, de modo que ficasse mais fácil guardar o caderno no bolso.

A srta. Menzies também se levantou.

— Talvez — ela disse — o senhor pudesse dar uma palavra com o sr. Pott...?

— Eu posso — o sr. Pomfret disse cuidadosamente.

— Ele poderia confirmar o que eu disse sobre o tamanho e tudo o mais.

— Você quer dizer — perguntou o sr. Pomfret, olhando-a quase de maneira severa — que o sr. Pott também os viu?

— É claro que ele os viu. Nós inclusive falamos muito sobre eles. Pelo menos... — de repente, ela hesitou. Seria ela, talvez, quem falava muito sobre eles? E o sr. Pott já os teria mesmo visto? Olhando para trás, em um tipo repentino de pânico, ela não conseguia se lembrar de nenhuma ocasião em que ele tivesse de fato admitido ter feito isso: ela tinha sido tão rigorosa sobre não perturbá-los, sobre deixá-los em paz para viver a vida deles... Mesmo naquele dia em que ela o convencera a fazer uma vigília próximo à pequena casa, ninguém da família havia aparecido, ela lembrou, e o sr. Pott, inclinando a cabeça sonolento sob a luz do sol, tinha caído no sono. Talvez, ao longo de todos esses meses, o sr. Pott, sem nunca prestar atenção de fato, tivesse simplesmente tentado ser condescendente com ela: ele era um homem gentil e bom com algumas manias.

Ela percebeu que o sr. Pomfret ainda a olhava fixamente, meio esperançoso, com seus afetuosos olhos castanhos. Ela deu uma risadinha.

— Acho melhor eu ir agora — ela disse um tanto apressada, olhando para o relógio. — Preciso estar na igreja às seis para ajudar a sra. Braga com as flores.

Quando ele abriu a porta para ela, a srta. Menzies tocou seu braço levemente.

— Apenas registre o desaparecimento, sr. Pomfret. Só isso. Ou faça um registro mental, como o senhor disse... Muito obrigada. Veja, parou de chover...

O sr. Pomfret ficou parado no vão da porta por um momento, observando-a enquanto ela trotava pelo asfalto brilhante com aqueles passos largos de menina de pernas compridas. Quantos anos ela teria agora?, ele ficou pensando. Quarenta e oito? Cinquenta? Então ele entrou.

— Dolly... — ele chamou, hesitante. Então, parecendo mudar de ideia, foi para o lado do fogão e fitou o fogo com um olhar perdido.

Parecia estar pensando profundamente. Depois de um tempo, pegou novamente o caderno, soltou o elástico e ficou olhando para a página quase em branco. Pensou novamente por um tempo, antes de lamber o lápis. "3 de outubro de 1911." Depois de escrever essas palavras, lambeu mais uma vez o lápis e as sublinhou bem. "Srta. Menzies", ele escreveu em seguida, e hesitou. O que escrever agora? Decidiu, por fim, colocar um ponto de interrogação.

A srta. Menzies desceu o caminho até a igreja segurando o guarda-chuva próximo à cabeça, como para disfarçar seu constrangimento. Ela estava pensando muito sobre suas pessoinhas (pessoas?... É claro que eram pessoas. Pod, Homily e sua jovem Arrietty), para as quais havia feito um lar (um lar seguro, ela tinha imaginado) no vilarejo em miniatura do sr. Pott. Pod e Homily ela só tinha visto a distância, quando se agachou para observá-los de trás de uma moita de cardos agitados; mas Arrietty – a Arrietty destemida e de olhos brilhantes – tinha quase se tornado uma amiga. E depois havia o Spiller. Mas a srta. Menzies nunca o tinha visto. Ninguém nunca tinha visto Spiller, a não ser que ele assim desejasse. Ele era um mestre da camuflagem: podia se misturar a qualquer cenário; espreitar por perto, quando se pensava estar longe; chegar quando menos se esperasse; e desaparecer com a mesma rapidez. Ela sabia que ele era um solitário que vivia entre as sebes de maneira selvagem; sabia que ele podia navegar por riachos; que tinha construído um barco a partir de um velho faqueiro de madeira, vedando-o com cera de abelha e linho seco; e que, para viagens curtas, ele usava a tampa gasta de uma velha saboneteira de latão... Sim, Arrietty tinha falado muito de Spiller, e agora a srta. Menzies começava a pensar nisso. A mãe de Arrietty o achava sujo, mas, para Arrietty, ele tinha o cheiro de toda a vastidão do "lado de fora".

A srta. Menzies suspirou. Talvez Spiller os localizasse e os ajudasse, caso estivessem passando por alguma dificuldade... onde quer que se encontrassem.

•• CAPÍTULO DOIS ••

Quando a srta. Menzies chegou à igreja, encontrou a sra. Braga e Lady Mullings na sacristia bebendo chá.

– Sinto muito por ter me atrasado – foi logo dizendo a srta. Menzies, pendurando a capa de chuva.

– Não se preocupe, querida – disse Lady Mullings. – Havia pouco a fazer hoje, a não ser trocar a água. Traga uma cadeira e sente-se. A sra. Braga trouxe-nos alguns bolinhos.

– Que delícia! – exclamou a srta. Menzies, sentando-se entre elas. Ela parecia estar um pouco corada da caminhada.

Lady Mullings era grande e majestosa (e dada a véus esvoaçantes). Ela era viúva e vivia só, tendo perdido dois filhos na Guerra dos Bôeres[1]. Seu rosto era doce e triste, sempre bastante coberto de pó (hábito que, nessa época, era considerado um tanto fútil). A srta. Menzies, em determinados momentos, tinha até mesmo suspeitado de um toque de batonzinho, mas não era possível ter certeza disso. Ainda assim, a srta. Menzies se afeiçoava à Lady Mullings, que era a gentileza em pessoa e que, alguns anos antes, havia curado o quadril artrítico da srta. Menzies.

Pois Lady Mullings tinha um dom de cura, mas não aceitava nenhum mérito por isso.

– Alguma coisa ou alguém trabalha por mim – ela dizia. – Sou apenas o canal.

Ela era também, a srta. Menzies se lembrou de repente, uma "descobridora": podia localizar objetos perdidos, ou melhor, visualizar em sua mente os arredores nos quais tais objetos poderiam ser encontrados.

– Eu o vejo em um lugar escuro... – ela havia dito a respeito do anel da sra. Crabtree. – ... afundado de lado... há um tipo de lama... não, é mais como uma substância gelatinosa... alguma coisa está se movendo agora... sim, é uma aranha. E há água... oh, pobre aranha!

---

1. Guerra de colonização na África do Sul ocorrida especialmente entre britânicos e holandeses, de 1880 a 1881 e, depois, de 1899 a 1902. (N. T.)

O anel tinha sido encontrado no sifão da pia.

– Eu vim um pouco mais cedo – Lady Mullings dizia agora, enquanto apanhava suas luvas – e receio que tenha de sair um pouco mais cedo porque uma pessoa vem me visitar às seis e meia... uma pessoa com problema, receio, então é melhor eu me apressar. Oh, Deus! E toda essa louça do chá?...

– Ah, eu cuido dela – disse a srta. Menzies. – E a sra. Braga me ajudará, não é mesmo?

– Sim, claro! – exclamou a sra. Braga, levantando-se de repente de sua cadeira. Ela começou a recolher os pratos, e a srta. Menzies, apesar de suas preocupações atuais, viu-se sorrindo. Por que a sra. Braga sempre parecia tão feliz?, pensou. Bem, talvez não sempre, mas quase sempre...

A srta. Menzies tinha uma consideração muito afetuosa por Kitty Braga, que, antes de seu casamento, tinha sido Kitty O'Donovan, vinda da Irlanda aos 15 anos para ser a criada da cozinha no Solar dos Abetos – nos "bons velhos tempos", como eram chamados agora. Inicialmente solitária e com saudades de sua terra, suas atitudes vencedoras e seu desejo de agradar foram gradualmente conquistando a carrancuda cozinheira antiga, a sra. Driver. Após muitos anos, essas mesmas atitudes decididas conquistaram também o coração de Beto Braga, um jardineiro. Braga, mais tarde, tornou-se o jardineiro exclusivo da residência paroquial, e, após seu casamento, Kitty o seguira, tornando-se a cozinheira geral na mesma antiga casa.

Infelizmente, a antiga residência estava vazia agora, mas os Bragas tinham permanecido como zeladores. A residência paroquial Tudor foi registrada como "construção histórica" para ser preservada pela paróquia, assim como a igreja, com sua famosa divisória de madeira entalhada. O sr. Braga foi nomeado sacristão, e a sra. Braga, faxineira da igreja. Eles viviam muito felizes na velha casa abandonada – no anexo da cozinha, que por si só era quase um chalé.

Havia uma pia para os arranjos de flores no canto mais distante da sacristia. Enquanto enchia o recipiente envelhecido que ficava sobre o escorredor de pratos e acendia as bocas de gás levemente enferrujadas que, por segurança, ficavam sobre as lajotas de pedra logo abaixo, a srta. Menzies teve um repentino pensamento: ela deveria, *ousaria*, confiar em Lady Mullings, que, afinal de contas, era tida como uma "descobridora"? Esperando o conteúdo ferver no recipiente, ela lavava alguns vasos de flores na água fria, ainda refletindo profundamente. Mas como, pensou desanimada, poderia explicar a existência dos Borrowers a Lady Mullings? Ainda estava aborrecida por causa daquele encontro constrangedor com o sr. Pomfret. Estava claro que ele a achara totalmente louca. Talvez não *totalmente* louca, mas ele tinha, evidentemente, ficado muito desnorteado. O que ele teria dito mais tarde à sra. Pomfret?, pensou. Até o momento – e ela sabia bem disso –, a srta. Menzies tinha sido um membro muito respeitado da comunidade do vilarejo. E ainda assim... ainda assim... alguma pedra teria ficado no lugar?

"Talvez sejamos todos um pouco 'malucos'...", pensou a srta. Menzies, enquanto enxugava a louça de barro. Lady Mullings com suas "descobertas", o sr. Pott com seu vilarejo em miniatura, ela mesma com seus "Borrowers". Até mesmo a sensata sra. Braga, criada, como foi, na costa afastada de West Cork, tendia a falar muito sobre "fadas".

"Eu mesma nunca vi uma", ela explicava, "mas elas estão por toda parte, especialmente depois de escurecer. E, se alguém as ofende, por exemplo, elas são capazes de aprontar qualquer tipo de crueldade."

– Vou até o vilarejo com você – ela dizia agora. – O Braga vai querer o jornal noturno.

A sra. Braga sempre chamava o marido de "Braga", o nome pelo qual ele era conhecido no Solar. Ela havia tentado "Beto" por algumas vezes depois de terem se casado, mas, de alguma forma, não encaixava. Ele sempre tinha sido chamado de "Braga" e provavelmente permaneceria "Braga".

– Ah, está bem – disse a srta. Menzies, colocando um pequeno pedaço de malha orlada com contas azuis sobre a boca do jarro de leite, que ela posicionou em uma tigela com água fria. Isso era para o lanche da manhã da sra. Braga no dia seguinte, depois que ela tivesse limpado a igreja.

A sra. Braga recolheu as folhas e as hastes de flores e as jogou no cesto de lixo, com um bolinho parcialmente comido. Isso tudo ela transferiria para a lata de lixo maior na manhã seguinte. Ela organizou a pilha de hinários que estava sobre o pequeno órgão fora de uso. O açucareiro ela colocou no armário, entre os cálices, os castiçais e a baixela do ofertório. Virou a chave do grande armário de carvalho e trancou a porta da sacristia.

Quando as duas mulheres desciam pela nave da igreja, para sair pela porta principal, a srta. Menzies ficou impressionada com a beleza da pequena igreja e, mais uma vez, com a inteligência com a qual o sr. Pott havia construído a réplica exata em sua maquete do vilarejo: o modo como a luz entrava pelo entalhe complexo da divisória de madeira, criando formas na laje pálida da nave. Os passos delas quebraram o silêncio retumbando no espaço vazio, a porta gemeu alto conforme elas a abriram e ressoou quando a fecharam atrás de si com um som que fez seus ecos vibrarem por toda a nave. O próprio virar da chave na fechadura pareceu ranger no silêncio.

Antes que alcançassem o pórtico do terreno da igreja, sentiram as primeiras gotas de chuva. A sra. Braga hesitou, com a mão sobre o novo chapéu de palha enfeitado com violetas de veludo.

– Meu guarda-chuva! – ela exclamou. – Eu o deixei na sacristia.

Procurando a chave da sacristia no molho que levava, ela correu até a igreja.

— Vou esperar por você aqui no pórtico — a srta. Menzies gritou para ela.

A chuva tornou-se mais forte enquanto a srta. Menzies esperava sob o telhado de sapê do pórtico, e ela ficou satisfeita com o abrigo. Pensativa, observou as poças sendo preenchidas na viela sulcada mais além. Ela pensou em Lady Mullings e em como poderia se aproximar dela. Ela não se trairia novamente como havia feito com o sr. Pomfret. Mas sabia que, para essa conversa, precisaria levar alguns pertences pessoais para Lady Mullings a fim de "sensibilizá-la". Não poderia levar roupas; o tamanho delas causaria surpresa: Lady Mullings certamente as confundiria com roupas de bonecas. Ela deveria levar alguma coisa que um ser humano pudesse ter usado. Pensou de repente em roupas de cama — os lençóis deles; eles poderiam ser tomados como lenços (e um deles era *mesmo*, ela lembrou). Sim, seria isso o que ela levaria. Mas deveria ir em frente, afinal? Isso seria prudente? Seria justo com Lady Mullings buscar a ajuda dela e guardar para si tantas informações vitais? Porém, se contasse tudo, ela não estaria (de alguma forma, sem antever) traindo suas pessoinhas? Lady Mullings acreditaria nela ainda assim? Ela não poderia ver, no rosto de Lady Mullings, a mesma expressão vazia e estranha que vira no do sr. Pomfret? Não, ela pensou; isso seria insuportável. E, supondo que Lady Mullings *acreditasse* nela, não ficaria ansiosa demais, envolvida demais, interessada demais? Assumindo a busca por sua conta, por exemplo? Uma busca que, para o bem dos Borrowers, deveria ser discreta, racional e secreta?

A srta. Menzies suspirou e olhou na direção da igreja. Do pórtico, ela não conseguia enxergar a porta da sacristia; apenas a grande porta sob o alpendre. A sra. Braga estava demorando. Ela teria passado pela pequena cancela que levava diretamente à residência paroquial? Talvez tivesse deixado seu guarda-chuva ali? Ah, lá estava ela, finalmente...

A sra. Braga se apressou pelo caminho. Parecia um pouco perturbada, e o guarda-chuva balançava levemente conforme ela avançava com rapidez. Quando ela alcançou a srta. Menzies, não abriu o portão, mas fechou o guarda-chuva e ficou olhando para o rosto dela.

— Srta. Menzies — ela disse —, está acontecendo algo que você acharia estranho.

A srta. Menzies reparou que o rosto dela, em geral corado, parecia estranhamente pálido.

— O que foi, sra. Braga?

— Bem... — Kitty Braga hesitou. — Quero dizer... — ela hesitou novamente, e então prosseguiu de uma vez: — Você não me acharia fantasiosa?
— Certamente não — a srta. Menzies lhe garantiu. — Qualquer coisa, menos isso! (A não ser, a srta. Menzies lembrou a si mesma de repente, no caso de ela falar sobre fadas.)
— Eu poderia jurar de pés juntos que havíamos deixado a igreja vazia...
— Sim, é claro que deixamos — disse a srta. Menzies.
— Bem, quando virei a chave na fechadura e comecei a abrir a porta, ouvi vozes...
— Vozes? — repetiu a srta. Menzies. Ela pensou por um momento. — Aquelas gralhas no campanário às vezes fazem um barulho terrível. Talvez tenha sido isso o que você ouviu.
— Não. Foi na própria sacristia. Eu fiquei ali bem silenciosa diante da porta. Alguém parecia estar dizendo algo. Claramente. Sabe como os sons se propagam naquela igreja?
— O que pareciam dizer? — perguntou a srta. Menzies.
— Pareciam dizer: "O quê?".
— "O quê?" — repetiu a srta. Menzies.
— Sim: "O quê?"; bem assim.
— Que estranho... — disse a srta. Menzies.
— E a cortina, sabe, aquela entre a sacristia e a capela de Nossa Senhora? Estava se movendo levemente, como se alguém a tivesse tocado. E houve um farfalhar de papel. Ou algo assim.
— Talvez — comentou a srta. Menzies — tenha sido a corrente de ar vindo da porta aberta.
— Talvez — concordou incerta a sra. Braga. — De todo modo, dei uma boa examinada na igreja. A não ser no campanário. O que quer que eu tenha ouvido estava muito perto. Quero dizer, aquilo, o que quer que tenha sido, não poderia ter subido até o campanário. Não nesse espaço de tempo.
— Você deveria ter vindo me chamar. Eu a teria ajudado.
— Pensei em ratos. Quero dizer, o papel farfalhando e tudo o mais... Eu olhei cuidadosamente toda a cesta de lixo.
— Existem ratos nessa igreja, você sabe — disse a srta. Menzies.
— Ratos-do-campo. Eles vêm pela grama alta do terreno ao redor. Lembra-se daquela vez no Festival da Colheita?

– São ratos fortes, então – disse a sra. Braga. – Eu joguei metade de um bolinho naquele cesto. Tudo mais estava lá, a não ser o maldito bolinho.

– Você quer dizer que ele sumiu?

– Completamente.

– Tem certeza de que o jogou ali?

– Absoluta!

– Isso é estranho – concordou a srta. Menzies. – Quer que eu volte lá com você? Talvez pudéssemos chamar o sr. Pomfret... – A srta. Menzies corou ao mencionar o nome dele, lembrando-se dos constrangimentos recentes. Não, ela não gostaria, assim tão depressa e sob essas circunstâncias, de solicitar a ajuda dele novamente.

– Sabe o que eu acho, sra. Braga? – ela disse após um momento. – Que, desde o furto daqueles castiçais valiosos do altar, mais valiosos do que qualquer uma de nós pudesse imaginar, ficamos todas um pouco nervosas. Não exatamente alarmadas, mas um pouco nervosas. E as coisas falam, você sabe... as coisas inanimadas. Eu tinha um serrote um tempo atrás que, toda vez que era usado, parecia dizer: "Pro Freddie". Não dava para duvidar: "Pro Freddie", "Pro Freddie"... Era muito sinistro. E tinha também uma torneira que pingava e parecia dizer: "Se *der*", "Se *der*", com uma terrível ênfase no *der*. O que quero dizer – explicou a srta. Menzies – é que uma torneira, aquela torneira da pia da sacristia, por exemplo, poderia perfeitamente dizer: "O quê?".

– Talvez – disse a sra. Braga, abrindo novamente o guarda-chuva (ela ainda parecia preocupada). – Bem, se me der licença, senhorita, creio que seja melhor irmos andando. O Braga deve estar esperando o chá.

Mais tarde nessa noite, após o chá, quando o Braga estava instalado perto do fogão com seu jornal vespertino, Kitty Braga contou sua história novamente. Ela a contou com mais detalhes, visto que ele mal escutava quando planejava as apostas da corrida, e ela estava livre – como era o caso agora – para pensar em voz alta.

– Eu disse a ela – ela contou, com uma voz preocupada e levemente magoada – que tinha escutado alguma coisa, ou alguém, dizer "O quê". O que eu não disse a ela... porque ninguém, muito menos você, Braga, negaria que eu sou uma boa cozinheira, e, como você diria, nem sempre se tem essa sorte... o que eu não disse a ela foi o que a outra voz disse.

– Que outra voz? – perguntou o sr. Braga, distraído.
– Eu disse a você, Braga, que ouvi *vozes*; não apenas uma voz.
– O que ela disse, então? – perguntou o sr. Braga, baixando o jornal.
– Ela disse: "Não, bolinhos DE NOVO!?".

Em fevereiro, a srta. Menzies partiu para passar um tempo com sua irmã em Cheltenham, retornando no dia dois de março. Ela encontrou o sr. Pott muito ocupado com seu vilarejo em miniatura, preparando-o para o verão. As neves do inverno haviam causado certo prejuízo nas pequenas casas, de modo que a maior parte de seu tempo livre foi gasta em ajudar a consertar as coisas.

Praticamente, a primeira atividade dela no jardim tinha sido erguer o telhado da casa dos Borrowers e olhar tristemente para dentro. Um pouco de umidade havia entrado, e a srta. Menzies preveniu umidades futuras cavando um pequeno canal para extrair a água da chuva que tinha se juntado em poças em muitas das vias da miniatura. Se... ah, SE suas pessoinhas algum dia retornassem, deveriam encontrar a casinha tão ajeitada e seca quanto estava quando a deixaram. Isso era o mínimo que ela podia fazer. O telhado, quando ela o colocou de volta, pareceu intacto e firme. Sim, ela havia feito o seu melhor: chegou até a (de uma maneira constrangedora e cheia de rodeios) registrar o desaparecimento na polícia. Essa, talvez, tivesse sido a maior provação de todas!

Mais ou menos no meio de março, apesar dos muitos dias de chuva, a maquete começou a ficar mais reconhecível. Depois de tê-la limpado, não ocorreu à srta. Menzies examinar a casinha novamente: tinha estado vazia por tanto tempo, e, se quisessem reabrir a tempo para a Páscoa, havia muito mais a fazer. Novas figuras para criar, antigas para retocar, material da estrada de ferro para ser lubrificado e pintado, telhados para consertar, jardins para serem capinados... O sr. Pott tinha sido inteligente com suas galerias pluviais, e toda a água que caía ali agora fluía suavemente para o riacho. A srta. Menzies estava especialmente orgulhosa de seus carvalhos: talos fortes de salsa crespa, mergulhados em cola e envernizados.

Também foi a srta. Menzies quem persuadiu o sr. Pott a erguer a cerca de arame ao longo da margem do rio. Ela tinha certeza de que quem quer que tivesse roubado os Borrowers havia se aproximado do vilarejo pela água.

– Não vejo muito sentido – criticou o sr. Pott – agora que eles se foram...

Mas ele martelou as estacas do mesmo jeito, e as reforçou firmemente com arame. Ele mesmo nunca tinha acreditado muito nos Borrowers, mas percebeu, em seu modo reservado, que a ideia dessas criaturas tinha significado muito para a srta. Menzies.

E assim o longo inverno passou. Até que – finalmente, finalmente! – surgiram os primeiros sinais da primavera. E seria (para todos os personagens envolvidos) uma estranha primavera...

•• CAPÍTULO TRÊS ••

Em uma casa chamada Ballyhoggin, em Went-la-Craye, o sr. e a sra. Platter estavam sentados olhando um para outro na mesa da cozinha. Pareciam estar em estado de choque – eles *estavam* em estado de choque. As palavras agora escapavam deles completamente.

O sr. Platter era um construtor e decorador que algumas vezes atuava (sob certas circunstâncias) como agente funerário da pequena cidade. Ele tinha um rosto que parecia de rato, seco e enrugado, e óculos sem aro, através dos quais, quando a luz os atingia, as pessoas não conseguiam enxergar os olhos dele. A sra. Platter era grande e corada, mas neste momento não estava nada corada. O rosto pesado e bastante protuberante tinha se transformado em um tom curioso de bege.

Sobre a mesa, três pires pequenos estavam dispostos em fila. Eles continham alguma coisa pegajosa. Parecia arroz excessivamente cozido, mas a sra. Platter o chamava de "kedgeree", em referência ao prato de origem indiana.

Depois de um longo tempo, o sr. Platter falou. Ele falou bem devagar e decidido, em sua voz seca, fria e irritante:

– Vou deixar esta casa inteira em pedaços, tijolo por tijolo. Nem que eu – prosseguiu ele – tenha que contratar alguns homens a mais.

– Oh, Sidney... – arfou a sra. Platter. Duas lágrimas rolaram pelas bochechas caídas. Com uma mão desajeitada, ela pegou uma toalha de chá e as enxugou.

– Tijolo por tijolo – repetiu o sr. Platter. A sra. Platter podia ver os olhos dele agora: estavam redondos e duros, como dois cristais azuis.

– Oh, Sidney... – a sra. Platter disse novamente, quase sem fôlego.

– É o único jeito – disse o sr. Platter.

– Oh, Sidney... – A sra. Platter havia coberto o rosto com a toalha de chá. Ela estava chorando de verdade agora. – É a casa mais linda que você já construiu... – Os soluços mal eram abafados pela toalha de chá. – É o nosso *lar*, Sidney.

– Considerando o que está em jogo – o sr. Platter prosseguiu como uma pedra; mal parecia notar a tristeza da esposa. – Nós tínhamos uma fortuna nas mãos. Uma fortuna!

— Sim, Sidney, eu sei...
— Casas! – exclamou o sr. Platter. – Poderíamos ter construído todas as casas que sempre quisemos. Casas maiores e melhores. Casas como você jamais havia sonhado antes! Poderíamos ter mostrado aquelas criaturas por todo o mundo. E pelo preço que quiséssemos. E agora – as pupilas dele tornaram-se minúsculas – eles se foram!
— Não é minha culpa, Sidney – a sra. Platter enxugou os olhos.
— Não é sua culpa, Mabel. Mas o fato permanece: eles se foram!
— Fui eu quem lhe deu a ideia de pegá-los, para começar.
— Eu sei disso, Mabel. Não pense que não sou grato. Nós cometemos um crime. Foi corajoso de sua parte. – O rosto dele ainda estava endurecido. – Mas agora alguém, ou alguma coisa, os roubou de volta!
— Mas ninguém sabia que estavam aqui. Ninguém, Sidney, a não ser nós mesmos. – Ela deu uma limpada final no rosto com a toalha de chá. – E nós sempre subimos ao sótão juntos, não foi, Sidney? Para conferir os trincos da porta. Para o caso de algum de nós esquecer. E havia aquele pedaço de zinco na parte de baixo da porta para o caso de tentarem fazer um buraco ou qualquer coisa assim...
— Nós encontramos a janela aberta – disse o sr. Platter.
— Mas como coisas pequenas como aquelas poderiam abrir a janela?

– Expliquei a você como eles a abriram, Mabel. A corda e a roldana e toda aquela... – Ele pensou um pouco. – Não, alguém deve ter entrado com uma escada. Eles devem ter recebido ajuda.

– Mas ninguém sabia que eles estavam aqui. *Ninguém*, Sidney. E eles estavam lá na hora do café da manhã, quando levamos o mingau. Você mesmo os viu, não viu? E quem traria uma escada em plena luz do dia? Não, se você me perguntar, Sidney, eles não podem ter ido longe. Não com aquelas perninhas curtas...

– Eles devem ter recebido ajuda – repetiu o sr. Platter.

– Mas ninguém nunca os viu; apenas nós. – Ela hesitou. – Exceto...

– Sim, é isso o que eu quero dizer.

– Você quer dizer aquela srta. Menzies, ou seja qual for o nome dela? E aquele Abel Pott? Não consigo imaginar Abel Pott subindo uma escada. Não com a perna de pau. E essa srta. Menzies não é do tipo que subiria uma escada. Além disso, como eles saberiam que teriam de vir aqui?

– Há aquela Lady Mullings, lá em Fordham. Já ouviu falar dela?

– Não posso dizer que sim. – Ela pensou por um momento. – Ah, sim, eu ouvi; estou mentindo... você não consertou o telhado dela uma vez?

– É isso mesmo. Dizem que ela é uma "descobridora".

– Uma "descobridora"?

– Ela encontra as coisas. Meio que vê onde estão. Dizem que ela encontrou o anel da sra. Crabtree. E aqueles ladrões que roubaram os castiçais...

– Quais castiçais?

– Aqueles castiçais de prata roubados da igreja. Disseram que ela os viu numa casa de penhores, perto de dois cachorros de porcelana. Deu o endereço e tudo. E foi lá onde estavam. Mal dá para acreditar...

– Pois é, não? – comentou a sra. Platter lentamente. Ela parecia pensativa. – Hum, bem, não podemos perder a esperança. E se fôssemos até lá e déssemos apenas mais uma olhada...?

– Mabel... – O sr. Platter olhou para o relógio na parede. – Nós ficamos procurando durante quatro horas e trinta e cinco minutos. E nem sinal deles. Se eles ainda estiverem nesta casa, devem estar dentro das paredes, embaixo do assoalho... em qualquer lugar! Você se lembra daquele pedaço solto de assoalho que eu levantei?

– De onde eles podiam ver o nosso quarto? Sim.

– Então... – disse o sr. Platter, como se isso decidisse o assunto.
– E, falando sobre casas – continuou –, na minha opinião, a melhor casa que eu já fiz na minha vida foi aquela de vidro que fiz para *eles*, para a nossa miniatura do vilarejo. O trabalho que eu tive com aquela casa! Quanto transtorno: escadas, ventilação, esgoto, mobília, carpete de verdade, luz elétrica... E aquela placa de vidro na frente, com aquela fenda pra levantá-la para limpeza. Parecia um lar de verdade e, entretanto (essa foi a grande estratégia), não havia um canto em que eles pudessem ficar sem que o público conseguisse vê-los. De dia ou de noite.
– Não haveria público à noite, Sidney.
– No final da tarde – disse o sr. Platter. – No final das tardes de inverno. Esse não teria sido nenhum show turístico de verão, garota. Não como o Chá na Beira do Rio ou o vilarejo em miniatura do Pott. E lá está ela... – havia uma verdadeira tristeza na voz dele agora –: uma miniatura perfeita de casa guardada num depósito de ferramentas, coberta com uma manta.

Houve um silêncio melancólico. Depois de alguns instantes, a sra. Platter disse:

– Eu estava pensando, Sidney... Antes de você começar a destruir a nossa casa, tijolo por tijolo, como você diz, poderia ser uma boa ideia dar uma chegada lá no Abel Pott...

– No vilarejo em miniatura?

– Sim. É para lá que eles iriam, não?

– Talvez. Sim, mas é uma boa distância. No ritmo do passo deles, levaria uma semana para chegarem até lá.

– Melhor. Deixe que eles se estabeleçam e se sintam seguros, digamos.

– Sim, você tem razão. – Ele pensou por um momento. – Por outro lado, entretanto...

– O que é, Sidney?

Ele começou a sorrir.

– Nós temos aquele barco, não temos? Digamos que passemos na frente deles e aguardemos até eles chegarem?

– O quê? *Agora?*

O sr. Platter pareceu irritado.

– Não *agora*, neste minuto. Como eu disse, eles vão demorar muito para chegar lá. Amanhã, digamos, ou no dia seguinte...

•• CAPÍTULO QUATRO ••

– Não sei onde o seu pai se enfiou! – exclamou Homily pela quarta vez naquela noite, enquanto ela e Arrietty estavam sentadas ao pé da lareira apagada, na sala muito mais bem arrumada. – O Spiller disse que achou um lugar...

Embora, pelas pequenas vidraças, elas pudessem ver os telhados bem arrumados da maquete do sr. Pott de dentro da casa, uma obscuridade cinza havia roubado todas as cores da iluminada casa de brinquedo. Casa? Era mesmo uma casa? O vilarejo em miniatura feito pelo sr. Pott? Mais parecia um esconderijo, talvez – depois de um longo e escuro inverno no sótão dos Platters.

Arrietty olhou para os pacotes cuidadosamente amarrados e empilhados na parede mais distante.

– Nós estaremos prontas quando eles voltarem de verdade – ela disse.

"Nós estávamos bem aqui", Arrietty pensou, "antes de esses Platters nos roubarem." De qualquer jeito, faltava alguma coisa: talvez fosse organizado demais, perfeito demais e, de algum modo, confinado demais. A improvisação era o sopro de vida para os Borrowers, e eles não haviam planejado ou inventado este local, nem batalhado por ele: tudo tinha sido "dado"; arrumado por um gosto generoso, mas estranho.

– Quando eles vão voltar *de verdade*? Eles partiram há dois dias!

– Talvez seja realmente um bom sinal – disse Arrietty. – Pode significar que eles acharam mesmo algum lugar.

– Que pena que aquele velho moinho não serviu. Mas, de qualquer modo, nós não poderíamos viver só de trigo.

– Nem o moleiro – Arrietty enfatizou. – Quero dizer, quando ele era vivo.

– Disseram que o moinho estava todo arruinado. E que os ratos eram um tanto ferozes.

– O Spiller encontrará um lugar – disse Arrietty.

– Mas onde? Que tipo de lugar? Quero dizer, precisa ter seres mundanos, ou não teremos do que sobreviver. E essa ideia de ir a todos os lugares de barco! Alguma coisa pode facilmente ter acontecido com eles! E se aqueles Platters tiverem pegado os dois novamente?

– Mãe... – começou Arrietty, descontente. Ela se levantou de repente, foi até a janela e ficou observando o céu que se descoloria lá fora. Então ela se virou, numa silhueta escura contra a luz enfraquecida. Homily não conseguia ver o rosto da filha. – Mãe – ela disse novamente, com a voz mais controlada –, você não percebe que nós duas, sentadas aqui neste vilarejo, no local exato onde os Platters nos apanharam, estamos correndo, de longe, muito mais perigo do que o papai e o Spiller?

– Tem aquela cerca de arame ao longo da margem do rio.

– Eles a atravessariam num piscar de olhos. Arranjariam uma coisa chamada cortador de arames. E, se você quiser levar *todas* as suas coisas, *temos* que ir pela água.

– Aquele faqueiro do Spiller! Imagine se ele afundar? Você e o seu pai sabem nadar, mas e eu?

– Nós puxaríamos você – Arrietty respondeu pacientemente. – E ele nunca afundou antes. – Ela conhecia esse mau humor da mãe. Afinal, Homily tinha sido bastante corajosa nas outras fugas deles: no balão feito por eles, na bota e, precisamos admitir, tinha sido extremamente corajosa na chaleira. Ela podia ser uma pessoa muito preocupada, mas sempre reagia em uma emergência.

– O Spiller encontrará algum lugar – ela disse novamente. – Sei que ele vai conseguir. E pode ser algum lugar adorável...

– Eu tenho gostado daqui – comentou Homily. Olhando ao redor da sala, ela estremeceu, cruzando os braços. – Eu gostaria de poder acender a fogueira...

– Mas não podemos! – exclamou Arrietty. – Alguém poderia ver a fumaça – Nós prometemos ao papai.

– Ou acender a luz – Homily continuou.

– Ah, mãe! – gritou Arrietty. – Isso seria loucura! Você sabe que isso realmente...

– Ou ter alguma coisa para comer que não fossem as castanhas do Spiller...

– Temos sorte de ter essas castanhas...

– Levamos tanto tempo para parti-las... – reclamou Homily.

Arrietty ficou em silêncio: ela já tinha ouvido esse tipo de resmungo muitas vezes antes. E, no entanto, ela pensou (retornando ao seu banco e notando que o cômodo ia escurecendo vagarosamente) que talvez, em seu coração, Homily entendesse a necessidade dessa rápida mudança melhor do que aparentava. Três seres mundanos, no mínimo, talvez quatro – ou até mesmo mais –, sabiam que eles tinham estado ali, sabiam que eles haviam partido, mas (a menos que eles entregassem o jogo) não havia ninguém, até o momento, que soubesse que eles haviam retornado.

Foi por essa razão que Pod as havia proibido de usar a luz ou a fogueira, mantido-as longe das janelas e, durante as horas da luz do dia, confinado-as à casa em miniatura. Esses dias, com Pod e Spiller longe, podiam às vezes parecer muito longos. Já era meio de março e três dias haviam se passado desde a dramática fuga do sótão dos Platters no balão por eles produzido. Pensando nisso agora mais uma vez, Arrietty percebeu que incrível façanha tinha sido. "Por que coisas sempre acontecem para nós em março?", ela ficou se perguntando. Ela tornou a se sentar no banquinho, envolvendo ligeiramente as pernas nele, e assentou a cabeça nos joelhos. Tanto ela quanto Homily estavam muito cansadas; empacotar as coisas não tinha sido fácil: camas desmontadas, colchões enrolados, poltronas empilhadas; cada pacote arrumado de modo que tudo pudesse caber no barco de Spiller. E Pod e Spiller ainda não haviam chegado.

Ela se lembrou da fisionomia do pai no primeiro retorno: o modo como ele olhava pelo pequeno cômodo bem arrumado, com a mobília de casa de bonecas e o chão lustrado de madeira. Como ele olhou para a lâmpada da lanterna de bolso pendurada no teto, encolhendo os ombros com mágoa. Controlada por pilhas, essa geringonça significou mais para ele do que qualquer outra das invenções da srta. Menzies ("Inteligente... Ela é talentosa, sabe..."). Ele desejou ter pensado antes nessa ideia. E Arrietty lembrou-se de que ele ficou suspirando um pouco. Não, não tinha sido fácil para nenhum deles.

– Escute! – disse Homily de repente. Sem fazer barulho, Arrietty sentou-se rija, segurando a respiração no silêncio. Um leve raspar na porta: um sopro de nada. Nenhuma das duas se mexia. Poderia ser um rato-do-campo correndo, um besouro ou até mesmo uma cobra--do-mato. Homily saiu de seu banco na ponta dos pés até se misturar às sombras ao lado da soleira da porta. Arrietty podia apenas perceber a cabeça dela inclinada e a silhueta dobrada escutando.

– Quem está aí? – Homily sussurrou, por fim.

— Eu — disse uma voz familiar.
Quando Homily abriu a porta, uma rajada de vento penetrou no aposento, perfumada pela primavera e pelo anoitecer, e, diante do céu pálido, apareceu o contorno sólido.
Impetuosamente, Homily puxou-o pelo braço.
— Bem, quais são as novidades? Onde está o Spiller? Vocês acharam alguma coisa? — Ela o empurrava para a banqueta dele. — Aqui está, sente-se. Você parece esgotado.
— Eu estou esgotado — disse Pod. Suspirando, ele colocou a sacola de empréstimos no chão. Havia alguma coisa dentro dela, Arrietty notou, mas não muito. — Andar, andar, escalar, escalar... deixa a gente esgotado. — Ele olhou em volta, exausto, para a mobília empilhada de maneira organizada. — Temos alguma coisa para beber?
— Algumas folhas de chá — sugeriu Homily. — Eu poderia aquecê--las sobre a vela. — Ela se pôs a procurar na bagagem e puxou alguns embrulhos. — Se eu conseguir achá-las... Com tudo empacotado, não dá para saber o que está dentro de quê...
— Eu preferiria alguma coisa um pouco mais forte — disse Pod.
— Tem aquela bebida de ameixa — disse Homily. — Mas você não gosta...
— Essa servirá — disse Pod.
Ela a trouxe num pedaço de casca quebrada de noz. Era uma das coisas feitas pela srta. Menzies.
— Já ia deixar isto para trás... — disse Homily. Ela sempre sentira um pouco de ciúme da srta. Menzies como fornecedora.
Pod tomou um gole da bebida lentamente. Então, lentamente, começou a sorrir.
— Vocês nunca adivinhariam... — ele disse.
Elas não conseguiam, naquela meia-luz do anoitecer, ver a expressão dele, mas a voz parecia contente.
— Você está querendo dizer que achou algum lugar?
— Pode ser. — Ele bebeu mais um pequeno gole da bebida. — Mas encontrei *alguém*. Ou melhor, o Spiller encontrou...
— Quem, Pod? Quem? — Homily se curvava, tentando ver o rosto dele.
— E tem mais — Pod prosseguiu impassível —: ele sabia sobre eles o tempo todo.
— Eles? — repetiu Homily categoricamente.

— Os Hendrearies — revelou Pod.

— Não! — exclamou Homily. O pequeno cômodo ficou tenso com o choque. Pensamentos percorreram-no como sombras, do chão ao teto, quando Homily se sentou com as mãos enganchadas, cabeça e ombros num contorno rígido contra a meia-luz da janela. — Onde? — ela perguntou finalmente, numa voz estranhamente desafinada.

— Na igreja — disse Pod.

— A igreja — A cabeça de Homily virou-se rapidamente na direção da janela.

— Não a igreja em miniatura — disse Pod. — A verdadeira...

— A igreja mundana — explicou Arrietty.

— Oh, céus! — gritou Homily. — Que lugar para escolherem!

— Não foi bem uma escolha — disse Pod.

— Oh, minha nossa! — murmurou Homily novamente. — Que coisa! Mas como eles foram parar lá? Quero dizer, da última vez que os vimos, eles estavam trancados naquela cabana de caseiro, com comida suficiente para apenas seis semanas. Eu nunca me dei muito bem com a Lupy, como você sabe, mas muitas vezes pensei neles, querendo saber como tinham se arranjado. Fome! Era isso o que estavam passando. Você mesmo disse isso, lembra? Quando os mundanos vão embora e o lugar fica trancado (e trancado estava; cada fenda, nao sabíamos disso?, contra os ratos-do-campo). E aquele furão, cheirando tudo no lado de fora...

– Como eles saíram de lá? – perguntou Arrietty, ouvindo atentamente. Ela havia se aproximado e se sentara no chão perto dos pés de seu pai. – Eu adoraria ver o Timmus... – acrescentou. Ela abraçou os joelhos, ansiosa.

Pod deu tapinhas nos ombros dela.

– Sim, ele está lá. Mas os dois irmãos mais velhos, não. Parece que eles voltaram para a toca dos texugos. E Eggletina foi ajeitar a casa para eles. Bem – Pod se movimentou, desconfortável –, parece que eles saíram do mesmo jeito que nós.

– Pelo *nosso* ralo? – indagou Homily. – Na área de serviço?

– Isso mesmo. O Spiller voltou para ajudá-los.

– E os trouxe descendo pelo nosso rio? – Havia uma ligeira sensação de afronta na voz dela.

– Isso mesmo. Exatamente como fez conosco. E ele disse que foi uma boa fuga seca. Sem água de banho ou inundações. Foi quando estávamos trancados no sótão. Entenda, Homily: à medida que as semanas iam passando e se tornaram meses, o Spiller achou que não nos veria mais. Era a rota de fuga dele, não a nossa; ele tinha todo o direito de usar o ralo.

– Sim, mas você sabe o modo como a Lupy fala...

– Agora, Homily, com quem ela vai falar? E você não gostaria que eles morressem de fome, gostaria?

– Não – Homily respondeu ressentida. – Não exatamente morrer de fome. Mas Lupy bem poderia perder alguns quilinhos...

– Talvez ela tenha perdido – disse Pod.

– Você está dizendo que não os viu?

Pod fez que não com a cabeça.

– Nós não entramos na igreja.

– Não entraram por quê?

– Não havia tempo – disse Pod.

– Então, onde devemos ir morar? Não que eu aprove uma igreja. Não para Borrowers. Arrietty leu tudo sobre igrejas: são um dos lugares que realmente mais concentram os seres mundanos. Onde eles se congregam, como se diz, como um bando de pássaros ou qualquer coisa parecida...

– Apenas em horários convencionais. Uma igreja pode ser um bom tipo de lugar para ficar. Dizem que há um fogão que aquece a água. Para os aquecedores...

– O que são aquecedores?

– Ah, você sabe, Homily... Aquelas coisas que eles tinham no Solar.

– Você se esquece, Pod – Homily disse com um tipo de altivez –, de que no Solar eu nunca subi ao andar de cima.

– Aquecedores? – perguntou Arrietty. – Eu me lembro daquelas coisas borbulhantes!

– É isso mesmo. Cheias de água quente. Para conservar a casa quente no inverno...

– E eles têm isso na igreja?

– Exato. E o fogão que eles possuem queima coque.

Homily ficou calada por quase um minuto inteiro. Depois disso, disse calmamente:

– Coque é tão bom quanto o carvão; não é isso o que você costuma dizer?

– É verdade – disse Pod. – E eles têm velas.

– Que tipo de velas?

– Ótimas velas compridas. Há uma gaveta cheia delas. E eles jogam fora os tocos.

– Quem joga?

– Os seres mundanos.

Homily ficou calada novamente. Depois de um momento, disse, pausadamente:

– Bem, se *tivermos* que morar em uma igreja...

Pod riu.

– Quem disse que temos que morar em uma igreja?

– Bem, você disse, Pod. De certo modo...

– Eu não disse isso. O lugar que o Spiller e eu temos em mente é um tanto diferente.

– Oh, minha nossa! – disse Homily. – O que vem a seguir? – A voz dela parecia temerosa.

— Existe uma velha casa vazia, bem próxima à igreja. Spiller e eu estivemos dando uma boa olhada.

— Vazia? — estranhou Homily. — Do que viveríamos, então?

— Espere! — disse Pod. Ele bebeu mais um gole do gim de ameixa. — Quando eu digo "vazia", quero dizer que ninguém mora lá, exceto os vigias. — Ele entornou a casca de noz. Homily ficou em silêncio. — Agora, esses vigias, chamados Pragas, moram bem nos fundos da casa, onde antes era a cozinha. Existe a cozinha, a área de serviço e a despensa...

— Uma despensa! — exclamou Homily. Atônita, ela parecia ter recebido uma visão do paraíso.

— Sim, uma despensa — respondeu Pod. — Com prateleiras acinzentadas. E — acrescentou — algumas coisas deliciosas deixadas sobre elas.

— Uma despensa... — Homily suspirou novamente.

— E isso me faz lembrar... — prosseguiu Pod. Ele se abaixou e abriu a sacola de empréstimos. Retirou dela uma fatia relativamente grande de um delicioso bolo de passas e um pedaço de peito de frango. — Imagino que você e a Arrietty não tenham tido muita variedade nos últimos dois dias... Voltando ao assunto — ele prosseguiu —, o Spiller e eu já comemos a nossa parte. Havia um negócio chamado "bolo de mocotó", mas eu não tinha certeza de que vocês fossem gostar...

— Eu me lembro disso no Solar — disse Homily. Ela cortou uma lasca do frango e a ofereceu a Arrietty. — Aqui, filha, experimente. Continue, Pod.

— Há uma pequena escada que sobe pela área de serviço e alguns quartos no andar de cima. Não é a escada principal, que vai subindo fazendo curvas.

— Como você sabe tudo isso, Pod? — Com água na boca, ela partiu um pedaço de frango para si.

— Eu disse a você: o Spiller e eu demos uma boa olhada em tudo.

— Como você conseguiu, Pod, sem o seu alfinete de escalar? Quero dizer, como conseguiu subir as escadas?

— Não é preciso — ele respondeu. Ela pôde perceber um leve sorriso nele. — A casa está coberta por trepadeiras: hera, jasmim, clematite, madressilva... tudo o que você possa imaginar. Dá para chegar a qualquer lugar.

— As janelas estavam abertas?

— Algumas estavam. E algumas das vidraças estavam quebradas. Tudo com aquele negócio entrelaçado. Treliça; acho que chamam assim.

– E na parte principal da casa? Você tem certeza de que não há ninguém?

– Ninguém – assegurou Pod. Ele pensou por um momento. – A não ser fantasmas!

– Tudo bem – disse Homily, partindo outro pedaço de frango. Com o mindinho curvado, ela o comeu como uma dama. Teria preferido tirar um prato da bagagem.

– Aquela sra. Praga também aparece de vez em quando, com uma vassoura e um espanador. Mas não com frequência, porque ela tem medo dos fantasmas.

– Eles sempre têm, os seres mundanos – observou Homily. – Não consigo imaginar por quê.

– Ela os chama de "fadas" – disse Pod.

– Fadas! Que bobagem! Como se essas coisas existissem!

Arrietty limpou a garganta: ela sentiu que sua voz poderia tremer.

– Eu teria – ela disse.

– Teria o quê?

– Medo de fantasmas.

(A voz dela *realmente* tremeu.)

– Ah, Arrietty! – Homily exclamou irritada. – É bom que você saiba ler e tudo, mas você lê demais essas coisas dos mundanos. Fantasmas são o ar. Fantasmas não podem machucar você. Além disso, eles mantêm os seres mundanos afastados. A minha mãe uma vez morou numa casa onde havia uma dama sem cabeça. Eles tiveram verdadeiros bons momentos com ela, quando crianças, passando por ela correndo para sair do outro lado. Parecia meio gasoso, ela dizia, e um pouco frio. São os seres mundanos que não os toleram, por alguma razão. Nunca ocorreu a eles que os fantasmas estão preocupados demais consigo mesmos para notar minimamente os seres mundanos.

– Quanto mais os Borrowers – completou Pod.

Homily ficou calada. Ela ficou pensando em silêncio sobre a despensa – com presunto defumado, sobras de tortas de maçã, queijo *cheddar*, aipos em potes de vidro, cerejas...

Como se lesse os pensamentos da esposa, Pod disse:

– Ela cuida da horta da cozinha, essa sra. Praga. O Spiller disse que cresce de tudo...

– Onde está o Spiller agora? – perguntou Homily.

– Lá na beira do rio. Prendendo o barco.

— Onde?
— Na cerca de arame, é claro. — Pod esticou as pernas, cansado.
— Termine esse pedaço de bolo. Nós temos que começar a carregar.
— Esta noite? — engasgou Homily.
— É claro que esta noite. Enquanto ainda há um pouco de luz.
— Ele se levantou. — Depois vamos descansar um pouco e aguardar até que a lua se levante. Então, partimos. O Spiller precisa enxergar para navegar...
— Você está dizendo que vamos para esse lugar esta noite?

Pod, do lugar onde estava, inclinou-se, colocando as duas mãos cansadas na prateleira sobre a lareira. Curvou a cabeça. Então, depois de um momento, levantou-a devagar.

— Homily — ele disse —, eu não quero assustar você. Nem você, Arrietty. Mas vocês precisam entender que a cada minuto, qualquer minuto, em que estivermos aqui estaremos em grave perigo. — Ele se virou e olhou para elas. — Vocês não querem ser levadas de volta para aquele sótão, certo? Nem colocadas em exibição para o público ficar olhando. Em uma gaiola com a fachada de vidro, como a que estavam fazendo aqueles... Platters, não é? Pelo resto de nossa vida... — Ele parou por um momento. — Pelo resto de nossa vida... — ele repetiu vagarosamente.

Houve um longo silêncio. Então Arrietty murmurou com a voz embargada:

— Não.

Pod se endireitou:

— Então vamos ao trabalho — ele disse.

•• CAPÍTULO CINCO ••

Não foi fácil passar todos os embrulhos pelos buraquinhos da cerca de arame; mesmo com a ajuda de Spiller. As armações das camas foram o pior. Eles tiveram que cavar a terra da margem com as próprias mãos e passar as partes por baixo. Os quadrados da malha eram largos para a maioria das coisas, mas não o suficiente para as camas.

– Se nós ainda tivéssemos a nossa velha colher de mostarda – Homily murmurava –, poderia ter sido útil aqui...

– Se você quer saber... – Pod falava com dificuldade enquanto, inclinando-se, empurrava o último pacote para Spiller no barco. – Se quer saber – ele repetiu, levantando-se para aliviar a dor nas costas –, nós não vamos usar metade desta tralha.

– Tralha! – exclamou Homily. – Todas essas adoráveis cadeiras e mesas, feitas especialmente para nós! São totalmente nossas, como você diria; é pegar ou largar.

– O que você *não* trouxe? – Pod perguntou, esgotado. Mesmo tão irritados, eles mantinham a voz baixa.

– Bem, a pia da cozinha; por uma razão: estava presa. E pense em todas aquelas adoráveis roupas lavadas e passadas, feitas especialmente para nós...

– E quem nos veria dentro delas? – perguntou Pod.

– Nunca se sabe – disse Homily. – Eu sempre mantive a casa arrumada, Pod. E vesti você e a Arrietty de maneira adequada. E nem sempre foi fácil.

– Eu sei, eu sei... – Pod murmurou mais gentilmente. Dando tapinhas no ombro dela, disse: – Bem, é melhor irmos subindo a bordo.

Arrietty deu uma última olhada na cidade em miniatura. Os telhados de ardósia cintilavam palidamente sob a lua que surgia, e os de sapé pareciam sumir. Não havia luz na janela da casa do sr. Pott; ele devia ter ido se deitar. Um tom de tristeza se misturava ao sentimento de uma expectativa cansada. "Por quê?", ela se perguntava. Então pensou na srta. Menzies, ela sentiria saudade deles. Quanta saudade sentiria deles! E, no caso da srta. Menzies, Arrietty sabia que estava perdendo uma amiga. Por que ela, nascida e criada uma Borrower, sucumbia a esse fatal anseio de conversar com seres mundanos?

Isso sempre trazia problemas: ela tinha que admitir agora. Talvez, quando ficasse mais sábia e mais velha, ela se livraria disso? Ou talvez (e esse foi um pensamento estranho) essa raça escondida, à qual ela pertencia, teria sido um dia parte dos seres mundanos? E foram diminuindo cada vez mais de tamanho conforme os caminhos de suas vidas se tornaram mais secretos? Ou talvez até (como ela se lembrava da insinuação do menino do Solar) sua raça *estivesse* desaparecendo...

Ela sentiu um leve arrepio e virou-se na direção da cerca de arame, e, com a ajuda de Spiller, pulou para dentro do barco.

Homily estava colocando no chão colchas e travesseiros, no que antes havia sido o compartimento de colheres de chá do faqueiro de Spiller.

– Nós precisaremos dormir um pouco – ela dizia.

– Vocês têm esse direito – disse Pod. – Nós teremos que ficar ancorados até amanhecer.

– Onde? – a voz de Homily parecia chocada.

– Onde o rio se volta na direção do jardim da residência paroquial. Ele vem do lago: há uma nascente lá. Nenhum de nós está disposto a subir cruzando esse gramado à luz do luar. Dizem que há corujas aos montes. Não; nós nos esconderemos contra a margem, sob os amieiros. Nada nos verá lá...

– Mas e como vamos atravessar esse gramado à luz do dia, carregando todas essas coisas?

– As coisas ficam no barco até encontrarmos a nossa posição, algum canto da casa que seja seguro. Seguro para estabelecer o nosso lar, como se diz.

Spiller estava prendendo a surrada perneira sobre a carga. Uma vez feito isso, exceto para olhos muito atentos, o faqueiro parecia um velho pedaço de tronco flutuante.

– E não precisaríamos nem mesmo de um quarto dessas coisas, se eu estivesse com as minhas ferramentas.

– Sim – concordou Homily, num triste murmúrio. – É uma pena, isso, sim. Perder as suas ferramentas...

– Elas não foram perdidas; não no sentido da palavra. O que pudemos levar da cabana do caseiro, a não ser um ovo cozido duro?

– É verdade – disse Homily. Ela suspirou. – Mas a necessidade obriga.

– Eu poderia fazer qualquer coisa, *qualquer* coisa de que realmente precisássemos, se tivesse as minhas ferramentas.

— Eu sei disso – disse Homily. Havia uma verdadeira compreensão em sua voz no momento em que ela pensou nas divisórias, nos portões e nas passagens sob o assoalho no Solar. — E aquele quarto de caixa de charutos que você fez para Arrietty! Não havia uma viva alma que não acharia aquilo maravilhoso...

— Não era ruim – disse Pod.

Arrietty, que estivera ajudando Spiller na última amarra da perneira (daquelas que a maioria dos guarda-caças usava na época), ouviu seu próprio nome e ficou curiosa de repente. Esgueirando-se pela lateral do faqueiro, ela ouviu seu pai dizer:

— Eu não ficaria surpreso se os Hendrearies as tivessem pegado...

— Pegado o quê? – ela perguntou, esticando-se na direção deles.

— Mantenha a voz baixa, garota.

— Nós estávamos conversando sobre as ferramentas do seu pai – explicou Homily. – Ele acha que os Hendrearies podem tê-las tomado. Não que eles não tivessem o direito de fazer isso, suponho, considerando-se que as deixamos para trás...

— Deixamos para trás? Onde? – A voz de Arrietty parecia confusa.

— Naquela cabana do caseiro. Quando fugimos pelo ralo. Onde – ela acrescentou acidamente – você costumava conversar com aquele garoto. Qual era mesmo o nome dele?

— Tom Boaventura – disse Arrietty. Ela ainda parecia confusa. Depois de um momento, disse: – Mas as ferramentas estão aqui no barco!

— Ora, não seja boba, garota. Como elas poderiam estar? – Homily parecia mesmo impaciente. – Tudo o que carregamos da cabana foi um ovo cozido duro!

Arrietty ficou calada por um momento. Então disse lentamente:

— O Spiller deve ter resgatado tudo.

— O que você está inventando *desta vez*, garota? Você só vai deixar o seu pai preocupado... – Ela notou que Pod havia ficado estranhamente calado.

Arrietty desceu de onde estava e se colocou no meio deles:

— Quando nós estávamos carregando o barco, o Spiller e eu – ela tinha baixado a voz ao nível de um sussurro –, havia uma sacola azul, como uma daquelas do tio Hendreary... Sem querer, eu bati nela e ela quase caiu dentro da água. O Spiller pulou e a alcançou, bem a tempo.

— Bem, e o que tem ela?

— Quando nós a arrumamos no lugar, escutei um barulho de metal dentro.
— Isso poderia ser qualquer coisa — disse Homily, pensando em seus potes e panelas.
— E ela parecia meio pesada. O Spiller pareceu ter ficado bastante zangado. Quando a segurou, quero dizer. E ele disse... — Arrietty engoliu seco. Ela parecia hesitar, como para se lembrar das palavras.
— O que o Spiller disse? — perguntou Pod, numa voz cansada. Ele ficou em pé, parado.
— Ele disse: "Olhe o que você está fazendo! São as ferramentas do seu pai!".
Houve um silêncio de espanto. Então Homily disse:
— Arrietty, você tem certeza de que ele disse isso? — Ela olhou na direção do marido. A cabeça e os ombros dele estavam levemente delineados ao luar. Ele permanecia imóvel.
— Foi o que pareceu. Eu não pensei duas vezes. Não com a sacola quase caindo dentro d'água. — Como nenhum dos pais dizia nada, ela continuou: — Sim, foi isso mesmo o que ele disse. Ele quase gritou: "São as ferramentas do seu pai!".
— Você tem certeza de que ele disse "ferramentas"?
— Sim, *essa* foi a palavra que ele gritou. Eu nunca vi o Spiller zangado daquele jeito. Isso foi o que eu fiquei pensando mais... — Ela olhava de uma figura opaca para a outra. — Por quê? Qual é o problema?
— Não há nenhum problema! — Arrietty pensou ter ouvido um soluço. — Tudo está maravilhoso! Maravilhoso... — Homily estava mesmo chorando agora. — Oh, Pod! — ela correu na direção dele, lançando os braços ao redor da figura imóvel. — Oh, Pod! — ela soluçou. — Acho que é verdade!
Ele a abraçou, dando-lhe palmadinhas nas costas.
— Parece — ele disse asperamente.
— Eu não entendo — disse Arrietty. — O Spiller deve ter dito a você.
— Não, garota — Pod disse baixinho. — Ele não nos contou nada. — Ele procurou alguma coisa para enxugar o rosto de Homily. Mas ela se soltou e o esfregou com um pequeno travesseiro que segurava na mão.
— Veja só, Arrietty — ela disse, ainda ofegando-se um pouco —: igreja ou residência paroquial, ou o que quer que seja, nós agora podemos começar a viver. Viver de verdade! Agora que temos as ferramentas dele... — Ela jogou o travesseiro e ajeitou o cabelo. — Mas por que, Pod, *por que* ele não nos contou?

•• CAPÍTULO SEIS ••

Foi agradável estar na água novamente. O barco de Spiller, amarrado com firmeza pela proa, balançava suavemente – levado e solto pela correnteza do rio. Frágeis partículas de nuvens flutuavam cruzando a lua e às vezes obscurecendo as estrelas. Mas não por muito tempo: uma suave radiação parecia se agitar sobre a água e um leve sinal de vento sacudia os juncos na margem mais distante. Tudo estava em silêncio, exceto o cantarolar de Homily. Animada e despreocupada novamente, ela estava preparando as camas. Era uma tarefa difícil, uma vez que o compartimento das colheres de chá no qual ela e Arrietty deveriam dormir ficava apenas parcialmente sob a perneira. Esse trabalho implicava se esticar bastante e se abaixar para lá e para cá a fim de dobrar cuidadosamente os cobertores flanelados e os edredons feitos à mão pela srta. Menzies. Se chovesse, a cabeça e os ombros delas permaneceriam secos; mas e os pés?, Arrietty queria saber.

Ela ficou num local livre da parte traseira, respirando profundamente o agradável ar da noite e observando à toa Pod e Spiller se movimentarem pela proa. Spiller, abaixando-se, retirava sua vara de impulso, a comprida agulha âmbar de tricô que um dia – muito tempo atrás – pertencera à sra. Driver. Ela foi surgindo de sob a perneira, centímetro por centímetro, e Spiller a deitou atravessada nos bancos de remo. Ele se levantou alegremente e esfregou as mãos; depois, virou-se para Pod, que, inclinado na direção da cerca, estava atrapalhado com as cordas. Então, de repente, rápido como o zumbido de um chicote, Spiller virou-se para olhar contra a corrente. Pod também, um tanto mais devagar, endireitando-se e seguindo a direção dos olhos de Spiller.

Arrietty abaixou-se rapidamente e fez um sinal de aviso com a mão, no braço da mãe, quando Homily, com o cabelo meio desalinhado, emergiu mais uma vez de sob a perneira.

– Silêncio! – ela murmurou. Homily parou o cantarolar. As duas escutaram. Era inconfundível, embora ainda não muito próximo: o som de remos!

– Oh, minha nossa! – exclamou Homily. Ela se levantou, espiando adiante desolada. A mão de Arrietty apertava seu braço com força.

– Silêncio, mãe! Não devemos entrar em pânico...
Homily, ferida (em mais de um sentido), virou-se repreensivamente para a filha, e Arrietty percebeu que ela estava prestes a protestar que nunca havia entrado em pânico, que em toda a sua vida "calma" havia sido o seu lema, que ela não era de fazer escarcéu, que... – mas Arrietty beliscou o braço com ainda mais força e, irritada, ela ficou quieta, olhando adiante sem expressão.

Spiller se colocara rapidamente ao lado de Pod. De alguma forma, o cordão havia se molhado, ou alguém tinha deixado os nós muito apertados. Havia algum desespero nas duas costas curvadas. Arrietty, de imediato arrependida, soltou a mão que apertava e abraçou, reconfortante, os ombros da mãe, ficando junto dela. Homily pegou uma mão de Arrietty e apertou-a gentilmente. Essa não era uma hora para brigas.

Finalmente, a corda se soltou. Elas viram Spiller agarrar sua vara de impulso e, direcionando-a com força para a margem sob a cerca, impulsionou o barco para o meio do rio. Homily e Arrietty se agarravam mais ainda uma a outra enquanto Spiller, com fortes remadas ritmadas, impelia-os rio acima. Contra a corrente? Na direção do som dos remos? Em direção ao perigo? Por quê?

– Ai, meu santo... – Homily gemia novamente.

Mas prosseguiram, remada após remada, o faqueiro agitando-se levemente nas rasas ondulações da correnteza. O som dos remos foi ficando mais forte e, com ele, um outro som: um tipo de rangido e água espirrando. Homily, com os olhos espantados, mas calada, agarrou-se mais fortemente a Arrietty, e esta, contorcendo-se no agarramento da mãe, lançou um olhar desesperado ao fundo. Sim, eles tinham deixado a cerca de arame para trás: a cerca, o vilarejo em miniatura, e tudo o que representava o antigo "lar" deles. Mas, para onde – para onde? – Spiller poderia estar se dirigindo?

Eles logo viram: a agulha de tricô se movimentou num rápido relance ao luar, cruzando por sobre o barco de um lado para o outro. Duas ligeiras remadas profundas de Spiller e eles mergulharam por entre os juncos da margem oposta. Não exatamente mergulharam, mais colidiram com eles, uma vez que a frente do barco de Spiller era quadrada.

Não houve mais barulho de remos se aproximando. Quem quer que estivesse remando ouvira o barulho. Um sapo assustado saiu dos juncos saltando. Então, tudo ficou em silêncio novamente.

A guinada brusca e inesperada tinha deixado Homily e Arrietty perplexas. Elas permaneceram deitadas onde haviam caído, tentando escutar. Não havia barulho, exceto o murmúrio da suave correnteza do rio. Então uma coruja piou, acompanhada debilmente pelo seu companheiro do outro lado do vale. Silêncio outra vez.

Arrietty, de joelhos, foi abrindo o caminho furtivamente até a popa do barco. Ela só podia espiar por cima.

O luar bateu completamente no rosto dela e (ela percebeu, aborrecida) na popa exposta do barco. Ela virou-se e olhou adiante: Pod e Spiller, perdidos nas sombras mais escuras, mal eram visíveis agora, porém ela pôde ver que eles ficavam se mexendo e se abaixando. E então o barco começou a balançar; firme, silenciosa e implacavelmente, Pod e Spiller puxavam-no para escondê-lo mais profundamente nos juncos. Um forte aroma de hortelã amassada veio na direção de Arrietty, e um odor fraco de esterco de vaca. Então, o faqueiro ficou parado. Mais uma vez houve silêncio.

Arrietty, agora na penumbra, olhou novamente por sobre a popa. Entre os juncos dobrados e achatados, ela pôde ver o rio aberto e ainda se sentiu exposta.

– Poderia ter sido uma lontra? – perguntou uma voz. Parecia assustadoramente próxima, e era uma voz que ela reconhecia.

Os Borrowers todos se congelaram de medo. Novamente veio o som de ranger e espirrar de água.

– Parece mais um rato-d'água – disse outra voz secamente, agora ainda mais perto.

– Oh, minha Santíssima... – suspirou Homily novamente no ouvido de Arrietty. – São eles! Aqueles Platters...

– Eu sei – Arrietty cochichou bem baixinho. – Fique parada... – ela alertou quando Homily fez um movimento instintivo em direção à perneira.

Então o barco apareceu à vista, navegando corrente abaixo. Era um bote pequeno – aquele que os Platters usavam no Chá na Beira do Rio para os passeios com as crianças ao redor da ilha –, e as duas figuras dentro dele, delineadas contra a margem iluminada pela lua, pareciam altas e enormes. Os remos, puxados pela toleteira[2],

---

2. Peças das embarcações que servem de apoio para os remos. (N. T.)

levantavam-se contra o céu. A figura maior inclinou-se para a frente. Mais uma vez ouviu-se o ranger e o espirrar de água.

– Eu nunca pensei que fôssemos espirrar tanta água, Sidney – disse a primeira voz.

– Há suas razões para isso. O barco ficou guardado durante todo o inverno; ele logo se ajustará quando a madeira começar a dilatar.

Mais um ranger e mais um espirrar de água.

– Droga! Alguma coisa caiu na estiva[3]. Acho que são os sanduíches de carneiro...

– Eu lhe disse, Mabel, que isto não seria fácil...

– Eu os fiz com tanto carinho, Sidney, com molho *chutney* e tudo...

Houve um breve silêncio, e Arrietty segurou a respiração, olhando atentamente enquanto o outro barco passava perto.

– Está tudo bem, Sidney – ela ouviu a primeira voz dizer. – Foram só os ovos cozidos...

Novamente houve silêncio, exceto pelo ranger e espirrar da água. Arrietty olhou para o lado e lá estava Pod, subindo na direção delas, pela curva da perneira. Ele pôs os dedos nos lábios e ela se manteve obedientemente imóvel.

Quando ele desceu ao lado dela, ouviram o som dos remos novamente. Pod se posicionou para ouvir em silêncio. Depois de um momento, coberto pelos espirros de água, ele perguntou:

– Eles já passaram?

Arrietty fez que sim. O coração dela ainda batia descontrolado.

– Então, está *tudo* bem agora. – Ele falou com a voz num tom quase normal.

Arrietty tentou achar a mão dele apalpando.

– Oh, papai!

– Eu sei, eu sei... – ele disse. – Mas está tudo bem agora. Escute! Eles logo vão amarrar as cordas...

Bem quando ele falava, eles ouviram os remos se movimentando pelas toleteiras e a voz de Mabel, mais distante agora, mas tremulamente carregada pela água.

– Oh, por favor, Sidney, com suavidade! Senão você acordará o velho Pott!

---

3. Grade do chão do barco. (N. T.)

— Ele? — ouviram o sr. Platter dizer. — Ele é surdo como um poste. E a luz do quarto dele está apagada. Deve estar dormindo a esta hora da noite, imagino... — E novamente eles ouviram o som de água sendo deslocada.

— Eles poderiam afundar? — Arrietty cochichou esperançosa.

— Creio que não — respondeu Pod.

Outra vez a voz de Mabel chegou até eles através da água.

— Tenho que deixar isto em pé a noite toda?

— Depende — disse o sr. Platter. Então ocorreram alguns rumores, rangidos e ruídos abafados. Eles entenderam algumas palavras como: "Parece que eu não consigo alcançar o cabo de atracação... misturado com os guarda-chuvas..." Depois, a sra. Platter, reclamando de "coisas demais...".

— Coisas demais! — eles escutaram o sr. Platter repetir com indignação. — Você vai agradecer por elas antes que a noite se vá. Eu avisei você sobre o que nos esperava aqui, não foi, Mabel? — Não houve resposta; e então, eles escutaram a voz dura e estridente dele: — Uma vigília! É para isso que estamos aqui: para uma vigília! Esta noite, amanhã e, se for necessário, por muitas noites...

— Oh, Sid...

(Os Borrowers, escutando atentamente, perceberam o tom de desânimo dela.)

— Nós os pegaremos de volta, Mabel, nem que tivermos que morrer para isso. *Ou* — aqui o tom do sr. Platter se tornou menos enfático — alguém mais morrerá.

— Alguém mais...? Oh, não, Sidney. Quero dizer, vigílias e roubos, isso eu posso suportar. Mas o que você está sugerindo agora... Bem, isso não seria bom; não um assassinato, querido. Poderia envolver a polícia... — Como ele não respondeu na hora, ela acrescentou, desajeitadamente: — Se é que entende o que estou dizendo...

— Talvez não seja necessário — disse o sr. Platter em tom moralista.

Houve mais rangidos, raspadas leves de madeira sobre madeira, um barulho eventual de movimento na água: "Cuidado, Sidney, você quase me derrubou!", e outras pequenas exclamações meio assustadas.

— Eles estão prendendo o barco — cochichou Pod. — Agora é a nossa hora! — Ele falava com Spiller, que, silencioso como uma sombra, havia se juntado a eles na popa, com a vara nas mãos. — Segurem

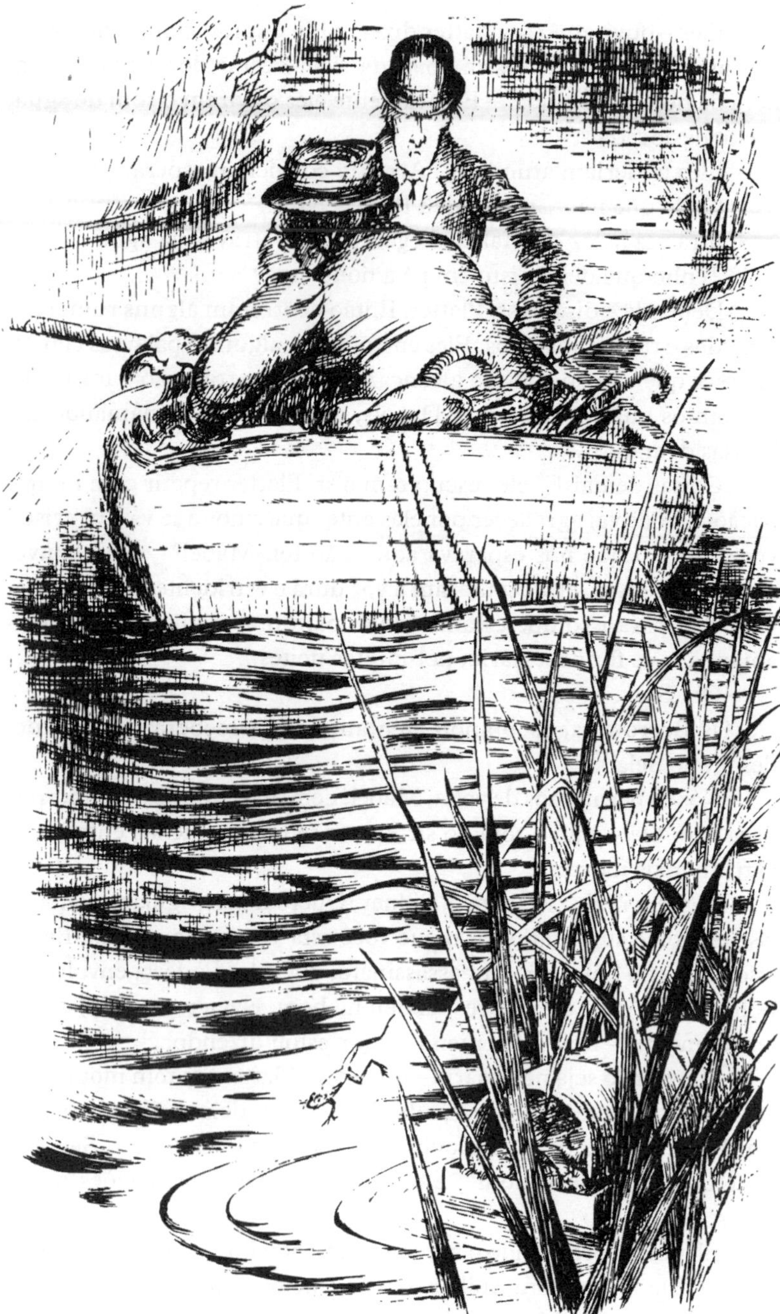

os juncos; você também, Homily. Venha, Arrietty. Isso mesmo, isso mesmo. Puxem. Devagar agora, devagar...

Lentamente eles foram saindo, com a popa na frente, em direção ao rio mais aberto, mas, de repente, ficou escuro – tão escuro quanto tinha ficado entre os juncos.

– Não consigo enxergar – murmurou Homily. – Não consigo ver nada, Pod. – Ela ficou em pé, as mãos frias pingando água. Sua voz parecia bastante assustada.

– Eles também não conseguem – Pod respondeu em voz baixa, parecendo bastante confiante. – Fique onde está, Homily. Agora, Spiller...

Conforme a embarcação se apressava adiante, Arrietty olhava para cima. As estrelas estavam brilhantes, mas uma nuvem cobrira a lua. Virando-se, ela olhou para trás, mas conseguiu enxergar muito pouco: tudo era escuridão perto da cerca. Ela sentiu o barco virar, inesperadamente, contra a corrente. Oh, abençoada nuvem! Oh, abençoado Spiller! Oh, abençoada agulha de tricô silenciosa, conduzindo-os rapidamente pelas mãos ágeis de Spiller! Contra a corrente, a popa na frente; não importava: eles estavam fugindo!

Enevoados, magicamente, os últimos traços da nuvem se afastaram da lua e a gentil irradiação brilhou novamente. Ela conseguiu ver o rosto dos pais e, olhando para trás, pôde ver a cerca de arame, prateada à luz do luar, e as sombras se movendo ao lado dela. Se eu consigo vê-los, ela pensou, eles poderiam nos ver. Ela notou que Pod também estava olhando para a cerca.

– Oh, papai – ela hesitou –, e se eles nos virem?

Pod não respondeu por uns instantes, seus olhos estavam nas figuras se mexendo.

– Eles não olharão – disse, finalmente. Sorrindo, colocou a mão no ombro dela e, de repente, todos os temores a abandonaram. Depois de um momento, ele prosseguiu, com a mesma voz baixa e confiante:
– O rio faz uma curva aqui, logo estaremos fora de vista...

E assim foi. Em poucos minutos, Arrietty, olhando para trás, viu apenas a água calma: a cerca tinha desaparecido de vista. Todos eles relaxaram, exceto Spiller, impulsionando firmemente para a frente.

– Há uma faca de manteiga em algum lugar – disse Pod. – Eu a deixei por perto... – Ele se virou, como se fosse subir por cima da perneira, e então hesitou: – É melhor você e sua mãe irem dormir.

Vocês precisarão de todo o sono que puderem ter. Amanhã será um dia cheio...
– Ah, papai, ainda não – pediu Arrietty.
– Faça como eu digo, garota. E você também, Homily. Vocês parecem esgotadas.
– Por que cargas-d'água você quer uma faca de manteiga, Pod? – A voz dela parecia realmente muito cansada.
– Para aquilo que ela serve – disse Pod. – Como um leme. Agora, abaixem-se aí e tratem de se cobrir, vocês duas. – Ele saiu. Elas o observaram caminhar cuidadosamente sobre a perneira.
– Um escalador nato – suspirou Homily, orgulhosa. – Venha, Arrietty, é melhor fazermos o que ele disse. Está ficando frio e não há nada que possamos fazer para ajudar...

Arrietty ainda hesitava. Para ela, parecia que a diversão estava apenas começando. Haveria coisas para ver nas margens – coisas novas – e a alegria do imenso *ar livre*. Ah, lá estava um morcego! E mais um. Devia haver mosquitos por ali. Não; não podia haver mosquitos tão cedo no ano. E estava um pouco frio. Mas a primavera já estava chegando. A adorável primavera! E uma nova vida... Mas *estava* frio. Homily havia desaparecido de vista.

Relutante, Arrietty foi apalpando seu caminho sob a perneira. Bastante silenciosa, ela retirou o pequeno travesseiro e o colocou aos pés da cama. Pelo menos, ela dormiria com a cabeça ao ar livre!

Engatinhando entre as roupas de cama feitas à mão pela srta. Menzies, ela logo começou a se sentir mais aquecida. Deitada de costas, podia ver apenas o céu. E havia lua novamente, algumas vezes oculta por algum repentino emaranhado de galhos suspensos, outras vezes por uma nuvem opaca. De vez em quando, havia barulhos estranhos. Em uma ocasião, ela escutou uma raposa ladrar.

Para que tipo de vida nova eles estavam indo?, ela se perguntava. Quanto tempo demorariam para alcançar a casa desconhecida? Uma grande casa humana, isso ela sabia. Maior do que o Solar – o que havia sido informado por Pod –, e o Solar tinha sido grande o suficiente. Havia um gramado, parecia, que se inclinava em direção a um lago; um lago com sua própria nascente, que alimentava este mesmo rio pelo qual estavam silenciosamente navegando. Oh, como ela adorava lagos! Ela se lembrou de um na parte inferior do campo, daquele tempo em que ficaram morando na bota. Quanta diversão ela tivera naquela lagoa! Pescando vairões, passeando na água na velha saboneteira de latão de Spiller, aprendendo a nadar... Quão distante no tempo tudo parecia agora! Ela pensou em Vista Grossa e no trailer dele; no suculento aroma do ensopado de faisão quando ela e seus pais, amedrontados e famintos, esconderam-se sob o abrigo do beliche desalinhado de Vista Grossa; e naquela mulher de rosto ameaçador, esposa do Vista Grossa. Onde eles estariam agora? Não perto demais, ela esperava.

Ela pensou novamente no Solar e em sua infância sob o assoalho, na escuridão, nas passagens empoeiradas entre as vigas. E, entretanto, como Homily mantinha limpos e brilhantes os pequeninos aposentos nos quais eles viviam! Como devia ser trabalhoso! Ela deveria ter ajudado mais, percebeu, um pouco desconfortável.

E então houve o dia glorioso em que Pod a levou ao "andar de cima", e seu primeiro olhar delirante para o Imenso Ar Livre e seu encontro com o Menino (sua primeira visão de um ser mundano em carne e osso!) e quanto problema isso causou...

Mas... quanto ela foi progredindo por ler em voz alta para ele; que estranhos eram alguns dos livros que ele trazia para baixo, para o jardim da grande casa lá em cima. Quanto ela tinha aprendido sobre o mundo misterioso em que todos existiam – ela mesma, o Menino, a velha senhora do andar superior; animais estranhos, costumes estranhos, modos peculiares de pensamentos. Talvez a mais estranha de todas as criaturas fossem os próprios seres humanos (seres "humanos", e não "mundanos", como seu pai e sua mãe ainda os chamavam). Era ela um ser? Deveria ser. Mas não um ser humano, graças a Deus! Não, ela não gostaria de ser um deles: nenhum Borrower jamais roubara outro Borrower; as posses deslizavam de uns para outros, isso era verdade – coisas pequenas deixadas para trás ou descartadas por possuidores anteriores (ou coisas simplesmente "encontradas"). O que um Borrower não usasse mais, um outro poderia usar. Isso fazia sentido: nada deveria ser desperdiçado. Mas nenhum Borrower deliberadamente "tiraria" de outro Borrower; isso, em seu precário mundo pequeno, seria impensável!

Foi o que ela tentara explicar ao Menino. Ela sempre se lembraria da voz de desdém dele quando havia gritado numa irritação repentina:

– "Pegar emprestado": é assim que vocês chamam; eu chamaria de "roubar"!

Nessa hora, isso a fez rir. Ela ficou rindo da ignorância dele. Que bobo ele era (aquela grande criatura desajeitada) por não saber que os seres mundanos eram feitos para os Borrowers, assim como o pão para a manteiga, as vacas para o leite, as galinhas para os ovos. Seria possível dizer (pensando nas vacas) que os Borrowers *pastoreavam* os seres mundanos. Para o que mais (ela perguntou a ele) os seres mundanos haviam sido feitos? E ele não sabia muito bem, agora que ela começou a pensar nisso...

– Para nós, é claro – Arrietty havia lhe dito com firmeza. E ele tinha começado a entender o ponto de vista dela.

Mesmo assim, enquanto ela estava ali deitada – olhando para a lua lá em cima –, achou tudo isso muito intrigante. Olhando para trás, percebeu quanto tempo tinha demorado para notar quantos milhões de seres humanos havia no mundo e quão poucos Borrowers. Até aqueles dias em que passou a ler em voz alta para o Menino, ela tinha pensado da forma inversa. Como poderia pensar de outra forma, se fora criada sob o assoalho do Solar dos Abetos, vendo tão pouco e escutando menos ainda? Até encontrar o Menino, ela nunca tinha posto os olhos em um ser mundano. É claro que ela sabia que eles existiam, ou de que outra forma os Borrowers poderiam existir? E ela sabia que eles eram perigosos – os animais mais perigosos da terra –, mas achava que fossem raros...

Agora ela começou a entender melhor.

Em algum lugar, bem ao longe, ela parecia ouvir o som de um relógio de igreja. Sonolenta, ela contou as badaladas: pareciam sete ao todo.

•• CAPÍTULO SETE ••

Olhando para trás, para aquela manhã da primeira chegada deles, a coisa de que Arrietty se lembrava mais claramente era a longa, longa caminhada que, às vezes, pareceu impossível.

Todos eles tinham dormido bem, até Pod e Spiller tinham aproveitado uma hora ou duas de descanso: parecia que a jornada havia levado menos tempo do que qualquer um deles estava esperando. Ela não tinha acordado, nem Homily, quando Spiller finalmente fez o barco encalhar no que seria uma prainha de pedregulhos, embaixo de uma projeção de raízes e lama em forma de despenhadeiro. Isso era onde o vasto gramado da residência paroquial se juntava à curva de vazão do riacho. De início, ela não tinha visto o gramado; apenas os sombrios galhos emaranhados de um cipreste que recortava toda a vista do céu e vertia sua escuridão sobre esse ancoradouro escondido. Poderia ser isso? Eles tinham realmente chegado? Ou esse lugar cavernoso era apenas um local de descanso para o que poderia vir a ser uma jornada muito mais longa?

Não, *era* esse. Eles haviam chegado: ela escutou o relógio da igreja, muito mais perto agora, batendo nove horas. Pôde ver Pod e Spiller espirrando água entre as poças no meio dos pedregulhos, e, entre eles, estava a tampa da saboneteira de Spiller, bamboleando vazia enquanto Pod a prendia em uma raiz. Ele se virou e viu quando ela se levantou, tremendo um pouco, embrulhada em sua colcha de edredom. Homily, com a aparência confusa e desgrenhada, estava se levantando de sob a perneira.

– Então, finalmente vocês se levantaram! – Pod disse alegremente. – Bem, aqui estamos nós! O que vocês acham?

Arrietty não sabia muito o que achava dali: exceto, talvez, que era secreto e escuro e que se sentia, de alguma forma, em segurança. Homily, pondo-se agora de pé indecisa ao lado dela, também embrulhada numa colcha, indicou com a cabeça a saboneteira.

– Onde se espera que a gente vá dentro disso? – ela perguntou, desconfiada. Arrietty observou que Spiller começou a subir o penhasco: as raízes emaranhadas possibilitavam uma ampla escolha de lugares onde se segurar.

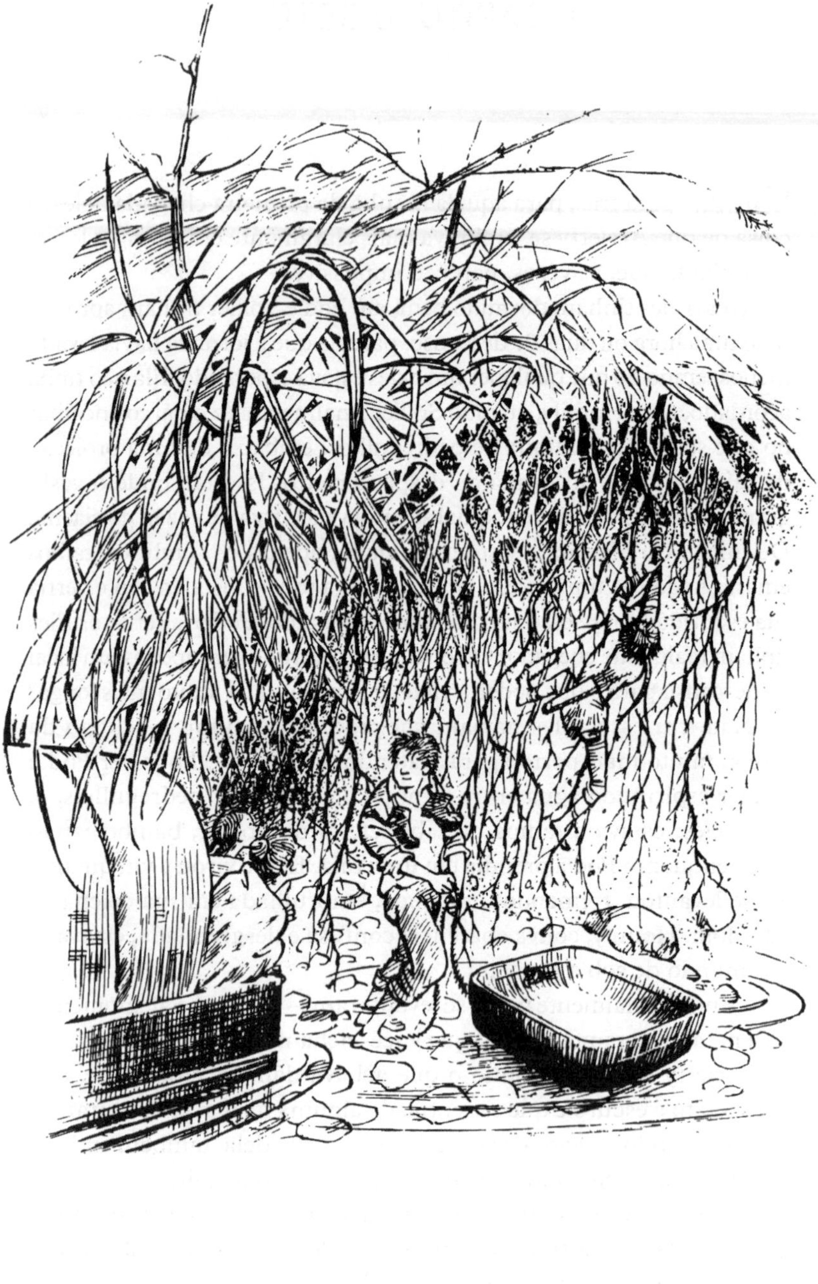

– Não vamos a nenhum lugar nisso aí – Pod lhe disse. – Nós vamos carregá-la com algumas coisas para a noite. Para onde estamos indo agora, vamos com os nossos próprios pés...

– Para onde *estamos* indo? – perguntou Homily.

– Para a casa lá em cima – disse Pod. – Você verá em um minuto... E é melhor irmos andando enquanto não há ninguém por perto. Spiller diz que eles costumam sair durante o dia...

– Quem são eles?

– O Praga e a sra. Praga, é claro; ele faz serviços de jardinagem, e ela foi ao centro da cidade de ônibus. Agora, Homily – ele prosseguiu, surgindo exatamente abaixo delas –, passe para cá esses edredons e qualquer outra roupa de cama. Arrietty, você vai achar um pouco de barbante ali adiante...

Relutantes, elas se livraram de suas cobertas quentes, e Arrietty foi procurar o barbante.

– Que tal algumas panelas para cozinhar? – perguntou Homily no momento em que, meio compadecida, começou a dobrar as colchas.

– Não vamos cozinhar esta noite – disse Pod animado.

– Temos que comer.

– O Spiller já providenciou tudo isso. Agora vamos...

Arrietty voltou com o barbante, e elas começaram a trabalhar mais rapidamente, passando as roupas de cama dobradas para Pod lá embaixo, que ia e voltava espirrando água até a saboneteira.

– O rio encheu um pouco – ele observou. – Choveu à noite...

– Não aqui – disse Homily, pondo a mão sobre a perneira. – Esta coisa está tão seca quanto um osso...

– Faz sentido – ele deu uma olhada para a folhagem espessa acima deles. – Nós estamos bem e abrigados aqui. Melhor tirarem suas botas e as meias, e eu as ajudarei a sair.

Quando Arrietty, ainda tremendo um pouco, sentou-se para desamarrar as botas, pensou nos Platters e quase sentiu pena deles, agachados perto da cerca, a noite toda em seu pequeno barco avariado, embaixo de seus guarda-chuvas gotejantes. Spiller, ela notou, havia desaparecido por cima do despenhadeiro.

– Você conseguiu dormir um pouco, Pod? – perguntou Homily, uma perna por cima da beira do barco. – Você e o Spiller?

– O suficiente – disse Pod, esticando-se para alcançá-la quando ela se curvou e segurando-a por baixo dos braços. – Nós chegamos bem antes da meia-noite. Você não ouviu o relógio? Desse jeito... solte-se. Está ótimo!

– Oh! – Homily gritou com voz aguda ao descer na água em direção aos pedregulhos. – A água está gelada!

– Bem, o que você esperava nesta época do ano?

Arrietty havia descido sozinha, botas e meias na mão, desejando que subissem pelas raízes. Homily parecia menos entusiasmada.

– Agora, vocês duas sobem – disse Pod (desamarrando a saboneteira). – Não há nenhum problema, Homily: você pode fazer isso facilmente... Não precisa fazer escarcéu.

– Eu não falei nada – observou Homily friamente. Ela olhou o pequeno penhasco com desagrado. – Você levaria minhas botas, Pod? – ela perguntou após um momento.

– Sim, passe-as aqui para mim – disse Pod. Ele as pegou de maneira meio bruta e as enfiou sob as cordas que prendiam as roupas de cama na saboneteira. – Agora, suba!

Arrietty, já subindo, fez com a mão um movimento para a mãe subir.

– É lindo! É fácil! Vamos... Eu ajudo você...

Impassível, Homily começou a subir. Se for possível escalar com dignidade um bolo de raízes emaranhadas penduradas, Homily conseguiu isso naquela manhã: firme, calma, sem hesitar. Pod, subindo depois dela, uma das pontas da corda de ancoragem na mão, sorria para si mesmo com um tipo de orgulho satisfeito e forte. Não havia ninguém igual a ela; não a partir do momento que ela decidisse fazer alguma coisa!

Ao alcançar o topo, Arrietty olhou ao redor procurando Spiller, mas não conseguiu vê-lo. Isso não era novidade: ele poderia se misturar a qualquer tipo de cenário, contanto que (disso ela se lembrava) esse cenário fosse ao ar livre. Em vez disso, ela deu uma olhada na vasta extensão de gramado, que não estava aparado numa lisura de veludo (como deveria ter sido em outros tempos), mas sim toscamente cortado com foice. Ela sabia um pouco sobre foices: a de seu pai tinha sido feita com uma lâmina de barbear; e ela sabia sobre máquinas de aparar grama: tinha havido uma no Solar. Mas o que chamou a sua aguçada atenção e fez seu coração bater mais rápido foi a paisagem que ela visualizou a distância: uma casa comprida e baixa com telhado triangular, cujo topo apanhava o sol da manhã, mas cuja frente parecia indefinida e sem janelas. Devia (como seu pai tinha lhes dito) ser coberta com plantas trepadeiras – trepadeiras crescendo desordenadamente. A Antiga Residência paroquial: oh, quantas escaladas haveria, quantos esconderijos, quanta liberdade! E então ela notou que, entre o lugar no qual estava e a casa aparentemente distante havia uma lagoa – uma lagoa contornada por uma grama alta e uma ilha no meio. Ela pôde ver as folhas redondas achatadas dos lírios-d'água ainda não desabrochados...

Então percebeu algum tipo de movimentação por trás: Spiller, Pod e Homily, no topo da escarpa, pareciam empenhados em algum tipo de luta: quase sem fôlego e colocando muita força, puxavam a corda de ancoragem da saboneteira. Ela correu para ajudá-los e Spiller desceu, escorregando do topo para soltar alguma parte que havia ficado presa entre as raízes. Ele conseguiu liberá-la e, guiando-a com uma das mãos, foi acompanhando a subida dela enquanto os outros a puxavam e a conduziam mais para cima. Finalmente conseguiram içá-la e puderam todos se sentar. Pod esfregou o rosto na manga e Homily limpou o dela com o avental; Spiller se deitou estendido de costas. Quem quer que tivesse sentido frio lá embaixo agora não o sentia mais.

Arrietty sentou-se apoiada nos cotovelos e ficou olhando para Spiller deitado todo esticado no chão. Estranho que ela nunca tivesse pensado em Spiller como alguém que pudesse ficar cansado. Ou mesmo como alguém que dormisse. Entretanto, de alguma forma, durante a noite, ele e Pod (naquele barco desconfortável e lotado) tinham encontrado um local no qual pudessem descansar um pouco, enquanto ela e a mãe tinham se deitado tão confortavelmente aconchegadas nas roupas de cama da srta. Menzies. Quão bondoso Spiller sempre tinha sido para com eles! E, no entanto, de certo modo, tão distante: não se podia conversar nunca com Spiller a não ser sobre as coisas mais essenciais. Oh, bem, ela supôs, não se pode ter tudo...

Ela se levantou para dar outra olhada na casa distante. Depois de um momento, os outros também se levantaram. Todos ficaram olhando, cada qual com um pensamento diferente.

– A torre daquela igreja – disse Homily, intrigada – é a imagem exata de uma lá do vilarejo em miniatura.

– Ou vice-versa – Pod disse rindo. Arrietty ficou contente em ouvir a risada do pai: parecia um bom presságio. Homily balançou a cabeça em desaprovação: Pod às vezes usava palavras que ela não compreendia, e isso sempre parecia aborrecê-la.

— Bem, vou calçar as minhas botas — Homily anunciou e sentou-se entre as folhas secas sob o arbusto de zimbro[4]. — E seria melhor você fazer o mesmo, Arrietty. A grama estará molhada após a chuva. — Mas Arrietty, sempre admirando os pés calosos de Spiller, preferiu ir descalça.

E eles começaram uma caminhada longa, muito longa.

---

4. Planta ornamental utilizada também na produção de perfumes e bebidas. (N. T.)

•• CAPÍTULO OITO ••

Eles tiveram de ficar perto da lagoa (parecia mais um grande lago para eles), onde o capim e as plantas aquáticas possibilitavam que se escondessem. A saboneteira era puxada com facilidade, pela linha de reboque, sobre a grama umedecida. Spiller ia na frente; depois Pod, Arrietty a seguir, e Homily por último; a corda ia passando de ombro em ombro. No começo, eles mal sentiam o peso.

Uma rota mais direta teria seguido em linha reta pelo gramado, mas, apesar de Pod garantir que a casa estivesse vazia, eles nunca conseguiam exatamente evitar o medo inato de olhos humanos espreitando.

O cansaço foi chegando aos poucos. Uma parte da grama era grossa e difícil e, algumas vezes, eles se deparavam com cardos do ano anterior, maltratados pelo tempo, mas igualmente ásperos. Os mais novinhos, elevados no meio dos caules da grama, eram macios, prateados e fofos para mexer. Mesmo assim, Arrietty começou a sentir a falta de suas botas. Mas, como Spiller não dava sinal de parar, o orgulho a segurou calada.

Penosamente, eles caminharam sem parar. De vez em quando, um camundongo insetívoro fugia correndo ao se aproximarem, finalmente desperto de seu longo sono de inverno. Sapos havia aos montes, agitando a água aqui e ali. E havia flores de acônito[5] no meio da grama. Sim, a primavera estava aí...

Finalmente (depois de horas, parecia), Pod disse:

— Vamos fazer uma pausa, Spiller.

E todos se sentaram de costas uns para os outros sobre a saboneteira com os pacotes amarrados.

— Assim é melhor — Homily suspirou, esticando os pé doloridos. Arrietty calçou os sapatos e as rústicas meias quentes que Homily tão habilmente tricotara com um par de agulhas de cerzir mal aparadas.

— Como é que o Spiller soube, Pod — Homily perguntou em um momento —, que não havia ninguém na casa?

---

5. Tipo de planta venenosa. (N. T.)

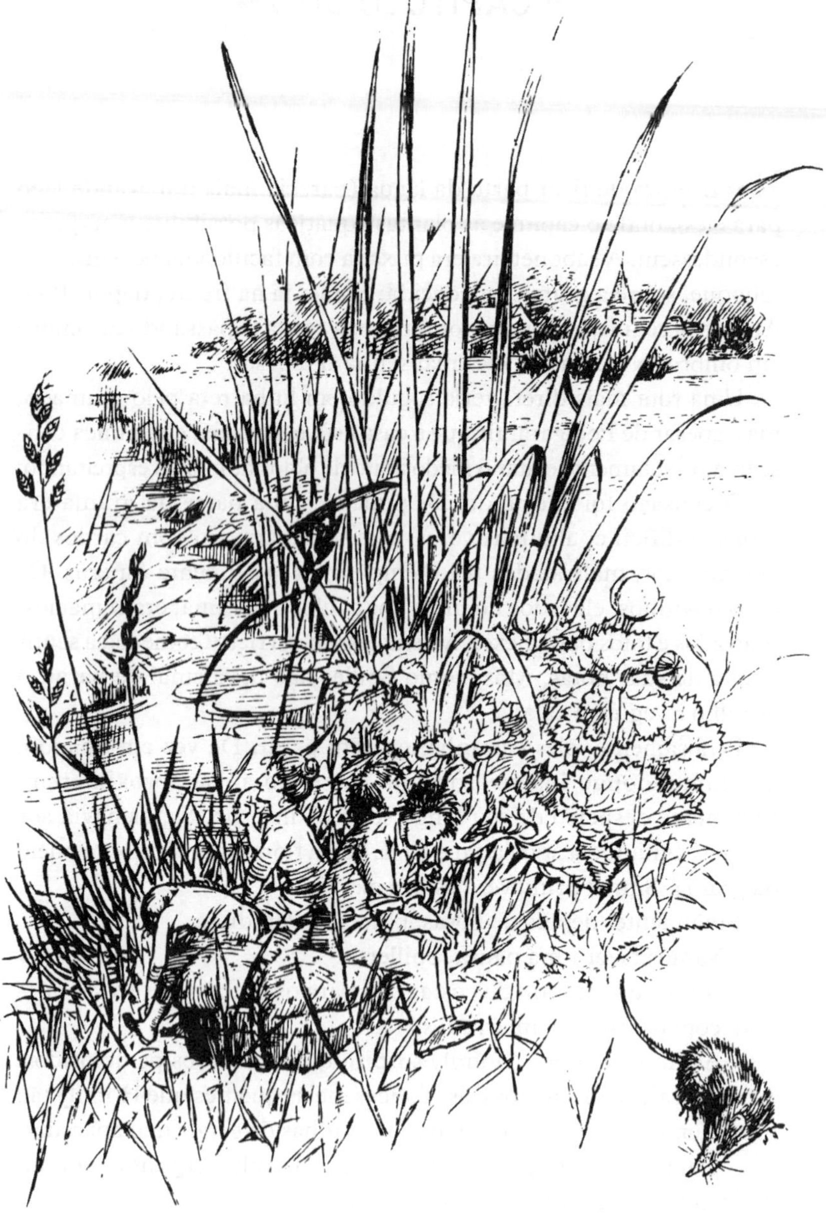

– Eu contei a você, não foi? Aquela coisa preta na sala.

– Qual coisa preta? – Homily não gostou de como isso soava.

– É uma coisa preta que eles têm na área de entrada. Eles viram a manivela e falam coisas. Ficam como que girando a manivela e falam para ela para onde vão e isso e aquilo...

– E quem os escuta?

– Bem, o Spiller escuta, por exemplo... digamos, se estiver perto. O Spiller conhece aquela casa como a palma da mão dele. Você verá...

Homily ficou calada por um momento. Ela não conseguia visualizar "aquela coisa preta na sala". Quão preta? De que tamanho? Em qual sala?

– Aquela coisa preta... eles falam a verdade para ela? – perguntou por fim.

Spiller deu sua risada que parecia um grunhido.

– Às vezes – ele disse.

Homily ficou calada novamente; ela não se convenceu.

Pod ficou em pé.

– Bem, se vocês já estiverem descansados, é melhor continuarmos andando.

– Só um minuto, Pod – Homily suplicou. – As minhas pernas estão doendo de um modo horrível.

– Também as minhas, já que você tocou no assunto – disse Pod.

– E as da Arrietty também, imagino. E você sabe por quê? Porque estamos fora de forma; é por isso. Quase seis meses engaiolados em um sótão; faz sentido. Exercícios: é disso que precisamos...

– Bem, vamos fazer bastante agora – Homily disse, exausta, ao ficar de pé.

E prosseguiram na penosa caminhada.

Havia uma parte onde eles tinham que deixar a lagoa e cruzar a grama aberta. Ali eles interromperam a procissão, deixando Spiller rebocar a saboneteira, enquanto se abrigavam na sombra de uma pequena moita de arbustos. Era um punhado de ramos de azaleias, cujos tenros brotos resplendiam em botões. Parecia uma floresta para eles. Eles descansaram mais um pouco no local. O chão estalante estava coberto pelas folhas secas do ano anterior e os ramos acima deles pendiam com teias de aranha esfarrapadas.

– Eu gostaria de poder passar a noite aqui – disse Homily –, acampando...

– Não, garota – disse Pod. – Depois que atravessarmos esta parte com a saboneteira, já estaremos bem perto da casa. Você verá...

Foi uma luta fazer a saboneteira passar pelos galhos baixos ramificados; mas, finalmente, conseguiram e se encontraram a céu aberto novamente, aos pés de uma escarpa gramada. À esquerda, podiam ver um lance de escada coberto por musgo. Apenas os degraus mais baixos estavam visíveis, abrindo-se em leque no que anteriormente fora a grama.

– Nós não vamos subi-los, Pod – reclamou Homily –, não é? Eram degraus baixos, mas não tão baixos, e Pod caminhou em direção a eles.

– Não; você e Arrietty vão ficar onde estão – ele respondeu baixinho. – O Spiller e eu vamos subir pela cumeeira e puxar a saboneteira

de cima. – Ele se virou para trás novamente. – Ou vocês *poderiam* começar a subir a escarpa.

– Poderíamos! – Homily exclamou e sentou-se firme, estivesse a grama molhada ou não. Depois de um momento, Arrietty sentou-se ao lado dela: também gostaria de descansar um pouco.

– Eles não vão demorar – disse para a mãe.

Homily deitou a cabeça cansada sobre os joelhos.

– Não me importo se demorarem para sempre – ela disse.

Eles não demoraram para sempre. Pareceu ter passado bem pouco tempo antes de elas ouvirem o suave chamado de cima. Arrietty se levantou devagar.

– Você está aí, Arrietty?

Arrietty respondeu:
— Sim...
— Pegue a corda e comece a subir.
— Ela é comprida o suficiente?
— O que você disse?
— Eu disse: ela é comprida o suficiente?
— Bastante. Nós desceremos para encontrar você.

Homily ergueu a cabeça dos joelhos e ficou observando Arrietty, com a linha de reboque em uma das mãos, escolher com cuidado o caminho para subir a escarpa, puxando-se pelas folhagens de vez em quando. Então as folhagens a ocultaram do campo de visão. Mas Homily conseguia ouvir o som das vozes reprimidas: "Dê aqui para mim, garota... está bom... esplêndido... Onde está a sua mãe?".

Lentamente, e com dificuldade, Homily se levantou. Ficou olhando para a escarpa: a subida não parecia tão intensa e, diferentemente de Arrietty, ela tinha as duas mãos livres. Mas não pretendia se apressar; não faria nenhum mal se eles descansassem. Ela ainda podia escutar o murmurar das vozes.

Finalmente, ela atravessou a última folhagem e viu-se em pé sobre o cascalho cheio de mato: e lá estava a grande casa, estendendo-se sobre ela.

— Boa menina! — disse Pod, segurando a mão dela. Ele se virou e olhou para a casa em cima. — Bem, aqui está: estamos em casa!

— Em casa? — ecoou Homily languidamente, olhando do cascalho irregular para a porta frontal de madeira com tachões de ferro. Havia hera por todo lado e outros tipos de plantas trepadeiras. Algumas das janelas com treliças estavam praticamente ocultas.

— Você vai ver — disse Pod. — Espere até olhar dentro.
— Como vamos entrar?
— Venham. Eu mostrarei a vocês. — Ele virou à direita, distanciando-se da porta. A saboneteira, arrastada por Spiller, fez um barulho de raspar na pedra. Homily lançou um olhar temeroso para as escuras janelas com treliças: poderia haver outros olhos espiando-os lá dentro? Mas tudo parecia quieto: a casa dava uma sensação de vazia. Talvez aquela "coisa preta" na sala tivesse falado a verdade dessa vez...

A luz do sol atingia obliquamente a frente da casa, mas, quando viraram a esquina, sentiram de repente seu forte calor: esse lado da casa devia estar voltado completamente para o sul. E as janelas aí eram diferentes, como se acrescentadas numa época posterior: grandes janelas altas com peitoris baixos e vidraças quadradas, desgastadas um pouco pelo tempo e pelo clima. Os instintos de dona de casa de Homily afloraram: "Se alguém limpasse as vidraças", falava consigo mesma, "essas janelas ficariam 'adoráveis'".

Passaram por três dessas janelas, a saboneteira arranhando atrás deles, até que a parede da casa terminou numa projeção de vidro. Homily espiou dentro pelas vidraças sujas, algumas das quais estavam quebradas.

– É a estufa – explicou Pod –, onde costumavam cultivar as flores no inverno. Vamos. – Spiller levou-os até a esquina, onde viraram novamente em ângulo reto: vidraças novamente, tinta branca descascando e uma desgastada porta de vidro, rachada e apodrecida na base onde a madeira se juntava ao cascalho com mato. Ali eles pararam.

– É por aqui que entramos – Pod disse –, e não se pode estragar o mato: ele esconde mais ou menos a entrada... – Com muito cuidado, ele separou uma moita de tasneira[6] e os caules sem vida do mato. – Cuidado com as urtigas: o Spiller as retira tanto quanto pode, mas elas crescem novamente, tão rápido quanto ele as corta...

– Pensei que você tivesse dito que esse Praga era um jardineiro – observou Homily quando cuidadosamente seguiu Pod pela abertura.

– Ele só cuida da horta. O jardim principal avançou demais. E ele também cuida do cemitério.

Arrietty, preparando-se para seguir, deu uma olhada ao redor. O que ela pensara serem árvores eram cercas de buxos[7] crescidos misturados em uma grande altura. Proteção; proteção em toda parte. "Que lugar!", ela pensou. "Que lugar maravilhoso!"

Abaixando-se um pouco, ela seguiu Pod e Homily por um buraco entalhado sob a porta. Quando se segurou na madeira molhada para se firmar, um pedaço desprendeu-se em sua mão.

– Cuidado – disse Pod. – Não queremos que esse buraco fique maior.

Dentro, o lugar parecia gloriosamente aquecido, com o sol penetrando pelo telhado de vidro inclinado. Cheirava a folhas mortas

---

6. Tipo de erva. (N. T.)
7. Planta arbustiva. (N. T.)

de gerânio e havia também um odor de cinzas, como de poeira de carvão. Velhos vasos rachados de plantas se espalhavam, alguns em pilhas. Havia diversos fragmentos de tecidos de sacas. Havia um ou dois suportes enferrujados que deveriam ter tido plantas. O chão era de cerâmica, num padrão de vermelho e marrom desbotados, mas muitas das lajotas estavam quebradas.

Pod saiu de volta pelo buraco para ajudar Spiller com a saboneteira, e Homily, parada imóvel ao lado da porta no lado de dentro, pôs-se a olhar em volta numa espécie de arroubo de surpresa. A cada poucos segundos, ouviam o barulho suave de uma gota pingando. Vinha de uma torneira no canto. Abaixo da torneira, fixado no piso, Arrietty viu que havia um ralo. Pelo som do pingar, ela supôs que houvesse água embaixo do ralo. No canto oposto ficava um curioso fogão de tijolos, cujo cano subia até o telhado. Ele tinha uma porta, como a de um forno, que ficava meio aberta, presa em suas dobradiças enferrujadas.

– Que lugar! – disse Homily.

– Achei adorável – disse Arrietty. – Com água e tudo o mais. Poderíamos cozinhar naquele fogão...

– Não, não poderíamos – disse Homily, olhando para ele com nojo. – Alguém poderia ver a fumaça. – E sentou-se de repente num pedaço apoiado de uma lajota. – Ai, minhas pernas... – ela disse.

Na parede mais distante, em frente à antiga porta sob a qual eles tinham entrado, havia portas duplas de vidro construídas no estilo de janelas francesas. Essas, Arrietty notou, deviam ter um dia (talvez antes de a estufa ter sido acrescentada) conduzido diretamente ao jardim, como aquelas portas da sala de visitas de que se lembrava no Solar. Elas ficavam levemente entreabertas. Arrietty observou que uma porta estava sem a maçaneta; ela caminhou pé ante pé até ela e a empurrou devagarinho. Com um leve gemido de dobradiças enferrujadas, ela se abriu mais alguns centímetros. Arrietty deu uma espiada dentro.

Ela viu uma sala comprida (imensa, parecia a ela) coberta por estantes de livros em carvalho desbotado e viu também, à esquerda, as três janelas compridas, através das quais a luz do sol projetava-se em quadrados no assoalho. Em frente à janela do meio, na parede do lado direito, ela descobriu uma lareira um tanto pequena: aos olhos de Arrietty, parecia mais moderna que o resto da sala. Cada uma das três janelas tinha assentos de carvalho, empalidecidos pelos anos do calor da luz do sol através das vidraças.

Ela estava tão distraída que não ouviu Pod se aproximar e se assustou ligeiramente quando sentiu a mão dele sobre seu ombro.

– Sim – disse Pod –, esta era a biblioteca. – Arrietty olhou para cima, para as prateleiras: havia, de fato, alguns livros velhos estragados, algumas pilhas desarranjadas de revistas despedaçadas e um ou dois objetos do tipo que não é mais necessário ou que não importava mais ao dono anterior: velhas caixas de latão, um chicote de cavalgaria arrebentado, um ou dois vasos de flores rachados, um busto de um imperador romano sem nariz, um feixe empoeirado de capim-dos--pampas desidratado.

– Não me parece que alguém costume entrar aqui – disse Homily, que se aproximara deles.

– Essa é a ideia – disse Pod – É perfeito. Perfeito! – ficava repetindo contente.

Arrietty também achou isso, mas voltou, relutante, para ajudar Spiller a desamarrar a saboneteira. Pod e Homily também voltaram e Homily, ainda parecendo exausta, ficou prostrada debilmente em seu pedaço escorado de piso.

– Perfeito, pode ser – ela disse –, mas onde vamos dormir esta noite?

– Dentro do fogão – disse Pod.

– O quê? No meio daquelas cinzas?

– Não há muita cinza nas grades. Elas estão por baixo.

– Bem – disse Homily –, eu nunca pensei que me pediriam para dormir em um fogão...

– Você dormia *embaixo* de um no Solar.

– Ah, o Solar... – resmungou Homily. – Por que um dia tivemos que partir...?

– Você sabe muito bem por que tivemos que partir – disse Pod. – Não, Arrietty – ele continuou –, arranje um pedaço de alguma coisa... uma tira de saca servirá... e tire um pouco da poeira das grades. – Ele se dirigiu para a porta – E eu arranjarei algumas folhas verdes.

– Onde está o Spiller? – perguntou Homily, olhando ao redor. Ele estava ali um minuto atrás.

– Deve ter dado uma escapada até a despensa para arranjar algo para comer.

Ouviu-se um repentino zumbido e todos olharam para o alto quando (parecia muito perto agora) o relógio da igreja começou a bater. Pod levantou a mão: parecia estar contando. Homily e Arrietty observavam a expressão de transe de Pod; elas pareciam estar contando também.

– Onze – disse Homily quando a última badalada findou.
– Doze – disse Pod. – Quantas você contou, Arrietty?
– Contei doze também.
– Está certo. Sua mãe deixou de contar uma batida. Bem – ele continuou, com um pequeno sorriso estranho –, agora já sabemos: leva umas três boas horas para atravessar a pé aquele gramado.
– Pareceram mais três anos para mim – disse Homily. – Espero que não tenhamos que fazer isso com frequência.
– Há modos e *modos* – disse Pod rispidamente, caminhando com cuidado em direção ao buraco da entrada.

– Modos e *modos*! – repetiu Homily, quando ele desapareceu de vista. – O que ele quer dizer? Modos e *modos*... Ele vai nos ensinar a voar daqui a pouco?

Arrietty ficou pensando também, enquanto cortava um pedaço solto de tecido da sacaria. Logo Pod estava de volta com um maço de folhas – eram de buxo, verde-escuro e flexíveis –, a saboneteira estava vazia e as camas, arrumadas.

– Poderia ser pior – disse Homily, tirando a poeira das mãos. Realmente parecia bastante aconchegante: as colchas e os cobertores espalhados sobre as folhas flexíveis. – Gostaria de poder fechar a porta...
– Bem, não daria para dizer que está aberta – disse Pod. – Há apenas espaço para entrar e sair.
– Acho que vou entrar – disse Homily, virando-se em direção ao fogão.
– Não – disse Pod.
– O que você quer dizer com "não"?
– Bem, você não quer ver toda a casa?
Homily hesitou.
– Bem, depois de eu me deitar um pouco. Nós ficamos andando a manhã inteira, Pod.
– Eu sei disso. Estamos todos um pouco esgotados. Mas – ele prosseguiu – talvez não tenhamos outra oportunidade como esta. Quero dizer, estão todos fora, não é? Os seres mundanos. E vão demorar algumas horas...
Ainda assim Homily hesitava. Uma campainha tocou estridente. Eles todos se viraram ao mesmo tempo, como bonequinhos de relógio, e ficaram olhando para as portas duplas. A campainha silenciou.
– O que foi isso? – Contendo a respiração, Homily caminhou de costas em direção ao fogão, tentando abrir a porta com as mãos nervosas.
– Espere! – disse Pod bruscamente.
Eles esperaram, imóveis como estátuas, e a campainha tocou novamente. Tocou por três vezes, e eles não se mexeram.
– Está tudo bem – disse Pod depois de um momento. – Isso prova o que eu disse. – Ele ficou sorrindo.
– O que você quer dizer?
– Aquela coisa preta na sala: quando a campainha toca, os seres mundanos sempre saem correndo.
E então Arrietty lembrou. O Menino havia lhe dito alguma coisa... Como se chamava mesmo? Telégrafo? Não, isso era outra coisa. A palavra parecia estar na ponta da língua. Ah, sim...
– Acho que é um telefone... – ela disse, insegura. Ela falou meio acanhada; algumas vezes Arrietty se sentia envergonhada por saber mais sobre o grande mundo dos humanos do que seu pai e sua mãe. – A srta. Menzies tinha um – acrescentou, como que para se desculpar de seu espantoso conhecimento.

Demorou muito tempo para explicar: fios, postes, falar de uma casa para outra casa...

– O que eles vão inventar a seguir? – comentou Homily por fim.

Pod ficou calado por um momento e depois disse:

– É difícil entender como funciona. Pelo menos, do modo como você explicou, Arrietty. Mas há uma coisa de que eu tenho certeza...

– Do quê? – perguntou Homily, ansiosa.

– Aquela coisa na sala: nós vamos agradecer aos céus por ela!

– O que você quer dizer, Pod?

– Pelo que ela vai nos contar – disse Pod.

Homily parecia confusa.

– Nunca a ouvi dizer nada...

– Que a casa está vazia. Foi simplesmente isso o que ela nos disse. Grave as minhas palavras, Homily: aquela coisa preta na sala será um... (agitado de alegria, ele parecia ter esquecido a palavra) um...

– Enviado de Deus? – arriscou Arrietty.

– Uma proteção – disse Pod.

Mas, no final, eles não exploraram a casa naquele dia. Homily se sentiu desconfortável com a ideia de ser deixada sozinha, e Spiller chegou com um banquete tentador de gulodices da despensa. Então, todos se sentaram em pedaços de ladrilhos quebrados e comeram um apetitoso lanche. Havia delícias que eles não viam ou não provavam pelo que pareciam anos: presunto defumado, rosado e tenro; patê de anchovas; pedacinhos de massa folhada; uvas – para serem cuidadosamente descascadas; alguma coisa embrulhada em uma folha de alface que Homily comemorou como sendo torta de pombo; uma fatia inteira de pão caseiro e um pequeno pedaço grosso de bolo de ameixas.

Depois dessa refeição, como às vezes acontece, todos começaram a ficar com sono. Até mesmo Pod demonstrou um repentino cansaço. Homily juntou as sobras e quis saber onde as colocaria (sobras – eles tinham se esquecido de que isso existia!).

– Vou pegar uma folha de azeda – disse Pod, pondo-se em direção à porta. Mas ele se moveu muito lentamente e Spiller antecipou-se a ele e logo voltou com um maço de folhas de aparência um tanto enferrujada. Arrietty notou que Spiller, no entanto, não havia comido nada: ele nunca foi de comer com companhia.

Mas onde colocar a comida para que nenhum olho errante pudesse descobri-la? Pod explicou que até mesmo os ladrilhos partidos deveriam ser recolocados exatamente onde os tinham encontrado: não poderia haver nada que chamasse a atenção ou provocasse suspeita.

– Nós poderíamos colocar tudo lá fora, no meio daquele capim – sugeriu Homily.

– Não – disse Pod. – Isso apenas atrairia os ratos. E não queremos isso...

Por fim, Homily decidiu levar as sobras para a cama com ela.

– Elas darão um ótimo café da manhã – disse, enquanto subia para o ninho de colchas de edredom.

Arrietty ajudou o pai a recolocar os pedaços do piso (Spiller, em seu jeito repentino, havia desaparecido silenciosamente). Depois disso, parecia não haver mais nada a fazer; então, sentindo-se cansada, decidiu se juntar à mãe na confortável cama improvisada. Antes de adormecer, ela ouviu o relógio da igreja bater quatro horas. Apenas quatro horas! Mas, mesmo assim, parecia ter sido um longo, longo dia.

•• CAPÍTULO NOVE ••

Arrietty foi a primeira a acordar de manhã. Estava quase quente demais sob o amontoado de colchas, porque os três tinham ido dormir completamente vestidos. Ela havia acordado uma vez durante a noite, perturbada por um barulho estranho: um estrondo, uma pancada, um tipo de som estremecido, seguido por silêncio e, depois, por uma série de gorgolejos. Pod e Homily acordaram também. Ninguém falou nada.

– O que é isso? – perguntou Arrietty depois de um momento.

Pod tinha resmungado e virado para o lado.

– É o encanamento – ele murmurou. – O encanamento de água quente. Fique quietinha agora; seja uma boa menina. Nós ficamos até tarde, eu e o Spiller... – E puxou as roupas de cama sobre as orelhas.

– Ah, sim – Arrietty se lembrou daqueles aquecedores...

"Um pouco antiquados", Pod havia lhes dito, mas ela supunha que qualquer caseiro deveria manter a casa arejada: era para isso que serviam os caseiros.

Cuidadosamente, ela passou pelo estreito vão da porta semiaberta do fogão. As dobradiças haviam se tornado tão enferrujadas que a porta ficara quase imóvel. Era um lugar inteligente para se abrigar, Arrietty pensou. Ela desceu sobre o pequeno amontoado de pedaços do piso, ainda polvilhados pelas cinzas que ela havia limpado das grades lá em cima, e se escondeu entre os tijolos sobre os quais o velho fogão tinha sido erguido. Ela ficou olhando para fora com cautela, de um modo um tanto parecido com o que ela e Pod costumavam observar de sob o relógio no Solar.

Tudo parecia exatamente igual ao dia anterior: os vasos de plantas espalhados, as vidraças quebradas, o jardim adiante. A torneira pingava ritmicamente em seus longos intervalos. Não, dessa vez estava diferente: um som ligeiramente mais fino, mais um *plinc* do que um *plonc*. Arrietty se esticou um pouco, ainda cuidadosa para se manter escondida. Parecia haver alguma coisa azul no ralo embaixo da torneira. Ela apertou os olhos, esforçando-se para ver melhor. Alguma coisa bem azul. Algum tipo de utensílio, uma coisa na qual, quando o pingo caía, fazia *plinc* em vez de *plonc*.

Cheia de curiosidade, ela deu um cuidadoso passo adiante. Então viu o que era – eles tiveram um em seu depósito no Solar –: um lava-olhos[8] de vidro. Homily nunca havia usado aquele que tinham por causa do peso e do seu formato estranho: ela não tinha paciência com aquilo. Bem, aqui deveria existir alguém que realmente tivesse paciência com isso, e alguém (Arrietty percebeu com o coração aos pulos) que deveria ser um outro Borrower.

Por um momento, ela ficou tentada a voltar e acordar seus pais. Depois, decidiu o contrário. Não; ela ficaria ali, esperando e observando. Depois de algum tempo, o lava-olhos deveria se encher até a borda, e, mais cedo ou mais tarde, quem quer que o tivesse colocado lá voltaria para buscá-lo. Arrietty sentou-se e, encostada no suporte de tijolos, encolheu as pernas e as prendeu com os braços. Com o queixo sobre os joelhos, ela poderia observar com conforto.

Os pensamentos dela começaram a vagar um pouco. Pensou em Spiller. Na bondade e na selvageria, na timidez e na independência dele. Nos mortais arco e flecha. Ele só atirava para comer. Ela mesma gostaria de aprender a usar um arco, mas percebeu que nunca, nunca seria capaz de matar alguma coisa vivente; no caso dela, seria apenas para "autodefesa", como quando Pod, em perigo, usa o alfinete de chapéu. Entretanto... entretanto, ela lembrou constrangida quantas vezes eles, famintos e agradecidos, haviam devorado a caça que Spiller havia trazido. Nenhuma pergunta feita – pelo menos, nenhuma que ela percebesse; apenas um prato saboroso sobre a mesa. Será que Spiller viria morar na casa com eles?, ela se perguntava. Ajudando-os a pegar emprestado e tomando o lugar de Pod, talvez, quando ele ficasse velho? Será que ela mesma aprenderia a pegar emprestado? Não um pouquinho com cuidado aqui e ali, mas destemidamente e bem, aprendendo as regras, conhecendo as ferramentas... A resposta que ela sentiu para a primeira pergunta era "não": Spiller, aquela criatura de natureza livre, nunca moraria numa casa, nunca compartilharia suas coisas com outros. Mas ele os ajudaria, sempre os ajudaria – disso ela tinha certeza. A resposta para a segunda pergunta foi "sim": ela sabia, em seu íntimo, que aprenderia a pegar emprestado, e que

---

8. Pequeno objeto em formato de vaso usado para aplicar medicamentos ou soluções de limpeza nos olhos. (N. E.)

aprenderia bem. Os tempos haviam mudado: haveria novos métodos, novas técnicas. E, como parte de uma geração em crescimento, alguns desses métodos ela mesma poderia até inventar!

De repente, ouviu-se um som. Era um som bastante baixo, e parecia vir da biblioteca ao lado. Arrietty levantou-se e, mantendo o corpo oculto pelo suporte de tijolos, espiou, esticando a cabeça. Tudo estava quieto. Ela observava e esperava. De onde estava, podia ver a torneira e, à esquerda dela, o lugar onde o piso de cerâmica terminava e começava o assoalho de madeira da biblioteca. Ela conseguia ver uma pequena extensão dentro da biblioteca, parte da lareira e a luz das janelas compridas, mas não as janelas em si. Enquanto estava ali sob o fogão, tão imóvel quanto os tijolos esmigalhados que o apoiavam, ela podia sentir o pulsar acelerado das batidas de seu próprio coração.

O som seguinte começou bastante tênue. Ela precisou forçar o ouvido para escutá-lo. Era um leve rangido agudo contínuo, como se alguém estivesse trabalhando com uma máquina ou girando uma miniatura de manivela, ela pensou. E foi aumentando – não exatamente mais alto, porém mais próximo. Então, numa tomada de fôlego, ela viu a pequena figura.

Era um Borrower, sem dúvida; um Borrower com alguma dificuldade para andar, arrastando um tipo de geringonça atrás de si. O que quer que fosse aquela geringonça, movia-se facilmente – quase magicamente. Não como a saboneteira de Spiller, que era bem suscetível a solavancos; nesse caso, era o Borrower quem dava os solavancos. Um dos ombros dele descia imediatamente com cada passo dado: ele mancava bastante. E era razoavelmente jovem, Arrietty notou, quando ele se aproximou da torneira. Ele tinha um cabelo suave, espesso e cor de linho, e um rosto pálido, muito pálido. A coisa que ele puxava estava sobre rodas. Que ideia maravilhosa, Arrietty pensou; por que a sua própria família jamais possuíra tal coisa? Tinham lhe contado que havia muitos brinquedos velhos desprezados no armário da sala de brinquedos do Solar, e alguns deles deviam ter rodas. Eram aquelas quatro rodas que produziam o som estridente de fadas.

Quando o jovem Borrower alcançou o ralo, ele virou sua carroça de modo que a parte de trás ficasse voltada ao lava-olhos. Então, curvando-se, ele bebeu um gole de água. Arrietty afastou-se um pouco quando, enxugando a boca com a manga, ele se dirigiu para a porta de vidro que conduzia ao jardim. Ele ficou parado ali por algum tempo, de costas para Arrietty, espiando lá fora através das vidraças. "Ele está observando os pássaros", ela pensou, "ou vendo que tipo de dia está hoje..." E estava um lindo dia. Arrietty podia ver por si mesma. Sem vento, uma luz do sol pálida, e os pássaros começando a construir seus ninhos. Depois de um momento, ele se virou e voltou mancando para o lava-olhos. Curvando-se, tentou erguê-lo, mas parecia muito pesado e escorregadio com a água. Não admira que Homily não tivesse paciência com tal objeto: não havia onde segurar.

Ele tentou novamente. De repente, ela desejou ajudá-lo; mas como anunciar a si mesma sem assustá-lo? Ela tossiu e ele se virou rapidamente, para em seguida permanecer congelado.

Seus olhos se cruzaram. Arrietty manteve-se bastante imóvel. O coração dele, ela percebeu, devia estar batendo tão forte quanto o dela. Depois de um momento, ela sorriu. Ela tentou pensar em alguma coisa para dizer. "Olá" pareceria repentino demais; talvez devesse dizer "Bom dia". Sim, era isso!

– Bom dia! – ela disse. E a voz dela, para seus próprios ouvidos, soou meio trêmida. Até mesmo um pouco áspera. Então ela acrescentou rapidamente, num tom mais leve e claro: – Está um lindo dia! – Ele ainda estava olhando para ela, como se fosse incapaz de acreditar em seus olhos. Arrietty retornou o olhar e permaneceu bastante imóvel. Ela tentou manter o sorriso. – Não está? – acrescentou.

De súbito, ele deu uma meia risada e sentou-se na beira do ralo. Passou a mão de modo um tanto triste pelo tufo de seu cabelo e riu novamente.

– Você me deu um susto – ele disse.
– Eu sei – disse Arrietty. – Sinto muito.
– Quem é você?
– Arrietty Relógio.
– Nunca vi você antes.
– Eu... nós só chegamos na noite passada.
– Nós?
– Minha mãe, meu pai. E eu...
– Vocês vão ficar aqui?
– Não sei. Depende.
– Do quê?
– Se for seguro. E agradável. E... você sabe!

– Ah, é agradável – ele disse. – Considerando...
– Considerando o quê?
– Considerando outros lugares. E costumava ser seguro.
– Agora não é mais?
Ele deu um pequeno sorriso meio sem graça e encolheu os ombros.
– Como se pode saber?
– Isso é verdade... – disse Arrietty. – Nunca se sabe. – Ela gostou da voz dele, percebeu. Ele falava cada palavra tão claramente, de um modo preciso, mas o tom geral era gentil.
– Qual é o seu nome? – ela perguntou.
Ele riu e tirou o cabelo dos olhos.
– Eles me chamam de Peregrino – disse ainda sorrindo, como se ela pudesse achá-lo ridículo.
– Ah – disse Arrietty.
– Escreve-se P-E-R-E-G-R-I-N-O.
Arrietty pensou por um momento.
– Peregrino – ela disse.
– É isso. – Ele se levantou então, como se tivesse percebido de repente que estivera o tempo todo sentado. – Desculpe-me – ele disse.
– Pelo quê?
– Por ter ficado assustado desse jeito.
– Você teve um choque e tanto – disse Arrietty.
– Um pouco... – admitiu ele, e acrescentou: – Quem ensinou você a soletrar?
– Eu... – Arrietty hesitou: de repente, pareceu uma história longa demais. – Eu apenas aprendi – ela disse. – O meu pai sabia um pouco. O suficiente para eu começar...
– Você sabe escrever?
– Sim, muito bem. Você sabe?
– Sim – ele sorriu. – Muito bem.
– Quem ensinou você?
– Ah, eu não sei. Todos os Cornijas sabem ler e escrever. As crianças humanas costumavam ter aulas naquela biblioteca... – Ele indicou com a cabeça as portas duplas. – Veio de gerações. Era só escutar, e os livros eram sempre deixados sobre a mesa...

Arrietty saiu de repente de entre os tijolos, seu rosto iluminado e interessado.

– Você é um dos Cornijas?

— Eu era até cair da cornija da lareira.
— Que maravilha! Quero dizer... não cair da cornija, mas que você é um Cornija. Nunca pensei que encontraria um verdadeiro Cornija. Achei que fossem coisa do passado.
— Bem, eles são agora, eu acho.
— Peregrino Cornija... – suspirou Arrietty. – Que nome adorável... Peregrino Cornija! Nós somos apenas Relógios: Pod, Homily e Arrietty Relógio. Não parece muito ilustre, parece?
— Isso depende do relógio – disse Peregrino.
— Era o relógio do avô.
— Antigo?
— Sim, acho que sim. – Ela pensou por um momento. – Sim, muito antigo.
— Então! – ele disse rindo.
— Mas nós vivemos na maior parte do tempo sob a cozinha.
Peregrino riu novamente.
— Ahá! – ele exclamou, e havia malícia em seu rosto. Arrietty pareceu confusa: ela tinha feito algum tipo de piada? Peregrino parecia achar que sim.
— Onde você... – ela começou a dizer, e então pôs a mão na boca. Ela se lembrou de repente que não devia perguntar a Borrowers estranhos onde moravam: a casa deles, por necessidade, deveria ser oculta e secreta, a menos, é claro, no caso de serem parentes.
Mas Peregrino não pareceu se importar.
— Não estou morando em nenhum lugar, no momento – disse despreocupado, respondendo à meia pergunta dela.
— Mas você deve dormir em algum lugar.
— Estou mudando de casa. Na verdade, poderia dizer que já me mudei. Mas não dormi lá ainda.
— Entendi – disse Arrietty. De algum modo, de repente, o dia pareceu menos claro e o futuro, mais incerto. – Você está indo para longe?
Ele olhou para ela pensativo.
— Depende do que você chama "longe". – Ele se virou para o lava-olhos e colocou as mãos na borda. – Está um pouco cheio demais – disse.
Arrietty ficou calada por um momento, e depois perguntou:
— Por que você não tira um pouco de água?
— Isso era exatamente o que eu pretendia fazer.

— Vou ajudar você — ela disse.
Juntos, eles inclinaram o lava-olhos. Tinha uma aba de cada lado. Quando a água escorreu pelo ralo, eles o colocaram em pé novamente. Depois Peregrino se moveu até a carreta para empurrá-la mais para perto. Arrietty foi para o lado dele.
— O meu pai gostaria de uma carreta dessas — ela disse, passando um dedo ao longo da frente arredondada. O fundo estava aberto como um caminhão sem a proteção traseira. — Do que é feita?
— É a parte de baixo de uma caixa de tâmaras. Eu também tenho a tampa, mas ela não possui rodas. Era útil, entretanto, quando possuíam tapetes.
— Quem tinha tapetes?
— Os seres humanos que moravam aqui. Aqueles que tiraram os ornamentos da lareira. Foi quando eu caí da cornija. — Ele voltou para o lava-olhos. — Se você puder pegar de um lado, eu seguro do outro...
Arrietty podia e pegou, mas seu pensamento se inquietava com o que acabara de ouvir: a cornija tinha sido tirada? Todo um estilo de vida destruído? Quando isso aconteceu, e por quê? Onde estavam os pais do Peregrino? E seus amigos, e talvez outras crianças... Ela ficou calada até assentarem o lava-olhos na carreta. Então perguntou casualmente:

— Quantos anos você tinha quando caiu da cornija da lareira?
— Eu era bastante pequeno... cinco ou seis. Quebrei minha perna.
— Alguém desceu para resgatar você?
— Não — ele disse. — Não acho que alguém tenha notado.
— Não perceberam que uma criancinha havia caído da cornija?
— Eles estavam empacotando as coisas. Havia uma espécie de pânico. Era noite e eles sabiam que teriam de sair antes da luz do dia. Talvez tenham sentido a minha falta depois...
— Você quer dizer que eles partiram sem você?
— Bem, eu não conseguia andar, sabe...
— Mas o que você fez?
— Alguns outros Borrowers cuidaram de mim. Borrowers do chão. Eles estavam partindo também, mas ficaram comigo até a minha perna melhorar. E, quando partiram, deixaram a casa para mim, sabe, e um pouco de comida e tal. Eles me deixaram bastante coisa. Eu consegui me virar.
— Mas e a sua perna machucada?
— Ah, eu consigo escalar bem. Mas não sou tão bom para correr, então não vou muito lá fora: coisas podem acontecer por lá e, nesses momentos, é necessário correr. Mas ficou tudo bem, e eu tinha os livros...
— Você quer dizer os livros da biblioteca? Mas como você subia nas prateleiras?
— Ah, é fácil: todas essas prateleiras são reguláveis. Há entalhes nas colunas. É como subir em uma escada bastante íngreme. Você simplesmente escolhe o livro que quer e o deixa cair. Mas não é possível colocar nada de volta. A minha casa está repleta de livros.

Arrietty ficou calada, pensando em tudo. Depois de um momento, disse:

— Como eles eram, esses seres humanos? Esses que acabaram com a cornija?
— Horríveis. Sempre trazendo coisas para baixo e levando coisas para cima. Nunca era possível saber onde você estava de um dia para o outro. Era um pesadelo. Eles bloquearam a antiga lareira e colocaram uma pequena grelha no lugar.
— Sim, eu vi — disse Arrietty. Até ela havia achado que isso estragava a aparência da sala, com seu piso esmaltado pintado com tulipas retorcidas — Pareciam cobras, aquelas tulipas.

— *Art nouveau* — Peregrino lhe contou, mas ela não sabia o que isso significava. — Eles diziam que a antiga lareira tinha ar encanado, e de fato tinha bastante. Se alguém ficasse dentro dela, poderia olhar para cima e ver o céu. E às vezes a chuva entrava, mas não com frequência. Antigamente, eles queimavam enormes toras ali; toras tão compridas quanto árvores, os adultos costumavam nos contar...

— Que outros tipos de coisas eles faziam? Quero dizer, esses seres humanos...

— Antes de partir, eles instalaram o telefone. E o aquecimento central. E a luz elétrica. Eram muito consumistas: tudo tinha que ser "moderno". — Ele riu. — Até instalaram um gerador na igreja.

— O que é um gerador?

— Um negócio que produz luz elétrica. Todas as luzes da igreja podem ser acesas de uma só vez. Não é como acender lanternas de gás uma por uma. Mas mesmo assim...

— Mesmo assim o quê?

— Eles foram embora também. Disseram que o lugar era assustador. Nesta casa, você nunca sabe o que vai encontrar em termos de seres humanos. Mas há apenas uma coisa de que se pode ter certeza.

— Do quê? — perguntou Arrietty.

— Eles podem *vir*, mas sempre *vão embora*!

— Por que isso acontece? Não consigo entender...

— É por causa dos fantasmas. Por alguma estúpida razão, os seres humanos não conseguem suportá-los.

Arrietty engoliu seco. Ela estendeu o braço para se firmar na borda da caixa de tâmaras.

— Existem... existem muitos fantasmas? — A voz dela vacilou.

— Só três, que eu saiba — Peregrino respondeu espontaneamente. — E um deles você não consegue ver: só as pegadas dele. E pegadas nunca machucaram ninguém.

— E os outros?

— Ah, você mesma saberá com o tempo. — Ele sorriu para ela e pegou a corda presa à carreta. — Bem, é melhor eu ir andando... Esses Bragas estarão acordados lá pelas sete.

Arrietty agarrou mais forte a borda da carreta, como para detê-lo.

— A gente pode falar com fantasmas? — ela perguntou apressada.

— Bem, sim. Mas eu duvido que respondam.

– Eu gostaria que você não fosse embora – disse Arrietty, quando retirou a mão da carreta. – Gostaria que você conhecesse meu pai e minha mãe: há tanta coisa que você poderia contar para eles!
– Onde eles estão agora?
– Estão dormindo naquele fogão. Estávamos todos muito cansados.
– Dentro do fogão? – Ele pareceu surpreso.
– Eles têm roupas de cama e tudo o mais.
– Melhor deixar que durmam – ele disse. – Eu volto mais tarde.
– Quando?
– Quando os Bragas saírem. – Ele pensou por um momento. – Lá pelas duas, digamos. Ela desce até a igreja e ele fica lá na horta a essa hora.
– Seria maravilhoso! – Ela ficou em pé olhando enquanto ele puxava a carreta na direção das portas duplas e além da biblioteca. O som estridente de fadas foi ficando cada vez mais longe até ela não poder mais ouvi-lo.

•• CAPÍTULO DEZ ••

– Arrietty!
Foi um sussurro rouco. Arrietty acordou de seu sonho e se virou rapidamente na direção do fogão. Sim, é claro, era a sua mãe: Homily ficou parada olhando para fora do fogão, o cabelo despenteado e o rosto cansado e preocupado. Arrietty correu até ela.
– Ah, mãe, o que foi?
Homily inclinou-se um pouco mais para a frente, ainda falando com o mesmo sussurro tenso.
– Você estava falando com alguém! – Seus olhos amedrontados moveram-se rapidamente pela estufa, como se, conforme pensou Arrietty, um monstro pudesse aparecer.
– Sim, mãe, eu sei.
– Mas, Arrietty, você prometeu... – Homily parecia tremer.
– Ah, mãe, não era um ser mundano! Eu estava conversando com um *Borrower*!
– Um Borrower! – Homily ainda tremia. – Que tipo de Borrower?
– Um Cornija, para ser exata.
– Um Cornija! – A voz de Homily agora se tornara aguda de incredulidade. – Mas como... não entendo... um Cornija! – Seus olhos observaram ao redor novamente. – Além disso – ela prosseguiu, a voz ficando mais firme –, eu nunca ouvi, durante a minha vida toda, nada sobre um Cornija importando-se em conversar com um dos nossos.
Arrietty lembrava-se muito bem da antipatia de Homily pelos Cornijas. "Uns metidos a besta!", ela os havia chamado, que só viviam pelo prazer e não cuidavam de suas crianças. Pod havia chamado a atenção para o fato de que, de alguma forma, eles sempre conseguiam educar suas crianças. "Apenas para se mostrar!", Homily havia retrucado.
– Esse é bem jovem. Apenas um menino, mãe...
– Não me diga mais nada! – disse Homily. – Vou falar com o seu pai...
Quando ela desapareceu pela fenda, Arrietty ouviu seu resmungo: "Os Hendrearies lá embaixo, na igreja, e agora, como se não bastasse, um Cornija!".

Arrietty, mais uma vez, inclinou-se pensativa sobre a alvenaria, roendo a unha de um polegar. O que aconteceria agora?, pensou. Podia ouvir as vozes: um bom tanto de exclamações de Homily, umas poucas palavras baixas de Pod. Ele saiu primeiro, penteando o cabelo desalinhado com o pequeno pente para sobrancelhas prateado que tinham pegado emprestado no gabinete no Solar.

– O que houve? – perguntou suavemente. – Você encontrou outro Borrower? – Ele desceu (meio desajeitado) até o piso.

– Sim – respondeu Arrietty.

– Como ele é?

– Bastante jovem. Bem, no início, achei que não fosse muito mais velho que eu. O nome dele é Peregrino.

Pod ficou em silêncio. Pensativo, colocou o pente de volta no bolso, quando Homily apareceu. Arrietty reparou que ela também havia ajeitado o cabelo. Homily veio para o lado do marido e ambos ficaram quietos, olhando para Arrietty.

– Sua mãe me disse que ele é um Cornija – Pod disse, por fim.

– Bem, ele *era*.

– Uma vez Cornija, sempre Cornija. Bem – ele continuou –, não há nada de errado nisso: eles são de todos os tipos!

– Não é bem assim... – começou Homily, agitada. – Você se lembra daqueles na sala do café no Solar? Eles...

Pod ergueu uma mão silenciosa para fazê-la parar de falar.

– Ele mora sozinho? – perguntou a Arrietty.

– Sim, acho que sim... Sim, tenho certeza disso. Sabe, é assim... – E ela lhe contou, talvez um pouco animada demais, sobre o acidente de Peregrino, sua vida antes disso, todos os problemas e perigos e fome e solidão que ela havia imaginado que ele tinha passado (não que ele próprio tivesse jamais contado isso a ela). – Deve ter sido horrível demais – ela concluiu sem fôlego.

Homily ouvia em silêncio: não sabia bem o que pensar. Sentir pena de um Cornija: essa seria uma evolução que necessitaria de tempo.

– Você não sabe onde ele mora? – Pod perguntou.

– Não – disse Arrietty. – Ele acabou de se mudar.

– Ah, bem – disse Pod –, ele já está crescido agora; não é da nossa conta. Temos coisas mais importantes com que nos preocupar. Spiller e eu estávamos conversando tarde da noite ontem: temos decisões a tomar, e temos que fazer isso rápido. – Ele pegou um pedaço de ladrilho e se sentou nele. – E aquele café da manhã, Homily? Podemos conversar enquanto comemos...

Quando estavam todos sentados e tinham aberto a folha da azeda, Pod disse:

– É o seguinte: com esse tempo e a lua cheia, poderíamos descarregar o barco esta noite.

– Oh, Pod... – gemeu Homily novamente. – Não vamos atravessar aquele gramado de novo! Não tão cedo! – Ela estava segurando um pedaço amolecido de presunto que, durante a longa noite, tinha se tornado bastante esbranquiçado.

– Quem falou alguma coisa sobre atravessar gramados? – Pod retrucou. – Escute bem e em silêncio, Homily, e vou contar a você a ideia do Spiller. – Ele partiu um pedacinho do pão seco e colocou uma fatia de presunto sobre ele. – Sabe aquela lagoa? Bem, poderia ser chamada de lago... – Elas esperaram ansiosamente até que ele terminasse de mastigar. Finalmente ele engoliu. – Aquele lago, como vocês devem ter percebido, vem direto para a escada. Se não perceberam, foi porque nos mantivemos longe dele, seguindo através daqueles arbustos, até chegarmos à escarpa, lembram?

Homily fez que sim. Arrietty, com os olhos fixos no pai, estendeu a mão para pegar uma uva. Ela tinha começado a se animar, e estava mais com sede do que com fome.

– Agora – continuou Pod –, o Spiller, com a vara de seu barco, e com a ajuda do remo...

– Que remo? – perguntou Homily.

– A faca de manteiga – sussurrou Arrietty.

– ... pode virar o barco na direção do riacho e levá-lo ao lago principal, atravessando-o e chegando até a escada. Uma vez no lago, a viagem é suave como a seda, sem correnteza, já que está fora do curso do riacho...

– Então por que ele não fez isso ontem – reclamou Homily –, em vez de toda aquela caminhada?

– Porque era dia claro – Pod respondeu pacientemente. – Que tipo de proteção, pergunto a você, seria possível no meio do lago? Não, Homily; levar os nossos pertences de barco é coisa para ser feita à noite. Embora eu não descartasse um pouco de luar...

– Aquele lago não dá direto na escada, Pod – Homily disse após um momento.

– Chega perto o bastante para descarregarmos e levarmos as coisas para cima, na escarpa.

– Vamos levar a noite toda – reclamou Homily –, se tudo o que tivermos para nos ajudar for a saboneteira do Spiller.

– As primeiras coisas que precisarei descarregar do barco são as minhas ferramentas e o rolo de barbante.

– E as minhas panelas? Digamos que a gente queira beber alguma coisa... Agora, com o nosso café da manhã. Há aquela torneira pingando no canto, mas não temos nada para pôr embaixo dela.

– Você deve usar as mãos em concha, por enquanto – disse Pod com a mesma voz paciente.

Eles não estavam brigando, Arrietty percebeu; era uma "discussão" da qual, mais tarde, até ela ousaria participar.

– Há uma quantidade terrível de coisas, Pod – Homily lembrou –: mesas, cadeiras, camas...

Pod lembraria a ela seus repetidos avisos sobre não levar muita coisa?, Arrietty pensou. Não, ela percebeu: ele estava gentil demais (e de que adiantaria agora?).

– Essa mudança – ele disse – deve ser feita em duas operações: tudo para cima da escarpa, até o cascalho, e, depois, peça por peça, traremos tudo até aqui.

Houve um curto silêncio. Então Arrietty engoliu nervosa.

– Papai... – começou.

– Sim, Arrietty?

– Onde vamos colocar todas essas coisas quando chegarmos aqui?

Homily olhou ao redor, para a estufa ampla e vazia. Então olhou de volta para Pod.

– A menina tem razão, Pod. *Onde* nós vamos colocar tudo? Considerando que temos que colocar cada lajota onde estava, de modo que nada pareça fora do lugar...

Pod ficou em silêncio por um momento. Então, disse com ar sério:

– Você está certa. Temos um pequeno problema.

Ficaram todos em silêncio. Após um momento, Homily disse:

– Parece que precisamos achar algum tipo de lugar antes. – Ela olhou na direção da biblioteca.

– Não há nenhum lugar ali – disse Pod, virando a cabeça para seguir o olhar dela –, exceto as prateleiras, e elas ficam muito à vista, como você diria. – Ele se virou e uniu as mãos sobre os joelhos

dobrados. Então olhou pensativo para elas ali embaixo. – Sim, agora que estou pensando nisso, é mais do que um pequeno problema.
– Você já esteve no salão, Pod. O que achou dos outros cômodos que dão para o corredor?
– Eles os mantêm trancados – disse Pod.
– Onde dá o final do corredor?
– Na antiga cozinha – respondeu Pod.
– Como ela é?
– Vazia – revelou Pod. – Eles não a utilizam. A não ser o fogão no canto. Eles o acendem para aquecer a água. E Ela ferve as coisas ali, segundo o Spiller informou. Eles têm a sua própria pequena cozinha mais adiante. Bem, não é exatamente uma cozinha; é um pequeno local com uma pia também pequena e um fogão a gás. O fogão a gás é muito pequeno; nele só cabe um utensílio, de acordo com o Spiller, e dá para ferver uma chaleira. Eles conseguem a água quente para a pia no fogão da outra cozinha. Como eu disse, Ela ferve as coisas ali e mantém o local aquecido.
– Pode ser útil para nós – Homily comentou pensativa.
– Pode ser – disse Pod.
– Aquela antiga cozinha... Não haveria um espaço para nós ali? Para morar, digamos?
– Poderia ser – disse Pod –, mas, se tivéssemos escolha, seria melhor não optar por um cômodo onde os seres mundanos estão sempre entrando e saindo, trazendo carvão, carregando pratos... Ela cozinha muito para outras pessoas – acrescentou. – Leva isso a sério, como um ofício.

Mais uma vez houve silêncio: todos ficaram pensando muito.

– Há algum armário na antiga cozinha? – Homily perguntou depois de um tempo.

– Muitos – disse Pod. – E no nível do chão, embaixo do aparador.

– E se nós armazenássemos as coisas em um deles – sugeriu Homily –, por enquanto, digamos, até acharmos um local permanente?

Pod refletiu a respeito dessa ideia.

– Não – concluiu após um instante. – Não daria certo. Quem garante que ninguém vá abrir a porta daquele armário? E essas coisas, embora estejam seguras neste momento no barco do Spiller, são tudo o que temos no mundo, Homily. Ademais – ele prosseguiu (bastante satisfeito com a palavra) –, há tanta coisa... Mais do que necessitamos... – Pod suspirou. – Mas vamos deixar isso de lado agora. Na minha visão, é contra a lei da... – Ele fez uma pausa.

– Probabilidade – sugeriu Arrietty.

– Essa é a palavra: é contra a lei da probabilidade transportar todas aquelas coisas por aquele longo corredor, atravessar a antiga cozinha e enfiar tudo em um armário vazio sem fazer nenhum som... e lembro a você, Homily, que a cozinha fica exatamente sob o local onde eles dormem, esses Pragas!

– Acho que você está certo – disse Homily, após um momento.

– Sei que estou – disse Pod. – Você pode imaginar: esta casa fica silenciosa como uma tumba à noite. Um deles, Ele ou Ela, acordaria, pensando se tratar de ratos ou algo do gênero, e lá estaríamos nós: pegos em flagrante!

Homily ficou em silêncio durante um tempo, e então disse:

– Sim, eu... entendo o que quer dizer... – A voz dela soou muito fraca.

– E não apenas nós – Pod prosseguiu –, mas todos os nossos pertences!

Um tipo de roubo ao contrário, Arrietty pensou consigo mesma, mas se sentiu arrependida por ter sido a responsável por apontar todas essas dificuldades. Entretanto, eram de fato dificuldades, e muito sérias.

– Então, o que vamos fazer? – Homily perguntou por fim, após um longo e infeliz silêncio.

Pod se levantou.

– É óbvio – disse. Ele deu alguns passos impacientes sobre os ladrilhos, e então retornou e se sentou de novo. – Continuar como estamos por enquanto – anunciou firme.

– O quê? Viver naquele fogão? – questionou Homily. Mas Arrietty sentiu uma onda de alívio: ela tinha achado que ele poderia dizer que deveriam partir mais uma vez. De repente, percebeu que amava essa casa, o jardim, a sensação de liberdade, e sentiu que, de alguma forma, por algum meio ainda a ser descoberto, encontrariam a felicidade ali.

– Nossas coisas estão seguras o suficiente onde estão – Pod continuou –, no barco do Spiller sob aquela escarpa. E podem permanecer ali até encontrarmos algum canto para nós...

– Mas não parece haver um – disse Homily. – Não aqui no andar térreo. E eu não posso ficar subindo em plantas na minha idade. – Ela estava pensando nos cômodos do andar de cima.

– Você me dá alguns dias? – pediu Pod.

Uma vez que Homily arrumou a cama deles, não parecia haver muito mais a fazer. Pod saiu para fazer outra sondagem na biblioteca, mas retornou tão frustrado quanto ao partir. Eles esperavam por Spiller, que estava prestes a aparecer de algum lugar, mas o tempo se arrastava bem lentamente. Em determinado momento, o telefone tocou. Tocou por três vezes, e todos eles correram para baixo do fogão ao som de passos apressados no corredor. Eles ouviram a sra. Braga dizer: "Alô?". Então houve uma pausa, e ela disse: "Sim. Sim". Houve outra pausa, e eles a ouviram dizer: "Sim, claro!", com sua voz alegre e ressonante. Houve um clique, e os passos se apressaram para longe novamente.

– Fico imaginando sobre o que seria – disse Homily, conforme eles saíam de debaixo do fogão. Ela esfregava a roupa para eliminar a sujeira. – Pod – prosseguiu –, temos que fazer alguma coisa a respeito dessas cinzas...

– Vou arrumar alguns ramos de buxo para você poder varrer para o lado, por exemplo.

– E como vamos tomar banho? Eu gostaria de saber... Gota a gota, embaixo da torneira?

– Será apenas por alguns dias – disse Pod.

– Como vamos saber?

– Ora, Homily, você está sendo o seu eu antigo: já passamos por situações muito piores do que esta, lembre-se disso.

– Eu só estava perguntando... – Homily disse conforme Pod se virava na direção da porta do jardim. Arrietty se levantou de repente e antecipou-se a ele. Ela deteve o pai segurando o braço dele.

– Ah, papai, posso ir também? Não precisaria ser um buxo: eu vi uma cabeça de cardo; uma cabeça de cardo dá uma ótima vassoura. Por favor, papai!

Ele a deixou ir junto, um tanto contrariado, mas lembrando-se de sua promessa de que muito em breve ensinaria Arrietty a pegar emprestado. Mesmo assim, observou-a ansiosamente através do vidro opaco conforme ela se movia com agilidade entre as ervas e a grama. Logo ela estava de volta com duas cabeças de cardo dessecadas, ambas um pouco úmidas por causa do orvalho, mas, como ela tinha dito a Homily, eles varreriam muito melhor graças a isso.

– Nós temos alguma migalha? – perguntou à mãe. – Há uma espécie de sabiá naquele arbusto...

– Várias – respondeu Homily, e entregou-lhe na mão a folha de azeda amassada.
– Ora, Homily – alertou Pod. Mas Homily disse:
– Ah, deixe que ela vá, Pod. Está um dia lindo, e podemos observá-la daqui...
Entretanto, quando Arrietty cruzou o caminho, infelizmente o sabiá voou. Mas ela espalhou as migalhas assim mesmo e jogou fora a folha amassada. Ela prosseguiu até a cerca desalinhada de buxo no lado distante do caminho e olhou para os ramos no alto. Parecia ser muito escuro lá em cima, cercado pelas moitas grossas de folhas do lado de fora da sebe. Era um tipo de escuridão oca, mas cruzada com uma miríade de galhos e ramos resistentes. Era uma subida fácil e escondida. Arrietty mal hesitou: era difícil resistir a esse tipo de subida... Era maravilhosa: não tinha espinhos nem partes que arranhassem; apenas, aqui e ali, cachos suaves de casca, finos como papel. Ela subia e subia: essa subida era uma brincadeira de criança, ela pensou, e, o mais importante: completamente segura e oculta. Talvez as folhas do lado de fora pudessem farfalhar um pouco, mas que importava isso? Era normal que arbustos farfalhassem um pouco: os pássaros podiam provocar isso, ou até mesmo uma lufada de vento. Mas não havia nenhum vento hoje, e, à medida que ela conseguia chegar mais alto, o entorno ficava mais iluminado, até que, por fim, em um dos galhos mais altos, ela se viu sob a luz do sol.

Ah, a vista! Lá estava o estábulo, com seu teto volumoso e, além dele, o jardim murado: a horta, como Pod havia chamado. Os muros eram altos demais para enxergar muita coisa ali dentro, mas ela conseguia ver o portão de ferro, com suas barras verticais: era largo o suficiente para um carrinho de mão passar. Parecia estar trancado com um cadeado.

Do outro lado, tão próxima que chegou a surpreendê-la, estava a grossa torre da igreja, com seu parapeito pequeno e baixo, e, logo abaixo dele, o mostrador do relógio. Ao redor da igreja, sombreado aqui e ali por árvores e arbustos, o cemitério se estendia sonhando sob a luz do sol. Parecia muito sereno com sua mistura de diferentes lápides. Algumas sepulturas pareciam minuciosamente bem cuidadas; outras, velhas e esquecidas. Mas não ficavam enfileiradas. Se alguém lhe perguntasse sobre a disposição do cemitério, ela o descreveria como "uma bagunça", mas, de alguma forma, isso o tornava belo.

Ela levou tempo para explorá-lo, ler os nomes nas lápides e aprender alguma coisa sobre aqueles que, ao chegar sua hora, haviam sido deitados gentilmente para descansar. Ela não havia percebido bem quão próxima a igreja estava da residência paroquial: apenas a um passo para um ser humano, e não muito mais para um Borrower.

Observando a igreja, ela se pegou comparando-a com a cópia em miniatura feita pelo sr. Pott na maquete do vilarejo. Olhando para ela agora (conforme se balançava sonhadora em um pequeno assento que havia encontrado entre dois galhos de árvore recurvados para cima), percebeu que, com aquele esmero amoroso, o sr. Pott havia copiado a original, quase – parecia-lhe agora – pedra por pedra. Seria verdade que seus primos, os Hendrearies, estavam morando ali? O Spiller havia dito que sim, mas seu pai não os avistara. Talvez porque ainda não tivesse entrado na igreja? Ela nunca tinha gostado da tia Lupy, com sua aparência corpulenta e importante, e sua voz pesada e ressonante. Tampouco havia se importado, de modo particular, com o tio Hendreary, com sua barba em tufos e o olhar astuto. Nunca conseguira conhecer muito bem os primos mais velhos durante aqueles meses desconfortáveis em que ela e seus pais tinham estado na casa deles: estavam sempre fora pegando coisas emprestadas e raramente conversavam durante as refeições. E Eggletina sempre tinha parecido estranha e introvertida ("Nunca mais foi a mesma, pobrezinha", a tia Lupy dizia, "desde aquela aventura com o gato..."). Mas tinha gostado de Timmus, o filho mais novo.

O pequeno Timmus, com suas bochechas rosadas e os grandes olhos redondos e curiosos. Gostado? Não, essa não era a palavra: ela tinha amado Timmus! Durante aquelas noites de inverno longas e entediantes na casa da tia Lupy, ela o deixava feliz ao lhe contar histórias (muitas das quais eram as mesmas que ela tinha lido em voz alta para o Menino no Solar). "Você parece uma mãezinha", a tia Lupy costumava dizer, com sua risada condescendente. Mas a tia Lupy, afinal, tinha sido gentil o suficiente para deixá-los entrar – quando estavam sem um lar e, como Homily dizia, "desantarados". Depois da primeira reunião arrebatadora entre a tia Lupy e sua mãe, porém, a gentileza logo foi perdendo força. Quando o perigo ameaçou a todos, eles se sentiram indesejados. Talvez, Arrietty pensou agora, isso fosse compreensível. Muitas bocas para alimentar; esse tinha sido o problema...

Bem...

Sim, talvez ela tivesse sido uma "mãezinha" para Timmus; talvez tivesse tornado a jovem vida aborrecida dele um pouco menos entediante? Enrolados juntos nos pés de sua cama desconfortável, ela o carregara a outros mundos, e para estranhas aventuras inventadas. Mas ela havia viajado também. O cômodo frio e escuro não mais os continha: eles haviam voado para mundos imaginários e misteriosos reinos desconhecidos. Sim, isso era o que ela estava percebendo agora: se talvez tenha ajudado Timmus, Timmus – com seus modos agradecidos e amorosos – certamente a ajudou também.

E como ela havia pensado raramente nele desde então. Aprisionados no sótão dos Platters, tinham estado muito ocupados planejando sua fuga. E agora havia essa jornada, a tarefa de empacotar as coisas, a chegada empolgante à residência paroquial, o encontro naquela manhã com Peregrino. Durante todo esse tempo, nunca havia lhe ocorrido, nem uma única vez, como Timmus devia ter sentido sua falta, na sua solitária e calada vida. Com quantos anos estaria agora? Ela tentou recordar, mas tudo em que conseguia pensar era que precisava ver Timmus novamente. Ela olhou para trás mais uma vez, na direção da horta. Ela ficaria (Pod havia lhe dito) repleta de coisas boas no verão: eles nunca mais sentiriam falta de frutas ou de verduras. Nem de ervas para as refeições preparadas por Homily. Não apenas as selvagens, vindas das cercas vivas (como tinha sido o caso antes, tão frequentemente), mas de espécies mais raras e em maior variedade. Onde, porém, a pobre Homily cozinharia? Onde, afinal, fariam seu lar permanente?

Um repentino zumbido vindo da torre da igreja anunciou que o relógio estava prestes a bater. Arrietty virou-se depressa, balançando suavemente em seu leve ramo. O relógio bateu duas vezes. Duas horas! Não podia ser! Para onde a manhã tinha ido? Os pais dela deviam estar loucos de preocupação. E Spiller já devia ter chegado a essa hora para lhes trazer o almoço. E, o que era pior: ela tinha se esquecido de contar aos pais que Peregrino poderia aparecer.

Ela desceu correndo, apressada e sem cuidado, escorregando, tropeçando, perdendo o apoio para os pés. Por que tinha achado que não havia nada que arranhasse nesse arbusto? Parecia haver dezenas de coisas arranhando agora.

Uma vez no chão, ela se lançou como um raio pelo caminho, apressada demais para perceber que não um, mas dois sabiás se banqueteavam com as migalhas. Eles voaram quando ela se aproximou por entre os arbustos. Ela mal se preocupou em evitar as urtigas, e quase foi ferida por diversas vezes (e um espinho de urtiga era muito grande para um Borrower) antes de alcançar o buraco embaixo da porta; precipitando-se por ele com suas botas molhadas pelo orvalho, parou escorregando e olhou ao redor, admirada, para o grupo que estava sentado em silêncio.

•• CAPÍTULO ONZE ••

A entrada dela não causou o alvoroço que tinha imaginado. Apenas Homily disse: "Não precisa entrar como um trovão", mas a voz dela parecia desanimada, como se ela tivesse outros assuntos em mente. Arrietty teve a impressão de que, quando entrou, todos estavam sentados calados. Não, Spiller não estava exatamente sentado: ele estava se espreguiçando encostado na parede, à toa, passando um pouco de cera de abelha no fio de seu arco.

Ela puxou um pedaço de piso e sentou-se olhando para eles, de costas para o jardim. Uma pequena bandeja de comida estava apoiada, intocada, no chão no meio deles: por que ninguém havia comido? A bandeja, ela percebeu, era um cinzeiro bastante gasto de metal. Ninguém conversava nem parecia notar sua aparência desgrenhada. O que estaria acontecendo?, ela se perguntava. A que decisão tinham chegado?

Finalmente, Pod disse:

– Bem, é como eu vejo as coisas... – E deu um grande suspiro.

– Presumo que você esteja certo – disse Homily, sombriamente.

– Não vejo o que mais possamos fazer. Não podemos continuar segurando o barco do Spiller parado para sempre... Ele logo precisará dele. É o seu modo de vida, como se diz, pegando emprestado para os outros. – Homily não respondeu, e Spiller, tendo levantado os olhos por um momento, olhou para baixo novamente, na direção de seu arco. – E deve haver uma boa lua brilhante esta noite... – Pod acrescentou, como para introduzir uma observação mais alegre. – E praticamente não precisamos empacotar nada.

Então era isso: eles pretendiam partir! Essa casa adorável e querida não tinha sido considerada adequada. Embora no início tivesse se mostrado tão promissora, por alguma razão, agora não serviria. Arrietty sentiu as lágrimas ardendo em seus olhos e abaixou a cabeça para ocultá-las.

– Nós poderíamos tentar a igreja, é claro – disse Pod. – Os Hendrearies parecem ter-se dado bem lá...

Homily ergueu a cabeça, os olhos soltando faíscas.

– Nada – ela rebateu –, absolutamente *nada*, Pod, me convenceria a ficar com Lupy novamente! Nem cavalos selvagens com asas de fogo, dobrados de joelhos! Lembre-se da última vez em que estivemos com eles!
– Bem, eu não quis dizer ficar diretamente com eles – disse Pod.
– Aquela igreja é um lugar grande, Homily.
Os olhos de Homily ainda estavam zangados.
– Nem mesmo sob o mesmo telhado! – ela disse firmemente. – Não importa quão grande...
Pod reconhecia quando estava vencido. Uma vez mais, fez-se silêncio. Homily se sentara novamente agora, com a cabeça baixa; parecia muito deprimida e cansada. Arrietty quis saber por que todas essas decisões teriam de ser tomadas tão rapidamente. As palavras desalentadas da mãe a seguir pareceram ecoar seus pensamentos:
– Por que nós simplesmente não dormimos esta noite, Pod? – ela sugeriu exausta.
– Porque o tempo pode mudar – disse Pod.
Arrietty esfregou os olhos e ergueu a cabeça novamente, mas, de repente, começou a sorrir. Ela estava olhando para a porta dupla que dava para a biblioteca: era o Peregrino! Ele ficou parado ali, hesitando, um pouco tímido. Parecia pronto a desaparecer novamente.
– Peregrino! – ela exclamou e pulou em pé.
Pod e Homily viraram-se bruscamente: até Spiller endireitou o corpo contra a parede.
– Papai, este é o Peregrino! Nós nos conhecemos esta manhã. Peregrino, estes são o meu pai e a minha mãe. E o nosso amigo Spiller... Peregrino, entre, por favor...
– Sim – disse Pod, levantando-se vagarosamente. – Entre e sente-se. Arrietty, arranje um pedaço de piso para ele...
Peregrino fez uma saudação e, enquanto caminhava mancando timidamente, seu rosto sempre pálido pareceu levemente ruborizado.
– Como vai? – ele perguntou quando Arrietty lhe ajeitou um piso. Ele se sentou meio inseguro e bem na ponta. Houve um breve silêncio de surpresa, e então Pod disse:
– Está um lindo dia, não acha?
Homily apenas ficou olhando.
– Sim – disse Peregrino.
– Não que eu já tenha estado lá fora – Pod continuou.

– Eu estive! – Arrietty interrompeu, querendo conversar. – Eu subi naquele arbusto lá fora. Foi maravilhoso. Dá para ver a quilômetros de distância...
Peregrino sorriu.
– Então você encontrou o meu observatório? – ele perguntou.
– Seu observatório? – repetiu Pod. Ele pareceu interessado.
– Sim – disse Peregrino, virando-se educadamente para ele. – Verá que é muito útil. Quase indispensável, na verdade. Eu não sou muito de caminhar, mas, felizmente, consigo escalar.
Homily ainda parecia surpresa. Então, aí estava um Cornija! Totalmente diferente daqueles a respeito dos quais já ouvira falar, exceto, talvez, pela voz, que ela achou um tanto afetada.
– Você mora há muito tempo aqui? – Pod perguntou gentilmente.
– Por toda a minha vida – disse Peregrino.
– Então você conhece tudo dentro e fora?
– Você pode considerar assim – disse Peregrino, sorrindo –, mas, no meu caso, é mais "dentro" do que "fora". Não sou do tipo que gosta de ficar ao ar livre... a não ser por necessidade.
– E é uma boa casa – Pod disse. – Estamos tristes por ter que deixá-la.
Peregrino pareceu surpreso.
– Mas esta jovem aqui... a sua filha... Bem, eu presumi por ela que vocês tivessem acabado de chegar.
– É verdade – disse Pod. – Mas estão ocorrendo dificuldades... – Ele suspirou.
– Sinto muito – disse Peregrino, parecendo ainda confuso. Ele era educado demais para perguntar quais seriam essas dificuldades.
– Bem, é o seguinte... – Pod começou e hesitou, mas, olhando novamente para o rosto de garoto simples, ele se encorajou e continuou: – É apenas isto: parece não haver lugar neste andar térreo, nem mesmo um lugar, que pudesse parecer seguro para uma família de Borrowers viver. Nada em que pudéssemos nos instalar. Nada para podermos começar uma nova vida. Gostei da casa, sem dúvida, mas precisamos enfrentar os fatos. Por mais duros que pareçam. E *será* duro para nós...
Peregrino inclinou-se para a frente em seu assento.
– Eu... eu poderia dar uma sugestão... – ele disse, depois de um momento.

– Eu ficaria feliz se você pudesse – disse Pod. Mas não havia muita esperança na voz dele.
– Eu não sei o que vocês pensariam disto... Não é muito... e receio que meio inconveniente... mas a minha casa antiga está desocupada agora. E vocês seriam muito bem-vindos a ela. No momento, pelo menos... Quero dizer, até conseguirem encontrar um lugar melhor.
– O rubor dele aumentou e ele parecia um tanto encabulado. Entretanto, tinha o rosto entusiasmado e sorridente.
– Isso é muita gentileza sua – disse Pod, cauteloso em se comprometer. – Muito gentil, na verdade. Mas, sabe, a minha esposa e eu logo teremos um pouco mais de idade, e, em qualquer casa que nos instalássemos, teria que ser no nível térreo.
– Mas a minha casa *é* no nível térreo.
– Não posso imaginar onde.
Peregrino indicou com a cabeça a porta dupla.
– Lá dentro...
– Na biblioteca? Impossível! – exclamou Pod.
Peregrino sorriu.
– Posso mostrar a você, se quiser. Não é longe. – Ele se levantou.
– Se não for muito trabalho... – disse Pod. Ele ainda parecia desacreditar, tendo examinado, por várias vezes, cada fresta e cada fissura na biblioteca.
– Trabalho algum – disse Peregrino. – É melhor eu mostrar o caminho... – ele acrescentou e saiu mancando.
Arrietty percebeu que Spiller havia lançado o arco nos ombros e caminhava até a porta do jardim. Ela deu alguns passos na direção dele.
– Você vem também, Spiller?
Ele se virou ao chegar à porta e fez que não com a cabeça. Depois, desapareceu pelo buraco.
Sentindo-se ligeiramente desapontada, Arrietty seguiu os outros para a biblioteca; estavam agrupados, ela observou, em frente àquela lareira estranhamente moderna. "Por que Spiller não quis vir?", ela se perguntava. Era por timidez? Ele não confiava muito no Peregrino? Ou será que, por ser um Borrower selvagem, simplesmente não estava interessado em nenhum tipo de casa interna?
Quando Arrietty se aproximou deles, notou onde Peregrino estava em pé: uma larga mancha escura na madeira mais clara das tábuas do piso. Peregrino olhou para baixo.

— Sim — disse. — Costumavam colocar um tapete sobre isto. Explicarei depois... — Ele se dirigiu a Pod. — O que precisam se lembrar — ele disse — é de que é o terceiro ladrilho a partir do fundo. — Atravessando o piso da lareira, ele deu no ladrilho em questão um leve pontapé. Nada aconteceu, então ele chutou outra vez, um pouquinho mais forte. Dessa vez, o topo do ladrilho deslizou um pouco para a frente, afastando-se da base bem acima dele. Peregrino, abrindo os braços, colocou os dedos na ponta saliente e, com certo esforço, conseguiu puxá-lo adiante. Pod apressou-se, ansioso para evitar que o ladrilho caísse, mas Peregrino disse:

— Está tudo bem; ele não cairá. Estes ladrilhos se encaixam perfeitamente. — Ele deu mais um puxão e, com um som de raspar, o ladrilho se soltou, com Pod segurando-o pela frente e Peregrino pela lateral. Eles pararam por um momento para respirar. Então Peregrino disse: — Agora, só temos que empurrá-lo um pouco... — Fizeram isso e o encostaram delicadamente contra o ladrilho ao lado. Um buraco vazio foi revelado, muito escuro e com ar de proibido.

— Entendi — disse Pod. — Muito inteligente. Ele passou a mão pela beirada do ladrilho. — Você raspou o cimento?

— Sim. Ao menos, os Rodapés fizeram isso. Não havia muito cimento...

— Não, não devia haver — disse Pod. — Não com ladrilhos que se encaixam como estes.

— Quem eram os Rodapés? — perguntou Arrietty.

— Os Borrowers que me acolheram. Devo ir na frente? — ele perguntou a Pod, que estava espiando no buraco. — É um pouco escuro na entrada...

— Obrigado — disse Pod. — Venha comigo, Homily. — E ele estendeu uma mão para conduzi-la. Arrietty ficou atrás.

Eles todos se dirigiram em conjunto para dentro do buraco cavernoso. Arrietty notou que ele tinha sido entalhado à mão e que era quase um túnel curto. Eles se encontraram em um imenso espaço pouco iluminado, com correnteza de vento e frio em relação à estufa aquecida pelo sol. Olhando para o alto, para descobrir a fonte de luz, ela viu um pedaço de céu azul. Eles estavam em algum lugar dentro da antiga cornija.

— Deve haver alguns tocos finais de vela por aí — Peregrino disse.
— Eu geralmente deixava um aqui com alguns fósforos. Para dizer a

verdade – ele prosseguiu, atrapalhando-se um pouco na semiescuridão –, eu mesmo não uso muito esta estrada.
– Existe outra? – Pod perguntou.
– Sim, mas essa não é tão fácil. Ah! – ele exclamou com voz satisfeita; havia encontrado uma vela e estava acendendo a luz.
Que lugar estranho era aquele! Uma espécie de catedral, as paredes enegrecidas pela fuligem subindo cada vez mais, tendo o céu como uma abóbada bem distante. O chão rachado estava sujo com alguns gravetos e talos e, em um canto, havia uma pilha alta mas arrumada de cinzas ao lado da qual, para a surpresa de Arrietty, ela reconheceu o lava-olhos. Mas Peregrino agora estava direcionando a luz para a parede mais distante, então, ela acompanhou obrigatoriamente o clarão.
– Isto é o que eu realmente queria mostrar para vocês. – Peregrino disse, segurando alto a vela. E Arrietty viu, com cada um dos lados apoiado em duas pilhas de pedras, os dentes de um garfo de jardinagem estreito sem o cabo: era o tipo de garfo de jardim que uma dama jardineira poderia usar; alguém como a srta. Menzies, por exemplo. E agora, quando começou a pensar nisso, lembrou que a srta. Menzies *possuía* tal garfo, embora o dela tivesse cabo, e ela o conservava bem limpo. Este, sobre a trêmula luz de vela, parecia bastante gasto e escurecido. – Vocês podem cozinhar sobre estes dentes – Peregrino revelou. – Eles o acharam na estufa – acrescentou –, e serve como um tipo de grelha.
Homily, ouvindo isso, aventurou-se um pouco mais para perto: a expressão no rosto dela era de extremo desgosto: essa não era a sua ideia de um fogão, nem a imensa e poeirenta caverna era a sua ideia de cozinha.
– E quanto à fumaça? – ela cochichou para Pod.
– Não haveria fumaça – Pod respondeu. – Ao menos nenhuma que alguém pudesse notar, com esta enorme parte inferior e a chaminé tão alta. Seria tão pouca que as paredes ao redor poderiam até absorvê-la. Pense no tamanho da chama que nós podemos acender em comparação com as que cabem aqui.
– Que nós *podemos* acender? – repetiu Homily. O sussurrar dela foi amargo: Pod estava realmente pensando que ela consentiria em morar nesse lugar tão horrível? – Que raios de panelas costumavam usar para cozinhar? – Essa foi apenas a segunda vez que Homily se dirigiu diretamente para Peregrino.

– Tampas de latas, principalmente. – Ele indicou com a cabeça uma parede bastante escondida pela sombra. – Há algumas prateleiras ali adiante. – Ele se afastou da grelha, segurando a vela. – Bem, então, eu lhes mostrarei o resto... tal como está. Cuidado com a madeira – ele os alertou, chutando alguns galhos para a lateral. – As gralhas as derrubam aqui embaixo: toda primavera elas tentam fazer o ninho no canto da chaminé, mas toda primavera fracassam... – Ele os conduzia para o buraco de entrada. – Desde que essas gralhas continuem fazendo ninhos, vocês nunca sentirão falta de lenha. E elas continuarão...

Pod parou por um momento para olhar a pilha bamboleante.

– Isso poderia ser resolvido se fossem empilhadas – ele disse.

Peregrino também parou e olhou para a bagunça.

– Eu não me incomodava – ele disse. – Sabe, não sei cozinhar... ao menos não muito. Eu só usava essa grelha para aquecer a água. Para o meu banho – acrescentou. – Ou para uma xícara de chá ocasional.

Sim, pensou Arrietty, olhando para Peregrino à luz da vela; isso era o que chamara a atenção dela no primeiro encontro: que ele parecia muito limpo. Como ela própria sentia falta de um banho! Talvez isso pudesse ser conseguido mais tarde.

Peregrino havia parado ao lado do buraco que dava na biblioteca. Ele se virou para Arrietty.

– Poderia segurar a vela por um momento?

Ela a pegou e tentou segurá-la no alto enquanto o observava se abaixando na pedra rachada do chão. Alguma coisa achatada estava lá: alguma coisa que, quando eles entraram em uma escuridão quase total, achou que fosse uma espécie de capacho. Agora ela viu que era a capa de trás de um livro encadernado em couro. Ele o colocou de lado e havia outro buraco que conduzia mais abaixo. Arrietty afastou-se dele com um pequeno suspiro de desânimo. O resto da casa de Peregrino ficava em algum lugar embaixo do assoalho? Se fosse assim, ultrapassaria o suportável. Ela pensou naqueles tenros anos no Solar, nas passagens empoeiradas, os cômodos mal iluminados, os longos dias monótonos, a sensação de aprisionamento mesclado com medo. Ela havia crescido acostumada àquilo, isso ela entendia agora, mas apenas porque não havia conhecido nenhuma outra vida. Mas, agora que provara a liberdade, a alegria de correr, a diversão de escalar, a visão de pássaros, borboletas, flores... da luz do sol, da chuva e do orvalho... Não, não isso novamente, não embaixo do assoalho!

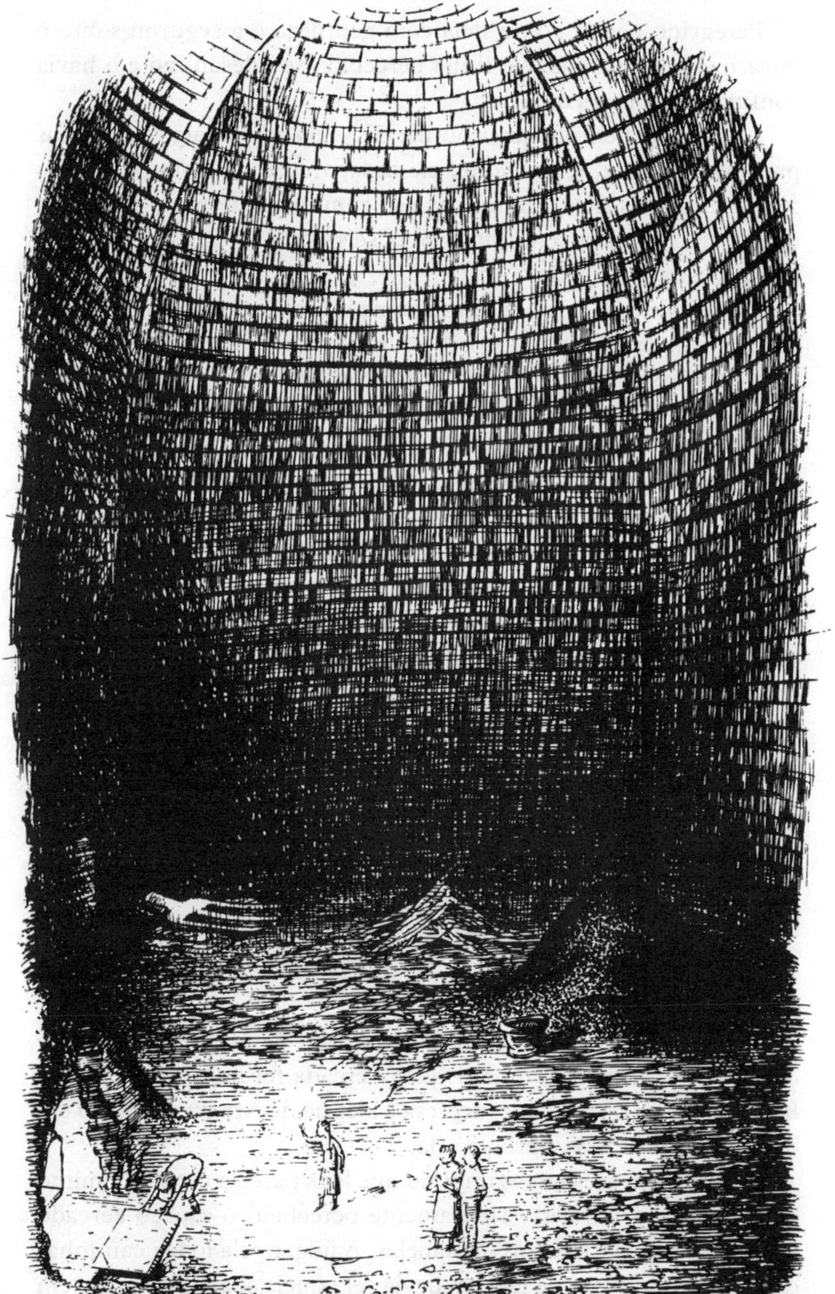

Peregrino pegou a vela dela com gentileza e a segurou sobre o buraco. Ela sentiu que ele tinha percebido seu desânimo e o havia confundido com medo.

— Está tudo bem — assegurou-lhe ele. — Há apenas alguns degraus para descer... — e, lentamente, ele desapareceu da vista. Pod foi a seguir e, depois dele, Homily, quase com tanto desgosto quanto o que Arrietty estava sentindo. Havia seis degraus feitos de pedra e cuidadosamente fixados.

Era justamente o que ela temia: uma longa passagem escura entre as vigas que apoiavam o assoalho acima; devia ser o piso da biblioteca. Era bastante reta e parecia não ter fim. Era tão empoeirada quanto as passagens no Solar, e cheirava a excrementos de ratos. Na retaguarda da procissão, ela sentiu lágrimas escorrendo em seu rosto. Nenhum lenço no bolso para confortá-la: ela o havia deixado dentro do fogão. Sua única aliada, percebia, seria a sua mãe, e isso não por causa da escuridão, mas por causa da horrível cozinha. Pod parecia despreocupado.

Finalmente, Peregrino parou num segundo lance de degraus, que parecia conduzir para cima. Ele segurou a luz firmemente até todos se aproximarem e, depois, prosseguiu.

— Estes degraus são bem-feitos — observou Pod. — Não consigo imaginar como estas pedras se mantêm juntas.

— Rodapé os fez — Peregrino gritou de cima. — Ele sempre foi um melhor pedreiro do que carpinteiro. Usava um tipo de coisa colante — ele continuou, enquanto a cabeça de Pod surgia no seu nível —, alguma coisa que misturava com resina de abetos.

— Resina... — ecoou Pod, como se para si próprio. Em todas as reformas que havia feito no Solar, ele nunca havia pensado em resina! E ali havia abetos em abundância...

Peregrino passou a vela para Pod e parecia estar com as mãos ocupadas. De repente, uma pequena escada foi iluminada por um facho de luz de cima. Para surpresa e alegria de Arrietty, o facho era da luz do dia! Pod assoprou a vela.

Um por um, eles emergiram no que lhes parecia uma sala muito comprida. Era (Arrietty subitamente percebeu) o espaço cercado abaixo de um dos assentos das janelas. A julgar pela longa caminhada deles sob os pisos de tábuas, devia ser aquele abaixo da janela em frente à lareira. O espaço era ainda mais comprido do que parecera

no início, porque uma das pontas estava repleta de livros que se elevavam até quase ao teto. Fora isso, estava vazio. E limpo, sem nenhuma mancha. Uma luz quadriculada se espalhava no chão, vinda do que parecia ser uma grade conduzindo para a parede exterior. Era uma grade muito semelhante àquela de que ela se lembrava no Solar: aquela que costumava chamar de *sua* grade e através da qual ficava olhando durante horas para o proibido mundo exterior. Seu ânimo se renovou: talvez... oh talvez, tudo fosse acabar bem...
Pod estava reparando no teto de madeira acima.
— Daria para fazer mais um pavimento aqui — ele disse. — Tem bastante altura...
— Sim, Rodapé pensou nisso — Peregrino lhe contou. — Mas concluiu, no fim, que precisaria de muito material. E ele não conseguiu pensar num jeito de trazer o material para aqui dentro.
— Podemos pensar em alguma coisa — disse Pod.
O humor de Arrietty melhorou ainda mais. Ela poderia concluir, pela voz do pai e pelo jeito como ele olhava ao redor, que ele já estava fazendo planos. Ele tinha agora entrado no vão que circundava a grade. Cortinas pesadas, agora afastadas, pendiam de cada lado. No inverno, Arrietty percebeu, elas cortariam as correntes de ar.
— Estou deixando as cortinas — disse Peregrino ao se aproximar de Pod. — Não preciso delas para onde estou indo.
Para *onde* ele estaria indo?, Arrietty queria saber.
— Não estou olhando para as cortinas — disse Pod. Ele olhava para cima, para o teto baixo do vão. Algum tipo de roldana estava pendurado lá, de cujo cilindro central descia pendurado um pedaço de barbante.
— Ah, isso! — disse Peregrino. Ele não soou muito entusiasmado. Arrietty aproximou-se para enxergar melhor. Aos pés de Pod, ela viu um antigo peso de ferro, com um cabo no topo para levantar; o barbante estava preso a ele. A outra ponta do cordão passava pelo centro da roldana e estava presa ao topo da grade. Para que serviria esse equipamento?
— Ele funciona — disse Peregrino um tanto melancólico. — Não sei onde ele encontrou a roldana.
— Eu sei — Pod disse sorrindo. — Ele encontrou essa roldana em um velho relógio de pêndulos.
— Como você sabe disso? — perguntou Peregrino.

— Porque — Pod revelou, ainda com um largo sorriso —, no Solar dos Abetos, a nossa casa ficava sob um relógio. Não há um único mecanismo em um relógio de pêndulo que eu não conheça de trás para a frente: quantas vezes o estudei inteiro lá de baixo! O nosso nome é Relógio, a propósito...
— Ah, sim — disse Peregrino, lembrando-se de repente.
— A corda da roldana, no nosso relógio, era de metal, e não de barbante; ficava presa em um de dois pesos. Meio que puxava o peso para cima e para baixo. — Ele ficou em silêncio por um instante. — Onde está o resto do relógio agora?
— Escondido em algum lugar por aí — disse Peregrino. — Mais provavelmente na velha despensa. Há uma pilha de trastes velhos lá. Mas o relógio nunca funcionou.
— Não poderia — disse Pod. — Não sem essa roldana. — Ele pareceu ficar imerso nos pensamentos. Depois de um instante, disse: — Presumo que essa grade não seja fixa.
— Era fixa antes — disse Peregrino —, mas o Rodapé a soltou. Agora, ela simplesmente fica presa com seu próprio peso.
— Então você pode abri-la e fechá-la? Quero dizer, com a ajuda dessa roldana?
— Sim — disse Peregrino. — É preciso empurrar o topo para abri-la, depois segurar o cordão e soltá-lo gradualmente. Ela se abre completamente para um velho tijolo do lado exterior.
— Muito inteligente — disse Pod. — Bem esperto, o seu amigo, por ter tirado o cimento. Entretanto — Pod continuou, espiando para baixo pela grade —, não tenho certeza quanto a esse grande tijolo lá fora...
— O tijolo é necessário — explicou Peregrino — para apoiar a parte da ventilação. Do contrário, poderia não conseguir levantá-la novamente. Ela é bastante pesada: ferro fundido, como se pode notar.
— Sim, vi isso — disse Pod. — É só que fomos criados pensando que um Borrower nunca deveria usar, ao construir a sua casa, digamos, nada que um ser mundano pudesse mudar de lugar.
— Ninguém jamais o tirou dali — disse Peregrino. — Ao menos, não durante a minha vida. É meio que um velho tijolo coberto de musgos: quase não se nota no meio do mato e de outras coisas...
— Mesmo assim... — disse Pod.
— E eu nunca a abri completamente — Peregrino continuou. — Eu apenas a abro um pouco para poder deslizar pela lateral. Exceto, é

claro, durante estes últimos dias, quando tive que retirar as minhas coisas.

– Sim, deve ter sido um grande trabalho – disse Pod.

– Ah, papai – Arrietty interrompeu –, ele tem uma pequena carreta! Bastante grande, na verdade; é a metade de uma caixa de tâmaras. Com rodas – acrescentou, entusiasmada. – Quatro rodas!

– Uma carreta, hein? – disse Pod olhando para Peregrino com crescente respeito. – Com rodas?

– Eu não a construí – Peregrino apressou-se em lhe explicar. – Ela pertencia aos Rodapés. Não sou muito bom com as mãos. – Ele deu uma olhada no peso e na roldana. – Eu detesto essa geringonça. Em parte, é por causa disso que estou me mudando.

Pod olhou de volta para a grade.

– Bem, vamos tentar. O que você diz, Homily?

– Nada de mal em tentar – ela disse timidamente. Embora tivesse se mantido tão calada, ela estava observando de perto. Arrietty não conseguia entender muito a expressão dela. Era uma mistura estranha de ansiedade, esperança e medo. As mãos de Homily estavam agarradas tão juntas contra o peito que os nós dos dedos pareciam brancos.

Pod foi fechar a grade e, levantando o braço sobre a cabeça, bateu no topo dela com um dos lados de seu punho fechado. Ela começou a escorregar para a frente e, como o peso no chão começasse a se levantar, Pod saltou de lado rapidamente para escapar da repentina subida. Um pouco rápida demais, Arrietty pensou, quando o peso de chão colidiu contra a roldana. A grade de ventilação ficou completamente aberta, apoiada sobre o tijolo. Poderia andar sobre ela, Arrietty percebeu, em direção ao mundo ensolarado lá fora.

– Bem, é isso... – disse Pod, esfregando o lado de sua mão: a batida que dera no ferro tinha sido um pouco severa. – Existe algum modo de fazer este negócio funcionar mais devagar?

– Bem – disse Peregrino –, você pode manter uma mão para conduzir o cordão e puxá-lo para o lado, se é que me entende. Depende de quão longe quer deixar o negócio se soltar. Se quiser pará-la numa determinada altura, você pode dar umas duas voltas em torno disso...

– Ele levantou a mão e tocou em uma peça de metal na parede. – Um tipo de trave, não é como se chama?

– Entendi o que você disse – comentou Pod. – Eu não tinha percebido isso.

– Veio a calhar – Peregrino lhe disse. – Especialmente para alguém como eu. Quase nunca abro essa grade completamente...
– Como você a fecha? – perguntou Pod.
– É só puxar o peso – disse Peregrino.
– Entendi – disse Pod. Ele parecia bastante impressionado. – O que você acha disso, Homily?
– Muito bom – disse Homily incerta. – Mas...
– Mas o quê? – Pod perguntou.
– Digamos que você puxe o peso para baixo até o chão: o que o impediria de subir novamente?
– No momento em que esse peso está no chão – explicou Pod –, a grade está de volta na posição; não há mais força no barbante.

Ele virou de costas para o peitoril do vão agora vazio, com uma mão em cada lado, e, velozmente, lançou-se sentado. E fez isso, Arrietty notou, por conta do seu velho jeito atlético. Ela observou-o com orgulho, quando, balançando as duas pernas na direção da grade, ele rapidamente se colocou de pé. Para seus olhos amorosos, ele parecia, repentinamente, ter encontrado a juventude mais uma vez. Imediatamente, ela se virou para falar com a mãe, mas foi silenciada pelo que viu. Homily também estava admirando Pod. Ela parecia estar sorrindo, mas seus lábios tremiam, e os olhos estavam suspeitamente brilhantes. Entendendo o olhar de Arrietty, ela abriu os braços e Arrietty voou para eles. Elas se abraçaram. Estavam rindo ou chorando? Era difícil dizer.

•• CAPÍTULO DOZE ••

No final, todos eles subiram até a grade. O sol, a essa altura, tinha se movido levemente em curva para o oeste, mas seus raios ainda eram lançados neste lado sul da casa. Através de uma franja fina de ervas, Arrietty podia ver o caminho adiante, pelo qual haviam passado (tinha sido apenas ontem?) carregando a saboneteira de Spiller. "Onde Spiller estaria agora?", ela ficou pensando. "Por que ele havia desaparecido? Ele teria gostado deste lugar. Ou talvez já o conhecesse?"

Pod, com as pernas afastadas, olhava para baixo na direção da grade.

– Sabe, Peregrino – ele disse –, este negócio não está apoiado no tijolo coisa nenhuma: está preso em sua posição firme por aquele peso contra a roldana. Ainda assim – prosseguiu –, aquele tijolo é uma certa proteção: digamos, por exemplo, que o barbante se rompa, ou algo assim...

– Deus me livre... – resmungou Homily.

– Está tudo bem, Homily; tenho bastante barbante nas nossas coisas. Linha de pesca – explicou a Peregrino –, boa e resistente. Mais forte do que esta, eu não teria dúvida. – Uma outra ideia pareceu surpreendê-lo. – Que tipo de peixe você tem naquela lagoa?

Peregrino hesitou: ele não era um pescador.

– Dizem que dois tipos de carpa. O Rodapé uma vez pegou uma truta. O vairão...

– O vairão será suficiente para nós – disse Pod. – Não há nada mais saboroso do que um vairão recém-capturado, do modo como Homily o cozinha.

Homily, pensando naquela caverna escura e exposta a correntes de ar atrás da lareira, disse:

– Mas temos a despensa agora, Pod. Parece ter tudo de que possamos necessitar. E a maioria das coisas já está cozida...

– Ora, Homily – disse Pod –, vamos deixar isto claro de uma vez por todas: não quero que você fique dependente demais daquela despensa. Um pouco daqui, um pouco dali, tudo bem. Era assim que fazíamos no Solar. Mas você se lembra de quando moramos na bota? Tivemos que usar nossa... – ele hesitou. – Nossa...

– Imaginação? – sugeriu Arrietty.
– Isso mesmo. Temos que usar nossa imaginação, e voltar aos antigos hábitos, o máximo possível. E se esses Pragas se mudarem de repente? E se a sra. Praga ficar doente? E se eu for pego de surpresa em uma daquelas prateleiras? Ou a Arrietty aqui, uma vez que tenha aprendido a pegar emprestado? É um trabalho duro, minha menina, e perigoso. Os Borrowers apenas pegam emprestadas as coisas sem as quais não podem viver. Não por diversão. Não por ganância. Tampouco por preguiça. Pegar emprestado, para os Borrowers, e você sabe bem disso, Homily, é o seu único meio de... – novamente ele hesitou, buscando a palavra adequada.

– Subsistência? – Arrietty murmurou como tentativa.

– Sobrevivência – Pod disse com firmeza. Ele olhou ao redor, para eles, como se estivesse feliz por ter encontrado a palavra sozinho.

Por um curto período de tempo, houve silêncio: havia muito tempo não ouviam Pod fazer um discurso tão longo. E ele parecia ter mais a dizer.

– Agora, não me levem a mal – prosseguiu –: daquele jardim murado, a horta, podemos pegar emprestado à vontade. Se formos comparados, por exemplo, com os pombos, com os ratos-do-campo, com as lesmas, com os caracóis, com as centopeias... Quero dizer, uma única vagem forneceria para nós uma refeição inteira, e quem aí nos negaria isso? Não o Praga; isso é certo. Nem a sra. Praga. E haveria o Spiller, com seu arco, mantendo afastados os ratos-do-campo. Há algumas criaturas que devem ser afastadas em uma horta...

– Quem nos negaria um pedaço de queijo, uma ou duas pitadas de chá, uma gota de leite? – questionou Homily. – Ou um pouco de carne de um pernil antes de jogarem o osso fora? Ou...

– Não digo que nunca pegaremos nada emprestado da despensa, Homily; tudo o que estou dizendo é que precisamos ter cuidado.

– Eu *tenho* que depender da despensa para tudo – Peregrino disse meio carrancudo. – É por isso que estou me mudando.

Todos se viraram para olhar para ele, e ele sorriu um tanto languidamente.

– Sabem – Peregrino explicou –, para conseguir chegar até a despensa, tenho que abrir uma fenda nesta grade, deslizar de lado, contornar o canto da estufa, seguindo aquele mesmo caminho até a janela da despensa, e, então, voltar pela mesma rota. É o modo mais seguro para alguém que não pode ir muito rápido. Sempre há aquele espaço na sebe como cobertura, mas às vezes é muito inconveniente, especialmente no inverno, porque a neve pode cair.

– Entendo o seu ponto de vista – disse Pod. – Você quer ficar mais próximo à despensa?

– Sim – disse Peregrino. – Não que eu coma tanto, mas é por causa de toda aquela caminhada. Acho isso uma perda de tempo. É claro – prosseguiu – que poderia ir um pouco mais rápido por baixo, pelo corredor, e atravessando a antiga cozinha. Mas eu tenho que ir devagar, e não há muita cobertura. Antes havia uma grande mesa antiga no meio daquela cozinha, mas ela foi retirada...

– Sim – disse Pod. – Há uma boa extensão de chão descoberto a ser percorrida. Entendo o seu ponto de vista – repetiu ele. Houve um breve silêncio, e então Pod disse: – Essa sua nova casa... – e hesitou. Arrietty imaginou que o pai queria muito saber onde seria a nova casa de Peregrino, assim como ela própria, mas suas boas maneiras o impediam de realmente perguntar. – Quero dizer... Essa sua nova casa... Acha que será mais confortável?

– Muito mais confortável – respondeu Peregrino. De repente, o rosto dele se iluminou. – Você gostaria de vê-la?

– Oh, eu gostaria! – gritou Arrietty, correndo na direção dele pela grade aberta.
– É uma boa caminhada – Peregrino disse a Pod.

Pod parecia ainda hesitar por causa de algum código de boas maneiras; talvez não quisesse parecer muito intrometido.
– Um outro dia – disse. – Eu gostaria de examinar um pouco mais esta região. – Ele olhou para a abertura na parede e novamente para baixo, na direção da grade. – Quero entender o que prende essa coisa...
– *Eu* posso ir, papai? – Arrietty pediu ansiosa. As pernas dela já estavam completamente ao lado da grade. Pod olhou para ela.
– Não vejo por que não – disse, após um momento. – Contanto que você seja rápida – acrescentou.
– Iremos o mais rápido possível – ela prometeu, e deslizou da grade para a grama lá fora. – Venha, Peregrino! – Por um momento, acabou se esquecendo do fato de que Peregrino mancava.
– Ah, Peregrino... – chamou Pod, quando ele se preparava para sair pela beirada da grade. – Só tem uma coisa...
– O quê? – perguntou ele, fazendo uma pausa.

Pod moveu a cabeça em direção ao vasto buraco em forma de janela na alvenaria.
– Todos aqueles livros... Você os leu?
– Sim – respondeu Peregrino.
– Gostaria de lê-los novamente?
– Na verdade, não. Eles estão atrapalhando o caminho? – continuou o jovem. – Eu só os deixei aí porque eram grandes demais para caber na minha casa nova.
– Não – disse Pod. – Não estão atrapalhando. Nem um pouco – acrescentou com uma voz satisfeita.
– Se estiverem, agora que a grade está aberta, podemos despachá--los para a grama lá fora e levá-los embora depois que escurecer. Eu tenho vários menores...
– E onde esconderíamos esses? – perguntou Pod. – Deixe-os aí. Posso descobrir um bom uso para eles...
– Certo – disse Peregrino, e saiu escorregando da grade para a grama lá fora.

•• CAPÍTULO TREZE ••

Arrietty não falou enquanto, ao acompanhar os passos de Peregrino, eles passavam pelo lado ocidental da estufa. O sentimento de alívio e felicidade parecia quase demais para guardar dentro de si: então eles iam mesmo ficar – tudo isso tinha acontecido de verdade! Uma vida nova e uma liberdade com a qual ela nunca ousara sonhar; e estava apenas começando: já *havia* começado!

Após contornar o canto, Peregrino disse: "Com licença", e se curvou com cuidado para apalpar as azedas e as urtigas secas. Ele pegou um pedaço sujo de vidro quebrado.

– Estou colecionando – explicou. Ele então segurou o braço dela e a guiou pelo caminho até a proteção do abrigo na sebe. – É mais seguro andar neste lado mais distante – disse.

No caminho, Arrietty ficou olhando com interesse a parede de uma parte da residência coberta de hera que ainda não tinha visto. A hera tinha folhas pequenas e multicoloridas, e se prendia firmemente ao tijolo vermelho-escuro; seus caules lenhosos espalhavam-se como serpentes em todas as direções sobre a antiga superfície. Como seria fácil, ela notou, escalar esses tentáculos em forma de raiz! Será que a casa de Peregrino estaria localizada em um andar acima? Não; ele havia dito que ela ficava perto da despensa. Então ela reparou em uma construção em forma de gaiola alguns passos à frente, que parecia firmemente fixada nos velhos tijolos vermelhos. Ao chegar diante dela, Peregrino fez uma parada. Ela consistia em várias colunas de metal e barras cruzadas, trançadas com tela de arame partida e enferrujada. Dentro, parecia haver diversas arvorezinhas mortas, das quais alguns galhos tinham apodrecido. Em um canto havia um pote de água musguento, cheio até a borda e transbordando. Ela vinha de um cano que corria do teto. Que lugar seria aquele? Algum tipo de gaiola para frutas?

– É o antigo aviário – disse Peregrino.

– Ah – disse Arrietty incerta: ela não tinha muita certeza do que era um "aviário".

– Eles colocam pássaros dentro – explicou Peregrino. – Todos os tipos de pássaros. Os raros. Eu gostaria de ter visto isso tudo antigamente...

Eles ficaram olhando para aquilo por um pouco mais de tempo.
Arrietty percebeu que a hera havia se espalhado como um carpete sobre o piso inteiro do aviário, a não ser bem no centro, onde uma vasilha de pedra redonda permanecia entre folhas multicoloridas.

– A banheira de pássaro – Peregrino lhe contou. – Não é tão funda quanto parece; está erguida sobre uma base. Venha, vou lhe mostrar a janela da despensa.

Poucos passos adiante, Arrietty viu uma janela trancada com barras inserida profundamente na parede coberta de heras. Era uma janela engradada e, de onde ela estava, tentando espiar entre as barras, parecia-lhe que um dos lados ficava levemente entreaberto.

– Está aberta – ela disse a Peregrino.

– Sim, eles sempre a deixam assim, para manter a despensa arejada. Não dá para ver direito daqui, mas eles têm um pedaço de tela de arame, do aviário, imagino, pregado nas bordas. Contra os gatos, na época em que costumavam ter gatos. Eu desprendi o canto de baixo: meio que dá para levantar a tela. Ninguém nunca percebeu, nem se incomodou em relação a isso, já que não há mais gatos por aqui agora.

– Fico feliz em ouvir isso – disse Arrietty. – Achavam que minha prima Eggletina havia sido comida por um gato. Mas ficamos sabendo que ela escapou no final. Só que ela nunca mais foi a mesma, depois disso...

– Dá para entender... – disse Peregrino.

– Gatos e corujas – Arrietty prosseguiu. – Acho que são as duas coisas das quais os Borrowers mais têm medo. Tanto quanto os seres mundanos devem ter de fantasmas.

– Não diga "seres mundanos" – disse Peregrino.

– Por que não? – retrucou Arrietty. – Nós sempre chamávamos assim quando vivíamos embaixo do chão no Solar.

– É bobo – Peregrino comentou. – E não está correto. – Ele ficou olhando para ela pensativo. – Não quero ser rude, mas vocês devem ter aprendido diversas expressões estranhas por viver, como você disse, embaixo da cozinha.

– Acho que sim – Arrietty disse quase humildemente. Ocorreu-lhe que havia muito a ser aprendido com Peregrino, visto que ele havia se aprofundado no conhecimento adquirido nos livros. Além de ter a vantagem de ser um Cornija. – Ainda assim – ela continuou firme –, acredito que qualquer expressão que seja boa o suficiente para o meu pai e para a minha mãe será boa para mim também. – Ela olhava friamente para ele. – Você não concorda?

Peregrino corou. Então deu seu gentil sorriso meio de lado.

– Sim – disse. – Concordo. E concordo com mais uma coisa...

– Ãh?

– Com uma coisa que você não comentou: que eu sou um esnobe metido!

Arrietty riu.

– Ah, você é apenas um Cornija... – ela disse alegremente. Então colocou a mão no braço dele. – Não vai me mostrar a despensa?

– Vou mostrar a minha casa primeiro. – Ele a guiou de volta pela lateral do caminho até pararem mais uma vez em frente ao aviário. – É aí que vou morar.

Arrietty ficou olhando com uma expressão confusa para as colunas de metal e as tiras partidas de malha enferrujada.

– Olhe um pouco para cima – Peregrino disse. Arrietty ergueu os olhos e então viu: uma fileira de caixas para ninhos desbotadas pelo sol estava fixada na parede coberta pela hera. Algumas estavam ocultas por folhas acumuladas; outras, completamente expostas. Na frente de cada uma, havia um pequeno buraco redondo, do tamanho de um buraco para Borrower. – As tampas levantam – Peregrino contou-lhe. – Dá para colocar todo tipo de coisa dentro por cima...

Arrietty estava sem fôlego de admiração.

– Que maravilha! – murmurou por fim. – Que ideia maravilhosa!

– De fato – Peregrino admitiu modestamente. – E tem mais: elas são feitas de teca, uma madeira que dura para sempre...

– Para sempre? – repetiu Arrietty.

– Bem, é um modo de dizer... Faça chuva ou faça sol, não estraga como outros tipos de madeira. Os humanos que construíram este aviário tinham dinheiro sobrando.

– Os párocos são ricos, então? – perguntou Arrietty, ainda observando admirada as caixas para ninhos.

– Não hoje em dia – disse Peregrino. – Mas, pelo que ouvi dizer e li, alguns deles costumavam ser. Tinham cavalos, carruagens, criados... Os sortudos! Nos velhos tempos, o dinheiro mandava mais.

Arrietty sabia a respeito de criados: a sra. Driver havia sido uma. Mas ela não sabia muito a respeito de dinheiro.

– O que *é* dinheiro? – resolveu perguntar. – Nunca consegui entender direito...

– E nunca conseguirá – Peregrino lhe respondeu, rindo.

Depois de um tempo, ainda olhando confusa para as caixas, Arrietty perguntou:

– Em qual delas você vai morar?

– Bem, a primeira será a minha sala de estar; a seguinte será o meu quarto no verão; na que vem depois vou deixar os meus livros e todos os meus pedaços de papel; na outra vou deixar o meu kit de pintura; e a última, a que fica perto da janela da despensa, vou transformar em minha sala de jantar.

Essa era uma ascensão social com a qual Arrietty nunca sonhara: grandeza após grandeza – e tudo isso para um Borrower que vivia sozinho!

– Imagino que você tenha muitos móveis – ela disse após um minuto.

– Muito poucos – Peregrino lhe contou. – Cômodos agradáveis não precisam de muita coisa.

– O que você pinta com o seu kit de pintura? – ela perguntou então.

– Quadros – respondeu Peregrino.

– No que você chama de pedaços de papel?

– Às vezes. Mas há um rolo de tela de boa qualidade na prateleira de cima da biblioteca. O papel é muito duro de conseguir. Eu tento guardá-lo para escrever.

– Cartas? – perguntou Arrietty.

– Poemas – respondeu Peregrino, e corou. – A maioria dos livros que leio é de poesias. – Ele continuou, como se quisesse se desculpar: – Aqueles pequenos, lá em cima – fez um sinal com a cabeça na direção do aviário –, os que eu trouxe.

– Você deixaria um dia eu ler um pouco das poesias que escreve? – Arrietty perguntou timidamente.

O rubor de Peregrino aumentou.

– Não são muito boas – disse brevemente, e se virou como se estivesse apressado. – Venha comigo; agora vou mostrar a você a despensa.

Ele olhou rapidamente da direita para a esquerda para se certificar de que a barra estava limpa e, levando-a pela manga, puxou-a ao longo do caminho, movendo-se o mais rápido que podia. Ele a arrastou de maneira um tanto brusca por uma das muitas aberturas na rede de arame até (ao menos era o que parecia a eles) uma floresta de folhas de heras que ficava na altura da cabeça deles.

– Com licença um minuto – ele disse; e, empurrando de lado uma ou duas folhagens de heras verdes e brancas, colocou no chão seu pedaço de vidro em uma pilha quase oculta de outros pedaços sujos.

– Para que você vai usar isso? – Arrietty perguntou conforme ele voltou a se aproximar dela.

– Vou lavar tudo na banheira de pássaro e colocá-los nos buracos das caixas para ninhos.

– Para proteger das correntes de vento?

– Não, para afastar as carriças[9] e os chapins azuis e sabe-se lá mais o quê. Ratos-do-campo, por exemplo...

– Por que você me apressou tanto no caminho? Você disse que todos os seres mundanos estavam fora...

– Não podemos arriscar. Ao menos não ao ar livre: pode haver um visitante, ou um mensageiro, ou provavelmente um carteiro... Vamos, temos que escalar a hera. Siga-me...

Arrietty descobriu que escalar a hera era quase tão divertido quanto escalar o arbusto do observatório. Peregrino se dirigia à última caixa de ninho – a que serviria como sala de jantar. Eles subiram ao lado dela e, ambos um pouco sem fôlego, descansaram na tampa levemente inclinada. Arrietty olhou para baixo.

– Daqui você tem uma boa visão caso alguém venha pelo caminho.

– Eu sei – disse Peregrino. Ele deslizou de cima da caixa de ninho para um ramo de hera. – Venha comigo. Temos que ir de lado agora. É bem fácil...

Não demorou nada para alcançar o peitoril da janela da despensa. Como o Peregrino era esperto, pensou Arrietty, por ter planejado isso tudo! E como ele parecia orgulhoso quando ergueu o canto do arame enferrujado, segurando-o para que ela passasse por baixo! Ele entrou ao lado dela e ficaram juntos no peitoril mais estreito que ficava do lado de dentro.

– Bem, é isso aí... – ele disse.

Era um cômodo longo e estreito. De um lado havia prateleiras largas acinzentadas; ao longo do outro lado, uma fileira de caixas de

---

9. Pássaro que tem o hábito de adentrar em fendas e buracos. (N. T.)

madeira, com tampas inclinadas, assim como as tampas das caixas de ninho do lado de fora. Na verdade, Arrietty pensou, elas *pareciam* caixas de ninho gigantes, a não ser pelo fato de estarem todas unidas. Peregrino seguiu a direção dos olhos dela.

– Sim, era ali que, nos velhos tempos, eles guardavam os cereais: arroz, feijão seco, milho para as aves domésticas, farinha, esse tipo de coisa. E torrões de sal-gema. Todos os suprimentos que precisam ser mantidos secos. Sabe, aquela parede fica contra o fogão da antiga cozinha no cômodo ao lado. É bem quente nessas caixas. Elas costumavam ficar trancadas, mas todas as trancas estão quebradas agora, a não ser esta última bem abaixo de nós. Aquela, eles não conseguem *des*trancar... Não que isso importe; essas caixas nunca são usadas agora. Não é como nos velhos tempos: os humanos não armazenam mais as coisas em quantidade. Eles só compram o que querem quando querem.

– Com dinheiro, imagino? – Arrietty disse pensativa.

Peregrino riu.

– Sim, com dinheiro.

– Eu ainda não consigo entender o dinheiro – Arrietty disse com uma voz confusa. Então ela virou os olhos para as largas prateleiras acinzentadas.

As de cima pareciam estar estocadas principalmente com frutas enlatadas, geleias, picles, ketchups e potes para pudins de todos os tamanhos, amarrados na borda com tecidos; essas prateleiras de cima eram mais estreitas que as prateleiras principais abaixo delas, nas quais muitos objetos irreconhecíveis estavam posicionados. Irreconhecíveis de onde ela estava, porque muitos deles estavam cobertos por guardanapos de pano limpos e brancos, e outros, por uma tela de arame. Réstias de cebolas pendiam de ganchos no teto, e também maços de louro e de tomilho. Entre a prateleira principal e o piso pavimentado de pedra, o espaço estava preenchido por um objeto em forma de colmeia de abelhas que Peregrino explicou mais tarde se tratar de uma prateleira de vinhos. Não para os melhores vinhos (aqueles eram mantidos na adega), mas os artesanais, que os cozinheiros costumavam preparar de acordo com a estação: flor de sabugueiro, dente-de-leão, pastinaca, groselha, e assim por diante. Não havia sobrado nenhum agora. A porta no fundo da sala foi mantida entreaberta por um peso exatamente como o que estava preso à roldana de Peregrino, a não ser pelo fato de que este era ainda maior. Que balanças gigantes eles deviam ter usado naqueles "velhos tempos"!

Peregrino, um pouco além dela, continuou seu caminho ao longo do peitoril e desceu até a prateleira acinzentada, que estava quase nivelada com ele.

– Está vendo como é fácil? – ele comentou, estendendo uma mão para encorajá-la a segui-lo.

Era mesmo fácil, Arrietty concordou, e bastante divertido também!

– Agora – Peregrino prosseguiu –, vamos ver o que a sra. W. deixou embaixo daquelas coberturas...

Eles levantaram a primeira tela (para a surpresa de Arrietty, era bem leve) e espiaram sob ela: duas perdizes, depenadas e preparadas para serem servidas à mesa. Eles baixaram a cobertura rapidamente: nenhum dos dois gostou do cheiro. Em seguida, ergueram a ponta de um guardanapo branco: uma torta crocante, brilhante e dourada.

– Não adianta nada para nós – disse Peregrino –, a não ser que a tivéssemos cortado em pedaços antes.

Mesmo assim, Arrietty partiu um pedacinho da massa; era leve como uma pena. E o sabor era delicioso. Ela se deu conta de repente de que sentia muita fome: nem ela nem os pais tinham tocado na comida que Spiller havia trazido no cinzeiro, e agora isso parecia ter acontecido muito tempo atrás.

Debaixo de outra cobertura, estavam os restos apetitosos de um rosbife. Arrietty comeu vários pedacinhos crocantes que haviam caído no prato. Eles encontraram então um grande pedaço de queijo *cheddar* em uma tábua de queijo atrás da carne. Parecia deliciosamente úmido e macio. Arrietty e Peregrino comeram pedacinhos dele, colocando cuidadosamente de volta a cobertura de musselina com a qual estava protegido. Havia um vidro de aipo, tenro e limpo de suas fibras. Partiram um pequeno pedaço dele. Arrietty começou a se sentir satisfeita. Então, deixando de lado o pernil, embora ainda restasse bastante carne nele, foram tentados por uma bandeja de arame com bolinhos recém-assados brilhando aqui e ali por causa da groselha.

– Não podemos interferir muito nos bolinhos – Peregrino a alertou.

– Há exatamente uma dúzia. Ela certamente perceberia...

Assim, cada um deles retirou uma groselha e em seguida passaram para uma fileira de potes de vidro. Eles continham alguma coisa rosada e estavam cobertos por manteiga derretida.

– A carne enlatada dela – disse Peregrino. – Ela a vende pelo povoado e é muito boa. Mas também não podemos mexer nisso, agora que a manteiga endureceu. Já viu o suficiente agora?

– O que há dentro daquela tigela marrom? – Arrietty perguntou na ponta dos pés, mas mesmo os lados eram altos demais para que ela pudesse enxergar dentro.

– Ovos – respondeu Peregrino. – Mas também não servem para nós: não dá para escalar nada carregando ovos crus. – Ele foi retornando pelo caminho entre os diversos pratos na direção da janela engradada. – Vamos, eu mostro a você o caminho para descer.

Arrietty, seguindo-o, perguntou, um tanto apreensiva:

– Descer até o chão?

– Sim, nós podemos voltar pela antiga cozinha. E tem mais uma coisa que eu quero lhe mostrar...

Foi fácil descer pela prateleira de vinhos: um escorregão rápido nas colunas de madeira, uma parada breve na beira do buraco arredondado feito para armazenar cada garrafa, outro escorregão ou dois e já estavam no chão. Arrietty pensou consigo mesma que a subida poderia ser mais difícil, mas Peregrino lhe mostrou uma extensão empoeirada de corda com nós presa a um prego abaixo da borda da prateleira. Sob a sombra do peitoril da janela, ficava pouco visível contra a madeira escura.

– Mantenha os pés nas colunas que foram colocadas contra a parede e meio que ande, e estará lá em cima em um minuto. É como escalar uma rocha, mas bem mais fácil...

Arrietty se lembrou das ordens de Pod:

– Um ser mundano poderia mudar isso de lugar – comentou (estava determinada a continuar chamando-os de "seres mundanos").

– Poderia, mas não faria isso – disse Peregrino. – Os humanos quase nunca olham para mais baixo do que as prateleiras de comida, a não ser quando varrem o chão. E isso não acontece com frequência...

– E cruzou a laje em direção à caixa trancada, que ficava mais perto da janela. – Era isto o que eu queria mostrar a você. – Ele subiu até o canto onde a frente da caixa se unia à parede caiada. Arrietty veio para o lado dele. Era um canto escuro, ainda sob a sombra do peitoril da janela mais acima. – É isto – disse Peregrino, estendendo a mão; e Arrietty viu que havia uma rachadura no reboco no nível do chão, onde a madeira se unia à parede. – Sempre esteve aqui – disse ele –, mas eu o alarguei um pouco: dá para passar por dentro... – E ele fez exatamente isso. – Venha! – chamou de dentro da caixa, a voz soando curiosamente profunda. Era meio apertado, mas ela conseguiu ir se arrastando atrás dele. Se ele tinha alargado a abertura raspando um pouco do gesso da parede, não havia alargado muito.

Do lado de dentro, era muito escuro. Ela notava uma vastidão limitadora e um cheiro limpo e meio familiar. Mas era quente.

– Venha sentir esta parede dos fundos – disse Peregrino.

Ela o seguiu e colocou as mãos na superfície macia e não vista.

– *É* quente, não? – comentou Peregrino, em um sussurro. – Ela mantém uma boa lareira acesa.

– O que eles guardam aqui? – perguntou Arrietty. Ela também falou baixinho, por alguma razão relacionada à limitação e à vastidão do espaço não visto ao redor deles.

– Sabão – disse Peregrino. – Sabão para cozinha. Nos velhos tempos, eles costumavam fazer o próprio sabão. Blocos longos e macios dele. Guardavam aqui para deixá-los secar. Ainda há um bloco desses ali em um canto. Está duro como uma unha agora. Vou lhe mostrar depois, quando eu conseguir um pedaço de vela...

– Para que você vai usar este lugar? – perguntou Arrietty, após um momento.
– Para me manter aquecido no inverno. Tenho o verão todo para ajeitá-lo um pouco. Vou trazer um estoque de restos de velas, e comida não será problema. Se conseguir mais papel, provavelmente vou continuar escrevendo o meu livro.
Arrietty foi ficando cada vez mais impressionada. Então ele escrevia poemas, pintava quadros, e agora estava escrevendo um livro!
– Sobre o que é o seu livro? – ela perguntou depois de um tempo.
– Bem – ele disse despreocupadamente –, acho que é um tipo de história dos Cornijas. Afinal, eles viveram nesta casa por mais tempo do que qualquer grupo de seres humanos. Geração após geração. Acompanharam todas as mudanças...
Arrietty ficou em silêncio novamente, as mãos sobre a parede aquecida. Estava muito concentrada, pensando.
– Quem vai ler o seu livro? – perguntou por fim. – Quero dizer, tão poucos Borrowers sabem ler ou escrever...
– É verdade – Peregrino admitiu meio carrancudo. – Acho que isso dependia de onde se era criado. Nos velhos tempos, em uma casa como esta, as crianças humanas tinham professores particulares, governantas e livros para estudar; os Borrowers logo aprendiam. Meu avô aprendeu grego e latim. Até um certo ponto... – acrescentou, como se estivesse determinado a ser sincero. Então pareceu se alegrar um pouco. – Mas nunca se sabe... pode haver alguém.
Arrietty pareceu menos confiante.
– Um ser mundano que conheci uma vez – falou lentamente – disse que estamos nos extinguindo. – Ela estava pensando no Menino do Solar.
Peregrino ficou em silêncio por um minuto, e depois disse calmamente:
– Pode ser. – Então ele pareceu deixar esses pensamentos de lado de repente. – Mas, de qualquer forma, aqui estamos nós agora! Vamos, vou levar você de volta pela antiga cozinha...

•• CAPÍTULO CATORZE ••

Atravessada a porta da despensa, Arrietty ficou parada olhando ao redor. Peregrino se colocou ao lado dela e, de um jeito meio protetor, segurou-a pelo cotovelo. Diante deles, estendia-se uma passagem revestida de pedras terminando no que parecia ser uma porta para o exterior. Ao lado dela, uma escada de madeira subia com pequenos degraus gastos, sob os quais havia algum tipo de armário de louças embutido.

– Esses degraus conduzem ao quarto deles – Peregrino cochichou – e a outros aposentos adiante. – Por que eles ainda estavam falando baixinho? Porque, Arrietty pensou, ambos sentiam-se em alguma parte estranha da casa; uma parte na qual os temidos seres humanos viviam a misteriosa existência deles.

Ao longo do lado esquerdo da passagem, uma fileira de sinos em molas espirais de aço ficava pendurada, e, depois deles, havia um tipo de gabinete. Ela sabia o que eram. Muitas vezes, no Solar, ela escutara tais sinos, tocados para chamar a sra. Driver.

Do lado oposto, de frente para os sinos, havia várias portas, todas fechadas. Imediatamente ao lado delas, à direita deles, uma outra porta estava entreaberta, e oposta a ela, à esquerda deles, uma porta do mesmo estilo, sem o ferrolho, e presa por um nó de arame fixado por um prego na coluna, conforme Arrietty observou.

– O que há aí dentro? – ela perguntou.

– É a velha despensa das carnes de caças – disse-lhe Peregrino. – Não a usam atualmente.

– Posso olhar lá dentro? – Ela havia notado que, apesar do arame, a porta não estava bem fechada.

– Se quiser... – disse Peregrino.

Ela se aproximou na ponta dos pés, espiou pela abertura e foi entrando. Peregrino a seguiu.

Era um imenso e sombrio local amontoado de coisas e iluminado por uma janela encardida logo abaixo do teto, do qual pendiam várias fileiras de ganchos. E havia alguma coisa mais: parecia um longo pedaço de madeira, pendurado com uma ligeira inclinação, sobre duas correntes suspensas em robustos ganchos.

– O que é aquilo? – ela perguntou.
– Para pendurar a carne da caça. Pode-se pendurar um cervo inteiro nisso aí, com as pernas presas de cada lado.
– Um cervo inteiro? Para quê?
– Para comer... logo que ele fique com um pouco de odor. – Ele pensou por um momento. – Ou talvez eles o pendurassem de outro jeito com as quatro patas presas juntas. Não sei muito bem; foi antes da minha época, sabe? Só sei que eles tinham uma banheira de zinco embaixo para colher o sangue...
– Que horrível!
Peregrino encolheu os ombros.
– Eles eram horríveis – ele disse.
Arrietty encolheu os ombros e, desviando os olhos do tendal[10] de cervos, fixou-se em várias fileiras de chifres bolorentos pregados na parede. Mais cervos mortos, ela supôs, usados como ganchos para pendurar outras caças. Virou-se então para examinar a confusão de objetos no chão: cadeiras de jardim quebradas, curtidores de pele manchados, latas de tinta ou de preparado de cal pela metade, um fogão antigo de cozinha, sem uma perna, tombando como um bêbado para o lado, velhas garrafas para água quente feitas de pedra, duas escadas de pintura salpicadas de tinta – uma grande, outra pequena –, a parte superior de um relógio de pêndulos, várias sacolas que pareciam conter ferramentas, latas velhas, caixas de papelão...
– Que bagunça! – ela disse para Peregrino.
– Uma bagunça útil – ele replicou.
Ela pôde entender isso. Seu pai a consideraria uma mina de ouro.
– São essas as tintas que você usa para os seus quadros?
– Não – Peregrino riu, mas pareceu um tanto zombador –, um amigo artista se hospedou aqui, deixou uma porção de tubos de tinta meio usados. E – acrescentou – um rolo bastante considerável de tela. É melhor prosseguirmos agora; dissemos que não demoraríamos muito...
Eles saíram pelas laterais. Quando estavam novamente na passagem, Peregrino apontou as várias portas.
– Aquela, bem no fim, chamava-se "entrada dos comerciantes". É a que os Bragas usam atualmente. A porta da frente quase não é aberta.

---

10. Suporte com ganchos para pendurar a carne em açougues e matadouros. (N. T.)

Aquela porta ao lado do pé da escada era da sala dos empregados, mas os Bragas usam-na agora como sala de estar. A porta seguinte no corredor era a da copa do mordomo; ao lado dela está a que conduz aos degraus da adega, e esta aqui... – Ele atravessou a passagem em direção à porta em frente à antiga despensa de caças. – ... é a antiga cozinha. Como Arrietty reparara quando a vira da primeira vez, ela se mantinha ligeiramente entreaberta.

– O que aconteceria se eles a fechassem? – ela perguntou, seguindo Peregrino. – Quero dizer, se você quisesse chegar até a despensa pelo caminho da antiga cozinha?

Ele parou.

– Não faria nenhuma diferença – respondeu. – Você pode notar como estas pedras estão trincadas e gastas, após anos e anos de cozinheiros e ajudantes da cozinha passando rapidamente pra lá e pra cá em direção à despensa. Rodapé tirou justamente um pedaço trincado do pavimento embaixo da porta. Digamos que a porta se feche; você ainda pode passar por baixo dela. É um pouco inconveniente, às vezes. Depende do que estiver levando...

Arrietty, baixando os olhos, pôde conferir que o pedaço de pedra faltando deixara um pequeno buraco.

Eles estavam na cozinha agora, quase tão escura e lúgubre como a despensa de caças, iluminada apenas por uma estreita janela localizada no alto de uma parede mais distante. O assoalho parecia interminável; as pedras do pavimento, remendadas aqui e ali por concreto desalinhado. Imediatamente à sua direita, uma vez que ela ficou bem no meio do vão da porta, Arrietty viu o grande fogão preto. Parecia ser um modelo um pouco mais novo do rejeitado na despensa de caça, exceto pelo fato de que, neste caso, a superfície brilhava e luzia e produzia um calor encorajador. Ao lado dele, havia uma mesa malfeita coberta com uma toalha impermeável sobre a qual ficava um pote de barro repleto com colheres de madeira. Em uma boca do fogão descansava um grande caldeirão de cobre. Ele também era polido e brilhante. Uma pequena nuvem de vapor escapava de sob a tampa com um cheiro apetitoso.

– É melhor mesmo – Peregrino disse – circundar a cozinha mantendo-se próximo às paredes. Mas, como os seres humanos saíram, e talvez a sua família esteja esperando, você acha que pode se arriscar no chão aberto?

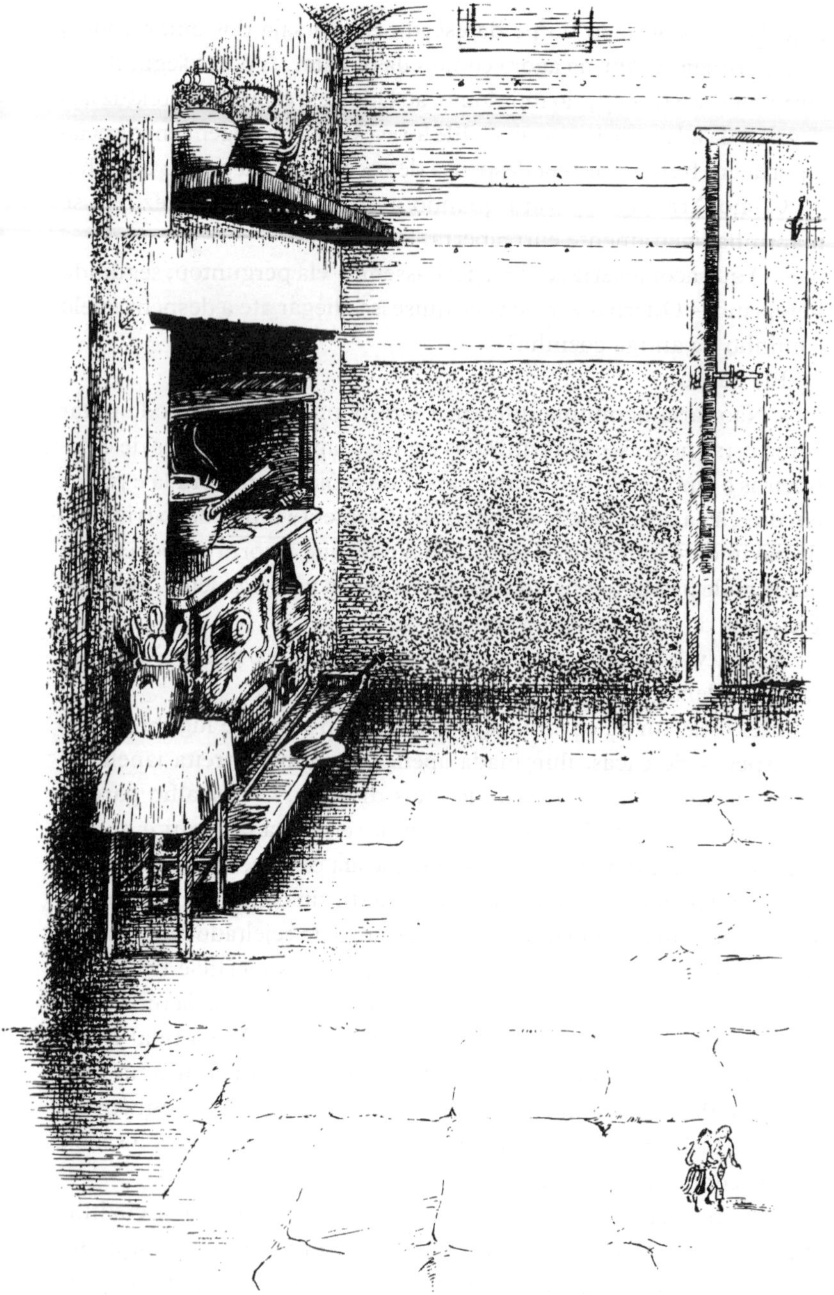

Arrietty deu uma olhada pelo vasto território onde, ela percebeu, não havia jeito de se proteger. Quase bem em frente, parecendo separada por uma longa distância, ela viu o contorno de uma porta.

– Se você acha que vai dar certo... – ela disse, insegura. Ela lembrou que Peregrino não conseguia andar muito rapidamente.

– Então vamos – ele disse. – Vamos experimentar isso de uma vez. É uma caminhada longa se tivermos que nos ater às paredes...

Parecia uma caminhada longa de qualquer maneira, e Arrietty teve que lutar contra um quase dominador instinto de correr, a fim de manter seu passo com o de Peregrino. Nunca em sua vida tinha se sentido tão exposta como nessa jornada, atravessando essa ampla e obsoleta cozinha, onde apenas o fogão e a mesa de madeira criavam uma espécie de oásis confortante.

Quando eles finalmente se aproximaram da porta distante, ela pôde distinguir alguns pedaços de tecido soltando-se da superfície. Feltro verde? Sim, era isso: era ou devia ter sido uma porta forrada, como aquela de que ela se lembrava no Solar. Sim, agora ela podia ver os cravos de metal enferrujados que outrora prendiam o forro. Será que todas as casas antigas as possuíam, ela se perguntava, para impedir o barulho e o cheiro da cozinha? Mas, nessa porta, especificamente, o feltro estava manchado e comido por traças e com algumas partes em tiras. Ao se aproximarem, ela também notou que a porta balançou levemente na corrente de ar.

Arrietty interrompeu os passos bruscamente e agarrou o braço de Peregrino. De algum lugar, bem atrás deles, ela tinha ouvido um barulho, um ruído de chave na fechadura. Peregrino ouvira também. Estavam ambos parados quando perceberam o murmúrio de vozes. Uma batida de porta distante e passos ecoaram claramente na passagem revestida de pedras. Uma outra porta se abriu e os passos foram se distanciando.

– Tudo bem – respirou fundo Peregrino. – Eles foram para o anexo. Vamos! É melhor irmos depressa.

Mal deram três passos quando novamente se congelaram de susto: dessa vez ouviram a voz com mais clareza, ao mesmo tempo que passos ressoaram. Era uma voz feminina, respondendo a alguém: "Preciso apenas dar uma olhada no meu ensopado". E os passos foram se aproximando rapidamente.

Como se atingido por uma bala, Peregrino atirou-se ao chão e puxou junto Arrietty.

– Não se mexa – ele sussurrou no ouvido dela, no momento em que se prostraram ao chão. – Nem um músculo!

O coração de Arrietty batia disparado. Ela ouviu o ranger da madeira no pavimento de pedras. A porta da cozinha pela qual haviam passado se espremendo fora aberta bruscamente. Então os passos fizeram uma pausa. Foi uma pausa repentina, ameaçadora. Tinham sido vistos.

Passou algum tempo de completo silêncio antes de os passos começarem a se aproximar deles cuidadosamente. Um pensamento vagou pela mente de Arrietty no momento em que ela estava lá atirada, petrificada de terror: a sra. Braga havia visto alguma coisa, mas, sob aquela luz enfraquecida e naquela distância, não podia identificar exatamente o que era...

Nesse instante, ouviu-se um som de fervura do fogão. Depois, um som de esguicho, o impactante som do bater de uma tampa e o cheiro acre de banha queimando. Deitada lá, incapaz de ver ou até de mover a cabeça, ela escutou o som dos passos apressados em direção ao fogão, o som de algum objeto pesado empurrado, com uma respiração penosa, sobre uma superfície irregular, seguido por um grito curto de dor. O som de fervura cessou imediatamente e Arrietty ouviu um resmungo indistinto à medida que os passos se distanciavam em direção à passagem.

Peregrino pôs-se em pé com mais habilidade do que Arrietty conseguiria acreditar. Ele agarrou o pulso dela com força, puxando-a para o seu lado.

– Venha – ele chamou. – Depressa!

Eles alcançaram a porta forrada quebrada, que balançou, um tanto descontrolada, com o leve toque de Peregrino; e, de repente, parecendo mágica, eles estavam à luz da comprida sala principal.

Arrietty, branca e tremendo, escorou-se no batente externo da porta.

– Perdoe-me – Peregrino ficou dizendo. – Estou tremendamente constrangido. Nós deveríamos ter contornado as paredes.

– O que aconteceu? – Arrietty perguntou quase sem voz.

– Ela se queimou. Ou se escaldou. Ou qualquer coisa assim. Está tudo bem. Estamos seguros agora. O Braga deve estar cuidando da mão dela. Está tudo bem, Arrietty. Nenhum dos dois deve vir até aqui... Pelo menos, não no momento, de qualquer maneira. – Ele segurou o cotovelo dela e começou a conduzi-la pela sala. Ainda parecia bastante embaraçado, mas mesmo assim tentou distraí-la, parando ao pé da grande escadaria. – A sala de visitas fica lá em cima – disse. – Costumavam chamá-la de salão. E todos os outros tipos de cômodos. Você consegue chegar até eles subindo pela hera do lado de fora...

Mas Arrietty não parecia olhar para nada; seus olhos assustados olhavam só para a frente. Ela ainda tinha a sensação do cheiro acre de ensopado queimado. Sim, era para isso que serviam aquelas portas forradas: para evitar aqueles odores.

– E aqui está a porta da frente – Peregrino prosseguiu. – Acho que você a viu pelo lado de fora. E ali está o telefone, no peitoril da janela. Com o bloco de papel. Eu pego o meu papel emprestado dali, e o lápis, quando ele fica um toco.

Arrietty então virou-se de repente, com os olhos escancarados.

– E se ele tocar?

– Eles o deixariam tocar – Peregrino respondeu. – Venha por aqui. – Ele citou o nome de vários aposentos quando passavam pelas portas: sala de jantar, sala de armas, sala de fumantes... – Todas trancadas – disse.

– E o que é aquela porta aberta no final?

– Com certeza você sabe.

– Como eu poderia saber?

– É a biblioteca.

O rosto de Arrietty perdeu aquela expressão de sonâmbula.

– Então nós demos toda a volta... – ela concluiu com uma voz de alívio.

– Sim, demos a volta toda. E agora você sabe como seu pai pode ir até a despensa sem ter que ir por fora.

– Isso é o que eu não posso aguentar – disse Arrietty, quando se aproximaram da porta aberta. – Não posso suportar pensar no meu pai atravessando esse imenso chão terrivelmente vazio, sem proteção em nenhum lugar!

– Ele irá à noite, quando eles seguramente estiverem dormindo lá em cima. Isso foi o que eu sempre fiz. Eles nunca se movimentam quando sobem. Devem ter um sono pesado por essa hora.

Uma vez dentro da biblioteca, Arrietty relaxou. Era estranho contemplar a comprida sala desse ângulo desconhecido. Através das portas de vidro, ela podia visualizar um pedaço da estufa e até o jardim mais adiante. Arrietty fez um mapa mental dessa zona perigosa. No futuro, teriam que ser cuidadosos para se manter nas laterais.

Ela fez uma pausa para examinar o banco da janela do meio: o futuro lar deles! Seus pais ainda estariam ali dentro?, ela se perguntava, ou Pod, a essa altura, já teria aprendido sobre todas as artimanhas da grade? Peregrino, ao lado da lareira, adivinhou os pensamentos dela.

– Eles não devem estar aí dentro – disse, examinando os arredores da lareira. – O piso solto está recolocado no lugar. E o seu pai é um homem sábio – prosseguiu. – Ele não teria deixado a grade aberta. Devem estar na estufa...

Quando passaram pelas portas de vidro, Arrietty notou que todos os pisos do chão estavam cuidadosamente recolocados. Sua mãe estava perto do fogão, segurando o cinzeiro de latão como se fosse uma grande bandeja.

– Oh, aí estão vocês – ela disse com evidente alívio. – Que demora para voltarem! Nós deixamos um pouco de comida para vocês. Eu ia justamente guardá-la. Seu pai está muito rigoroso agora sobre deixar coisas por aí...

– Onde o papai está? – perguntou Arrietty.

Homily fez um sinal na direção do jardim.

– Lá fora. Ele está um pouco preocupado com o Spiller.

– O Spiller não voltou?

– Nem sinal dele.

– Nossa! – Arrietty exclamou chateada. Ela se virou para Peregrino, mas viu que ele não estava mais ao seu lado; estava atravessando a biblioteca, mancando em direção à porta que conduzia ao corredor. – Ei, Peregrino! – ela gritou. – Aonde você está indo? Por favor, volte! – Então ela bateu com a mão na boca, ciente de que havia gritado alto demais.

Ele voltou e olhou para ela, quase com o rosto corado de vergonha, e então o olhar dele dirigiu-se para Homily.

– Eu voltarei mais tarde – ele murmurou, e foi embora novamente.

Então era isso, Arrietty percebeu de repente; ele não queria, nesse momento, encarar nenhum de seus pais. Ele tinha arriscado a segurança da preciosa filha deles e estava lamentavelmente consciente disso agora. Ela o vira sair sem dizer nenhuma palavra; poderia tranquilizá-lo mais tarde.

Homily ainda não tinha parado de falar.

– Se alguma coisa tiver acontecido com o Spiller ou com o barco dele...
– Eu sei, eu sei... – interrompeu Arrietty. – Vou falar com o papai.
– Não desapareça *você* também! – Homily falou alto, enquanto Arrietty saía com cuidado pelo buraco sob a porta.
Arrietty percorreu rapidamente o trajeto entre o mato e as folhagens e lá estava Pod, na passagem. Ele estava em pé bastante imóvel.
– Papai – ela chamou gentilmente, quando apareceu por entre o mato. Ele não se virou.
– Estou olhando para a lua – ele disse. E, como Arrietty se aproximasse dele, confusa, porque ainda era luz do dia, Pod prosseguiu:
– Você já viu uma lua dessas? E sem nenhuma nuvem no céu? Que desperdício... que desperdício!
Arrietty nunca tinha *visto* uma lua daquelas. O astro se erguia palidamente, como uma bola de tênis fantasmagórica no céu, cuja cor se esvaía lentamente.
– Não poderíamos ter uma lua melhor – disse Pod. – Nem se pedíssemos. Atravessar o gramado até o rio... toda aquela bagagem. Vamos precisar de cada raio de luz que pudermos obter. E sem chuva. Até amanhã, o tempo pode mudar...
Arrietty ficou em silêncio. Depois de uns instantes ela disse:
– O Peregrino tem uma carreta.
– Talvez – disse Pod. – Mas uma carreta não fornece luz. E é luz que nós queremos. Mas onde está o Spiller?
Arrietty puxou o braço do pai com força.
– Olhe! Acho que... é ele, não é? Ele vem vindo...
De fato, era Spiller, virando a esquina da casa e arrastando sua saboneteira atrás! E, como se estivesse paralisado, Pod esperou-o se aproximar. Arrietty sentiu que o alívio dele foi grande demais para palavras.
– Oh, aí está você! – ele disse com uma voz cuidadosamente recomposta, quando Spiller se aproximou deles. – O que trouxe aí?
– As suas ferramentas – disse Spiller. – E fiz uma aljava nova. – As aljavas de Spiller eram sempre feitas de pedaços ocos de bambu, que crescia em profusão em algum terreno pantanoso perto do lago.
– Você desceu até o barco? – indagou Pod.
– Eu trouxe o barco até aqui.
– Até aqui! Você quer dizer, na beira do lago?

– Está ali no meio dos juncos. Achei que seria mais rápido para descarregar. Deixando assim mais perto.

– Então foi isso o que você ficou fazendo o dia inteiro? – Pod ficou olhando para ele. – Mas como você sabia que tínhamos decidido ficar?

– Ele ofereceu uma casa para você – Spiller disse simplesmente.

Houve um silêncio de admiração: ele sabia que aceitariam. Spiller, ela percebeu, com seu aguçado instinto selvagem, entendia-os melhor do que eles entendiam a si próprios. E agora, com o barco pesadamente carregado tão perto, como ele tinha tornado a mudança mais fácil!

– Bem, eu nunca imaginaria... – disse Pod com um sorriso abrindo-se lentamente no rosto. – Nada mais a fazer agora senão esperar pela noite... – Ele deu um profundo e feliz suspiro. – Você comeu alguma coisa?

– Tomei um ovo de sabiá – respondeu Spiller.

– Isso não é suficiente. Melhor entrar e ver o que Homily pode arranjar. – Ele apontou com o rosto a saboneteira. – Você pode empurrar aquele negócio para dentro do mato...

Quando eles atravessaram cuidadosamente o buraco, Arrietty correu ansiosa para a mãe, agarrando-lhe pelas mãos.

– Oh, mãe, ótimas notícias! O Spiller voltou! E o papai diz que podemos nos mudar esta noite. Todas as coisas estão bastante perto! E...

Mas, exatamente nesse momento, o telefone tocou estridentemente. Homily, prestes a falar, virou-se assustada. Ela estava em pé perto do fogão. Os quatro ficaram paralisados, com os olhos na porta da biblioteca. O telefone tocou quatro vezes e então veio a lenta aproximação de passos pesados. Nenhum dos Borrowers se moveu.

Uma voz de homem disse:

– Alô? – Houve um breve silêncio, antes de a profunda voz continuar. – Não, ela não pode amanhã. – Novamente houve silêncio, enquanto, na imaginação de Arrietty, alguma desconhecida voz feminina deveria ainda estar tagarelando. Então o Braga disse: – Ela machucou a mão, entende... – Mais uma vez, silêncio. Então o Braga disse (*tinha* que ser o Braga): – Talvez depois de amanhã. – Um outro curto silêncio. Um resmungo constrangido do Braga (ele não era muito chegado a telefones) e ouviram-no recolocar o fone no gancho. Os passos foram se afastando.

– Estão de volta – Pod disse assim que houve silêncio novamente.

– Pelo menos, *Ele* voltou.

Homily olhou para Spiller com o rosto iluminado.

– Oh, Spiller! – ela foi quase efusiva. – É bom ver você, isso eu tenho que dizer! – Ela correu na direção dele, mas parou num repentino constrangimento. Ela o beijaria?, Arrietty ficou pensando. Provavelmente não, concluiu, lembrando com que frequência, no passado, sua mãe havia desaprovado Spiller. Mesmo assim, com Homily, nunca se sabia...

Pod ficou olhando, pensativo.

– Poderia ser mais seguro – disse finalmente – se nós esperássemos lá fora.

– Esperar o quê? – perguntou Homily.

– A noite – disse Pod.

– Oh, aquele gramado! – exclamou Homily. – Atravessá-lo uma vez à luz do dia já fui suficientemente ruim, mas atravessá-lo *duas* vezes, durante a noite... Não tenho certeza de que eu vá conseguir, Pod...

– Você não terá que fazer isso – disse Pod, e contou-lhe sobre o barco. Ela ouviu com olhos escancarados, depois virou-se para Spiller. Aquele beijo aconteceria agora?, Arrietty se perguntava. Mas não: alguma coisa impassível na expressão de Spiller parecia afastá-la.

– Obrigada, Spiller – foi tudo o que ela disse. – Muitíssimo obrigada.

Pod ficou olhando através das vidraças.

– A luz já está enfraquecendo, como se diz. Não teremos que esperar muito. Agora, Homily, você e Arrietty vão para fora. Peguem alguma coisa para se proteger do frio. E sentem-se silenciosas na grama à beira do caminho. Spiller e eu encontraremos vocês mais tarde. Spiller, você viria comigo para me dar uma mão? Tenho que abrir a grade enquanto ainda temos um pouco de luz dentro de casa.

Todos fizeram o que havia sido solicitado, silenciosamente e sem reclamações, embora fosse um pouco trabalhoso passar uma das colchas de penas da srta. Menzies pelo estreito buraco embaixo da porta. Mas era um anoitecer suave e bonito demais para o começo de abril, e estava uma delícia respirar o ar agradável. Quando se assentaram sobre a grama com a coberta nos ombros, Arrietty ficou olhando a lua. Estava ficando dourada, e o céu ao redor dela, alterando-se para um cinza brando. Havia sons tranquilizantes com algumas poucas notas agudas quando passarinhos briguentos, nos arbustos do outro lado, começavam a se recolher para a noite. Arrietty colocou o braço sob o da mãe e deu-lhe um abraço confortador. Homily retribuiu--lhe o abraço. Depois disso, ficaram sentadas em silêncio, cada uma ocupada com seus pensamentos muito diferentes.

Pela hora que Pod e Spiller juntaram-se a elas, a lua já havia se tornado bastante brilhante.

– Mas as sombras estarão escuras – Pod disse, agachando-se. – Devemos considerar as sombras como proteção. – Spiller agachou-se ao lado dele, o arco na mão e a aljava lotada nas costas.

Pod, com as mãos sobre os joelhos, assobiava melodiosamente pelos dentes. Era um som irritante, mas Arrietty o conhecia havia muito tempo: significava que estava feliz. Mesmo assim, depois de um tempo, ela disse:

– *Shhh*, papai... – E repousou uma das mãos sobre o joelho dele. Ela tinha ouvido um outro som, bem mais distante. – Ouça! – ela disse.

Era um rangido fraco; muito fraco, mas gradualmente foi ficando mais nítido. Depois de um momento ou dois, ela reconheceu o som.

– É o Peregrino, com sua carreta – ela disse baixinho. Eles observaram e esperaram até que, finalmente, a minúscula figura apareceu no meio da passagem, indistinta, à estranha meia-luz do anoitecer e do luar. Ele parou por um momento, indeciso, perto da porta da estufa. Não conseguia vê-los, semiocultos que estavam pelas sombras das folhagens.

– Peregrino – Arrietty chamou baixinho. Ele se assustou e olhou ao redor, e então foi ao encontro deles. Parecia surpreso em vê-los, sentados juntos ali.

— Mudaremos esta noite — Arrietty disse-lhe num sussurro.
— Achei que fariam isso — ele disse, sentando-se ao lado dela. — Vi o Spiller passando pelo canto da casa e vi o tamanho da lua. — Ele indicou com o pé a carreta. — Então eu trouxe este negócio.
— É muito útil, também — disse Pod, curvando-se para ver melhor.
— É de vocês, se quiserem — Peregrino falou. — Para onde vou agora, realmente não vou precisar dela.
— Bem, nós podemos compartilhá-lo, digamos — Pod propôs e, ainda se esticando para ter uma melhor visão de Peregrino, explicou-lhe sobre a posição do barco e a sacrificada jornada de Spiller. — Com a grade aberta e cinco de nós para ajudar, poderemos transportar a mudança para a casa em cerca de uma hora. — Levantou-se e olhou ao redor: naquele estranho matiz de meia-luz, nada parecia muito distinto. — Não vejo — disse, dirigindo-se a eles — por que não poderíamos começar agora. Vocês veem... — ele se interrompeu bruscamente e atirou-se ao chão. Uma coruja piou inquietantemente perto.
— Oh, minha nossa... — murmurou Homily, agarrando mais forte o braço de Arrietty.
Peregrino continuou calmo.
— Está tudo bem — ele disse —, mas é melhor não nos movermos ainda.
— Por que ele disse que está tudo bem? — cochichou Homily para Arrietty, numa voz trêmula.
Peregrino a escutou.
— Você verá em um minuto — ele disse. — Mantenha os olhos no topo daquele cedro.
Todos olharam para a árvore, que estava agora iluminada pela lua. Pod soltou-se em uma posição mais confortável. E, depois de um momento, perguntou em voz baixa:
— Há muitas delas?
— Não; apenas essa, no momento. Mas há uma outra do outro lado do vale. Esta chamará novamente. Em um minuto ou dois vocês escutarão a fêmea responder.
Foi exatamente como ele falou: a coruja próxima deles piou novamente e, depois de alguns segundos tensos prestando atenção, ouviram a resposta distante: um eco longínquo.
— Isto pode continuar por algum tempo — disse Peregrino.
Continuou: uma cadência de sons para lá e para cá sobre os campos adormecidos. Ou eram eles que estavam adormecendo? Será

que os terrores da noite começavam a surgir? Arrietty pensou com inquietação nas raposas.

– É uma bênção – disse Homily – que não tenhamos de atravessar todo esse gramado.

– Lá vai ele... – disse Peregrino. Teria Arrietty visto aquela sombra silenciosa ou era sua imaginação? Pod a tinha visto: isso era certeza.

– Uma coruja-do-mato... mas uma grandona. – Ele ficou em pé – Agora podemos ir andando.

Peregrino levantou-se também.

– Sim – ele disse. – *Ele* não voltará antes do amanhecer.

– Se aquela do outro lado do vale é o par romântico dele – disse Homily, soltando o braço de Arrietty –, eu gostaria que ele fosse morar com ela.

– Pode ser – disse Peregrino, rindo, enquanto a ajudava a ficar em pé.

•• CAPÍTULO QUINZE ••

O sr. e a sra. Platter também tinham visto a lua. Estavam ocupados na cozinha, preparando-se para a segunda noite de "vigília". A sra. Platter terminara de preparar os sanduíches e estava sentada esperando os ovos, que ferviam com barulho sobre o fogão. O sr. Platter, sentado no lado oposto, lubrificava um cortador de arame.
– Podemos guardar o lanche na cesta do gato – ele disse.
A sra. Platter assoou o nariz.
– Oh, Sidney – ela disse –, peguei um resfriado terrível. Não tenho certeza de que estarei em condições de ir.
– Não haverá nenhuma chuva esta noite, Mabel. Você viu o céu. E viu a lua.
– Eu sei, Sidney, mas mesmo assim... – Ela já ia acrescentar que não tinha exatamente um tamanho adequado para ficar sentada em um barco pequeno durante horas a fio num estreito banco de madeira, mas pensou melhor: ela sabia que isso não o sensibilizaria. Em vez disso, falou: – Digamos que você vá sozinho... Eu poderia então lhe deixar um ótimo café da manhã, amanhã cedo? – O sr. Platter não respondeu; ele estava ocupado abrindo e fechando o cortador de arame. Então, a sra. Platter, arriscando-se bastante, prosseguiu: – E tenho o pressentimento de que eles não estarão lá esta noite.

O sr. Platter esfregou cuidadosamente o cortador de arame com um chumaço embebido em óleo e colocou-o na mesa ao lado da cesta do gato. Depois, sentou-se novamente e olhou em direção a ela. O olhar dele era penetrante.
– Por que você acharia isso? – perguntou friamente.
– Porque – disse a sra. Platter – eles podem ter voltado e ido embora. Ou...
O sr. Platter pegou um cinzel sem corte e passou o dedo ao longo da extremidade.
– Logo descobriremos isso – ele disse.
– Oh, Sidney! O que você está planejando fazer?
– Tirar fora o telhado da casa deles – ele disse.
Foi a vez de a sra. Platter ficar olhando para ele.

– Você quer dizer subir até o vilarejo em miniatura?
– É isso o que estou dizendo – disse o sr. Platter, e colocou o cinzel na mesa.
– Mas não dá para andar no meio daquele vilarejo – objetou a sra. Platter. – Aquelas ruazinhas bobas são estreitas demais: não se pode colocar um pé depois do outro!
– Podemos tentar – disse o sr. Platter.
– Com certeza quebraríamos alguma coisa. O público só a observa sobre aquela passarela de concreto...
– Nós não somos o público – disse o sr. Platter. Ele colocou as duas mãos firmemente sobre a mesa e se inclinou na direção dela, olhando com uma espécie fria de raiva para o rosto desalentado da esposa.
– Não acho, Mabel – ele disse –, que, *mesmo agora*, você tenha começado a entender a verdadeira seriedade de tudo isto: o nosso futuro inteiro depende de pegarmos essas criaturas! E eu preciso de você ao meu lado, com a cesta do gato aberta.
– Nós nos virávamos bem antes de tê-los – titubeou a sra. Platter.
– Mesmo? – questionou o sr. Platter. – Mesmo, Mabel? Você sabe que o Chá na Beira do Rio estava declinando. E que a maior parte dos turistas estava se dirigindo para Abel Pott. Diziam que a maquete dele era mais pitoresca, ou qualquer bobagem desse tipo. A nossa era de longe muito mais moderna. E, como você mesma notou, não tem havido muitos funerais ultimamente. E nenhuma casa nova construída desde que terminamos as residências operárias. O único serviço na nossa lista, no momento, é limpar as calhas do telhado de Lady Mullings... – Havia alguma coisa na expressão do sr. Platter que realmente alarmava a sra. Platter: ela nunca o tinha visto tão perturbado. Não poderia ser apenas pelo fato de eles terem tido tanta demora e problemas na construção da linda casa com vidro frontal na qual esperavam exibir os raros espécimes: havia alguma coisa friamente desesperadora na atitude dele.
– Nós não estamos exatamente passando necessidades, Sidney – ela lembrou ao marido. – Temos as nossas economias.
– Nossas economias! – ele exclamou irônico. – Nossas economias! O que são as nossas economias insignificantes comparadas ao tipo de fortuna que tínhamos aqui em nossas mãos? – Ele abriu completamente as mãos e as tombou de novo. A sra. Platter ficava cada vez mais assustada: as economias deles, no conhecimento correto dela, chegava a vários milhares de libras. – Ponha isto na cabeça,

Mabel – ele prosseguiu –: ninguém no mundo inteiro acredita que tais criaturas existam; não até que as vejam, com seus próprios olhos, andando, conversando e comendo...
– Mas não indo ao lavatório, Sidney; você fez para eles um banheiro pequeno. Mas... – ela repetiu a palavra –... *mas* você tem que se lembrar que eles poderiam se amontoar nos fundos o dia inteiro. E nunca sair, como alguns daqueles animais no zoológico...
– Ah, eu teria pensado em alguma coisa para eles aparecerem... Ao menos na frente do público. Alguma coisa elétrica, talvez. Depois da meia-noite, eu não me importaria com o que eles fizessem, contanto que fossem exibidos de manhã.
– Mas como podemos ter esperança de encontrá-los, Sidney querido? – Ela ainda achava o jeito dele bastante assustador. – Digamos que eles não estejam no vilarejo em miniatura. Com catorze ou quinze centímetros de altura, eles poderiam dormir em qualquer canto.
– Nós os encontraremos no final – ele disse lentamente, reforçando cada palavra –, por mais tempo que demore, porque nós somos as únicas pessoas vivas que sabem da existência deles!
– A srta. Menzies sabe da existência deles...
– E quem é a srta. Menzies? Uma solteirona tola que não conseguiria assustar um ganso! – Ele riu. – E, mesmo se ela tentasse, o ganso não a notaria. Não, eu não tenho medo da srta. Menzies, Mabel, nem de ninguém da laia dela. – Ele se levantou da mesa e ela ficou contente por vê-lo mais calmo. – É melhor irmos andando. Está uma noite suave...

Ele colocou o cortador de arame e o cinzel dentro da cesta do gato. A sra. Platter acrescentou os sanduíches e uma garrafa de chá frio.
– Você gostaria de um pedaço de bolo? – ela lhe perguntou. Mas ele pareceu não escutá-la; então, apanhando o casaco, ela o seguiu pela porta da frente.

Apesar da temperatura amena, do luar tranquilo e da descida do rio sem novidades, a noite dos Platters não foi exatamente agradável. Primeiro, eles tiveram que esperar Abel Pott apagar a luz.
– Em pé até tarde esta noite – resmungou o sr. Platter. – Espero que ele não tenha visitas...
Depois, na rodovia de cima, atrás da cabana de sapê do sr. Pott, eles viram um vulto sobre uma bicicleta. Conforme passou, vagaroso

demais para o conforto do sr. Platter, este reconheceu o alto capacete de um policial. O que o sr. Pomfret estava fazendo ao ar livre tão tarde?, o sr. Platter ficou se perguntando.

— Talvez — a sra. Platter comentou empoleirada desconfortavelmente em seu banco estreito — ele faça uma ronda como essa toda noite...

— Bem, de qualquer modo — disse o sr. Platter, quando a bicicleta sumiu de vista –, podemos ir cortando o arame silenciosamente.

O barco deles estava ancorado a um pilar de ferro, contra o qual a cerca de arame tinha sido esticada e pregada com uma formidável firmeza. No primeiro corte, o arame voou para trás com um zumbido alto. Na quietude absoluta daquela noite tranquila, e para os ouvidos dos Platters, aquilo soou como um tiro de uma pistola.

— Melhor esperar até que a luz dele esteja apagada... — sussurrou a sra. Platter.

O sr. Platter sentou-se de novo, batucando nervosamente com o cortador de arame no joelho, os olhos fixos naquela inoportuna luz da janela do sr. Pott.

— Que tal comermos um pouco do jantar agora? — sugeriu a sra. Platter em voz baixa. — E sobraria um pouco mais de espaço dentro da cesta do gato.

O sr. Platter concordou impaciente. Mas até o desembrulhar dos sanduíches (bacon frito esta noite, frio) ocasionou um farfalhar e uma agitação no silêncio sinistro do luar. A sra. Platter havia se esquecido de trazer uma xícara, então beberam o chá frio na garrafa. Eles teriam preferido alguma coisa quente, mas as garrafas térmicas, recentemente inventadas, eram objetos dispendiosos naqueles dias – eram revestidas de couro e tinham tampas laminadas em prata. O sr. e a sra. Platter não tinham ouvido nem sequer falar delas.

E a luz ainda brilhava acesa.

— O que ele pode estar fazendo a esta hora da noite? — O sr. Platter murmurou. — Ele geralmente vai se deitar no máximo às oito e meia. Ele *deve* ter visitas.

Mas o sr. Pott não tinha visitas. Eles não podiam imaginar que ele estava sentado silenciosamente em sua mesa de trabalho, a perna de madeira esticada em frente, examinando com seu jeito míope o delicado trabalho manual. Este consistia em pintar novamente os pequeninos portões trançados, todos em diferentes tipos e tamanhos, que conduziam aos jardins frontais de seu amado vilarejo em miniatura. Na Páscoa, ele reabriria a cidade para o público, e, por essa época, cada detalhe precisaria estar perfeito.

Por fim, depois do que pareceram muitas horas para os Platters, a suave luz da lâmpada foi extinta, e, depois de outra espera cautelosa, ambos se sentiram livres para a ação. O sr. Platter, rápido e hábil, logo soltou o arame do pilar. Ao se soltar, o arame não fez um zumbido tão alto, e ele logo conseguiu dobrar para trás uma área cortada.

– Agora! – ele instruiu a sra. Platter. E, tirando a cesta de gato dela, ajudou-a a chegar à margem. Estava um pouco escorregadia da chuva na noite anterior, mas, finalmente, ela passou pela cerca e eles puderam examinar a maquete com a luz da lua brilhante.

O sr. Pott a havia erguido em um declive suave, e a estrutura inteira se elevava diante deles. As linhas da ferrovia em miniatura reluziam ao luar, bem como os telhados de ardósia. Os telhados de colmos eram um pouco mais foscos, mas as minúsculas estradas sinuosas e as alamedas eram como interrupções serpenteantes da mais negra escuridão. Entretanto, de onde eles estavam, podiam ver perfeitamente o Chalé dos Vinhos: a casa que a srta. Menzies havia um dia arrumado para os Borrowers. A questão era: qual o melhor jeito de chegar lá?

– Siga-me – ordenou o sr. Platter.

Ele escolheu ruas largas o suficiente para conter a largura de um pé, se cada pé fosse colocado, cuidadosamente, um após o outro. Deu um trabalho desagradável, mas, por fim, chegaram ao lado da casinha de onde, seis meses antes, haviam roubado as "pessoinhas" de maneira tão impiedosa. "A história está se repetindo", pensou o sr. Platter satisfeito, quando cuidadosamente inseriu o cinzel sob o beiral do telhado. Ele se soltou de maneira surpreendentemente fácil. Alguém devia "ter estado" ali, o sr. Platter concluiu quando olhou do lado de dentro. Ele tirou uma lanterna do bolso para ver melhor.

A casa estava vazia, abandonada. Na noite em que haviam capturado os Borrowers, estava completamente mobiliada: cadeiras, armários, mesas, utensílios de cozinha, roupas em pequenos guarda--roupas de bonecas. Agora não havia nada, exceto instalações fixas: um fogão de cozinha e uma pequenina pia de porcelana. A sra. Platter, espiando por trás dele, viu um fragmento branco ao lado da porta da frente fechada. Ela o pegou cuidadosamente. Era um minúsculo avental – um que Homily havia descartado na pressa de fugir. Ela o colocou no bolso.

O sr. Platter xingou palavrões. Ele xingou bastante alto e de modo um tanto grosseiro, o que era bem incomum para ele. Ele endireitou as costas e deu um passo atrás com raiva. Ouviu-se o tinir de um vidro quebrando: ele havia enfiado o calcanhar descuidado na fachada de uma das lojas em miniatura do sr. Pott.

– *Shhh*, Sidney! – implorou a sra. Platter num sussurro rouco. Ela se pôs a olhar em volta aterrorizada, e então disse, hesitante: – Olhe! Abel Pott acendeu a luz novamente! Vamos dar o fora daqui... Venha, Sidney! Rápido!

O sr. Platter olhou imediatamente. Sim, havia luz: aumentando de claridade a cada minuto à medida que o sr. Pott acendia o pavio. O sr. Platter soltou mais alguns palavrões e foi saindo em direção ao rio. Em sua decepção e raiva, todas as casas entre ele e o barco pareciam para ele apenas uma confusão nesse instante. Ele não se preocupou mais em pisar apenas nas ruas. E a sra. Platter, procurando pela cesta de gato (poderia, algum dia, tornar-se uma prova contra eles), ouviu o quebrar de vidros e a queda repentina da alvenaria quando o sr. Platter desceu o morro descontroladamente. Ela seguiu atrás dele, com a respiração agitada, chorando e às vezes tropeçando.

Afinal, eles chegaram ao buraco da cerca.

– Oh, Sidney... – soluçou a sra. Platter. – Ele sairá num minuto. Estou escutando o sr. Pott destrancar a porta da frente!

O sr. Platter, já no barco, estendeu a mão – menos para ajudá-la do que para arrastá-la para dentro do barco. Ela escorregou na lama e caiu na água. Era bastante rasa perto da margem, e ela logo se levantou novamente. Mas não conseguiu reprimir um leve grito. O sr. Platter estava atrapalhado pegando os remos e não lhe deu atenção quando ela se sentou encharcada na popa.

– Oh, Sidney, ele está vindo atrás de nós! Eu sei que está...

– Deixe-o vir! – exclamou o sr. Platter, furioso. – O que me importa o velho Abel Pott com sua perna de pau... Pessoas já foram encontradas flutuando no rio antes...

E, com isso, ele começou a remar rio acima.

Uma vez seguros de volta em sua própria casa, a sra. Platter foi direto para a cozinha e colocou uma grande chaleira na parte mais quente do fogão. Ajuntou as brasas sob ela até começarem a luzir, vermelhas. O resfriado parecia ter piorado, e ela ficou pensando se estava com febre. Colocou a mão dentro do bolso do casaco para encontrar seu lenço, mas tirou, em vez disso, o pequeno avental um pouco sujo de Homily. Ela o jogou na mesa e procurou no outro bolso. Encontrou o lenço, mas ele também estava ensopado.

– Você vai querer chá ou chocolate? – perguntou ao sr. Platter, que havia entrado depois dela. – Vou subir agora para vestir alguma coisa seca...

– Chocolate – ele respondeu, apanhando o pequeno avental. Observou-o com curiosidade. – Ah, Mabel – ele gritou quando ela estava à porta.

Ela se virou com má vontade.

– Sim?

– O que você fez com aquelas coisas que eles deixaram para trás no andar de cima? – Ele tinha o avental nas mãos.

– Joguei fora, é claro, quando limpei o sótão. Não havia nada que valesse a pena guardar... – E, antes que ele pudesse falar outra vez, ela já tinha saído para o corredor à frente.

O sr. Platter sentou-se lentamente. Estava com um olhar bastante pensativo. Ele estendeu o avental na mesa em sua frente e ficou olhando para ele de maneira contemplativa.

– Lady Mullings...? – murmurou para si próprio, e devagar, quase triunfantemente, começou a sorrir.

•• CAPÍTULO DEZESSEIS ••

Mais tarde, Arrietty consideraria aquela primavera um dos períodos mais felizes de sua vida. Cada dia parecia cheio de emoções e atrativos, desde a primeira noite em sua nova casa, sob o banco da janela – quando, exaustos com a mudança, eles finalmente dormiram em suas próprias camas, entre a bagunça das pilhas amontoadas de móveis –, até o período de melhorias, semana após semana, promovidas por Pod.

As invenções de Pod não conheciam limites. Ele tinha as velhas ferramentas e construiu outras, e, como Arrietty previra, aquela confusão da antiga despensa de caças o proveria com um suprimento quase interminável de objetos – mais até mesmo do que ele poderia fazer uso ou necessitar.

A primeira prioridade foi a construção de uma cozinha dentro de uma cozinha para Homily. Ela detestava cozinhar naquela imensidão obscura, onde dizia sentir-se como se nunca soubesse o que poderia surgir por trás. Primeiro, Pod, Spiller e Arrietty mudaram as prateleiras mais distantes para mais perto da grelha e trocaram o garfo de jardinagem por uma roda de metal (do relógio de pêndulo largado na despensa de caças) presa a um eixo, de modo que Homily pudesse virá-lo, variando os graus de aquecimento das brasas abaixo. Nas extremidades, ela poderia cozinhar lentamente; na parte central, poderia grelhar. Uma lata velha de fumo, nivelada e endireitada com um martelo, com as dobradiças retiradas por Pod e uma alça inserida, resultou em uma assadeira. Ele encontrou dois ladrilhos brancos e arranjou um pequeno tubo para se ajustar a eles. Homily se encantou com isso: ficou muito fácil de limpar.

Mas como erguer as paredes nessa cozinha? Como cercá-la? Essa era a grande dúvida de Pod. Havia muitas caixas velhas de papelão na despensa de caças, caixas de chá, madeira compensada e muitas bugigangas. Mas parecia não haver jeito de introduzir nenhum objeto grande e plano pelas aberturas muito pequenas que conduziam à chaminé. A passagem sob as tábuas do chão (agora limpas e perfumadas) era certamente estreita demais para qualquer objeto grande o suficiente para servir como o lado de uma parede. As capas de dois atlas enormes, como aqueles que Pod tinha visto em uma das prateleiras da biblioteca, seriam o ideal. Porém, como trazê-las para dentro? A não ser, talvez, subindo pelo telhado e as derrubando pela chaminé. Mas subi-las pela lateral da casa até o telhado parecia um trabalho excessivo para realizar no momento. Além disso, a própria chaminé, onde emergia no telhado, poderia ser estreita demais.

Foi Peregrino quem resolveu o problema no final.

– Que tal – ele sugeriu a Pod – se você construísse uma pequena proteção de papelão em algum canto escuro da despensa de caças? Depois a faria em pedaços novamente e eu os umedeceria na banheira do pássaro; quando tivessem amaciado, nós poderíamos enrolá-los e prendê-los com barbante como se fossem... bem... cilindros, digamos. Poderíamos então passar esses cilindros pela grade e empurrá-los pela passagem sob o assoalho. E construir sua pequena cozinha novamente ao redor da lareira na parte inferior. Mantendo um bom fogo para cozinhar por um dia ou dois, suas paredes logo estarão rígidas de novo.

Pod sentiu-se encantado com a ideia, e também bastante impressionado.

– Nós teríamos primeiro que achatá-los bem, no entanto.

– Isso será fácil – Peregrino lhe disse –, eles estarão encharcados. Praticamente se achatarão sozinhos sob o próprio peso da água. Nós poderemos deitar aquela capa de livro por cima... aquela que cobre o buraco para as escadas... e caminhar por cima, digamos, caso algum pedaço do papelão comece a se enrugar...

Arrietty e Homily ficaram com o trabalho de fazer a limpeza nas antigas pedras do piso da velha cornija da lareira, cortar e empilhar os montes desarrumados de madeira e selecionar as tampas de latas e roscas de garrafas nas quais os Rodapés aparentemente cozinhavam as refeições. Foi uma sorte Peregrino estar ao lado de Arrietty quando ela ia jogar fora uma grande tampa de lata chamuscada contendo alguma coisa que parecia um melaço endurecido.

– Não jogue isso fora! – ele quase gritou. – Deixe-me ver primeiro... – Ofendida, Arrietty passou-a para as mãos dele e se surpreendeu ao ver um grande sorriso se abrindo no rosto de Peregrino quando ele se pôs a cheirar o conteúdo de aparência ruim. – É um pouco da mistura de resina dos Rodapés – comentou. – Pode ser dissolvida de novo. – Triunfante, ele levou a carga preciosa para um local mais seguro. – Seu pai ficará contente com isto!

O segundo desafio técnico apareceu depois que as divisões da cozinha foram erguidas. As laterais estavam firmemente coladas com a ajuda de resistentes tiras cortadas por Pod de um pano de chão seco, mas imundo, descartado pelos caseiros. O pequeno cômodo não tinha teto, de modo que qualquer fumaça da fogueira de Homily escaparia para a imensa chaminé acima. Mas Pod lhe havia feito uma portinha com um pequeno livro chamado *Ensaios de Emerson*. Ele havia removido todas as páginas de dentro, colado a parte de trás do livro à parede de cartolina e deixado a capa para se movimentar pra lá e pra cá contra uma pequena abertura cortada no lado direito.

Ainda assim, mesmo com toda a inteligência de Pod e as ideias brilhantes de Peregrino, a cozinha não tinha um clima propriamente alegre. As paredes de papelão, agora erguidas, não pareciam nada limpas. Havia marcas de pegadas sobre elas aqui e ali, e, apesar de todos os esforços de Homily, tinham ficado encardidas ao serem colocadas para secar no chão. Não se podia lavar uma extensão tão grande do piso da fornalha com gotas de água colhidas, gota a gota, em um lava-olhos. Apenas seria possível escová-la, da maneira mais completa que pudessem, com a cabeça de um cardo dessecado. Foi então que Peregrino teve sua segunda ideia brilhante. Ele se lembrou do rolo de tela na prateleira de cima da biblioteca. Também se tratava de um tipo de cilindro. Preso e enrolado, ele poderia arremessá-lo ao chão. Pod removeria o ladrilho solto no revestimento da lareira e poderiam empurrar a tela pelo vão.

Tão logo pensaram nessa possibilidade, já a realizaram. A cozinha de Homily ficou revestida e luzindo, e as paredes que a envolviam se tornaram até mais fortalecidas. Eles colaram a tela sobre um suporte de livros, escondendo-o totalmente, e agora a porta de couro parecia o que era: uma pequena porta de couro.

– E, se em algum momento a tela ficar um pouco suja de fumaça – Peregrino lhes explicou –, há muita cal na despensa de caças...

– Talvez mais tarde – refletiu Pod, seus olhos estreitando-se pensativos – eu coloque algum tipo de cobertura sobre o fogo. Mas ela ficará satisfeita o suficiente com o modo como está agora... por enquanto.

Ele sorriu para Peregrino. Poetas e pintores podem não ser "tão bons com as mãos" (o que quer que isso signifique), mas certamente são bons com ideias.

– Tem certeza de que não vai precisar de um pouco desta tela para você? – Pod perguntou.

– Há bastante lá – Peregrino respondeu, olhando satisfeito para os apetrechos no chão.

Homily estava sem vontade de visitar os Hendrearies até que sua cozinha estivesse terminada.

– A cozinha é o Coração do Lar – ela disse a Pod. – Não me importo, por enquanto, de deixar todas aquelas coisas empilhadas nos aposentos de estar. Poderemos arrumar tudo aquilo mais tarde, em nossa folga...

E depois, é claro, havia os fantasmas, mas, como Peregrino profetizara, Arrietty logo se acostumou a eles. Assim mesmo, a atitude dela com relação a eles se distinguia um pouco da de seus pais e da de Peregrino: ela nunca perdeu totalmente o sentimento de curiosidade e admiração. Por que eles apareciam de repente e então, sem nenhuma razão aparente, desapareciam e não eram vistos de novo durante semanas? Não parecia haver lógica nisso.

Ela logo se acostumou com Os Passos. A primeira vez que os ouviu foi depois de o telefone ter tocado três vezes. Pronta para voar para dentro da estufa, no caso de ouvir os alarmantes passos apressados pelo piso da sala da frente, depois de um breve silêncio ela escutou, em vez disso, um lento e pesado caminhar que parecia, quando ficou ao lado de Peregrino na biblioteca, estar descendo a escada principal. Quem poderia ser? Nem os passos suaves e apressados da sra. Braga, nem os ligeiramente mais lentos do sr. Braga – a menos, é claro, que ele pudesse estar carregando alguma coisa enormemente pesada. Os passos foram ficando mais audíveis conforme pareciam cruzar a sala. Tensa, ela esperou tirarem o fone do gancho e aguardou alguma espécie de voz humana. Mas nada aconteceu além do som grosseiro de um tropeço seguido de imediato silêncio.

Arrietty olhou com uma expressão assustada para Peregrino e o viu dando risada.

– Ninguém atendeu o telefone... – ela sussurrou preocupada.

– Fantasmas não atendem – disse Peregrino.

– Oh! – exclamou Arrietty. – Era isso...? Você quer dizer...? – Ela parecia bastante apavorada.

– Esses eram Os Passos. Eu havia lhe falado sobre eles. – Ele ainda parecia estar se divertindo.

– Mas eu não entendo. Quero dizer, eles poderiam ouvir o telefone?

– Não, é claro que não! – respondeu Peregrino. Ele gargalhava agora. – O telefone não tem nada a ver com isso: foi apenas uma coincidência. – Ele colocou a mão sobre o braço dela. – Está tudo bem, Arrietty, não há nada a temer; os Bragas estão ausentes.

Sim, Peregrino estava bastante certo: o verdadeiro perigo acontece com os seres humanos, e não com barulhos inofensivos, por mais sobrenaturais que sejam. Sentindo-se uma grande tola, ela saiu andando até a estufa, que estava iluminada pelo sol. Mas nunca mais mostrou (ou até mesmo sentiu) medo dos Passos novamente.

O segundo fantasma era A Garotinha da Escadaria. Na verdade, durante as primeiras semanas, Arrietty não a viu, pelo simples fato de que ela somente aparecia, ligeiramente iluminada, à noite. E por outra razão: a de que Arrietty muito raramente entrava na sala da frente. Em suas raras visitas à despensa, ela preferia a rota de Peregrino ao longo da hera até a janela parcialmente aberta. Ela não gostava mesmo da caminhada aberta, sem proteção, atravessando o imenso chão da cozinha, e a evitava sempre que podia. Pod tinha visto a aparição regularmente, em suas visitas noturnas para recolher sucata velha da despensa de caças. Era uma garotinha, vestida com sua camisola, abaixada na metade da curva da escadaria principal. Parecia estar chorando amargamente, embora não houvesse nenhum som. Pod havia descrito a sua pequena touca de dormir, no formato de um chapéu de bebê, presa primorosamente sob o queixo. Ela ficava lá na maioria das noites, lamentando-se por um irmão preferido que havia dado um tiro em si mesmo, segundo Peregrino lhes contara. A tímida luz pálida que irradiava ajudava Pod a encontrar suas indicações de direção quando fazia o cuidadoso caminho pela escuridão da sala. Ele a considerava muito útil.

O último, mas não menos importante, era o Jovem Infeliz.

Naquela primeira manhã após a chegada

deles à residência paroquial, tendo se levantado cedo, Arrietty havia dado uma espiada na biblioteca pela porta de vidro semiaberta que conduzia à estufa. Embora ela não tivesse notado isso naquele momento, lembrava-se agora de ter visto alguma coisa que achou ser um tapete enrolado, colocado no chão bem em frente à lareira. Então, as rodas estridentes da carroça de Peregrino e a própria aparição repentina dele a fizeram esquecer tudo isso. Ela não viu mais aquilo desde então.

Ela se lembrou disso novamente de maneira bastante repentina no dia em que, como os seres humanos estavam fora, Peregrino – na prateleira mais alta da biblioteca – manuseou o rolo de tela branca de modo que ele caísse aos pés de Pod, que o esperava embaixo. Arrietty havia voltado à torneira da estufa para beber um pouco de água e, quando passou novamente pelas portas da biblioteca para ver o que estava acontecendo, Peregrino e Pod, um em cada ponta, estavam carregando o rolo em direção ao buraco deixado pelo ladrilho solto no revestimento da lareira.

Mas havia alguma coisa entre eles e o buraco. Mais uma vez, ela o tomou por um tapete ou um pedaço enrolado de carpete e se aproximou para olhar melhor. Não era nem um tapete nem um pedaço de carpete velho; para o seu terror, viu que era um ser humano, esticado completamente em frente ao piso da lareira. Dormindo? Morto? Ela deu um salto para trás e gritou.

Pod, com a respiração um pouco alterada por estar apoiando a ponta de trás do rolo, olhou para ela irritado.

– Ora, veja se fica quieta, Arrietty! Precisamos nos concentrar...

Arrietty bateu a mão na boca, os olhos arregalados.

– Com cuidado, por favor... – Pod dizia a Peregrino, que não tinha olhado para ela.

– Oh, papai – hesitou Arrietty –, que negócio é esse?

– Não é nada – disse Pod. – Fica aí frequentemente. Você já deve tê-lo visto. Levante a sua ponta um pouco, Peregrino. Lembre-se de que você tem os degraus. Temos que levá-lo inclinado... – Então, como se de repente percebesse a aflição de Arrietty, Pod olhou para ela. – Está tudo bem, garota, não precisa fazer um escarcéu; não é um ser mundano: é um rapaz infeliz, dizem, que se deu um tiro. Um tipo de fantasma, mais ou menos. Não vai machucar você. Um pouco mais alto, Peregrino, quando estiver dentro do buraco...

Arrietty observou abalada quando Peregrino atravessou diretamente o objeto no chão. Ele e seu pai ficaram um pouco turvos quando passaram pela aparição, mas seus olhos puderam seguir claramente o vislumbre branco da tela.

Por fim, Peregrino surgiu no lado mais distante e entrou pelo buraco. Pod, nitidamente visível outra vez, o seguiu. Houve muita respiração tensa, resmungos e algumas ordens abafadas, e Arrietty foi deixada sozinha com o fantasma.

Para sua surpresa, seu primeiro sentimento foi de piedade. Eles não deviam ter andado através dele daquele modo. Isso mostrou – o que mostrou? – uma espécie de falta de respeito: não pensar em nada que não fosse o serviço a fazer? Mas e Peregrino? Bem, ela supôs que Peregrino, tendo vivido na residência paroquial durante toda a vida, estava tão acostumado aos fantasmas que mal os notava.

Pobre rapaz... Ela se aproximou um pouco para olhar o rosto dele. Estava virado de lado, contra o chão, e era muito pálido. Cabelos escuros ondulados caíam pelo assoalho. Era um rosto bonito, com lábios suavemente abertos e olhos com longos cílios que não pareciam bem fechados. Ele usava uma camisa com babados e culote, e, olhando em toda a sua extensão, ela pôde distinguir os sapatos de fivelas. Um braço estava estirado para o lado, com os dedos curvados como se segurassem um objeto que não mais se via. Ele parecia bem jovem. Por que havia se matado? O que o teria feito ficar tão triste? Mas, exatamente quando ela olhava para ele, derramando-se de piedade, ele começou a desaparecer, diluindo-se no nada. Foi, ela sentiu, como se ele nunca tivesse estado lá. Talvez ele nunca tivesse? Ao final, ela estava olhando para o assoalho e a conhecida mancha escura.

– Bem, é isso aí! – disse uma voz animada. Ela levantou os olhos. Era Peregrino, aparecendo na entrada do buraco e esfregando as mãos de um jeito satisfeito. – Achei que nunca conseguiríamos levar aquele rolo enorme pelas escadas. Mas foi fácil. Uma coisa boa sobre o piso dessa lareira é que ele realmente nos dá bastante espaço. – Ele olhou para o lado. – Ah, aí está o seu pai. É melhor colocarmos o ladrilho de volta agora...

Arrietty ficou olhando firme para Peregrino; seu olhar era acusador.

– Você não deveria ter passado por cima dele daquele jeito.

– Mas eu não fiz isso. Quem? O que você quer dizer?

– Aquele jovem infeliz!
Peregrino riu.
– Ah, aquilo? Eu pensei que você estivesse se referindo ao seu pai...
– É claro que eu não estava. Você não poderia passar por cima do meu pai.
– Não, imagino que não... – Ele foi até ela. – Mas, Arrietty, aquele "jovem infeliz", como você o chama, não estava ali realmente: era apenas... – ele hesitou – ... uma fotografia no ar. – Ele pensou por um momento. – Ou no tempo, se você preferir. Nós tínhamos que colocar a tela no buraco...
– Sim, eu sei. Mas você poderia ter esperado.
– Ah, Arrietty, se nós tivéssemos que esperar os fantasmas desaparecerem ou aparecerem o tempo todo, nunca iríamos a lugar nenhum nesta casa. – Ele deu meia-volta. – Olhe, o seu pai está tendo dificuldades com aquele ladrilho. É melhor eu ir ajudá-lo.

Depois disso, Arrietty nunca mais teve medo do "jovem infeliz", mas sempre teve o cuidado de dar a volta nele.

•• CAPÍTULO DEZESSETE ••

A novidade seguinte (tão logo a cozinha de Homily foi terminada) foi a visita deles, por muito tempo adiada, até a igreja.

– Não podemos mais protelar isso – Pod disse a Homily –, ou a Lupy ficará ofendida. O Spiller deve ter contado a eles que estamos aqui...

– Não pretendo protelar mais isso – retorquiu Homily. – Agora a minha cozinha está terminada. Estou pronta para ir a qualquer lugar.

– Ela estava muito contente com a cozinha. – E gostaria de ver que tipo de casa eles arranjaram. Uma igreja! Parece um tipo engraçado de lugar para alguém escolher morar... Quero dizer, o que há para comer em uma igreja?

– Bem, nós veremos – disse Pod.

Eles escolheram uma manhã clara e limpa, sem ameaça de chuvas. O grupo se compunha de Pod, Homily e Arrietty. Peregrino havia se desculpado e Spiller estava em algum outro lugar. Homily havia embrulhado algumas "guloseimas" em uma sacola de empréstimos, para não chegarem de mãos vazias, e todos os três se sentiam bastante animados. Depois de todos aqueles dias de trabalho exaustivo, isso era uma expedição – um bem-vindo "dia de folga".

Pareceu estranho se *afastarem* da residência paroquial, caminhando em direção a um caminho incomum. Os pássaros estavam se estabelecendo na cerca de buxos, e havia um rastro de musgos na beirada do cascalho. Spiller havia fornecido as instruções a eles.

– Quando virem o ralo da sacristia, aí está o lugar.

Quando escorregaram por entre as estacas da porteira de tábuas que conduzia ao cemitério da igreja, Arrietty viu uma pequena figura se movimentando na direção deles, na beirada do caminho.

– Timmus! – ela exclamou, e, deixando seus pais, mais cautelosos, parados, logo correu na direção dele. Sim, era ele: muito mais magro, um pouco mais alto, com o rosto bastante bronzeado. – Oh, Timmus! – ela exclamou novamente, e estava prestes a abraçá-lo, mas então hesitou: ele havia ficado imóvel e a encarava muito, como se não pudesse acreditar em seus olhos. – Oh, Timmus, meu Timmus... – ela murmurou novamente e colocou o braço sobre os ombros dele. Então ele se abaixou de repente, como se fosse pegar alguma coisa do chão. Ela se abaixou ao lado do jovem, o braço ainda sobre os ombros dele.

– Achei que tivesse visto um gafanhoto... – murmurou Timmus, e ela pôde perceber um constrangimento na sua voz.

– Ah, Timmus... – ela sussurrou. – Você está chorando! Por quê?

– Não estou chorando – respondeu ele, engolindo a emoção. – É claro que não estou chorando... – De repente, virou o rosto para ela: estava irradiando alegria, mas as lágrimas ainda escorriam sobre as bochechas. – Achei que eu nunca jamais fosse ver você...

– Nunca mais... – Arrietty disse, pela força do hábito: ela sempre corrigia a gramática de Timmus.

– Eu estava indo procurar você – ele continuou. – Fiquei procurando você.

– Lá em cima, na residência paroquial? Ah, Timmus, você nunca nos encontraria; não naquele lugar enorme: estamos muito escondidos lá em cima. – Ela não tinha nada para enxugar o rosto dele, então limpou-o gentilmente com os dedos. – E você poderia ter sido apanhado!

– Mas o que é que vocês dois estão fazendo, abaixados aí no meio do caminho? – Pod e Homily haviam se aproximado deles. – Como vai, Timmus? – Homily prosseguiu, quando Arrietty e Timmus se levantaram. – Minha nossa, como você cresceu! Venha aqui, dê um beijo na tia... – Timmus assim o fez: ele era só sorrisos agora. – Como você sabia que nós estávamos vindo?

– Ele não sabia – disse Arrietty. – Estava a caminho da residência paroquial para nos encontrar.

Homily pareceu preocupada.

– Oh, você não deve fazer isso nunca, Timmus; não sozinho. Nunca se sabe o que se pode encontrar na residência paroquial... Para começar, um casal de seres mundanos! A sua mãe está em casa?

– Sim, está – ele disse. – E o meu pai também.

Ele os conduziu até o ralo ao lado da parede da sacristia. Um cano de chumbo saía sobre ele por um buraco cortado nas pedras: havia bastante espaço de um dos lados para um Borrower passar espremido. Timmus entrou primeiro, ágil como uma enguia. Para os outros foi um pouco mais difícil, mas logo pegaram o jeito.

Do lado de dentro, encontraram-se abaixo da pia de pedra, ao lado de uma boca de gás enferrujada. Aí pararam e observaram ao redor.

Era um cômodo amplo e cheirava ligeiramente a sotaina antiga. No centro havia uma mesa quadrada coberta por um tecido de veludo vermelho, ao redor do qual várias cadeiras estavam postas. Eram do tipo geralmente encontrado em cozinhas. Diretamente oposto a eles, do local onde estavam, havia um grande armário de carvalho instalado na parede da igreja – a parede original, Pod percebeu. A sacristia devia ter sido acrescentada numa época bem posterior. O armário era incrustado com ferro e possuía um grande buraco para a chave. De um lado do armário ficava uma grande peça de mobília com formato de caixa que Pod soube mais tarde se tratar de um harmônio[11] obsoleto. Havia hinários surrados empilhados sobre ele quase até o teto. Do outro lado do armário havia uma alta escrivaninha velha, com um livro de registros aberto, um tinteiro e o que ele concluiu ser um conjunto de canetas velhas. À direita deles, uma parede inteira estava ocupada com sotainas e sobrepelizes[12] penduradas em cabides. À esquerda, havia cortinas até o chão de um tecido amora desbotado de veludo. Estas se prendiam em argolas de madeira, separando a sacristia da parte principal da igreja. No canto mais distante encontrava-se um forno de aço esquisito, geralmente descrito como "tartaruga", cujo encanamento de gás saía pelo teto.

Eles não repararam nisso tudo à primeira vista, porque Timmus saiu correndo na frente deles pelo pavimento de pedras.

– Vou avisar que vocês estão aqui! – ele gritou para trás e desapareceu dentro de um buraco escuro retangular na base do pequeno órgão.

– Então é aí que eles vivem... – murmurou Homily. – Eu gostaria de saber como é lá dentro.

– Espaçoso – disse Pod.

Depois de alguns momentos, Lupy apareceu, esfregando as mãos no avental – coisa que ela nunca teria feito em seus dias mais gloriosos, Homily notou, quando sempre se arrumava toda para receber as visitas. Ela beijou Homily bastante sobriamente, e depois fez o mesmo com Pod.

– Bem-vindos – ela disse, com um sorriso gentil de não Lupy. – Bem-vindos à casa do Senhor...

---

11. Pequeno órgão. (N. T.)
12. Espécie de traje eclesiástico branco usado por cima da sotaina. (N. T.)

Foi um cumprimento estranho, Homily achou, quando, igualmente sóbria, ela retribuiu o beijo de Lupy. Ao mesmo tempo, ela notou que Lupy havia emagrecido bastante e perdido um pouco de sua vivacidade.

– Entrem, entrem – ela ficou dizendo. – O Hendreary e o Timmus estão acendendo as velas. Nós estávamos esperando por isso há longos dias.

Então Hendreary apareceu na entrada do buraco, agitando a chama de um fósforo para apagá-la. Timmus apareceu ao lado do pai; seu pequeno rosto bronzeado ainda estava vibrante. Houve mais longos cumprimentos e educadas cortesias quando os visitantes foram levados para dentro. Lupy declarou que Arrietty havia se tornado uma "jovem bastante vistosa", e a própria Homily estava com uma "aparência muito boa".

O vasto interior brilhava com a luz: havia tocos de velas em todo tipo de recipiente. Elas aqueciam e iluminavam a grande sala, e Homily, olhando as peças familiares de mobília ao redor, achou que haviam adquirido elegância por causa do amplo espaço que as circundava; mal pôde reconhecer o pequeno sofá de caixa de tabaco que uma vez havia sido seu. Quanto tempo haviam demorado para estofá-lo e alinhá-lo, ela se lembrou; mas sentiu-se bastante orgulhosa dele agora.

Ela colocou as pequenas oferendas sobre uma das mesas e, cerimoniosamente, pegou uma cadeira. Lupy se alvoroçou e trouxe algumas cascas de nozes serradas, que encheu cuidadosamente com vinho.

– Você pode beber isto com a consciência tranquila – ela disse –, porque ainda não foi abençoado... – Homily mais uma vez ficou confusa com a estranheza dessa observação, mas tomou um gole do vinho.

– Ou talvez prefira groselha – continuou Lupy –, feita por mim mesma?

– Só o vinho está bom – Pod lhe assegurou, bebericando. – Nunca *fui* muito de vinho de groselha: é forte, dá gota...

– Hendreary tem uma predileção especial por ele...

– Espero que ele tenha uma predileção pelo Hendreary – disse Pod. – É um pouco ácido demais para mim.

Homily viu que Hendreary estava mostrando a Pod o recinto ao redor.

– Isso – ele dizia, apontando para a entrada do buraco – é onde costumavam ficar os pedais. – Ele ergueu a cabeça para o alto. – Lá em cima é onde ficavam os foles, mas eles foram retirados quando mudaram o harmônio quebrado de lugar, para dar mais espaço na igreja para o órgão. Mas ainda temos os tubos. Lupy acha que são úteis para pendurar as roupas para secar...

— O Hendreary está com uma aparência muito boa — disse Homily, tomando outro delicado gole de vinho. E Arrietty ficou se perguntando por que, quando as pessoas ficam algum tempo sem se ver, elas têm sempre que ficar dizendo umas às outras que "estão com a aparência boa". Para ela, o tio Hendreary parecia mais esquelético do que nunca, e o seu tufinho de barba engraçado havia se tornado ligeiramente grisalho. Indagou-se: será que ela mesma estava "com uma aparência boa"?

— Ele está e não está — a tia Lupy disse. — Com os meninos longe, ele está achando bastante pesado pegar emprestado aqui. Mas temos nos virado — acrescentou animadamente. — O Spiller nos traz coisas, e as senhoras aparecem por aqui duas vezes por semana...

— Que senhoras? — perguntou Homily. Ela queria saber se elas tinham alguma coisa a ver com "o senhor".

— As senhoras que arrumam as flores. Elas sempre trazem algum lanche. E nós nos viramos com isso. Veja só: elas colocam as cestas no chão até que a srta. Menzies arrume a mesa. Na verdade, uma vez arrumadas as flores, elas se sentam para um chá bastante farto.

Arrietty pulou da cadeira.
— A srta. Menzies! — ela exclamou.
Apenas Timmus percebeu o entusiasmo dela.
— Sim, ela é uma delas. Sei a maioria dos nomes. Tem a Lady Mullings e a sra. Crabtree. E a sra. Praga, é claro; ela faz a maior parte da comida: bolos, pãezinhos de linguiça e todo tipo de coisa. E preciso confessar a você, Homily: é bastante divertido escutar a conversa delas. Eu simplesmente fico aqui, sentada em silêncio, e escuto. Desde a última vez em que nos vimos, Homily, tenho aprendido muito sobre os seres mundanos. Eles são de todos os tipos e tamanhos. Você não acreditaria em algumas das coisas que ouvi...
Arrietty sentou-se devagar novamente e Timmus, no braço da sua cadeira, aproximou-se dela. Alguma coisa que a mãe dele dissera obviamente interessou a Arrietty: ele queria saber o quê. O rosto dela ainda estava um pouco corado.
— O senhor mora na sacristia? — perguntou Homily.
— Oh, céus, não! — tia Lupy exclamou. Ela pareceu ligeiramente chocada. — O Senhor mora apenas na igreja. — Alguma coisa no jeito como ela pronunciava a palavra "Senhor" advertiu Homily de que isso deveria ser pronunciado como se começasse com letra maiúscula. A voz normalmente alta de Lupy havia caído respeitosamente para um tom de reverência. — A sacristia — ela disse de um jeito amável, como se estivesse explicando para uma criança — não é realmente parte da igreja.
— Ah, entendi... — disse Homily, embora na verdade ela não tivesse entendido nada. Mas estava determinada a não revelar sua ignorância.
— Esta igreja — prosseguiu Lupy —, para os padrões humanos, é bem pequena. E o pároco é ligado à Alta[13]. Por causa disso, nós não temos uma congregação muito grande.
— Oh — disse Homily, mas ela não conseguiu entender muito bem o que a altura das pessoas tinha a ver com o resto.
— Ele não usa incenso ou coisas do tipo — continuou Lupy —, mas coloca velas acesas no altar. E graças aos céus por isso, porque sempre podemos pegar as sobras.

---

13. Na Inglaterra, assim é chamada a ala anglicana que valoriza os rituais herdados da Igreja Católica. (N. T.)

– Entendi – disse Homily, olhando ao redor da sala iluminada.

– Por causa disso, muitas pessoas do local vão para a igreja de Went-le-Craye.

– Por causa das velas aqui sobre o altar? – perguntou Homily, admirada.

– Sim – disse Lupy. – Porque o vigário de Went-le-Craye é dos baixos[14].

– Ah, entendi – Homily disse novamente: um mundo completamente novo estava se abrindo diante dela. Não era de estranhar que Lupy tivesse dito que os seres mundanos eram "de todos os tipos e tamanhos".

– É claro que esta "pequena" igreja, como a chamam, é a mais famosa. É muito mais velha, para começar. E os turistas vêm do mundo inteiro para ver a divisória esculpida de madeira.

– Eles vêm? – perguntou Homily admirada. Ela estava se sentindo cada vez mais intrigada.

– É claro. No começo, quando chegamos aqui, passamos alguns períodos difíceis. Sim, foi mesmo. Houve uma semana que passamos só à base de língua de gato.

– Língua de *gato*? – perguntou Homily. O que mais poderia vir depois disso?

– Sim, aqueles docinhos... Os rapazes do coro sempre trazem alguns pacotes para comer durante o sermão. O problema com eles é que, quando esquentam, começam a grudar uns nos outros...

Os rapazes do coro ou as línguas de gato? Homily se decidiu a ficar calada.

– Sem-vergonhas, aqueles rapazes do coro. As risadinhas, as idas à sacristia... E o Timmus está começando a pegar algumas das expressões deles. Entretanto – ela prosseguiu –, quando entram na igreja, cantam como anjinhos, e se parecem também com eles.

Timmus se levantou da cadeira e veio para o lado da mãe: ele parecia querer fazer uma pergunta a ela. Lupy colocou um braço ao redor dele carinhosa, mas distraidamente: ainda faltava contar muita coisa para Homily.

---

14. Na Inglaterra, assim são chamados os anglicanos que defendem cerimônias mais simples. (N. T.)

— Sabe, Homily, quais foram as primeiras palavras que ouvimos quando chegamos na igreja?

Homily fez que não com a cabeça. Como poderia saber?

— Uma voz dizia: "Vinde a mim vós, que estais cansados e sobrecarregados, e eu vos aliviarei". Nós *estávamos* cansados *e* sobrecarregados... — Sim, pensou Homily, olhando novamente em volta da sala: sobrecarregados com uma porção de objetos que haviam pertencido a nós. — Não foi maravilhoso? E nós realmente ficamos aliviados. E tem sido sempre assim. E os hinos que eles cantam? Você não imagina! — Com um braço ao redor de Timmus e o outro levantado como se fosse um maestro, ela fazia um pouco de vento. — "Todas as coisas vivas e bonitas, todas as criaturas, grandes e pequenas...". Grandes e *pequenas*, Homily. Embora ninguém soubesse que estávamos aqui, entende que não havia como não nos sentirmos bem-vindos? — Ela seguiu a direção dos olhos de Homily. — Sim, querida, acho que existem aqui uma ou duas coisas que pertenciam a você e a Pod. Nós nunca achamos que precisariam delas novamente, tendo partido no meio da noite como vocês fizeram. Mas, se houver qualquer coisa que você queira levar embora, apenas para lhe ajudar a começar a vida na antiga residência paroquial, apenas diga; nós ficaríamos muito satisfeitos. Qualquer coisa que pudermos fazer para ajudar...

Os olhos assombrados de Homily se desviaram novamente para o rosto de Lupy. Ela mal podia acreditar em seus ouvidos. Lupy *oferecendo* coisas! E, aparentemente, com verdadeira sinceridade, apesar de ter notado uma certa hesitação nos lábios dela e um ligeiro piscar dos olhos. Homily procurou Pod com o olhar, mas Hendreary o havia levado até a sacristia. Alguma grande mudança havia ocorrido com Lupy, e Homily precisava que Pod testemunhasse isso. Ela se virou novamente com aqueles olhos ansiosos e interrogativos.

— Oh, Lupy... — ela disse. — Pode ficar tranquilamente com todas essas coisas antigas que vieram na fronha. Lá em cima, na antiga residência paroquial, temos tudo de que precisamos agora. E até mais.

— Tem certeza, querida? Não está falando por falar? — Homily podia sentir o alívio na voz dela.

— Bastante certeza. É uma longa história. Quero dizer, aconteceram algumas coisas conosco que você nem acreditaria.

– E o mesmo conosco, querida... Qual é o problema, Timmus? – Ela se virou impaciente para ele: ele estava cochichando em seu ouvido. – O que você está falando? É falta de educação ficar cochichando... – Eu poderia levar a Arrietty até a igreja?
– Não vejo por que não. Se a Arrietty quiser ir... – E seria um alívio livrar-se de dois pares extras de orelhas para escutar: havia ainda tanta coisa que ela ansiava contar a Homily.

Quando Arrietty e Timmus saíram de mansinho, Homily disse:
– O Timmus está bastante bronzeado. Imagino que ele passe bastante tempo ao ar livre.
– Não; bem pouco, na verdade. Nós nunca o deixamos sair sozinho.
– Então, como...? – começou Homily.
– Todo aquele bronzeado? É só uma moda passageira dele. Eu lhe contarei sobre isso mais tarde... – Foi quase um alívio para Homily reconhecer um traço da velha impaciência de Lupy. Lupy curvou-se para se aproximar dela. – Agora, onde estávamos mesmo? Você ia me dizer...
– A nossa história é longa – disse Homily. – Conte-me primeiro a sua.

Não foi preciso pedir duas vezes a Lupy.

Quando Arrietty e Timmus atravessaram a sacristia, Pod e o tio Hendreary emergiram do meio das cortinas que conduziam à igreja, cada um com uma casca de noz na mão. Eles estavam em uma profunda conversa.
– Muito bom – Pod dizia. – Nunca vi um trabalho de entalhe como esse, em nenhum lugar. Não me admira que os... os... como você chama esses que vêm visitar...?
– Turistas – disse Hendreary. – Que vêm do outro lado do mundo!
– Posso bem acreditar nisso – continuou Pod, quando Hendreary, ainda falando, foi abrindo caminho em direção ao harmônio.

Timmus e Arrietty atravessaram as cortinas e então, por um momento, Arrietty ficou parada. Então essa era a igreja!

O prédio era simples, com pilares e arcos e filas ordenadas de bancos. Se os seres mundanos chamavam esta de "uma igreja pequena", o que poderia ser, pensou Arrietty, "uma igreja grande"? Ela quase tremia ante sua altura e vastidão. Tinha um odor estranho e uma sensação estranha: era uma sensação que ela jamais tivera. Bem no final, atrás da última fileira de bancos, havia duas cortinas muito parecidas com essas ao lado das quais ela estava agora. Raios de luzes coloridas fluíam através das janelas de vitrais. Ela sentiu mais do que um pouco de medo. Onde o Senhor morava?, ela queria saber. Arrietty se aproximou um pouco mais de Timmus.

– O que há por trás dessas cortinas? – ela perguntou baixinho.

Timmus respondeu com um tom normal de voz.

– Ah, isso leva à câmara da torre dos sinos e aos degraus para o campanário – disse, animado. – Vou mostrar a você em um minuto. E há degraus de pedra para a torre dos sinos. Mas eu mesmo não os uso. – O rosto dele de repente ganhou um ar de traquinagem. – Dá para sair por cima do telhado – contou a ela entusiasmado.

Arrietty não correspondeu ao sorriso dele. Degraus de pedra! Como criaturas do tamanho deles poderiam subir escadas de pedra construídas para humanos? Escadas acarpetadas eram outro assunto – nos tempos em que Pod ainda tinha a fita e o alfinete de chapéu.

Timmus a puxava para a lateral.

– Venha. Vou lhe mostrar a divisória esculpida...

Ela o seguiu na direção do corredor central. Aqui, as placas de pedras continham figuras entalhadas sobre elas. Essas figuras estranhas de pessoas solenes se estendiam por toda a igreja, de todos os formatos e tamanhos, até as cortinas no final. Mas Timmus estava olhando para o outro lado.

– Ali está – ele anunciou.

A divisória de madeira esculpida era, na verdade, uma maravilhosa obra de escultura que separava o altar da nave. Erguia-se do chão, em cada um dos lados, com um enorme arco no meio. Através deste arco, ela conseguia ver os assentos do coro da igreja, que, diferentemente dos bancos, estavam dispostos longitudinalmente, e, mais adiante deles, de frente para ela, pôde distinguir o altar. Sobre o altar havia um vitral. Sim: estavam lá os dois candelabros de várias pontas que uma vez haviam sido roubados e depois recuperados, e compridos vasos de prata, generosamente preenchidos com flores. O ar estava impregnado com a essência dos lírios-do-vale.

Timmus a cutucava: evidentemente, ela não estava prestando atenção suficiente à divisória esculpida. Ela sorriu para ele e deu alguns passos para trás, até o corredor, para estudá-la sob um ângulo mais amplo.

O fundo (se alguma coisa tão sagrada pode ser chamada de fundo) era um delicado entrelaçado de folhas e flores no meio das quais despontavam uma miríade de pequenas formas e rostos: alguns humanos, outros angelicais, outros demoníacos. Alguns sorriam; outros pareciam bastante solenes. Mais tarde, contaram a Arrietty que esses últimos eram provavelmente, em sua maioria, retratos reais de dignitários da época. Bem no topo do arco havia um rosto maior, muito gentil e calmo, com cabelos soltos. Em cada um de seus lados, uma mão havia sido esculpida com as palmas expostas, num gesto que parecia dizer: "Olhe...". Ou seria: "Vinde..."?

Arrietty virou-se para Timmus.

– Aquele rosto maior, lá em cima, é o retrato do homem que esculpiu tudo isso?

– Não sei – respondeu Timmus.

– Ou é... – Arrietty hesitou – ... um retrato do Senhor?

– Não sei – Timmus respondeu novamente. – A minha mãe o chama de Criador. – Ele a puxou pela manga. – Agora você quer ver a câmara dos sinos?
– Em um minuto – disse Arrietty. Havia ainda muito para ver na divisória esculpida. Uma pequena galeria corria ao longo do topo, ela notou, com uma balaustrada singularmente desenhada. No meio da balaustrada, estava esculpida a figura de uma pomba com as asas abertas. Parecia, pensou Arrietty, que ela tinha acabado de pousar ali. Ou, talvez, que estava prestes a partir. Parecia ter vida. As asas abertas se equilibravam e acentuavam as mãos estendidas logo abaixo delas.
– É linda... – ela disse para Timmus.
– Sim, e também é divertida – ele comentou. E, enquanto se desviavam para a lateral, para andar pela passagem, acrescentou: – Você gostaria de me ver correr rápido como um camundongo?
– Se você quiser... – respondeu Arrietty. Ela percebeu que Timmus, que ainda não estava autorizado a sair sozinho, tinha apenas essa igreja como lugar para brincar. Ela teve esperanças de que o Senhor gostasse de crianças pequenas. Ela então pensou que ele devia gostar, se tia Lupy estivesse certa sobre "todas as criaturas, grandes e pequenas".

Ela observou, sorrindo, enquanto Timmus saiu correndo de perto dela, como uma seta, na direção das cortinas do pavilhão nos fundos. Sim, ele sabia correr; suas perninhas quase levantaram voo, e ele foi parar sem fôlego próximo a um banco baixo situado em frente às cortinas. Arrietty notou, quando finalmente chegou perto do banco e subiu num genuflexório, que nele havia pilhas organizadas de panfletos sobre a igreja, alguns cartões-postais com ilustrações e uma caixa de madeira revestida de metal para a coleta. Havia uma ampla abertura na tampa, quase grande o suficiente para passar uma carta. Um bilhete apoiado atrás dela dizia: "MUITO OBRIGADO".

– Você acha – Timmus começou a dizer, ainda respirando cansado – que, se eu treinar, poderei correr tão rápido quanto um furão?
– Mais rápido – disse Arrietty. – Até os coelhos podem correr mais rápido do que furões: os furões só conseguem caçar coelhos se os perseguirem nos buracos deles.

Timmus pareceu satisfeito.

– Vamos – ele disse, e, disparando para debaixo do banco, passou pelo vão entre as cortinas.

O cômodo dentro era de pedra simples, mas com um teto branco de gesso. Três cadeiras de cozinha estavam colocadas ao longo de uma parede, e a escadaria subia ao longo de outra. Entretanto, o que mais fascinou Arrietty foram os seis buracos redondos no teto, através dos quais se projetava uma grande extensão de corda. Centímetros acima, ao longo de cada corda, havia uma espécie de pegador, de formato parecido com o de uma salsicha. Então era assim que eles tocavam os sinos! Desde que sua família estava morando na antiga residência paroquial, eles haviam escutado apenas um único sino, e era somente para as celebrações de domingo. Cada pedaço de corda terminava em uma "cauda", que se estendia em curvas no chão. Era mais fina do que a parte principal da corda.

Timmus pulou sobre a primeira corda, agarrando-se a ela por um momento, e depois escorregou para baixo, para ficar sentado ao lado da "cauda".

– Fique olhando – ele disse, e se livrou dos sapatos. No momento em que caíram, Arrietty reconheceu-os como um par que seu pai havia feito, alguns anos antes, para o irmão mais velho de Timmus. Ela baixou os olhos para os seus próprios sapatos, que estavam ficando bastante surrados e haviam pertencido antes a Homily. Ela teve esperança de que, quando estivessem realmente estabelecidos na casa nova, Pod desenvolvesse esse ofício novamente: ele tinha sido um maravilhoso sapateiro. Tudo de que ele precisaria seria de uma velha luva de couro, e devia haver muitas delas deixadas em igrejas.

– Por favor, olhe! – Timmus implorou. Ele estava em pé agora, sobre o nó, as mãos agarrando a corda acima de sua cabeça. O que ele pretendia fazer? Ela logo viu: se podia correr como um camundongo, ele também conseguia subir como um. Ele subiu, cada vez mais alto, as mãos e os pés se movimentando sincronizados. Mais rápido até que um camundongo; mais parecido com uma aranha num filamento da teia. A não ser pelo fato de que a corda do sino não era nenhum filamento: o entrelaçado rústico era pesado e grosso, proporcionando pontos de apoio invisíveis pra os pés.

Arrietty ficou observando, admirada, até que ele finalmente alcançou o teto. Sem olhar para baixo, ele desapareceu pelo buraco. Bem nesses poucos minutos, Timmus havia desaparecido da vista. Presa pela situação, ela ficou ali aturdida, com o pescoço se forçando para o teto. O pescoço começou a doer, mas ela não ousava tirar os olhos do alto. Quantas horas de treinamento isso devia ter custado a ele! E ela achava que *ela* soubesse escalar...

Finalmente, a carinha reapareceu, espiando lá para baixo, na direção dela, pelo buraco.

– Veja só! – ele gritou. – Para chegar até a torre dos sinos, os Borrowers não precisam de escadas!

Ele desceu mais devagar, talvez um pouco cansado pelo esforço, e se sentou confortavelmente montado na corda.

– Dá para ir direto para os sinos – ele lhe disse –, e tem um lugar que sai direto no telhado. Costumava ter seis pessoas para tocar os sinos, mas agora existe só uma, a não ser na Páscoa e no dia que chamam de Natal.

– Oh! – exclamou Arrietty – Eu sei sobre o Natal. A minha mãe sempre fica falando sobre isso. E sobre as festas que sempre faziam. Quando ela era menina, havia muito mais Borrowers na casa, e foi nessa época, a época do Natal, que ela começou a reparar no meu pai. As ceias! Havia coisas chamadas uvas-passas e frutas cristalizadas e pudins de ameixa e peru... e o *vinho* que sobrava nos copos! O meu pai costumava retirá-lo com um abastecedor de caneta-tinteiro. Ele já subia em uma dobra da toalha de mesa quase antes de o último mundano sair da sala. E a minha mãe começou a perceber que maravilhoso Borrower ele se tornaria. Ele arranjou para ela um pequeno anel de alguma coisa chamada "bombinha festiva", e ela o usava como uma coroa... – Ela ficou silenciosa por um momento, lembrando-se daquele anel. Onde estaria agora?, ela ficou pensando. Ela mesma o usava com frequência...

– Continue – disse Timmus; ele esperava que isso fosse uma das histórias dela.

– É só isso – disse Arrietty.

– Ah – Timmus pareceu desapontado. Depois de um momento, ele perguntou: – Como é lá na residência paroquial?

– Agradável. Você poderia vir nos visitar.

– Eles não me deixam sair sozinho.

– Eu poderia vir buscar você.

– Poderia? Mesmo? E você ainda contaria histórias?

– Acho que sim – disse Arrietty.

Timmus se levantou, enganchando a corda com as mãos.

– Agora, se você quisesse, nós poderíamos escalar a divisória esculpida – ele sugeriu.

Arrietty hesitou.

– Não sei escalar tão bem quanto você – ela disse, por fim. Depois acrescentou rapidamente: – Ainda.

– É fácil. A gente pode passear por toda aquela divisória. Eu subo lá para observar os seres mundanos...

– Que seres mundanos?

– Os seres mundanos que vêm para a igreja. Eles não conseguem ver a gente. Não se a gente ficar bem parado. Eles acham que a gente é parte da escultura. É por isso que eu deixei o meu rosto marrom...

– Com o quê? – perguntou Arrietty.

– Suco do fruto da noz, é claro. – Ele balançou um pouco a corda. – Você poderia me empurrar um pouco?

Arrietty estava confusa. Com que rapidez ele passava de um assunto para outro!

— Que tipo de empurrão você quer? – ela perguntou.
— Em mim. Apenas dê um impulso em mim...
Mão após mão, ele começou a subir na corda e, uma vez que a agarrou firme entre os pés e os joelhos, Arrietty o impulsionou com gentileza. Ela reparou que a corda do primeiro sino caía mais baixo do que as outras. Seria por causa do uso constante? O pegador em forma de salsicha parecia esfiapado e roto, e havia sido reforçado de modo inteligente com um pedaço velho de carpete, caprichosamente amarrado em volta com barbante. Esse, ela supôs, era o sino que ouviam aos domingos.
— Mais forte! – gritou Timmus. – *Bem mais forte!* – Então ela deu um impulso poderoso. Ele pendeu para um lado da corda e, impulsionando com pés e mãos, começou a ganhar força de movimento. A corda do sino balançava para trás e para a frente, cada vez mais distanciada e cada vez mais alta. Uma vez ele esbarrou nas cortinas, que se abriram ligeiramente. Arrietty ficou com medo de que ele batesse nas paredes!
— Cuidado...! – ela gritou num pânico crescente: a corda do sino era comprida demais para ser possível testar seu raio de alcance; poderia chegar a qualquer distância dentro da vista. – Cuidado, Timmus... – ela implorou. – *Por favor*, tome cuidado...!
Ele apenas ria, ágil e confiante. Com um movimento contrário de seu corpo, ele fez uma mudança circular de direção, esbarrando nas outras cordas dos sinos, de modo que elas também balançaram e se chacoalharam.
E se alguém entrasse? E se os sinos começassem a tocar? Arrietty sentiu uma repentina sensação de culpa: essa exibição maluca era toda por causa dela.
— Pare com isso, Timmus! – ela lhe implorou, quase em lágrimas. Ela estendeu os braços na direção dele para impedi-lo; um gesto infrutífero para a velocidade em que ele estava indo, e Arrietty teve que se desviar rapidamente para trás quando a corda passou por ela voando pelo vão das cortinas. Ela ouviu o barulho do escorregão e do tombo e o arrastar de madeira na pedra. Ele havia batido no banco.
— Oh, por favor, não o deixe morrer! – ela gritou para si mesma ao correr pelas cortinas.
Ele não estava nem um pouco morto: estava em pé no banco, rodeado de panfletos espalhados, a corda ainda segura em sua mão.

Ele olhou lá para baixo, meio confuso, e depois a soltou suavemente.
Em sua aflição, Arrietty quase nem percebeu quando a corda passou tranquilamente por ela pelo espaço das cortinas e voltou ao seu lugar costumeiro, pendendo e balançando como se estivesse viva.
Havia panfletos sobre o assoalho, a caixa de coletas tinha sido empurrada para o lado e o banco estava fora do lugar. Não muito fora do lugar, ela notou com alívio.
– Oh, Timmus...! – ela exclamou, e havia uma carga de reprovação em sua voz.
– Desculpe-me – ele disse, e se locomoveu para a ponta do banco, como se fosse descer. Teria sido uma grande queda.
– Fique onde você está! – Arrietty lhe ordenou. – Eu vou trazer você para baixo depois. Temos que arrumar tudo isto... Você se machucou?
Ele ainda parecia confuso.
– Não muito – respondeu.
– Então recolha todos esses papéis e coloque-os de volta em pilhas. Eu passarei estes do chão a você...
Timmus fez conforme Arrietty pediu. Ele *estava* se movimentando meio duro, mas Arrietty, abaixada para recolher os panfletos espalhados no chão, não teve tempo de notar ou de olhar para cima. Pelo menos ele podia andar e se curvar.
Na ponta dos pés, ela lhe passou o pequeno amontoado de postais e panfletos enquanto ele, acima, curvava-se perigosamente sobre a ponta do banco polido, esticando os braços para baixo para recebê-los. Finalmente, todos os papéis estavam no lugar. O próprio banco – que tristeza – teria que ficar torto.
– Agora é melhor você tentar colocar no lugar a caixa de coletas, se não for pesada demais...
Ela era pesada, mas ele conseguiu, depois de muito esforço. Então Arrietty passou a ele a placa que dizia "MUITO OBRIGADO"; isso, finalmente, encerrou tudo.
Eles voltaram andando pelo corredor bem seriamente. Nenhum dos dois sentiu muita vontade de conversar, mas, quando chegaram à divisória, Arrietty disse:
– Acho que não vamos escalar isso hoje. – Embora não respondesse, Timmus pareceu concordar com ela.

•• **CAPÍTULO DEZOITO** ••

Depois disso, Arrietty passou a descer com bastante frequência à igreja: era por causa dos "novos planos" – planos que a deixaram muito feliz e se tornaram um ponto de inflexão em sua vida: ela tinha sido autorizada a "pegar emprestado". E não apenas isso; para sua maior alegria, pegar emprestado fora de casa!

Aconteceu deste modo: seu tio Hendreary vinha achando a longa caminhada até a horta cada vez mais cansativa, e Timmus era jovem demais para ser enviado sozinho. Ele ia com o pai algumas vezes para ajudar a carregar, mas disparava e ficava correndo "como um camundongo", e essa atividade Hendreary também achava muito cansativa, por ser propenso a incalculáveis ataques de gota. Era diferente quando os dois irmãos mais velhos estavam em casa: eles sempre se encarregavam de fazer o que tia Lupy chamava de "trabalho de jumento", mas agora que haviam retornado à antiga casa na toca dos texugos (com Eggletina para arrumá-la para eles), procurando o que chamavam de sua independência, as atividades domésticas começaram a pesar muito para o pai.

– Não sou tão jovem quanto antes – ele dizia, e dizia isso com bastante frequência.

Pod não podia ajudar muito: ele vinha desenvolvendo um maravilhoso planejamento para seus cômodos embaixo do banco da janela, e o trabalho nessa empreitada tomava-lhe todo o tempo. Ele estava determinado a dividir o espaço relativamente grande em três cômodos separados: um pequeno, para Arrietty, um outro para ele e Homily, e uma sala de estar clara e ensolarada, que se localizaria próximo à grade. Ele construiria as repartições com as capas dos muitos livros que Peregrino havia deixado para trás. Os *Ensaios* de Montaigne, em dois volumes, eram os maiores, e deveriam ser colocados primeiro; os livros menores seriam usados como portas. Ele guardava um bom suprimento das folhas internas, com as quais planejava forrar as paredes em linhas verticais com letras do mesmo tipo. Homily achava que isso seria um pouco sem graça e desestimulante para a sala de estar: ela preferia um toque de cor.

– Você não vai querer uma sala grande como essa toda *cinza*. E é assim que vai parecer se não olhar de perto. Apenas *cinza*: as letras impressas são tão pequenas... – Mas Arrietty e Pod a convenceram de que esse tom neutro aumentaria a sensação de espaço, e proporcionaria um fundo esplêndido para os quadros que Peregrino prometera pintar para eles.

– Veja só, mamãe – Arrietty tentava explicar –: esta sala não será mobiliada com pedaços de coisas, como a sala sob o assoalho do Solar. Quero dizer, agora nós temos a linda mobília de casa de bonecas da srta. Menzies.

– Pedaços de coisas... – Homily murmurou, rabugenta: ela gostava do aconchegante espaço deles no Solar. Gostava especialmente daquele lindo cavalo do jogo de xadrez. Ficou pensando onde ele estaria agora.

Mas ela cozinhava para eles refeições esplêndidas em sua cozinha branco-gelo, bem suprida com coisas emprestadas da horta, e Spiller de vez em quando lhes trazia um vairão ou um camarão de água doce pescado no rio e, com frequência, uma esplêndida coxa de alguma caça que ele nunca diria *do quê*.

Pod martelava e serrava (e assobiava baixinho) em meio a móveis empilhados e um caos geral sob o banco da janela na biblioteca. Peregrino vez ou outra aparecia para inspecionar o trabalho deles e lhes trazia alguma gulodice rara ou outra coisa da despensa, mas achava difícil interromper sua pintura (realizada secretamente, de modo que cada quadro fosse uma surpresa).

Todos pareciam felizes, cada um com seu trabalho específico, mas talvez os mais felizes de todos fossem Arrietty e Timmus.

Ele nunca "corria como um camundongo" com Arrietty (exceto quando algum perigo os ameaçasse: uma vez eles tiveram um desagradável encontro com uma doninha). E, no caminho para a horta, ela geralmente lhe contava alguma história que o deixava encantado. Nesses primeiros dias da primavera, havia pouca coisa para pegar emprestado, exceto couve-de-bruxelas, salsa e repolho crespo, mas, à medida que a temperatura aumentava, apareciam várias fileiras de mudas de alface que quase não necessitavam de desbaste: os Borrowers as desbastavam. Eles também "desbastavam" as pequenas mudas de cebola e colhiam brotos de tomilho.

Então chegou o dia glorioso, quando o Braga cavou a primeira das batatas novas e deixou, na terra fofa, inúmeros tubérculos pequenos, alguns não maiores do que uma avelã: com os quais "não se importaria". Mas Homily se importaria, e também Lupy. Que banquete era servir um prato inteiro de miniaturas de batatas novas, temperadas com tenros raminhos de hortelã. E se Peregrino pudesse conseguir um punhado de manteiga da despensa! Que diferença de quando cortavam fatias de batatas velhas – tão grandes que precisavam ser trazidas rolando pelo chão empoeirado até a cozinha de Homily, como tinha acontecido no Solar.

Então veio a promessa de favas, feijões-da-espanha, canteiros de morangos e pés de framboesas abrindo-se em folhas. E aquelas misteriosas árvores frutíferas em fileiras ao longo dos muros ao sul? Pêssegos? Nectarinas? Ameixas? Teriam que esperar para ver. Oh, o envasamento, a secagem e a armazenagem! Pod estava empenhado em encontrar utensílios suficientes. E, entretanto, a antiga e abandonada despensa das caças parecia nunca falhar com ele. Com paciência e procuras persistentes, ele geralmente conseguia suprir a maior parte das necessidades.

Spiller algumas vezes se juntava a eles na horta: com a ajuda de seu arco e flecha, ele reprimia as pragas maiores. As pombas eram a grande ameaça: podiam deixar em tiras um pé de repolho novo em menos de duas horas. Mas começaram a odiar a picada das pequenas flechas.

Pegar emprestado para duas famílias podia se tornar às vezes um trabalho árduo. Uma couve-de-bruxelas era tão grande quanto um repolho para Arrietty e Timmus, e, além de todos os outros empréstimos, eles tinham sempre que retornar com quatro: duas para cada família. Mesmo assim, naquele jardim quente e protegido, passavam-se longas horas de divertimento e lazer: esconde-esconde entre as salsas, e, se chovesse, eles poderiam se abrigar sob as folhas abertas do ruibarbo e brincar de jogos de adivinhar e coisas do gênero. Eles tinham, naturalmente, que ficar atentos ao Braga. E havia ratos no adubo composto. Mas Spiller cuidava deles. Eles também ficaram conhecendo o *vupt* daquelas pequeninas flechas.

De volta para casa, eles deixavam os empréstimos de Arrietty sob a grade (de onde Pod os colocava para dentro) e depois se dirigiam para a igreja. Tia Lupy pedia para Arrietty ficar para o chá e esta quase sempre aceitava: ela ficava tentando dar uma olhada na srta. Menzies. Apesar de ter solenemente prometido ao seu pai nunca mais falar com um ser mundano, poderia haver um jeito de deixar a srta. Menzies saber que eles estavam a salvo. Mas, embora as outras senhoras aparecessem às quartas-feiras e aos sábados para arrumar as flores, a srta. Menzies nunca estava entre elas.

Arrietty notou que tia Lupy estava gostando muito daquelas senhoras. Ela estava bastante acostumada com conversas mundanas da alta sociedade, tendo se tornado uma Espineta por casamento e vivido por muito tempo com seu primeiro marido dentro daquele instrumento na sala de visitas no Solar. Foi ali (como Homily afirmava) que ela aprendeu maneiras mais nobres do que aqueles modos rudes vigentes sob a cozinha. (Embora Homily sempre acrescentasse que Lupy era apenas uma Barril do estábulo antes de se casar com um Espineta.) A espineta nunca era aberta, pelo fato de estarem faltando muitas cordas. Ainda assim, mesmo parecendo superior, não tinha sido uma vida fácil: eles tiveram que subsistir apenas do que era deixado após o chá da tarde. E seus empréstimos precisavam ser feitos numa velocidade-relâmpago, entre o momento em que as senhoras saíam para se trocar para o jantar e aquele em que o mordomo aparecia para limpar a mesa do chá. E houve muitas ocasiões (como ela confessou uma vez para Homily) em que não havia nada para beber exceto a água dos vasos das flores, e absolutamente nada para se comer. Tia Lupy parecia destinada a fazer uma casa dentro de algum tipo de instrumento musical.

Arrietty gostava de ouvir as histórias de tia Lupy sobre os seres mundanos e absorvia muitos tipos de informações interessantes com as quais ela brindava sua mãe e seu pai ao retornar para a ceia. Por exemplo, *por que* o velho pároco não vivia mais na residência paroquial, e sim em uma casa de campo compacta e organizada do outro lado da alameda. Ela ficou sabendo que a sra. Braga descia à igreja toda noite para guardar a caixa do ofertório trancada no armário da sacristia, e como o sólido armário antigo (inserido profundamente entre as pedras da igreja original) abrigava "tesouros inestimáveis" (descrição de Lady Mullings): pratos do altar em ouro e prata, um cálice de pedras preciosas, requintados candelabros muito mais antigos do que aqueles que haviam sido roubados do altar e muitos outros objetos históricos, descritos numa voz solene por Lupy, mas dos quais Arrietty esquecera os nomes.

— Imagine! — Homily exclamou quando Arrietty repetiu de memória tanto quanto conseguiu lembrar. — Quem poderia saber uma coisa dessas!

E Pod observou:

– Parece o gabinete do Solar.
– Tudo deveria estar sob chave e cadeado – Homily comentou séria.
– *Estão* sob chave e cadeado – Pod explicou pacientemente.
– Examinei aquelas portas: a madeira de carvalho é tão dura pela idade que ninguém conseguiria colocar nem um prego nela. Nem um ser mundano conseguiria.
– Lady Mullings acha que todas essas coisas deveriam ser colocadas em um banco – Arrietty contou-lhes.
– Em um *banco*! – exclamou Homily, pensando em um assento.
– Sim, também achei engraçado – admitiu Arrietty.
– É aquela Lady Mullings que é uma "descobridora"? – perguntou Homily, depois de um momento.
– Sim. Bem, ela é para as outras pessoas. Mas a tia Lupy diz que ela nunca consegue achar uma coisa que ela mesma perdeu. A tia Lupy disse que a escutou contar para a sra. Crabtree que ela havia perdido a chave do sótão e que agora não conseguia pegar as coisas que tinha separado para a quermesse. E ela está sempre esquecendo coisas na igreja: guarda-chuvas, lenços, luvas e coisas desse tipo...
– Eu poderia aproveitar bem uma boa luva de couro – comentou Pod.

Em determinada tarde, pouco tempo depois, Arrietty tomou coragem para perguntar bastante abertamente sobre a srta. Menzies: por que ela não vinha mais?
– Oh, coitadinha! – exclamou tia Lupy. – Ela realmente veio uma vez para se desculpar. Mas está com terríveis dificuldades...
O coração de Arrietty disparou.
– Quais... que tipo de dificuldades?
– Alguns vândalos arrombaram o vilarejo em miniatura e destruíram todas as casas!
– *Todas* as casas? – Arrietty engoliu em seco, embora soubesse que tia Lupy tendia a exagerar.
– Bem, foi isso o que eu entendi. Ela estava muito aborrecida! Aliás, nunca ouvi alguém tão aborrecida. E quase foi o fim do sr. Pott. Os bárbaros devem ter entrado pelo rio. Eles cortaram a cerca e tudo. E lá estão os dois: a srta. Menzies e Pott, trabalhando dia e noite para consertar o prejuízo. Pobrezinhos! Eles queriam tanto poder abrir o local para a Páscoa. É quando começa a temporada...

– Q-quando? – gaguejou Arrietty. – Quero dizer, há quanto tempo isso aconteceu?
– Deixe-me ver... – Tia Lupy ficou pensativa. – Há mais ou menos uma semana? Não, faz mais tempo do que isso... parece que foi há duas... – Ela franziu as sobrancelhas, tentando lembrar. – Há quanto tempo vocês todos chegaram aqui?
– Há mais ou menos duas semanas – disse Arrietty.
– Bem, deve ter sido por essa época. Se não me engano, era noite de lua bem cheia.
– Sim. – Arrietty se curvou, as mãos agarradas tão desesperadamente no colo que as unhas se enterraram nas palmas. – Essa foi a primeira noite depois que chegamos... – a voz dela tremia.
– Qual é o problema, criança?
– Oh, tia Lupy! Você não entende? Se nós demorássemos por mais uma noite, apenas *uma* noite, e a minha mãe queria isso, eles teriam nos pegado!
– Quem teria pegado vocês? – Tia Lupy parecia alarmada.
– Os Platters! Eles arrancaram o teto, como haviam feito antes. E nós teríamos estado na casa. Como ratos em uma armadilha, tia Lupy!
– Minha santíssima! – exclamou tia Lupy.
– Não foram vândalos, tia Lupy; foram os Platters!
– Você quer dizer aquelas pessoas que prenderam vocês no sótão e que pretendiam exibi-los numa vitrina?
– Sim, sim – Arrietty estava de pé agora.
– Mas como você sabe que foram eles?
– Eu apenas sei. Meu pai estava esperando por eles. Preciso ir para casa agora, tia Lupy. – Ela ficou procurando freneticamente a sacola de empréstimos vazia. – Preciso contar tudo isso para os meus pais...
– Mas você está a salvo agora, querida. Essas pessoas não sabem que vocês estão aqui.
– Espero que não – disse Arrietty. Ela encontrou a sacola e se curvou apressada para beijar a tia.
– O Senhor toma conta dos seus – disse Lupy. – Obrigada pela alface. Vá com cuidado, criança.

Mas Arrietty não foi muito cuidadosa. Ela foi com tanta pressa que quase deu um encontrão em Kitty Braga, que se aproximava da porteira do lado mais distante. Por sorte, Arrietty escutou-a cantar, reconheceu a cantora pela música e teve tempo de se proteger sob a ponta de uma pedra do chão.

– Em uma pequenina cidade querida na velha County Down – cantava Kitty, enquanto se aproximava da porteira – você deve se demorar no caminho do meu coração. Embora ele nunca fosse grandioso, é o meu país das fadas... Ela parou para destrancar o portão e trancou-o novamente com cuidado antes de prosseguir. – ... em um mundo maravilhoso. – Arrietty, espiando sob a borda da pedra, viu que Kitty, à medida que ia caminhando, balançava uma chave grande no dedo indicador da mão direita. Ah, sim! Ela se lembrou de repente que essa era a hora em que Kitty Braga sempre descia à igreja para dar uma última olhada e trancar a caixa de coletas no sólido armário antigo durante a noite. Rapidamente, ela saiu se espremendo de debaixo da pedra e por entre as estacas do portão.

Sua mãe e seu pai ficaram sérios quando ouviram a história. Eles pareciam abalados e abatidos pelo risco que correram em sua fuga. Não houve alarde de Pod sobre suas advertências de cuidado para Homily. Nem ela reconheceu, como até certo ponto gostaria, como essas advertências se mostraram corretas. Essa não era a hora de glórias baratas nem de recriminações. Eles estavam a salvo agora, e isso era tudo o que importava, mas por quão pouco haviam escapado!

– Como deviam estar desesperados, esses Platters! – Pod disse, finalmente.

– E ainda estão, imagino – disse Homily.

– Bem, eles não nos encontrarão aqui – disse Pod. Ele olhou ao redor de um modo satisfeito em sua sala de estar, que estava agora tomando forma: as cadeiras e o sofá não estavam mais empilhados, e eles estavam sentados neles.

Homily se levantou.

– Eu tenho uma parte do jantar pronta na cozinha – ela avisou e tomou a frente em direção aos degraus para a passagem sob o assoalho.

Pod deu uma última olhada em volta.

– Vou cortar um bom pedaço de vidro para encaixar naquela grade – ele informou. – O Peregrino tem bastante. E depois vem o inverno; quando ligarem o aquecimento central, ficaremos tão confortáveis quanto nas casas...

Homily ficou bastante calada durante o jantar e um pouco distante. Quando terminaram de comer, ela se sentou com um cotovelo sobre a mesa e, apoiando uma das bochechas na mão, ficou olhando para o prato. Pod, olhando para ela do outro lado da mesa, pareceu intrigado.

– Você está preocupada com alguma coisa, Homily? – ele perguntou, depois de um longo silêncio. Ele sabia como ela facilmente ficava preocupada.

Ela fez que não com a cabeça.

– Na verdade, não...

– Mas *tem* alguma coisa? – insistiu Pod.

– Nada mesmo – disse Homily, e começou a juntar os pratos. – É só que...

– Só o que, Homily?

Ela se sentou novamente.

– É que... Bem, eu desejaria, às vezes, que nunca tivessem nos contado sobre essa Lady Mullings.

– Por que, Homily?

– É que não gosto muito dessa ideia de "descobridora" – ela disse.

•• CAPÍTULO DEZENOVE ••

Não havia dúvidas de que Homily apreciava muito os relatos de fofocas dos humanos com os quais Arrietty a regalava depois das visitas à igreja. Embora a notícia da invasão dos Platters ao vilarejo em miniatura da coitada da srta. Menzies a tivesse chocado e amedrontado na época, já no dia seguinte isso tinha se refugiado nos fundos da sua mente, fundindo-se com uma sensação de alívio por terem escapado e pela perspectiva de um futuro mais seguro e mais feliz.

Os quadros de Peregrino fizeram um grande sucesso. Eram do tamanho de selos postais e, como Homily disse, "combinavam bem entre si". Cada pintura era sobre um único objeto: um abelhão, com cada um dos pelos reluzentes observados em detalhe e as asas iridescentes em delicada transparência; a floração da verônica[15], da ervilhaca[16] e do familiar morrião; um inseto listrado; um caracol emergindo da concha, todo prata e bronze, e suas curvas espirais em marrom-dourado, a cabeça olhando para eles de modo inquiridor.

– Quase podemos pegá-lo! – ela exclamou. – Não que eu fosse querer... E vejam os olhos dele à espreita!

Peregrino havia prendido a tela fina a pedaços de cartolina e, na beirada de cada uma, pintado uma moldura. Parecia uma moldura verdadeira: só passando a mão é que se percebia que era falsa. (Uns sessenta anos mais tarde, quando reformas estavam sendo feitas na casa, essas pinturas foram descobertas por um ser humano; elas provocaram imensa admiração e foram colocadas em uma coleção.)

– Ele diz que é o seu presente de Páscoa – Arrietty disse para a mãe.

– O que é Páscoa? – perguntou Homily curiosa.

– Ah, eu lhe disse, mãe... A Páscoa é no próximo domingo. E todas as senhoras virão arrumar as flores para a igreja. Até a srta. Menzies! Ouvi Lady Mullings dizer que, por mais ocupada que estivesse, a srta.

---

15. Erva com flores e vagem utilizada como forragem e adubo verde. (N. T.)
16. Em alguns países, essa data é considerada feriado, no qual ocorrem comemorações. (N. T.)

Menzies nunca deixaria de ajudar com as flores para a Páscoa. Ah, mãe – ela soava chorosa –, eu gostaria que o papai me deixasse falar com ela... apenas *por uma vez*! Afinal de contas, se formos pensar, tudo o que nós temos devemos à srta. Menzies: esta sala adorável, a penteadeira, as panelas, as nossas roupas... Ela nos amava, mãe, de verdade!

– Não adiantaria – Homily disse. – Todos os nossos problemas começaram por você conversar com aquele Garoto. E você poderia dizer que ele nos amava, também... – Ela pareceu sarcástica.

– Ele nos amava – disse Arrietty.

– E isso nos ajudou tanto... – retorquiu Homily.

– Ah, mãe, ele salvou a nossa vida!

– Que não teria estado em perigo senão por causa dele. Não, Arrietty; o seu pai está certo. Desça e fique *escutando* elas falarem quanto quiser. Mas nada de conversar. Nem de ser *vista*. Nós temos que confiar em você, Arrietty. Especialmente agora, com toda essa sua nova liberdade... – Vendo a expressão no rosto de Arrietty, ela acrescentou, mais gentilmente: – Não que você e Timmus não estejam fazendo um bom trabalho. E a sua tia Lupy pensa assim também...

Alguns dias antes, tia Lupy e tio Hendreary tinham vindo para o chá. Tiveram um certo trabalho para persuadi-los. A residência paroquial era um território estranho para eles, e não sabiam muito bem o que esperar. Nesses tempos, nenhum dos dois saía muito: a igreja era o território deles, e lá se sentiam em casa. E, embora tia Lupy estivesse mais magra que anteriormente, ela não gostava de passar pela parede de pedras e pela difícil passagem ao longo do cano do ralo: havia sempre o medo de ficar entalada. Entretanto, Pod e Arrietty foram buscá-los. Pod ajudou Lupy pelo buraco e a guiou com gentileza ao longo do caminho, pelas estacas da porteira e até a grade aberta. Arrietty ficou lá embaixo na igreja com Timmus – ambos felizes por não terem de ir à chatice do chá de adultos.

Uma vez em segurança lá dentro, Lupy ficou admirada com o esplendor da mobília da casa de bonecas. Homily, tão educada quanto Pod nessa ocasião, não tomou para si nenhum crédito.

– Tudo *dado* – ela comentou entusiasmada. – Não há nada aqui que nós mesmos tenhamos escolhido. Nem fizemos nada, a não ser as paredes e as portas.

Tia Lupy olhou ao redor, maravilhada.

– De muito bom gosto – ela disse, finalmente. – Gostei do seu papel de parede.
– *Gostou*? – Homily comentou com surpresa dissimulada. – Achei um pouco sem graça... – Embora, na verdade, ela mesma começasse a admirá-lo.
– Eu diria que é refinado – disse Lupy.
– Verdade? Oh, fico tão feliz! É claro que há muita leitura interessante nele, se vocês se curvarem para o lado... – O fato de que nem Lupy nem Homily pudessem ler fora cordialmente ignorado.
Se houve algum brilho de inveja no olhar de tia Lupy quando Homily trouxe o aparelho de chá de bonecas, ela o suprimiu rapidamente. Que estivesse um pouco fora de proporções pareceu não importar: a srta. Menzies havia procurado em todos os lugares xícaras pequenas o suficiente para caber em dedos tão pequenos e um bule que não fosse pesado demais para uma mão minúscula segurar. Mas, mesmo grandes, as xícaras eram muito formosas com sua estampa de miosótis, e Homily sempre se lembrava de encher apenas pela metade o bule do chá.
Depois do chá, Lupy foi levada para ver a cozinha. Ela expressou um pouco de surpresa pela longa caminhada sob o assoalho.
– Eu não gostaria de ter que carregar as *nossas* refeições por toda essa distância – ela comentou. – Em casa, tenho apenas que me deslocar da boca de gás.
– Sim. Muito conveniente – Homily concordou, educada. Por alguma razão, ela não explicou para Lupy que eles nunca levavam as refeições "por toda essa distância", mas que as comiam confortavelmente na mesa de cerâmica em frente ao fogo da cozinha.
– E, no inverno – continuou Lupy –, eles acendem aquele grande forno de coque no canto da sacristia. E o que é mais importante: ele fica aceso durante a noite toda.
– Bem aconchegante – disse Homily.
– E útil, para sopas, caldos e coisas assim.
– Bem, você sempre foi uma boa administradora, Lupy.
No momento em que alcançaram os degraus e Homily fez uma pausa, Pod foi mais adiante para acender as velas, e ela quis lhe dar tempo. Lupy estava olhando para os degraus, extasiada e muito curiosa.
– Parece muito escuro lá em cima...

– Na verdade, não – disse Homily: ela vira o brilho da vela. – Venha comigo, eu lhe mostrarei... – E a conduziu para cima, em direção à chaminé.

Lupy olhava ao redor com um tipo de pavor do imenso espaço de vento encanado e paredes escurecidas pela fuligem. Não conseguia pensar em nada para dizer. Era isso realmente a cozinha deles? Ah, havia um brilho de luz no canto mais longe...

– É melhor pegar a minha mão – Homily sugeriu. – Cuidado com os gravetos. As gralhas os derrubam... – Abaixando-se, apanhou dois recentes e os atirou em uma pilha arrumada.

Quando finalmente alcançaram a pequena porta assinalada *Ensaios de Emerson*, Homily abriu-a para Lupy entrar primeiro. Não havia como se enganar do orgulho em seu rosto, iluminado como estava pela luz de duas velas brilhantes: o fogo queimando alegremente (refeito por Pod), as prateleiras, os utensílios de cozinha da srta. Menzies, a limpeza impecável...

– É muito agradável – Lupy disse finalmente. Ela parecia um tanto sem fôlego...

– É um tanto – Homily concordou modestamente. – Sem vento encanado aqui... Apenas um pouco de ar fresco vindo de cima.

Lupy olhou para cima e vislumbrou o céu distante.

– Ah, entendi... estamos em algum tipo de chaminé...

– Sim, uma bem grande. Algumas vezes chove dentro. Mas não neste espaço. Às vezes, porém, sob aquela parede longe, fica uma pequena poça.

– Você deveria manter um sapo – Lupy disse com firmeza.

– Um sapo? Por quê?

– Para comer os besouros pretos.

– Não temos besouros pretos – Homily retorquiu friamente. Mencionar um perigo desses era típico de Lupy! Ela se sentiu profundamente afrontada. Mesmo assim, quando voltavam com cuidado para a entrada, ela olhou de relance para a pilha de madeira no assoalho escuro um pouco temerosa.

•• CAPÍTULO VINTE ••

— Aonde você está indo, Sidney? – perguntou a sra. Platter quando o sr. Platter se levantou da mesa no café da manhã, pondo-se a caminho da porta dos fundos um tanto apaticamente.

— Pegar o pônei – ele disse com uma voz entediada (uma vez eles contrataram um rapaz para fazer esses trabalhos). – Precisarei da carroça esta manhã. Não vou pedalando de bicicleta por todo o caminho até Fordham: aquele morro de volta simplesmente mata a gente...

— O que você vai fazer em Fordham? – Havia um toque de esperança na pergunta da sra. Platter. As coisas não estavam indo muito bem ultimamente: as pessoas não estavam morrendo com tanta frequência como costumavam e, agora que o programa de habitações populares havia terminado, eles também não pareciam estar construindo muitas casas. Ela teve esperança de que ele conseguisse um bom serviço.

— É aquela Lady Mullings – ele lhe disse –, e mal vale a viagem. Algumas das janelas dela ficaram emperradas com a chuva do último inverno; a madeira deve ter dilatado um pouco. E ela trancou o sótão e perdeu a chave... Temos uma caixa de chaves velhas em algum lugar. Onde você a colocou?

— Não a coloquei em nenhum lugar. Está onde você sempre a guarda: em uma das prateleiras de baixo de sua oficina. – Ela se levantou de repente. – Oh, Sidney! – ela exclamou.

Ele olhou surpreso para a súbita emoção na voz dela.

— O que foi agora? – ele perguntou.

— Oh, Sidney! – ela exclamou novamente. – Você não percebe? Essa pode ser a nossa última oportunidade... Lady Mullings pode ter a sua "percepção". Leve o aventalzinho.

— Ah, é isso – ele disse desconfortável.

— Você deveria tê-lo levado semanas atrás. Mas continuou lá, sem saber o que dizer a ela... Sentindo-se tolo e tudo o mais. Você deveria tê-lo levado quando arrumou as calhas dela.

— Eu não gosto dessas coisas, Mabel... psíquicas ou físicas, ou como quer que as chamem. É um retalhinho tão bobo de alguma coisa... Vou dizer que pertence a quem? Dá muito o que pensar...

Quero dizer, como entrar nesse assunto, por exemplo, quando tudo o que costumamos conversar é só sobre calhas? E vou ter que falar das calhas novamente: ela ainda não me pagou a conta...

A sra. Platter foi até uma gaveta do armário e retirou um pequeno envelope bege. Colocou-o com firmeza sobre a mesa.

– Tudo o que você tem que dizer a ela, Sidney, é: "Lady Mullings, se não for trabalho demais, a senhora poderia descobrir quem é o dono disto e onde está morando agora?". Isso é tudo o que você tem que dizer, Sidney; de maneira bem casual, digamos. São apenas *palavras*, Sidney, e o que são palavras com o nosso futuro em jogo! Apenas passe isto para as mãos dela como se fosse uma nota de serviços ou coisa assim. Isso é tudo o que você tem que fazer.

– Passarei a ela a minha nota de serviços também – o sr. Platter disse severamente. Ele apanhou o envelope, olhou-o com descaso e o colocou no bolso. – Está bem, eu vou levar isso.

– É a nossa última chance, Sidney, como eu disse antes. Foi você mesmo que me contou que ela era uma "descobridora", e tudo sobre os castiçais da igreja e o anel da sra. Crabtree. Se isto falhar, Sidney, nós poderíamos simplesmente ir para a Austrália.

– Não diga bobagens, Mabel.

– Não é bobagem. E não vejo muito futuro para nós aqui. A menos que... digo, *a menos que*... consigamos novamente aquelas criaturas desgastantes e as exibamos numa vitrina, como tínhamos planejado. Como você sempre disse, elas valiam um bom dinheiro! Mas o seu irmão está progredindo agora, e no mesmo ramo de negócios. E você se lembra do que ele disse na última carta? Que ele não se importaria em admitir um sócio? Essa é uma boa dica, se houver alguma. E...

– Tudo bem, tudo *bem*, Mabel! – o sr. Platter a interrompeu. – Eu disse que levaria o envelope. – E se dirigiu, dessa vez mais rapidamente, para a porta dos fundos.

– Está lavado, passado e dobrado – a sra. Platter gritou atrás dele. Mas ele pareceu não escutar.

A porta foi aberta para o sr. Platter pela inflexível e engomada empregada de Lady Mullings e ele foi conduzido para o saguão.

– Sua senhoria descerá em um minuto – ela lhe disse. – Por favor, sente-se.

O sr. Platter sentou-se em uma das cadeiras de encosto reto ao lado do armário de carvalho, tirou o chapéu e colocou-o sobre os joelhos

com a sacola de ferramentas no chão ao seu lado. O sr. Platter era sempre recebido "pela porta da frente", pela razão de seu status de agente funerário e confortador de parentes desolados (ele não era um faz-tudo qualquer!), mas estava sempre disposto a ajudar seus clientes favoritos com pequenos reparos na esperança de mais um funeral ou de um contrato de construção por vir. Quando Lady Mullings finalmente apareceu, parecia estar apressada. Desceu correndo as escadas, colocou chapéu e véu e vestiu as luvas. No mesmo instante, seu jardineiro apareceu do recinto dos fundos trazendo dois baldes grandes carregados de flores variadas da primavera.
– Oh, sr. Platter, estou tão aliviada em vê-lo! Estamos em terríveis apuros por aqui... – O sr. Platter havia se levantado e ela o cumprimentou afetuosamente com a mão. – Como vai? E como está a sra. Platter? Bem, eu espero. Não podemos entrar no sótão, e é tão desgastante... Todas as coisas para a quermesse estão trancadas lá, e a festa no jardim da igreja é na Segunda-Feira de Páscoa[17]. E aquelas janelas novas que o senhor colocou na primavera passada parecem ter-se fechado completamente durante o inverno. E há uma ou duas coisas mais... – Ela foi abrindo a porta da frente. – Mas o Parkinson explicará ao senhor... – Ela se virou para o jardineiro. – Estas parecem maravilhosas, Henry! Tem certeza de que consegue levá-las até a igreja? Não vamos querer mais nenhuma dor nas costas, não é? – Enquanto os baldes eram levados até a calçada, ela se virou para o sr Platter. – Desculpe-me, prezado sr. Platter, por estar em tal correria. Mas tendo ontem sido Sexta-Feira Santa e amanhã sendo Domingo de Páscoa, temos apenas um dia para decorar a igreja inteira. Receio que seja sempre assim. É um problema do calendário...
O sr. Platter quase deu um pulo à frente para agarrá-la antes que ela fechasse a porta.
– Um momento, madame...
Ela hesitou.
– Receio que apenas um, sr. Platter. Já estou atrasada.
O sr. Platter quase grasnou ao tirar dois envelopes beges do bolso.

---

17. Em alguns países, essa data é considerada feriado, no qual ocorrem comemorações. (N. T.)

– Eu poderia tomar a liberdade de adicionar a conta dos pequenos reparos de hoje à conta das calhas?
– Eu não lhe paguei pelas calhas, sr. Platter?
– Não, madame, deve ter sido uma falha de memória.
– Oh, céus, sinto *muitíssimo*. Que desleixada estou me tornando na minha idade! Sim, sim. Adicione a conta de hoje à outra. É claro, é claro. Agora, realmente preciso...
– Apenas me ocorre, madame, que eu poderei não estar mais aqui quando retornar da igreja. – Ele se conteve para não segurar a porta.
– Então, mande-a pelo correio, sr. Platter. Ah, não. Tenho o meu talão de cheques. Quando o senhor terminar aqui, por que não vai até a igreja? Estarei lá na maior parte do dia. Fica a apenas um pulo daqui.
– Muito bem, farei isso, madame. – Ele foi guardando um envelope bege de volta no bolso, porém entregou o outro a ela. Esse era um momento difícil, mas estava determinado a superá-lo: com essas pessoas, nunca se sabe. No momento em que ele chegasse à igreja, ela poderia ter saído para algum outro lugar, para o chá com a srta. Menzies ou qualquer coisa assim. Não poderia sair procurando por ela pela vila. – Tem apenas mais uma coisa, se me perdoar por detê-la apenas por mais um pequeno segundo.

Lady Mullings baixou os olhos para o envelope.

– Não é outra conta, sr. Platter?

O sr. Platter tentou sorrir – e quase conseguiu, mas a mão que segurava o envelope tremia ligeiramente.

– Não, isto é uma coisa bastante diferente; uma coisa que prometi à minha esposa. – Ele havia ensaiado essa abordagem por todo o caminho de Fordham: era uma manobra que ouviu uma vez ser descrita como "passar o bastão para o outro", e decidiu usá-la.

Lady Mullings pareceu hesitar. Ela gostava dos homens que tentavam agradar as esposas, e, em todos esses longos anos em que conhecia o sr. Platter, ele sempre fora tão gentil, tão jeitoso, tão prestativo... Ela deu uma olhada lá para a rua e viu seu jardineiro caminhando com dificuldade em direção à igreja com os baldes. Virou-se para o sr. Platter e apanhou o envelope. Parecia macio. O que poderia ser? Talvez a sra. Platter tivesse mandado a ela um pequeno presente. Um lencinho ou qualquer coisa semelhante? Ela começou a ficar comovida.

– É uma coisa com a qual minha esposa se importa muito – o sr. Platter começou a dizer. – Ela sabe do seu grande dom, madame, de ser uma "descobridora", e lhe roga que, quando você tiver tempo e isso não for dar trabalho demais, possa conseguir dizer a ela quem é o dono desse pequeno objeto do envelope e onde o dono está vivendo no momento. Por favor, não se preocupe em abri-lo agora – disse ao ver Lady Mullings prestes a fazer isso. – A qualquer momento estará bem. – Farei o melhor possível, sr. Platter. Eu nunca prometo nada. Algumas vezes as coisas acontecem, e algumas, não. Eu realmente não tenho "um grande dom", como o sr. gentilmente disse. Alguma coisa simplesmente parece trabalhar através de mim. Sou apenas um recipiente vazio. – Ela mexeu na cesta que continha o lanche do piquenique, pegou a sacola de mão e colocou o envelope, quase de forma reverencial, dentro dela. – Por favor, dê as minhas melhores recomendações à sra. Platter e diga-lhe que farei o melhor. – E, sorrindo de maneira bastante simpática para o sr. Platter, fechou a porta gentilmente atrás de si.

Quando o sr. Platter apanhou sua sacola de ferramentas, sentiu-se muito satisfeito consigo mesmo. Ele sentiu que tinha "manobrado" Lady Mullings com bastante sucesso, tudo por causa da sua própria antevisão e do forte planejamento enquanto dirigia a carroça. O que ele não levou em consideração (e isso nunca teria ocorrido a ele) era o próprio caráter de Beatrice Mullings: incapaz de pensar mal dos outros. E que, desde a morte de seu marido e de seus dois filhos, ela devotava a vida aos amigos. Qualquer pedido de ajuda, por mais trivial que fosse, tomava prioridade sobre todas as outras obrigações mais terrenas de sua vida diária. Ela não teria nenhuma curiosidade sobre o conteúdo do envelope bege; apenas consideraria que o objeto dentro era um tanto querido pela sra. Platter e que ter notícias do paradeiro de seu dono deveria significar muito para ela.

O sr. Platter estava realmente sorrindo agora, enquanto se dirigia para as profundezas da casa em busca de Parkinson (senhorita Parkinson, para ele). Foi como ele temia. Ela havia achado uma centena de trabalhos extras para ele além das janelas e da porta do sótão. Bem, talvez não uma centena, mas foi o que pareceu. Será que ele conseguiria voltar para casa a tempo de almoçar? Ele sabia que a sra. Platter estava preparando um cozido à Lancashire: um de seus favoritos.

•• CAPÍTULO VINTE E UM ••

Arrietty havia levantado bem cedo nessa mesma manhã de sábado. Tia Lupy a havia pressionado a levar Timmus para fora com bastante tempo de folga, antes que todas as senhoras da arrumação das flores invadissem a igreja.

– O local inteiro fica invadido por elas – tia Lupy havia explicado na noite anterior. – Não só aquelas que conhecemos, mas de todos os tipos; e elas ficam correndo por todos os lados, tagarelando e discutindo, espargindo o local com pétalas e folhas, casacos e cestas de piquenique por todos os bancos. Chamando umas às outras como se estivessem em suas próprias casas. O que o bom Senhor pensa de tudo isso nem posso imaginar. E é um dia terrível para nós: não arriscamos nem um passo fora do harmônio. Comida, água... tudo deve estar lá dentro. E lá ficamos presos, hora após hora, na quase mais profunda escuridão; não ousamos acender uma vela até que finalmente decidam ir embora. E mesmo então, não nos sentimos seguros. Um ou outro pode voltar com mais um buquê de flores ou para recolher um ou outro pertence que tenham descuidadamente deixado para trás. Então, você deve levar Timmus daqui cedo, querida, e não o traga de volta até ficar tarde...

A sacristia estava, na verdade, com uma linda aparência quando Arrietty entrou no buraco naquela manhã. Flores em baldes, latas, grandes vasos, jarras – por todo o assoalho, sobre a mesa, sobre a escrivaninha, em todos os lugares. As cortinas que conduziam à igreja propriamente dita estavam abertas e, mesmo além delas, ela pôde ver recipientes com buquês de flores e ramos jovens e compridos de folhagens. O aroma era irresistível.

Timmus esperava por ela à entrada da casa, o rostinho redondo iluminado de alegria: ele tinha um tesouro! Spiller tinha feito para ele um arco em miniatura e uma pequena aljava com flechas em miniatura.

– E ele vai me ensinar a atirar – ele contou extasiado –, e a fazer as minhas próprias flechas.

– Em que você vai atirar? – Arrietty lhe perguntou. Seu braço estava em volta dos ombros dele, e ela não conseguia evitar abraçá-lo.

– Girassóis. É assim que se começa – ele disse. – O mais perto que se conseguir chegar do centro do girassol!

Tia Lupy apareceu então e os conduziu até a saída.

– Vão indo, vocês dois. Acabei de ouvir uma carroça subindo o pórtico de entrada.

Na noite anterior, no momento da ceia com os pais, Arrietty havia escutado o *clap-clap* dos cascos de cavalo à medida que carroças de pôneis e carruagens, uma após outra, subiam em direção à igreja: "estão entregando essas flores, flores de cada jardim da paróquia", pensou, enquanto ela e Timmus caminhavam com cuidado pela selva de ramos de flores perfumados. De repente, começaram a se sentir como em um feriado.

– Sabe de uma coisa? – Arrietty disse logo que saíram e se apressavam ao longo do caminho, ao mesmo tempo de olhos atentos a quem quer que chegasse em uma carruagem.

– Não. O quê? – perguntou Timmus.

– Depois que formos à horta, vamos almoçar com Peregrino!

– Legal! – disse Timmus. Peregrino andava dando aulas de leitura a ele e ensinando-o a escrever. Duas vezes por semana, Peregrino ia até a sala de visitas de Homily com tocos de lápis apontados e pedaços de papel irregulares, e, sendo poeta e artista, ele conseguia tornar essas aulas um prazer. Ele sempre ficava para o chá e, algumas vezes, lia alto para eles depois. Mas Timmus nunca havia sido convidado para nenhuma das caixas de ninho: essas, Peregrino mantinha estritamente para trabalhar, no isolamento, em suas pinturas ou escritos.

– Ah, legal! – disse Timmus novamente, e deu um pequeno salto: ele sempre desejara escalar a hera. E esse Domingo de Páscoa ensolarado, minuto por minuto, começava *cada vez mais* a parecer um feriado. Ele nem mesmo havia trazido uma sacola de empréstimos, porque sua mãe (como explicou para Arrietty) tinha "tudo".

Assim, não havia muito o que fazer na horta senão brincar, explorar e provocar as formigas e lacrainhas, e ver quem conseguia chegar mais perto de uma borboleta em repouso. Os girassóis ainda não estavam abertos, então Timmus atirou em uma abelha, o que deixou Arrietty muito irritada. Não só porque ela adorasse abelhas, mas também porque (como ela lhe disse): "Você só tinha seis flechas, e agora perdeu uma!". Ela o fez prometer não começar a atirar novamente até Spiller lhe dar uma aula.

Quando o relógio da igreja tocou doze horas, Arrietty arrancou três minúsculos rabanetes e uma muda de alface e começaram a voltar para casa. Eles tiveram que se esconder uma vez quando viram o Braga carregando um carrinho de mão pelo caminho, cheio de azaleias: ele se dirigia à igreja. Arrietty sentiu-se um pouco angustiada porque percebeu que sua querida srta. Menzies estaria na igreja a essa hora, mas ela, Arrietty, não poderia estar lá – nem mesmo para observá-la a distância.

Peregrino logo conseguiu animá-la, entretanto: ele se deliciou com os rabanetes que Arrietty havia lavado na banheira do pássaro, e as minúsculas folhas de alface ficaram ótimas com os deliciosos frios que ele havia pegado emprestado da despensa. O sol da primavera estava tão quente que eles ficaram tentados a comer ao ar livre, mas concluíram, por fim, que se sentiriam mais à vontade comendo na sala de jantar de Peregrino, com a tampa da caixa de ninho erguida por um graveto. A mesa de jantar de Peregrino era feita de uma tampa redonda de uma caixa de pílulas, como uma de que Arrietty se lembrava no Solar, mas ele a havia pintado de carmim. Para pratos ele dispôs nastúrcios[18] de pequenas folhas, os mais redondos que pôde encontrar, com um maior no centro da mesa, sobre o qual arrumou a comida.

– Vocês podem comer os pratos também – ele disse para Timmus.

– Nastúrcio vai bem com salada. – Timmus pensou que fosse uma grande piada.

Depois da refeição, Timmus foi autorizado a ir escalar a hera, com a ordem de se imobilizar caso alguém viesse pelo caminho, e foi terminantemente proibido de colocar até mesmo um pé dentro da janela aberta da despensa. Peregrino e Arrietty apenas conversaram.

Arrietty descreveu para Peregrino como ela e Timmus às vezes ficavam observando as cerimônias religiosas da igreja a partir da divisória esculpida. Timmus, sendo pequeno, tinha o seu próprio lugar confortável no alto, sobre uma folha de videira esculpida, com o rosto solene de um bispo com mitra no qual apoiava as costas, e, de baixo, parecia exatamente uma parte da escultura. Já ela, não querendo escurecer o rosto, geralmente subia até a galeria em cima, que se prolongava sobre o topo. Ali podia se abaixar atrás da pomba

---

18. Tipo de flor comestível. (N. T.)

e espiar por baixo das asas abertas. O que ela mais gostava era de casamentos: as cerimônias eram lindas. Funerais eles gostavam em segundo lugar: eram tristes, mas também muito bonitos. Exceto por um horrível no qual o sr. Platter foi o agente funerário oficial, e o coração dela congelou ao ver aquele rosto detestável. Nessa ocasião, tendo levantado o rosto uma vez, Arrietty não ousou levantá-lo novamente. Na verdade, isso a curou de funerais.

Em certo momento, ela perguntou a Peregrino por que ele nunca descera até a igreja.

– Bem, é um grande passo para mim – ele lhe disse sorrindo. – Eu costumava ir com mais frequência antes... – ele hesitou.

– Antes de os Hendrearies chegarem?

– Talvez possa-se dizer isso – admitiu, um tanto tímido. – E há momentos em que a gente prefere ficar sozinho.

– Sim – disse Arrietty. Depois de um momento, ela acrescentou:
– Você não gosta dos Hendrearies?

– Eu mal os conheço – ele disse.

– Mas você gosta do Timmus.

O rosto dele se iluminou.

– Como alguém poderia não gostar do Timmus? – Ele deu uma risada divertida. – Ah, o Timmus vai longe...

Arrietty deu um pulo.

– Espero que ele já não tenha ido longe demais! – Ela esticou a cabeça para fora do buraco redondo na caixa de ninhos e olhou ao longo da hera. Finalmente o viu: ele estava pendurado de cabeça para baixo bem acima da janela da despensa, tentando espiar lá dentro. Ela não gritou para ele: a posição dele parecia perigosa demais. E, afinal de contas, ela percebeu que ele estava obedecendo ao pé da letra: não tinha colocado "nem um pé dentro". Ela ficou observando ansiosa até que, retorcendo-se como uma cobra, ele reverteu sua posição e continuou subindo pelas folhas trementes. Ela afastou a cabeça novamente. Não havia motivos para se preocupar. Para alguém que conseguia escalar uma corda de sino com tanta velocidade e confiança, a hera seria um brinquedo.

Quando, finalmente, Timmus se juntou a eles, o relógio estava batendo cinco horas. Ele parecia bastante suado e sujo. Arrietty achou que seria melhor levá-lo para casa.

– Mas a igreja está cheia de "senhoras" – protestou Peregrino.

– Quero dizer para a *minha* casa. Vou ter que limpar Timmus um pouco antes que a mãe dele o veja... – Ela suspirou feliz. – Foi uma tarde adorável...
– Por quanto tempo essas mulheres ficarão na igreja? – perguntou Peregrino.
– Não faço ideia. Até que tenham terminado de arrumar as flores, imagino. Acho que por volta das seis horas eu subirei naquele buxo alto. A gente pode ver tudo de lá. Tudo o que entra e sai...
– Você quer que eu vá com você?
– Você quer?
– Sim. Vou estar com vontade de escalar a essa hora.

Quando Arrietty e Timmus chegaram em casa, encontraram Homily trabalhando alvoroçada na cozinha. Quando a atravessaram, Arrietty notou que o longo e escuro piso da lareira parecia curiosamente arrumado.
– Alguém arrumou as pilhas de madeira – ela disse para a mãe, quando entraram na cozinha lustrosa.
– Eu fiz isso – disse Homily.
– Você sozinha?
– Não; o seu pai me ajudou. Fiquei com uma ideia na cabeça sobre besouros pretos...
– Havia algum?
– Não, só alguns tatuzinhos-de-jardim. Não tem problema: eles são muito limpos. Mas o seu pai os jogou lá fora. Não vamos querer uma família deles. Timmus, olhe só o seu rosto!
Isso era uma coisa que Timmus não podia fazer. Então Homily o lavou gentilmente, assim como as pequenas mãos dele. Ela sempre teve uma atenção especial com Timmus. Ela também escovou as roupas e penteou o cabelo dele para trás. Mas não podia fazer nada quanto ao suco de noz.

Às seis horas, quando Arrietty subiu no buxo alto, já encontrou Peregrino lá.
– Acho que todas já foram embora – ele lhe disse. – Elas saíam aos pares ou em trios. Fiquei um tempão observando...
Arrietty sentou-se de lado em um galho delgado e ambos ficaram olhando para baixo, na direção da estrada vazia, em silêncio. Nada se

agitava no cemitério da igreja. Depois de uns vinte minutos, os dois ficaram um pouco entediados.

– Acho que é melhor levar Timmus agora – Arrietty disse finalmente. – Ele está esperando ao lado da grade. Não quero que ele saia correndo... – Ela estava desembaraçando a saia que ficara presa em um ramo. – Obrigada por ficar olhando, Peregrino.

– Eu gostei bastante – ele comentou. – Gosto de dar uma olhada nos seres humanos de vez em quando. Nunca se sabe o que eles vão fazer em seguida. Você consegue? – perguntou, quando ela começou a descer.

– É claro que consigo! – Ela parecia um pouco exasperada. – Você não vem?

– Acho que vou ficar aqui e ver se vocês vão em segurança.

•• CAPÍTULO VINTE E DOIS ••

Quando Arrietty e Timmus chegaram à sacristia, encontraram-na arrumada e limpa. A toalha estava de volta à mesa, o livro de registros, sobre a escrivaninha, e as cortinas que conduziam à igreja se mantinham propositalmente fechadas. Mas, em vez do odor de sotainas envelhecidas, havia uma persistente fragrância de flores. Isso levou Arrietty a afastar as cortinas ligeiramente e espiar dentro da igreja. Ela ficou sem fôlego.

– Venha ver, Timmus! – ela disse, ansiosa, em voz baixa. – Está lindo!

Cada janela da parede era como um caramanchão de flores. Mas como os peitoris eram altos e ela estava a uma grande distância, abaixo, só conseguia enxergar a parte mais alta das flores; ainda assim, elas eram uma profusão de perfume e cor. Timmus passou correndo por ela, ultrapassou as cortinas e correu para o lado direito.

– Não dá para ver de onde você está! – gritou para ela. Ele estava subindo até seu ponto de observação na divisória esculpida. É claro! Arrietty aprontou-se para segui-lo quando sentiu algo ou alguém tocar em seu braço. Ela se virou imediatamente para ver. Era tia Lupy, com o dedo nos lábios para fazer silêncio, e parecendo bastante alarmada.

– Não deixe que ele grite – ela apressou-se a sussurrar. – Ainda há pessoas aqui.

Arrietty olhou para a igreja aparentemente vazia.

– Onde? – ela hesitou.

– Na entrada, neste momento. Uma outra carroça cheia de flores acabou de chegar. Eles vão trazê-las em um minuto. É melhor você entrar comigo... – Ela estava puxando com urgência o braço de Arrietty.

– Mas e o Timmus? Ele está na divisória...

– Ele ficará bem. Contanto que fique parado. E ficará, porque poderá vê-los de lá de cima.

Arrietty virou-se, insegura, e seguiu a tia para baixo de uma mesa, cuja toalha pendurada lhes proporcionava um bom esconderijo. Era o itinerário costumeiro dos Hendrearies quando algum tipo de perigo os ameaçava, e ficava apenas a uma corrida dos fundos.

– A srta. Menzies veio? – Arrietty cochichou enquanto passavam por baixo da mesa.
– Ela está aqui agora. E também Lady Mullings. Venha, Arrietty, é melhor nos apressarmos. Elas podem estar vindo para colocar água... Mas Arrietty não arredou pé.
– Eu *preciso* ver a srta. Menzies! – Ela soltou a mão da tia, que agarrava o seu braço e desapareceu sob as dobras pendentes da toalha, não sem antes ter observado a expressão de angústia e espanto de Lupy. Mas não havia tempo a perder. Enquanto se apressava ao longo do pé da divisória de madeira, ela notou a grande bancada de flores circundando a capela. Quanto esconderijo havia ali! Ela olhou para cima, para o lugar de Timmus. Ele *estava bem*. Para todos os efeitos, ele havia ficado invisível. Mesmo assim, receosa, ela subiu a lateral da divisória em direção à pequena galeria. Podia ouvir a voz de Lady Mullings (realmente aborrecida dessa vez) dizendo:
– Doze vasos enormes de pelargônio[19]... O que, pelos céus, ela acha que podemos fazer com eles a esta hora?

Arrietty correu pela galeria e se protegeu sob as asas abertas da pomba. Ficou observando lá embaixo. A grande porta da esquerda se abriu e o sol penetrou pelo pórtico. Ela viu Lady Mullings entrar e se colocar ligeiramente de lado para dar passagem a dois homens, cada um trazendo um grande vaso repleto de uma planta densa que, para os olhos de Arrietty, assemelhava-se a um gerânio listrado.

– Doze, você disse? – Lady Mullings falou alto, em desespero. (Como as vozes humanas ecoavam quando a igreja ficava vazia!)
– Sim, madame. Nós as cultivamos especialmente para a igreja. Onde a senhora gostaria que as colocássemos?

Lady Mullings olhou em volta desconcertada.
– Onde você sugere, srta. Menzies?

Arrietty esticou a cabeça por cima da galeria. Sim, lá estava a querida srta. Menzies, parada um tanto indiferente no vão da porta. Ela parecia um pouco pálida e cansada, e, embora tenha sido quase sempre magra, parecia ter emagrecido bastante.

– Algum lugar mais atrás, não acha? – ela sugeriu vagamente.

---

19. Tipo de arbusto ornamental. (N. T.)

Então Kitty Braga entrou apressada, parecendo igualmente consternada.

– Quem foi que mandou tudo isso? – perguntou. Ela devia ter visto o carregamento do lado de fora.

– A sra. Crabtree. Não foi gentil da parte dela? – comentou Lady Mullings, languidamente. Depois, recompondo-se, acrescentou, com uma voz mais natural: – Acho que você conhece o sr. Bullivant, o responsável pelo jardim da sra. Crabtree?

– Na verdade, sim – respondeu Kitty. Ela fez um movimento como se fosse dar a mão, mas, ao olhar para ela, viu que não estava nada limpa. – Não posso lhe dar a mão – acrescentou. – Estive recolhendo todas as folhas caídas e a terra e as coisas espalhadas com o carrinho de mão...

Quando o homem se retirou para pegar mais vasos, Kitty virou-se para Lady Mullings.

– Agora, as duas senhoras fiquem sentadas. Vocês já fizeram o suficiente para um dia. Estou com o carrinho lá fora e posso dar uma mão para os homens com os vasos. Vamos arrumar tudo rapidamente.

– Achamos que poderíamos colocá-las nos fundos, perto da câmara dos sinos – disse a srta. Menzies, enquanto Lady Mullings se sentava agradecida no banco mais próximo. – Mantendo-as mais ou menos juntas perto da cortina.

– *Juntas*! – exclamou Lady Mullings entusiasmada – Que ideia maravilhosa! Arrume-as montando uma espécie de pirâmide de um rosa glorioso perto dessas cortinas escuras... – Ela se levantou, bastante ágil para uma senhora de proporções um tanto generosas. – Bem, isso é o que eu chamo de verdadeira inspiração!

A srta. Menzies levantou-se também, embora um pouco mais relutante. Lady Mullings, entretanto, agora já na passagem, virou-se animada para ela.

– Agora, minha querida, fique onde está. Você tem feito coisas demais; qualquer um pode notar isso, com o vilarejo em miniatura e, agora, com a decoração. Não devíamos ter deixado você vir. Entretanto, todos nós sabemos que você é a única, a única artista verdadeira, que poderia fazer essa apresentação nos peitoris das janelas. Agora, minha querida – ela disse abaixando-se na ponta do banco, o rosto iluminado com a perspectiva de sua própria vez de criar –, pegue a minha sacola, se não se importa, e sente-se quietinha em seu canto. Sei exatamente o que fazer.

A srta. Menzies não relutou em obedecer. Quando ela se encostou no canto do banco, com a cabeça apoiada na parede, escutou Lady Mullings, apressando-se para os fundos da igreja, dizer para Kitty Braga:

– Agora, Kitty querida, a próxima coisa é encontrar algo para escorá-las para cima...

A srta. Menzies fechou os olhos.

Arrietty, de seu esconderijo no alto da divisória de madeira, ficou olhando para baixo com dó. Como os Platters tinham sido maldosos em destruir as casinhas e dar tanto trabalho a ela! Talvez ela e o sr. Pott tivessem ficado trabalhando pela noite toda em sua tentativa desesperada de deixar tudo pronto para a Segunda-Feira de Páscoa. Depois, ela direcionou o olhar às janelas enfeitadas e viu (porque não tinha conseguido ver de baixo) o que Lady Mullings quis dizer. O peitoril de cada janela havia sido coberto com musgo (talvez com terra embaixo?), do qual flores saíam como se estivessem crescendo naturalmente. Tudo em grupos e cores combinando: jacintos-uva, narcisos, ramos de prímulas, algumas dedaleiras... Cada peitoril era um jardim à parte. E o que era ainda melhor, Arrietty percebeu, é que, espargidas ocasionalmente com água, as pequenas bordas das janelas decoradas pela srta. Menzies podiam durar a semana inteira. Como ficou satisfeita por ter se separado de tia Lupy e subido na divisória de madeira bem a tempo!

Havia tanto para observar. Lá estava Lady Mullings, removendo todos os panfletos e a caixa de coletas do banco próximo às cortinas dos fundos, colocando-os de lado como se fossem um monte de lixo, e arrumando os potes de plantas ao longo do comprimento. Pesados como eram, ela parecia ter ganhado forças pela alegria de seu recém--descoberto talento.

– Apenas quatro aqui em fila, Kitty, com um espaço no meio, e dois mais aqui para cima. Agora, o que podemos colocar para apoiá--los aqui em cima? – Seus olhos luziram ao ver a caixa de coletas e ela a retirou do chão. – Ah, isto servirá!

– Não, Lady Mullings, não podemos usar isso: é para a coleta dos turistas, e as pessoas virão durante a semana inteira... às centenas, imagino. Que tal um genuflexório? – Ela tirou a caixa de coletas de Lady Mullings e a colocou novamente no chão. Quando ela apareceu com um genuflexório um tanto empoeirado do último banco, forrado de serragem, Lady Mullings olhou para ele meio insatisfeita.

– Está meio desajeitado – ela disse. – E como vamos esconder a parte da frente? Já sei! – ela exclamou (era o seu dia de inspiração). – Podemos decorá-lo com um pouco de aubrietas[20] cor-de-rosa penduradas. Há um pouco delas na parte de baixo do púlpito. Quando ela correu pelo corredor para ir buscá-las, Kitty Braga protestou novamente.
– São as duas aubrietas da srta. Forbes... – ela ressaltou.
– Não importa – Lady Mullings respondeu-lhe de volta. – Só vou pegar um pouquinho. – Nada poderia impedi-la agora.
Nesse momento, algo mais chamou a atenção dos olhos de Arrietty. Na comprida faixa iluminada pelo sol da tarde que invadia a porta da esquerda, apareceu uma sombra escura. Era a sombra de um homem. Por que, oh, por que ela teve esse repentino presságio ruim? Seria, talvez, porque essa sombra se mantinha tão imóvel, projetada por uma figura que não entrava, mas também não parecia querer ir embora? Uma espécie de "sombra observadora"? O coração dela começou a bater mais depressa.

Lady Mullings voltou pelo corredor alvoroçando-se, com um maço de aubrietas na mão. Talvez tivesse ficado uma passagem um pouco vazia ao pé do púlpito, mas ela poderia resolver isso mais tarde, espalhando o restante delas por ali. Ao passar pela porta aberta, ela olhou despreocupada para a lateral para ver quem estava parado na soleira.
– Oh, sr. Platter! – ela exclamou, mal diminuindo os passos. – Eu me esqueci completamente do senhor! Por favor, entre. Não demorarei em atendê-lo. Dê uma olhada na igreja. Vale a pena. As flores estão muito bonitas este ano. E... – Ela olhou atrás para ele alegremente, enquanto corria. – ... o senhor é a nossa primeira visita...
O sr. Platter tirou o chapéu e entrou um tanto duvidoso. Ele e a sra. Platter eram "de pouca" igreja (na verdade, ele fora educado "protestante"), e não tinha muita certeza quanto a aprovar esse entra e sai alegre na véspera de uma festa tão solene quanto a Páscoa. Entretanto, ele mesmo não era um jardineiro ruim e, com o chapéu na mão, fez uma inspeção lenta, mas profissional. Ele gostou bastante das aubrietas ao pé do púlpito, mas não se interessou muito por aquelas

---

20. Tipo de planta com pequenas flores rosadas ou brancas. (N. T.)

rosas pálidas abaixo do suporte da Bíblia. O que mais se aproximou de seu gosto pessoal foram duas filas de plantas variadas arrumadas ao longo da parte inferior da divisória de madeira. Que grandiosa borda de ervas, poderia dizer! Ele se sentou em silêncio no banco da frente para estudá-las melhor, aguardando pelo momento em que Lady Mullings estivesse pronta para atendê-lo.

Arrietty espiou-o lá embaixo, com o coração ainda disparado. De onde se localizava, ela não conseguia ver Timmus, e esperava que ele não se mexesse. Entretanto, ela não precisava se preocupar. O sr. Platter não levantou os olhos. Ele não estava interessado em divisórias esculpidas. Depois de um instante, pegou um envelope, tirou dele um pedaço de papel, destampou a caneta-tinteiro e fez algumas anotações. Estava acrescentando à lista as tarefas que a srta. Parkinson empurrara para ele e se perguntava, em vista de todas as horas que havia dedicado às tarefas, se deveria ou não arriscar acrescentar algumas invenções por sua conta.

Lá no fim da igreja, Lady Mullings dizia:
– Precisamos agora colocar alguma coisa em cima do pináculo. Alguns hinários bastarão...
– Boa ideia – Kitty Braga replicou. – Vou buscá-los correndo. – E saiu apressada pela igreja até a sacristia. Tia Lupy, que, nesse momento, estava espiando de sua "porta da frente", escutou os passos dela e correu de volta para dentro.

Lady Mullings, afastando-se um pouco para admirar seu trabalho de criação, não percebeu quando outra pessoa entrou na igreja – alguém que olhou vagamente ao redor por um momento e depois seguiu pelo corredor lateral na ponta dos pés. Mas Arrietty percebeu, e também percebeu que o sr. Platter se sobressaltou ligeiramente quando sentiu que a figura se sentou silenciosamente ao lado dele no banco da frente.

– Mabel – ele suspirou, numa espécie de cochicho.

– Achei que alguma coisa tivesse acontecido a você – ela lhe respondeu baixinho –, então peguei a minha bicicleta.

– Eles me deram um monte de serviços extras – ele lhe disse, ainda falando baixo, mas Arrietty conseguiu entender tudo.

– Esperava-se... – disse assobiando os esses a sra. Platter – Aquela Parkinson! Deram alguma coisa para você comer?

– Trouxeram alguma coisa numa bandeja. Não muito. Não o que ela e o Cook estavam comendo na cozinha.

– Eu fiz um delicioso cozido – disse a sra. Platter. Ela soou quase melancólica.

– Eu sei. – Ele ficou em silêncio por um minuto. – O que você fez com a bicicleta?

– Coloquei na traseira da carroça do pônei. Não vou voltar pedalando por todo o caminho morro acima. – Chegando mais perto, colocou a mão no braço dele. – O que eu queria realmente saber, Sidney... o que realmente me trouxe até aqui embaixo foi... você entregou o pacote para Lady Mullings?

– É claro que entreguei.

– Oh, graças aos céus por isso! O que ela disse?

– Ela disse que faria o melhor possível.

– É a nossa única chance, Sidney. É a nossa última oportunidade!

– Eu sei disso – ele disse, desconfortável.

•• CAPÍTULO VINTE E TRÊS ••

Lady Mullings quase se atirou sentada ao lado da srta. Menzies, no banco ao lado da porta esquerda.
— Bem, está pronto? — ela exclamou numa voz tão exausta quanto satisfeita.
A srta. Menzies se espantou.
— Você terminou? Que esplêndido! — Ela corou. — Receio que eu tenha tirado um cochilo...
— E não culpo você, minha querida, depois de ter passado a noite inteira acordada! Você se importaria em dar uma olhada? Sempre valorizo a sua opinião...
— Eu adoraria — respondeu a srta. Menzies, embora fosse a última coisa que tivesse vontade de fazer naquele momento.
Ela seguiu Lady Mullings, deixando o banco e dirigindo-se para os fundos da igreja. O arranjo estava de fato surpreendente: uma maravilhosa explosão de cores contrastando com as cortinas mais escuras e, bem em frente ao corredor, acrescentando um ponto de foco a todas as decorações secundárias.
— Está mesmo muito lindo! — exclamou a srta. Menzies com genuína admiração. — Não consigo imaginar como é que você conseguiu apoiá-las no alto.
— Com uma coisinha ou outra... — disse Lady Mullings modestamente, mas parecia estar bastante satisfeita.
Kitty Braga estava de joelhos, arrumando os panfletos que, de algum modo, tinham se espalhado pelo chão. Ela fez uma pilha arrumada deles e outra de cartões-postais, e as colocou, como de costume, ao lado da caixa de coletas recuperada. Então se sentou sobre os calcanhares e olhou para Lady Mullings.
— O que você vai fazer com este lote?
— Oh, céus! É mesmo... Bem, verei. Oh, já sei! Deixe-os onde estão por enquanto. Tenho uma pequena mesa de cartões em casa, que poderei trazer mais tarde. Se colocarmos uma peça bonita de brocado por cima, poderemos deixá-la ao lado da porta esquerda. —

Ela se virou para a srta. Menzies. – Bem, querida, acho realmente que fizemos tudo por hoje. Onde você deixou a sua bicicleta?
– Lá na residência paroquial.
– Eu a trarei para baixo para você – disse Kitty. – Ou, melhor ainda: subirei com você e lhe farei um gostoso chá. Você parece estar precisando de um. E preciso ver os meus bolos... – Eram bolos que ela estava preparando para a festa ao ar livre da segunda-feira.
– Na verdade – disse Lady Mullings –, acho que *não há* nada mais a fazer. Exceto, talvez, arrumar o púlpito. – Olhou ao redor para a igreja. – Tudo parece muito lindo; até melhor que o ano passado. – Ela se interrompeu de repente, ao olhar na direção do santuário. – Oh, céus... há ainda o sr. e a sra. Platter! Eu me esqueci completamente deles outra vez. Ele é um homem tão *quieto*. Srta. Menzies, querida, onde deixei a minha sacola?
– No banco. Eu a pegarei. Deixei a minha lá também.
No final, foram juntas. Lady Mullings se sentou.
– Só preciso me certificar de que eu trouxe o talão de cheques... – Ela procurou dentro da sacola com a mão. – Sim, aqui está. E a fatura do sr. Platter. – Retirou então um envelope bege. – Não, isto é a outra coisa que ele me trouxe. Sente-se um minuto, por favor, srta. Menzies. Estou mesmo um pouco curiosa para ver o que tem dentro...
Ela passou o dedo sob a aba do envelope e retirou, cuidadosamente dobrada, uma pecinha de cambraia.
– Oh, minha nossa! – exclamou com uma voz exasperada, amassando o envelope com seu conteúdo no colo. – Eu realmente gostaria que as pessoas não me mandassem coisas desse jeito!
– Por quê? O que é isso? – perguntou a srta. Menzies.
– Lavado e passado! Nunca consigo fazer nada com coisas que foram lavadas e passadas. Não fica nenhum vestígio do dono original. Sabe, querida – ela prosseguiu, virando-se para a srta. Menzies –, para conseguir a minha "percepção", ou o que quer que a chamem, tem que ser por meio de alguma coisa que tenha sido recentemente manuseada ou usada, ou próxima, de algum modo, de algum outro ser humano. Eu não conseguiria ter nenhuma "percepção" disto a não ser, talvez, da espuma do sabão e do ferro de passar da sra. Platter.
– Posso ver? – perguntou a srta. Menzies.
– Sim, é claro. – Lady Mullings passou-o para ela. – É uma espécie de avental de bonecas...

A srta. Menzies, desdobrando o pedaço de tecido, deu um gemido de espanto.
— O sr. *Platter* lhe trouxe isto? — A voz dela parecia quase receosa de assombro.
— Sim. Ele, ou melhor, a sra. Platter, queria localizar o dono. A srta. Menzies ficou em silêncio por um instante, olhando para aquele pequeno objeto na palma da sua mão.
— O sr. Platter? — ela perguntou novamente, com um tom de trêmula surpresa.
— Devo admitir que eu mesma também fiquei um pouco surpresa. Quando se pensa no sr. Platter, parece não fazer muito sentido... — Ela riu. — Acho que eu deveria me sentir lisonjeada.
— Você *já* encontrou o dono — disse a srta. Menzies baixinho.
— Não estou entendendo bem.
— Eu sou a dona. Eu fiz isso.
— Minha nossa! — exclamou Lady Mullings.
— Lembro-me de cada pontinho. Você vê estes traços do franzido? Nunca achei que conseguiria uma agulha fina o suficiente... O sr. Platter! Quero dizer, como ele...? É impressionante!
— Suponho que você o tenha feito para uma de suas pessoas em miniatura?

A srta. Menzies não respondeu: ela ficou olhando para o espaço; nunca tinha apresentado uma expressão tão confusa. O sr. Platter? Por alguma razão, ela pensou no arame cortado, nas ruas pisoteadas, nas vitrines das lojas quebradas, na devastação geral de seu vilarejo em miniatura. Que pensamentos eram esses? Por que vieram até ela? O sr. Platter possuía sua própria maquete (poderia ser considerada uma maquete *rival* por alguém que fosse, diferentemente dela, invejoso), e, como Lady Mullings havia observado, ele era "um homem tão quieto", sempre educado, tão bom com seu serviço, tão escrupuloso em sua construção, tão confortador para com aqueles em luto... A srta. Menzies tentou resistir a esses pensamentos ruins e injustos que assombravam sua mente.
— Bem, minha querida — Lady Mullings começou a dizer —, acho que resolvemos o pequeno problema do sr. Platter. — Ela apanhou sua sacola e as luvas. — Agora, se você me der licença, vou esclarecer tudo com ele.
Arrietty, em seu abrigo de difícil acesso, não conseguiu ouvir bem as trocas confidenciais que ocorreram no meio da igreja: ela estava assustada demais para tentar escutar os Platters. Ela *escutou* a primeira

vez que a srta. Menzies repetiu o nome do sr. Platter agudamente, e achou que talvez os Platters tivessem também escutado, porque ambos se viraram com cautela para olhar para trás. Mesmo assim, Arrietty não prestou muita atenção nisso. Toda a sua ansiedade agora estava concentrada em Timmus: ele seria esperto o suficiente para ficar completamente imóvel?

Então ela percebeu que Lady Mullings saíra de seu banco e, com a sacola na mão, caminhava pela igreja na direção dos Platters. Ela conteve a respiração: alguma coisa estava para acontecer!

O sr. Platter levantou-se quando ela se aproximou, e também a sra. Platter, a quem Lady Mullings deu a mão.

– Ah, sra. Platter, que bom vê-la! Veio ver a decoração, não foi? Estamos bastante orgulhosos dela este ano... – A sra. Platter murmurou alguma resposta, mas ela parecia estranhamente ansiosa quando os três se sentaram novamente.

O sr. Platter apresentou suas contas, o que ocasionou algumas explicações. Lady Mullings escutou amigavelmente, concordando com a cabeça de vez em quando. Ela confiava inteiramente nele. Quando preencheu o cheque e pegou o recibo, ela se levantou. O sr. Platter também se levantou.

– E, sobre aquele outro assunto... – ele começou. – Imagino que a senhora ainda não tenha tido tempo.

– Oh, aquele pequeno objeto que o sr. me trouxe... que distraída eu sou! Eu nem *precisei* de tempo, sr. Platter. Descobri que ele pertence à srta. Menzies. Ela o confeccionou. – Virou-se em seguida para a sra. Platter. – Aqui está. Talvez a sra. mesma prefira devolvê-lo? Ela está sentada ali, perto da porta esquerda.

A sra. Platter parecia não ouvi-la. Ela olhava fixamente para a divisória de madeira. Havia uma expressão ainda mais estranha em seu rosto, e sua boca estava aberta. Lady Mullings, com o envelope na mão, ficou intrigada. Qual era o problema com essa mulher?

– Bem, aqui está – ela disse por fim, e colocou o envelope sobre o banco. A sra. Platter então se virou para ela, seu rosto parecendo ainda curiosamente pasmo. Mas Lady Mullings percebeu que ela estava tentando se recompor.

– Não, por favor... – ela gaguejou. – Entregue *a senhora mesma* a ela. E obrigada. Muito obrigada. Foi... – E seus olhos lançaram-se novamente para a divisória.

"Bem", Lady Mullings pensou enquanto caminhava de volta até a srta. Menzies, "suponho que haja mesmo muita coisa para observar naquela divisória. Talvez a sra. Platter nunca a tivesse visto antes... Talvez aquilo a tivesse chocado, pois tinha sido criada (como o sr. Platter) em uma forma mais austera de adoração". E, agora que ela pensava nisso, alguns desses rostos medievais (embora lindamente esculpidos) realmente pareciam um tanto demoníacos...

Os pertences foram recolhidos e as despedidas, feitas. Lady Mullings saiu pela porta esquerda, e Kitty e a srta. Menzies atravessaram a igreja para sair pela sacristia, que lhes oferecia um atalho até o portão. O sr. Platter também se levantou, como se estivesse se preparando para sair, mas a sra. Platter ainda estava sentada. Pareceu, enquanto Kitty e a srta. Menzies passaram por eles, que a sra. Platter estava agarrando o sr. Platter pela manga.

A igreja ficou bastante silenciosa. A sra. Platter olhou ao redor, cuidadosa.

– Não vá, Sidney... – ela murmurou insistente.

Ele livrou o braço do puxão dela.

– Ora, vamos, Mabel... Nós jogamos o nosso último trunfo... e perdemos. Estou cansado e com fome. Sobrou alguma coisa do cozido?

– Ora, esqueça o cozido, Sidney! Isto é sério! – A voz dela parecia tremer com algum tipo de agitação.

– O quê?

Ela puxou a manga dele novamente.

– Sente-se e eu contarei a você. – Ele se sentou com má vontade.

– Um deles *bocejou*!

– Bem, e daí? – Ele pensou que ela estivesse se referindo a uma das senhoras. Mas Arrietty, lá em cima, entendeu imediatamente, e ficou gelada de medo.

A sra. Platter apontava um dedo trêmulo para a divisória de madeira.

– Uma dessas criaturas aí... ela *bocejou*!

– Ah, não seja boba, Mabel! – Ele tentou se levantar novamente.

– Você está apenas imaginando coisas...

– Sidney, ela *bocejou*. Ninguém imagina um bocejo. Eu vi o luzir dos dentes.

– Qual delas?

A sra. Platter começou a tagarelar.

— Bem, você está vendo aquele rosto meio comprido, aquele com o chapéu na cabeça? Um tipo de bispo ou qualquer coisa assim... Aí, bem na ponta do arco. E está vendo que tem um rosto menor, logo abaixo da orelha, meio encostado nele? Bem, esse aí bocejou!

O sr. Platter se curvou, tentando enxergar exatamente na direção do dedo que apontava.

— Ah, Mabel, isso não seria possível... É esculpido na madeira!

— Pode até ser esculpido em pedra, nem me interessa, mas ele bocejou!

De onde Arrietty estava abaixada, não conseguia enxergar Timmus, a não ser uma pequena perna dele pendurada sobre a videira. Isso porque o beiral da galeria se sobressaía um pouco de cada lado da divisória. Para ver Timmus inteiro, ela teria que se deitar para a

frente e, nesse momento, pelo medo de ser "vista", ela não ousava fazer. Oh, por que ela o deixara ficar tanto tempo escalando a hera? É claro que ele bocejara: ele havia se cansado demais...
— É um *deles*, Sidney! Eu sei que é! – a sra. Platter ficava dizendo. – E *um* seria melhor do que nenhum. Você acha que consegue alcançá-lo?
— Eu poderia tentar... – disse o sr. Platter. Ele se levantou, e, bastante cauteloso, aproximou-se do amontoado de flores no pé da divisória. Inclinou-se sobre elas, esticou um braço e ficou na ponta dos pés. – Não adianta, Mabel, não consigo alcançá-lo. – Ele quase caiu por cima das flores. – Preciso de alguma coisa para subir em cima.
A sra. Platter olhou em volta, mas não achou nada que pudesse usar. Então os olhos dela brilharam com os dois degraus baixos que conduziam à capela.
— Por que você não tenta do outro lado? – ela sugeriu. – É mais alto; você poderia colocar a mão meio na beira do arco...
Arrietty se encheu de uma súbita raiva: esses dois seres humanos horríveis estavam conversando como se o coitado do Timmus não tivesse olhos nem ouvidos.
O sr. Platter subiu os dois degraus e desapareceu no lado mais distante da divisória. Arrietty, observando de cima, viu a mão ossuda surgir e tatear o caminho ao longo da beirada lisa do arco.
— Um pouco mais *para dentro*, Sidney; está quase chegando lá... – dizia a sra. Platter, observando agitada. – Esse é o rosto do bispo. Não dá para se esticar um pouco mais? E então vá mais para baixo...
Arrietty decidiu se levantar e se inclinar um pouco mais: aqueles horríveis dedos que tateavam estavam se aproximando da perninha. Finalmente, eles a tocaram. Ela escutou o sr. Platter sufocar um grito, como se tivesse sido picado por uma vespa, e os dedos se afastaram novamente.
— Está *vivo*! – ele gritou com uma voz assustada. Arrietty percebeu então que o sr. Platter estivera apenas tentando fazer a vontade da sra. Platter, e que não havia acreditado que Timmus estivesse vivo.
— É claro que está vivo! – A voz da sra. Platter tinha se elevado até quase um grito. – Agarre-o, Sidney! Agarre-o, depressa!... Depressa! – Mas a perninha havia sumido. Os dedos tateantes, agora num pânico de pressa, agitavam-se freneticamente por sobre a videira. Estava vazia. A presa havia escapado.

A sra. Platter irrompeu em lágrimas. Como o sr. Platter emergiu de um modo desanimado de trás da divisória, a sra. Platter disse, veemente:

— Você quase o pegou! Na verdade, você mexeu nele! Como pôde ser tão tolo...?

— Ele me deu um choque — disse o sr. Platter, e Arrietty, abaixada em sua antiga posição, pôde ver que ele estava pálido. Os olhos dele vagueavam desesperadamente por sobre a divisória esculpida, mas com pouca esperança de que, entre a miríade de figuras e rostos estranhos, ele pudesse ver o que procurava.

— Não adianta olhar aí! — gritou a sra. Platter, procurando pelo lenço dela. — Ele está embaixo, no meio daquelas flores. Ou *estava*. Essas criaturas podem se mexer, eu disse a você.

— Ele caiu?

— Se caiu? É claro que não caiu! Ele correu para a borda da divisória e escorregou para o meio das flores. Ele se foi como um raio.

O sr. Platter olhou para baixo, na direção das flores.

— Então ainda deve estar aí.

— Não há nenhum *"deve"* com relação a isso, Sidney. Ele poderia estar em qualquer lugar neste momento.

O sr. Platter ainda ficou olhando para as flores abaixo, como se esperasse detectar algum sinal de ligeiro movimento entre as folhas e flores. Ele parecia ter se recuperado do súbito ataque de nervosismo. Curvando-se, colocou a mão com cuidado no amontoado de cores. Tentou sentir alguma coisa por um momento, e depois a retirou. Ele havia descoberto que, embora o arranjo parecesse de plantas na terra, os talos cortados de cada ramo haviam sido colocados em recipientes repletos de água: potes de geleia, canecas, vasos de todos os formatos e tamanhos — entre os quais qualquer criatura pequena o suficiente poderia se movimentar com facilidade. Bem, era isso aí.

Suspirando, ele se sentou ao lado da esposa.

— Vamos ter que vigiar e esperar — ele disse.

— De que adianta isso, Sidney? Ele já deve ter escapado! — Ela indicou com a cabeça a porta aberta, de onde a luz do sol estava se esvaindo. — E ficará escuro logo...

— Se você não viu nada sair correndo... e você não viu, não é?

— Não; é claro que não. — Mas ela ficou pensando nos momentos em que esteve enxugando os olhos.

— Então, faz sentido que ele ainda deva estar aí em algum lugar.

— Mas não podemos ficar aqui a noite toda! — Ele estaria mesmo pensando em mais uma "vigília"?

Ele não respondeu imediatamente: parecia estar pensando concentrado.

— Existe apenas uma coisa que podemos fazer — disse, finalmente —, que é remover todos esses potes e vasos um por um. Você começa de uma ponta e eu da outra.

— Oh, não podemos fazer isso, Sidney... E se alguém entrar?

Exatamente enquanto ela estava falando, ouviram vozes no pórtico. A sra. Platter pôs-se em pé num pulo.

— Sente-se, Mabel, por favor! — disse o sr. Platter, enfatizando as palavras. — Não estamos fazendo nada de errado. — A sra. Platter se sentou de volta obediente, mas, mesmo assim, ambos olharam para trás para ver quem tinha chegado.

Era Lady Mullings, seguida por Parkinson, que estava trazendo uma pequena mesa dobrável para cartões.

— Apenas monte-a ao lado da porta — Lady Mullings disse. — E, por favor, peça para a sra. Crabtree entrar.

— Ela gostaria, mas está com o cachorro, madame.

— Ah, isso não tem importância a esta hora do dia, contanto que ela o mantenha na correia. Não demoraremos mais do que um ou dois minutos, e eu gostaria que ela visse seus pelargônios. — Ela se dirigiu apressada na direção de seu estimado arranjo de flores. Nem mesmo olhou para os Platters, sentados tão silenciosos na outra ponta da igreja. Toda a atenção dela estava concentrada em outro lugar.

A sra. Crabtree era uma dama idosa, extremamente alta, vestida com um *tweed* simples, mas extremamente bem talhado. O cachorrinho era um *terrier* de pelo duro e estava puxando a correia.

— Oh, vamos, Caçador! — ela dizia brava, enquanto entravam na igreja. — Não seja bobo! Vamos, venha...

— Estou aqui, querida — chamou Lady Mullings em sua voz agradável, meio musical. — Aqui embaixo, ao lado da câmara dos sinos.

Os Platters haviam se virado de novo para ver quem estava chegando. Arrietty estava olhando também. A sra. Platter parecia especialmente interessada na frágil mão direita da sra. Crabtree, enquanto ela puxava seu desobediente cachorrinho pelo corredor.

— Dê só uma olhada naqueles diamantes — ela cochichou para o sr. Platter.

– Shhh... – fez o sr. Platter, e se virou subitamente. Quanto menos atenção chamassem para si próprios, melhor. Mas a sra. Platter continuou olhando.

As duas senhoras ficaram em pé, em silêncio, por um instante, diante da obra-prima de Lady Mullings.

– Está magnífico! – disse a sra. Crabtree, por fim. – Espetacular!

– Fico feliz que pense assim – respondeu Lady Mullings. – Eu queria muito que você visse antes de escurecer...

– Realmente lhe dou os parabéns, minha querida.

– Bem, você tem que aceitar parte do crédito, querida Stephanie: você e Bullivant é que cultivaram as flores.

O que persuadiu Timmus a fugir correndo nesse momento permaneceu um pequeno enigma para Arrietty. Seria por ter escutado a conversa do sr. e da sra. Platter sobre remover as flores da divisória de madeira vaso por vaso? Ou ele estava tirando vantagem da inesperada distração causada pela súbita entrada das duas senhoras e do cachorro? Ou estava contando com a obscuridade do corredor, na luz meio sombreada pelos bancos e que se desvanecia? Mas lá estava ele, um pouco mais que uma sombra, disparando na direção da câmara dos sinos, tão rápido quanto suas treinadas perninhas conseguissem levá-lo.

Ela adivinhou o destino dele: sob a cortina, na corda do sino, subindo para o buraco do sino no teto e então... *em segurança!*

Mas o sr. Platter, olhando em frente, o viu sair correndo do meio das flores; a sra. Platter, olhando para trás, havia visto Timmus correr pela passagem, e Arrietty, vigiando tão atentamente de seu lugar em cima da divisória, naturalmente tinha acompanhado cada passo da fuga em pânico. E agora (oh, horror dos horrores!) o cachorro o havia visto! Exatamente quando Timmus estava prestes a chegar perto da lateral da caixa de coletas, que ainda estava colocada no chão, o cachorro deu um vigoroso latido e saiu ao encalço dele, a correia solta num segundo da mão frágil e desatenta da sra. Crabtree. O nome dele não era "Caçador" à toa.

A caixa de coletas deslizou pelo assoalho, arrastando Timmus com ela. Arrietty viu duas mãos pequenas aparecerem e agarrá-la, e, numa rápida virada, o corpinho magro a seguia. A sra. Crabtree tentou apanhar a corrente e puxar o cachorro para o outro lado, mas não antes de Timmus, ágil como uma enguia, ter escorregado para dentro da abertura para moedas. Teria sido apenas Arrietty, no breve silêncio contundente que seguiu o primeiro latido do cachorro, que ouviu um barulhinho de moedas tilintando no fundo da caixa de coletas?

Lady Mullings se recuperou de seu sonho.
– O que aconteceu? – perguntou ela.
A sra. Crabtree encolheu os ombros.
– Não sei... Ele deve ter visto um camundongo ou alguma coisa parecida. É melhor levá-lo para casa... – Ela deu uns tapinhas carinhosos no ombro de Lady Mullings. – Obrigada, minha querida, por me mostrar: você realizou maravilhas. Posso dar uma boa olhada no resto das flores amanhã depois das cerimônias; a luz estará melhor então.
Quando a sra. Crabtree saiu, Kitty Braga entrou, cantarolando "County down" e balançando a chave no dedo, como era seu hábito. Seus bolos haviam ficado maravilhosos, ela tinha colocado a srta. Menzies para descansar no sofá, onde ela havia adormecido novamente, e amanhã seria dia de Páscoa. Kitty Braga estava se sentindo bastante feliz.

O sr. e a sra. Platter não podiam dizer o mesmo. Uma certa explosão de ansiedade corroía seus órgãos vitais. Nenhum dos dois conseguia desviar o olhar da caixa de coletas. Ambos estavam em pé agora. Qual seria a próxima tentativa deles?

– Pelo menos sabemos onde ele está – cochichou o sr. Platter.
A sra. Platter concordou. Depois de um minuto, ela disse, com a voz um pouco incerta:
– É um muito jovem.
O sr. Platter deu uma risadinha repugnante.
– Melhor ainda; vai durar mais tempo para nós!
Kitty Braga e Lady Mullings haviam ajeitado a mesa de cartões e esticado o pedaço de brocado, e Kitty havia arrumado os panfletos, os cartões-postais com gravuras e o livro dos visitantes numa alinhada sequência de frente. A caixa de coletas ela segurou embaixo do braço.

Arrietty estremeceu ao ouvir o escorregar das moedas para uma das pontas da caixa, esperando que Timmus não tivesse se machucado. Talvez ela contivesse algumas daquelas raras notas de libra, que poderiam amenizar o impacto. Os turistas americanos eram bastante generosos às vezes...

– Imagino que você queira trancar tudo agora – Lady Mullings disse, olhando mais uma vez ao redor da igreja. – Oh, sr. e sra. Platter, não vi vocês. Desculpem-me! *Sinto muito.* Está tudo tão bonito que achei que vocês fossem como o resto de nós: é quase impossível considerar alguém em separado! – O sr. Platter concordou e forçou um sorriso. Ele não sabia bem o que dizer. Pelo canto dos olhos, podia ver Kitty Braga andando apressada para a sacristia com a caixa de coletas embaixo do braço. Ela retornou quase imediatamente, balançando uma chave ainda maior e dirigindo-se à porta.

Todos saíram em fila. Eles tiveram que fazer isso: não podiam deixá-la esperando. O sr. e a sra. Platter saíram por último. Caminhavam como duas pessoas sonâmbulas (ou em um pesadelo?). Despedidas atenciosas foram dadas, "vejo vocês amanhã", e cada um seguiu seu caminho separadamente. O sr. e a sra. Platter caminharam relutantes até onde haviam acorrentado a carroça do pônei. Kitty Braga trancou a porta da igreja.

•• CAPÍTULO VINTE E QUATRO ••

Nenhum dos dois conversou enquanto o sr. Platter desamarrou o pônei e a sra. Platter, com seu jeito esquisito, subiu no assento. A bicicleta dela encontrava-se segura atrás, sobre a sacola de ferramentas do sr. Platter.
– Para onde, agora? – ela perguntou com uma voz desanimada enquanto o sr. Platter, as rédeas na mão, ajeitava-se ao lado dela.
Ele não respondeu imediatamente: apenas se sentou olhando para as próprias mãos.
– Nós vamos ter que fazer isso.
– Fazer o quê?
– Arrombar a igreja...
– Oh, Sidney, mas isso é crime!
– Não é o primeiro crime que tivemos que cometer – ele lhe lembrou, mal-humorado. – Sabemos exatamente onde a criatura está.
– Sim, trancada em uma caixa de coletas, num armário trancado, numa igreja trancada!
– Exatamente! – disse o sr. Platter. – É agora ou nunca, Mabel!
– Não gosto disso, Sidney... – Ela olhou ao redor no iminente anoitecer. – Logo estará escuro, e não poderemos acender uma luz.
– Poderemos pegar uma lanterna emprestada de Jim Sykes n'O Touro. Ele tem uma boa, para usar no porão.
– "O Touro"! – exclamou a sra. Platter; ela virou-se para ele com uma cara quase boba de surpresa. O sr. Platter nunca fora de ficar visitando bares do vilarejo.
– Sim, O Touro, Mabel. E tem mais: vamos ficar lá até quase a hora de fecharem. Tomaremos um bom copo de cerveja, comeremos um sanduíche de rosbife cada, e daremos um pouco de aveia e água para o pônei, e deixaremos a carroça lá até estarmos prontos. Não vamos deixar a carroça e o pônei estacionados ao lado da igreja; isso seria uma evidência contra nós.
– Oh, Sidney – vacilou a sra. Platter –, você pensa em tudo! – Mas ela estava se sentindo bastante nervosa.

— Não, Mabel, tem uma coisa em que eu não pensei... — Ele apanhou as rédeas. — Quando levei todas as minhas ferramentas de chaveiro para a casa de Lady Mullings, para abrir o sótão dela, nunca pensei que necessitaria delas novamente para um serviço complicado desse jeito. Eia, Tigre! — E o pônei saiu cavalgando.

Quando eles retornaram ao pórtico da igreja, a noite já havia caído completamente, mas, um pouco acima dos teixos, uma lua pálida se elevava. O sr. Platter deu uma olhada, como se estivesse medindo o tamanho dela. Eles haviam descido a pé: a sra. Platter trazendo a caixa das chaves, e o sr. Platter, suas ferramentas e a lanterna.

— Agora, você segura a lanterna, Mabel, e passe-me a caixa das chaves. Dei uma boa olhada, nesta tarde, na chave que aquela mulher estava usando, e macacos me mordam se eu não tiver uma quase exatamente igual àquela. A maioria dessas velhas fechaduras de igrejas foi feita do mesmo modo... — Ele estava procurando entre as chaves. — Eu a arranjei quando modernizaram a igreja de Went-le-Craye. Algumas dessas minhas chaves possuem valor de antiguidade...

Ele estava certo, no fim das contas. Depois de um pouco de dificuldade inicial, eles ouviram a fechadura deslizar e a porta pesada se abrir gemendo.

— Que tal? — disse o sr. Platter com uma voz satisfeita.

Eles entraram; a sra. Platter, na ponta dos pés.

— Não precisa disso — o sr. Platter disse-lhe irritado. — Não há ninguém para nos ouvir agora. Mas havia alguém para escutá-los.

Logo que Kitty Braga trancou a porta esquerda e o silêncio reinou novamente na igreja, Arrietty desceu da divisória de madeira e correu até o harmônio para informar a terrível notícia. Seu tio Hendreary estava com o pé levantado sobre o sofá (como Pod havia profetizado, ele estava se tornando um mártir da gota), e sua tia Lupy estava ocupada preparando uma pequena ceia. As velas estavam todas acesas novamente e o cômodo parecia bastante aconchegante.

— Ah, aí estão vocês! — tia Lupy exclamou. — Eu não podia continuar até vocês chegarem. Estou fazendo uma omelete de ovos de pardal. Onde está o Timmus?

E Arrietty teve que contar para eles. Foi uma noite terrível. Não havia nada que alguém pudesse fazer. Pela primeira vez, Arrietty percebeu uma quase total impotência de sua pequena raça, quando em confronto com as desigualdades com relação aos humanos. Ela ficou todo o tempo tentando confortá-los, embora soubesse que seus próprios pais deveriam estar preocupados. Por fim, ela disse (pensando no medo e solidão de Timmus):

— Será apenas por uma noite. Quando a sra. Praga abrir o armário de manhã, ele sairá livre em um momento!

— Espero que você tenha razão — disse tia Lupy, mas ela realmente enxugou as lágrimas, e Arrietty, embora não apreciasse a ideia de uma longa caminhada de volta pela escuridão, achou que deveria ir para casa. Foi nesse momento que escutaram os rangidos e arranhões na porta principal da igreja.

— O que é isso? — perguntou tia Lupy baixinho, e todos ficaram congelados de medo.

— Alguém entrou na igreja — disse Hendreary, em tom bem baixo. Ele se levantou do sofá e, mancando muito, apagou as velas uma a uma. Eles se sentaram na escuridão, aguardando.

Uma voz falou brevemente, mas não entenderam o que foi dito. Passos se aproximavam da sacristia. Ouviram o súbito arrastar das argolas da cortina e viram uma luz estranha emitir *flashes* ao redor. Os Borrowers se juntaram no sofá, agarrando as mãos uns dos outros.

— Você trouxe a caixa das chaves, Mabel? — Oh, aquela voz! Arrietty teria reconhecido em qualquer lugar; ela até assombrava seus sonhos. Ela começou a tremer. — Posicione a lanterna para iluminar a minha sacola de ferramentas, Mabel. — A voz estava muito perto agora. Eles podiam ouvir o som da respiração ansiosa, o rangido do metal, o arrastar das botas nas pedras do pavimento. — E tire a toalha daquela mesa...

— O que você vai fazer agora, Sidney? — Era a senhora Platter. Parecia nervosa.

— Pregue a toalha sobre a janela. Então, poderemos acender a luz. Desse modo, trabalharemos com conforto, uma vez que temos a noite toda e o lugar só para nós...

— Ah, assim será melhor... Quero dizer, com um pouco de luz. Eu não gosto de estar aqui, Sidney; não gosto nem um pouco!

— Não seja tola, Mabel. Pegue essa outra ponta... — Os Borrowers ouviram o barulho do martelar. Depois, o sr. Platter disse: — Puxe essas cortinas para juntá-las; essas que conduzem à igreja. — Novamente

ouviu-se o arrastar das argolas das cortinas, e a luz elétrica se acendeu.
— Ah, assim ficou melhor. Agora podemos ver o que estamos fazendo... Agora os Borrowers conseguiam distinguir os rostos uns dos outros, e esses rostos estavam muito assustados. Entretanto, o sofá ficava bem para trás da luz que penetrava pela entrada deles. Houve silêncio. O sr. Platter devia estar estudando a fechadura. Depois de cerca de cinco minutos, ele disse, com uma voz satisfeita:
— Ah... agora acho que entendi!

Os sons mais estranhos foram sendo ouvidos à medida que a operação se realizava: rangidos, batidas, arranhões e coisas como: "Passe-me aquilo, Mabel; não, não o grosso, o fino. Agora aquele negócio com a ponta reta. Ponha seu dedo aqui, Mabel; aperte com firmeza. Fique segurando isso. Agora, aquele negócio com a ponta afiada, Mabel". Mabel não dizia nada. Finalmente, ouviram um longo, alto e satisfeito *Ahhh!* e o ranger leve de dobradiças: a porta do armário fora aberta!

Houve um silêncio apavorante: os Platters nunca tinham visto tal tesouro. O assombro do sr. Platter foi tanto que ele não agarrou imediatamente a caixa de coletas guardada humildemente na prateleira do meio.

— Joias, ouro... todas essas pedras são *verdadeiras*, Mabel. O pároco deve ser louco. Ou a paróquia? — Ele parecia muito desaprovador. — Coisas desse tipo deveriam estar em um museu, ou em um banco ou qualquer coisa assim... — Arrietty, ao escutar isso, ficou surpresa novamente com a palavra "banco": um banco, para ela, era alguma coisa sobre a qual se sentar. — Oh, bem — o sr. Platter continuou grave (ele parecia verdadeiramente chocado) —, imagino que isso seja problema deles. Ainda bem que não sou nenhum administrador de igrejas!

Houve uma pausa e os Borrowers concluíram que o sr. Platter havia apanhado a caixa de coletas, porque ouviram o leve tilintar de moedas soltas.

— Cuidado, Sidney! — advertiu a sra. Platter. — Não queremos que aconteça nenhum estrago. Quero dizer, com a criatura aí dentro. Coloque a caixa aqui sobre a mesa.

Os Borrowers ouviram uma cadeira sendo arrastada e, depois, uma segunda cadeira. Novamente houve silêncio (exceto por uma respiração pesada) enquanto o sr. Platter arrombava a segunda fechadura. Essa não demorou tanto. Arrietty escutou o farfalhar do papel do dinheiro e do tilintar de moedas enquanto os dedos tateavam dentro da caixa à procura de algo.

A sra. Platter quebrou o silêncio repentino e sufocante.

– Ele escapou! Veja, Sidney, como ele empilhou as moedas de prata e as de dois xelins, fazendo uma espécie de escadaria para alcançar a fenda da tampa e escapar!

– Tudo bem, Mabel; não entre em pânico. Ele pode ter saído da caixa, mas não deve ter saído do armário. Certamente está lá, escondido no meio daquelas coisas.

Mais uma vez, Arrietty ouviu o arrastar das cadeiras e o barulho dos passos no piso.

– Oh, minha nossa! – exclamou a sra. Platter. – Uma nota de cinco libras... caída no chão!

– Coloque no lugar, Mabel! Terei que trancar esta caixa e colocá-la exatamente onde estava. Mas, primeiro, precisamos tirar todas as coisas desta prateleira do meio. Você fica perto da mesa e eu vou passando as coisas para você. Vamos conseguir pegá-lo no final. Você vai ver...

Tia Lupy começou a chorar novamente, e Arrietty a envolveu em seus braços – desta vez, não tanto para confortá-la quanto para impedi-la de irromper numa tempestade de soluços audíveis.

O único barulho que escutaram da sacristia foi o estrépito do metal na madeira. Houve alguns *Ohs!* e *Ahs!* de apavorada admiração quando parecia que o sr. Platter passava à esposa algum objeto especialmente admirável. A não ser por isso, trabalharam em um silêncio metódico.

– Não parece que ele esteja aqui... – disse o sr. Platter com uma voz intrigada. – A menos que esteja atrás desse negócio de marfim nos fundos. Você olhou dentro de todos os cálices?

– É claro que olhei – disse a sra. Platter.

Houve um breve silêncio. Então o sr. Platter disse:

– Ele não está *nesta* prateleira, Mabel... – Ele pareceu mais confuso do que desesperado.

Então tudo aconteceu de uma vez. Um grito agudo da sra. Platter:

– Ali está ele! Ali está ele! Ele foi para lá...

E do sr. Platter:

– Onde? Onde?... Onde?

– Pelas cortinas, para dentro da igreja.

– Vá atrás dele, Mabel. Vou acender as luzes.

Arrietty escutou os cliques agudos, um após o outro: todas as luzes da igreja eram controladas da sacristia, e foi como se o sr. Platter tivesse acionado absolutamente todas elas. Escutou-se o puxar das argolas das cortinas e o sr. Platter também foi atrás.

Ela ouviu a voz afobada da sra. Platter ecoando igreja abaixo.

– Ele estava na prateleira *de baixo*...!

Arrietty saiu correndo para a sacristia. Sim, o armário estava escancarado, e a prateleira do meio, vazia. Devia ter sido na prateleira de baixo, aquela que ficava no nível do assoalho, onde Timmus estivera se escondendo: a prateleira onde guardavam os candelabros. Alguns deles eram tão altos e enfeitados que quase encostavam na prateleira de cima. Timmus devia ter escorregado da beirada da prateleira do meio para um candelabro na prateleira de baixo. Talvez, pensou Arrietty, num armário antigo e diferente como esse, as pontas das prateleiras não encostem no interior das portas quando fechadas. Devia ter sobrado algum pequeno espaço. Timmus o teria usado.

Agora, se ele pudesse alcançar a corda do sino a tempo, estaria a salvo. Ela correu até as cortinas onde o sr. Platter as puxara e espiou, protegida pela ponta de uma delas, para dentro da igreja, mas se retraiu com o som de uma colisão e um grito de dor. Ela sabia o que tinha sido: alguém, tentando chegar às cortinas que conduziam à câmara dos sinos, havia colidido com um dos pesados vasos de flores da sra. Crabtree e derrubado no pé de outra pessoa. Cuidadosamente, ela voltou até a cortina e olhou para dentro da igreja. Todas as luzes estavam acesas e, bem no final, estava o sr. Platter, pulando e agarrando o pé com ambas as mãos. A sra. Platter não estava em nenhum lugar de onde pudesse ser vista. Arrietty concluiu o que havia acontecido. Timmus tinha corrido por baixo das cortinas em direção à câmara dos sinos. A sra. Platter havia corrido atrás dele e, em sua pressa atrapalhada, tinha derrubado um dos preciosos pelargônios. Planta, vaso, estilhaços e terra deviam estar agora espalhados no chão sob os caprichosos arranjos de Lady Mullings, concluídos com tanto orgulho havia apenas poucas horas.

Então ouviu-se um som, tão profundo e ressoante que pareceu encher a igreja, passando através das paredes e ecoando pelo ar pacífico da noite. Um som prolongado. Um som que poderia ser ouvido (por aqueles que ainda estivessem acordados) em todas as casas do vilarejo. O som do sino da igreja.

Foi então que a sra. Platter começou a gritar descontrolada. Um grito atrás do outro. Até tia Lupy saiu, seguida por Hendreary mancando, para ver o que havia acontecido. Tudo o que conseguiam ver dos degraus da sacristia foi uma igreja vazia, inundada de luz. Mas os gritos não paravam.
E o sino tocou novamente.

•• CAPÍTULO VINTE E CINCO ••

Kitty Braga estava no andar de cima, preparando a cama para a srta. Menzies, quando ouviu o sino (ela havia conseguido dissuadir a srta. Menzies de sair de bicicleta "por aquelas alamedas solitárias lá embaixo àquela hora da noite", e a srta. Menzies finalmente havia concordado). Kitty, tremendo, e branca como os lençóis que estava esticando, jogou o travesseiro e a fronha em que tentava inseri-lo e desceu as escadas tropeçando, correndo para a pequena sala de estar.

– Você ouviu isso? – ela perguntou hesitante.
– Sim – disse a srta. Menzies. Ela havia se levantado do sofá onde Kitty a havia deixado descansando. O Braga tinha ido dormir.
– Tem alguém na igreja!
– Sim – a srta. Menzies confirmou novamente.
– Eu deixei tudo trancado... tudo! Preciso descer até lá!
– Não sozinha – a srta. Menzies foi logo dizendo. – Você precisa acordar o seu marido, e seria melhor telefonar para o sr. Pomfret. Posso fazer isso, se você quiser.
– Você sabe onde ficam as luzes no corredor? – perguntou Kitty.
– Sim, acho que sim. – A srta. Menzies não parecia ter muita certeza. Ela conhecia a fama dessa casa, e não apreciava muito a ideia de tatear no escuro.
– Está bem, então – Kitty disse. – Vou acordar o Braga. Leva um pouquinho de tempo, uma vez que ele... Bem... – E mais uma vez subiu correndo as escadas.

O sr. Pomfret (que, pelo som de sua voz, também estava dormindo) disse que iria imediatamente, e que ninguém deveria entrar na igreja até que ele tivesse chegado com sua bicicleta.
– Nunca se sabe. Eu tenho o meu cassetete, mas fale para o Braga levar algum bastão...

Quando a srta. Menzies caminhava, voltando para a antiga cozinha vazia – deixando definitivamente a luz acesa no corredor –, meio que desejou que *houvesse* alguém na igreja, mesmo que *fosse* um pouco violento. Ela achou que morreria de vergonha se, depois de sua última conversa com o sr. Pomfret, esse chamado tardio a um policial possivelmente cansado viesse a se transformar em um alarme falso. O sino tocou novamente. Por alguma razão, isso parecia tranquilizá-la. Eles aguardaram o sr. Pomfret em frente ao pórtico do terreno. Braga havia vestido algumas roupas e estava armado com um cabo de vassoura. Havia alguém na igreja, com certeza, se pudessem considerar a luz da janela. Mas, mesmo assim, essa luz estava ligeiramente reduzida pelo brilho da lua.

– Tem certeza de que você não deixou as luzes acesas por engano? – a srta. Menzies perguntou com ansiedade para Kitty.

– Não havia nenhuma luz. Ainda havia a luz do dia quando tranquei tudo. E quanto ao sino? Aí está ele novamente...

– Mas não tão alto... – Quando o som se aquietou, a srta. Menzies começou a explicar: – Um sino pode bater por bastante tempo com seu próprio embalo...

– É verdade – disse Braga. – Uma vez que tenha sido balançado, de algum modo...

O sr. Pomfret chegou silenciosamente e escorou a bicicleta na parede.

– Bem, aqui estamos... – ele disse – Trouxe algum bastão, Braga? É melhor nós, os homens, irmos na frente... – E liderou o caminho para dentro da igreja. Kitty Braga tentou se certificar de que havia trazido a chave remexendo no bolso. Uma luz forte da lua atravessava metade do pórtico, e Kitty pôde observar que parecia haver uma outra chave na porta. Ela a apontou para o sr. Pomfret e mostrou a sua própria. Sério, ele fez um sinal com a cabeça para mostrar que compreendia antes de experimentar a que estava na porta. Mas a porta havia sido deixada destrancada e abriu-se facilmente (com seu costumeiro rangido), e todos seguiram o sr. Pomfret para dentro. O sino badalou novamente, mais discreto ainda desta vez, como se estivesse perdendo força.

A igreja parecia vazia, mas certamente alguém tinha estado lá. Eles viram os potes de flores derrubados e, depois que o barulho do sino parou, ouviram um barulho estranho, uma espécie de respiração agitada; ou seria algum tipo de gemido? O sr. Pomfret foi direto para os fundos da igreja, desviou-se por trás das flores de Lady Mullings e (muito drasticamente) abriu as cortinas que conduziam à câmara dos sinos. Então ficou perplexo.

Os outros três, vindo atrás, viram uma cena armada, como num palco, com o abrir das cortinas.

Uma corpulenta senhora parecia haver caído ao chão, com o chapéu retorcido e o cabelo despenteado. Uma perna estava esticada diante dela e a outra parecia dobrada embaixo de alguma coisa. Era a sra. Platter. Ele demorou quase um minuto para reconhecê-la. Ela estava soluçando e sem fôlego e parecia estar com muita dor. A corda do sino, ele viu, estava balançando numa espécie de indiferença regular, mas sua "cauda", como uma cobra frenética, serpenteava pelo chão. O sr. Platter, tentando arrumar a situação, andava apressado para lá e para cá, mancando de vez em quando de um pé ou de outro. O sr. Pomfret não sabia muito sobre sinos, mas tinha ouvido histórias assustadoras sobre as pontas das caudas das cordas deles: elas poderiam arrancar fora uma cabeça numa espécie de chicotada. A sra. Platter parecia relativamente segura: ela era o centro da confusão. O grande sino tocou de novo, bem gentilmente dessa vez. A corda principal estava se mexendo mais devagar, e a "cauda" serpenteante começou a perder força, como uma cobra exausta, em ondulações e espirais no chão, até finalmente parar.

Eles não se apressaram para socorrer a sra. Platter. Ao contrário, caminharam com cautela, como se temessem que a serpente enrolada pudesse se restaurar e voltar a viver. Foi o Braga quem estendeu a mão firme para a corda principal, certificando-se de que estava controlada, e depois, silenciosamente e como esperado, alinhou a "cauda".

– A gente tem que entender de sinos – disse-lhes, com uma voz que soava bastante irritada. – Estes estavam todos preparados para os sineiros do dia de Páscoa.

Mas nenhum deles deu atenção. Estavam ocupados levantando a sra. Platter e tentando colocá-la numa cadeira. Ela ainda estava fungando e sem fôlego. A srta. Menzies arranjou um lenço e então, muito delicadamente, levantou o que parecia ser o pé machucado na altura de outra cadeira.

– Está quebrado – soluçou a sra. Platter. – Poderei ficar manca para o resto da vida...

– Não, minha querida – a srta. Menzies assegurou-lhe (ela havia examinado o tornozelo com cuidado; não era à toa que havia sido monitora de excursão). – Acho que é somente uma torção. Apenas sente-se aqui sossegada, e a srta. Braga lhe trará um pouco de água.

– É claro que trarei – disse Kitty Braga com seu jeito animado, e saiu pelo corredor em direção à sacristia.

– Tenho batidas e machucados por toda parte – reclamou a sra. Platter. – E a minha cabeça! Eu a bati contra o teto... sinto como se a tivesse partido...

– Ainda bem que você estava usando esse grosso chapéu de feltro – disse o Braga. – Poderia ter quebrado o pescoço. – Não havia muita compaixão na voz dele, e ainda se sentia ofendido: seus sinos, seus sinos preciosos... arrumados com tanto cuidado! E, pelos céus, o que essas pessoas achavam que estavam fazendo, tentando tocá-los altas horas da noite? E como os Platters haviam entrado na igreja, para começo de conversa? E para quê?

Talvez, a essa hora, estivessem todos com os mesmos pensamentos (o sr. Pomfret certamente estava), mas eram educados demais para expressá-los. Bem, sem dúvida, tudo seria explicado mais tarde... Um repentino som na outra ponta da igreja fez o sr. Pomfret se virar. Tinha sido mais uma exclamação do que um grito, e parecia vir da sacristia. Sra. Braga? Sim, devia ter sido ela. Como o grupo inteiro se virou e ficou olhando para o corredor, Kitty Braga apareceu entre as cortinas, segurando-as abertas.

– Sr. Pomfret – ela chamou, com uma voz que parecia estar tentando se controlar –, o senhor poderia vir até aqui um minuto?

Silencioso, o sr. Pomfret atravessou o corredor num instante: ele tinha percebido a urgência do tom. Os outros, embora igualmente curiosos, foram seguindo mais devagar. O que eles testemunhariam agora?

O sr. Platter, acompanhando por último, falava agitadamente. Mas eles não ouviam bem tudo o que ele estava dizendo: era muita tagarelice. Alguma coisa sobre ouvir intrusos na igreja... senso de obrigação... coisas valiosas... meio arriscado... mas ele e sua senhora nunca perderam a coragem... porta trancada... eles tiveram que arrombar... os intrusos haviam fugido. Mas...

Nesse ponto, ele pareceu perder a confiança: estavam na sacristia agora. E tudo o que o sr. Platter estava dizendo não *fazia muito sentido*: não com as portas do armário escancaradas, as peças raras e adoráveis colocadas casualmente sobre a mesa e, no chão, aberta para todos verem, a conhecida sacola de ferramentas do sr. Platter. Todos a conheciam bem: quase não havia uma casa no vilarejo onde, vez ou outra, o sr. Platter não tivesse feito um "servicinho".

– O senhor reconhece estas ferramentas? – perguntou o sr. Pomfret.

– Reconheço – respondeu o sr. Platter com uma dignidade gelada.

– Por acaso são minhas.

– Por acaso? – murmurou o sr. Pomfret, e fez anotações em seu caderno. Depois, um outro pensamento pareceu intrigá-lo. Ele olhou diretamente para o sr. Platter. – Sua boa senhora deve ter colocado todo o peso naquela corda. Agora, por que ela faria isso, em sua opinião?

O sr. Platter pensou rápido.

– Para dar o alarme. Na Idade Média, entende...

Mas isso, de alguma forma, não *fazia muito sentido* também. O sr. Pomfret ficou escrevendo em seu bloco de anotações.

– Não vivemos na Idade Média agora – ele observou secamente.

– Receio que terei de lhe pedir para vir à delegacia.

O sr. Platter se empertigou.

– Nada foi tirado desta igreja. Nenhum objeto. Então, do que você vai me acusar?

– Arrombamento e invasão? – murmurou o sr. Pomfret, de maneira quase contida, como se estivesse falando para si próprio. Ele continuava fazendo anotações. Então levantou os olhos. – E sua senhora, estaria em condições de vir?

– Nenhum de nós dois está em condições de ir. Não poderia aguardar até amanhã de manhã?

O sr. Pomfret era um homem bondoso.

– Suponho que sim – ele disse. – Digamos... às onze e meia?

– Onze e meia – concordou o sr. Platter. Ele parecia mesmo muito cansado. Deu uma olhada em suas ferramentas e ao redor da mesa.

– Acho que deixarei essas coisas aqui esta noite. Não adianta levar as ferramentas para trazê-las novamente. Terei que arrumar essas fechaduras, de qualquer forma.

– Muito esquisito – disse o sr. Pomfret, fechando seu bloco de anotações. Virou-se para o sr. Platter e, de repente, mudou de tom.

– O que o sr. estava fazendo, *de verdade?*

– Procurando alguma coisa – disse o sr. Platter.

– Alguma coisa sua?

– Poderia ser – disse o sr. Platter.

– Hum, bem... – O sr. Pomfret colocou o bloco de anotações no bolso. – Como eu disse, serão necessários muitos esclarecimentos. Boa noite a todos.

Depois que o sr. Pomfret e o Braga partiram e a srta. Menzies e Kitty ficaram arrumando a sacristia, Arrietty escutou a srta. Menzies dizer com uma voz preocupada:

– Kitty, acho que, quanto menos falarmos no vilarejo sobre esta noite, melhor será. Você não concorda?

– Sim. Os comentários seriam horríveis, e a maior parte deles, mentiras. Bem, todas as coisas estão de volta ao armário, mas não vou poder trancá-lo...

– Não faz mal; é só por uma noite.

Como a srta. Menzies era querida, pensou Arrietty, protetora de todos – mas, mesmo assim, desejou que elas saíssem. Ela esperava com ansiedade para ver Timmus, que, sabia, não apareceria enquanto a igreja não estivesse vazia e a porta esquerda, seguramente trancada, embora ela pudesse imaginar o que tinha acontecido lá embaixo quase em mínimos detalhes. A sra. Platter teria visto Timmus dirigindo-se para a corda e quase o agarrara com uma das mãos enquanto torcia a outra em volta da corda. O peso dela teria elevado o sino bem para o alto e ambos tentaram subir pela corda até o teto. Timmus fora conduzido suavemente para dentro do buraco, enquanto a sra. Platter, depois de uma dolorosa pancada na cabeça, tinha escorregado ao chão.

Finalmente, Arrietty escutou a srta. Menzies dizer:

– Kitty, querida, acho que devemos deixar o resto para amanhã de manhã. Estarei aqui para ajudar você. Oh, querida, não sei o que poderemos fazer com relação às plantas da sra. Crabtree...

– O Braga as recolocará nos vasos – disse Kitty.

– Oh, esplêndido! Vamos, então. Devo admitir que desejo ansiosamente uma cama; está bastante tarde.

Arrietty, de volta ao sofá, sorriu e abraçou os joelhos. Ela sabia, uma vez que a porta se fechou atrás delas, que Timmus voltaria seguro e – ela esperava – sem machucados.

•• CAPÍTULO VINTE E SEIS ••

Muito mais tarde naquela noite, quando Arrietty entrou pela grade parcialmente aberta e desabou nos braços deles, Pod e Homily esqueceram as horas de espera ansiosa e os sombrios temores contidos. Houve lágrimas, mas lágrimas de alegria. O relógio da igreja bateu duas horas sem ser notado antes que ela tivesse respondido a todas as perguntas.

– Bem, esse Platter está acabado – Pod disse por fim.
– Você acha isso, Pod? – Homily perguntou insegura.
– É uma questão de lógica: a igreja arrombada, e àquela hora da noite! Fechaduras do armário abertas, armário vazio, todos aqueles objetos valiosos sobre a mesa...
– Mas ele tentou dizer que foram intrusos, ou como quer que os chamem.

Pod deu uma risada de desdém.
– Intrusos não usariam as ferramentas de Sidney Platter!

Depois, na manhã seguinte, haveria Peregrino para ela contar as novidades – e Spiller também, se ela conseguisse encontrá-lo. Por uma feliz coincidência, Arrietty os encontrou juntos. Peregrino, no meio da hera do chão perto da passagem, tinha levantado cedo para separar seus pedaços de vidros, e Spiller, embora a caminho de algum outro destino, tinha parado para vê-lo. Spiller, como Arrietty lembrava, estava sempre curioso, mas nunca fazia uma pergunta direta. Os dois ficaram muito impressionados com a história. Como ela se estendesse, Arrietty e Peregrino sentaram-se mais confortavelmente no chão seco sob as folhas da hera. Até Spiller dignou-se a ficar agachado, o arco na mão, para escutar até o fim. Os olhos dele pareciam bastante interessados, mas ele não dizia uma palavra.

– Tem só uma coisa... – disse Arrietty por fim.
– O que é? – perguntou Peregrino.

Arrietty não respondeu de imediato, e, para a surpresa deles, viram os olhos dela enchendo-se de lágrimas.

– Pode parecer bobo para vocês, mas...

– Mas o quê? – Peregrino perguntou, atencioso.
– É a srta. Menzies... Eu gostaria de dizer a ela que estamos todos bem. – As lágrimas rolavam dos olhos dela.
– Você quer dizer – disse Peregrino, num tom de surpresa – que *ela* viu tudo isso!
– Não, ela não viu nada. Mas eu a vi. Algumas vezes. Estive perto o suficiente para falar com ela...
– Mas não falou, espero! – Peregrino disse com firmeza. Ele parecia bastante abalado.
– Não, não falei. Porque... porque... – Arrietty parecia engolir um soluço. –... eu prometi ao meu pai, muito séria e sagradamente, nunca mais falar com um ser humano. Nunca em toda a minha vida. – Ela se virou para Spiller. – Você estava lá naquela noite. Escutou a minha promessa... – Spiller concordou.
– E o seu pai estava absolutamente certo – disse Peregrino. Ele havia se tornado bastante inflexível de repente. – É uma loucura! Loucura máxima... Todo Borrower digno de seu nome sabe disso!
Arrietty abaixou a cabeça sobre os joelhos e explodiu em lágrimas. Talvez o cansaço por ter se levantado cedo depois de todo o sufoco da noite anterior começasse a pesar. Ou talvez fosse o tom zangado na voz de Peregrino. Será que alguém, alguma vez, conseguiria entender...?
Eles a observaram sem fazer nada: os pequeninos ombros pulando com os soluços que ela tentava sufocar com a salopete já molhada. Se estivesse sozinho, Peregrino teria estendido uma mão para confortá-la, mas, sob os olhos atentos e curiosos de Spiller, alguma coisa o impedia.
De repente, Arrietty levantou um rosto zangado, molhado de lágrimas, na direção de Spiller.
– Uma vez você falou que *contaria* para ela – acusou-o. – Que nós estávamos a salvo e tudo o mais. Mas eu sabia que você não iria. Você tem medo demais dos seres mundanos... mesmo dos bondosos, como a srta. Menzies. Quanto mais *falar* com um deles!
Spiller levantou-se num pulo. O rosto dele havia se tornado curiosamente fechado. Pareceu a Arrietty que o olhar penetrante que ele lhe dirigiu foi quase de repugnância. Então ele se virou e foi embora. Saiu tão rápido e tão silencioso que foi como se nunca tivesse estado lá. Nem mesmo uma folha se moveu em meio à hera.
Entre Arrietty e Peregrino restou um silêncio pesado. Depois, ela disse com uma voz surpresa:

– Ele ficou zangado.
– Não era para menos... – disse Peregrino.
– Eu só disse a verdade.
– Como você sabe que é verdade?
– Ah, não sei... Parece lógico. Quero dizer... bem, com certeza *você* não acha que ele faria isso?
– Se ele prometeu... – disse Peregrino. – E, considerando a hora e o lugar certos... – Ele deu uma risadinha maliciosa. – E ele sumiria antes que ela pudesse dizer uma palavra. Ah, ele fará isso, com certeza. Mas aquele lá faz tudo do jeito dele. Vai decidir quando lhe der na telha...
Arrietty pareceu confusa.
– Você quer dizer que eu deveria ter confiado nele?
– Mais ou menos isso. Ou não ser tão apressada. – Ele franziu as sobrancelhas. – Não que eu concorde com nada disso. Essa ideia maluca de conversar com seres humanos... É imprudente e sem sentido, isso sim. E bastante injusto com o seu pai...
– Você não conheceu a srta. Menzies – disse Arrietty, e, mais uma vez, seus olhos se encheram de lágrimas. Ela se levantou. – Mesmo assim, gostaria de não ter dito aquilo tudo...
– Ah, ele vai superar isso – Peregrino comentou alegremente e se levantou ao lado dela.
– Sabe, eu *realmente* gosto muito dele...
– Todos nós gostamos – disse Peregrino.
– Hum, bem – disse Arrietty com uma vozinha lamentosa –, acho melhor voltar para casa agora. Eu me levantei muito cedo, e os meus pais devem estar me procurando. E – ela passou rapidamente a mão nos olhos e esboçou um sorriso indeciso –, para dizer a verdade, estou ficando com um pouco de fome.
– Ah – disse Peregrino –, isso me faz lembrar uma coisa. – Ele começou a procurar no bolso. – Espero não tê-lo quebrado. Não, ele está aqui.
Ele lhe entregou um ovo bem pequenininho, de cor creme pálida e pintinhas avermelhadas. Arrietty pegou-o com cuidado e segurou--o entre as mãos.
– É uma gracinha – ela disse.
– É um ovo de chapim-azul. Eu o encontrei esta manhã em uma das minhas caixas para ninhos. Achei estranho, porque não havia sinal de ninho. Achei que você gostaria disso para o café da manhã.

– É tão bonitinho... Assim como está. Seria uma pena comê-lo.
– Ah, não sei... – disse Peregrino. – Hoje é uma espécie de dia dos ovos.
– O que você quer dizer?
– Hoje é o que os humanos chamam de Domingo de Páscoa... – Ele a observou com atenção enquanto ela embrulhou cuidadosamente o ovo na salopete. – Sabe de uma coisa, Arrietty? – ele continuou falando depois de um momento. – Na verdade, quanto menos Spiller falar, melhor; esse ser humano... essa srta... srta...?
– Menzies.
– Tem uma coisa que ela não deve descobrir *nunca*, e realmente quero dizer NUNCA: é onde estamos morando agora.
– Eu só queria que ela soubesse que estamos *a salvo*...
Peregrino olhou de volta para ela. Ele estava sorrindo seu sorriso zombeteiro, de um lado só.
– Estamos mesmo? – ele disse carinhoso. – Estamos mesmo? Em algum momento?

Não foi senão alguns anos mais tarde, na época da Primeira Guerra Mundial, que ocorreu a Arrietty que essas palavras de Peregrino, pronunciadas tão suavemente sob a luz do sol da manhã, pudessem ter um sentido muito maior: que se referissem aos outros tanto quanto a si mesmos. Como era aquele hino tão apreciado pela tia Lupy? Aquele que a família ouvira em sua primeira (sobrecarregada) e exaustiva chegada à igreja? Alguma coisa sobre "todas as criaturas, grandes e pequenas"? E havia um outro que falava de "todas as criaturas que vivem na Terra", não havia? Todas as criaturas! Essa era a questão. TODAS as criaturas...

Dependentes como eram dos fragmentos de conversas escutados por tia Lupy, os Borrowers nunca descobriram *exatamente* o que aconteceu com o sr. Platter. Alguns disseram que ele foi para a prisão; outros, que ele fora apenas multado e advertido; e, depois (muitos meses mais tarde), que ele e a sra. Platter haviam vendido a casa e partido para a Austrália, onde o sr. Platter tinha um irmão no mesmo ramo de negócios. De qualquer modo, os Borrowers nunca mais viram os Platters novamente. Nem eles eram muito mencionados pelas senhoras que vinham às quartas e sextas-feiras para arrumar as flores na igreja.

POBRE INOCENTE

A história de um Borrower

Para
LIONEL

•• CAPÍTULO UM ••

– E agora – Arrietty disse para Homily –, conte como-era-na-sua-
-época...
 A frase, pronunciada de um fôlego só, tinha perdido seu sentido como palavras propriamente ditas: ela descrevia agora uma atividade, um modo de passar o tempo na hora de cumprir tarefas entediantes. Elas estavam soltando lantejoulas de um pedaço quadrado de *chiffon*. Homily as descosturava enquanto Arrietty prendia as esferas brilhantes em uma linha de seda azul-pálida. Era um agradável dia de primavera e elas se sentaram ao lado da grade que dava para a parede de fora.
 – Bem – Homily disse após um momento –, eu já lhe contei sobre a vez em que eu acendi a grande vela?
 – E que queimou um buraco no assoalho, e no tapete lá em cima? E que os seres mundanos ficaram gritando, e seu pai bateu em você com um palito de fósforo de cera? Sim, você me contou.
 – Foi uma vela comum que meu pai pegou emprestada para derreter e fazer velas retorcidas. Ela iluminava que era uma maravilha! – disse Homily.
 – Conte sobre aquela vez em que o cozinheiro lá de cima derrubou a geleia fervendo e ela escorreu no meio das fendas...
 – Ah, isso foi horrível! – disse Homily. – Mas nós a engarrafamos, ou pelo menos a maior parte dela, em xícaras de bolotas de carvalho e em um vidro vazio chamado morfina. Mas a bagunça... minha nossa, a bagunça! A minha mãe ficou uma fera. Um canto do nosso tapete ficou com gosto de doce por vários meses – Homily acrescentou, pensativa. Com a mão treinada, ela arrumou o *chiffon* brilhante que ondulava como fumaça no ar.
 – Já sei! – Arrietty gritou de repente. – Conte sobre o rato!
 – Ah, outra vez, não – queixou-se Homily.
 Ela se olhou em uma lantejoula que, para ela, aproximava-se do tamanho de um espelho de mão.
 – Estou ficando muito grisalha – Homily disse. Ela lustrou a lantejoula com uma parte de seu avental e se olhou novamente, ajeitando o cabelo sobre as têmporas. – Eu já lhe contei sobre o Pobre Inocente?

– Quem era ele? – perguntou Arrietty.
– Um dos garotos do Afiador de Facas.
– Não... – Arrietty disse, incerta.
– Essa foi a primeira vez em que fui lá em cima. Para procurar o Inocente. – Homily, olhando na lantejoula, levantou um pouco o cabelo nas têmporas. – Oh, céus... – ela disse, com a voz meio desanimada.
– Eu gosto dele grisalho – Arrietty disse com carinho, gentilmente pegando de volta a lantejoula. – Fica bem em você. E sobre o Pobre Inocente...
– Ele havia se perdido, entende? E todos nós tivemos que subir e procurar por ele. Foi uma ordem – contou Homily. – Algumas pessoas achavam isso errado, que as mulheres tivessem que ir também, mas foi desse jeito: era uma ordem.
– Quem deu essa ordem? – perguntou Arrietty.
– Os avós, é claro. Foi a primeira vez que eu vi a área de serviço. Depois disso, sabendo qual era o caminho, eu costumava me esgueirar até lá de vez em quando, mas ninguém nunca soube disso. Oh, céus, eu não devia contar isso para você!
– Tudo bem – disse Arrietty.
– Pobre Inocente. Ele era o mais novo daquela família. Eles viviam em um buraco no gesso na altura da mesa em que ficava o afiador de facas. Eles faziam todos os empréstimos na área de serviço. Eram praticamente vegetarianos: comiam cenouras, nabos, agrião, aipos, ervilhas, feijões... tudo. Todas as coisas que Crampfurl, o jardineiro, costumava trazer nas cestas. Eram todos muito bonitos. Especialmente o Inocente. As bochechas dele pareciam flores de macieira. "Alegre como um anjo", minha mãe costumava dizer dele. Todos os adultos eram malucos pelo Inocente: ele tinha um jeito especial com eles. Mas não conosco. Nós não gostávamos dele.
– Por que não? – perguntou Arrietty, de repente interessada.
– Não sei... – disse Homily. – Ele tinha uns modos malvados... Bem, na verdade, era mais um provocador... e nunca era descoberto. Ele colocava besouros pretos para cair pela nossa calha, daqueles grandes com chifres, e nós sabíamos que era ele, mas não conseguíamos provar. E muitas vezes ele vinha de mansinho por cima das tábuas do assoalho, com um alfinete curvado em um barbante, e me pegava como com um anzol por uma fenda do nosso teto. Se déssemos uma festa, ele fazia isso, porque era pequeno demais para ser

convidado. Mas não era nada divertido ser fisgada pelo Inocente: ele me pegou pelo cabelo uma vez, acredita? E, naquela época – Homily disse, complacente, pegando outra lantejoula –, o meu cabelo era uma verdadeira glória! – Ela ficou olhando pensativa para a lantejoula, e depois a abaixou com um suspiro.

"Bem, de qualquer modo", ela prosseguiu, animada, "o Inocente tinha desaparecido. Que confusão! Parecia que a mãe dele o havia mandado pegar salsinha emprestada; eram onze e quinze da manhã, e, ao anoitecer, ele ainda não havia retornado. E não voltou naquela noite.

"Agora, você tem que entender sobre a salsa: é muito simples de pegá-la emprestada, e bem rápido. Ele deveria ter demorado uns cinco minutos: tudo o que tinha de fazer era caminhar ao longo da mesa do afiador de facas até a borda e pular para baixo (um pulo bastante pequeno), no escorredor de pratos. A salsa sempre ficava em um velho pote de geleia em um canto da pia, numa espécie de prateleira de zinco, meio esburacada.

"Alguns disseram, depois, que o Inocente era novo demais para que o mandassem pegar salsa emprestada. Culparam os pais. Mas lá estava a mãe dele, sem a ajuda de ninguém, atrás do afiador de facas, conseguindo uma refeição para toda a família; os mais velhos, ausentes, com o pai, para pegar emprestado. E, como eu lhe disse, o Inocente sempre escapava, de qualquer modo, assim que a mãe virava as costas: importunava a gente e não sei o que mais, dizendo para nós lá embaixo, pelas fendas do assoalho: 'Estou vendo vocês'. Não havia privacidade com ele, até que o meu pai colocou papel de parede em nosso teto. Bem, de qualquer modo – prosseguiu Homily, parando para tomar fôlego –, o Inocente havia desaparecido, e, no dia seguinte, numa bela tarde ensolarada, às três horas em ponto, todos nós tivemos que subir e ir procurar por ele. Era a tarde de folga da sra. Driver e o horário em que as outras criadas estariam descansando.

"Cada um teve as suas instruções: alguns deveriam procurar entre as botas de jardinagem e as escovas de engraxar; outros, nas caixas de verduras; o meu pai, o pai do seu tio Hendreary e vários homens mais fortes tiveram que carregar uma chave de boca com uma colher de pau amarrada a ela para soltar o sifão do cano embaixo da pia.

"Eu me lembro de ter parado para observar isso. Vários de nós pararam. Eles ficaram girando e girando, como Crampfurl fazia com a prensa de sidra, no fundo de um balde virado para baixo, embaixo da pia. De repente, ouviu-se um forte estampido, a rosca se soltou, caindo, e uma torrente de água gordurosa se alastrou por todo o topo do balde. Minha nossa, minha nossa! – Homily exclamou, rindo um pouco, mas um tanto envergonhada por isso. – Coitados daqueles homens! Nenhuma das esposas quis saber deles até que tivessem subido na parte de cima da pia e aberto a torneira sobre si. *Então* abriram a torneira de água quente, que deveria estar morna. Oh céus, oh céus... que confusão! Mas ainda nada do Inocente.

"Nós, os mais novos, fomos levados para casa nesse momento, mas levou umas boas quatro horas para os homens abandonarem a busca. Lembro que tomamos o nosso chá em silêncio enquanto as nossas mães fungavam e enxugavam os olhos. Depois do chá, meu irmão mais novo começou a jogar bolinhas de gude com três ervilhas secas velhas, e a minha mãe o repreendeu, dizendo: 'Fique quieto agora! Você não tem respeito? Pense no seu pai e em todos aqueles homens corajosos Lá em Cima!'. O modo como ela disse 'Lá em cima' nos deixou com os cabelos em pé.

"E, no entanto, sabe, Arrietty, acabei gostando da área de serviço, ou do que eu havia visto dela: a luz do sol entrando pela porta do quintal e caindo quente sobre o chão de tijolos velhos. E os maços de louro e de tomilho seco. Mas bem me lembro de que havia uma ratoeira embaixo da pia e uma outra embaixo da sapateira. Não que fossem perigosas, exceto para aqueles que não soubessem; nosso pai costumava rolar uma batata até elas, e então elas se fechavam. Mas elas saltavam um pouco nessa hora, e era isso o que nos assustava. Não; o verdadeiro perigo era Crampfurl, o jardineiro, entrando de repente do jardim com as verduras para o jantar; ou a sra. Driver, a cozinheira, de volta do seu passeio da tarde, para encher a chaleira. E havia outras criadas na casa na época, que poderiam ficar com vontade de um rabanete ou de uma maçã do barril atrás da porta da área de serviço.

"De qualquer modo, quando anoiteceu, a patrulha de resgate foi cancelada. As nossas mães fizeram uma recepção exagerada para os homens, agradecidas por vê-los de volta; trouxeram o jantar para eles e buscaram seus chinelos. Ninguém comentou nem uma palavra. E nos mandaram dormir.

"A essa altura, nós também ficamos preocupados. Enquanto estávamos deitados, aconchegados e aquecidos pelas cobertas, não conseguíamos deixar de pensar no Inocente. No Pobre Inocente.

POBRE INOCENTE

Talvez ele tivesse *passado* além do sifão e caído pelo ralo da pia até o esgoto. Sabíamos que havia Borrowers que viviam no esgoto e eram pessoas horríveis, selvagens e violentos como ratos. Uma vez, o meu irmão menor brincou com um deles e foi mordido no braço, e a camisa dele foi roubada. E ele ficou com uma alergia horrorosa.

"No dia seguinte, os dois avôs convocaram outra reunião: eles eram os mais velhos, digamos, e sempre tomavam as decisões. Um dos avós era o tio-avô do meu pai. Esqueci agora quem era o outro avô..."

– Não se preocupe – disse Arrietty.

– Bem – disse Homily –, o que importa disso é que todos nós tivemos que subir Lá em Cima e procurar em todos os cômodos. O Solar estava repleto de Borrowers nessa época, ou ao menos parecia, e havia alguns que nós não conhecíamos. Mas deveríamos pedir informações a quem quer que encontrássemos e perguntar sobre o Pobre Inocente. Eles chamaram isso de busca-de-casa-em-casa.

– Nossa! – exclamou Arrietty, segurando o fôlego.

– Nós todos tivemos que ir.

– As mulheres e as crianças também?

– *Todos* – disse Homily –, exceto os pequenininhos.

Homily ficou sentada imóvel, franzindo a testa para o espaço. O rosto dela parecia gravado de memórias.

– Alguns diziam que os anciões estavam loucos – ela prosseguiu, depois de um momento. – Mas tudo foi maravilhosamente organizado: tínhamos que ir em pares, dois para cada cômodo. Os mais velhos e as garotas para o andar térreo, os homens mais jovens e alguns garotos menores pelas plantas trepadeiras.

– Que plantas trepadeiras?

– As que subiam pela frente da casa, é claro: eles tinham que procurar nos quartos!

– Entendi... – comentou Arrietty.

– Esse era o único jeito de subir até o primeiro andar naquela época. Foi muito antes de seu pai inventar o alfinete de escalar dele. Ninguém tinha equipamentos para subir as escadas, por causa da altura dos degraus, entende, e não havia nada onde se segurar...

– Sim. Continue falando das trepadeiras...

– Era bem cedo de manhã, ainda com pouca luz, quando os jovens rapazes se enfileiraram sobre o cascalho, observando de baixo quais das janelas estavam abertas. Um, dois, três, JÁ: e eles correram, todas as folhas de hera e de glicínia[1] tremendo como se estivessem em convulsão! Ah... as histórias que contaram sobre o que acharam nesses quartos! Mas nenhum sinal do Inocente. O coitado de um rapaz havia escorregado no peitoril de uma janela e se agarrado a uma corda para se salvar: era a corda de uma persiana, que subiu estalando até o teto, e lá foi ele, pendurado em um objeto que parecia uma bolota de madeira. Ele conseguiu descer, no final, balançando para a frente e para trás até se segurar na barra da cortina, e depois desceu pelos pompons. Não foi muito divertido, entretanto, com dois enormes seres mundanos em suas toucas de dormir roncando na cama.

"Nós, mulheres e garotas, ficamos com os cômodos de baixo, cada uma com um homem que já conhecesse os procedimentos. Tínhamos ordens de voltar por volta da hora do chá por causa dos menores, mas os homens tinham que continuar procurando até o anoitecer. Eu estava com o meu tio Bolty, e tínhamos ficado com a sala do café. E foi nesse dia de primavera, logo depois do amanhecer – Homily fez uma pausa significativa –, que eu vi pela primeira vez os Cornijas!"

– Ah! – exclamou Arrietty. – Eu me lembro: aqueles Borrowers orgulhosos que moravam sobre a prateleira da lareira?

– Sim – disse Homily –, eles mesmos. – Ela pensou por um momento. – Nós nunca conseguíamos saber quantos deles havia porque sempre os víamos duplicados no espelho. A estrutura do ornamento sobre a cornija da lareira subia até o teto, repleta de prateleiras e pilares retorcidos e fotografias com molduras aveludadas. Sempre dava para vê-los deslizando por ali atrás de camapus[2], de potes de limpadores de cachimbos ou de leques japoneses. Eles cheiravam a charuto e bebida e... a alguma outra coisa. Mas talvez isso fosse o cheiro da sala, de couro russo... Sim, era isso...

– Continue – pediu Arrietty. – Eles conversaram com você?

– Conversar conosco! Se os Cornijas conversavam conosco! – Homily deu uma curta risada e depois negou, balançando a cabeça seriamente, como se tentasse espantar a memória. Suas bochechas ficaram bastante coradas.

---

1. Planta ornamental de origem asiática. (N. T.)
2. Planta de frutos comestíveis do gênero Physalis, também conhecida como erva-noiva-do-peru. (N. T.)

– Mas... – Arrietty comentou, quebrando o estranho silêncio – ao menos você os viu!

– Ah, nós os vimos, é verdade. E os ouvimos. Havia muitos deles naquela manhã. Era cedo, entende, e eles sabiam que os seres mundanos estavam dormindo. Lá estavam todos, zanzando de um lado para outro, conversando e rindo entre si, e vestidos com muita extravagância para uma caçada de ratos. E eles nos viram, com certeza, quando paramos ao lado da porta, mas você pensa que olharam para nós? Não; não eles. Não diretamente, quero dizer: os olhos deles se desviavam um pouco o tempo todo, enquanto riam e conversavam entre si. Eles olhavam além de nós, e por cima de nós, e por baixo de nós, mas nunca exatamente para nós. Tinham olhos ambiciosos, muito ambiciosos, e vozes engraçadas que pareciam tilintar. Não conseguíamos entender o que diziam.

"Depois de um tempo, o meu tio Bolty deu um passo à frente: ele limpou a garganta e usou sua melhor voz (ele conseguia fazer essa voz, sabe? Foi por isso que o escolheram para a sala do café). 'Com licença e desculpem-me', ele disse (foi muito elegante o modo como ele disse isso), 'por atrapalhá-los e incomodá-los, mas, por um acaso, alguém viu...', e ele prosseguiu descrevendo as encantadoras feições do Pobre Inocente e tudo o mais.

"Ele não conseguiu nem um sinal de atenção. Aqueles Cornijas simplesmente continuaram rindo e conversando com ares de quem está interpretando sobre um palco. E a aparência deles era bonita também (não se pode negar), algumas das mulheres com aqueles pescoços esticados típicos dos Cornijas. O sol do início da manhã brilhando em todo aquele espelho iluminava-os com uma espécie de tom dourado-rosado. Era fascinante. Não dava para ignorar...

"O meu tio Bolty começou a se zangar e o rosto dele foi ficando muito vermelho. 'No alto ou embaixo, todos nós somos Borrowers', ele disse com uma voz forte, 'e esse pequeno garoto', ele quase berrou, 'era a menina dos olhos da mãe dele'. Mas os Cornijas continuaram a conversar de um modo estúpido e alvoroçado, rindo um pouco ainda e desviando os olhos ambiciosos para os lados.

"De repente, o meu tio perdeu a paciência. 'Tudo bem', ele falou como um trovão, esquecendo-se da voz especial e voltando para a sua voz rústica, 'seus tolos imprestáveis! Vocês podem estar no alto, mas lembrem-se disto: aqueles que moram sob o assoalho da cozinha têm a terra sólida sobre a qual edificar, e ainda sobreviveremos a vocês!'

"Com isso, ele foi embora, e eu fui atrás dele, chorando um pouco; eu não saberia dizer o porquê. Caminhamos com os pelos do tapete da sala da manhã na altura dos joelhos. Ao passarmos pelo vão da porta, um silêncio se fez atrás de nós. Esperamos no corredor e ficamos escutando por um momento. Foi um silêncio longo, muito longo."
Arrietty não disse nada. Ficou ali sentada, perdida em pensamentos e olhando para a mãe. Depois de um momento, Homily suspirou e disse:
– De algum modo, parece que eu não me esqueço dessa manhã, embora quase nada realmente tenha acontecido, quando se pensa sobre isso. Alguns dos outros tiveram aventuras terríveis, especialmente aqueles que foram enviados para procurar nos quartos. Mas o seu tio-avô Bolty estava certo. Quando fecharam a maior parte da casa, depois do acidente da Senhora, a sala do café não foi mais usada. Mortos de fome, aqueles Cornijas devem ter ficado. Ou congelados... – Ela suspirou novamente e balançou a cabeça. – Não dá para não sentir pena deles...
"Ficamos todos acordados naquela noite, mesmo os mais novos, aguardando e com esperança de receber notícias. As patrulhas de busca continuavam chegando em duplas ou sozinhas. Havia sopa quente para todos e alguns receberam bebida. Algumas das mães pareciam tristes e preocupadas, mas elas prosseguiam como uma boa frente de operações, cuidando de tudo e de todos que vinham cambaleando pelas calhas. Pela manhã, todo o pessoal da busca estava em casa. Os últimos a chegar foram três jovens rapazes que ficaram presos nos quartos quando as empregadas chegaram ao anoitecer para fechar as janelas e puxar as cortinas. Havia começado a chover, entende? Eles tiveram que ficar encolhidos no lado de dentro da proteção da lareira por mais de uma hora enquanto dois enormes seres mundanos trocavam de roupa para o jantar. Era uma dama e um cavalheiro e, enquanto se vestiam, ficavam discutindo, e tudo tinha a ver com alguém chamado 'Algy'. Algy isto, Algy aquilo e tal... Chamuscados e molhados de suor, os coitados daqueles rapazes ficaram espiando pelos arabescos de metal da proteção e tomaram nota de tudo cuidadosamente. Em um dado momento, a dama tirou a maior parte de seu cabelo e o pendurou no encosto de uma cadeira. Os Borrowers ficaram espantados. Em outro momento, o cavalheiro, ao tirar as meias, jogou-as do outro lado da sala, e uma delas caiu

na lareira. Os Borrowers ficaram apavorados e a puxaram para fora de vista: era uma meia de lã e podia começar a queimar; eles não podiam arriscar o cheiro."

– Como eles escaparam?

– Ah, isso foi muito fácil, uma vez que o quarto ficou vazio e os hóspedes estavam seguramente no jantar. Eles desfiaram a meia, que tinha um furo no dedão, e desceram pelos pilares do corrimão até a plataforma dos degraus. Os dois primeiros desceram bem. Mas o último, o menorzinho, estava pendurado no ar quando o mordomo entrou de repente com um suflê. Tudo acabou bem, entretanto: o mordomo não olhou para cima e o pequeno não se soltou.

"Bem, foi isso aí. A busca foi encerrada e, pelo menos para nós, os mais jovens, a vida pareceu voltar ao normal. Então, numa tarde... deve ter sido uma semana depois, porque lembro que era um sábado, e esse era o dia em que a nossa mãe sempre dava um passeio descendo a calha para tomar chá com os Barris lá fora, e, nesse sábado em particular, ela levou o nosso irmão menor. Sim, foi isso... De qualquer modo, nós duas, eu e a minha irmã, estávamos sozinhas em casa. Nossa mãe sempre deixava tarefas para a gente fazer e, naquela tarde, tínhamos que cortar um cordão preto de sapato e fazer faixas para colocar nos braços em memória do Inocente. Todo mundo estava fazendo isso: era uma ordem "mostrar respeito", e todos nós teríamos que usá-las no prazo de três dias. Depois de um tempo, nós nos esquecemos de ficar tristes e começamos a tagarelar e a dar risadas enquanto costurávamos. Estava tão tranquilo, sabe, sentadas juntas ali e sem mais medo de aparecerem besouros pretos...

"De repente, a minha irmã levantou os olhos, como se tivesse ouvido um barulho. 'O que foi isso?', ela perguntou, e pareceu meio assustada.

"Nós duas olhamos em volta da sala e então eu a ouvi gritar: ela estava olhando para um buraco na madeira do teto. Então eu também vi: alguma coisa se mexia no buraco; parecia ser preto, mas não era um besouro. Nenhuma de nós conseguia falar nem se mexer; apenas ficamos ali, sentadas e paralisadas, vendo aquela coisa vir balançando do teto lá de cima em nossa direção. Parecia uma coisa luminosa serpenteando, e tinha uma torção ou ondulação que, quando ficou mais baixa, foi girando meio às cegas e nos fez fugir gritando para um canto. Nós nos agarramos, chorando e olhando para aquilo fixamente, até que de repente a minha irmã fez: 'Shhh!'. Nós ficamos ouvindo. 'Alguém disse alguma coisa', ela cochichou, olhando para o teto. Então nós ouvimos: uma voz rouca, bastante esbaforida e terrivelmente familiar: 'Estou vendo vocês', dizia.

"Nós ficamos furiosas e o xingamos de todos os nomes. E também o ameaçamos com todo tipo de castigo. Imploramos a ele que tirasse a Coisa dali. Mas tudo o que ele fazia era ficar dando risadinhas e continuar dizendo, com aquela tola voz musical: 'Experimente... experimente... é gostoso!'."

– Oh! – exclamou Arrietty. – Você teve coragem?

Homily franziu a testa.

– Sim, no final. E era muito gostoso – ela admitiu de má vontade.

– Era um cordão de alcaçuz.

– Mas onde ele tinha ficado durante todo aquele tempo?

– Na loja da vila.

– Mas... – Arrietty parecia incrédula. – Como ele foi parar lá?

– Foi bastante simples, na verdade. A sra. Driver havia deixado a cesta de compras sobre a mesa da área de serviço, com um par de sapatos para arrumar o salto. O Inocente, no caminho até a salsa, ouviu-a chegando e correu para dentro de um sapato. A sra. Driver colocou os sapatos na cesta e os levou para a vila. Ela colocou a cesta no balcão da loja enquanto fofocava um pouco com a funcionária do correio, e, aproveitando o momento certo, o Inocente escapou.

– Mas como ele voltou para casa?

– Na vez seguinte em que a sra. Driver foi fazer compras, é claro. Ele estava em uma caixa de escovas de cabelo na ocasião, mas reconheceu a cesta.

Arrietty pareceu pensativa.

– Pobre Inocente... – ela disse, depois de um momento. – Que experiência! Ele deve ter ficado apavorado.

– Apavorado? O Inocente? Ele, não! Ele tinha aproveitado cada minuto de tudo isso! – A voz de Homily ficou mais forte. – Havia tido uma semana radical, de travessuras, maravilhosa, inesquecível e de gloriosa liberdade, vivendo de jujubas, merengues, barras de chocolates, balas, centenas de milhares, e ainda limonada. E o que ele tinha feito para merecer tudo aquilo? – O *chiffon* entre os dedos de Homily parecia dançar com indignação. – Isso foi o que ficamos nos perguntando! Nós não ficamos contentes com aquilo. Não depois de

tudo o que havíamos passado: realmente nunca achamos que tinha sido justo! – Indignada, ela sacudiu o *chiffon* e, com os lábios cerrados, começou a dobrá-lo. Mas, gradualmente, à medida que passava as mãos alisando a delicada seda, seus movimentos tornavam-se mais gentis: ela pareceu pensativa e, como observou Arrietty, um pequeno sorriso começou a se formar nos cantos de sua boca. – Houve uma coisa, entretanto, em que todos nós prestamos atenção – ela disse lentamente, depois de um minuto.
– O que foi? – perguntou Arrietty.
– As bochechas dele haviam ficado totalmente sem cor, e os olhos pareciam meio... – ela hesitou, procurando a palavra – ... *vorazes*. Havia uma grande mancha vermelha no nariz dele, e uma rosada no queixo. Sim... – ela prosseguiu, reconsiderando aquilo. – Todo aquele açúcar, entende? Pobre Inocente! É uma pena, realmente, quando se pensa nisso... – Ela sorriu mais uma vez e balançou ligeiramente a cabeça. – ... de, divertindo-se ou não, ter perdido aquelas encantadoras feições.